Мөнх өлэг хүмүүс!! ^_^

2021. 6

모든 숨마다,
너

모든 숨마다, 너 *1*

초판 인쇄일 2021년 06월 10일
초판 발행일 2021년 06월 25일

지은이 김   결
펴낸이 정승현
펴낸곳 ㈜도서출판 황매
출판등록 제 406-251002013000215 호

전화 02-332-9501
팩스 02-336-9502
이메일 woosin@wsbooks.net

ISBN 979-11-967622-4-7 (04810)
ISBN 979-11-967622-3-0 (SET)

모든 숨마다,
너

1권

01

여전히 몰라보는 거 같은데

"무전기가 그렇게 중요해요?"

그를 처음 스친 건 콘솔부스가 있는 런웨이 앞에서였다. 그는 내가 전장이라고 칭하는 북새통 한가운데에서 그를 후광처럼 빛나게 하는 하얀 셔츠를 입고 환하게 웃고 있었다. 장신의 모델들 사이에서도 돋보이는 큰 키와 그들보다 훨씬 더 다부진 체격을 가진 남자를 보며, 나는 잠시 멍해져 여기가 어딘지 기억을 되돌려야 했다.

한 시간 전.

"헤어 젖꼭지 라인에 맞추라고 몇 번 얘기했어! 젖꼭지 몰라, 젖꼭지!"

"3번 행거 피스 하나 부족해요! 이거 오늘 반납인데, 담당자 누구예요!"

헤어팀의 성난 고함에 이어 의상팀에서도 조급한 외침이 쏟아져 나왔다.

서울패션위크 마지막 날. 아직은 서늘한 3월의 날씨에도 불구하고 행사장 안은 에어컨이 풀 가동될 만큼 더웠다. 쉼 없이 쏘아 대는 뜨거운 조명 아래서자 속옷 아래로 흐른 땀방울이 배꼽을 타고 흘렀다. 습하고 찝찝했으나 불쾌감을 느낄 만큼 제정신은 아니었다. 잠시도 쉬지 않고 울려 대는 인터컴과 전화와 연동해 둔 스마트 워치 때문에 노이로제가 걸릴 지경이었다.

나는 전쟁터에 서서 굳은 얼굴로 막바지 점검에 박차를 가했다. 그때 그게 내 시야 사이로 불쑥 끼어들었다. 프런트로우 정가운데에 이름 없이 빈 종이만 붙어 있는 의자가.

"뭐니? 저거."

"구 선생님 VVIP시래요."

담당 스태프를 불러 세우자 발 빠른 녀석이 냉큼 달려와 오픈쇼를 맡은 디자이너의 이름을 댔다. 런웨이 앞 첫 번째 줄은 VIP석으로 통하는 만큼 경쟁도 치열하다. 그 때문에 미연의 사태를 방지하기 위해 사전 협의를 통해 지정 좌석제로 운영하고 있다. 그런데.

"엄청 대단한 브랜드 사람인 거 같던데요?"

"여기서 나 빼고 대단하지 않은 사람이 있긴 하고?"

내 시니컬한 반응에 녀석이 웃으며 진짜라고 강조했다.

사전 명단에 들어 있지 않은 특별 게스트의 깜짝 방문이 처음은 아니었으나, 중간에 끼어든 좌석으로 미세하게 흐트러진 배열이 눈에 거슬렸다. 고르게 난 치아 사이로 불쑥 튀어나온 덧니처럼.

뭐, 누구든 상관없겠지.

이미 숱한 각본 없는 드라마를 찍고 있는 이 대형 쇼에서 내가 원하는 건 신속하고 조용한 마무리, 단 하나였기에 큐시트로 시선을 돌렸다.

"이름표 제대로 붙여 둬, 뒷말 나오지 않게."

"알겠습니다, 팀장님."

그때, 무대 뒤편에서 구 선생의 찌르는 듯한 고함이 들렸다.

"됐고, 이 팀장 불러오라니까!"

순간적으로 굳어지는 직원의 어깨를 툭 쳐 준 뒤에 백스테이지로 향하는 사이, 실랑이를 벌이는 목소리가 점점 선명하게 들려왔다.

"대체 그 말이 몇 시간째야! 그사이에 사 와도 벌써 사 왔겠다!"

"가로 3미터가 넘는 전신거울은 안 팔아요. 저희도 주문 제작한……."

"야! 너 지금 나 가르치니?"

빽 하는 고함이 들렸다.

"이치린 어디 있냐고!"

"무대 뒤는 팀장님이 아니라 제가 담당……."

여과 없이 뚫고 나오는 내 이름에 걸음을 빨리하며 사이드 테이블 위를 쭉 훑었다. 그리고 목표물을 가볍게 낚아챈 뒤 소란의 한복판으로 성큼 걸어 들어갔다.

"식사 맛있게 하셨어요, 선생님?"

경쾌하고 낭랑한 목소리로 인사를 건네며 험악하게 가라앉은 분위기를 모르는 척했다. 내 등장에 긴장한 조연출의 어깨가 바짝 졸아붙는 게 보였다. 나는 그를 지나쳐 구 선생의 앞까지 다가가 활짝 웃었다.

"자, 우리 선생님이 좋아하시는 피넛버터 초콜릿과 레몬콜라. 먼저 당부터 충전하세요."

생글생글 웃으며 간식 바구니를 내려놓자, 그녀의 눈이 초콜릿에 슬쩍 닿는 게 보였다. 나는 태연한 얼굴로 그녀를 보며 원하는 건 뭐든 다 들어줄 것 같은 미소를 지어 보였다. 쌍꺼풀 없이 얇게 찢어진 구 선생의 눈이 울먹이듯 일그러졌다.

"거울이 없다구, 거울!"

거울이라면, 그 별난 전신거울? 구 선생은 커다랗고 독특한 전신거울을 마치 부적처럼 백스테이지에 세워 놓길 원했다. 그래서 특별히 주문제작을 넣었는데.

"그게 아직 안 왔어요?"

"안 왔다니까, 글쎄! 곧 쇼 시작인데……!"

아군이 생겨난 구 선생이 다시 분통을 터뜨리며 발을 동동 굴렀다. 나는 그녀의 팔을 부드럽게 다독이며 내 뒤에 선 조연출을 조용히 돌아보았다. 나의 부사수이자 오늘 쇼의 조연출을 맡은 김 대리가 움찔하더니 기어들어 가는 목소리로 어물거렸다.

"분명 오늘 아침에 출고된다고 했거든요."

"택배사에는 확인했니? 업체랑 마지막으로 통화한 게 언제야?"

"그게요……."

녀석의 머뭇거림은 불길한 예감에 대한 확인사살과도 같았다. 그래, 웬일로 순탄하다 싶었지. 나는 속 입술을 지그시 문 뒤, 구 선생에게로 몸을 돌리며 그녀의 시야로부터 김 대리를 완전히 가리고 섰다. 그리고 만면에 더 상긋한 미소를 띠었다.

"선생님, 딱 한 시간만 주세요."

"내가 몇 시간 전부터 기다……!"

"한 시간. 최종 리허설 전에 쓰실 수 있게 해 드릴게요."

손가락을 세우고 완만하게 올려붙인 입술에 힘을 주며 또렷한 시선을 던졌다. 이미 숱한 상대에게 믿음과 신뢰를 심어 준 표정이다. 뒷일 같은 건 모른다. 당장 눈앞의 문제를 해결하는 게 급선무다. 그다음 일에 대한 걱정은 이 세계에서 사치다. 나의 자신감 가득한 얼굴을 본 구 선생의 기세가 한풀 꺾였다.

"……진짜지? 오늘 쇼 잘못되면."

"어우, 그러면 안 되죠. 누구 쇼인데요."

천연한 낯으로 웃으며 껍질 벗긴 초콜릿을 앞으로 밀어 주자 조연출을 흘겨보던 구 선생이 내게로 시선을 돌렸다. 잠깐 입술을 삐죽이던 그녀가 초콜릿을 받아드는 순간 나는 이 고비를 무사히 넘겼음을 깨달았다. 더불어 새로운 카운트가 시작되었다는 것 또한.

"암튼, 이 팀장 얼굴 봐서 딱 한 번만 더 기다릴 거야! 쇼 잘못되면 나 정말 가만 안 있어!"

달콤한 조각들을 입안에 모조리 쓸어 넣은 구 선생이 눈을 새침하게 세웠다. 나는 손가락을 쪽쪽 빠는 그녀에게 물티슈를 건네주며 활짝 웃었다.

"그럼요. 믿어 주세요, 선생님."

잠시 뒤, 구 선생이 시야에서 사라지는 순간 나의 웃음도 싸늘한 침묵으로 굳어졌다.

최종 리허설까지 한 시간, 본 쇼까지는 세 시간. 그 안에 가로 3미터짜리 전신거울을 구해야 한다. 휴대폰을 들고 화면을 노려보는 눈에 힘이 들어갔다. 어떻게 해서든 이번 패션위크를 무사히 끝내야 한다. 내가 실수하기만을 바라는 수많은 경쟁자들은 새파랗게 어린 팀장한테 메가폰을 쥐여 줬다는 이유로 박 대표를 들들 볶고 있었다.

"선배."

김 대리가 나를 불렀지만, 시선을 돌릴 여유조차 없었다.

"죄송해요."

"발주 늦게 넣었지?"

"중요한 거 먼저 처리하느라……."

"우리한테 클라이언트보다 더 중요한 게 있어?"

버석하고 팍팍한 메마른 목소리가 입안을 스치듯 흘러 나갔다. 김 대리는 기가 죽은 듯 눈치를 살폈다.

"그게…… 좀 늦긴 했는데 업체에서 분명 맞춰 주겠다고 약속했거든요. 그래 놓고 갑자기 연락이 안 되잖아요……!"

바쁘게 움직이던 손이 뚝 멈췄다.

어이없는 실수보다 어떻게든 제 잘못을 감추려던 간사함이 문제인걸. 그렇게 나를 겪고도 내가 분노하는 이유조차 짚지 못한다. 치켜든 얼굴로 서늘한 시선을 던지자 슬그머니 풀어지려던 녀석의 입가가 다시 굳어 갔다.

"우리 쇼 몇 분 하니?"

"……15분이요."

"준비 기간은?"

"5개월……이요."

"15분 보여 주려고 5개월 달려왔어."

단호한 목소리에 녀석이 어깨를 가볍게 떨더니 얼굴이 흙빛으로 굳어 갔다. 내리뜬 눈썹 아래 차가운 눈동자가 녀석을 스쳤다.

"사람들은 5개월 생각 안 해."

"……."

"15분만 보니까."

나는 그대로 통화버튼을 눌렀다. 피로감이 몰려왔다.

* * *

"고생했어요, 선유 씨! 이쪽으로!"

바퀴 달린 커다란 전신거울 3개를 가뿐하게 밀고 들어오는 선유를 향해 두 손을 모아 합장하며 연신 고개를 숙였다. 그는 고개만 가볍게 끄덕이더니 내 얼굴을 조용히 훑었다.

"밖에서 뛰어다녔어요?"

대답 대신 이마 사이로 맺힌 땀방울을 털어 내듯 문지르자 그가 미세하게 눈을 찡그렸다.

"있으라니까요. 내가 가져올걸."

"그러게요. 제일 나아요."

그를 치하하며 엄지손가락을 척 들어 보이는 사이, 그는 내 뒤로 늘어선 오합지졸의 거울들을 쭉 훑었다.

"설마, 근처 쇼핑센터에 있는 옷가게를 전부 다 뒤진 건 아니죠?"

훤히 들여다보기라도 한 듯한 말에 씩 웃기만 했다. 그가 눈을 조금 더 찡푸리며 말했다.

"눈 밑이 퀭해요."

"잠을 좀 설쳐서 그래요."

지난밤 뒤숭숭했던 꿈자리를 떨쳐 내듯 재빨리 거울의 커버를 벗겨 내며 활기차게 말했다.

"오늘도 살려 줘서 고마워요, 선유 씨. 완전 구세주예요, 주님!"

"날 살린 건 치린 씨죠."

선유의 가라앉은 눈빛이 내 손목을 타고 흐르더니 완골 위에서 한 번 감긴 검은색 트윌리를 맴돌았다. 그의 시선을 밀어내듯 손을 흔들며 말했다.

"덕분에 이렇게 귀한 분을 시도 때도 없이 부려먹잖아요. 이제 얼마나 남았지? 한, 세 번쯤 남았나?"

"그런 거 신경 쓰지 말고 불러요. 언제든, 아무 때나."

나는 내게 목숨을 빚졌다고 생각하는 슈퍼맨을 가만히 보았다. 세상을 등진 사람들이 그러하듯 그의 얼굴은 어딘가 초연하고 공허했다. 그런 선유를 보며 나는 아무 말도 하지 못했다. 나 역시 그와 같은 얼굴을 하고 있을 테니까. 물이 오래전에 떠나고 난 뒤에 홀로 말라붙은 강바닥 같은 눈동자를. 허공을 부유하던 시선 사이로 선유가 희미하게 말했다.

"어쨌든, 도움이 돼서 다행이에요."

그는 그대로 몸을 돌려 행사장을 빠져나갔다. 런웨이 쪽으로는 시선도 주지 않은 채.

***

"아이참, 내가 원한 건 조금 더 오브제틱한 디자인의……."

구 선생이 투덜거렸으나 나는 못 들은 척하며 열심히 거울의 먼지를 닦았다.

"진짜 실망……."

"선생님, 손님 오셨어요."

어시스턴트가 달려와 구 선생의 귀에 뭔가를 속삭였다. 곧 그녀의 얼굴에 화색이 돌더니 거울 따위는 안중에도 없는 태도로 황급히 달려 나갔다.

"주님이 한 분 더 오셨네."

무사히 넘긴 상황에 안도하며 몸을 일으키자 고개를 푹 숙인 조연출 뒤로 헬퍼와 스태프들이 지시를 기다리며 서 있는 게 보였다. 그들은 오늘 모델 착장과 진행을 도와줄 사람들이었다.

힐이 땅을 짚을 때마다 사라진 발끝의 감각이 찌릿찌릿 올라왔지만 무시한 채 백스테이지 모니터 앞에 섰다.

"지금부터 각 행거에 붙어 있는 모델 얼굴, 이름, 착장 사진, 메이크업 디테일까지. 전부 다 최종 점검합니다. 여러분들은 딱 하나만 기억하면 됩니다. 오늘 쇼가 끝날 때까지 내가 맡은 모델한테서 시선을 떼지 않는 것."

선망을 담은 초롱초롱한 눈빛 하나하나에 시선을 맞추며 강조했다.

"내 모델이 캣워크를 완전히 빠져나오는 순간까지, 절대 놓치지 마세요."

* * *

"너네 부사수 또 한 건 하셨다며?"

패션쇼장에서 가장 높은 곳. 무대가 한눈에 내려다보이는 정중앙에 위치한 콘솔부스로 들어서자 음향을 담당하는 최 감독이 능글맞게 물었다.

"빠르기도 하다, 여기 들어앉아서."

"두고 봐라, 걔 또 사고 친다. 너 절대 걔한테 무대 뒤 못 맡긴다."

의자를 뒤로 한껏 젖힌 최 감독이 라임까지 넣어서 비아냥댔다. 잠시 그를 내려다보던 나는 발로 의자 다리를 툭 쳤다. 최 감독의 무게를 지탱하고 있던 의자가 순식간에 균형을 잃고 기우뚱댔다.

"어, 어어……? 야, 야아!"

비틀거리던 그가 가까스로 넘어질 위기를 모면하며 소리를 빽 질렀다. 콘솔 부스에 있던 스탭들의 시선이 일제히 그에게로 쏠렸다. 나는 그와는 상관없는 척 시큰둥한 표정으로 의자에 등을 깊숙이 묻은 채 모니터를 응시했다.

겨우 자세를 바로 한 최 감독이 씩씩대며 이를 갈았다.

"너, 이 기지배가 툭하면 폭력이야!"

"사흘 밤새 봐. 말보다 손이 빠르다는 진리를 깨닫게 된다."

혼자서 열을 내던 최 감독이 후, 하고 화를 삭이며 고개를 절레절레 저었다.

"대체 거울은 어떻게 구했냐, 한 시간 만에 전신거울 3개를?"

"영업 비밀."

"하여튼, 이것도 물건이야. 친구도 별로 없으면서 은근 발 넓다니까?"

"친구 해 달라고 안 할 테니까 음향 체크나 해. 무전 오잖아."

내가 지적하자 최 감독이 입술을 삐죽이며 콘솔 EQ를 조정했다. 무대에서는 착장한 모델들이 전부 나와 피날레 음악에 맞춰 동선과 포즈를 체크하고 있었다.

"야, 너 이 음악 한번 들어 봐. 다음 달 D브랜드 런칭쇼 이걸로 가자."

최 감독이 무선 이어폰 한쪽을 불쑥 내밀며 말했다.

"너도 알지? 일본에서 제일 잘 나가는 재즈힙합 프로듀서, 이시하라 준. 이번에 새 레이블을 만들었는데, 이름이…… 뭐더라, 되게 특이하고……. 네 이름이랑 비슷했는데. 무슨 린이라던가?"

순간 나도 모르게 벌떡 일어섰다.

"잠깐 내려갔다 올게."

"야, 어딜 가? 지금 가도 할 거 없구만! 잠깐만 들어 봐. 네가 오케이 해야 미팅 전까지 리스트를 뽑을 거 아니냐."

"급한 거 아니잖아."

내 말에 최 감독이 짜증 난다는 얼굴로 이어폰을 휙 던지며 벌컥 외쳤다.

"이 새끼 또 까탈병 도졌네. 너 왜 시부야라면 경기를 하냐? 일본에서 십 년 넘게 살다 온 놈이. 거기서 뭐 일본 놈한테 호되게 당하기라도 했냐?"

몸이 우뚝 멈췄다. 그대로 시선을 돌려 싸늘하게 노려보자 그가 몸을 움찔하며 더 크게 외쳤다.

"왜! 뭐, 뭐! 네가 음악을 전공했어, 뭘 했어? 뭘 안다고 가리고 지랄……!"

내가 바짝 다가서자 최 감독이 화들짝 놀라며 떨어졌다. 나는 그대로 그를 지나쳐 콘솔 위 파라메트릭 EQ 버튼을 부드럽게 돌렸다. 무대에 울려 퍼지던 피날레 곡의 톤이 한층 밝고 산뜻하게 변했다. 아래에서 모델 포즈를 지도하던 윤 이사가 이쪽을 향해 엄지를 들어 올리는 게 보였다. 최 감독의 얼굴이 한층 더 빨갛게 달아올랐으나, 씩씩거리는 그를 내버려 둔 채 계단으로 몸을 돌렸다.

괜찮아, 아무것도 아냐. 그러니까 한심하게 이런 거로 휘청대지 마.

그러나 마지막 계단을 밟기도 전에 내 몸은 이미 허공으로 떨어져 내리고 있었다.

넘어진다!

쇼가 끝나면 무사히 반납해야 하는 무전기로 본능적으로 손이 갔다. 그러나 가장 먼저 닿은 건 딱딱한 바닥이 아닌 사람의 온기였다.

"잡았다."

곤두박질치는 어깨를 붙잡는 단단한 손에 한 번, 코끝에 스미는 청량한 향에 두 번. 한 번도 남자에게 이런 식으로 안겨 본 적이 없는 나는 나를 폭 감싼 커다란 몸 안에서 잠시 그대로 굳었다.

네롤리 포르테피노 포르테. 강렬하고 상쾌한 아쿠아 어코드로 만들어 낸 향수 냄새에 파란 산호섬의 에메랄드빛 바다가 머릿속을 스치고 지나갔다.

"무전기가 그렇게 중요해요? 당신보다 더?"

공기를 울리는 낮은 목소리에 낯선 남자의 품이라는 것도 잊은 채 어쩐지 새벽에 들면 더 좋을 것 같다는 생각이 들었다.

다음 순간 화들짝 놀라 고개를 들자 목덜미로 서늘한 숨결이 느껴졌다.

"향수 뭐 써요?"

"······네?"

"시판 제품 같지 않은데, 레이어링한 건가?"

궁금한 듯 묻는 말에 그를 황급히 밀어내며 떨어져 나왔다. 인사를 할지 화를 먼저 낼지를 두고 고개를 들었으나 남자의 시선은 내게 있지 않았다. 그는 내가 밀어낸 그대로 선 채 자신의 두 손을 가만히 내려다보고 있었다. 티끌만 한 먼지라도 찾아낼 것 같은 정밀하고 예리한 눈초리였다. 결벽증을 이렇게까지 티 내는 남자는 드물어서 의아하면서도 기분이 묘했다.

그건 근원을 알 수 없는 기시감 같기도, 그의 시선으로부터 밀려난 불쾌감 같기도 해서 어떤 단어로도 상정하기 복잡한 감정이었다. 그때 남자가 고개를 들었다. 동시에 나는 본능적으로 결정을 내렸다. 이 남자를 최대한 빨리 눈앞에서 치워 버리기로.

"도와줘서 고맙습니다. 근데 여긴 관계자 외 출입금지라서요, 스태프가 아니시라면."

나는 그대로 바깥쪽을 향해 손을 뻗은 뒤 기계적인 미소를 지어 보였다. 이 정도면 아무리 눈치가 없어도 나가 달라는 완곡한 표현임을 모를 리 없다.

"다친 덴 없어요?"

남자는 눈치가 없었다. 천진한 태도로 내 대답을 기다리고 있는 그를 보며 나는 마지못해 고개를 끄덕였다.

"······네, 잡아 주신 덕분에요. 그럼, 나가시는 길을 안내······."

그가 빠르게 이어지는 내 말을 툭 자르며 끼어들었다.

"몸 말고. 표정이 안 좋아 보이던데."

다시 정정. 이 남자는 눈치 없는 척 구는 여우다. 나는 얼굴을 매만지지 않기 위해 손에 힘을 꾹 주며 헙색을 뒤적였다.

"저 때문에 손에 뭐 묻으신 거 같던데, 물티슈 필요하시면······."

마지막 남은 일회용 티슈를 구 선생에게 줘 버렸다는 사실이 뒤늦게 떠올랐다. 어쩔 수 없다는 듯 손을 올린 채 으쓱해 보이며 말했다.

"없네요. 그냥 화장실 가셔야겠어요."

남자가 피식 웃더니 손목에 감긴 트윌리를 턱짓했다.

"손에 감은 그건요? 손수건 같은데."

"쓰던 거라서요. 땀도 꽤 흘렸구요."

"내가 빨아 줘도 되는데."

입꼬리를 부드럽게 말아 올린 그가 싱긋 웃으며 덧붙였다.

"문제가 단지 그것뿐이라면, 말이죠."

요물. 나는 잠시 이 남자가 나를 홀리러 온 요물이 아닐까 의심했다.

"거절합니다."

"아쉽네요."

전혀 아쉽지 않은 얼굴로 그가 나른하게 웃었다. 의도라고 해봤자 가벼운 장난이 전부일 그의 눈빛이 묘하게 빛나는 것 같아서 나는 본능적으로 트윌리를 감싸 쥐었다. 그로부터 숨기듯. 그리고 용건이 더 남았느냐는 무언의 시선으로 이곳에서 나가 줄 것을 종용했다.

"아직 내 질문에 답 안 했잖아요."

"다친 데 없이 모두 멀쩡합니다. 몸도, 다른 곳도요."

"그거 말구요."

"그거 말고, 뭐…… 향수요?"

어설프게 작업이라도 거는 건가 싶었으나, 그는 제법 진지한 표정으로 내 답을 기다리고 있었다. 그렇다고 제대로 상대해 줄 마음은 없었다.

"안 써요, 향수."

나는 짜증을 삼키며 또박또박 말했다.

"비누 씁니다."

그가 작게 웃음을 터뜨리자 나는 막다른 인내심에 한계를 느꼈다.

"장난 그만하고 나가 주시죠. 관계자 아니신 거 같은데."

"아닌 거 같아요? 나 모델 소리도 꽤 듣는데."

"……."

잘생긴 놈들은 왜 하나같이 얼굴값을 하는지. 태도는 탐탁지 않으나 눈꼬리를 길게 접으며 웃는 얼굴만은 순수하게 탄복할 수밖에 없었다. 무대 조명을 후광처럼 받고 선 남자는 자신의 눈웃음이 타인에게 어떤 영향을 발휘하는지 아주 잘 아는 게 분명했다. 그러나 나는 아니지. 동요 없는 얼굴로 그를 향해 딱 잘라 말했다.

"오늘 쇼에 서는 모델 중에 제가 모르는 얼굴은 없습니다."

관계자라면 런웨이에 설 모델을 연출 감독이 손수 뽑는다는 걸 모를 리 없다. 그러니 남자는 내가 누군지 모르는 게 분명하다. 그럼에도 무안한 표정 하나 없이 느긋하게 웃는 남자에게 그런 구구절절한 설명을 덧붙이지 않은 건 직업적인 감이었다.

품이 넓은 흰 셔츠에 회색 슬랙스, 얇은 카디건과 잘 빠진 톰포드의 로우탑 스니커즈까지. 남자는 모델이라고 해도 속을 만큼 핏이 좋았으나, 가볍게 완성한 스타일의 가격을 다 합치면 슈퍼카 한 대 값은 넘게 나올 거였다. 협찬이 아니고서 이런 차림으로 돌아다닐 수 있는 모델이 국내에 누가 있더라. 연예계로 건너가 톱스타 자리에 오른 모델 몇의 얼굴이 떠올랐다 사라졌다.

"너무 노골적으로 보네요. 어떻게, 턴이라도 해볼까요?"

모델도, 톱스타도 아닌 남자가 부끄러운 기색 하나 없이 서슴없이 물었다. 시키면 이곳에서 워킹이라도 해보일 기세였다. 나는 수억 원을 호가하는 남자의 파텍필립을 무표정하게 보며 정중한 표정으로 고개를 숙였다.

"VIP시라면 성함을 알려 주세요. 자리 안내해 드리겠습니다."

그대로 기다리는데 김샜다는 뉘앙스의 짧은 웃음이 정수리 위로 날아들었다.

"일해요, 이치린 팀장. 우린 이따 또 볼 거니까."

그의 입에서 너무도 자연스럽게 튀어나오는 내 이름에 놀란 나는 인터컴이 울리는 것도 모른 채 멀어지는 그의 등을 아연하게 바라보았다.

나를, 알아……?

* * *

"인사는 잘하셨습니까?"

윙백으로 가려져 잘 보이지 않는 어둑한 행사장 한편. 머리를 말끔하게 빗어 넘긴 정두호 지사장이 조용히 들어서며 탄산수를 내밀었다. 잠시 뒤, 그림자 아래 가려져 보이지 않던 인영이 음료를 받아 들며 투덜댔다.

"귀신이에요? 잘도 찾아."

"이사님 비서와 회장님 비서가 모두 저한테 전화를 거는데 별수 있습니까? 말 나온 김에, 이참에 저랑 아이쉐어링 하시죠."

"웃겼어요."

지헌은 벽에 기대선 채로 고개도 돌리지 않고 대꾸했다. 정 지사장이 떠보듯 물었다.

"모렐 부사장실까지 도합 세 개의 비서실을 마비시키고, 대기 중이던 기장까지 허탕 치게 해 놓고 하신 재회가 별로였던 모양입니다."

"고생했어요."

지헌의 반응은 무덤덤했다.

"그런데 그러라고 연봉 많이 드리지 않나요?"

게다가 애초에 이 일은 본인이 자초하지 않았냐는 듯 짧은 시선이 다녀갔다. 당연히 정 지사장은 끄떡도 하지 않았다.

"돈은 많을수록 좋으니까요."

"그러다 대머리 돼요."

가볍게 던지는 말에 이마를 슬쩍 매만진 정 지사장이 지헌을 보았다. 패션에 발을 들인 지 15년. 제국이라 불리는 다국적 기업 LV그룹에서 단기간에 코리아 지사장으로 초고속 승진을 이뤄 내기까지. 온갖 산전수전을 겪어 오늘에 이르렀다. 그런데 그보다 한참이나 어린 상관은 도무지 만만치가 않았다. 결국 이번에도 먼저 여유로운 가면을 내던지는 건 그였다.

"그래서 감격적이었다는 겁니까, 아니라는 겁니까? 밤새 한숨도 못 자고 뒷수습한 사람으로서 그 정도는 알 권리가 있다고 봅니다만."

정 지사장의 신경질적인 물음에 지헌이 건조하게 대답했다.

"또라이, 라고 하던데요."

"알아본 겁니까? 한번에?"

지헌이 눈을 미세하게 찡그렸으나 정 지사장은 어깨만 으쓱했다.

"제가 아는 이 팀장은 그런 말을 할 사람이 아닙니다. 분명 이사님 지레짐 작이겠죠."

그가 기억을 곱씹으며 덧붙였다.

"지금까지 한 번도 화내는 걸 본 적이 없어요. 현장에서도 늘 웃는 얼굴이라 업계에서 평이 아주 좋습니다."

너한테는 좀 아까워, 라는 뉘앙스를 팍팍 풍기는 말에 지헌이 눈을 가늘게 빛냈다.

"그래서, 그런 사람을 화나게 했으니 내가 상놈이다?"

"이 팀장도 사람인데 완벽하진 않겠죠."

"내가 상놈인 건 맞고."

"상사의 정체성을 따지는 근본적인 질문에는 답변을 피하라고 배웠습니다만."

"어디서?"

정 지사장이 은테 안경을 쓱 추켜올리며 얄밉게 답했다.

"최근 참석한 직무역량강화 프로그램에서요."

"그래 놓고 왜 남의 정체성은 함부로 판단해? 세상에 화 안 내고 사는 사람이 어디 있다고."

지헌이 혀를 차며 앞쪽으로 시선을 돌리며 중얼거렸다.

"그냥 참고 있는 거지."

그의 시선을 따라간 정 지사장은 연출 감독을 맡은 이치린 팀장이 최종 리허설 중인 모습을 발견했다. 그때 긴장한 표정이 역력한 신인 모델 한 명이 로드 끝에서 속도를 늦추지 못한 채 탑포즈 위치를 지나치고 말았다. 런웨이 위에 서 있던 모델들의 동선이 꼬인 건 한순간이었다. 이 팀장의 신호와 함께 음악이 멈추자 싸늘한 정적이 무대를 휘감았다.

서울패션위크의 마지막을 장식할 피날레. 쇼는 단 한 번뿐이다. 한 명의 실수는 오늘을 위해 수개월을 달려온 모든 사람의 노력을 물거품으로 만들어 버릴 수 있다. 예민하게 날 선 모델들과 지친 기색이 역력한 스탭들이 일제히 어린 모델을 노려보았다. 긴장감이 팽팽하게 차올랐다.

다음 순간 귀에 대고 있던 헤드셋 마이크를 아래로 툭 내린 이치린 팀장이 바짝 얼어붙은 모델에게 다가갔다. 그녀가 헤드록을 걸듯이 팔을 감더니 뻣뻣하게 굳은 모델의 어깨를 장난스럽게 꾹꾹 눌렀다. 그런 뒤 딱딱한 표정으로 서 있는 선배 모델들을 향해 고개를 꾹 누르며 사과하게 했다. 한번 봐주라는 듯 눈을 찡긋하는 그녀의 표정에 굳어 있던 톱모델의 얼굴도 픽 하고 풀어졌다. 연출 감독의 대응 한 번에 분위기는 순식간에 뒤바뀌었다. 이 팀장이 손뼉을 치며 독려하자 여기저기서 힘내자는 목소리가 연이어 터져 나왔다. 그녀의 미소는 콘솔부스를 향해 큐 사인을 보낼 때까지 사라지지 않았다.

확실히 능수능란한 태도다. 격려와 위로보다는 손쉬운 고성과 욕설이 흔하게 오가는 현장에서 이치린 팀장이 인정받는 이유이기도 했다. 아직 어린 나이에 대단하긴 했으나 그게 바로 디렉터의 역량이니 필요 이상의 의미를 부여해 본 적은 없다.

그런데 그와 달리 지헌은 그 이상의 것을 보고 있는 듯했다. 그러다 문득 정 지사장은 멈칫했다. 이치린 팀장을 바라보는 지헌의 시선이 아주 잠깐 부드럽게 풀린 듯한 착각이 들었기 때문이다.

"……방금."

놀란 정 지사장이 빤히 보는 시선에 지헌이 고개를 돌렸다. 뭐냐는 듯. 정 지사장이 고개를 저었다.

"아닙니다, 아무것도."

지헌의 시선이 다시 런웨이로 향했다. 상사의 등을 조용히 바라보는 정 지사장의 얼굴에 찜찜한 표정이 떠올랐다. 착각이겠지. 그때 리허설을 끝내고 들어선 구 선생이 호들갑을 떨며 다가왔다.

"다니엘! 여기 있으면 어떡해? 내가 얼마나 찾았다구! 어머, 정 지사장님도 함께 계셨네."

그녀가 풍채 좋은 몸을 흔들며 지헌에게 팔을 뻗자 지헌이 그녀의 앞으로 탄산수를 휙 내밀었다.

"리허설 봤어요. 느낌 좋은데요?"

얼결에 탄산수를 받아 든 구 선생이 활짝 웃었다.

"정말? 다니엘이 그렇게 말하니까 더 떨린다. 그냥 하는 말 아니지?"

"일을 꽤 잘하는 친구가 있네요."

지헌이 무대로 시선을 돌리며 말했다.

"누구…… 이치린 팀장? 이 팀장 일 잘하지. 오죽하면 휴머노이드라고 하겠어? 사람이 아닌 것 같다니까?"

구 선생이 치린을 보며 익살스러운 표정을 지었다. 지헌의 눈빛이 서늘하게 가라앉았다.

"사람이 아닐 리가 있나요."

"쟤는 그래. 사람이면 좀 실수도 하고 단점도 보이기 마련인데, 도무지 틈이 없어. 너무 완벽해서 가끔 좀 무섭다니까. 일할 때는 좋은데 친구로는 별로야."

"일도 해 주는데 친구까지 해 줘야 하나."

쿵쿵 울리는 무대 음악 사이로 싸늘하고 낮은 목소리가 흘렀다.

"응? 뭐라고 했어? 여기 너무 시끄러운데 우리 나가자, 다니엘."

구 선생이 지헌에게 바짝 다가서며 팔짱을 끼려 하자, 정 지사장이 자연스럽게 둘 사이로 끼어들었다.

"저랑 가시죠. 따로 말씀드릴 것도 있고."

"응? 그럼 다니엘은……?"

"이사님은 금방 오실 겁니다."

구 선생이 지헌을 힐금거리자 정 지사장이 그녀를 에스코트하듯 밖으로 이끌었다. 그러나 실제로는 등을 힘 있게 밀며 지헌으로부터 멀리 떼어 놓고 있었다. 둘의 목소리를 흘려들으며 지헌은 다시 느긋한 시선을 무대 위로 돌렸다.

* * *

"본 쇼 5분 전입니다!"

스태프의 외침에 나는 헤드셋을 끼고 무대가 한눈에 내려다보이는 2층 콘솔부스에 선 채로 무대를 최종 점검했다. 객석을 주르륵 훑으며 행사장 전체를 한눈에 담는데 런웨이 프런트로우 정중앙에서 시선이 멎었다. 그 남자다.

'일해요, 이치린 팀장. 우린 이따 또 볼 거니까.'

그가 바로 구 선생의 특별 게스트였다. 내 신경을 거슬리게 했던 툭 튀어나온 VVIP 좌석의 주인.

구 선생은 그를 엄청난 거물처럼 대했고, 그는 느긋하게 선 채로 카메라를 향해 짧은 손 인사를 하는 게 전부였다. 얼마나 대단한 사람이기에. 새로운 하이브랜드의 유통업체 대표, 아니면 막 주목받기 시작한 유학파 출신의 천재 디자이너일까. 어딜 봐도 예술가 타입은 아닌데. 사업가면 모를까.

"1분 전입니다! 모델들 인아웃 동선 정확하게 지켜 주세요!"

조연출의 외침에 모니터로 눈을 돌리며 무전기를 입술 가까이 대고 말했다.

"모두 스탠바이."

백스테이지 모니터로 착장을 마치고 줄을 선 모델들과 바쁘게 손을 놀리며 마지막 스타일을 잡는 구 선생이 보였다. 손목을 돌려 시계를 확인한 내가 왼편에 앉은 조명 감독에게 눈짓했다.

"암전."

조명이 꺼지자 객석은 찬물이라도 끼얹은 것처럼 정적이 흘렀다. 모두가 긴장된 순간, 숨을 죽이고 나를 바라보는 사람들을 향해 고개를 돌렸다. 오른편에 앉은 최 감독이 콘솔에 손을 얹은 채 내 명령이 떨어지길 기다리고 있었다.

"음향 스탠바이, 큐."

서서히 올라가는 볼륨에 맞춰 조명에 큐 사인을 보내자 핀 조명과 무빙 조명이 차례로 켜졌다. 최종 리허설까지 수없이 합을 맞춘 대로였다. 나는 헤드셋 마이크를 입술 가까이 붙이며 모니터를 보았다.

"모델 스탠바이, 큐."

쇼가 시작되었다.

* * *

"……강 다니엘? 이름이 강, 다니엘이라고?"

"다니엘 강, 강지헌 이사라구!"

"그러니까 어쨌든 강 다니엘이라는 거잖아."

계속해서 내 시선을 갉아먹던 남자가 최근 가장 핫한 아이돌과 이름이 같다니.

"파리에서 막 날아온 느낌 나냐? 완전 잘 빠졌지?"

"뭐, 미끈하긴 하네요."

내 시큰둥한 반응이 예상과 달랐는지 박 대표는 남자의 프로필을 더 열광적으로 읊었다. 그러나 DJ가 맥스로 끌어올린 음악 소리 때문에 아무것도 들리지 않았다.

"가자. 소개해 줄게!"

박 대표가 팔짱을 끼며 잡아끌었지만, 고개를 저었다.

"나중에요. 바빠."

"야, 네가 몰라서 그러는데 저 남자가 바로……!"

"그러니까 어차피 내일이면 알 텐데, 12시간만 늦게 알면 안 되겠어요?"

아이돌과 이름이 같은 VVIP는 애프터파티에서도 특급 대우를 받고 있는지 사람들에게 둘러싸여 있었다. 그 대열에 합류해 그와 안면을 트기 위해 우르르 늘어선 사람들 중에 한 명이 되고 싶지 않았다. 남자가 VIP일 거라는 직업적 감이 완벽하게 맞아떨어진 것에 뿌듯할 만도 했으나, 어차피 나랑은 상관없는 세계의 사람이었다.

"쟤들 내년에 서울 컬렉션 할 텐데. 그땐 네가 해야지 않겠니?"

"그건 대표님이 하고. 난 그냥 백스테이지에 있을게."

"패션위크 완벽하게 끝내 놓고 왜 이래? 이로써 너 AI인 거 완전 입증했어. 사람들이 너 무섭대."

"조류독감이라?"

무신경하게 되묻자 박 대표가 썩은 표정을 짓더니 착잡한 얼굴을 했다.

"밖에 나와서 이러지 말자. 창피하다, 진짜. 그 인공지능에 유머 감각 추가는 안 되냐?"

나는 보란 듯이 비죽 웃으며 그녀의 어깨를 가볍게 도닥였다.

"노세요. 일하러 갑니다."

"야, 내가 노는 거 같아도 다 일하는 거야!"

시큰둥한 얼굴로 콧방귀를 뀌며 돌아서는데 박 대표가 등 뒤에서 외쳤다.

"적당히 해. 뼈 삭아!"

기적이라 칭할 수 있는 패션위크의 막이 무사히 내리고 본격적으로 시작된 애프터파티. 그러나 쇼가 끝났다고 안도하긴 일렀다. 한 치의 실수도 있어선 안 되었고 패션계든 연예계든 잘난 것들은 잘나서, 못난 것들은 못난 이유로 불식간에 사고를 쳐 댔다.

　파티장 내부를 쭉 훑어 내리는데 오늘 파티의 DJ를 맡은 로디가 눈에 들어왔다. 남성 아이돌 그룹에서 솔로 데뷔에 성공한 그는 최근 가장 핫한 패션 피플 중 하나였다. 팔부터 목까지 길게 이어지는 문신에 화려한 액세서리를 주렁주렁 단 그에게 열광하는 여자가 한둘이 아니었다.

　곡의 순서를 달달 외울 정도였으나 선곡 리스트를 꺼내 다시 확인하는데, 로디와 눈이 마주쳤다. 나는 그를 빤히 본 뒤 무표정한 얼굴로 술잔을 꺾는 손 모양을 한 번, 목을 찍 긋는 제스처를 한 번. 차례로 보여 주며 간결하고 강렬한 핸드 사인을 보냈다.

　술 처마시고 사고 치면 죽을 줄 알아라.

　녀석이 진지한 얼굴로 시선을 내리깔기에 알아들었겠지 싶어 몸을 돌리려는데, 갑자기 돌변한 그가 깨방정을 떨며 손 화살과 하트를 날리기 시작했다. 쯧, 한숨이 절로 나왔다. 나는 슬슬 한계가 오는 것을 느끼며 머리가 깨지도록 울리는 음악 소리를 피해 파티장을 나섰다.

　"……저기 그게…… 진짜 안 되는데……."

　막내 스탭의 목소리에 걸음을 멈추자 카펫 끝에서 발을 동동 구르며 불쌍한 표정을 짓는 얼굴이 보였다.

　"뭐야?"

　"……팀장님!"

　구세주라도 만난 듯 울먹이는 막내 앞에 모델 출신 여배우 김미나가 고아한 표정으로 서서 담배를 피우고 있었다. 그녀는 소문난 골초였다. 어떤 상황인지 단번에 파악한 내가 생글생글 웃으며 가까이 다가갔다.

　"여기 금연이에요, 미나 씨."

김미나는 어쩌라고, 하는 눈으로 나를 보더니 일부러 담배 연기를 내 얼굴 앞으로 후우, 뿜으며 재를 바닥으로 툭툭 털었다. 나는 태연한 얼굴로 떨어지는 담뱃재를 향해 손을 쭉 뻗었다. 새빨간 불씨가 손바닥 위로 투둑 떨어졌다.

막내가 헙, 하고 숨을 들이켰다. 김미나 역시 놀랐는지 자신이 턴 담뱃재와 나를 번갈아 보았다. 나는 피부 위에서 까맣게 꺼져 가는 불씨를 무감하게 바라보며 그녀에게 말했다.

"이 카펫 조금 비싸서요. 손상 없이 반납해야 해요."

"……얼마길래?"

김미나가 귀찮다는 듯 이마를 찡그렸으나 눈가에 떠오른 당혹감은 숨기지 못했다. 아무리 톱 배우여도 오늘 쇼의 연출가 손에 담뱃재를 털어 놓고 태연할 순 없으리라. 나는 천연덕스럽게 웃으며 조금 더 가까이 다가갔다. 김미나가 움찔하며 눈을 깜박거리는 게 보였다.

"미나 씨한테 말할 정도로 대단한 금액은 아닌데."

말끝을 길게 늘이자 김미나가 긴장한 얼굴로 귀를 쫑긋 세웠다. 이럴 때 보면 가장 교활한 건 나일지도 모르겠다. 나는 싱긋 웃었다.

"그래도 이 고가의 카펫에 담배 구멍을 낸 게 청순 배우 김미나라면 좀 곤란하잖아요, 우리 서로."

"그거야 뭐……."

"그럼 안 되겠죠?"

다 알지 않느냐는 듯 친밀한 눈짓에 짜증 섞인 한숨이 되돌아왔다. 곧장 꼬리를 내린 김미나는 내가 내민 물티슈에 담배를 비벼 껐다. 그녀는 당연하다는 듯 꽁초 쓰레기를 내게 내밀었고 나 역시 자연스럽게 받아 들었다.

"……손은 미안하게 됐어."

삐죽대며 마지못해 사과를 건네고 돌아서는 그녀에게 괜찮다는 듯 한쪽 고개를 살짝 끄덕이자 김미나가 늘씬한 엉덩이를 흔들며 사라졌다. 막내가 재빨리 손을 내밀었다.

"저 주세요, 팀장님."

"됐어, 이미 버린 손."

"정말 너무해요! 아무리 톱스타라도 그렇지."

"경우가 없는 사람은 스트레스도 없어. 그냥 잊어버려."

"그치만……."

막내는 아직 충격에서 헤어 나오지 못한 얼굴이었다.

"그래도 지금은 얼굴 익힌 지 좀 됐다고 안 괴롭히는 거야."

"……이게 안 괴롭히는 거예요?"

"어, 딱 1년 죽을 만큼 괴롭히더라."

입을 떡 벌린 막내가 다시 울상을 지었다.

"전 앞으로 어쩌죠?"

"어쩌긴, 나 팔고 빠져야지."

"팀장님……."

피식 웃음이 나와 막내의 어깨를 툭 쳤다.

"그래, 내가 네 팀장이다. 이런 일 하라고 있는."

녀석을 들여보내고 화장실로 가서 썩은 냄새가 나는 꽁초를 버렸다. 손바닥이 빨갛게 부어올라 있었다. 몇 번을 닦아도 지워지지 않는 담배 냄새에 계속 비누칠을 했지만 쉽게 없어지지 않았다. 모든 지독하고 강렬한 건 짧은 사이에도 흔적을 남긴다. 쓰레기든, 사람이든.

아무것도 아니다. 이런 것쯤. 아무것도. 버석하게 메마른 입술로 중얼거리며 물기를 닦아내는데 가장자리 끝이 살짝 젖은 트윌리가 보였다.

'내가 빨아 줘도 되는데.'

그 말을 듣는 순간 묘하게 기울어지는 입술이 먼저 눈에 들어와 조금 당황했다. 이성을 상대로 느껴 본 적 없는 기분이었다.

"밤을 너무 샜다, 이치린."

말도 안 되는 감상을 떨쳐 내고 파티장을 지나쳐 철거가 한창인 쇼장으로 되돌아갔다. 그곳에서 졸며 무대 철거를 보는 게 훨씬 나을 것 같았다. 입구에 들어서자 업체 직원이 서류를 내밀었다.

"여기 사인 좀 해 주세요."

기계적으로 서명을 적어 넣다가 문득 그 옆에 커다랗게 적힌 날짜가 눈에 들어왔다. 금방이라도 나올 것 같던 하품은 그대로 멎었다. 24일. 멍하니 숫자를 눈에 새기는 사이 서류를 회수한 직원은 바쁜 듯 걸음을 옮겼다. 뒤늦게 자각한 날짜 하나에 속마음을 들킨 사람처럼 파리하게 굳어진 나는 창백한 얼굴을 천천히 쓸어내렸다. 이런 멍청한 얼굴을 아무도 보지 않아서 다행이라고 생각하며 고개를 들었다. 거기에 그가 있었다. 강지헌.

런웨이를 등지고 선 그는 나를 정면으로 바라보고 있었다. 마치 계속 거기에 있던 것처럼 시선을 거둘 생각조차 하지 않는다. 그의 날렵한 눈매는 모든 걸 꿰뚫어 보는 통찰력을 가진 것처럼 직관적으로 보였다. 담대하게 건너오는 그의 눈빛에 나는 조금 더 딱딱하게 굳었다. 전화기의 진동이 울린 건 그때였다. 강지헌의 시선을 피하기 위해서라면 뭐든 할 기세였던 나는 너무 안도한 나머지 발신자를 확인하지 않은 치명적인 실수를 하고 말았다.

-린……?

한때 매일같이 듣고 지냈던 익숙한 목소리를 듣는 순간, 애써 끊어 냈던 그리움이 훅 끼쳐 왔다. 그 뜻하지 않은 동요에 혀가 뿌리째 굳었다.

"에리……카."

-린! 정말 린이야? 맞지?

갈라진 나무토막으로 바닥을 긁는 것 같은 내 목소리와 달리 에리카는 순진무구한 아이처럼 맑은 목소리로 외쳤다.

-진짜 린이야! 린이 받았어!

흥분한 에리카의 말을 들으며 무의식적으로 누군가의 목소리를 찾는 나를 발견했다. 그대로 전화기를 내려 가슴 위로 꾹 누르며 눈을 감았다. 탁 트인 해안도로 너머로 햇살에 반짝이는 태평양이 떠올랐다 사라졌다. 아무것도 아니다, 아무것도. 다시 천천히 숫자를 세고 눈을 뜨는 순간 동요를 애써 가라앉힌 눈동자가 흠칫 떨렸다. 그 남자가 내 앞에 서 있었다.

그는 굳은 내 얼굴을 파헤치듯 빤히 바라보다 선심이라도 쓰는 표정으로 가볍게 턱짓했다. 대체 뭘 하자는 건지 몰라서 눈을 찡그리자 그가 혀를 차더니 손가락으로 전화기를 콕 짚어 가리켰다. 신음이 새어 나왔다. 에리카! 전화기 밖으로 계속해서 내 이름을 부르는 에리카의 고음이 새어 나왔다.

-린! 듣고 있어? 린짱!

"에리카……."

-나랑 잠깐만 얘기해 주면 안 돼? 나 지금 너무 무서워서……! 있잖아, 린! 실은 나 오늘…….

허둥대며 그녀의 말을 잘라냈다.

"미안해, 에리카."

오랜만에 발음하는 일어가 혀끝을 어색하게 맴돌았다.

"지금 일하는 중이라."

-제발 끊지 마, 린!

절규하는 에리카의 목소리가 전화기를 넘어 뻗어 나갔다. 호기심 어린 강지헌의 시선이 뺨을 뚫고 들어올 것만 같다. 이런 모습 아무에게도 보여 주고 싶지 않았는데. 파도 앞에서 부질없이 흔들리는 종이배가 된 것 같은 비참한 기분 따위는.

"나중에 전화할게."

입안에서 글자가 뭉개졌다.

-린! 제발 부탁이야, 나, 네가 필요해……! 린!

나는 에리카를 외면하듯 전화를 끊었다.

'정말 안 와 볼 거야? 아무리 그래도, 에리카잖아.'

지난달, 전화를 걸어와 에리카의 예정일을 말하던 사에의 비난 섞인 목소리가 머릿속을 울렸다. 아무리 그래도, 라는 말 안에 담긴 과거의 무게가 나를 짓눌렀다. 이제 와 어쩌고. 너는, 나를, 그리고 그는. 초점이 나간 채로 바닥을 가만히 내려다보다가 한순간 벌떡 일어섰다. 가벼운 호흡 한번으로 굳은 얼굴을 펴고 입가를 느슨하게 풀었다. 철거 작업이 한창인 무대 앞을 향해 크게 외쳤다.

　"그럼, 잘 부탁드릴게요!"

　그대로 아무 일도 없었던 것처럼 자연스럽게 간단한 묵례 정도로 강지헌을 지나치려 했다. 그러나 나의 계획을 간파한 듯 그가 한발 먼저 뻗었다.

　"또 보네요."

　어쩔까, 잠시 고민하다 시선을 반쯤 들고 짧게 응수했다. 바쁘다는 듯 시계를 곁눈질하며.

　"이런 데선 흔한 일이죠."

　내가 취하는 태도를 분명히 알아차렸을 텐데도 그는 시종일관 느긋했다. 그가 웃었다.

　"그래서 그렇게 유심히 봤나? 여러 번 훑어보던데, 몹시 자극적인 눈으로."

　나는 빤한 수에 넘어가는 대신 표정 하나 흐트리지 않고 태연히 대꾸했다.

　"착각하셨네요, 그거 저 아닌데."

　"착각이었네요, 한 번도 틀려 본 적 없는데."

　아주 잠시간 그와 나의 시선이 허공에서 부딪쳤다.

　"강지헌, 입니다."

　그는 주머니에 손을 찔러 넣은 채 다소 거만한 얼굴로 이름 석 자를 강조하듯 말했다. 그런 뒤 내 얼굴을 유심히 살폈다. 마치 뭔가를 기다리는 눈빛으로.

　기다려? 뭘? 다른 사람들처럼 호들갑이라도 떨며 굽신대길 바라는 걸까. 그런 거라면 쉽다. 나는 사근사근 웃으며 고개를 살짝 숙였다.

"네, 들었어요. 아주 유명하고 대단한 분이시라고. 아까는 몰라봐서 실례했습니다."

"여전히 몰라보는 거 같은데."

그가 눈을 가늘게 뜨고 나를 보았다.

나는 영업용 미소를 지우지 않은 채 태연하게 대답했다.

"그럴 리가요? 한번 들으면 절대 잊을 수 없는 이름이던걸요."

그리고 그의 얼굴을 빤히 본 채 의미심장하게 웃었다.

"강 다니엘이시라고."

찰나의 순간 강지헌의 곧게 뻗은 눈 사이에 힘이 들어가는 걸 보고 나서 확신했다. 이 남자의 콤플렉스가 이름이라는 것을.

"그러고 보니 얼굴도 좀 닮았네요?"

나는 비죽 새어 나오려는 웃음을 꾹 참으며 고개를 갸웃했다.

"아닌가?"

"그런 말 처음 듣는데."

"아, 그러시구나. 이름만 같나 봐요."

눈웃음 이모티콘과 같은 표정을 지으며 영혼 없이 웃어 주자, 희고 반듯한 이마에 핏대가 서는 게 보였다.

"내가 먼저예요, 그 이름."

딱딱하게 굳은 목소리에 신경을 제대로 건드렸구나 싶어 속으로 쾌재를 불렀다.

"네, 그러시겠죠. 어딜 봐도 아이돌만큼 어려 보이진 않으시거든요."

이쯤 되면 더는 말 걸지 않겠거니 하며 몸을 돌리는데, 예상과 달리 침착한 목소리가 발을 붙잡았다.

"원래 그렇게 걸음이 빨라요?"

"……네?"

"도망가는 게 주특기 같아서."

"제가 뭐가 무서워서 도망을 가겠어요?"

"그러게. 뭐가 그리 무서워서 그렇게 서두를까. 아직 정식으로 통성명도 안 했는데."

선 채로 잠시 얼굴을 구기며 생각했다. 프랑스에서 날아온 패션 브랜드의 임원이라고 했던가. 구 선생이 굽신거릴 정도면 럭셔리 브랜드일 거고, 아시아 출신의 젊은 남자가 임원직을 꿰찰 정도라면 뻔했다. 배경이 빵빵하거나 실력이 출중하거나 아니면 둘 다거나. 뭐가 됐든 박 대표의 말대로 EM의 클라이언트가 될 건 훤했다. 별수 없지. 나는 마지못해 그를 향해 돌아섰다.

"EM웍스 이치린입니다. 이미 아시는 것 같지만요."

"재미있는 소문은 좀 들었죠. 휴머노이드라고."

사내 직원 몇이 우스갯소리로 한 말을 이제는 업계 사람들 대부분이 별명처럼 부른다는 것쯤은 알고 있다. 그러나 한 번도 기분 나쁘다고 생각한 적 없던 단어가 막상 그의 입에서 나오는 순간, 이상하게도 뒤틀린 마음이 들었다.

"걔보다는 제가 좀 더 자연스럽게 걷지 않겠어요? 예쁘기도 하고요."

무안해하길 바라며 빤히 보았으나, 그는 외려 피식 웃을 뿐이었다. 그러고는 내 앞으로 다가오며 물었다.

"자주 보게 될 거 같은데. 어때요, 잘 맞을 것 같아요?"

"자주 보게 될까요?"

"싫어요?"

"아뇨."

"얼굴이 그런데."

"티 나나요?"

내 정색한 표정과 달리 그는 다시 한번 웃었다.

"이상하네. 자기 손에 담뱃재를 터는 여자한테까지 웃어 주면서, 왜 나한테만 까칠하다는 생각이 들까."

그걸 봤나……? 봤어도 보통은 못 본 척하지 않나. 그런 생각을 하고 있는데, 그가 느긋하게 웃으며 강조했다.

"계단에서 떨어질 때 잡아 주기까지 했는데, 말이죠."

마치 자신의 무언가를 걸고 내 목숨이라도 구해 준 것처럼 거창하게 하는 말에 나도 모르게 눈을 찡그렸다. 결국 내 입에서 솔직한 말이 튀어 나갔다.

"다른 사람과 같지 않으니까요."

"달라요?"

다르다. 아주 많이. 숨 하나까지 따라오는 시선과 뭔가를 알고 있다는 표정이. 저 밑바닥에 숨겨 놓은, 기억조차 나지 않는 나를 알고 있는 것 같은 눈빛이. 그래서 불편했다. 최소한 눈앞의 이 남자보다는 막말을 서슴지 않는 여배우를 상대하는 게 훨씬 더 편하다는 것만은 분명했다. 나는 표정을 숨긴 채 차분히 시선을 들었다.

"다르죠. 클라이언트가 될 수도 있으니까요."

그가 다시 픽 웃어 버리자 나도 모르게 눈에 힘이 들어갔다. 이것 봐, 믿지 않잖아.

"좋아요. 그럼, 클라이언트로서 내 견적은 어떻게 나왔어요?"

"사람 겉모습으로 셈해 본 적은 없어서요."

거짓말. 씨익 웃는 그의 눈이 그렇게 말하고 있었다. 뭐가 그렇게 즐거울까, 내가 결코 싫은 소리는 못 할 걸 알아서? 내 소문을 반만 들었네. 나는 이치린인데. 비틀린 입매가 한쪽으로 기울었다.

"굳이 원하신다면 어느 쪽을 원하세요, 솔직한 말과 듣기 좋은 말."

"이왕이면 듣기 좋은 말이 좋죠."

"좋아요, 그럼 듣기 좋은 말로."

팔짱을 끼고 도도하게 치켜뜬 눈으로 그를 보며 톱모델인 유진이 했던 말을 떠올렸다. 상품의 등급이라도 매기듯 샅샅이 훑는 시선 아래 놓이면 발가벗겨지는 것 같아서 싫다고 했던가. 기분이 몹시 더러워진다고. 눈빛을 차갑게 세운 나는 강지헌의 몸을 향해 의도적인 시선을 던졌다.

딱 벌어진 어깨와 셔츠 아래로 드러난 다부진 근육, 굵기가 적당한 허벅지와 밑위길이, 그리고 매끈하게 빠진 다리 선을 아주 천천히 노골적으로 훑어내렸다. 허리 부근에 이르렀을 때 고개를 살며시 기울이며 뭔가가 미흡한 듯 턱을 문지르는 것도 잊지 않았다.

내가 남자의 몸을 그렇게까지 선정적으로 볼 거라고는 예상 못 했는지 그의 미간에 주름이 가는 게 보였다. 입매가 단단히 굳는 모습을 확인한 나는 평가를 끝냈다는 듯 팔짱을 풀고 가볍게 툭 뱉었다.

"미끈하게 빠진 게 모델 하기 딱 좋아 보이네요."

"……뭐라고?"

"이름만요."

생글 웃은 나는 그대로 고개를 살짝 숙인 인사와 함께 그에게 등을 돌렸다.

* * *

"아⋯⋯."

미쳤다. 철거 현장을 빠져나온 나는 도망치듯 파티장으로 되돌아와 머리를 감싸 쥐었다. 이렇게 형편없이 도발에 응하다니. 사고를 친 건 둘째치고 손쉽게 욱하고 만 얄팍한 인내심이 한심했다. 왜 하필이면 그 남자하고만 자꾸 부딪치는 걸까.

진지하게 방금 전 일을 곱씹는 찰나 대형 스피커를 타고 익숙한 멜로디의 전주곡이 흘러나오기 시작했다. 익숙하다 못해 뼈와 혈에 각인되어 온갖 풍경과 기억을 몰고 오는 피아노 선율을 듣는 순간, 나는 얼음처럼 그 자리에서 굳어 버리고 말았다.

'왜 맨날 피아노가 시작이야?'

'네가 좋아하잖아.'

'이게 가사야? 너무 평범하지 않아?'

'상관없어, 우리가 사랑하는 이야기니까.'

그는 늘 그랬다. 절절한 설명 대신 그런 한마디로 내 마음을 사로잡았다. 그런데 왜 하필, 왜 지금, 대체 왜 오늘. 나는 DJ 부스석을 죽일 듯이 노려보았다. 로디는 김미나와 함께 커플 댄스를 추고 있었고, 그 옆에 선 최 감독이 나를 의기양양한 얼굴로 보고 있었다.

내 반응과는 달리 8주간이나 빌보드 1위를 수성하며 한 시대를 풍미했던 히트곡이 나오자 파티장의 열기는 후끈 달아올랐다. 드럼 비트가 바닥을 쿵쿵 울렸고 경쾌한 리듬에 맞춰 피아노 전주가 시작되자 스테이지의 모든 셀럽이 손을 위로 뻗으며 열광하기 시작했다. 최 감독이 손으로 카운트를 세자 관객들이 짜기라도 한 것처럼 신호에 맞춰 떼창을 부르기 시작했다.

We made it here together.
Our love will fill this song.
Then you come along, and you hold me, you say.
We won't ever break up.
We ain't never gonna break up.
I'm here to stay with you.
I'm here to stay forever and ever.

한때 세상에서 가장 편안한 자장가였던 목소리가 저주와 유령의 노래가 되어 머릿속을 쿵쿵 울렸다.

Here to stay, and I'm here to stay with you.

움츠린 가슴 사이로 길쭉하고 뾰족한 가시가 수없이 날아와 박혔다. 한국으로 돌아와 제법 단단해졌다고 생각했는데 겨우 노래 한 곡에 무너지고 만다.

엉성하게 붙여 둔 테이프가 떨어지고 그 아래 산산이 조각난 내가 부서져 내리고 있었다. 나는 거듭되는 주먹을 받아들이는 고장 난 펀치머신처럼 온몸으로 울리는 그의 노래를 받아들이고 있었다.

We won't ever break up.

'절대 헤어지지 않을 거라고? 거짓말.'

'난 네가 필요해. 린! 린!'

날카로운 이명이 귀를 뚫고 들어왔다. 나는 만월처럼 부푼 에리카의 배를 떠올리며 두 팔로 내 몸을 감싸 안았다.

"제발."

날 좀 여기서 꺼내 줘, 저 노래가 들리지 않는 곳으로…… 제발……!

"뭡니까?"

헐떡이는 숨 사이로 낮고 단단한 음성이 파고들었다. 사슬처럼 조여 오는 과거의 고통에 몸부림치며 눈동자만 겨우 굴리는데, 그곳에 강지헌이 서 있었다. 나를 삐딱하게 내려다본 채로.

"유령이라도 본 얼굴이네."

"나 좀……!"

나는 생명줄을 붙잡는 심정으로 그의 팔을 세게 움켜쥐었다. 그의 결벽증을 배려하기엔 내 상황이 너무도 절박했다.

"부탁이에요. 나 좀 여기서……."

그러나 뿌리칠 거라고 생각한 것과 달리 그는 내 양팔을 잡으며 고개를 숙였다.

"나 봐요. 숨이 안 쉬어져?"

가위로 난도질당하는 것 같은 귀를 틀어막으며 고개를 저었다. 그가 시끄러운 음악 소리에 눈을 찡그리며 나를 잡아끌었다.

"일단 나가죠."

"발이…… 발이 안 움직여요."

강지헌의 날카로운 눈빛이 내 얼굴과 두 발을 차례로 훑었다. 나는 눈을 질끈 감은 채 숨을 멈췄다. 비난도 욕도 좋으니, 제발 여기서 데리고 나가 주기만 해, 제발.

"나 안아요."

무슨 말인지 이해하기도 전에 시야가 전복되고 몸이 기울었다.

"놓치지 말고, 꽉."

그가 나를 번쩍 안아 들었다

* * *

'人に迷惑を掛けるな(히토니 메이와쿠오 카케루나).'
'남에게 폐를 끼치지 않도록 해라.'

열일곱 살에 고아가 되어 일본 땅을 처음 밟은 날, 촌수를 따져 묻기도 까마득한 친척 어른이라는 마츠이 여사의 한마디가 나의 일본 생활을 결정지었다. 일본인이었던 외할머니와 육촌지간이라는 그들은 단 한 방울이라도 마츠이 가문의 피가 흐르는 존재를 한국 고아원 같은 시설에 보내는 것에 대해 수치스럽게 생각했다.

희석되고 희석되어 같은 피가 흐르는지조차 의심스러웠으나, 거두어 준 것에 대해 감사히 여겨야 한다는 것 정도는 알 나이였다. 그래서 시코쿠의 한 시골 학교 기숙사에 홀로 보내졌을 때조차 불평하지 않았다.

'이치린(いちりん)? 꽃 한 송이(一輪)?'

무관심하거나 괴롭히거나 하는 무리 중에 속하지 않았던 준이 내 이름을 말한 건 등교한 지 한 달째 되는 날이었다. 그 말이 무슨 신호라도 된 것처럼,

머리카락 색과 피부색을 제외하면 무엇 하나도 같지 않았던 아이들이 나를 괴롭히지 않게 된 것도 그날 이후였다. 그 후로 준은 고교 시절 내내 쭉 내 옆에 있었다.

'리츠린 어때?'

'뭐?'

'네 일본 이름. 우리가 결혼하면 내 성을 따라 일본 이름으로 바뀌게 될 테니까.'

너무 놀라 아무 말도 하지 못했을 때, 준은 수줍은 소년처럼 잔뜩 긴장해서 나에게 물었다.

'이시하라가 되기 싫어?'

봄이 지나면 여름이 오는 것처럼, 그의 신부가 되는 일이 나에겐 그러했다. 그래 놓고는 나는 속마음과 다른 말을 했다. 다른 미래는 그려 본 적도 꿈꿔 본 적도 없으면서.

'리츠린이라니. 뭔가 이상하잖아. 관광지를 사람 이름에 쓰는 사람이 어딨어?'

'특별하잖아, 발음도 비슷하고. 나한텐 네가 그래. 리츠린 같거든. 눈을 뗄 수 없을 만큼, 예뻐.'

'그거 한국식대로 말하면, 나보고 서울대공원이랑 같다는 뜻이거든?'

바보 같아, 라는 퉁명스러운 대답에도 준은 웃기만 했다. 리츠린 공원은 우리가 살던 고치현 옆 마을에 있는 일본식 정원이었다. 백 년에 걸쳐 만들어진 천 그루의 소나무와 형형색색의 비단잉어가 있는 곳. 인공으로 만들어져 한겨울에도 녹음이 바래지 않는 곳이었다. 비 내린 다음 날, 옅은 안개 사이로 무지개 낀 반달다리를 함께 걸으면 소원이 이루어진다는 로맨틱한 전설이 내려오는 곳.

'그런 거 다 미신이야. 정확하지도 않잖아. 리츠린에 있는 다리를 전부 건너야 한다는 사람도 있고, 반달다리만 건너도 된다는 사람도 있고. 실연당한 누

군가가 연인들을 골탕 먹이기 위해 만든 게 분명해.'

내 시큰둥한 말에 준은 순하게 웃으며 말했다.

'그럴지도 모르겠다. 도쿄돔의 세 배니까. 그래도 건넜으면 좋겠어. 한 번쯤은 우리 같이.'

나의 냉소에 물들지 않는 순진한 표정에 나는 동화되고 말았다.

'……나중에. 졸업하고, 여기 남게 되면 시간 많을 테니까 뭐…… 그때 가보든지.'

'그때가 되면 너도 나처럼 이름 불러 줘. 이시하라 말고.'

활짝 웃는 그를 보며 아무 대답도 하지 않은 건 가슴이 떨려서였다. 고아가 된 이후 늘 목말라 하던 것. 어딘가에 적을 두고 싶었다. 아주 간절하게. 피와 살이 섞인 나의 혈육을 만들고 싶었다. 그래서 준이 이시하라라는 이름을 꺼냈을 때 심장이 튀어나올 것 같아 입술을 꾹 눌렀다. 애써 무신경한 얼굴로 봐서, 라며 건성으로 대꾸했다. 그래 놓고는 몰래 화장실로 달려가 조마조마한 얼굴로 누구에게 들릴세라 아주 작게 속삭여 보았다. 이시하라 리츠린, 이라고.

빼앗길까 봐, 부정 탈까 봐, 몰래 숨어 사탕을 먹는 아이처럼. 소리 내어 말하면 행복을 거둬 갈까 봐. 나를 지독하게 미워하는 신이 샘을 낼까 봐. 입 밖으로 꺼내지 못했다. 그렇게 기다린 세월이었다. 이시하라 리츠린이 되는 날을. 우리는 결국 준이 도쿄로 떠날 때까지도 함께 그 다리를 건너지 못했다.

'나중에 말이야, 내가 정말로 유명해지면 도쿄에 맨션을 얻자. 한쪽엔 내 작업실과 그 옆엔 네 서재를 만들고, 그 옆엔 침실과 아기방을 커다랗게 잇는 거지.'

내 몸 하나 간신히 누울 수 있는 좁은 다다미 다락방에서 그와 사랑을 속삭이던 순간이, 추억이 유령보다 더 무섭고 잔인하게 펼쳐졌다.

내게 준이 오빠이자 연인이자 새롭게 만들 가족이었다면, 에리카는 한 번도 가져 보지 못한 자매였다. 밝고 명랑하며 주위를 순백으로 물들이는 순수

함까지 모두 가진 나의 혈육.

'네가 와서 정말 기뻐, 린. 바빠서 얼굴도 못 보는 사에보다 나한텐 네가 더 자매 같아.'

팔촌이면 피가 얼마나 섞인 걸까, 같은 피가 흐르는데 한쪽은 한국인, 한쪽은 일본인이라는 사실이 재미있어 까르르 웃기도 했던 순진했던 여러 날. 순진할 정도로 행복했던 우리를 잃은 그 밤의 기억이 눈앞에 현실처럼 몰아닥쳤다. 만약 약속대로 함께 반달다리를 건넜더라면 끝은 달랐을까. 아니, 바뀌지 않았을 거다.

사람들은 모두 오로라를 아름답다고만 생각한다. 그러나 신비로운 안개가 날 새로운 곳으로 인도해 줄 거라는 착각에 뛰어드는 순간, 잡아먹히고 만다. 처참하고 끔찍하게.

그날, 그 끔찍했던 날 아침, 촘촘하게 번지는 새벽 공기 위로 햇살은 찬연하게 빛나고 모든 게 나를 축복해 줄 것만 같던 그 순간, 하네다 공항을 빠져나오며 준에게 전화를 걸려는데 유진의 전화가 먼저 들어왔다.

-너도 여자 맞구나. 무덤덤하고 태평하게 장거리 연애한다 했더니, 이렇게 영화를 찍어? 이번 파리는 죽어도 갈 거라고 티켓 따내더니, 천하의 이치린이 이럴 줄 누가 예상이나 했겠냐구! 대표님 완전 벼르고 있어. 너 평생 두고두고 놀려 먹는다구 아주 신났다.

핸드폰을 통해 넘어오는 유진의 상기된 목소리에 전염이라도 된 건지 덩달아 마음이 붕 떠서 좀처럼 흥분이 가라앉지 않았다. 무얼 해도 곧 다가올 행복한 순간에 대한 상상을 멈추지 못할 것 같았다. 그래서 준이 있는 시나가와의 맨션 앞에 섰을 때 숨을 고르지 못한 채로 엘리베이터에 올랐다.

-그래, 청춘이라 이거지? 축하한다! 드디어 이치린이 결혼하는 걸 보네. 아, 이 엄마 마음.

"설레발 금지."

-어머, 애 봐. 내숭은? 막판에 비행기 바꿔 탔으면 뻔한 거지. 이번엔 제발

그 뜨뜻미지근한 뮤지션 양반이 남자답게 일 좀 저질렀으면 좋겠네. 아닐 거면 그냥 놔주든가.

"끊어, 톱모델. 이따 전화할게."

-야, 나도 눈치는 있거든. 폰 딱 끄고 이틀간 뜨겁게 불태우고 와.

"내 폰 죽여 놓고 이틀 동안 뭐 하게? 놀 생각 하지 마. 이번 파리 밀착 동행기, 배우 전향하고 첫 공식 일정인 거 알지? 컨디션 관리 잘해. 굴욕샷 안 나오게."

-어휴, 잔소리, 잔소리. 끊어.

"SNS 실시간으로 확인할 거야."

-방금 한 말 취소. 너 여자 아냐. 그냥 이치린 맞아.

유진이 치를 떨며 전화를 끊자 피식 웃으며 거울을 보는데 볼이 발그레한 여자가 있었다. 나도 내가 이럴 줄은 몰랐다. 남자친구의 전화 한 통에 오매불망 기다려 왔던 천재 디자이너의 쿠튀르 무대를 뒤로하고 달려오게 될 줄은.

놀라겠지? 지난밤 전화로 길게, 예정된 파리 출장에 대해 불만을 터뜨리며 가지 말라고 매달리기까지 했으니 놀라서 주저앉을지도 모른다. 그럼 선심이라도 쓰듯 두 팔을 활짝 벌려 안아 줘야겠다. 평범하고 행복한 여자처럼. 사랑하는 사람과 함께 행복한 미래를 꿈꾸는 그런 평범한 여자. 틀림없이 그렇게 될 거라고 예상했다. 그랬는데.

"쥰! 나 왔어⋯⋯!"

쥰이 일본에서 가장 큰 음반사와 계약을 하게 된 뒤로 얻게 된 고급 맨션의 더블사이즈 침대 위에는 내가 가장 사랑하는 또 다른 한 사람이 있었다.

"에⋯⋯리카⋯⋯?"

그녀는 쥰의 침대 위에 누워 있었다. 우리 셋은 그대로 굳어서 박제된 짐승처럼 숨소리조차 흘리지 못했다. 목 안에 바윗덩어리가 들어가 있는 것처럼 아무 말도 나오지 않았다. 무언가 잘못됐다. 에리카가 누워 있는 그곳은 분명 내 자리인데. 왜 나를 대신해서 에리카가 저기에 누워 있고, 에리카가 서 있을 법한 이 현관 앞에 내가 있는 걸까. 마치 불청객처럼.

"치린, 잠깐만! 내 말부터 먼저 들어줘……!"

준의 입에서 거침없는 한국어가 튀어나왔다. 단둘이 있을 때를 제외하고는 가족이 있을 때조차도 딱딱한 일본어를 고수하며 거리감을 두던 준이 한국어로 말했다. 에리카를 옆에 둔 채로. 나는 맨가슴에 바지를 꿰어 입으며 허둥대는 준을 너머 한곳을 뚫어져라 쳐다봤다. 그에게서 떨어져 나간 셔츠를 잠옷처럼 두르고 있던 에리카를.

"……그거."

그건 내가 준에게 선물한 셔츠였다. 첫 앨범 발매일이 결정되고 파티를 열었을 때, 누구나 입는 기성복이 싫어 거래처에 부탁해서 만든 맞춤 옷이었다.

"그걸 왜 네가? 이시하라, 왜 에리카가 저 옷을……."

내가 계속해서 일어로 얘기한 건 반발심이나 그를 자극하려는 의도가 아니었다. 그 뒤 맨션을 나올 때까지도 나는 내가 어떤 언어로 말하고 있는지 알아차리지 못했다.

"미안해, 린."

에리카는 내가 손수 만든 준의 셔츠를 입고 선 채로 아까보다 훨씬 더 차분하게 나를 불렀다. 그리고 침대 밖으로 빠져나온 에리카의 맨다리를 보는 순간, 나는 둘을 동시에 잃었음을 직감했다. 손에서 떨어진 샴페인 병이 바닥을 뒹굴며 요란한 소리를 냈다.

"이게, 그러니까, 지금."

얼음송곳이 심장 한가운데로 서서히 찌르며 들어왔다. 더 깊숙이 박혀 들 때마다 말도, 숨도 갈 곳을 잃고 흩어졌다. 말을 꺼내는 순간 어떤 식으로든 형태가 되어 끔찍한 사실로 굳어져 버릴까 봐 무서웠던 건지도 모른다. 그러나 내가 간과한 건, 이미 지옥 같은 현실 한가운데에 서 있다는 사실이었다.

고아가 되어 처음 이 땅을 밟은 뒤로 겨우 벗어났다고 생각했던 무간지옥을 그저 미로처럼 돌다가 다시 되돌아왔다. 그걸 깨닫는 순간 견딜 수가 없었다.

내 시선을 피하지 않는 에리카로부터 먼저 고개를 돌린 건 우습게도 나였다. 나약한 나.

"거기서 기다려. 가지 마, 이치린……!"

흥분으로 새빨갛게 달아올라 마구잡이로 옷을 헤집는 준과 창백하지만 침착한 에리카의 모습이 분열의 순간처럼 모순덩어리 같았다.

"제발, 치린! 이대로 가면……!"

탁 하고 문을 닫는 순간, 준의 절규 같은 외침도 사라졌다. 준은 금방이라도 뒤쫓아 나올 것처럼 굴었지만, 등 뒤로 굳게 닫힌 문은 내가 생명줄처럼 쥐고 있던 손잡이가 땀으로 미끄러질 때까지도 열리지 않았다. 몸이 시체처럼 축 늘어져 바닥으로 허물어졌다.

"아, 아아."

아직 아무 말도 듣지 못했는데. 아무것도 아니라고. 실수였다고. 제발 한 번만 용서해 달라고. 여전히 너뿐이라고. 그런데도 너는 내가 도쿄를 떠나는 순간까지도 끝내 그 한마디를 하지 않았다.

핏줄이 몽땅 끊겨 나가는 기분이 이런 걸까. 한날한시에 연인과 가족을 송두리째 빼앗겼다. 겨우 되찾은 소망을 박탈당했다. 아니, 삶에서 나만 추방당했다. 그날로부터 시작된 슬픔은 나를 식민지처럼 점령해 야금야금 좀먹어 들어갔다. 준을 잃고 에리카를 잃은 그날로부터 시작된 고통은 조금도 줄지 않았다. 버석버석 갈라진 마른 장작개비처럼 뼈 사이로 부는 바람은 언제나 시렸다.

그가 유명해지지 않았더라면, 그래서 도쿄 시나가와의 고급 맨션으로 이사 가지 않았더라면, 그의 반대를 무릅쓰고 한국으로 돌아가지 않았더라면, 다른 직장을 구했더라면, 그래서 준이 바란 대로 함께 살았다면, 잦은 출장만 아니었다면. 아니, 차라리 그 밤 비행기를 바꿔 타지만 않았다면, 서프라이즈 따위 하는 게 아니었는데.

거듭되는 부질없는 후회가 날카로운 창이 되어 심장을 마구 찔러 댔다. 왈

콱콸콱 솟구치는 피가 흘러 발밑에 웅덩이를 만들더니 그대로 피의 바닷속에 잠식된다. 숨이 막히는 고통 속에서 겨우 눈을 뜨면 온몸이 식은땀으로 젖어 헐떡이는 내가 있었다. 이대로 영영 깨어나지 않기를 바라던 수많은 밤들. 한국으로 찾아와 주먹을 꼭 쥔 얼굴로 단호하게 말하던 에리카의 얼굴이 떠올랐다.

'나, 이시하라가 되고 싶어.'

나는 망연한 얼굴로 무릎 위에 놓인 에리카의 손만 하염없이 바라보았다. 손을 보는 척하며 그녀의 배를 보았다. 미래의 이시하라를 품은 그 배를. 그래놓고도 나는 추방당한 곳으로부터 여전히 내가 필요하다는 한마디에 죽어 있던 세포가 깨어나는 것처럼 날뛰었다가 다시 새카맣게 바래 내려앉았다.

"괜찮아요?"

누군가 내 어깨를 붙잡고 흔들었다. 단단한 손이 처참한 기억 속을 부유하던 나를 건져 내듯 현실로 끌어올렸다.

"이치린 팀장."

나는 갑자기 사라진 이명에 귀가 먹먹해서 고개를 흔들었다. 단단한 손이 얼굴을 감싸더니 위를 향해 들어 올렸다. 여기가 어디지. 멀거니 올려다보며 초점을 맞추자 심각한 얼굴의 강지헌과 그의 뒤로 꽉 막힌 8차선 대로변을 꾸역꾸역 기어가는 차들이 보였다.

"아……."

겨우 정신을 차린 내가 깊은숨을 토해 내자 그가 내 얼굴을 유심히 살피며 물었다.

"정말 괜찮은 거예요?"

"네."

"그럼 놔요, 이제 그만. 그거."

그의 눈짓에 나는 그제야 트윌리를 감은 오른쪽 손목을 동아줄처럼 움켜쥐고 있다는 것을 알아차렸다. 강지헌의 손이 내 손을 감싸며 천천히 떼어 냈다. 억눌렸다 풀려난 팔목이 찌르르 울렸다. 식어 내린 땀으로 목덜미가 서늘했다.

"고맙……습니다, 정말. 두 번이나."

착잡한 마음으로 사과를 건넸으나 돌아오는 말은 없었다. 온몸에 기운이 다 빠져나간 것처럼 축 늘어져서 벤치에 등을 묻고 고요히 숨을 정리하는데, 앞으로 불쑥 손수건이 다가왔다.

"괜찮아요. 쓰세요."

고개를 저어 사양했으나 그는 내민 손을 거두지 않은 채로 나를 빤히 보기만 했다. 그 눈빛에 별수 없이 손수건을 받아 든 뒤, 물티슈를 꺼내 내밀었다.

"그럼 이걸로 닦으세요."

이번에는 그가 나를 빤히 보았다.

"결벽증 있잖아요."

"내가?"

그는 황당해했다.

"괜찮아요. 그 정도는 병도 아니니까."

"하."

그가 기막힌 표정으로 포장지 끝을 살짝 잡으며 물었다.

"뭐였어요, 방금."

날카로운 시선이 뺨에 와서 박히는 느낌이 선명했다. 나는 손등으로 얼굴을 문질렀다.

"그냥…… 속이 조금 안 좋아서요."

강지헌이 눈을 가늘게 떴다. 믿지 않는 얼굴이다.

"지병 있어요?"

"아뇨."

"집에 우환 있나?"

바빠서 들어가지도 못하는데.

"그럼 남자네. 차였어요?"

밤을 환하게 밝히는 조명 아래 나를 유심하게 응시하는 홍채는 무늬가 드러나 보일 정도로 옅으면서도 진했다. 나는 눅눅하게 퍼지는 밤공기를 맞으며 얼굴을 돌렸다.

"ex-boyfriend?"

묵묵부답으로 일관하는 나를 그의 시선이 집요하게 따라붙었다.

"설마, 전남편?"

고개를 번쩍 치켜들자 싱글거리며 웃고 있는 그의 얼굴이 보였다.

"그러게 왜 사람 말을 씹나? 여기까지 들고나온 게 누군데."

들고나오다니. 짐짝 취급하는 말에 나는 처지도 잊고 발끈했다.

"누가 들고나오래요? 그냥 두지 그랬어요."

"살려 달라고 막 안기길래."

"……내가 언제요?"

"발이 안 움직인다면서. 그거 안아 달라는 뜻 아닌가?"

"그냥 끌고만 나와 달라는 얘기였죠."

"살아났다고 금세 소리치는 거 봐."

"……."

강지헌의 지적에 나의 호기는 순식간에 이성 아래로 가라앉았다.

"죄송해요. 고맙구요. 초면인데."

그가 나를 가만히 내려다보더니 입고 있던 카디건을 벗으며 말했다.

"사과에 영혼이 없는데."

"기운이 없는 거예요."

뻗어 나온 손이 나를 부드럽게 감쌌다. 곧이어 옷감이 바스락거리며 싸늘하게 식은 등을 덮었다. 갑자기 좁혀진 거리에 등줄기로 긴장감이 타고 올라왔다.

"이렇게까진 안 해도 되는데……."

"안 해도 되는데, 하고 싶으니까 그냥 있어요."

"……왜요?"

"두 번이나 안을 순 없잖아. 초면이라며."

어깨를 힘주어 잡는 지헌의 손을 느끼며 바짝 마른 입안을 혀로 꾹 눌렀다. 어디선가 봄바람이 불어와 머리카락을 흩날리고 뺨을 간질였다. 그 느낌이 불편해서 나를 지그시 바라보는 그의 시선에 눈을 피하고 말았다. 마침내 그의 손이 점잖게 물러났다. 그러나 그의 옷에서 나는 향기까지는 피할 도리가 없었다. 시트러스, 네롤리, 프루티는 버가못, 우디는 엠버…….

순간적으로 옷에 코를 묻고 향을 깊게 들이마셨다가 나도 모르게 흠칫 굳었다. 슬쩍 고개를 드니 아니나 다를까 지헌이 기묘한 표정으로 미소를 짓고 있었다. 그의 눈빛은 학명이 확인되지 않은 정체불명의 생명체를 보는 듯했다. 나는 솔직하게 시인했다.

"직업병이에요."

"독특한 사람이네."

"오해하시는 거 같은데, 저 그렇게 이상한 사람 아니에요."

"그런 말을 그렇게 정색하고 하면 진짜 이상해 보이는데."

"그래도 기획사 선정에 고민하진 마세요, 일은 잘하니까."

"이런 상황에도 영업합니까?"

나는 어깨를 으쓱하는 것으로 대답을 대신했다. 그는 나를 관찰하듯 빤히 보다가 시계를 보았다.

"그만 들어가도 되겠어요?"

"그럼요."

겨우 노래 한 곡에 벌벌 떨던 나는 강지헌의 말대로 금세 살아나 벌써부터 최 감독에게 어떻게 복수할까를 궁리하고 있었다.

"안에. 있잖아."

맥락 없이 생략된 말에 영문을 몰라서 올려다보자 그가 말했다.

"이 팀장 전남친."

"……제 전남친이 저 안에 있었나요?"

황당한 얼굴로 빤히 보는데 그가 비죽 웃었다.

"누구…… 뭐, 설마 로디요?"

그의 신박한 상상력에 나는 너무 기가 막혀서 입을 떡 벌리고 말았다.

"SF급 상상력이네요."

"그러게 뭘 그렇게 애틋하게 봐. 바람난 남편 집에 돌아온 것처럼."

흠칫 놀라며 그의 시선을 피해 헛웃음을 토해 냈다.

"……내가요? 말도 안 돼, 그 어린애를!"

"왜, 다들 문신 보고 멋있다던데. 설마, 이 팀장도 그 안에 용 같은 거 품고 있나?"

나를 턱짓하며 놀리는 얼굴이 상당히 즐거워 보여 나는 묵묵히 쏘아보는 것으로 대답을 대신했다. 그러다 순간, 이 상황이 우스워져 실소가 터져 나왔다. 미치겠다, 로디라니. 그 어린애랑 내가 뭘 한다는 상상만으로도 울렁거림에 몸이 뒤틀리는 것 같았다.

내가 웃기 시작하자 나를 가만히 바라보던 강지헌 역시 짧게 웃음을 터뜨렸다. 내게서 번진 웃음이 그에게 건너갔다가 서서히 잦아들었다. 새뭇이 웃던 내 미소도 천천히 가라앉았다.

나는 밤길을 밝히는 화려한 네온사인을 보며 몸을 일으켰다. 그리고 정중하고 차분한 얼굴로 고개를 숙이며 잠시 넘어섰던 경계를 되돌렸다.

"감사했습니다, 여러모로."

그는 내가 내민 카디건을 받을 생각도 않고 경계석 위에 선 채로 내 얼굴을 빤히 보기만 했다.

"예쁜 거 맞네."

"……네?"

"이치린 팀장이 더 예쁘다고, 휴머노이드보다."

싱그럽게 웃는 남자의 얼굴 사이로 다시 봄바람이 불어왔다. 나는 아무 말도 하지 못한 채 그의 뒤로 점멸하는 교차로의 신호등을 보기만 했다. 이대로 등을 돌려 달아나야 할 것만 같았다.

02

사기

업소용 캡사이신, 생와사비, 청양고추, 초고추장 매운맛. 빨강 일색의 물건들이 차례로 계산대를 지났다.

"아가씨가 매운 걸 엄청 좋아하는 모양이네."

포스에 선 점원이 빠른 손놀림으로 바코드를 찍으며 말했다. 강지헌에게 안겨 파티장을 나왔던 내가 다시 돌아갔을 때는 파티도 철거도 모두 끝날 무렵이었다. 사흘 밤을 꼬박 새웠기에 원래라면 이대로 집으로 들어가 뻗을 예정이었으나, 오늘은 특별히 회사 뒤풀이에 참석하기로 마음을 바꿨다. 그러기 위해서 친히 가게에 들른 것이다.

"조심해. 그러다 속 버려."

"네."

나는 생글생글 웃으며 빨대 꽂은 헛개초코우유를 쭈욱 빨아들였다. 앞에는 말끔하게 비운 겔포스와 여명808, 마시는 우황청심환이 차례로 놓여 있었다. 마지막 한 모금까지 탈탈 털어 넣은 뒤 빈 통을 쓰레기통에 던져 넣었다. 포물선을 그리며 깔끔하게 안착하는 모습을 뒤로한 채 비장한 얼굴로 마트를 나섰다.

* * *

"누가 또 우리 이 팀장을 화나게 했어?"

펍에 들어섰을 때 손에 들린 봉지를 발견한 박 사장이 물었다. 회사 근처에 있는 웨스턴 스타일의 펍은 박 대표의 오빠들이 운영하는 탓에 EM웍스의 공식적인 회식 장소로 통했다. 나는 바글바글한 회사 사람들을 헤치고 곧장 안쪽으로 들어섰다.

"최 감독이지?"

여간해서는 뒤풀이에 참석하지 않았기에 오랜만에 나를 본 박 사장은 내 뒤를 따라오며 주변을 맴돌았다.

"그놈이 또 너 엿 먹였어? 이번엔 뭔데?"

"선유 씨는 안 왔어요? 아까 고맙다는 인사 제대로 못 했는데."

"……걔가 거길 갔어? 패션쇼장을?"

"급하게 부탁할 게 좀 있었어요."

그가 헐 소리를 내더니 갑자기 나를 경계하듯 보았다.

"너, 대체 우리 막내한테 무슨 요술을 부린 거냐?"

어깨만 으쓱한 뒤 주방으로 이어지는 통로로 들어서자 그가 바짝 따라붙으며 질척이듯 물었다.

"아무리 부탁이래도. 모델 때려치우고 그쪽으론 발길 뚝 끊은 놈이 거길 갔다고? 그것도 패션위크를?"

"선유 씨가 좀 착하잖아요."

"착하지. 너무 착해서 신 메뉴 레시피 한 번을 안 봐주고 있지, 일 년째."

대답 대신 눈동자만 굴리자 그가 검지로 내 이마를 꾹 눌렀다.

"너, 어떤 마법으로 우리 셋째랑 넷째를 홀렸는지는 몰라도, 나는 절대 안 넘어가."

피식 웃으며 주방 입구를 반쯤 가린 천을 밀어젖혔다. 양손에 팬을 들고 두 가지 요리를 동시에 만들고 있던 거구의 사내가 아는 척을 했다.

"오랜만이네."

"안녕하셨어요, 삼촌."

편의상 삼촌이라 부르는 박 대표의 큰오빠에게 간단히 인사한 뒤 조리대 앞에 서서 가져온 봉지를 뒤집자 넓은 테이블 위로 내용물이 우르르 쏟아졌다. 쫄래쫄래 따라 들어온 박 사장이 히죽 웃었다.

"이거 봐라, 이거. 캡사이신 1킬로그램에 생와사비 750그램? 이 사심과 원한이 가득 묻어나는 것들은 뭐냐? 얘 오늘 사고 치려나 봐, 형."

박 사장의 이죽거림에 삼촌이 이쪽을 힐금 보았으나 커다란 체구만큼이나 입이 무거운 그는 아무 반응도 보이지 않았다. 그저 골뱅이 통조림의 뚜껑을 따는 나를 보며 냄비에 물을 올릴 뿐이었다. 박 사장이 그런 우리를 보며 허, 하고 혀를 차더니 고개를 절레절레 저었다. 물론 우리 중 누구도 그를 신경 쓰지 않았다. 나는 이미 눈을 번득이며 캡사이신 포장지를 뜯고 있었다.

감히, 내 온순한 성격을 건드렸겠다. 한국의 귀신은 한을 품고, 일본의 귀신은 원을 품는다. 그리고 이치린은 한번 품은 원한은 결코 잊지 않는다.

"쯧쯧, 오늘 한 놈 죽어나겠구만."

나의 빛나는 눈빛이 섬뜩했는지 박 사장이 어깨를 부르르 떨며 주방을 빠져나갔다. 나는 회심의 미소를 지으며 조리대 앞에서 알찬 시간을 보낸 뒤 홀로 향했다.

"어? 팀장님이다!"

"이 팀장, 왔어?"

가장 긴 테이블에 앉아 있던 연출팀 직원들과 윤 이사가 나를 반겼다. 조연출이 건네는 의자에 앉자 대각선 끝에 앉은 최 감독이 내 눈치를 살피는 게 보였다.

"자, 자, 이 팀장도 왔는데 거국적으로 한잔해야지."

윤 이사의 말에 직원들이 잔을 가득 채웠다. 나 역시 맥주잔을 받아들었다.

"우리 연출팀의 자랑! 이번 패션위크 성공의 주역인 이치린 팀장이 선창하는 거 어때?"

끄덕끄덕하는 주위 반응에 어쩔 수 없이 자리에서 일어나 홀 안을 가득 메운 직원들을 스윽 둘러보았다. 그리고 술잔을 높이 치켜들며 매번 해 오던 말 중 하나를 꺼냈다.

"이상은-!"

"높게!"

이미 취해서 흥이 올라 있던 직원들이 목이 터져라 외쳤다. 나는 술잔을 아래로 내리며 다시 외쳤다.

"사랑은-!"

"깊게!"

"술잔은-!"

"평등하게!"

누군가 EM윅스 파이팅을 외쳤고, 흥취가 한껏 고조된 분위기 속에서 모두가 잔을 비워 냈다. 그러자 여기저기서 달리자는 외침이 터져 나왔다. 무대 설치부터 철거까지, DDP에서 열흘 넘게 살다시피 한 고된 업무로부터 해방된 직원들은 통제 불능의 망아지처럼 스트레스를 풀어냈다.

"대리비 나가는 건 똑같으니까 끝까지 간다!"

"폭탄주 가자! 폭탄주!"

홍보팀 직원의 말에 막내 스탭들이 일어나 일사불란하게 잔을 세팅하기 시작했다. 남의 일인 양 가만히 앉아 보고 있던 나는 그가 소주병을 잡는 순간 일어섰다.

"줘, 내가 할게."

"와우, 오늘 이 팀장님 샤워주 가는 겁니까!"

"샤워주는 이치린이지."

잘 단련된 방청객처럼 뜨거운 호응을 보내는 직원들을 향해 따스하게 웃으며 소주를 넘겨받았다. 그리곤 감회가 깊은 눈으로 냉기 흐르는 예쁘장한 초록 병을 그윽하게 보았다. 팀장 달고는 이 짓 안 하나 했더니. 그래, 곧 있을 즐거움을 위한다면 이 한 몸쯤이야. 오랜만에 회식에 합류한 나를 기대 가득한 얼굴로 보는 올망졸망한 눈빛에 시선을 맞추었다.

"오늘 정말 다들 수고 많으셨어요. 윤 이사님의 훌륭한 지도 아래 모델 포즈도 완벽했고. 조명도 끝내줬구. 또 우리 최 감독님 센스 있는 음악도 아주 좋았구요."

나는 좌우를 주욱 둘러보는 척하며 최 감독을 향해 눈을 크게 떴다.

"최 감독? 왜 거기 있어? 일루 와."

팔을 치켜든 내가 해맑게 웃으며 손짓하자, 그는 분위기에 떠밀려 마지못해 내 앞에 자리 잡았다. 나는 그를 향해 싱긋 웃어 보였다.

"자, 갑니다! 샤워주!"

비장한 얼굴로 서서 소주병을 거꾸로 잡은 뒤 양팔을 우아하게 교차시키며 단숨에 뚜껑 돌려 따기를 선보였다. 탁 소리와 함께 한 방울의 소주도 흘리지 않고 완벽하게 뚜껑이 열리자 흥분한 직원들이 내 이름을 외치기 시작했다. 그대로 일렬로 죽 늘어선 잔에 소주를 붓고 절도 있게 흔든 맥주병을 엄지로 콱 틀어막으며 분수처럼 뿌리자 잔마다 거품이 쏴아 하고 채워졌다. 테이블 위로 감탄의 박수가 쏟아졌다.

"자, 건배!"

나의 손놀림에 현혹된 최 감독 역시 내가 내민 잔을 받아들고 의심 없이 술잔을 들이켰다. 때마침 서빙된 새 안주가 테이블 곳곳에 놓이기 시작했다. 그때 주방장 삼촌이 직접 들고 온 접시를 내 앞에 살며시 내려놓고 들어갔다. 눈을 빛낸 나는 최 감독이 술잔을 비우자마자 준비하고 있던 골뱅이무침을 그의 입안 가득 밀어 넣었다. 내가 손수 안주까지 먹여 준 게 놀라웠는지 그가 눈을 휘둥그레 떴다. 나는 여전히 말간 얼굴로 생글생글 웃어 보였다.

"최 감독, 매운 거 좋아하잖아."

"어, 어, 그렇지······."

얼떨떨한 얼굴로 우물거리는 그를 보며 나는 술잔을 가득 채워 내밀었다. 허세 부리는 걸 좋아하는 데다가 칭찬에 약한 그에게 가장 잘 먹히는 공치사도 겸해서.

"이번 쇼 음악 진짜 좋았어. 역시 최 감독이야."

"······정말?"

"당연하지, 누구 안목인데. 자, 건배하자."

틈도 주지 않고 잔을 부딪친 내가 꿀꺽꿀꺽 들이켜자, 그도 황급히 잔을 들었다. 눈치 빠른 조연출이 최 감독 옆에 바짝 붙어 앉아 양념 듬뿍 바른 소면을 돌돌 말아 최 감독에게 건넸다. 이번에도 얼결에 받아먹은 그가 면발을 후르륵 삼켰다.

"어, 좀 매운 거 같은데······."

"매우세요? 그럼 술을 더 드셔야죠."

조연출이 너스레를 떨며 술잔을 채웠다. 나는 흐뭇한 눈으로 부사수를 보았다. 그래, 너의 죄를 사하노라. 그렇게 쾌속으로 폭탄주를 열 잔쯤 비워 냈을 때, 최 감독의 얼굴은 잘 익은 빨간 고추처럼 붉게 달아올라 있었다. 나는 아마 조금 더 핏기 없는 얼굴이 되어 있으리라. 최 감독이 빨개진 얼굴로 셔츠를 펄럭거렸다.

"아······ 왜 이렇게 열이 나지······."

"취한 거 아냐? 최 감독 오늘 좀 약한데?"

"아냐. 나 아직 멀쩡해······!"

"에이, 취했네. 그만 마셔야겠다."

잔을 뺏는 시늉을 하자 최 감독이 황급히 술잔을 들더니 안 취했다는 걸 증명이라도 해보이듯 벌컥벌컥 들이켰다. 속으로 히죽 웃으며 느긋하게 앉아 주위를 둘러보았다. 이제 슬슬 시작할 때가 됐는데. 곧이어 폭풍처럼 휩쓸고 간 폭탄주의 열기로 신이 난 윤 이사가 외쳤다.

"음주에 가무가 없다! 첫 스타트 누가 끊을 거야?"

업계에서도 잘 놀기로 소문난 EM웍스 직원들답게 몇몇이 기다렸다는 듯 마이크를 들고 일어났다. 내가 여유롭게 팔짱을 끼며 말했다.

"노래는 최 감독이지."

내 말에 조연출이 벌떡 일어나 총무팀이 들고 있던 마이크를 냉큼 빼어 왔다.

"그럼요, 노래는 최 감독님이죠."

"응? 나?"

찌푸린 얼굴로 배를 붙잡고 있던 최 감독이 눈을 끔뻑거렸다. 나는 그의 손에 마이크를 쥐여 주었다.

"어, 너야. 최 가수."

눈을 접으며 활짝 웃어 주자 최 감독의 얼굴이 한층 더 빨개졌다. 잠시 쑥스러워하던 그는 금세 위풍당당한 태도로 돌변해 영웅이라도 된 양 마이크를 거머쥐고 무대 위로 향했다. 그의 뒷모습을 서늘한 눈으로 바라보던 내가 명령했다.

"박수."

힘찬 박수 소리를 들으며 리모컨을 꾹꾹 눌렀다.

"음악 좀 아는 우리 최 감독이니까."

전주가 흐르고 임재범의 <고해>가 화면에 뜨자 야유가 터져 나왔다. 이런 자리에서 <고해>라니, 욕먹기 딱 좋은 선곡이었으나 고개를 돌려 테이블을 슥 훑어 내리자 야유는 곧 함성으로 바뀌었다.

최 감독 역시 당황한 얼굴로 모니터와 나를 번갈아 보았으나, 나는 그저 엄지를 한껏 치켜세운 후 관망하듯 팔짱을 끼며 다리를 꼬았다. 남자는 <고해>지. 내 격려에 용기를 얻은 그가 마이크를 움켜쥐더니 눈 사이에 힘을 팍 주며 진지한 표정을 지었다.

"어찌합니까아, 어, 어떻게 할까요. 감히 제가, 감히…… 우, 우윽!"

후렴구의 고음에서 목이 터질 듯 잔뜩 힘을 주던 최 감독이 갑자기 헛구역질을 시작했다. 기계처럼 박수를 치고 있던 직원들의 눈빛도 불안하게 흔들렸다. 그는 결국 노래를 끝마치지 못한 채 손으로 입을 틀어막으며 마이크를 내던지고 무대를 뛰어 내려갔다.

"엄마야, 이게 뭐야! 이, 이, 이 미친……!"

홀 저편에서 들려온 건 구 선생의 비명 소리였다. 화장실까지 참지 못한 최감독이 그녀에게 토사물을 뿜어내고 만 것이다.

"서, 선생님, 죄송…… 우에엑……!"

그의 오물 투척으로 회식 분위기는 순식간에 가라앉았다.

"구 선생님이 왔어?"

고개를 슬쩍 들며 묻자 조연출도 몰랐다는 얼굴을 했다. 하필이면 우리 회사 직원도 아니고 오늘 쇼의 디자이너에게 토사물을 쏟아 내다니. 쯧, 개망신이다.

"가서 도와드려. 낮의 일 사과하고."

잘됐다는 듯 물티슈를 쥐여 주며 턱짓하자 녀석이 재빨리 튀어 나갔다. 누군가 최 감독을 부축해 나가고 조연출이 구 선생을 수습하고 나자 어색한 분위기 속에서 윤 이사가 입맛을 다셨다.

"아, 이거 뭐야. 흥 다 깨졌잖아."

그는 절박한 표정으로 나를 보며 고개를 끄덕였다.

"안 되겠다, 너밖에 없다."

별수 없지, 이 몸이 나설 수밖에. 나는 우주의 미래를 짊어진 캡틴 마블이라도 된 것처럼 도도하고 나른한 얼굴로 막내에게 리모컨을 던졌다.

"49816."

신나는 댄스 비트와 함께 블랙 핑크의 노래가 흐르자 가게 안은 곧 흥분의

도가니로 변했다.

"꺄아! 팀장님 최고!"

솔선수범하는 상사를 두고만 볼 수 없었는지 연출팀 직원들과 신입 모델 몇 명이 무대 앞까지 나와 열광에 찬 환호성을 질러 댔다. 그래, 사회생활은 원래 고된 거다. 나는 그들을 무표정하게 보며 셔츠 밑단의 단추를 톡톡 풀었다. 맨 살의 허리선이 드러나도록 풀어낸 셔츠를 꽉 조이듯 묶고 마이크를 쥐었다.

"역시, 이치린!"

"팀장님, 사랑해요!"

열띤 응원 소리를 들으며 고개를 돌린 채 카운트를 세고 있던 나는 다리를 쓸어 올린 손을 위로 쭉 뻗으며 얼굴을 젖혔다. 그리고 다시 머리와 가슴을 요 염하게 쓸어내리며 느른한 고양이 같은 자세로 바닥을 콕 짚고 올라와 노래를 시작했다.

넌 한 줌의 모래 같아, 잡힐 듯 잡히지 않아.
넌 쉽지 않은 걸, 그래서 더 끌려.

호흡을 놓치지 않으며 절도 있는 동작으로 가슴 바운스를 타고 내려가자 걷잡을 수 없는 함성이 폭발하듯 쏟아졌다.

Baby, 날 터질 것처럼 안아 줘.
거짓말처럼 키스해 줘.
내가 너에게 마지막 사랑인 것처럼.

마지막 스텝을 밟으며 정면을 바라보고 서서 손가락으로 앞을 콕 찍었다.

마지막처럼, 내일 따윈 없는 것처럼.

유혹하듯 싱그러운 손 키스를 후하고 날리자 곡이 끝났다. 헐떡이는 숨을 가라앉히며 앞을 보았다. 그러나 내 완벽한 마무리에 대한 미친 듯한 환호에 화답할 수 없었다. 내가 손가락으로 가리키며 키스를 날린 곳에 강지헌이 서 있었기 때문이다.

지헌은 비스듬히 기대선 채 흥미로운 눈으로 나를 바라보고 있었다. 순간 8차선 도로 앞에서 그가 했던 말이 반사적으로 떠올랐다.

'이치린 팀장이 더 예쁘다고. 휴머노이드보다.'

지금껏 잠잠했던 술기운이 한꺼번에 훅 밀려들었다. 저 남자가 왜 우리 회사 뒤풀이 자리에 와 있는 걸까. 구 선생과 함께 왔나. 그렇다 한들 나와 무슨 상관인가. 장난 섞인 한마디에 흔들리기라도 한 건가.

적당히 손을 들어 준 뒤 무대를 내려오며 신입들에게 마이크를 넘겼다. 그러면서 지헌을 못 본 척 자리로 향했다. 곧 댄스 타임이 이어지고 직원들이 다 함께 몰려나가자 테이블이 썰렁해졌다. 비어 있던 앞자리 의자가 움직이더니 지헌이 앉았다.

그가 올 줄 알고 있었기 때문에 일부러 더 관심 두지 않았다. 대신 몸을 반대로 돌려 홀 한가운데를 장식하고 있는 위스키 브랜드의 광고용 인쇄물을 의식적으로 바라보았다. 그를 눈여겨본 직원 몇이 부산스럽게 인사를 건네며 잔과 수저를 챙기는 소리가 들렸다. 그러는 동안 나의 신경은 그의 시선이 따가울 정도로 꽂히는 뒤통수로 몰려들었다. 불쑥 다가온 손이 턱을 감싸며 얼굴을 돌렸다.

"왜 심술부리지, 나 봤으면서."

그는 서늘하지도 뜨겁지도 않았다. 다만 희고 고왔다. 늘 현장에서 투박하고 거친 남자들만 보다가 나보다 더 부드러운 촉감을 가진 살결이 얼굴을 섬세하게 매만지자 비단 그물에 감싸인 것 같았다. 그래서 몸을 움직일 수가 없었다. 얼굴 전체를 가릴 만큼 커다란 손안에 한쪽 뺨을 붙들린 채로 눈만 껌벅이며 그를 보았다. 그가 물었다.

"부끄러워서 그래요?"

내가 그를 모른 척한 건 심술도 부끄러움도 아니다. 애프터파티에서의 일로 그에 대한 경계가 느슨해진 내가 낯설었기 때문이다. 이런 스킨십이 아무렇지 않을 만큼.

"언제, 오셨어요?"

조심스럽게 열린 입술에 그의 손가락이 닿아 나는 말을 멈췄다. 굳어진 뺨을 부드럽게 한번 쓸어내린 지헌이 손을 거뒀다. 손이 물러간 뒤에도 내 얼굴은 얼마간 그가 남긴 체온으로 뭉근하게 달아올랐다. 그는 아무것도 하지 않았으나 내게서 눈을 떼지 않는 시선만으로도 나를 옭아매고 있었다. 그게 나를 불편하게 했다.

"글쎄, 언제더라."

지헌이 말끝을 늘리며 손끝으로 자신의 입술을 문질렀다. 조금 전 내 입술이 닿은 부위다. 그는 내가 보고 있다는 걸 알면서 의도적으로 입술을 지그시 눌렀다. 눈에 힘이 들어갔다. 나의 반응을 즐기듯 느긋하게 웃은 지헌이 그대로 손을 내려 투명한 잔 윗부분을 느릿하게 쓸었다. 그리곤 뒤늦게 생각났다는 듯 말했다.

"앞에 앉은 남자한테 세상 다 줄 것처럼 웃으며 안주 먹여 줄 때?"

뼈 있는 말을 모른 척하며 술잔을 들었다.

"잘못 봤네요, 난 그렇게 안 웃는데."

"웃던데, 그렇게. 예쁘게."

의미심장하게 강조하는 목소리에 입안에 술을 머금은 채로 지헌을 보았다. 그의 기다란 손가락은 여전히 잔 위에서 부드럽게 원을 그리고 있었다. 묘하게 관능적인 기분을 불러일으키는 그의 손에서 시선을 뗀 뒤 술을 꿀꺽 삼켰다.

"동료애가 남달라서요."

"아, 동료애."

가볍게 중얼거린 지헌이 새빨간 골뱅이무침을 보았다.

"이치린 팀장의 동료애가 담긴 요리라……."

그가 반듯하게 놓인 젓가락으로 손을 내렸다.

"나한테도 웃어 주나? 이거 먹으면."

결벽증인 남자가 그런 걸 시도할 리 없다고 생각하면서도 어디로 튈지 모르는 엉뚱함을 첫 대면에서 이미 겪었기에 조급한 목소리가 튀어 나갔다.

"먹지 말아요."

지헌이 조금 나른해진 눈으로 나를 보았다.

"안 먹어도 웃어 줄 거예요?"

"하지 마요, 그거."

눈에 잔뜩 힘을 주고 노려보자 지헌의 눈꼬리가 조금 더 길게 늘어졌다.

"내가 뭘 할 줄 알고?"

"나한테 관심 갖는 거요."

"관심이 아니라면?"

"그럼 괴롭히는 건가요?"

"그럴 리가."

"표정이 딱 그런데요, 지금. 너무 신나서 어쩔 줄 모르는 게 꼭 빚 받기 직전의 사채업자처럼 보이거든요."

그가 낮게 웃음을 터트렸다. 진심으로 즐거워하는 눈동자가 얄밉게 반짝거렸다. 지헌이 물었다.

"나한테 빚진 거 있어요?"

"그럴 리가요, 오늘이 초면인데."

"이미 초면은 아니지 않나? 오늘만 벌써 네 번째 마주쳤는데."

상대는 어차피 가벼운 호기심이다. 그걸 진지하게 상대해 봤자 나중에 장난이었다고 발 빼면 이쪽만 무안해진다. 이 세계에서 이렇게 잘난 남자들의 그런 태도를 질리도록 봐 와 놓고 이 정도에 넘어가면 그야말로 멍청이나 다름없다. 내가 아무 말도 하지 않자 지헌이 테이블에 팔을 짚으며 물었다.

"이런 걸 뭐라고 해야 좋을까요? 세 번도 아니고, 네 번이나 마주친 사이."

"그냥 일이죠. 여기선 누구나 다 그렇게 스쳐요. 설마, 그런 걸 두고 유치하게 인연이니 운명이니 그런 말은 안 하죠, 아무도."

"그런가? 이쯤 되면 난 우리가 인연도 운명도 아니고."

그가 싱긋 웃은 뒤 내게 얼굴을 숙이며 속삭였다.

"그냥 필연 같은데."

내 표정이 굳어지자 그가 피식 웃더니 몸을 등받이에 기대며 거만하게 말했다.

"그럼 피하지 말고 맞춰 봐요. 내가 빚쟁이인지 아니면 우리 사이에 뭔가가 있는 건지."

지헌이 싱글거리며 나를 부추겼다.

"또 알아요? 잭팟이 나올지. 이 나라 사람들은 주마다 로또를 산다던데."

"꽝이면요?"

"그럴 리가. 믿어 봐요. 내가 보장할게."

순 사기꾼 멘트에 눈이 가늘어졌다. 의도를 짐작할 수 없을 만큼 반들반들한 얼굴이 어두운 조명 아래에서 나를 향해 빛났다.

"자, 어느 쪽에 걸래요?"

"아무 데도 안 걸래요."

"왜?"

"한 번에 너무 많이 거는 건 안 해요, 이젠. 그게 돈이든 마음이든."

지헌이 나를 가만히 보았다.

"전남친한테 물려서?"

대답하지 않은 채 술잔만 들고 빙빙 돌리자 호기심으로 물든 까만 눈동자가 나를 향했다.

"얼마나 큰 폭탄을 던지고 갔길래."

그의 흥미를 충족해 줄 마음이 전혀 없는 나는 술잔을 입가로 가져가 천천히 기울였다. 지헌이 얼굴을 숙이며 속삭였다.

"친구랑 바람이라도 났나?"

"……"

술잔을 쥔 손에 힘이 실렸다. 어쩌면 내 예감이 맞을지 모르겠다. 이 남자는 디자이너가 아니다. 집요하게 파고드는 날카로운 직관과 웃으면서 칼을 꽂는 무자비성은 차라리 경영자에 가깝다. 자신이 원하는 걸 가진 상대를 만나면 끝까지 놓지 않고 반드시 손에 쥐고 마는 그런 부류의 사람.

나는 짧은 한숨과 함께 술잔을 내려놓았다. 그리고 만면에 여유로운 미소를 짓고 있는 남자를 도전적으로 보았다.

"저한테 정말 관심 있으세요?"

"아주 많이요."

"어느 쪽이요? 여자? 아니면 기획사 직원?"

"둘이 달라요?"

"다르죠. 전자면 무시할 거고, 후자면 아닌 척은 하고 무시할 거니까."

"은혜를 그렇게 갚겠다?"

"우연한 도움을 핑계로 수작 걸려는 남자한테는요."

지헌이 다시 웃음을 터뜨렸다. 결코 웃으라는 의도가 아니었는데도 즐거워하는 얼굴을 보니 울화가 조금 치밀었다.

"그렇게 내 진정성이 의심된다면야."

나긋하게 속삭인 그가 젓가락을 들더니 접시를 향해 수직으로 곧게 내렸다. 나는 속으로 그의 용기를 높이 사며 어디 해보라는 듯 눈썹을 까딱했다. 그의 입술 끝이 살며시 기울어지더니 얇은 쇠젓가락 끝이 빨간 면발을 부드럽게 휘감았다.

아, 나는 차마 내뱉을 수 없는 욕을 집어삼키며 거칠게 접시를 낚아챘다.

"먹지 마요!"

한 번도 어리숙한 다혈질이라고 생각해 본 적 없는 내가 오늘만 벌써 두 번째, 강지헌 앞에서 욱하고 말았다. 그를 골탕 먹이지 못한 것에 후회할 게 뻔했으나 어쩔 수 없었다. 지헌이 이걸 먹도록 둘 수는 없다. 씩씩대는 나를 보며 그는 웃었다. 주위가 조용해졌다는 걸 알아차린 건 조금 뒤였다. 안주 접시를 빼앗듯 들고 있는 나를 사람들이 당황한 표정으로 보고 있었다.

"야, 이 팀장! 너 강 이사님한테 왜 그래? 초면에 실례잖아."

한바탕 댄스 타임을 가진 후, 무대 위에서 내려오던 윤 이사가 나를 향해 외쳤다. 그의 말 안에는 먹이사슬 최상위에 있는 갑 중의 갑인 브랜드이자 그중에서도 임원인 사람에게 무슨 짓이냐는 질타가 깔려 있었다. 굳은 표정으로 윤 이사를 향해 돌아서는데 지헌이 먼저 나섰다.

"별일 아닙니다. 제가 이 팀장을 조금 화나게 했거든요."

그의 차분하고 점잖은 말투는 조금 전까지 나와 티격태격하던 가벼운 남자가 아닌 전혀 다른 세계에 존재하는 어른의 것처럼 느껴졌다. 그래서 별로 고맙지 않았다.

"엥? 우리 이 팀장은 화 안 내는데요?"

윤 이사가 놀라서 묻자 지헌이 지금까지와는 다른 낮은 목소리로 말했다.

"오늘 그 말을 참 여러 번 듣네요. 정말 시험해 보고 싶어지게."

장난이라고 생각했는지 윤 이사가 웃으며 대답했다.

"조심하세요. 우리 이 팀장은 화내는 대신 그냥 우아하게 눈빛으로 쏘아 죽이니까요. 잘못 보이면 큰일 납니다."

"윤 이사님."

비난을 담아 그를 보자 윤 이사가 겁먹은 눈으로 너스레를 떨었다.

"저 봐, 저 봐. 엄청 무섭다니까요."

"그럼 잘 보여야겠네요, '우리' 이 팀장한테. 아직 죽고 싶지는 않으니까."

쓸데없이 장단을 맞추는 지헌에게 한마디 하려는데 그가 손수건을 꺼내 들더니 내게서 접시를 가져갔다. 그는 내가 밀어내기도 전에 손을 쥐고서 양념이 빨갛게 묻은 손가락을 천천히 닦았다.

"제가 할게요."

"싫어요."

"제 손이잖아요."

"내가 묻혔잖아."

"……이사님."

발끈하고 싶은 마음을 꾹 눌러 참은 건 구경하듯 바라보는 직원들의 시선 때문이었다. 모두들 숨을 죽인 채 지헌과 나를 보고 있었다. 이런 꼴을 대놓고 보이다니. 내일이면 회사에 이상한 소문이 퍼지고 말 거다.

"이제 그만."

"여기도 묻었네. 세탁해야 할 것 같은데."

사람들 눈 같은 건 아랑곳없는 태도로 꼼꼼하게 손을 닦아 낸 지헌이 트윌리를 보며 말했다. 피할 새도 없이 올라온 손이 얇은 천 아래로 힘줄이 돋아난 곳을 꾹 눌렀다. 나는 본능적으로 그의 팔을 탁 붙잡았다.

"손대지 말아요."

"어떤 거, 트윌리? 아니면 당신?"

우리의 시선이 허공에서 강하게 부딪쳤다.

"그게 뭐길래, 그렇게 보물처럼 움켜쥐고 있을까?"

대답하지 않은 채 지헌의 팔을 힘주어 밀어냈다. 웬만한 남자에게도 밀린 적 없는 힘이 그에게는 통하지 않았다. 지헌의 눈매가 나긋하게 휘어졌다. 나는 입술을 꾹 깨문 뒤 마지못해 대답했다.

"나한테 아주 소중한 거예요."

나를 보는 강지헌의 눈빛이 기묘하게 빛났다. 그게 호의인지 적의인지 알 수가 없어서 나는 눈만 가늘게 뜬 채로 그를 노려보았다. 어느새 장난기가 사라진 지헌이 나를 향해 고개를 기울였다.

"이 팀장이 맞았어요."

그의 눈동자는 나를 빨아들일 것처럼 예리하게 빛났다.

"빚 받으러 왔다고. 나 당신한테."

나는 굳은 눈을 부릅뜬 채로 그를 쏘아보았다. 강지헌과 나 사이에 흐르는 터질 것 같은 팽팽한 긴장감에 주위 시선조차 느껴지지 않았다. 그때 입구에서 요란한 소리가 들리더니 최 감독의 고함이 들렸다.

"이치린 어딨어……!"

인사불성이 된 그가 고성을 지르며 가게로 뛰어들자 사장의 눈짓을 받은 직원들이 황급히 튀어 나가 그를 붙잡았다. 빨간 토마토처럼 붉은 얼굴로 씩씩대던 최 감독은 직원들의 손에 잡힌 와중에도 눈을 부라리며 가게를 훑었다.

"이 망할 기지배 어딨냐구…!"

윤 이사가 눈을 찌푸리며 혀를 찼다.

"쟤 아직 안 보냈냐?"

지헌이 싱긋 웃더니 짓궂은 얼굴로 속삭였다.

"이 팀장의 남다른 동료애를 알아차린 모양이네요."

얄미운 말투를 잠자코 들으며 기회를 엿보듯 손을 힘껏 쳐냈다. 지헌이 혀를 차더니 테이블을 돌아와 내 옆으로 섰다.

"이러니까 원한을 사고 다니지."

그의 간결한 평에 얼굴을 한껏 찡그리는데 나를 발견한 최 감독이 씨근덕대며 다가왔다.

"야, 이치린! 너, 일부러 그랬지? 엉? 네가 나한테……!"

천천히 일어선 나는 강 건너 불구경이라도 하듯 그를 보았다. 쫓아온 직원들이 최 감독을 붙잡았다.

"취했어요, 감독님! 내일 해, 내일! 응?"

"아씨, 놔 봐!"

난동을 피우는 놈이나 말리는 애들이나 모두 취한 건 마찬가지라 엎치락뒤

치락하는 꼴이 코미디 프로를 보는 기분이었다. 그는 썩은 토마토 같은 얼굴로 콧김을 내뿜으며 내게 고함을 질러 댔다.

"야, 이 기지배야!"

"얻다 대고 기지배래. 기지배한테 죽고 싶냐?"

"이, 이게 정말!"

그는 바짝 붙어선 나와 지헌을 번갈아 보더니 눈을 부릅떴다.

"너, 너······!"

"정신 못 차리지. 어디다 대고 너야, 입사도 나보다 늦은 주제에."

"······뭐?"

"삼수한 게 자랑이야? 직함 똑바로 못 불러?"

싸늘한 외침에 최 감독이 눈에 띄게 주춤거렸다. 그의 얼굴이 붉으락푸르락하더니 볼썽사납게 일그러지기 시작했다.

"네가 나한테 어떻게 이럴 수 있어······!"

"네가?"

그의 말을 곱씹으며 냉랭하게 쏘아보자 최 감독이 어깨를 움츠렸다.

"아니, 이 팀장을······ 그러니까 내가 이 팀장을······!"

그의 목소리가 점점 울먹울먹해지더니 불쌍한 눈으로 나를 보기 시작했다. 순간 떠오른 맹렬한 의심에 얼굴이 딱딱하게 굳었다. 제발 그대로 멈춰. 아무 말도 하지 마. 옆에서 웃음을 참는 지헌의 숨소리가 들려왔다. 이대로 수치사할 것 같은 기분에 어딘가로 숨고 싶어졌다. 그런 내 기분과 상관없이 최 감독이 손을 꼼지락대며 말했다.

"내가 너를! 아, 아니······ 내가 이 팀장을 얼마나······!"

모두가 이 엽기적인 장면을 지켜보며 숨죽인 가운데 최 감독이 마침내 용기를 낸 듯 손을 뻗었다. 말리던 직원들은 급변한 상황 전개에 당황해 그를 놓치고 말았다. 저런 멍청이들.

최 감독이 나를 향해 두 팔을 활짝 벌렸다. 나는 잠시 의자를 발로 차서 최 감독을 넘어뜨릴 경우 그가 죽을 확률이 얼마나 되는지를 계산했다. 그러나 발을 뻗기도 전에 곁에 선 지헌이 나를 휙 끌어당겼다. 내게 돌진하듯 달려오던 최 감독은 허공에서 두 팔을 허우적대다 뒤에 앉아 있던 여직원의 몸 위로 쓰러지고 말았다.

"꺄아악!"

여직원의 비명에 이어 와장창 소리가 뒤를 이었다. 나는 내 몸을 결박하듯 단단히 감고 있는 강지헌의 품에 안긴 채로 그 모든 난동을 지켜보았다. 트루먼 쇼의 한 장면을 보는 기분이었다.

"가방, 이건가?"

난리 통에도 귓가에 또렷하게 와 닿는 지헌의 목소리에 나도 모르게 고개를 끄덕였다. 그는 내 손을 잡은 채로 소란스러움으로 뒤엉킨 홀을 빠져나갔다.

"비 온다. 우산 챙겨."

가게 뒷문에 다다랐을 때 언뜻 스친 주방에서 삼촌의 목소리가 들렸다. 그에게 인사하기 위해 발을 멈췄으나 어림도 없다는 듯 나를 끌어당기는 지헌의 힘에 아무것도 하지 못한 채 가게를 빠져나오고 말았다.

밖은 퍼붓듯 세찬 비가 쏟아지고 있었다. 뒤늦은 봄비였다.

"진짜 비네……."

쏴아아 쏟아지는 사나운 빗줄기를 앞에 두고 이유를 알 수 없는 갈증이 일었다. 가게 문을 열고 밤의 한가운데로 나오는 순간, 에어컨 바람에 말라붙었던 땀방울이 등줄기를 타고 흘렀다. 이유도 모른 채 목이 탔다.

나는 강지헌과 함께 가게 뒷문 처마 밑에 서 있는 특수한 상황도 잊은 채 손을 뻗어 비를 받았다. 차갑지도 뜨겁지도 않고 적당히 미지근했다.

'우산을 쓰지 않는 이유가 뭐야? 일부러 비를 맞는다니…… 사람들이 이상하게 본다구.'

유난히 비가 많이 내리던 지방은 여름 태풍 경보에서 한 해도 빠지지 않는 곳이기도 했다. 비가 내리면 어김없이 기숙사를 빠져나가 좁은 숲길을 달렸다. 가파른 계단과 마당을 몇 번이나 지나 고치성 꼭대기에 올랐다. 발아래 탁 트인 전경을 보며 거친 욕을 쏟아 내다가 누군가를 원망하다가 한참이 지난 뒤에 학교로 돌아가면 못마땅한 얼굴로 서 있던 그가 있었다.

그는 세상에 홀로 버려진 것 같은 나의 처연함에 눈이 갔다고 했으나, 동시에 내가 그들의 동류가 되지 못하는 것을 이해하지 못했다. 나 역시 노력하면 그들처럼 생활하고 그들처럼 보일 수 있다고 믿었다.

물에 뜬 기름처럼 평생을 가도 섞이지 못할 낯선 땅에서 허공에 뜬 구름 같던 나를 붙잡아 둔 것은 그였다. 내가 어느 날 갑자기 낯선 집에 배달된 영화 AI 속 주인공 데이비드였다면 그는 어두운 밤 머리맡에 앉아 피노키오를 읽어 주던 엄마였을까. 푸른 요정을 만나면 인간이 될 수 있을 거라고 믿었던 로봇 소년처럼 나 역시 진짜 그들의 가족이 될 수 있을 거라고 믿을 만큼 순진했을까.

'이곳에서 나랑 함께 살자. 우리 둘이.'

쉽게 떨쳐 버리지 못하는 십 년의 세월이 야속한 동시에 두려웠다. 오늘을 잊기 위해 몸이 버티지 못할 만큼 몰아붙였던 오기도, 그런 내 억지에 흔쾌히 손을 들어줬던 박 대표의 믿음도 겨우 전화 한 통화에 물거품이 되는 현실이 참담했다.

너를 어떻게 하면 떨쳐 낼 수 있을까. 깊은 수렁과도 같은 이 고통을 언제쯤이면 끊어 낼 수 있을까. 손바닥 위에서 금세 웅덩이를 만드는 빗물을 바라보며 눈시울이 뜨겁게 달아올랐다. 내가 잊지 못하는 것이 그인지 아니면 에리카인지, 그도 아니면……

"팬이 대체 몇 명이야."

지헌의 불만스러운 목소리가 불쑥 끼어들었다. 잠시나마 그를 잊고 있었다는 사실을 깜박한 내가 시선을 들자 그가 나를 돌려 세웠다. 그리곤 허리 위에서 동여맨 내 셔츠 매듭을 풀었다. 펄럭이는 셔츠 사이로 드러난 맨살에 그의 손이 스쳤다. 엉큼한 의도였다면 당장에 쳐냈을 텐데, 남자의 손은 음흉하지도 의도적이지도 않았다. 그저 지극히 기계적으로 단추를 채우는 움직임이 내가 비라도 맞을까 걱정하는 것처럼 느껴졌다.

가게 안은 여전히 난리판이었고 그에 장단이라도 맞추듯 바닥을 거세게 때리는 빗줄기가 난타처럼 퍼부었다. 빠르게 움직이는 그의 손가락과 빗줄기를 초점 없이 바라보던 나는 지헌이 마지막 단추를 채우는 순간, 더는 참지 못하고 빗속으로 뛰어들었다.

마구 쏟아지는 비 때문에 가로등이 점멸하듯 반짝거렸다. 앞은 보이지 않았으나 익숙한 골목길을 달리는 게 어렵진 않았다. 온몸이 흠씬 젖고 머리카락이 가닥져 뺨에 달라붙었지만, 절절히 끓는 이 마음속 불씨를 꺼트릴 수만 있다면 나는 뭐든 할 태세였다.

뺨을 타고 흐르는 뜨거운 빗물만 숨길 수 있다면, 칠흑 같은 어둠 속에 혼자가 되어도 좋았다. 홍수라도 난 듯 밀려드는 물웅덩이를 피하지 않았다. 찰박거리는 소리와 함께 흙탕물이 바지를 적셨다. 그래도 상관하지 않았다.

압구정 거리를 밝히는 명품관 언덕을 넘어 화려한 로데오의 갤러리를 묵묵히 지나칠 때였다. 갑자기 쏟아지는 강렬한 헤드라이트에 눈을 막고 고개를 돌리는데, 좁은 골목에서 오토바이 한 대가 맹렬한 기세로 튀어나오는 게 보였다. 빗소리에 뒤엉킨 엔진 소리를 들으며 나는 눈만 구긴 채로 움직이지 않았다. 잔뜩 힘이 들어갔던 팔이 툭 하고 떨어져 내리는 순간 억센 손아귀가 나타나 내 온몸을 낚아채 갔다. 간발의 차로 나를 스친 오토바이가 물벼락을 안기고 사라졌으나 내게는 구정물 한 방울도 튀지 않았다. 강지헌이 나를 온몸으로 감싸며 막아섰기 때문이다. 뺨을 짓누른 그의 가슴이 빗줄기만큼이나 세차게 뛰고 있었다. 간신히 고개를 들자 그가 사나운 얼굴로 나를 노려보고 있었다.

지헌은 젖어서 축 늘어진 카디건을 내 머리 위로 씌운 채 팔목을 움켜쥐고 빠르게 걷기 시작했다. 그의 기세에 눌린 나는 반항은커녕 손목 한번 비틀지 못한 채 넓은 보폭을 힘겹게 쫓았다. 골목으로 들어서자 고급 빌라가 늘어선 주택가가 나왔다. 그는 거리 가장 안쪽에 있는 담장이 높은 건물 입구에 카드키를 댔다. 상앗빛 대리석이 깔린 고급스러운 로비에 빗물이 뚝뚝 떨어졌지만, 신경 쓰는 건 나뿐인 것 같았다.

엘리베이터가 멈추고 웅장한 대문이 열린 뒤에도 그는 내 손을 놓지 않았다. 빠르게 문을 연 그가 나를 안으로 밀어 넣자마자, 두꺼운 현관문이 느릿하게 닫히며 묵직한 소리를 냈고 뒤이어 도어 록이 작동했다. 외부와 완벽하게 차단된 실내의 적막감이 우리를 덮쳤다.

"들어가요."

내가 현관에 선 채로 움직이지 않자, 지헌이 빗물 뚝뚝 흐르는 카디건을 내게서 벗겨 냈다.

"지금 엉망이니까 샤워하고 옷 갈아입은 뒤에 데려다줄게요."

내가 대답 없이 그를 빤히 올려다보자 그가 눈을 찡그렸다.

"내가 못 미더워서 그런 거면."

"바닥 더러워질 텐데."

가만히 시선을 돌려 복도로 길게 이어진 대리석 바닥을 바라보자 그가 황당하다는 표정을 지었다.

"그럼 지금 바닥이 걱정돼서 안 들어가고 있는 겁니까? 여기가 어딘지도 안 물어본 거 알아요?"

"집이겠죠. 누구 소유든, 지금은 이사님이 쓰는 거고."

"원래 매사가 그래?"

무덤덤한 시선을 들어 무슨 뜻이냐고 묻자 지헌이 눈을 사납게 구기며 말했다.

"이상한 데서 깐깐하게 굴고, 말 안 되게 무덤덤한 거. 사람 놀리려고 일부러 그래? 무전기, 카펫, 복도. 이런 게 당신보다 중요하냐고."

지헌은 화가 난 것 같았다.

"내가 무슨 짓을 할 줄 알고 겨우 복도나 걱정해."

"해봤자 하룻밤이죠."

"이치린 양."

그가 서늘한 눈으로 경고했으나, 나는 어깨만 으쓱해 보였다.

"나쁠 것도 없구요."

"다른 사람한테도 이러나?"

강지헌의 품에 안겨 애프터파티를 빠져나온 뒤로 우리 사이에 생겨난 미세한 틈이 점점 더 균열을 일으켰다. 그는 내가 되돌린 경계선을 밟고 선 채로 여전히 나를 고요히 보고 있었다. 팽팽하게 당겨진 선 위에서 당신은 어느 쪽을 택할지 문득 시험해 보고 싶어졌다. 술기운을 빌어 호기롭게 턱을 세우고 물었다.

"이런 상황에서 본인만 특별하다고 하면 믿나요?"

그리고 기다렸다. 그가 나를 완전히 문밖으로 쫓아내길. 그러나 지헌은 예상을 깨고 나를 안아 들었다. 훅 기우는 몸의 균형을 붙잡으려 안간힘을 쓰는 사이 그는 짐짝처럼 들어 올린 나를 어두운 오크색 문 앞에 내려놓았다.

"샤워해요. 옷은 문 앞에 두죠."

분노도 비난도 없이 문이 닫혔다. 나는 우드와 대리석으로 꾸며진 커다란 욕실에 홀로 남겨졌다. 물기 없이 마른 넓은 거울이 엉망으로 흐트러진 내 모습을 적나라하게 비추고 있었다. 이 꼴로 별말을 다 했네. 그러자 조금 창피해졌다.

샤워를 끝내고 지헌이 내어놓은 옷으로 갈아입고 나오자 안쪽에서 인기척이 들렸다. 젖은 속옷과 옷을 수건으로 돌돌 말아서 가방 위에 얹어 둔 뒤에 소리가 나는 곳으로 걸음을 옮겼다. 그도 막 샤워를 하고 나왔는지 지헌이 젖은 머리인 채로 포트에 물을 채우고 있었다.

발소리에 고개를 든 그와 눈이 마주쳤다. 우리 사이에 흐르는 아스라한 긴장감은 물이 끓기 전 고요한 정적 속에서 점점 더 짙어졌다. 침묵을 깨기 위해 먼저 입을 열었다.

"새 칫솔 하나 썼어요. 같은 거로 사 드릴게요."

"쓰라고 있는 거니까 신경 쓰지 말아요."

"옷은 세탁해서 보낼게요."

내 말에 그가 고개를 내려 나를 보았다. 속옷도 없이 맨살에 닿은 헐렁한 천의 감각이 생생하게 느껴졌으나 호들갑을 떨며 옷을 떼어 낸다거나 하지는 않았다.

"잘 맞네."

그 역시 크게 신경 쓰지 않는 듯 시선을 돌려 오른손을 감싸고 있는 트윌리로 향했다.

"젖었을 텐데?"

"드라이어로 말렸어요, 얇은 천이라."

더운 바람 몇 번에 금세 마른 트윌리를 바라보는데 지헌의 눈빛이 묘하게 변했다.

"그게 그걸 말리라고 있는 게 아닐 텐데."

지헌의 입가로 웃음인지 아닌지 확신할 수 없는 감정이 얼핏 떠올랐다 그대로 사라졌다. 그제야 그가 물기 맺힌 머리카락을 보고 있다는 걸 알았다. 이미 유별난 사람이라는 걸 여러 차례 들킨 마당에 하나를 더 추가한다고 뺨을 붉힐 이유는 없다.

그러나 지헌은 더 묻지 않았다. 나 역시 이곳이 어디냐고 묻지 않았던 것처럼 욕실에 있던 여성용품이나 공용 사이즈의 여성복 주인이 누구인지에 대해서도 묻지 않았다. 다만 고가의 해외 브랜드 제품을 쓰고 입고 있다는 사실만은 불편했다.

이런 브랜드나 가격 따위 모르면 좋으련만. 그러기에 나는 너무도 속물적인

데다 직업이라는 특수한 조건까지 더해 이 제품들이 서울 시내의 어느 한정된 매장에서 어떠한 가격에 판매되고 있으며 주로 이런 물건을 소비하는 사람들의 사회적 지위나 연봉 수준을 훤히 꿰고 있다는 게 문제였다.

그래서 그게 뭐. 감상적으로 굴지 마.

몸을 돌려 거실 통창으로 비치는 도심의 야경을 물끄러미 내려다보았다. 사납게 퍼붓는 빗줄기를 고스란히 받아 내는 밤의 한강은 밤새 보아도 질리지 않을 만큼 인상적이었다.

"마셔요."

소파에 앉은 내 앞으로 지헌이 커다란 머그를 내밀었다. 말없이 그가 내미는 잔을 받았다. 뜨거운 물에 녹아내리는 티백이 흐물거리는 내 모습 같았다.

나와는 달리 창을 바라보고 선 채로 잔을 기울이는 그는 실루엣마저도 완벽했다. 이 공간의 모든 것이 신이 그를 위해 만들어 낸 피조물처럼 강지헌을 빛나게 했다. 사사건건 신의 미움을 받는 나로서는 그의 존재가 생경하기만 했다. 그는 나를 보지 않은 채로 가볍게 말했다.

"한국 올 때 잠깐 쓰는 집이에요. 입고 있는 건 어머니 옷이고."

"어머니……?"

입고 있는 옷을 새삼스러운 눈으로 내려다보았다. 무늬 없는 흰색 라운지 웨어라 연령대에 크게 구애받지 않는 스타일이긴 했다. 아무리 그래도 어머니라는 단어가 튀어나올 줄은 꿈에도 몰랐다. 그렇다면 욕실에 있던 제품들 또한 모두 그의 어머니 것일 터였다. 묵직한 부담감이 훅 밀려왔다.

"반응이 별로네. 애인이라고 할 걸 그랬나."

"……그건 그거대로 또 부담스럽네요."

"뭘 싫어하는지 알겠다."

지헌이 소파 등받이에 손을 짚은 채 몸을 기울이더니 짓궂은 눈으로 속삭였다.

"겁쟁이네, 아가씨."

"아니라곤 안 했어요."

"이럴 땐 또 솔직하니, 진짜 종잡을 수가 없네."

그는 나를 별종처럼 보며 웃음을 터뜨렸으나 대꾸하지 않은 채 정제된 모델 하우스처럼 너른 거실을 가만히 둘러보았다. 한강 뷰가 보이는 청담동 고급 빌라가 잠깐 쓰는 집이면 그는 대체 어느 세계에 속한 사람일까.

"원래 집은 어디예요?"

"파리."

의외의 답에 나는 고개를 돌려 그의 얼굴을 보았다.

"그럼 가겠네요?"

그가 눈을 가늘게 뜨며 말했다.

"아니?"

"왜요?"

"너무 속 보이게 좋아해서."

하여튼 심술은. 그러거나 말거나 오늘의 이 굴욕이 곧 헤어질 남자와의 짧은 해프닝이라고 생각하자 기분이 한결 나아졌다.

"웃는 거예요, 지금?"

못마땅함을 숨기지 않는 목소리에 정말로 웃음이 나왔다. 풀어진 얼굴로 웃는 나를 지헌이 빤히 보았다. 그러다 어느 순간 그의 얼굴에서 구김은 사라지고 깊은 시선만 남아 나를 응시했다. 웃음이 사라진 나는 눈을 내리뜨고 잔을 기울여 얼굴을 가렸다.

창을 두드리는 빗소리 사이로 드문드문 시계 초침이 들릴 정도로 고요한 정적이 내려앉았다. 기어이 참지 못하고 눈만 내놓은 채 시선을 들자 밤의 도로에서 보았던 짙은 무늬의 홍채와 정면으로 눈이 마주쳤다.

긴장감을 뚫고 그가 말했다.

"데려다줄게요, 지금."

나는 잔을 놓고 일어섰다.

"쉬세요. 혼자 갈게요."

"새벽 2신데."

"택시 타면 돼요. 집도 그렇게 멀지 않구요."

"그런 차림으로 택시 태우기 싫은데."

그의 말을 못 들은 척하며 지나쳤으나 단단한 손이 미끄러지듯 들어와 나를 막아 세웠다. 가까이 선 그에게서 나와 같은 향이 났다.

"싫다고 했는데."

나지막하게 흐르는 목소리에 붙들린 건 팔이 아닌 발이었다. 나는 내리뜬 눈으로 그에게 붙잡힌 손목을 보았다. 피부에 닿는 감촉이 창문을 두드리는 여름 장맛비처럼 서늘하고 촉촉했다.

지그시 누르는 손과 맞닿은 숨을 통해 전해지는 열기가 서로를 의식하지 않기 위해 조심스럽게 굴었던 모든 노력을 한순간에 물거품으로 만들었다.

시선을 들고 바로 앞에 마주 선 지헌의 얼굴을 올려다보자 눈마저 그에게 붙들리고 말았다. 나를 바라보는 까만 눈동자가 내 얼굴을 고스란히 투영하고 있었다.

젖은 채 말리지 않은 숱 많은 머리카락이 목덜미를 간지럽혔지만, 나는 실험대 위의 붙들린 표본처럼 고개조차 돌리지 못했다. 한참 만에 벌어진 입술에서 속삭임 같은 말이 새어 나왔다.

"……다른 사람한테도 이러나요?"

아까 현관에서 태연하게 굴던 내게 그가 한 말이었다.

"이런 상황에서 당신은 특별하다고 하면 믿나?"

그 역시 내가 한 말을 교묘하게 되풀이했다.

"지금 작업 거시는 거예요?"

"그럼 넘어와요?"

"몇 명이나 넘어왔는데요? 그 말에."

"세어 본 적 없는데."

"하……."

기막힌 웃음을 토해 냈으나 지헌은 웃지 않았다. 그저 지나온 인생을 관조하듯 건조한 눈으로 짤막하게 내뱉었다.

"셀 상대가 없어서."

오늘 처음 만난 남자의 집에서 샤워를 하고, 그가 내어 준 옷을 입고 있는 상황에서 듣기엔 더할 나위 없이 만족스러운 말이었다. 상대가 꿈과 환상을 품은 처녀였다면 분명 그렇게 들렸으리라. 물론, 나는 아니었다.

"나도…… 그런 말에 안 넘어가요. 특별이나 영원 같은 말에는 더더욱 감흥 없구요."

냉소적인 목소리가 의외였는지 지헌이 한쪽 눈썹을 치켜세웠다. 그러자 위엄 있게 뻗은 콧날이 더 도드라져 보였다.

"당신만을 위한 특별한 스타일, 영원불멸의 잇템. 그건 내가 제안서에 가장 많이 쓰는 카피거든요. 사기죠."

그가 재미있다는 듯 비딱한 웃음을 지으며 내 얼굴이 마치 예술 작품이라도 되는 양 느긋하게 훑었다.

"기억해 둘게요. 앞으로 이치린 양이 하는 모든 제안은 사기라는 거."

불만스럽게 얼굴을 찡그리자 그의 미소가 깊어졌다. 하얀 치아가 매력적인 자태로 드러났다. 내 통제 범위를 벗어난 욕망이 슬그머니 머리를 들고 일어섰다. 나는 취했고 외로웠으며, 나의 친척 자매는 내가 십 년간 사랑했던 남자의 아이를 낳고 있다.

이미 낳았겠지. 아들일까, 딸일까. 그를 꼭 닮은 아들을 낳아 셋이 함께 손잡고 태평양 해변을 거니는 꿈을 꾸던 때가 있었는데. 왜 나는 늘 버려지는 쪽일까. 강렬한 열망으로 가득 찬 손이 어느새 나를 붙잡고 있던 강지헌의 셔츠를 당기고 있었다.

"그럼 이것도 알아맞혀 볼래요? 사기인지 아닌지."

셔츠 깃을 잡고 서서히 내 쪽으로 당기며 발뒤꿈치를 들자 입술이 닿았다.

뜨거운 숨을 잔뜩 머금고 있던 빨간 입술이 천천히 겹쳐졌다. 조심스레 포개진 살결이 닿았다 떨어지길 반복하며 선을 따라 야트막하게 문질렀다. 입술이 닿을 때마다 내리뜬 눈꺼풀 아래 시선도 맞닿았다. 서로를 향해 정탐의 눈빛을 보내며 고개를 기울였다. 혀끝이 살짝 맞닿은 순간 그가 부풀어 오르기 시작한 내 아랫입술을 음미하듯 머금었다. 그러나 애를 태우려는지 아무것도 하지 않은 채 그대로 느릿하고 깊게 누르기만 했다.

실패인가. 딛고 섰던 까치발에서 서서히 힘이 빠져나갔다. 곧 펼쳐질 무안한 순간을 예감하며 발끝을 내리는 순간, 지헌이 나를 향해 고개를 숙였다. 그게 신호라도 된 듯 한순간 강력한 힘에 이끌려 달라붙는 자석처럼 서로를 끌어당겼다.

슬며시 파고들어 온 그가 입안을 점령했을 때, 단단한 손이 나의 뺨을 감쌌다. 곧이어 가슴을 따라 올라간 내 손이 그의 목을 감았다. 창을 때리며 퍼붓는 빗소리 사이를 가쁜 숨이 채워 나갔다. 살면서 지금까지 이렇게 농밀한 키스를 해본 적이 있었나 싶을 만큼 거칠고 탐욕스러운 키스였다. 이성을 마비시키는 쾌락이 몸을 덮쳐 오기 직전이었다.

갑자기 지헌이 입술을 떼더니 나를 가슴 위로 꼭 누르며 달뜬 호흡을 진정시키듯 이마를 댔다. 참을 수 없다는 듯 머리에 입을 맞추고 잔향을 음미하듯 코를 비비면서도 그의 손은 내 목덜미 아래로 움직이지 않았다. 그는 내게 속절없이 끌리는 마음을 숨기지 않으면서도 자신이 정한 선을 넘지 않았다. 기분이 이상했다.

그의 목에 감은 팔을 풀어 손바닥을 가슴까지 내렸을 때, 지헌이 그대로 손등을 꾹 눌렀다. 손아래에 놓인 그의 심장에서 무거운 울림이 느껴졌다. 그는 감은 눈을 뜨지 않은 채로 말했다.

"사기."

낮게 가라앉은 목소리는 끓어오르는 용암을 억지로 가둔 것만큼 아슬아슬하게 들렸다. 나는 욕망으로 가득 찬 남자의 얼굴을 조용히 보았다. 지헌이 눈을 뜨고 나를 보았다.

"이치린이 원하는 건 내가 아니잖아. 그냥 하룻밤이지."

단정 짓는 말이 다소 거칠게 들렸으나, 사실이었기에 나는 웃고 말았다.

"……들켰네요."

나는 적군에게 매복을 들킨 군인처럼 후퇴했다. 곧장 손을 떼고 뒤로 물러섰다. 그러나 하루 동안 이미 몇 번의 경험을 통해 알게 된 것처럼 그가 놓칠리 없었다. 허리에 닿은 지헌의 손이 바짝 당기자 얇은 천을 사이에 두고 그의 몸과 나의 몸이 마주 닿았다.

"난 원나잇 안 합니다."

"……네, 이해했어요."

"술 취한 여자를 안는 취미는 더더욱 없고."

빈틈없이 껴안고 하는 말이 행동과 달라 나는 잠시 당황했다. 동시에 침착해졌다.

"알아들었어요. 그럼 이제."

그만 날 놔 달라는 눈으로 그를 보았으나, 지헌은 전혀 그럴 생각이 없는 사람처럼 당연하다는 듯 날 안고 있었다.

"그러나 이치린은 다르지."

또다. 특별함을 새겨 넣는 주문의 말이 귓가를 맴돌았다.

너는 달라. 나한테는 넌 그런 존재야.

"미안하지만, 난 상대가 누구여도 상관없어요."

자동응답기처럼 튀어 나가는 냉소를 멈출 수가 없었다. 이럴 때마다 떨쳐내지 못한 상처를 재확인하는 것 같아 비참했다. 타인에게 못된 말을 던지며나를 할퀴는 기분이었다.

"사기."

또다시 단정 짓는 가벼운 목소리가 귓가를 울렸다. 어쩌면 이 남자는 똘똘뭉친 나의 아집보다 더 견고한 갑옷을 두른 사람인지도 모르겠다. 지헌이 내 얼굴을 빤히 보며 물었다.

"아까 그 최 감독이라는 남자라면? 그래도 상관없어요?"

나는 보기 좋게 한 방 먹었으나 내색하지 않았다.

"사내 관계는 동료애까지만 하자는 주의라서."

그가 짧은 웃음을 토해 냈다. 그런 뒤 이마 위로 흐트러진 머리카락을 밀어 내며 입술을 눌렀다. 부드럽게 포개지는 촉감에 기분이 술렁였다. 지헌이 입술을 물리며 말했다.

"오늘 밤은 다음으로 킵하죠."

"다음……이요?"

"나랑 진짜 자고 싶을 때 말해요. 상대가 누구여도 상관없을 때 말고."

나는 다시 당황했다. 이런 상황에서 다음을 기약하는 남자가 낯설었기 때문이다.

"다음엔 안 만날 건데요."

"다음에도, 그리고 그다음도 계속 나 봐야 할 텐데."

키스로 붉어진 그의 입술이 눈앞에서 부드럽게 휘어졌다. 그게 참을 수 없을 만큼 야하게 느껴졌다.

"잊었어요? 빚 받으러 왔다는 말."

나는 그의 입술에서 겨우 시선을 뗀 뒤 머리를 흔들었다.

"오늘 도와주신 걸 얘기하는 거라면, 말씀하세요. 사례할게요."

"글쎄, 할 수 있을까?"

눈을 찡그리자 그의 미소가 조금 더 짙어졌다.

"설마, 내가 돈 많아 보인다고 비싸게 안 부를 거라고 생각했다면 오산이에요."

정확히 그렇게 생각한 나는 이를 세게 물었다.

"……얼마면 되는데요?"

"이치린이 가진 거 전부."

다시금 눈이 왈칵 구겨졌다.

"지금 장난하는 거면."

"그게 당신이 날 가볍게 대한 대가야."

"……!"

"내가 돌아갈 사람이라고 생각해서 유혹했잖아. 하룻밤 상대로."

나는 진심으로 당황해서 굳은 눈으로 그를 보기만 했다.

"의외로 정직한 표정이네. 취미 생활을 바꾸고 싶을 만큼."

서늘한 웃음을 머금은 눈동자가 나를 보더니 눈가를 부드럽게 쓸었다. 그 감촉에 살갗이 찌르르 울려서 눈을 감은 채로 고요한 숨을 흘려 내야 했다.

"술 때문에……."

이미 확 깨어 버린 술기운을 미련 없이 떨칠 때가 되었다.

"술 때문에 실수했습니다, 이사님. 죄송합니다."

나는 재빨리 지헌의 품에서 떨어져 나왔다. 사무적이고 딱딱한 말투가 의외였는지 그가 눈썹 끝을 세운 채 내 얼굴을 훑어 내렸다.

"실례가 많았습니다. 그럼, 편히 쉬세요."

대답도 듣지 않은 채 미련 없이 등을 돌린 나는 곧장 복도를 걸었다. 내가 현관을 나설 때까지도 뒤따르는 기척은 들리지 않았고 나는 그것에 안도하며 두 손에 얼굴을 묻은 채로 깊은숨을 내쉬었다. 죽는 날까지 길이길이 남을 수치스러운 밤을 막 장식하고 나온 기분이다. 이런 말도 안 되는 일을 저지르다니. 오늘이 뭐라고. 겨우 이 정도에.

'린! 실은 나 오늘…….'

복도 창가를 때리는 빗줄기를 망연하게 보며 에리카의 가는 목소리를 끊어 내려 애썼다. 이대로 다시 진창 같은 빗속에 뛰어들면 이 열기가 가라앉을 것도 같았다. 재빨리 승강기 버튼을 눌렀다.

우리가 들어온 뒤로 아무도 사용하지 않은 기계가 곧장 열렸다. 엘리베이터 안으로 막 한 발을 뻗었을 때 굳게 닫혀 있던 현관문이 열렸다. 어두운 복도로 뻗어 오는 환하고 거대한 불빛이 나를 집어삼킬 것처럼 활짝 펼쳐졌다.

고개를 돌리자 문가에 선 채로 나를 보고 있는 지헌과 눈이 마주쳤다. 눈이 부셔서 그의 눈빛을 읽을 수가 없었다. 그럼에도 본능은 얼마쯤 짐작한 듯 그를 마주했다. 심장이 거세게 쿵쾅거렸다. 서로의 시선이 강렬하게 뒤엉키는 순간 복도의 센서 등이 꺼졌다. 나는 지헌의 품으로 당겨졌다. 어둠에서 빛 속으로 빨려들 듯 거침없는 힘이 나를 끌어당겼다. 지헌은 그대로 나를 안아 올려 문 안으로 걸어 들어갔다.

문이 닫히고 차단된 세계에 둘만 남은 채 나를 안고 침실로 향하는 그의 몸에 다리를 감았다. 강한 소유욕이 느껴지는 남자의 두 팔에 갇힌 채로 얼굴을 천장으로 높이 꺾었다. 흔들리는 게 저 불빛인지 나의 세계인지 구분하지 못한 채 전복됐다.

지헌은 나를 침대 위에 눕힌 뒤 하나하나 천천히 파헤치듯 응시했다. 옷을 입은 채로 발가벗겨지는 것 같았다. 숨소리 하나까지 잡아낼 것 같은 예리한 시선 아래에서 무기력하게 늘어져 있던 감각이 하나둘 깨어나 팽만하게 부풀어 올랐다. 이대로 그가 당장 몸을 뚫고 들어와도 이상하지 않을 것 같았다.

그때 손목에 감긴 스마트 워치가 울렸다. 지헌을 보고 있던 시선이 그를 비껴가 손목으로 향했다. 그러나 끝내 발신인을 확인할 수는 없었다. 그는 내가 고개를 돌리는 것조차 허락하지 않았다. 그대로 손목 밴드가 떨어져 나갔다. 현장에서 온 전화일지도 모르는데.

허공으로 뻗어 가는 손가락 사이로 지헌이 그의 손을 밀어 넣었다. 가슴이 겹쳐지고 배 아래가 깊게 눌렸다. 팔을 타고 올라오는 입술이 손목에 감긴 트윌리 위를 자근대는 순간 전화 같은 건 단숨에 머릿속에서 사라졌다. 지헌의 이가 매듭 위를 지그시 누르며 금방이라도 벗겨 낼 것처럼 하얗게 빛났다. 눈이 번쩍 뜨였다. 그만, 거긴.

달싹이는 입술이 손쉽게 포개어졌다. 지헌은 내게서 시선을 떼지 않은 채로 입술을 느릿하게 움직였다. 아까의 탐욕스러운 키스와 달리 애를 태우듯 천천히 핥아 내리는 관능적인 입맞춤이었다. 혀가 깊게 눌리고 입술이 빨렸다. 먹이를 입에 문 포식자처럼 나른하게 휘어진 눈꼬리가 흥미로 반짝이는 게 보였다. 온전히 내게로 쏟아지는 눈빛에 몸이 떨렸다.

그의 뒤로 세차게 쏟아붓는 빗줄기가 쉼 없이 창을 흔들고 있었다. 이 밤, 너는 생명을 꽃 피우고 나는 처음 본 남자의 품에 안겨 몸을 떤다. 산산이 조각나 잔해도 남지 않은 심장이었으니. 하룻밤 쾌락을 좇는다고 비난할 세상도, 자책할 자신도 존재하지 않는다. 울지 않는다. 절대로. 아무것도 아니니까.

"이치린."

지헌이 나를 불렀다. 느려진 감각을 깨워 냈다. 턱이 들리고 입술이 떨어지는 걸 느끼며 천천히 눈을 떴다. 너무 진해서 아무것도 보이지 않은 새까만 눈동자가 나를 상냥하게 응시했다.

"치린아."

그가 그 이름을 속삭이는 순간 가슴 밑바닥으로부터 무언가가 불쑥 솟아올랐다. 그게 무언지 확인하려는 순간 정신이 아득하게 멀어졌다.

* * *

'스무 살에 찾으러 와. ……야.'

눈을 뜬 순간 머리가 깨질 것 같은 두통이 엄습했다. 그대로 몸을 굴려 머리를 베개에 묻었다. 또 어제와 같은 꿈. 매번 같은 말로 끝나는 꿈속 이미지를 되짚어 보지만 특이점은 없다. 그냥 오래된 기억의 파편이 무의식에 남아 꿈으로 나타나는 것뿐이다. 이상도 하지, 그런 약속 누가 지킨다고.

머리를 꾹 누르며 잠을 떨쳐 내려는데 나른하고 몽롱한 정신 사이로 쓰린 속이 느껴졌다. 나는 너무도 익숙하지만 내가 가장 싫어하는 후유증이 찾아왔음을 깨닫고 눈을 찡그렸다.

"망할 숙취."

드링크제를 4개씩이나 마셨는데도 안주 없이 빈속에 부어 댄 폭탄주가 무리하긴 했다. 끙끙대며 물 먹은 솜뭉치같이 늘어지는 몸을 이불 속으로 파묻는데 뭔가 이상한 기분에 멈칫했다. 맨살에 닿는 시트의 촉감이 느껴졌기 때문이다. 맨살?

순간 눈을 번쩍 뜬 나는 두통도 잊고 고개를 들었다. 내가 몸에 걸친 천이라고는 손목에 감긴 트윌리가 전부였다. 동시에 낯선 침실 풍경이 눈에 들어왔다. 창밖의 한강은 많은 것을 집어삼킨 뒤, 조용히 시치미를 떼는 것처럼 잔잔하게 흐르고 있었다.

여긴. 고요한 허공 중에 간밤의 영상이 필름처럼 흘렀다. 나는 강지헌을 유혹했고, 그는 흔들렸으며, 지난밤 우리는…… 필름이 끊긴 중간중간의 상황이 하나둘 떠오르자 나는 숨이 멎었다. 그러는 내내 지구 맨틀을 뚫고 숨고 싶은 심정이 어떤 것인지 통감했다.

"아."

밤새 변기를 붙잡고 영혼까지 쏟아 낸 덕분에 완전히 쉬어 버린 목에서 쇳소리가 났다. 이대로 먼지가 되어서 허공으로 흩어지는 축복이 내려진다면 얼마나 좋을까. 그러나 나는 평범한 인간이었다. 평생의 수치를 목전에 둔.

망할. 깔끔하게 정리된 방에 홀로 앉아 지난밤 새로 쓴 인생의 흑역사를 곱씹을수록 욕이 튀어 올라왔다.

"아니야. 아무것도 생각하지 마. 인간사에 일어나지 못할 일은 없어……."

이 순간을 모면하기 위한 빠르고도 비논리적인 합리화를 마친 후 재빨리 샤워를 끝냈다. 하룻밤 사이에 외간 남자의 집 욕실이 이토록 익숙해진 근원적 이유가 자꾸 떠올랐으나 고집스럽게 외면했다.

가운을 꽁꽁 싸맨 뒤 문을 열자 침실 문으로부터 정면에 위치한 거실 소파에 앉아 잡지를 읽고 있는 지헌이 보였다. 다분히 의도적인 위치 선정이라는 것쯤은 바보라도 알 수 있었다. 그렇게 지키고 있다고 도망을 못 갈까. 숨죽인 채로 가방이 있는 테이블과의 거리를 가늠하는 사이 지헌이 고개도 들지 않고 말했다.

"잘 잤어요?"

거실을 청명하게 울리는 목소리에 이대로 투명인간으로 분해 달아날 수만 있다면 남은 인생을 평생 악마에게 저당 잡혀도 좋겠다는 생각이 들었다. 그러나 나는 여전히 미미한 인간에 불과했다. 천천히 몸을 돌리며 어색한 미소를 지어 보였다.

"……네, 덕분에요."

"그런 모습은 기대 안 했는데."

완전히 고개를 든 지헌이 나를 가만히 보더니 몸을 일으켰다. 그의 하얀 얼굴은 아침 햇살 아래에서 찬연하게 빛났다. 느긋하게 걸어오는 그를 보며 문 손잡이를 꾹 움켜쥐었다.

"방에 옷이 없어서요. 남의 집 서랍을 뒤질 수는 없고."

그가 피식 웃었다. 웃음의 의미를 몰라 그를 빤히 올려다보는데 성큼 뻗어 온 손이 한쪽 뺨을 감싸며 천천히 어루만졌다.

"예뻐서."

"……."

"어제부터 계속 예쁘네."

얼굴에 닿은 손은 지난밤처럼 부드러웠다. 그래서 간지러웠다. 이대로 피하고 싶을 만큼. 대신 긴장을 풀고 건조하게 말했다.

"애인들은 좋아하겠어요, 그런 말 하면."

"그런가?"

"보통 여자들이 좋아하는 말이니까."

"보통 여자예요?"

지헌이 나를 눈짓하며 물었다. 나는 반응하는 대신 고개를 가볍게 숙이는 것으로 그의 손에서 자연스레 벗어났다.

"어제는 죄송했습니다."

"난 좋았어요. 우리가 보낸 첫날 밤."

지헌이 장난스럽게 웃으며 덧붙였다.

"죽는 날까지 못 잊을 것 같기도 하고."

"계속 놀리실 건가요?"

"싫어요?"

"그럴 리가요. 단지 시간을 좀 정해 놓고 놀려 주시면 감사하겠네요."

내 딱딱한 목소리에도 아랑곳하지 않는 듯 그의 입술이 부드럽게 기울더니 손을 뻗어 뺨 위로 흘러내린 머리카락을 귀 뒤로 넘겼다. 그리곤 감미로운 목소리로 말했다.

"그럼, 아침 먹고 집에 데려다줄 때까지만."

예측 불가능한 타이밍에 급습하듯 뻗어 나오는 손길을 무방비하게 받고 선 채로 나는 갈피를 잡지 못해 당황했다. 눈앞의 남자는 마치 다정한 연인처럼 나를 만졌고 문제는 지난밤의 일로 그에게 명확한 선을 그을 수 없게 됐다는 것이었다.

그의 기분이 상하지 않도록 조심스럽게, 그러나 최대한 진심을 담아 말했다.

"……그냥 가면 안 될까요? 조금 난처하고 불편한 상태라."

"나 위해서 참아 봐요. 밤새 무보수로 봉사했는데, 이 정도 즐거움은 줘야죠."

"그럼 어제 일은 없던 걸로……."

"될 리가 있나? 세탁실에 버젓이 증거가 있는데."

일그러지는 나를 보며 지헌은 즐거운 듯 미소 지었다.

"목이 많이 쉬었네요. 하긴, 밤새도록 그렇게."

눈에 힘을 팍 주고 노려보자 지헌이 말을 멈추며 싱긋 웃었다.

"옷은 클리닝 보냈어요. 한 시간 뒤에 올 거고. 기다리는 동안에 뭘 좀 먹읍

시다."

그는 내 회의적인 눈빛을 싱그럽고 매력적인 미소로 받아 냈다.

"더 곤란하게 안 할 테니까. 응?"

"……"

이미 상당히 곤란해져 버린 나는 마지못해 고개를 끄덕였다.

"머리 많이 아파요?"

지헌이 식사를 차리는 사이 파우치를 뒤적여 두통약을 꺼내는데 약통을 본 그가 물었다.

"……참을 만해요."

그렇게 말하며 생수병을 집는데 지헌이 약통을 빼앗아 갔다.

"그럼 참아요."

약을 빼앗긴 채 눈만 껌벅거리는 나를 보며 지헌이 말했다.

"음주 후에 진통제 먹으면 큰일 나는 거 몰라요?"

"그동안 잘만 먹고 살았는데요."

"이미 어디 한군데가 크게 고장 났는지도 모르고."

"저주하시는 건가요?"

"저주 아니고 염려니까 말 들어요."

지헌의 그 말이 나를 순한 학생처럼 만들었다.

"잘 먹으면 빨리 데려다줄게."

그가 내 빈손에 우유 잔을 쥐어 주며 말했다. 나는 식탁 앞에 선 채로 손에 들린 우유와 넓은 주방을 능숙하고 유연하게 오가는 지헌을 가만히 보았다. 낯설긴 했지만 적어도 불편하진 않았다.

그게 외국식 매너인지 강지헌만의 세련된 배려인지는 모르겠으나 이대로 웃으며 안녕하고 헤어진 뒤 언젠가 다시 일터에서 스쳐도 어색하지 않을 것만 은 분명했다. 그에 대한 호의적인 평가를 마무리하고 식탁에 앉을 때였다. 눈앞에 치즈를 잔뜩 얹은 스크램블드에그와 생크림을 풍성하게 바른 바게트가 보였다.

"……악의가 느껴지는 아침 식사네요?"

"어딜 봐서? 갓 구운 크로와상이?"

그렇게 말한 지헌이 바게트 한쪽을 내밀었다.

"먹어요."

"감사합니다. 커피면 돼요."

"속 쓰릴 텐데."

"염려 감사해요."

기계적인 미소를 지으며 뜨거운 커피를 빈속에 밀어 넣었다. 밤새 시달린 위장이 아우성을 쳤다.

"한입만 먹어 봐요. 성의를 봐서."

그러니까 대체 어디에 성의가 있는 거냐고. 불만스럽게 시선을 들자 느긋하게 웃고 있는 지헌이 보였다. 순간 의심을 집어던지며 확신했다. 이 남자, 나를 일부러 괴롭히는 게 분명하다.

"콩나물국 같은 거 없어요? 북엇국이나. 난 아침엔 한식으로만 먹는데."

나는 팔짱을 끼고 도도한 얼굴로 말한 뒤 보란 듯이 비죽 웃어 보였다.

"뭐, 없으면 말고요."

"그러게 무슨 폭탄주를 열 잔이나 스트레이트로 부어."

"……그걸 셌어요? 왜요?"

"뻗으면 주워 오려고."

허. 기가 막혀서 헛웃음이 절로 튀어나왔다. 대체 나를 언제부터 보고 있던 거야?

"엄청 잘 마시던데, 원래 술 좋아해요?"

"직장인이 술을 좋아해서 마시나요? 필요하니까 마시는 거지."

"아, 회식 문화의 선구자였던가."

그가 두 팔을 우스꽝스럽게 휘저으며 간밤에 내가 선보였던 소주병 돌려따기를 흉내냈다. 나는 심드렁한 표정으로 지헌을 빤히 보며 눈을 두어 번 끔뻑거렸다. 그 정도에 발끈하길 기대했다면 오산이다. 애초에 대한민국 직장생활에 대해 파리 사는 네가 뭘 알겠니.

내 비딱한 시선을 본 지헌이 웃음을 터뜨렸다. 나는 그의 환한 웃음에 잠시 멈칫했다. 그리고 내가 방심한 틈을 타 지헌이 입 앞으로 앙버터를 쑥 내밀었다.

"자, 아."

버터 향을 맡는 순간 치미는 메스꺼움을 참지 못하고 입을 틀어막았다. 지헌이 바게트를 쥔 채 경쾌한 웃음을 터뜨렸다. 그 미소에 매료된 건 아니다. 그저 연이은 헛구역질에 모든 기운을 소진했기 때문이다. 나는 화도 내지 못한 채 불쌍하게 신음했다.

"……왜 심술부리는데요?"

"과한 동료애는 후유증만 남긴다는 걸 깨우치라고."

끙 소리가 절로 나왔다.

"알았으니까 저 버터 좀 치워 주세요, 크림하고. 전부 다 노란색이라 속이 뒤집어질 것 같아요."

"빨간색도 있는데."

지헌이 장난스럽게 웃으며 반으로 자른 자몽을 턱짓했다. 빈속에 자몽이라니, 속이 쓰리다 못해 시려 왔다.

"과일이랑 채소는 샐러드 바에서만 먹어요."

"편식을 그렇게 하니까 성격이 비딱하지."

그래, 실컷 욕해라. 그가 뭐라 하든 기운이 다 빠져나간 나는 식탁 위에 그대로 엎드렸다. 지헌이 일어서는 걸 보며 눈을 반쯤 감았다. 잠시 뒤 묵직한 무언가가 눈앞에 놓이는 느낌에 눈을 떴다. 따듯한 온기가 배어 나오는 종이봉투였다. 흰색 봉투에 찍힌 북엇국 전문점 로고가 보였다. 설마……? 눈이 번쩍 뜨였다. 내가 봉투를 낚아채기도 전에 지헌이 위로 쓱 들어 올렸다.

"과도한 동료애는 어떻다고?"

"안 좋다구요. 최악이라고. 최악!"

눈에 잔뜩 힘을 주고 외치자 지헌이 다시 웃음을 터뜨렸다. 그러거나 말거나 낚아챈 봉투에서 하나둘 용기를 꺼냈다. 지헌이 뚜껑을 전부 열기도 전에 국물을 후후 불어 마셨다. 만족스러운 탄성이 절로 나왔다. 그러자 곧바로 허기가 밀려왔다. 생각해 보니 어제 하루 동안 먹은 거라곤 커피 네 잔과 폭탄주뿐이었다.

국그릇만 들고 있는 내게 지헌이 손수 밥을 덜고 숟가락을 쥐여 주었다. 나는 군말없이 밥을 떠 입안으로 넘겼다. 뜨끈하고 개운한 북엇국을 한 숟가락씩 넘길 때마다 나를 일부러 괴롭힌 강지헌의 괘씸함도 옅어졌다. 국 하나에 넘어가는 쉬운 여자래도 상관없었다.

"잘 먹네. 예쁘게."

"이 집 북엇국 좋아하는 거예요. 서초에 있잖아요."

"우리 아버지도 좋아하시더라고. 엄청난 주당이시거든."

"아버지 저랑 좀 통하시겠는데요?"

"꿈 깨요. 바람둥이니까."

"그거 자기 얼굴에 침 뱉긴데. 보통 그 아버지에 그 아들이라고 하잖아요."

지헌이 피식 웃었다.

"왜 웃어요?"

"어떤 대답을 해도 이치린 양을 놀라게 할 거 같아서."

"그 정도로 놀아 봤어요? 와."

무성의하게 감탄하는데 지헌이 내 코를 콕 눌렀다.

"놀 뻔했지. 어젯밤에. 누가 실컷 유혹해 놓고 막 토하……."

나는 재빨리 그의 입을 막았다.

"나 이제 겨우 속 가라앉았거든요?"

그가 다시 웃었다. 나를 바라보는 노마 같은 까만 눈동자가 부드럽게 휘어지자 지난밤보다 홍채의 무늬가 더욱 선명하게 드러났다.

"눈이……."

나도 모르게 손이 나갔다. 무례하다는 생각은 들지 않았다. 반짝이고 예쁜 것에 닿고 싶어 하는 건 인간의 본능 같은 건지도 모른다. 그래서 홀린 듯 그의 얼굴로 손을 뻗었다.

"혼혈이었어요?"

눈가를 쓸어내리는 손을 지헌이 잡았다. 그대로 돌렸다. 손바닥을 뒤집어 그 위로 입술을 꾹 눌렀다. 그러는 동안 내게서 시선을 떼지 않은 채로 그가 상냥하게 물었다.

"그래서 싫어요?"

싫다니 그런 걸 판단할 자격이 내게 있던가. 문득 지헌의 입술이 닿은 곳으로 시선이 갔다. 김미나의 담뱃재로 빨갛게 부어 있던 손바닥에 의료용 밴드가 붙여져 있었다.

그 순간 설명할 수 없는 감정 하나가 메마른 강바닥처럼 갈라져 있던 저 아래에서 희미하게 존재감을 드러냈다. 그러나 너무 흐릿해서 무언지 채 깨닫기도 전에 사라졌다.

"아니면 놀라서 그래?"

지헌이 다시 물었다. 나는 뒤늦게 정신을 차리고 그에게서 손을 거뒀다.

"그냥, 다 이해돼서요."

"어떤 게?"

"강지헌 씨가 나보다 더 예쁜 이유."

"……뭐?"

"다행이다. 남자한테 미모로 열등감 느낄 뻔했는데."

지헌이 묘한 표정으로 나를 가만히 보며 말했다.

"진짜 위험한 성격인 거, 이치린 양은 아는지 모르겠네."

식사가 끝난 뒤 도와주겠다고 나서는 나를 지헌은 걸리적거린다는 이유로 쫓아냈다. 배터리가 완전히 나가 버린 휴대폰과 스마트 워치는 쓸모없는 플라스틱이 되어 버렸고 심지어 나는 옷조차 없이 맨몸으로 가운만 걸치고 있었다. 객관적으로 설명하자면 굉장히 이상한 상황이었음에도 딱히 나쁘지 않았다. 그렇게 배부른 포식자처럼 어제 처음 만난 남자의 집 안을 어슬렁거렸다.

갤러리와 명품 매장을 오가는 게 일상인지라 사는 세계가 완전히 다른 남자의 집도 크게 낯설지는 않았다. 유백색 대리석으로 전체를 아우르는 간결한 구조는 인테리어 잡지 한 면을 그대로 옮겨 온 것처럼 완벽하고 군더더기가 없었다. 남자의 결벽증은 이런 데에서도 드러나 벽면마다 딱 한 점씩만 전시된 현대 화가의 조각품이나 컬러풀한 그림마저 일체감 있게 배치되어 있었다.

그야말로 강지헌과 딱 어울리는 집이었다. 오히려 손때 묻은 소품이 곳곳에 놓인 따듯하고 아늑한 우드 톤 일색이었다면 당황했을 거다.

"왜 서 있어요?"

지헌이 다가와 물었다.

"그냥 집 구경 좀 하느라구요."

"마음에 안 들어요?"

"전혀요, 멋진데요."

"어디가 마음에 안 들까?"

그의 귀신 같은 촉은 시시때때로 나를 놀라게 했다. 나는 어깨만 으쓱했다.

"내 의견이 뭐가 중요한가요? 어차피 강지헌 씨 집……."

무의미하게 집 안을 한 바퀴 돌아보던 나는 그때까지도 발견하지 못했던 무언가를 보고 시선을 멈췄다. 저거.

빨려 들어가듯 무작정 책장으로 걸어간 나는 다시 한번 더 굳었다.

"왜 그래?"

나를 따라온 지헌이 바로 옆에서 얼굴을 불쑥 내밀었다. 그의 따듯한 숨결이 뺨을 간질였으나 그런 걸 따질 겨를이 없었다. 눈동자가 책장에 박힌 채 쉽

사리 떨어지지 않았다.

"대체 뭐가 있길래."

"물어볼 게 있어요."

나는 지헌의 말을 자르고 다급히 말했다.

"혹시 회사가, 그러니까 임원으로 있다는 그 브랜드가…… 헤르네였어요?"

"몰랐어요?"

의외라는 듯 날아온 대답에도 나는 믿기지 않아 선반을 뚫어져라 보았다. 그곳엔 전 세계 여성들이 가장 사랑하는 브랜드의 시그니처 가죽으로 제작된 아트북과 컬렉션 쇼 노트가 차곡차곡 전시되어 있었다.

"그러니까 LV그룹이요. 세계 명품 시장의 반을 차지하는 다국적 기업. 포브스 선정 100대 기업 브랜드 가치 3위인, 연 매출 70억 달러에 달하는 그……!"

더듬더듬 이어 가던 말에 숨이 달아올라 잠시 멈춘 뒤 지헌을 보았다.

"하이엔드 브랜드만 50개 이상을 보유한 그 LV가 맞냐구요."

"패션은 56개. 뷰티까지 하면 60개 이상이던가."

망할.

"반응이 참신하네."

"이사라면서요."

"아마도?"

지헌이 장난스럽게 웃었다.

"임원이라는 거잖아요."

"나에 대한 견적이 좀 달라져요?"

"완전히."

굳어 가는 나를 보며 지헌은 재미있어 했다.

"어떤데요?"

"집에 가고 싶어졌어요."

뭐가 즐거운지 그는 여전히 웃고 있었다. 나는 그런 지헌을 밀어낸 뒤 책장 가까이 다가섰다. 거칠고 투박하게 시작해 세월에 따라 정제되고 세련된 폰트로 변화한 헤르네의 역사가 그곳에 보관되어 있었다.

"진짜……였어."

이럴 걸 몰랐어? 가시 돋친 목소리가 어딘가에서 삐죽하게 솟아올랐다. 몰랐다. 해외 브랜드의 반 이상은 전부 프랑스 태생인데 겨우 파리에서 날아온 것만으로 헤르네와 연관 짓기란 쉽지 않았다. 무엇보다 너무 어렸다. 설마하니 LV그룹에 이렇게나 젊은 한국계 임원이 있을 줄이야.

구 선생이 그렇게 극진히 대접하는 걸 봐 놓고도. 박 대표가 먼저 나서서 소개해 주겠다고 했을 때 짐작했어야 하는데. 연거푸 한숨이 튀어나왔다. 이 바닥에 겉만 잘난 인간들이 어디 한둘인가. 그런데, 진짜로 잘난 남자가 눈앞의 이 남자일 거라고는 예상하지 못했다.

그런 거물을 상대로 겁도 없이 하룻밤을 보내려 했다니. 이 일을 박 대표가 알면. 거기까지 생각하자 사고가 정지되는 기분이었다.

"많이 복잡한 얼굴인데."

나는 짓궂은 소년처럼 눈꼬리를 살짝 접고 웃는 그를 보며 맥없이 중얼거렸다.

"엄청난 대어였네요, 이사님."

"그런데 왜 환영받는 기분이 안 들까요?"

"전 생선이 싫어요."

지헌이 눈을 찡그렸다. 그러자 그의 매끈한 이마에 실금이 갔다.

"혹시 올해 서울 컬렉션 때 이사님도 오나요?"

"그게 왜 궁금한데요?"

"만약 그렇다면, 제가 그때 서울에 없을 예정이라서요."

그가 황당하게 웃었다.

"어젠 나한테 고민하지 말라더니? 일 잘한다고."

"그냥 해본 말이죠. 일 되게 못해요, 저."

"휴머노이드라며."

"원래 소문은 99퍼센트가 뻥인 거 모르세요?"

지헌이 팔짱을 끼며 나를 지그시 내려다봤다.

"어젯밤하고 태도가 너무 다른 거 아닌가?"

"어제는 제가 정신이 잠깐 나가서요."

"그럼 지금은 제정신 돌아온 거지? 못 한 거 마저 하면 되겠네. 전연령가 말고 29금으로."

지헌이 다가왔다. 나는 피하는 대신 책장으로 손을 뻗었다.

"그 전에 궁금한 게 있어요."

"또 무슨 말로 사람 기를 죽이려고."

"저거, 저 책. 진짜 맞아요?"

지헌은 눈을 찡그리면서도 진지하게 변한 내 얼굴에 고개를 돌려 책장을 보았다. 그런 뒤 심술궂게 말했다.

"가짜예요."

"거짓말."

이런 곳에 가짜 같은 걸 가져다 놓을 리 없다. 애초에 가품이 있다는 걸 들어 본 적도 없다.

"그러지 말고 한 번만 만져 보게 해 줘요."

지헌이 웃기지 않은 농담을 들은 사람처럼 나를 보았다.

"그러니까 지금 겨우 저걸."

겨우라니, 저 콧대 높은 애슐린 출판사가 제작해 세계에 단 두 권만 남은 헤르네 아트북 초판본에 어울리는 말은 아니다. 갤러리에서나 전시될 법한 물건이 이런 책장 선반에 아무렇지 않게 꽂혀 있다니, 눈으로 보면서도 믿기지 않았다. 내 눈빛을 본 지헌이 책장을 가리듯 내 앞에 우뚝 서더니 삐딱한 표정으로 나를 보았다.

"지금까지 본 것 중에 가장 열정적인 얼굴이네, 나도 아니고. 겨우 책에."

시야가 완전히 차단된 나는 다른 시도를 포기하고 솔직하게 청했다.

"딱 5분만요. 아주 조심해서 만질게요. 사진으로만 보고 실물은 처음이란 말이에요."

말을 할수록 강렬한 의지와 염원이 피어났다. 앞으로 다시없을 기회라는 생각이 들자 나도 모르게 목소리가 높아졌다.

"장갑이라도 낄까요?"

허공을 잠시 바라본 지헌이 길고 나른한 한숨을 내쉬며 책을 아무렇게나 집어 꺼냈다. 그 부주의하고 거침없는 손동작에 놀란 내가 눈을 동그랗게 뜨자 그는 한층 더 삐딱한 눈으로 책을 다시 휙 들어 올렸다.

"안 받아요? 도로 갖다 둘까?"

나는 왕의 밀지를 받는 신하처럼 두 손을 뻗어 아트북을 받아 들었다. 지헌이 어이없다는 얼굴로 나를 보는 게 느껴졌으나 애초에 이런 기념비적인 것을 당연하게 접하는 강지헌과 내가 같은 마음가짐일 수 없었다.

헤르네그룹이 직접 운영하는 프랑스 팡탕의 가죽 공방에서 무두질한 최고급 가죽 위에 장인이 한 땀 한 땀 새겨 넣은 스티치는 넋을 잃게 할 정도로 아름다웠다.

"······멋있다."

"가죽이?"

얄밉게 비아냥대는 그의 말을 모르는 척했다. 그걸 신경 쓸 만큼 여유롭지 못했다. 타국에 공장을 두지 않고 모든 공정을 프랑스에서만 진행하는 헤르네의 고집스러움이, 백여 년을 이어 온 장인의 기법에 고스란히 드러나 나를 감격시켰기 때문이다.

"전에 잡지에서 우연히 보고 한눈에 반했는데. 직접 만져 보는 건······ 처음이에요."

만질만질한 촉감을 조심스럽게 어루만지는 손끝이 살짝 떨렸다.

"슈타이들이 제작한 히스토리북까지 있으면 기절하겠네."

패션은 물론 문학계 거장까지 러브콜을 보내는 세계적인 퍼블리셔의 이름을 들으며 나는 무심코 중얼거렸다.

"그건 서울 전시회 때 봤어요. 근데…… 있어요?"

내가 고개를 번쩍 들자 그가 시큰둥한 얼굴로 받아쳤다.

"봤다면서?"

"쇼케이스 안으로만 봤단 말이에요. 만져 보진 못했는데."

"그러니까 왜 그런 낡은 종이에 집착하느냐고. 손으로 만질 수 있는 게 얼마나 많은데."

나는 그의 음험한 시선에 비난의 눈초리를 던진 뒤 다시 아트북에 집중했다.

"이건 기록이잖아요. 한 장 한 장을 공들여 만든, 백 년의 역사가 담긴."

지헌이 냉소적으로 말했다.

"기록을 꼭 종이에 남기란 법은 없지. 요즘은 이런 책보다 유튜브나 인스타 해시태그에 더 열광하는 시대 아닌가."

"인간의 기술이 아무리 발전해도 아날로그의 가치는 사라지지 않아요. 해마다 신차가 쏟아져 나오지만, 사람들은 여전히 마라톤 경기를 하고 기록을 재잖아요. 카메라가 발명됐다고 화가가 사라지지 않는 것처럼."

나는 아트북을 결에 맞춰 조심스럽게 쓸어내렸다. 때때로 낡은 종이에서 나는 향취는 이상한 그리움을 불러일으킨다. 그래서 나를 묘하게 바라보는 지헌의 눈빛도 알아채지 못한 채 신의 옷자락을 펼치는 경건한 마음으로 아트북의 부드러운 표지를 넘겼다. 그리고 다시 굳고 말았다.

"이거, 이거, 설마……."

지헌은 이제 완전히 포기한 얼굴로 나를 보았다.

"알았으니까 숨은 쉬고."

"헤르네 수석 디자이너 크리스토퍼 로랑의 친필 서명! 맞죠?"

나는 세월의 흔적이 비껴간 듯 여전히 멋스러움을 자아내는 종이 위를 힘있게 가로지른 굵고 멋진 필체에 탄성을 터뜨렸다.

"나 이분 진짜 좋아해요. 헤르네 디렉터가 되기 전부터 팬이었어요. 예전에 도쿄 컬렉션에서 본 적 있는데 카리스마는 엄청난데 스태프들한테 너무 친절해서 정말로 멋지다고 생각……."

"크리스 나이가 몇인지는 알고? 비주얼은 딱 아빠와 딸인데."

한껏 비아냥대며 지헌이 말했다.

"연상이 취향인 건 좋은데 갭을 좀 더 줄이면 안 될까?"

"크리스? 그분하고 친해요?"

눈을 반짝이며 묻자 지헌의 얼굴이 조금 사납게 변했다.

"궁금해서 묻는 건데, 일부러 이래?"

"팬인 걸 어떡해요. 손 한번 잡아 보고 싶어서 작년 파리 컬렉션에도 가고 싶었는데."

"지금 나한테 우리 수석 디자이너의 성추행 계획을 털어놓는 건가?"

"아니, 왜 갑자기 그런 무서운 얼굴을 하고."

항변하는 내 손에서 지헌이 아트북을 냉큼 빼앗아 갔다.

"5분 끝."

"앗! 잠깐, 사진이라도……!"

아쉬워서 손을 뻗어 보았지만, 지헌은 씨알도 안 먹힐 것 같은 냉랭한 얼굴로 나를 보았다.

입맛을 쩝 다셨으나 달라지는 건 없었다. 지헌은 불쌍하게 낑낑대는 동물을 보는 눈으로 나를 보았다.

"다음에 와요, 또 보여 줄게."

몹시 구미가 당기는 제안이었으나 선뜻 대답하지 못하자 지헌이 혀를 찼다. 뭐 이런 별종 같은 여자가 다 있나 하는 얼굴이었다.

"파리에는 왜 안 왔어요? 오고 싶었다며."

"바빴어요, 일이 많아서."

"연출자의 패션위크 참석은 의무 아닌가?"

"그건······."

대답할 말을 찾아 허둥대는 나를 지헌은 빤히 보았다. 평소처럼 아무렇지 않게 둘러댈 수 있는 핑계가 그 순간에는 떠오르지 않았다. 그날, 시나가와의 맨션이 눈앞에 불쑥 나타나 다른 사고를 마비시켰기 때문이다. 서서히 가라앉는 의식을 자극하듯 지헌이 날카롭게 말했다.

"작년은 특히 헤르네뿐만 아니라 크리스에게도 굉장히 의미 있는 컬렉션이었는데. 총괄 CD가 되고 나서 처음으로 선보인 쿠튀르였으니까."

알고 있다. 그래서 무슨 수를 쓰더라도 꼭 보고 싶었다. 바로 눈앞에서. 그랑팔레에서.

"그런데 왜 안 왔을까? 엄청난 팬이라면서."

"바빠서······."

"아, 바빠서."

이해한다는 듯 지헌이 피식 웃으며 말했다.

"그래도 감동은 받았겠네. 르몽드까지 나서서 극찬했으니까."

눈빛이 일그러지고 멈추고 있던 숨이 가느다랗게 새어 나왔다. 찰나의 표정을 읽은 지헌이 물었다.

"아직 안 봤어요?"

"시간이······ 계속 안 나서."

"일 년이나? 무슨 일이 그렇게 많았길래."

허둥대며 바지를 꿰어 입던 준과 침대 아래로 내려선 에리카의 맨다리가 차례로 떠올랐다 사라졌다. 아가미를 벌리듯 쩍 벌어진 살 틈으로 끊어진 핏줄에서 피가 튀는 모습을 무기력하게 보고 있던 나도 떠올랐다.

"그만······ 가 봐야겠어요."

허공을 멍하니 응시하던 채로 지헌에게 말했다. 그는 내 목소리를 듣지 못한 것처럼 책장 선반으로 향했다. 그는 버튼 몇 번만으로 집 안을 금세 어둠으로 만들었다. 드러난 거실 창 위로 암막 블라인드가 조용히 내려오는 가운데 빔프로젝터가 스크린을 향해 파란빛을 쏘았다.

"……뭐 해요?"

"팬 서비스."

그가 플레이 버튼을 누르자 내 앞에 펼쳐진 대형 화면이 움직이기 시작했다. 내가 그토록 보고 싶었으나 차마 용기가 없어 보지 않았던 쇼가 눈앞에 펼쳐졌다.

그랑팔레의 커다란 유리창 아래 런웨이 대신 아름다운 분수를 놓고 싱그러운 풀꽃으로 가득 채운 쇼장은 마치 숲속 정원 한가운데를 옮겨 온 것 같았다. 그곳을 우아한 드레스 차림의 모델이 비밀스럽게 산책이라도 하듯 차례로 모습을 드러냈다.

르사주 공방 장인의 손에서 피어난 깃털과 비즈로 만든 정교한 꽃장식을 달고 튈 베일을 쓴 모델들이 로맨틱한 숲속 런웨이를 걸었다. 부드러운 코럴, 반짝이는 레몬, 푸릇한 그린까지 모두 봄꽃을 연상케 하는 컬러 팔레트였다.

그건 누구보다 꽃을 사랑했던 헤르네 1세대 창업자의 영감을 고스란히 이어받은 것이다. 무엇을 상상하든 그 이상의 판타지를 경험하게 된다는 프랑스 오트 쿠튀르. 그 쿠튀르를 대표하는 패션 하우스 헤르네. 디렉터는 그런 헤르네 예술적 창의성의 원동력이 바로 아르티장으로 불리는 장인 정신임을 보여 주고 있었다.

나는 그 장엄하고 엄숙한 아름다움에 압도되어 숨을 죽인 채 눈으로만 좇았다. 그리고 마침내 얇은 레이스와 실크로 겹겹이 덧대어 만든 우아하고 풍성한 피날레 드레스를 보는 순간 굳어 있던 얼굴에서 눈물이 툭 떨어졌다.

오래전 어느 날, 차곡차곡 모아 둔 드레스 룩북을 보며 기대에 부풀던 내가 떠올랐기 때문이다. 신데렐라의 유리 구두와 호박마차가 아름답다고 생각하던 순진했던 시절. 그 시절에 꿈꾸던 신부와 단란한 가족 풍경이 잇따라 떠올라 나를 숨죽이게 했다.

일 년 전, 파리에서 이 컬렉션이 진행되던 그때, 나는 도쿄에 있었다. 유리 구두와 호박마차보다 더 아름다운 꿈을 품고서. 그렇게 해서 내가 얻은 건 참혹한 진실이었다.

"울어요?"

지헌의 낮은 속삭임이 먹먹한 귓가로 흘러들었지만 아무 말도 하지 못했다. 내가 포기했던 게 너무 아름다워서, 그로 인해 내가 얻은 진실이 너무도 슬퍼서. 나는 그저 숨죽인 채 눈물만 흘려 냈다. 뺨 위로 툭 떨어지는 눈물을 지헌이 손등으로 받아 냈다.

"우는 것도 로봇이네."

그는 울음소리 하나 없이 눈물만 뚝뚝 떨어뜨리는 나를 신기한 듯 쳐다봤다. 나는 스크린에 시선을 고정한 채 참담한 과거와 마주하고 있던지라 그가 날 안고 있다는 사실조차 자각하지 못했다.

"팬인 건 알겠는데, 이건 반칙이지."

불만스러운 목소리와 달리 눈물을 닦아 내는 손은 세심하고 부드러웠다. 어느새 내 시야를 모두 가로챈 지헌이 턱을 들어 올리며 물기로 반짝이는 입술을 엄지로 느릿하게 쓸었다. 그 짙은 눈빛에서 나는 그가 하려는 행동을 알았다.

지헌은 시선을 떼지 않은 채로 얼굴을 천천히 기울였다. 자신이 하려는 것을 예고하며 달아날 여유라도 주듯. 그러나 내가 할 수 있는 건 꼼짝하지 못하도록 옭아맨 시선을 피해 절망 가득한 눈꺼풀을 내리는 게 고작이었다.

나는 지헌과 소파 사이에 갇힌 채로 지금 이 순간 가장 예민한 살갗의 감촉에 몸을 떨었다. 집요하게 파고드는 그는 난공불락의 요새를 함락시키기라도 할 듯 끈질겼다. 나는 주저앉았고, 지헌은 도망칠 기회 따윈 주지 않고 내 허리를 가득 끌어안으며 순식간에 휘감았다. 서로가 맞닿는 농밀한 감촉과 함께 조금 더 벌어진 입안이 거칠게 휘저어졌다.

그는 소파 등받이를 짚으며 몸을 기울인 채로 나를 완벽하게 가둬 버렸다. 숨이 쉬어지지 않았다. 지헌이 나를 숨 한 조각 남지 않을 때까지 모조리 빨아들일 기세로 갈취했기 때문이다.

"하아."

턱까지 찬 호흡을 간신히 헐떡이자 지헌이 잠시 틈을 벌리더니 금세 다시 다가왔다. 나는 그가 내는 숨을 목으로 삼키며 더 깊어지는 갈증을 느꼈다. 이 기분 좋은 감각이 계속되길 바라는 본능이 움텄다. 지난밤의 나는 이미 사라지고 없는데도, 내가 여전히 이 남자를 원한다는 사실을 깨달았다. 다시 절망스러워졌다.

* * *

일요일 오후의 강남대로는 곳곳에서 쏟아져 나온 차들이 정체 행렬을 이어 갔다. 나는 꽉 막힌 하수구처럼 좀처럼 앞을 향해 나아갈 생각을 하지 않는 차들을 무심히 보았다. 유리창으로 운전석에 앉은 지헌의 실루엣이 희미하게 비쳤으나 그의 표정은 읽을 수 없었다.

집을 나서기 전의 일이 떠오르자 아직 남아 있는 열기로 홧홧한 뺨을 서늘한 창문에 눌렀다. 그때 초인종이 울리지 않았다면 우리는. 아까의 열기가 되살아나는 것만 같아서 나는 눈을 감은 채로 숨을 골랐다.

세탁소에서 찾아왔을 때, 나는 어른들 몰래 못된 짓을 하다 들킨 아이처럼 화들짝 놀라 떨어졌고 지헌은 그런 나를 순순히 놓아주었다. 그런 뒤 서로 약속이라도 한 것처럼 어떤 언급도 하지 않고 있었다. 피한 건 나였고, 지헌은 그런 나를 봐주는 느낌이었다. 나는 계속해서 모른 척했다. 어제는 술기운에 벌어진 사고라고 우길 수 있었지만, 오늘은 아니다. 한숨과 함께 입술을 잘근 무는데, 지헌의 시선이 느껴졌다.

"피곤해요?"

"……다방면으로 폐를 끼치네요. 이런 날은 전철이 더 빠른데."

"전철이 더 빠르겠지만 굳이 데려다주려는 거니까."

"네, 감사합니다."

"이유는 안 물어요?"

"네, 안 물을 거예요."

지헌의 기다란 손가락이 핸들을 리드미컬하게 두드렸다.

"그래요, 그럼. 이치린 양의 고집과 내 끈기, 둘 중에 어느 쪽이 더 질긴지 보는 것도 흥미롭겠네."

"……언제 돌아가세요?"

"등이라도 떠밀 기센데?"

"순수한 호기심이에요."

"언제 갔으면 좋겠는데요?"

"아주 바쁘신 분이니까 당연히."

눈을 굴리며 답하자 지헌이 의미심장한 얼굴로 단언했다.

"안 바빠요, 나."

"회사를 올바른 방향으로 이끌어야 할 임원이 그렇게 말해도 되나요?"

"원래 일은 실무자들이 하는 거지. 이 팀장 같은."

"요즘 세상에 지탄 받을 말이네요."

"EM웍스 대표님이 이치린 팀장보다 더 바빠 보이진 않던데?"

"……노는 거 같아 보여도 다 일하시는 거예요."

내 자신감 없는 목소리에 지헌이 피식 웃었다. 아, 어디에서도 말로 져 본 적이 없는데, 어제부터 계속 당하고 있으려니 슬슬 열이 받는다. 지헌이 그런 나를 향해 불쑥 물었다.

"등가교환 할래요? 하나씩 주고받기."

나는 흔쾌히 고개를 끄덕였다.

"좋아요. 해요."

못할 것도 없지. 아무것도 알려 주지 않고 다 알아내 주겠다는 새로운 의지가 마음속에서 불타올랐다.

"솔로 된 지 얼마나 됐어요?"

"왜 내가 남자친구가 없을 거라고 생각하는데요?"

"보통 남자친구 두고 원나잇 안 하니까?"

"……."

의지가 너무 과해서 초장부터 망했다. 지헌이 나를 돌아보며 재밌다는 듯 웃었다.

"해요?"

"할 리가 없잖아요."

"대답 안 했어요, 아직."

나는 다시 눈을 굴렸다.

"……좀 됐어요."

"정직한 타입인 줄 알았더니?"

후, 하고 바람을 불어 갑갑한 앞머리를 날린 뒤 툭 내뱉었다.

"9개월 하고 며칠 더요."

"아직 멀었네. 날짜 세고 있는 거 보니."

"그렇게 못된 말을."

나는 울컥해서 목소리에 잔뜩 힘을 주고 물었다.

"제 차례죠? 언제 돌아가세요?"

"아직 안 정했어요."

"와…… 나보고는 정직 어쩌고 하더니, 되게 비겁하다."

"진짜로 아직 안 정해졌어요. 일정 나오면 가장 첫 번째로 알려 줄게. 됐죠?"

"와, 되게 짜증나는데 그만해도 돼요?"

지헌의 웃음소리가 차 안에 울려 퍼졌다. 나는 그가 웃을 때마다 그랬던 것처럼 순간적으로 멈칫했다. 누군가 내 앞에서 아무 의도 없이 환하게 웃는 걸 마지막으로 본 게 언제였는지 기억나지 않았다.

"······원래 그렇게 잘 웃어요?"

"내가?"

"네. 어제부터 계속, 되게 잘 웃어요. 막."

지헌이 의외의 질문을 받은 사람처럼 입가를 매만졌다.

"웃고 싶을 만큼 좋은가 보네, 내가."

나는 그 뒷말을 들을 자신이 없어서 시선을 창밖으로 돌렸다. 이틀 만에 파악한 지헌의 가장 큰 장점은 내가 쉽게 외면하는 것들을 구태여 파고들지 않는다는 점이었다. 그래서 나는 그와의 대화에서 도망쳐 무의미하게 스쳐 가는 창밖 풍경을 보는 척했다. 차는 거북이처럼 느리게 움직였고 봄볕은 살갗을 데울 정도로 따뜻했다. 잠이 든 건 순간이었다.

솜뭉치처럼 늘어지는 몸이 햇볕 아래 단잠을 만끽하고 있을 때, 익숙하고 그리운 목소리가 수면 아래 깊은 곳에 있는 나를 끌어올렸다. 손가락이 작게 까닥이고 속눈썹이 떨렸다.

순식간에 물 밖으로 끌어내진 사람처럼 눈이 번쩍 떠진 것과 동시에 잠들어 있던 귀가 깨어났다. 잠들기 전까지 내려앉았던 침묵 대신 라디오 소리가 차 안을 낮게 울리고 있었다.

[방금 들으신 곡은 일본의 재즈힙합 뮤지션 이시하라 준의 새 앨범에 수록된 곡이었습니다.]

라디오에서 흘러나오는 진행자의 목소리를 들으며 나는 멍한 눈을 슴벅거렸다. 분명 말을 듣고 있는데도 머릿속에 들어오기는커녕 전부 다 흘러가 버리는 것처럼 느껴졌다. 그때, 게스트로 나온 가수가 들뜬 목소리로 진행자의 말을 이어받았다.

[네, 사실 오늘 이 곡을 가지고 온 이유가 있는데요. 이시하라 준이 오늘 아침에 아빠가 되었어요. 예쁜 딸을 낳았다고 합니다.]

그때까지만 해도 눈만 깜박이던 나는 여전히 초점이 돌아오지 않는 흐린 눈으로 라디오가 흐르는 대시보드를 보았다.

[축하해요! 이시하라 준 씨. 딸 바보 예약하셨네요. 요즘은 또 딸이 대세라는 말이 있잖아요? 얼마나 예쁘겠어요?]

딸. 준과 에리카의 딸. 나의 자매가 내가 일생의 반을 염원하던 남자의 아이를 낳았다. 나는 아무 생각이 없는 바보처럼 그대로 굳은 채 몇 초간을 흘려보냈다.

수술대 위에 누워 마취도 하기 전에 산 채로 심장이 척출당한 느낌이었다. 더는 고통을 담을 마음 따위 존재하지도 않는다고 생각했는데, 그늘 아래 숨어 간신히 숨만 내쉬고 있던 핏덩이가 불식간에 음습당해 기어이 몰살당하고 만다. 도망칠 틈도, 몰아쉴 숨도 주지 않고 다시, 온몸을 난도질한다.

[이시하라 준의 아내를 닮은 딸이라면, 확실히 그렇지 않을까요?]

[네, 패션모델로 활약 중인 마츠이 사에의 언니이기도 하죠. 엄청난 미인이라고 들었는데요.]

[이시하라 준이 괜히 애처가는 아니겠죠? 하하.]

게스트의 목소리가 아득하게 멀어졌다. 나는 스스로를 보호하듯 양팔로 나를 감싸 안으며 몸을 웅크렸다. 조금 전까지만 해도 덥게 느껴지던 햇빛이 차갑고 시려 와, 드러난 팔에 소름이 투두둑 돋아났다. 아무리 달아나도 나를 쫓아오는 망령 같은 그림자가 온몸에 사슬을 채우는 것 같았다.

"왜 그래요?"

내가 깼다는 걸 알아차린 지헌이 얼굴을 숙이며 물었다. 그러나 사고가 마비된 것처럼 덜그덕거리는 입에선 아무 말도 나오지 않았다.

[자, 그럼 이쯤에서 이 곡을 안 들어 볼 수가 없겠죠? 지금의 이시하라 준을 있게 한 대표곡인데요.]

제발 그만둬! 멈춰! 나는 눈을 부릅떴다. 핏기 가신 얼굴에서 싸한 기운이 느껴졌다.

"어디 아파요?"

지헌이 내 어깨를 잡았을 때, 나는 그제야 내가 덜덜 떨고 있다는 사실을 자각했다.

"이치린 양."

지헌은 핸들을 잡지 않은 손을 뻗어 내 턱을 쥐고 그를 향해 돌렸다.

[무려 8주 동안이나 빌보드차트 1위에 머물렀던 곡이기도 하죠.]

"제발 저것 좀……."

스피커에서 익숙한 멜로디가 흘러나오는 순간, 턱과 귀를 찢을 듯 들려오는 이명에 머리를 세게 붙잡았다. 쇳붙이를 긁는 것 같은 기이한 소리와 라디오를 통해 흘러나오는 노랫소리가 뒤엉켜 불협화음을 냈다.

"……이치린!"

고개를 세차게 저으며 한껏 움츠리는 사이로 지헌의 다급한 외침이 들렸다. 그는 재빨리 갓길에 비상등을 켜고 차를 세운 뒤 벨트를 풀었다.

"나 봐요."

그의 양손이 내 어깨를 단단하게 감싸 쥐었다.

"빨리…… 꺼 줘요, 제발……."

흐느낌 사이로 간신히 쥐어짜는 목소리를 듣기 위해 지헌이 내게 한껏 몸을 숙였다.

"뭐라고?"

"라디오…… 제발 저 노래 좀…… 안 들리게……."

지헌이 오디오의 전원 버튼을 눌렀다. 진저리를 치는 시선 사이로 잔뜩 굳은 그의 얼굴이 보였다. 그러나 숨을 몰아쉬는 것도 고작인 나였기에 그를 신경 쓸 여력이 없었다. 그때 겨드랑이 사이로 들어온 손이 내 몸을 번쩍 안아 올렸다.

"무슨……!"

"괜찮아. 가만있어."

그는 운전석을 뒤로 한껏 물린 채 나를 품듯이 안았다. 덜덜 떨리는 몸은 반항할 의지조차 갖추지 못한 채 지헌의 몸 안으로 허물어졌다.

"다 지나갔어."

나는 그의 말대로 정말로 다 지나가길, 괜찮아지길 바라며 그의 옷깃을 동아줄처럼 움켜쥔 채로 숨을 흘려 내는 게 고작이었다. 식은땀 한 방울이 등 뒤로 툭 떨어져 내리는 느낌이 생생했다. 신기하게도 나는 그의 품에서 그의 손길을 느끼며 빠르게 안정을 찾아갔다.

등을 그리고 머리를 쓸어내리는 부드러운 손길이 계속 이어졌다. 이마에 입술을 누르고 땀으로 달라붙은 머리카락을 떼어 내는 것조차 다정했다. 목덜미를 흐르는 식은땀을 닦아 낸 그가 정수리에 입을 맞추며 덜덜 떨리는 귀에 그의 뺨을 문질렀다. 그리고 날 안심시켰다.

"괜찮아."

03

나한테 넘어와요

규칙적으로 깜빡거리는 비상등 소리에 맞춰 쌕쌕거리던 나의 숨도 차츰 잦아들었다. 퓨즈가 나간 것처럼 까무룩 눈이 감겼다가 다시 정신이 들었을 때는, 내가 사는 오피스텔 지하주차장이었다.

"……도착했네요."

쇳소리처럼 갈라진 소리에 목 언저리를 꾹 누르며 주위를 두리번거렸다. 잠든 나를 다시 조수석에 태운 것인지 안전벨트까지 곱게 채워져 있었다. 지헌은 이렇다 할 반응 없이 핸들에 턱을 괸 채로 나를 바라보고 있었다. 그 시선 아래 무방비 상태로 놓여 있었다는 것이 신경 쓰여 빠르게 벨트를 풀었다.

"신세 많았습니다. 다음에 한국 오시게 되면 밥 한번 살게요. 그럼, 조심히 가세요."

지헌을 향한 건조한 인사말에는 그가 파리로 떠날 때까지 볼 일은 없을 거라는 의미가 담겨 있었다. 그러나 지헌은 아무 말도 하지 않았고, 나 역시 대답을 기다리지 않은 채 문 손잡이를 잡았다.

달칵하고 간발의 차로 잠금장치가 작동했다. 의미 없는 동작인 줄 알면서도 손잡이를 두어 번 당겨 보았다. 역시 꿈쩍도 하지 않았다.

"……그만 내려도 될까요?"

나를 가만히 바라보던 지헌이 말했다.

"몇 동, 몇 호?"

"A동 301호요."

그게 암호라도 된 것처럼 잠금이 풀렸다. 나는 의아한 얼굴로 그를 보다가 문을 열었다. 동시에 차에서 내린 지헌이 성큼 걸어와 내 앞에 섰다.

"안 내리셔도 되는데……."

그는 대답 대신 차 문을 활짝 열었고, 나는 불안감을 느끼며 천천히 내려섰다. 그런 뒤 형식적인 미소를 지으며 말했다.

"타세요. 가시는 거 보고 들어갈게요."

그러나 지헌은 차 문을 탁 닫더니 눈앞으로 들어 올린 스마트키의 잠금 버튼을 보란 듯이 꾹 눌렀다. 나는 눈을 찡그렸다.

"집 엉망이에요. 누구 초대할 상황도 아니구요."

"안에 들어간다고 안 했는데."

"들어가지도 않을 걸 뭐 하러……."

"들어가요, 그럼?"

지헌이 삐딱하게 웃으며 물었다. 못마땅한 얼굴로 한마디 쏘아붙이기 위해 고개를 드는데, 누군가 큰소리를 내며 출입구에서 나왔다. 박 대표였다. 나와 연락이 되지 않아 집에 올라갔다 나오는 길인 게 분명했다.

"얘가 전화도 안 받고 대체 어딜 간 거야? 설마 거길 갔나……."

박 대표가 불현듯 몸을 휙 돌려 이쪽으로 걸어오자 나는 숨소리를 죽이며 기둥 뒤로 몸을 바짝 붙였다. 지금 여기서 강지헌과 함께, 그것도 어제와 같은 옷차림으로 서 있는 걸 들켰다간…….

"뭐 해요, 지금?"

강 건너 불구경하듯 태연한 지헌을 향해 눈을 잔뜩 부라리며 그의 팔을 냉큼 당겼다. 그는 내가 당기는 대로 순순히 끌려왔다. 어깨가 딱 붙을 정도로 좁은 거리가 마음에 걸렸으나 점점 더 가까워지는 박 대표의 슬리퍼 끄는 소리에 온 신경이 등 뒤를 향했다. 지헌이 나란히 붙어선 채로 고개를 기울였다.

"왜 숨는데."

의외로 이 상황이 즐거운 듯 보이는 그를 향해 비난의 눈빛을 마구 쏘아 보냈다.

"다 이사님 때문이잖아요. 빨리 안 가고 버텨서……!"

"아."

이해했다는 듯 태연하게 고개를 끄덕이는 얼굴이 얄미워 있는 대로 볼을 꼬집어 주고 싶었다. 그런 속마음이 표정으로 드러났는지 지헌이 피식 웃으며 내 미간을 꾹 눌렀다. 내가 눈을 더 크게 뜨고 사납게 굴리자, 그가 커다란 손으로 얼굴을 부드럽게 감쌌다. 나는 지금 제정신이냐는 듯 있는 대로 눈빛을 세우며 그의 손목을 세게 붙잡았다.

소리 없는 전쟁이라도 하듯 그의 강렬하고 나의 맹렬한 시선이 첨예하게 맞부딪쳤다. 나는 시선을 피하지 않은 채로 움켜쥔 손에 힘을 꽉 주며 그를 밀어냈다. 강지헌이 나를 상대로 무력을 쓰지 않을 걸 알았기에 당연히 이대로 물러설 거라고 생각했다. 그러나 착각이었다.

흑석 같은 눈동자가 가늘게 빛나는 순간, 지헌이 팔에 힘을 주며 앞으로 당겼다. 나는 속절없이 끌려갔다. 몸이 휘청거리는 순간 커다란 몸이 나를 감싸며 휘감았다. 등 뒤에 벽을 둔 채로 지헌의 단단한 몸 안에 갇히고 말았다. 그는 너무도 가뿐하게 내 양팔을 한 손으로 거머쥔 채 다른 손으로 내 뺨을 느릿하게 쓸어내렸다.

지난밤, 그의 몸 아래에서 올려다보던 진한 눈빛이 나를 깊게 응시했다. 침묵에도 압력이 있다는 걸 증명하기라도 하듯 눈빛으로 압박하는 것 같았다. 나는 불만스럽게 눈을 구기며 입술만 겨우 들썩였다.

"……왜 이러는데요."

한껏 숨죽여 속삭인 건 박 대표 때문이 아니다. 튀어나올 것처럼 뛰고 있는 심장이, 그래서 더 가쁘게 들썩이는 숨이 들킬 것 같아서였다. 지헌이 나직하게 속삭였다.

"확인하려고."

"……뭘요."

"열은 좀 내렸나."

"지금 장난……."

불쑥 올라온 손이 이마를 덮은 머리를 쓸어 올리더니 지헌이 그대로 얼굴을 숙였다. 그의 이마가 맞닿는 순간, 나는 눈을 꾹 감았다. 그리고 곧바로 후회했다. 시각이 차단되자 피부를 스치는 코끝이, 입술을 간질이는 숨결이 전율하듯 온몸을 타고 흘러 나를 휘감았기 때문이다.

솜털이 쭈뼛 서는 기분이었다. 조금이라도 입술을 움직였다간 그에게 닿을 것 같았다. 그때 뺨을 타고 내려간 손끝이 목을 감싸 쥐더니 쇄골 부근을 지그시 눌렀다.

"……이제 그만."

"그만?"

"확인 다 했으면."

"했으면?"

진짜 이 남자가!

"그만 떨어지라구요……!"

고집스럽게 눈을 감은 채로 숨죽여 외치자 뻔뻔하게도 웃음을 머금은 숨소리가 들렸다. 지헌은 그대로 얼굴을 조금 더 기울였다.

"그런데."

가늘게 다가온 숨결에 뺨이 간질거리고 속이 울렁거렸다.

"왜 계속 속삭이는데?"

"그야, 들키면 안 되니까."

"갔는데, 박 대표."

온기로 가득한 손이 뺨을 톡 두드렸다. 눈을 떴을 땐 나를 가로막고 있던 지헌이 물러난 뒤였다. 그의 말대로 박 대표의 모습도 보이지 않았다. 아, 젠장. 깊은 한숨이 바닥까지 내려앉았다.

"가죠, 우리도."

아무 일도 없었다는 듯 점잖게 돌변한 지헌이 팔꿈치를 부드럽게 붙잡았다. 방금 전 무서운 기세로 나를 품에 가두던 남자는 온데간데없이 사라진 것 같았다. 그런다고 속을까. 나는 버티듯 서서 그를 힘차게 노려보았다.

"발이 또 안 움직여요? 안아 줄까?"

장난스럽게 싱글거리는 얼굴을 한 번 더 노려본 뒤 그가 정말로 나를 안고 가기 전에 손목을 잡아끌었다.

"이쪽이에요."

순순히 끌려온 지헌은 B동 출입구 앞에 서서 카드키를 꺼내는 나를 보며 헛웃음을 흘렸다.

"거짓말 못 하는 줄 알았더니."

"따라올 줄 몰랐죠."

"전남친이 되게 매너 없었나 봐. 아픈 사람을 누가 혼자 올려 보내."

지헌이 얄밉게 중얼거리며 열린 출입문을 쌩하니 통과했다. 나는 내 발등을 찍고 만 스스로를 욕하며 그의 뒤를 따랐다.

* * *

"비누 향이 독특하다 했더니."

나를 따라 들어선 지헌이 거실 창 전면으로 길게 늘어선 화단을 보며 말했다.

"안 들어올 거라면서요?"

나는 삐딱하게 대꾸한 뒤 재빨리 몸을 돌렸다. 사흘 전 집을 나설 때 충분히 넣어 두었던 자동급수 장치에 빨간불이 들어와 있었기 때문이다. 생각보다 봄볕이 강했는지 더위에 취약한 허브와 화초 몇 개의 잎이 시름시름 말라 있었다.

"목말랐겠다, 미안."

물을 채워 넣고 분사 장치를 누르자 쏴아 하고 뿜어져 나오는 물줄기가 햇살 아래에서 반짝거렸다. 직광 아래에서 줄기가 힘없이 처진 화분을 옮기고 물 샤워를 시켜 주는 동안, 지헌은 구경이라도 하는 것처럼 느긋하게 굴었다.

"민트, 세이지, 라벤더, 로즈마리, 이쪽은 허브…… 저쪽은 관엽수인가? 오렌지자스민에 제라늄도 있네."

나는 순수하게 감탄했다.

"꽤 잘 아시네요? 보통 남자들 이런 거 모르는데."

"나 말고 여기 온 남자 또 있어요?"

허브 잎을 만지작거리며 묻는 말을 가볍게 무시했다.

"그거 란타나예요. 독 있으니 조심하세요."

"설마, 독 때문에 키우는 건가?"

지헌의 농담에 어이없는 웃음이 픽 새어 나왔다.

"장래 희망이 꽃집 사장이에요?"

"그냥 하나하나 들이다 보니까 이래요."

"그렇다기엔 거의 화원 수준인데. 이거 관리가 되긴 하나?"

"출장과 야근이 일상인 패션 기획자가 갖기엔 조금 배부른 취미이긴 하죠."

"이 정도면 취미가 아니라 전문가 해도 되겠는데."

지헌이 화초의 종류에 맞춰 색색별로 빼곡하게 꽂아 둔 영양제를 보며 말했다.

"식물이 왜 좋아요?"

"예쁘잖아요."

"단지 그 이유 때문에 이렇게 많은 번거로움을 감수한다고?"

"기특하기도 하구요. 말도 없이 잘 자라는 게."

아파도, 잎이 이렇게 시들어 가도 불평 없이 그저 견뎌 내는 게 대견하지 않을 리 없다. 나는 노랗게 말라 버린 애플민트의 잎사귀를 하나하나 떼어 냈다.

"그리고 배신하지도 않지."

지헌이 나보다 한 발 먼저 마지막 시든 잎을 떼어 내며 말했다. 허공에서 멈칫한 손을 살며시 쥔 채로 천천히 상체를 일으켰다.

"이제 그만…… 가 보셔야 할 것 같아요."

나는 지난밤 나와 한 침대에 누워 있던 남자를 똑바로 마주 보았다.

"신세 진 건 다음에 어떤 식으로든 꼭 갚을……."

"지금 갚아요. 내 질문에 답하는 걸로."

어떤 곤란한 화제가 나올까 싶어 곧장 대답하지 못하는 날 향해 지헌이 상관없다는 태도로 말했다.

"자신 없으면 다음에 해도 되고. 물론 그때는 내가 원하는 방식으로 해야겠지만."

"……하세요, 그냥. 지금."

나를 뚫어지게 보는 지헌의 눈빛에 마른침이 꿀꺽 넘어갔다.

"어제 날 유혹한 이유, 뭐였어요?"

전혀 예상치 못한 질문에 나는 잠시 멍했다.

"술, 분위기, 이런 거 안 통하니까 솔직하게."

도망갈 빈틈 같은 건 주지 않겠다는 확고한 눈빛이었다. 나는 아주 잠깐 고민하다 눈을 살며시 내리떴다.

"첫눈에 반해서요."

"상대가 누구여도 상관없다더니?"

"저도 취향이라는 게 있으니까요."

"그래서 내가 당첨됐다? 이치린 양의 취향에 딱 맞아떨어져서?"

"……네."

"그럼 데이트 신청하면 받아 주겠네요. 취향에 딱 맞는 나한테 여전히 반해 있을 테니까."

나는 동요를 숨기며 빠르게 머리를 굴렸다.

"원래 원나잇은 다시 안 볼 걸 전제로 하는 걸로 아는데요."

"안 했잖아, 우린."

"……!"

"그냥 할 뻔한 사이지."

"……끝까지 안 갔다고 해서 어제 일이 없던 일이 되는 것도 아니고."

"없던 일로 해 달라지 않았나?"

말문이 턱 막혔다. 어떤 논리로도 강지헌과의 말싸움에서 이길 수 있을 것 같지 않았다. 그때 지헌이 한 걸음 앞으로 다가서며 나를 의미심장하게 보았다.

"내가 다양한 타입의 사람들을 좀 많이 봐서 아는데, 그 경험적 데이터에 의하면 어젯밤의 이치린을 설명할 수 있는 건 딱 세 가지거든."

"이상한 말씀 하실 거면 그만……."

"원래가 비독점적 다자연애를 즐기는 게 취미거나, 최근 불치병 판정을 받고 자포자기했거나. 그도 아니면, 어제가 이 팀장한테 아주 특별한 디데이였거나."

지헌이 까맣게 빛나는 눈으로 덧붙였다.

"달려오는 오토바이를 일부러 피하지 않을 만큼."

"……."

"이치린 양, 시한부예요?"

지헌이 나를 향해 서늘하게 웃었다.

"그래서 자포자기하고 에라 모르겠다, 이런 마음으로 나한테 뛰어든 건가? 나 운 나쁘게 걸려들었어요?"

지헌의 단조로운 목소리를 들으며 지난밤 빗속을 무작정 걸었던 기억을 헤집느라 정신이 없었다. 어제 그 순간, 내가 일부러 피하지 않았다는 걸 알고 있었구나 하는 충격이 첫 번째. 알고도 아무 말 하지 않았구나. 아니, 그래서 날 혼자 보내지 않으려고 따라 나왔구나 하는 깨달음이 두 번째. 내가 자살이라도 할까 봐.

처음부터 그는 끝까지 갈 생각이 없었던 거다. 그렇게 생각하니 조금 특별하다 싶었던 강지헌의 모든 행동이 이해되기 시작했다. 배려 넘치고 다정했던 그의 모든 행동들이. 그런데 그 모든 걸 그저 단순한 호감이라고 착각했다니. 처음 본 상대에게 이렇게 끝도 없는 바닥을 보인 적이 있었던가. 수치스러움에 머리꼭지까지 붉어질 것 같았으나 말도 안 되는 오해를 남겨 두고 싶지 않았다.

"아니에요, 시한부. 그런 거."

"나도 동의해."

지헌이 반듯하게 정렬된 화단을 보며 고개를 끄덕였다.

"그럼……?"

"그러니 이제부터 답을 아주 잘해야 할 거야. 이유가 첫 번째라면 내 애프터를 거절하면 안 되고. 마지막이라면, 난 반드시 해명을 들을 거니까."

첫 번째 핑계를 대려던 시도가 입도 벙긋하기 전에 물거품 됐다. 입에서 욕설이 튀어나올 것 같았다. 욕을 한 건, 내가 아닌 그였다. 상황을 판단하기도 전에 눈앞으로 아른거리는 지헌의 얼굴을 보며 이마를 조금 찌푸렸다.

"이사님이 둘로 보여요."

"그대로 있어요."

휘청거리는 몸을 지헌이 단숨에 잡았다. 나를 가슴으로 당겨 안는 그를 밀어내려 애쓰며 핑 도는 머리를 꾹 눌렀다.

"……좀 누워야겠어요."

"약부터. 그리고 눕혀 줄게."

나는 지헌이 시키는 대로 앉은 뒤 테이블 위에 뺨을 기댔다. 차가운 대리석이 닿자 울렁거리는 속이 조금 가라앉았다. 지헌이 언제 가져왔는지도 모를 종이봉투의 내용물을 꺼내며 빠르게 손을 놀렸다.

"……약국을 털어 왔어요? 대체 언제."

"열나는 거 말고, 또 아픈 데 말해요."

지헌이 종합감기약과 비타민 사이에서 해열제를 집어 든 뒤 주방으로 향했다.

"약사가 이걸 한번에 다 줘요? 미친다, 진짜…….."

"진짜 사람 미치게 하는 게 누군데."

냉장고 문을 잡고 선 채로 지헌이 말했다. 그 안은 보지 않아도 훤했다. 집을 나서기 전 기억이 맞다면 생수와 탄산수 몇 병이 전부일 거였다.

"원래 집에서 뭐 잘 안 먹어요. 시간도 없고."

"수십 개가 넘는 화초에 영양제 챙길 시간은 있고."

"쟤네는 약하잖아요. 조금만 방심하면 금방 죽어 버리니까."

눈앞으로 생수병이 탁 소리를 내며 내려앉았다.

"당신은 천하무적이라?"

지헌은 빈정거리면서도 자꾸만 헛손질하는 내게서 상자를 빼앗아 포장지를 벗겼다. 그가 내미는 대로 착실히 약을 삼키며 굳은 얼굴을 물끄러미 보았다. 지헌이 왜 이렇게까지 화를 내는지 이해할 수 없었다.

"패션위크 때는 다들 이렇게 무리해요. 일 년에 딱 한 번이니까. 그러니까, 이거 다 환불하세요. 괜한 데 돈 쓰지 말고."

"그래 보여요? 내가 괜한 데에 돈 쓴 걸로?"

지헌이 차갑게 말했다.

"그럼, 제대로 다시 써 볼까?"

"이사님."

"어제, 오늘 연달아 두 번. 내 앞에서 당신, 쇼크 상태였어. 병원을 갈까, 차를 돌려서 집으로 갈까. 그런데 그 둘 다 이치린은 싫어할 거고. 내가 뭘 할까요?"

"별거 아니었어요. 그냥……."

"숨넘어갈 거 같은 얼굴로 나한테 매달려 놓고?"

"……."

"사진이라도 찍어 둘걸."

이유도 알지 못한 채 나는 나에 대한 걱정으로 화를 내는 남자를 보며 벙어리처럼 눈만 깜박였다. 기분이 이상했다. 지헌이 손을 뻗어 이마를 만졌다.

"왜 그런 얼굴로 보는데. 화도 못 내게."

"그냥, 손이……."

"손?"

"……너무 차가워서."

그래서 얼굴을 떼고 싶지가 않았다. 내가 알아듣지 못할 말을 웅얼거리는 게 열 때문이라고 생각했는지 지헌이 나를 안아 들었다.

"침실, 어느 쪽?"

그를 밀어내야 한다는 걸 알면서도 내가 할 수 있는 거라곤 눈으로 방향을 가리키는 게 전부였다.

"누구 부를 사람은?"

"걱정 말아요. 여기 회사 사람들 많이 사니까."

"동료 말고, 친구."

"그냥 몸살이에요. 약 먹고 자면 되는 걸 굳이 뭐 하려요."

스멀스멀 올라오는 오한에 몸을 움츠리며 그대로 베개에 얼굴을 묻었다.

"가요, 얼른."

"열 내리는 거 보고."

"배웅은 못 하니까 문 잘 닫아 주시구요."

"알아서 할 테니까 걱정 말고 눈 감아."

지헌이 곁에 앉으며 나를 향해 몸을 기울였다. 잠에 빠져드는 와중에도 나를 감싸듯 두 팔을 짚고 있는 그의 존재감이 느껴졌다.

"누구 있으면 불편해서 못 잔단 말이에요."

"견뎌 봐요. 나도 당장 안고 병원 가고 싶은 거 꾹 참고 있는 중이니까."

지헌의 손이 이마에 닿자 서늘한 촉감이 좋아 나도 모르게 자꾸만 뺨을 문지르고 싶어졌다. 이상하다. 어제 처음 만난 남자에게 이렇게까지 기대고 싶은 마음이 생기다니. 다른 사람도 아니고 매사에 뾰족하게 날을 세우고 살던 내가. 아무리 생각해도 정상은 아니었다. 의식이 완전히 가라앉기 전 낮게 속삭이는 지헌의 목소리가 꿈결처럼 아득하게 울렸다.

"아무래도…… ……것 같다. ……그렇지 ……나비야?"

……나비? 무슨 말인지 이해하려 애썼으나 약에 취한 정신이 훅 가라앉았다. 오한이 들어 턱이 덜덜 떨리더니 어느 한순간 훅 하고 열기가 올라와 몸에 걸친 모든 걸 벗어던지고 싶을 만큼 더웠다.

차갑고 부드러운 뭔가가 얼굴에 여러 번 닿았다 떨어졌다. 머리부터 발끝까지 냉탕과 온탕을 오가길 수차례였으나, 너무 피곤한 나머지 눈꺼풀조차 들어 올릴 수 없었다. 어설프게 아픈 것보다 차라리 그게 다행이라고 생각했다. 나는 계속해서 끙끙거리며 꿈속에서 헤맸다.

그곳에서 나는 강렬한 햇살 아래 부서지는 태평양 해안가에 서 있었다. 저 멀리 발이 푹푹 잠기는 모래사장을 따라 준이 나를 향해 달려오고 있었다. 그가 뭐라고 열심히 외쳤으나 부딪치는 파도에 떠밀려 저 먼 바다로 사라진 것처럼 들리지 않았다. 두 팔을 활짝 편 채 그를 기다렸다. 그러나 점점 가까워지는 그의 얼굴은 험악하게 일그러져 있었다. 그제야 굉음처럼 귀를 때리는 파도 소리에 고개를 돌렸다.

집채만 한 성난 파도가 나를 향해 덮쳐 오고 있었다. 준을 돌아보며 살려 달라고 외쳤다. 그러나 내 입을 통해 울리는 목소리는 밖을 향해 나가지 못한 채 몸 안에서만 맴돌았다. 다급한 마음에 팔을 휘젓고 발목까지 푹 빠진 모래를 걷어찼으나 내 몸은 꿈쩍도 하지 않았다. 형체가 보이지 않는 무언의 사슬에 온몸이 결박된 것처럼 움직이지 못했다.

준의 옆에 초연한 얼굴로 서 있는 여자가 보인 건 그때였다. 그녀는 바닷물 속으로 서서히 가라앉는 나를 생기 없는 얼굴로 지켜보고 있었다. 오직 품에 안은 아이만이 소중하다는 듯 꼭 끌어안은 채로.

부탁이야! 살려 줘! 절박한 외침이 겨우 닿았는지 여자가 천천히 얼굴을 들었다. 파도를 벗어나려던 몸짓이 충격으로 굳었다. 준의 옆에서 아이를 안고 선 여자는 바로 나였다.

번쩍 눈을 뜬 채로 가만히 숨을 골랐다. 어둑한 방을 은은한 스탠드 불빛이 밝히고 있었다. 그대로 귀를 기울였으나 다른 기척은 들리지 않았다. 지헌은 간 것 같았다. 아는 거라곤 이름과 직업이 다인 낯선 남자를 집에 둔 채 진짜 잠이 들고 말다니. 경계심 부족이다.

그래도 얻어먹은 약만큼은 효과가 있었는지 푹 앓고 일어난 것처럼 적당히 나른하고 개운했다. 이대로 일탈 같던 하룻밤의 유희를 지워 내고 다시 일상으로 돌아가면 된다.

그러나 짧은 다짐은 몸을 일으키는 순간 허사로 돌아갔다. 나는 다른 옷을 입고 있었다. 그리고 팔에는 작은 밴드가 붙여져 있었다. 캐릭터가 그려진 의료용 밴드를 떼어 내자 선명한 주삿바늘 자국이 모습을 드러냈다. 협탁 위로 해열 시트와 얼음주머니가 보였다. 그럴 수만 있다면 박 대표가 다녀간 거라고 우기고 싶었다. 그러나 모두 지헌이 한 일이라는 건 따져 보지 않아도 명확했다. 아마 잠결에 닿았던 차갑고 서늘한 감촉 역시 그였으리라.

그때까지도 위화감 하나 없이 불을 밝히고 있던 스탠드가 눈에 들어왔다. 조금 전까지도 누군가 이곳에 있었다. 혼자 남은 밤, 내 곁에 있는 것들은 너무도 익숙한 어둠과 울리지 않는 고요한 전화기가 전부였는데. 이 밤, 은은히 불

켜진 스탠드 아래에서 강지헌이 내게 남겨 두고 간 흔적들이 나를 심란하게 했다. 단 이틀 만에 내 삶의 민낯을 여과 없이 봐 버린 남자는 아무렇지 않은 얼굴로 들어와 나만의 공간을 모두 휘저어 놓고 갔다. 타인에게 멋대로 들춰진 삶이 볼품없어서, 초라해서 마음이 쓰였다. 그래도 다행인 건 이제 모두 과거가 되었다는 사실이다.

술렁이는 마음을 밀어내며 몸을 일으키자 화장대 거울로 훤히 드러난 목이 보였다. 쇄골 바로 위 움푹 파인 피부에 빨간 자국이 선명하게 찍혀 있었다. 이건……. 얼굴을 바짝 대고 볼수록 간밤의 일이 떠올라 괴로웠다. 문득 주차장에서 목을 꾹 누르던 지헌이 생각났다. 다 봤으면서 일부러. 생각할수록 괘씸한 남자다. 거울에 붙은 낯선 포스트잇을 발견한 건 그때였다. 평범한 사각 거울 위로 홀로 도드라져 보이는 핫핑크색이었다.

-일어나면 연락해요.

꿈도 야무지지. 거침없이 흘려 쓴 숫자를 무시하며 단숨에 떼어 냈다. 그런 나를 예상한 듯 바로 아래에 똑같은 종이 한 장이 더 붙어 있었다.

-데드라인 10시. 그 뒤엔 얼굴로 보죠.

설마. 그럴 리 없다고 생각하면서도 눈은 반사적으로 시계를 향했다. 9시 58분. 정신이 번쩍 들었다. 서둘러 휴대폰을 찾아 충전기에 연결했다. 이런 악질적인 미션을 던져 놓고 간 남자에게 짜증이 났으나 이 이상 어떤 빌미도 주지 않으려면 그가 시키는 대로 해야 했다. 여전히 먹통인 휴대폰 화면을 두드리는 손끝에 조급함이 묻어났다.

전자시계 끝자리가 9로 바뀌는 순간 전원이 들어왔다. 하루 동안 부재했던 나를 찾듯 알림이 연이어 울렸다. 모두 무시한 채 서둘러 메시지를 입력했다.

-오지 말아요.

마음이 급해 밑도 끝도 없이 전송한 뒤에야 내가 누군지 밝히지 않았다는 사실을 깨달았다. 그러나 성급한 메시지에 대한 답장은 수 초도 되지 않아 도착했다.

-1분 초과.

-우리 집 시계는 10시예요.

아까보다 훨씬 더 다급한 손으로 총알같이 메시지를 찍어 보내고 나자, 불현듯 깨달음이 머리를 스쳤다. 내가 보낸 문자를 보며 웃고 있을 남자의 얼굴과 함께. 짜증이 확 솟구쳤다. 한순간에 사람을 이렇게 허둥대게 만들다니. 정말로 잔망스러운 남자다. 알림이 다시 울렸다.

-몸은?

아무것도 아닌 두 글자에 뭐라고 답을 해야 할지 몰라서 깜박거리는 커서만 바라보았다. 그런 나를 보고 있기라도 하듯 지헌이 다시 메시지를 보내 왔다.

-아프지 말아요.

묘한 기분이 나를 사로잡았다. 그대로 전화기를 침대 위에 내려놓고 옆에 누워 화면이 꺼질 때까지 보기만 했다. 액정이 꺼진 뒤엔 그가 남겨 두고 간 것들을 가만히 훑었다. 늘 혼자였는데. 그래도 상관없었는데 왜 이렇게 헛헛할까.

트윌리의 매듭이 평소와 다른 방식으로 묶여 있다는 걸 알아차린 건 조금 뒤였다. 굳은 얼굴로 빤히 보는데 초인종이 울렸다.

트윌리를 노려보다 몸을 일으켰다. 겉옷을 꺼내 목이 보이지 않도록 옷깃을 꼭꼭 여미는 동안에도 벨 소리는 계속 이어졌다. 참을성 없는 남자에 눈을 찡그리며 현관문을 열었다.

"오지 말랬잖아요."

나는 그대로 화석처럼 굳었다.

얼어붙은 채로 아무 말도 하지 못하는 나를 표정 없이 가만히 바라보고 선 상대가 조심스럽게 한 발 다가섰다.

"나야, 린."

* * *

"은 박사님은 왜 찾으신 겁니까?"

"필요해서요."

"어디 아프십니까?"

"아뇨."

"그럼 간밤에 무슨 일이 있었던 건지 물어봐도 됩니까?"

"아뇨."

지헌이 노트북 자판을 두드리며 건성으로 대꾸하자 정 지사장이 입술을 삐죽거렸다.

"지금 저한테 이렇게 비협조적으로 나올 상황이 아닙니다만."

"밤 열 시가 넘었는데도 몹시 협조적인 태도로 열일 중인 거, 안 보여요?"

"그 얘기가 아니라……."

시간을 확인한 지헌이 마지막 문장을 마무리한 뒤 엔터를 탁 치고 일어섰다. 그가 재킷을 집어 들자 정 지사장이 경계하듯 물었다.

"어딜 가시는 겁니까?"

"한 시간이면 돼요."

"지금 그럴 때가 아니라고 제가……."

그가 말을 다 잇기도 전에 문이 열리며 금발의 화려한 미녀가 들어섰다.

"나 왔어, 대니!"

지헌이 걸음을 멈추고 바라보자 정 지사장이 안경을 쓱 치켜올리며 나머지 말을 이었다.

"말씀드렸잖습니까."

* * *

"이시하라……."

너무 놀라서 굳어 버린 나를 보며 준이 희미하게 미소 지었다.

126

"……다시 돌아갔네. 원래대로."

"……뭐?"

"이름."

그는 내가 마지막으로 기억하던 이시하라 준의 모습 그대로였다. 이마 위까지 흐트러진 곱슬곱슬한 갈색 머리에 한쪽 귀에만 착용한 얇은 후프 이어링이 옅은 센서 등 아래에서 빛나고 있었다. 어두운 배경 때문인지 모르겠으나 살이 조금 빠진 것 같아서 전체적으로 인상이 한층 더 예민하고 날카로워 보였다. 어딘가 순하고 서글서글했던 예전보다는 지금이 오히려 더 일본의 스타 프로듀서라는 직업에 잘 어울려 보일 만큼.

"잠깐 들어가도 될까?"

그 말에 굳어 있던 내가 정신을 번쩍 차렸다.

"여긴 대체 어떻게…… 아니, 그보다 지금은 일본에 있어야 하지 않아?"

에리카가 아이를 낳았는데, 네가 왜 이곳에 있느냐는 눈빛에 준이 씁쓸하게 웃었다.

"역시…… 들었구나. 너도."

"듣다니 무슨 말이야?"

"나도 어제 알았어. 그래서 급하게 돌아온 거야, 미국에서 지금 막."

그의 말을 이해하지 못해 굳은 나를 향해 준이 말했다.

"아이가 태어났다고 해서 서둘러 왔어. 네가 놀랄까 봐 걱정돼서."

마치 남의 이야기를 하는 것같은 무정한 말투에 나는 충격을 받았다.

"미국에…… 있었다고?"

"그래, 그때부터 지금까지 쭉. 나는 뉴욕에 있었어."

말도 안 된다고 생각하면서도 다른 말은 나오지 않았다. 그날 이후로 준과의 사이에서 에리카의 이름을 꺼내지 않았다. 빨갛게 달군 쇳덩이를 입안에 삼킨 것처럼 입이 떨어지지 않았다. 그런 나를 보며 준이 먼저 말했다.

"마츠이는 일본에 있었어. 처음부터. 한순간도 함께였던 적 없어."

당연히 처음 듣는 얘기다. 이따금 전화로 에리카의 소식을 전하던 사에는 그런 말은 일절 하지 않았다. 대체 내가 모르는 사이에 둘에게 무슨 일이 있었던 걸까. 그렇다면. 갑자기 소스라치게 놀란 나는 잡고 있던 손잡이를 세게 움켜쥐며 방어하듯 물러섰다.

"돌아가. 나랑은 상관없는 일이야."

"아직도 화가 안 풀렸어? 이젠 내 말 들어줄 때 됐잖아."

"뭐……?"

"충분히 기다렸다고 생각했는데. 더 기다려야 하면, 그렇게 하고."

준의 말이 믿기지 않아서 나는 그를 빤히 보았다.

"넌 여전히 날 실망시키는구나, 이시하라."

"치린……!"

나는 그대로 현관문을 세게 당겼다. 그러나 준이 두 손으로 막아섰다.

"제발, 내 말 좀 들어!"

"경찰 부를 거야."

강경한 눈빛을 본 준의 얼굴이 딱딱하게 굳어지더니 곧 체념의 한숨을 내쉬었다.

"좋아. 더 기다릴게. 네가 부를 때까지."

"그럴 일은 없어."

"십 년이야, 너랑 나."

"그중에 반을 떨어져 지냈지."

"그렇다고 함께 견뎌 낸 세월이 없어지진 않아."

"……잘 가, 이시하라."

나는 문을 닫고 돌아선 채로 혼란스러운 기억을 헤집었다. 언젠가 외국에 있는 아티스트와 DM을 주고받던 중 타임라인에 뜬 사에의 SNS 계정을 무심코 클릭했던 적이 있다. 그리고 후회했다. 사진 속에는 순산을 기원하는 부적을 잔뜩 받고 신이 난 에리카가 있었다. 사에는 그런 에리카의 부푼 배를 감싼 채 곧 태어날 조카를 보듯 활짝 웃고 있었다. 그리고 그 아래에는 형부인 이시하라 준의 이름이 해시태그로 달려 있었다. 연예계부터 패션계까지 축하와 순산을 기원하는 메시지가 줄을 이었다. '좋아요' 표시 위에 올라가 있던 마우스 커서를 바라보다 창을 닫았던가.

에리카의 아이라니. 만약 누군가 자신이 가진 모든 행운과 사랑을 긁어모아 그 아이에게 주어야 한다면, 그건 내가 될 거라고 생각했다. 그곳에서 나만 외떨어지게 될 줄은 꿈에도 몰랐다. 인터넷도 SNS도 의식적으로 피하기 시작한 건 그 무렵이었다. 그랬는데, 쭉 떨어져 지냈다고? 행복한 신혼생활을 보내는 게 아니었나. 차갑게 굳은 손끝이 약하게 떨려 왔다.

* * *

"지금 뭐 하자는 거야?"

"뭐긴? 중국 출장길에 잠깐 들른 거라니까? 네 얼굴도 보고, 겸사겸사."

지헌의 날 선 시선에 클로에가 딴청을 피우며 마천루에서 내려다보이는 도심의 야경을 음미했다.

"서울 진짜 좋다! 공항도 끝내주게 멋지던데? 이 나라는 어딜 가든 이렇게 화려하고 번쩍번쩍해? 왜 지금까지 한 번도 안 와 봤나 몰라."

클로에가 생글생글 웃으며 영어로 말했다. 그녀 역시 지헌과 마찬가지로 프랑스에서 태어나 미국과 유럽을 오가며 5개 국어에 능통했으나 가장 편한 건 영어였다. 그래서 둘이 함께 있을 땐 불어보다 영어를 더 많이 사용했다.

그녀가 널찍한 오피스 한가운데에 선 채로 활짝 웃으며 빙그르르 돌자 어깨 아래로 물결치듯 흐르는 금발과 작게 포인트를 준 다이아 귀걸이가 부드럽게 흔들렸다. 사람들이 신비롭다 칭송하는 클로에의 푸른색 눈동자와 똑같은 빛을 내는 보석이었다. 그녀는 완벽하게 차려입은 트위드 정장의 우아한 자태를 뽐내며 지헌에게 한 걸음 다가섰다.

"온 김에 제대로 관광하고 싶은데, 대니가 해 줄 거지? 내 가이드."

"관광이라."

지루한 얼굴로 턱을 괴고 있던 지헌은 앞트임이 깊게 파인 짧은 치마 아래로 드러난 클로에의 늘씬한 다리를 무감하게 보았다.

"내가 이미 맛집 리스트도 다 뽑아 놨어! 이럴 게 아니라 로라와 줄리안도 불러서 다 같이 식사할까?"

"그것도 좋겠네."

"정말?"

친근한 태도로 그의 부모를 언급하는 그녀의 말에 지헌이 가볍게 동의하자 클로에의 얼굴이 아이처럼 활짝 피어났다.

"그럼 지금 당장……!"

신이 난 클로에가 책상 앞으로 성큼 다가오자 지헌이 회전의자의 바퀴를 가볍게 뒤로 밀었다. 둘 사이로 넓은 간격이 생겨났다. 클로에가 불만스럽게 입술을 씹었다.

"나한테까지 이럴 거 없잖아."

"왜, 너는 뭐가 달라서?"

"다니엘!"

"알아서 하도록 해. 회사에 피해만 주지 않는다면, 관광이든 식사든 개인의 자유를 내가 말릴 이유는 없지."

지헌은 귀찮다는 표정을 숨기지 않으며 일어섰다. 그리곤 짧은 면담을 끝낸 고위 간부처럼 사무적인 태도로 클로에를 지나쳐 문을 향해 걸었다. 클로에가 뒤따랐다.

"무슨 소리야? 난 당연히 너랑 같이!"

"내가 왜."

"우리 사이에 그 정도도 못 해 줘?"

"'우리 사이'라. 뭔데, 그게?"

걸음을 멈춘 지헌이 돌아서서 클로에를 정면으로 바라보았다. 그의 시선에 클로에는 잠시 긴장했으나 태연하게 대답했다.

"뭐긴? 곧 결혼할 사이라는 거지."

지헌은 웃지 않았다. 그렇다고 평소처럼 무시하는 것도 아니었다. 그는 냉소적인 표정으로 클로에를 쳐다보았다.

"나는 너와 그런 걸 하겠다고 동의한 적 없는데."

그는 결혼이라는 단어를 뱉는 것조차 불쾌해했다. 자존심이 상한 클로에가 우아한 상속녀의 모습을 포기한 듯 재킷을 벗어 소파로 던지며 신랄하게 받아쳤다.

"어차피 우린 유언에 묶인 몸이야. 이제 양쪽 집안에서 싱글은 너와 나 하나뿐이라고. 그러니 당연히 우리 둘이 결혼할 거라고 어른들은 물론이고 이사회에서조차 믿고 있어."

"그런 말도 안 되는 유언 지키자고 살아 본 적 없어. 그리고 싱글이 왜 나 하나야?"

"……설마, 네 형을 말하는 건 아니지? 내가, 그 남자랑?"

클로에가 황당하다는 듯 코웃음을 쳤다.

"난 제정신이야, 다니엘! 네 첫사랑이 데리고 살다가 버린 남자를 내가 왜? 그 앙큼한 여자가 두 형제를 어떻게 갖고 놀았는지 뻔히 아는데! 바보같이 거기 놀아난 남자를 내가 왜 떠안아야 하는데?"

생각만 해도 치가 떨린다는 듯 클로에가 가차 없는 경멸을 퍼부었으나, 지헌은 자신과 전혀 상관없는 일이라는 듯 표정 하나 변하지 않았다.

"그럼 600억 달러짜리 그룹을 탐내면서 그 정도 대가도 안 치를 생각이었어?"

"뭐……? 너 어떻게 그런 말을!"

"네 야망에 날 이용할 생각 마."

"다니엘!"

"아, 그 이름 좀 거슬리네."

지헌이 눈썹을 구긴 채 싸늘하게 중얼거리자 클로에는 본능적으로 주춤했다.

"여기서 뭘 하든 내 알 바 아니지만, 전략팀과 상의해서 움직이도록 해. 네가 맡고 있는 대외 이미지 역할에 충실하려면 말이야."

지헌은 그대로 사무실을 나갔다. 뒤늦게 열이 화르륵 오른 클로에가 분기탱천한 얼굴로 쫓아 나갔다.

"너 진짜 이럴 거야! 사람이 기껏 여기까지 날아왔는데, 아무리 그래도 이런 취급이 어딨어!"

그녀는 자신에게 눈길조차 주지 않고 정 지사장에게 지시를 내리는 지헌을 보며 뚜껑이 확 열린 사람처럼 달려들었다.

"야! 강지헌, 이 자식아!"

거친 한국어로 고함을 지른 클로에가 지헌의 손목을 대뜸 움켜잡았다. 지헌의 싸늘한 시선과 정 지사장의 놀란 눈빛이 동시에 클로에를 향했다. 화들짝 놀라 떨어져 나간 건 클로에였다. 그녀는 부풀어 오르기 시작하는 지헌의 손목을 창백하게 질려 봤다.

"미, 미안, 일부러 그런 게 아니야……!"

클로에의 말에 대답하는 사람은 없었다. 정 지사장이 빠르게 응급처치를 하는 동안 지헌은 불긋하게 번져 가는 자신의 손을 관조자처럼 내려다보았다. 강도 높은 스테로이드제가 피부 위로 넓게 도포되었다. 처치하는 쪽도, 받는 쪽도 일상처럼 자연스러웠으나 알약을 삼키는 지헌과 굳은 표정으로 그의 상태를 살피는 정 지사장의 태도는 무겁고 조심스러웠다.

빨갛게 일어난 피부를 보던 클로에가 입술을 짓씹었다. 열 살 이후로 질리도록 봐 온 장면이었으나, 그렇다고 상처가 되지 않는 건 아니다. 말 한마디 없이 온몸으로 거부당하는 느낌은 비참하기 짝이 없었다. 자신이 마치 병균 덩어리가 된 기분이다.

지헌의 견고한 촉각 방어는 그의 세계에 어떤 여자도 들여놓지 않겠다는 확고한 선과 같았다. 그러나 그게 자신에게까지 적용되는 부당함에 클로에는 참을 수 없이 화가 났다. 더러운 건 내가 아닌데. 네가 끔찍해하는 여자들 중에 왜 나도 포함이냐며 소리를 지른 적도 있다.

　이제는 우리 둘뿐인데, 자신의 짝은 강지헌 단 하나인데. 정작 당사자는 제 손만 스쳐도 격렬한 거부 반응을 일으키다니. 클로에는 지헌의 셔츠 소맷단을 접어 올리는 정 지사장을 보고만 있어야 하는 현실이 견딜 수 없이 싫었다.

　"여기서 뭔가를 더 하고 싶은 게 아니라면, 중국으로 가. 예정대로."

　차갑고 딱딱한 목소리가 판사의 선고처럼 클로에 앞에 떨어졌다. 그녀는 지헌을 올려다보며 이번에도 어쩔 수 없이 그가 시키는 대로 따르리라는 걸 알았다. 그녀가 불만스럽게 물었다.

　"……너는 언제 돌아갈 건데?"

　"일이 끝나면."

　"대체 한국에서 네가 할 일이 뭐야? 이제 다신 올 일 없는 나라라고 했잖아."

　클로에에게 한국은 치가 떨릴 만큼 싫은 곳이었다. 모두가 한국인이었다. 무원이 사랑한 여자도, 지헌이 줄기차게 찾아 헤매던 그 여자도. 그래서 그가 모든 일정을 취소하고 서울에 남았다는 보고를 받는 순간 가만히 있을 수가 없었다. 그녀가 지금까지 봐 온 강지헌에게 있을 수 없는 일이었다.

　"설마…… 아직도 포기 안 한 거야?"

　클로에가 정 지사장에게 대답을 요구하듯 날카롭게 훑었다.

　"적당히. 거기까지만."

　서늘한 눈빛이 내려오자 클로에는 입을 꾹 다물었다. 겉으로 보기에 달라진 건 아무것도 없어 보였다. 권태가 짙게 깔린 무감각한 눈동자 역시 그대로였다. 그 무엇도 저 눈을 빛나게 할 순 없으리라. 클로에가 얕은 한숨과 함께 물러섰다.

"알았어. 그럼, 다녀오면 같이 돌아가. 그건 나도 양보 안 할 거니까."

* * *

"이 팀장이 최 감독 깠다며?"

밤을 꼬박 새우고 출근하자 회식 자리에서의 촌극이 이상하게 부풀어 내 귀에까지 들어왔다. 준 때문에 심란한 마음은 한순간에 날아갔다.

"최 감독에서 헤르네 이사로 갈아탄 거지. 타이밍 죽이지 않아?"

"잘되면 이 바닥에 신데렐라 또 한 명 나오는 건가."

출근길 버스에서 준의 신곡이 흐르자 내려서 걸어와야 했던 나는 이미 기진해 있던 상태였다. 그래서 휴게실 문가에 선 채로 나를 두고 하는 말을 남의 일인 양 듣고만 있었다.

"완전 대어 낚았네, 이치린! 얌전한 고양이 부뚜막에 먼저 올라간다더니."

"그러게 말이에요. 남자한테 관심 없는 척하더니, 좀 엉큼하다."

모델 아카데미 실장을 비롯한 직원들이 동그랗게 모여 앉아 신난 얼굴로 한마디씩 보탰다.

"원래 그런 애들이 시집 잘 가는 거야. 보고 배워."

"다른 쪽 스킬이 좋아야 하는 거 아니었어?"

"이 팀장은 둘 다 있나 보지!"

깔깔깔 웃는 소리와 함께 야유가 흘렀다. 옆에 있던 남자 직원들이 합류하자 더 낯뜨겁고 원색적인 단어가 튀어나왔다. 대놓고 최 감독을 편드는 그들에게 나는 진실한 남자를 걷어차고 부를 좇은 불온한 여자가 되었다. 어디까지 들어줄까, 귀찮은데 그냥 가 버릴까, 고민하는 사이 휴게실 안으로 김 대리가 불쑥 뛰어들었다.

"말 좀 가려서 하시죠? 아무것도 모르면서!"

주먹을 쥐고 씩씩거리는 그를 보면서 서 실장은 당황한 기색도 없이 코웃음

쳤다.

"가재는 게 편이라 이거야? 네들 연출팀, 이 팀장 믿고 너무 기고만장한 거 아냐? EM웍스 직원이 이치린 하나니?"

"패션위크 무사히 끝낸 게 누구 덕인데요? 막말로 우리 팀장님만큼 일 잘하는 사람 있어요?"

"저 봐, 팀장 하나 믿고 까부는 거. 그래 봤자 걔 낙하산이잖아? 대표 빽으로 들어왔는데 그 정도도 못 해, 그럼?"

"우리 팀장님 공채거든요!"

"어쭈? 김 대리, 너 지금 나한테 소리 질렀어?"

적당히 넘어가려고 했는데. 아무래도 그건 어려울 것 같았다. 나를 발견한 누군가가 서 실장의 팔을 쿡 찔렀다.

"왜, 뭐, 내가 뭐 틀린 말 했……! 어머, 이 팀장 왔어? 좋은 아침!"

무리 중 가장 선임인데다 회사에서 별도로 운영하는 모델 아카데미를 맡은 서 실장이 순식간에 돌변한 표정으로 나를 향해 웃었다. 볼 때마다 감탄이 절로 나오는 철면피인 그녀는 적으로 만들면 가장 골치 아픈 타입이었다. 그러나 서 실장은 내가 입사한 순간부터 나를 싫어했다. 나는 그녀를 무시한 채 경직된 얼굴로 나의 눈치를 보는 직원 하나를 지그시 보았다. 여직원들에게 보고 배우라며 짓궂은 농담을 던지던 홍보팀 직원이었다.

"박 주임."

"네, 팀장님……."

"배울래? 가르쳐 줘?"

"……네?"

"나 같은 애들이 시집 잘 간다고 배우라며. 너부터 배워야지, 그럼."

나보다 두 살이나 많은 박 주임은 새빨갛게 달아오른 얼굴로 당황했다.

"제 말은 그게 아니라, 그러니까 그게."

"근데 박 주임은 얼굴에서 안 되겠다. 이뻐야 하는데."

"네……?"

당혹으로 일그러지는 얼굴을 빤히 보며 사람들을 천천히 훑었다. 긴장으로 굳어진 직원들은 다음 타깃이 될까 봐 살그머니 시선을 돌렸다.

"농담 좀 한 걸 가지고 뭘 또 그렇게까지 정색해? 직원들 무안하게. 우리가 사람 없는 데서 그런 말도 못 해? 이 팀장 부러워서 샘 좀 낸 걸 가지고 속 좁게 말이야."

서 실장이 웃으며 직원들의 동의를 구하듯 눈짓을 보냈다. 대중은 어리석다. 우매하고. 그래서 선동되기 전에 싹을 잘라야 한다. 나는 팔짱을 풀고 휴게실 안으로 걸어 들어갔다. 오늘따라 이유 없이 하이힐을 신고 싶더라니. 또각또각 구두 굽 소리가 바닥을 명쾌하게 울렸다. 서 실장을 보던 직원들의 시선이 일제히 내게 쏠렸다. 테이블 앞까지 걸어간 내가 서 실장 앞으로 고개를 불쑥 내밀자 그녀가 흠칫 놀라며 몸을 뒤로 물렸다.

"실장님은 늙어서 안 되겠다."

"……뭐?"

"나이에서 탈락."

"이 팀장, 너……!"

눈을 희번덕거리는 서 실장을 향해 나는 아차 했다는 듯 손가락을 탁 튕기며 미소 지었다.

"실장님은 이미 두 번이나 갔다 왔지, 참. 왜 실패했어요? 스킬이 형편없었나?"

"야, 이치린!"

서 실장이 소리를 꽥 지르며 벌떡 일어섰다. 그 모습을 보며 나는 의도적으로 싱글싱글 웃었다.

"농담 좀 한 걸 가지고 뭘 또 그렇게 정색해? 사람 무안하게. 난 낙하산이라 누구 눈치 같은 건 볼 필요가 없어서."

노기등등한 얼굴이 붉으락푸르락 달아오른 서 실장이 콧김을 내뿜었다.

"이 싹수없는 계집애가 지금 어디서 건방지게……!"

"계속해 봐요, 실장님. 어디까지 가나 보게."

팔을 휘저으며 삿대질하는 서 실장을 향해 나는 차분한 태도로 팔짱을 꼈다. 차갑게 가라앉은 눈빛을 본 서 실장이 뒤늦게 현실을 자각한 듯 입을 꾹 다물었다. 필러를 과하게 넣은 턱살이 기괴하게 일그러졌다. 나는 피식 웃으며 서 실장을 빤히 본 채로 직원들을 호명했다.

"명석 씨, 김미나 협찬 의상 회수해서 대행사에 넘겼니?"

"아, 그게요. 그날 미나 씨가 너무 취해서."

"지연 씨, 항목별 지출 내역 아직 안 들어와 있던데?"

"오후까지 정리해서 보내려고 했는데…….'

나는 우물거리는 직원들을 보며 나직하게 웃었다.

"자기 일은 제대로 안 하면서 상사 뒷말이나 하는 사람, 배우자로 어떨 거 같아요?"

직원들이 후다닥 튀어 나갔다. 사람들이 뿔뿔이 흩어지자 나를 매섭게 노려보는 서 실장에게 고개만 살짝 까닥인 뒤 휴게실을 나섰다. 김 대리가 내 뒤를 바짝 따라오며 속삭였다.

"서 실장님 눈에서 레이저 나올 거 같아요."

"열심히 쏘라 그래. 내 쉴드가 더 세."

김 대리가 통쾌한 듯 웃더니 피부색과 같은 색의 습윤 밴드를 붙여 둔 목을 가리켰다.

"다치셨어요?"

평소엔 둔한 녀석이 이럴 때만 눈썰미가 좋다.

"모기 물렸어."

"모기가 벌써 있어요? 아직 5월도 안 됐는데요?"

"조숙한 놈이었나 보지."

머리를 쓸어 넘기는 척 아래로 늘어뜨려 밴드를 감췄다.

"수컷이요? 이상하다, 무는 모기는 암컷이라고 들은 거 같은데."

"……너 바쁘지 않니?"

"저요? 아닌데요?"

"아냐, 너 바빠. 되게 많이."

"아닌데, 패션위크 끝나서 다음 주까진 되게 한가……."

표정 없이 조용히 보자 녀석이 갑자기 흠칫하며 뒷걸음질 쳤다.

"한가……해질 리가 없죠! 바쁩니다, 저!"

꽁무니를 빼고 달아나는 김 대리를 보며 한숨을 내쉰 뒤 사무실로 들어와 문을 닫았다. 자리에 앉아 오늘 미팅에 쓸 제안서 파일을 열었다. 기분이 가라앉고 나자 어젯밤 불쑥 쳐들어온 준이 떠올랐다.

'난 안 돌아가, 린. 너 혼자 두고는.'

너는 대체 무슨 생각인 걸까. 이제 와 우리 사이에 뭐가 남았다고. 신경이 터져 나갈 것처럼 복잡하게 얽혔다. 프로그램은 아직도 로딩 중이다. 오늘따라 느리게 움직이는 기계가 꼭 나와 같아서 애꿎은 마우스를 몇 번 달깍거리다 탁상 거울을 보았다. 목 정중앙, 쇄골 바로 윗부분에 떡하니 자리 잡은 밴드가 유독 도드라져 보였다.

이런 것보단 차라리 메이크업이 나으려나. 밴드를 슬쩍 떼어 내고 거울을 가까이 당겼다. 이리저리 살피다 모든 게 귀찮아 한숨이 흘렀다. 진짜 이게 다 뭐람. 강지헌, 이 남자. 거울을 탁 뒤집어 놓고 컴퓨터를 재부팅했다. 스멀스멀 기어오르는 불쾌한 감정을 싹둑 잘라 내듯 빠르게 가방을 챙겼다. 박 대표가 들어온 건 그때였다.

"대체 너 어제 어떻게 된 거야? 전화도 안 받고."

"문자 남겼잖아요."

"이게, 이게 사람 걱정한 줄도 모르고, 오밤중에 메시지 틱 하나 던져 놓으면 다냐?"

그녀는 있는 대로 구시렁대며 내 얼굴을 요리조리 살폈다. 나는 목이 보이지 않도록 조심하며 시큰둥하게 물었다.

"왜요? 뭐 또 사고 치셨어요?"

"너 말이다, 어제……."

"어제 뭐요?"

"그러니까 말이야, 너 혹시 어제 우리 오피스텔 건물에서……."

주차장에 있던 강지헌과 나를 봤나. 괜히 뜨끔해 시선을 돌리며 물었다.

"건물에서 뭐요?"

"아닌가? 잘못 봤나? 아, 분명 그 자식이었는데."

박 대표가 고개를 갸웃하며 중얼거렸다.

"누구? 뭘 봤는데?"

박 대표가 대답 대신 다시 내 얼굴을 가만히 보았다.

"너 괜찮냐?"

"뭐가요?"

"그 잡것들 말이야! 딸 낳았다며."

다이어리를 챙겨 넣던 손이 흠칫 굳었다. 곧 피식 웃으며 파일을 마저 가방에 넣었다.

"이 동네는 뭐가 이렇게 빨라."

"주말 내내 가는 곳마다 그 자식 노랜데 어떻게 모르냐?"

그녀가 뾰족하게 날을 세웠다.

"염치도 없지. 지들이 너한테 어떻게 했는데 딸 태어난다고 때맞춰 앨범을 내? 그게 사람이니? 자기들만 행복하면 다야?"

다시 피식 웃자 박 대표의 힐난이 날아들었다.

"진짜 괜찮아서 웃는 거냐, 억지로 웃는 거냐? 난 도무지 네 속을 모르겠다."

"괜찮아요. 다 지난 일인데, 뭐."

"그래서 이제 이명 안 들려? 다 나았어? 이제 그 새끼 노래 들어도 눈 하나 깜짝 안 할 수 있어?"

대답하지 않은 채 컴퓨터 전원을 껐다. 다행히 그녀는 이 이상 나를 몰아붙이지 않았다.

"천벌 받을 것들."

연거푸 한숨을 쉰 그녀가 가방을 짊어지는 내게 물었다.

"미야케 컬렉션 사전 미팅 가는 거야?"

"네, 홍보대행사 가기 전에 팝업스토어 먼저 들르려구요. 라인별로 브랜드 3개가 콜라보 하는 거라 미리 협의할 게 좀 있어요."

"3개라니, 챙길 게 많겠네."

박 대표가 나름 진지한 얼굴로 간만에 상사다운 말을 했다.

"킥오프 미팅부터 참석하실 거죠?"

"아니, 시간이 벌써 이렇게……! 오후에 아주 중요한 약속이 있는 걸 깜박했네!"

표정이 싹 바뀐 박 대표가 몸을 비비 꼬며 딴청을 했다. 나는 어림도 없다는 듯 단호한 표정을 지었다.

"그룹웨어에 스케줄 공유해 둘 테니 준비해 두세요."

그녀는 대답 대신 주머니에서 뭔가를 주섬주섬 꺼내 내 가방 속에 쑥 집어넣었다.

"뭐예요, 또?"

"용한 거야, 기지배야. 잘 갖고 있어."

"아, 제발 이런 데에 돈 좀 그만 쓰시라구, 호갱님."

질색하며 가방을 휘저었으나 짐과 뒤섞였는지 쉽게 손에 잡히지 않았다.

"야, 우리 천군님이 이번에 완전 쎈 신을 받았거든? 그러지 말고 너 속옷 두 개만 가져와 봐. 이번에 그 삼재를 완벽하게 털어 내자."

진지한 표정으로 얼굴을 들이미는 박 대표를 보며 나는 부적 찾기를 포기하고 그대로 몸을 돌렸다.

"그럴 시간에 일을 좀 하세요, 아니면 그 천군님보고 와서 대신하라고 하든가."

박 대표는 내 핀잔을 못 들은 척하며 광신도처럼 열변을 토했다.

"조만간 너한테 엄청나게 길한 일이 생긴단다. 그걸 받으려면 너한테 있는 원진살을 풀어내야 한대!"

"그 노무 원진살 타령."

수년째 같은 레퍼토리에 진저리를 치며 도망치듯 사무실을 나서는데, 등 뒤로 애타게 부르는 박 대표의 목소리가 허공을 울렸다.

"너한테 그 길한 일이 강지헌 이사 아냐? 회식 때 둘이 사라졌다며! 야, 치린아!"

나는 행여라도 그녀가 따라와 강지헌과의 일을 추궁할까 봐 재빨리 회사를 나섰다. 그런데. 박 대표를 피하자마자 지뢰를 밟을 줄이야.

청담동 거리 끝에 있는 팝업스토어의 문을 여는 순간 전혀 예상치 못한 준의 모습에 우뚝 멈춰 섰다. 준은 내가 올 걸 이미 알고 있었던 것처럼 입구에 서 있었다. 심플한 화이트 배경에 감각적인 컬러로 포인트를 준 매장에 서서 웃고 있는 준의 얼굴은 지난밤보다 한층 더 여유로워 보였다.

"네가 왜 여기에 있어?"

"안 돌아갈 거라고 했잖아."

"……무슨 짓이야, 너."

"어제 얘기하려고 했는데, 네가 기회를 안 줘서 못 했어."

"뭐?"

"세이지 미야케 컬렉션, 너희 회사에서 맡고 있지?"

단번에 눈살이 확 구겨졌다.

"너, 설마……."

"맞아. 이번 컬렉션 쇼 음악 내가 맡았어. 끝나고 애프터 DJ까지."

너무 놀라서 그대로 굳어 버린 나를 향해 준이 한숨과 같은 웃음을 내쉬었다.

"이제 좀 살 거 같다."

"이시하라."

"그렇게 화내지 마, 나도 부탁받은 거니까."

"거절해."

"알잖아, 내가 미야케 씨 덕분에 커리어 쌓아서 유명해지게 된 거. 은혜를 잊으면 안 되지."

"거짓말. 넌 이제 쇼 음악 같은 건 안 하잖아!"

"맞아. 이젠 이런 거 안 해도 될 만큼 유명해졌으니까."

선선히 수긍한 준이 나를 똑바로 보며 말했다.

"그런데 네가 여기에 있잖아."

나는 눈에 힘을 주고 있는 대로 그를 쏘아보았다.

"돌아가, 당장."

"그럴 수 없어."

"이시하라 준!"

"이미 계약했고, 물릴 수 없어."

"너 정말……!"

"네가 좋든 싫든, 앞으로 우린 두 달 동안 계속 보게 될 거야. 린."

억지스러울 정도로 고집을 부리는 준의 태도에, 나는 당혹한 마음을 숨기지 못한 채 그를 보았다. 내가 알던 이시하라 준이 아닌 것 같았다. 대체 뭘 어쩌자는 거야. 계속해서 입안을 맴도는 그 말을 내뱉지 않기 위해 입술을 꾹 눌렀다. 그 말을 꺼내는 순간 돌이킬 수 없는 곳으로 가게 될까 봐 두려웠다.

"이 팀장님 오셨어요? 벌써 인사 나누셨구나! 안 그래도 두 분이 아는 사이라고 해서 깜짝 놀랐지 뭐예요?"

브랜드 담당자가 우리 둘을 발견하고 다가왔다. 나는 경솔하게 입을 놀린 준을 못마땅한 눈으로 보았다.

"저 혼자만 그렇게 생각했나 봅니다. 이치린 팀장님은 아닌 것 같네요."

준의 너스레에 담당자가 감탄했다.

"어머나, 프로듀서님 한국말 정말 잘하시네요. 진짜 한국인이라고 해도 믿겠어요."

"아주 오래 만난 여자친구가 한국인이었거든요."

준이 나를 넌지시 보며 하는 말에 온몸의 피가 싸늘하게 식어 내리는 기분이었다.

"방금 막 아빠가 된 유부남이 할 말은 아니네요."

나는 그대로 회의실 안으로 걸음을 옮겼다.

* * *

"자기, 간밤에 대어 낚았다며?"

거의 기진맥진한 상태로 홍보대행사 사무실에 들어섰을 때, 나를 본 전 과장이 음흉하게 웃으며 말했다. 업계에서도 마당발인 그는 보기와 달리 입이 무거워서 개인적으로 친하게 지내는 거래처 사람이었다.

"저, 차가운 물 한 잔만요."

나는 널찍한 회의 테이블에 그대로 쓰러지듯 앉았다. 준이 보는 데에서 있는 대로 신경이 곤두선 미팅을 진행하고 난 뒤라 몸에 기운이 하나도 없었다. 전 과장이 냉큼 물을 떠 와 내밀며 소곤거렸다.

"말 좀 해봐! 얌전한 고양이 부뚜막에 먼저 올라갔다고 서 실장 배 아파 죽으려고 그러던데. 진짜야? 정말 신데렐라 되는 거야?"

신데렐라라니. 전기차가 버젓이 돌아다니는 시대에도 사람들이 여전히 그런 것에 목을 맨다는 게 신기했다. 그러나 소문에 죽고 소문에 사는 이 바닥에서 오래 버티려면 침묵은 금이라는 걸 이해해야 했다. 노코멘트로 일관하며 미팅을 진행하자 전 과장은 점점 안달 난 얼굴이 되었다. 다음 일정을 체크한 뒤 다이어리를 덮는 순간, 그가 내 옆으로 옮겨 앉으며 어깨를 쿡쿡 찔러 댔다.

"그럼 이거라도 말해 줘. 어땠어? 소문처럼 그렇게 섹시해? 진짜 죽여줘?"

"아직 못 만났어요? 여기 헤르네 홍보대행도 맡고 있잖아요."

전 과장의 시선을 담담히 받으며 가볍게 물었다. 정말 아무 일도 없었던 사람처럼. 내 얼굴을 탐색하듯 보던 그는 김이 샌 듯 입술을 실룩댔다.

"지사장님만 많이 봤지, 본사 임원은 우리도 처음이야. 게다가 헤르네잖니. 대표님 전담 마크."

딱딱 끊어 강조한 그가 위층을 가리키며 엄지를 세우더니 출장 때문에 참석하지 못한 패션위크 피날레를 두고 입맛을 다셨다.

"하룻밤 새에 아주 난리가 났지 뭐야. 그 강 이사라는 남자 정보 캐내려고 다들 전화 꽤나 돌렸을걸? LV그룹 내에서도 언론에 거의 노출된 적 없는 임원이라잖아!"

아우, 신비스러워! 하고 덧붙이며 방정맞게 웃는 삼십 대 중반의 남자를 보며 비죽 웃었다.

"잘 꼬셔 봐요, 화이팅!"

"……어머! 우리 쪽이야? 파리에서 왔다길래 혹시나 했는데!"

전 과장이 반색하며 활짝 웃었다. 그 모습에 피식 웃는데 갑자기 나를 보던 전 과장의 얼굴이 한순간에 굳었다. 그가 깜짝 놀란 앙증맞은 표정을 지으며 입을 틀어막았다. 떨리는 그의 손이 내 뒤를 가리키고 있었다.

"저, 저기…… 혹시!"

불길한 예감이 엄습한 건 순간이었다. 그리고 늘 그렇듯 나쁜 예감은 틀리는 법이 없다. 기대에 찬 전 과장의 눈동자를 보며 진한 한숨을 내쉬는데 등 뒤로부터 뻗어 나온 싸한 기운이 나를 감쌌다.

"맞아요, 간밤에 고양이한테 낚인 대어."

144

정수리에서 울리는 지헌의 목소리를 듣는 순간, 머릿속은 딱 하나의 생각으로 가득 찼다. 망했다.

* * *

"잘 잤어요, 나비 양?"

지헌이 입꼬리를 말아 올리며 야릇하게 물었다.

"그렇게 부르지 마세요."

"난 마음에 드는데, 부뚜막에 올라간 고양이."

"즐거우세요? 가십거리 된 게?"

"나쁘진 않지. 어쨌든 내가 예외라는 거잖아, 나비 양한테."

"하지 말랬죠……!"

나는 재빨리 주변을 둘러본 뒤 지헌을 향해 경고하듯 집게손가락을 세우며 으르렁댔다. 지헌이 싱긋 웃더니 미처 피할 새도 없이 내 손가락을 잡고 휙 끌어당겼다. 상체가 테이블 위로 쑥 끌려갔다. 내가 미간을 찌푸리자 그가 웃었다.

"언제든 또 올라와도 환영이고."

지헌의 청량한 향기가 이마를 스쳤다. 하루 동안 그의 침실에 머물며 내 몸에 배었던 강렬한 네롤리와 라임을 떠올리게 하는 상큼한 피토스포럼이 예민한 코끝에 스몄다.

"펌핑이 과했네요, 중향이 아직 남은 걸 보니."

그는 당황하기는커녕 짓궂게 웃을 뿐이었다.

"나비가 좋아하는 거 같아서."

싸하게 굳어지는 뺨 위로 밤새 나를 괴롭힌 열감이 새롭게 피어나는 것 같았다. 나는 몸을 곧게 세웠다. 그러나 손은 여전히 그에게 잡힌 채였다. 손을 잡아 빼려고 힘을 주는데, 지헌이 테이블 위로 몸을 숙이더니 내 뺨 위에 손등을 눌렀다.

"열 아직 남았는데, 출근하지 말지."

나는 인상을 구기며 얼른 지헌의 손을 붙잡아 내렸다. 그러다 뜻하게 않게 그의 손등을 보고 말았다.

"……손 왜 이래요? 다쳤어요?"

"알러지가 좀 있어서."

피부가 하얘서 그런지 빨갛게 일어난 발진이 더욱 두드러져 보였다. 재빨리 손을 떼자 지헌이 조금 시무룩한 표정을 지었다.

"옮는 거 아닌데."

"그 정도는 알아요. 그런데 자꾸 닿으면 아플 테니까."

내 말에 다시 기분이 좋아진 듯 미소 지은 그가 내 손을 덥석 가져갔다. 겉모습이 화려해야 인정받는 세계에서 점잖은 척 있는 대로 무게를 잡지 않는 갑은 처음이라 나는 조금 당황해 그의 손을 뿌리칠 타이밍을 놓쳤다.

"……뭔데요? 알러지. 뭐, 꽃가루 같은 건가?"

"그랬으면 어제 당신 집에 안 들어갔지."

화초로 가득한 집 안을 유유자적 거닐던 그를 떠올리며 수긍하는데 그가 물었다.

"궁금해?"

단물이 배어날 듯 사근사근한 목소리가 나를 유혹하듯 흔들었다. 나는 고개를 저었다.

"아뇨. 그냥 모르는 게 나을 것 같아요."

그는 예상외로 고개를 끄덕였다.

"내 생각도 그래. 나중에 알려 줄게요. 마음의 준비가 되면."

그런 말을 듣고 나자 애써 물리친 호기심이 다시 모락모락 피어났다.

"밝히기 곤란한 병이에요?"

"내가 곤란할 건 없는데. 당신이 조금 놀랄 수는 있겠다."

그렇게 말하면 더 궁금하잖아. 아무래도 이 남자는 연애 고수가 분명하다.

"생긴 것처럼 되게 예민한 타입이시구나."

시큰둥한 대답에 그가 낮게 웃었다.

"맞아요. 그래서 딱 하나만 만지고 살려고. 죽을 때까지."

지헌이 마주 잡은 손바닥을 뭉근하게 쓸어내리며 의미심장하게 말했다. 나는 그의 손을 밀어냈다. 당연하게도 그는 끄떡도 하지 않았다. 강지헌은 현재 상황에 대한 자각이 없는 게 분명했다. 우리는 현재 남의 회사 미팅룸에 단둘이 앉아 있었다. 그를 보고 호들갑을 떨던 전 과장은 커피를 내려오겠다며 사라진 상태였다. 나는 그가 어딘가에 숨어서 우리 둘의 모습을 훔쳐보고 있으리라 확신하지 않을 수 없었다. 지헌이 내 손을 주물럭거렸다.

"쎄쎄쎄라도 할까요?"

"나 때문에 곤란해졌어요?"

지헌이 상냥하게 물었다. 처음 런웨이에서 마주친 순간처럼 통찰력 짙은 눈동자가 내게서 뭔가를 알아내기 위해 예리하게 빛나고 있었다.

"왜 그렇게 생각하는데요?"

"멋대로 데리고 나가서 당신 이름에 흠집 났나 해서."

의외로 진지한 표정에 웃음이 터졌다.

"그렇다고 하면 책임이라도 질 기센데요?"

"그런 건 행동하기 전에 하는 거고."

지헌이 웃지 않는 얼굴로 말했다. 덩달아 굳어진 건 내 얼굴이었다. 나는 그의 손을 강하게 밀어냈다. 입매가 굳고 눈썹이 휘었다.

"남들이 하는 말. 소문이나 가십 같은 거에 신경 안 써요. 그런 걸로 내 평판이나 커리어가 무너질 리도 없구요. 설령 그렇다 해도 이사님이 신경 쓸 일, 아니구요."

딱딱한 목소리에 지헌이 가만히 미소 지었다.

"그건 아가씨 마음이고. 나는 신경이 쓰이네, 나비 양."

"애도 아니고, 성인이 돼서 그런 걸로 책임 운운하는 거 유치하고 말 안 돼요."

더 이상 그 일이 거론되는 걸 원치 않았기에 나도 모르게 단호한 목소리가 나왔다.

"그리고 애초에 우린 아무 일도 없었잖아요."

지헌이 나를 물끄러미 보았다. 그 무언의 눈빛에 찔린 듯 움찔하며 목소리를 조금 낮춰 말했다.

"……키스까지밖에 안 했잖아요."

그가 다시 시선을 비스듬히 내려 목으로 향하자 피가 온통 그리로 몰려드는 것 같았다. 지헌이 미소지었다.

"감쪽같이 잘 가렸네요."

"……일부러 이랬죠? 눈에 제일 잘 띄는 곳에다가."

원망스레 쏘아보자 지헌이 매끄러운 입술을 길게 늘이며 웃었다.

"여자 피부가 이렇게 연할 거라고는 생각을 못 해서."

"지금 그걸 말이라고."

열이 받아 입술이 우그러졌다. 지헌의 얼굴에서 미소가 사라진 건 순간이었다. 그가 손을 뻗어 입술을 매만졌다.

"여기 씹혔네."

눈을 날카롭게 뜨며 입술 한가운데를 꾹 누르는 힘에 찢어진 살갗이 따끔거렸다.

"나는 아니고. 누구?"

아까 준을 만난 뒤로 습관처럼 씹고 있던 입술이 터진 모양이었으나 모른 척했다.

"그런 거 물을 사이 아니잖아요."

"키스는 했지만 그런 사이는 아니다?"

얄밉게 말하는 그가 미워 눈을 흘기자 지헌이 고개를 기울이며 말했다.

"그대로 있어요."

"······무슨?"

기습적으로 다가온 지헌이 혀를 내밀어 아랫입술을 핥았다. 할짝. 부드러운 혀가 천천히 움직이며 입술을 닦아 냈다. 뭉근하게 문지르는 혀끝의 반복적인 움직임에 어디에서 피어나는지 모를 열기가 몸을 덮쳐왔다. 나는 석고처럼 굳은 몸으로 시선을 내리뜬 채 입술을 핥아 내는 지헌의 기다란 속눈썹을 멍하니 보았다.

투명할 정도로 하얀 피부에 검게 음영 진 새카만 속눈썹이 견딜 수 없을 만큼 고혹적으로 느껴져 숨이 터져 나갈 것만 같았다. 속눈썹과 같이 까만 머리카락 색은 누구에게 물려받았을까, 그런 생각을 하고 있는데 지헌이 고개를 들었다. 그는 피로 붉어진 입술 끝을 나른하게 핥아 낸 뒤 나를 보며 웃었다.

"멎었다."

아이처럼 기뻐하는 천진한 미소에 나는 다시 할 말을 잃고 말았다.

"착하네요. 말도 잘 듣고."

그 눈빛에 강지헌의 촉감이 고스란히 남은 입술 끝이 잘게 떨렸다.

"······수작 좀 부리지 마세요."

"수작 아니고. 정식으로 청구할 건데, 받을 빚까지 더해서."

"뭘 청구해요?"

"이 팀장과 다르게 난 평판, 소문, 그런 거에 되게 얽매이는 남자라서. 한국에서의 첫인상을 가십으로 시작할 수는 없거든."

뜻 모를 말에 인상을 한껏 찡그리는데, 지헌이 나를 보며 싱긋 웃었다.

"그러니까 책임져요, 나."

"그런 말도 안 되는 억지가 어디 있어요?"

"나비 양은 평판 같은 거 신경 안 쓴다면서. 그런데 난 그런 거에 목숨 거는 남자라."

"······기막혀."

"그럼, 우리 오늘부터 공식적인 커플이 되는 건가?"

지헌이 기대에 찬 눈으로 요염하게 웃었다.

"대체 어떻게 그런 결론이 나는 건데요?"

어이가 없어서 따지고 드는데 문이 벌컥 열리더니 커피 쟁반을 든 전 과장이 눈을 빛내며 들어섰다.

"커플? 무슨 커플? 설마 둘이……!"

쟁반을 던지듯 내려놓은 그가 벌써부터 호들갑을 떨 만반의 준비를 하는 모습에 나는 펄쩍 뛰듯 일어섰다.

"아뇨, 아니에요, 과장님!"

그러나 이미 흥분한 전 과장은 내 말을 믿는 눈치가 아니었다. 나는 지헌을 돌아보며 거들라는 눈빛을 마구 쏘아 보냈으나, 그는 느긋하게 앉아 미소만 지었다. 진짜 얄미워 죽겠다. 혈압이 있는 대로 올라 고개를 젖히는데 전 과장이 방정맞은 목소리로 말했다.

"나 못 믿어서 그래? 걱정 마. 자물쇠 딱 채운다, 내가!"

"정말 그런 거 아니니까 행여나 이상한 소문 내지 마세요. 알았죠?"

딱딱한 얼굴로 엄포를 놓자 전 과장이 세상 못 믿을 얼굴로 자신감 있게 말했다.

"아유, 알았다니까. 나만 믿어, 자기야"

심각하게 절망스러운 가운데 내 심정을 알 리 없는 전 과장이 기대에 찬 얼굴로 지헌을 돌아보았다.

"이렇게 직접 뵙게 돼서 영광이에요, 다니엘, 강 이사님? 음…… 강, 다니……?"

호칭을 두고 고민하는 전 과장을 위해 지헌이 빠르게 대답했다.

"강지헌입니다."

나는 때를 놓치지 않고 재빨리 끼어들었다.

"아무래도 전 그만 들어가 봐야 할 거 같아요."

"어, 벌써?"

"아까 협의한 내용은 정리해서 메일로 다시 보내 드릴게요. 그리고 창구를 일원화했으면 해서요. 앞으로 미야케 브랜드 쪽은 과장님이 맡아 주세요. 저는 쇼에만 집중할게요. 그리고 이건 말씀하신 컨셉 기획안. 확인하시고 다음 미팅 전에 피드백 주세요."

끼어들 틈도 안 주고 빠르게 말한 뒤 가방을 챙기자 전 과장이 눈을 휘둥그레 떴다.

"자기, 진짜 가게? 그러지 말구 술 오늘 마시자. 곧 퇴근 시간인데."

전 과장이 팔짱을 끼며 내게 눈짓했다. 나를 통해 지헌과 동행하고 싶은 눈치였다.

"저는 일이 더 있어서 곤란한데. 음, 두 분이 가시는 건 어떠세요? 오붓하게."

"에이, 우리 이 팀장 없이 무슨 재미로 놀아?"

말과 달리 전 과장은 싫지 않은 눈치였다. 나는 지헌이 있는 쪽을 보지 않으며 슬슬 퇴장하기 위해 전 과장과 눈짓을 주고받았다. 그때 서늘한 목소리가 발목을 붙잡았다.

"이 팀장 앞에는 주로 '우리'라는 수식어가 붙네요. 회사에서도 밖에서도."

"……네?"

해맑게 되묻는 전 과장을 지나 차가운 시선이 도망가려던 내게로 꽂히듯 날아왔다. 지헌이 말했다.

"남다른 동료애, 또 그건가."

순식간에 얼어붙은 분위기에 눈치 빠른 전 과장이 지헌과 나 사이에 오가는 시선을 살폈다. 바지 주머니에 한 손을 꽂아 넣은 채 느긋하게 앉아 있는 지헌은 한곳을 노골적으로 보고 있었다. 내게 착 달라붙어 선 전 과장이 감고 있는 팔이었다.

"'우리' 이 팀장이 사교성이 꽤 좋은 모양이죠, 과장님?"

지헌은 내게서 시선을 떼지 않은 채 동의를 구하듯 전 과장에게 물었다. 조심스럽게 숨죽이고 있던 전 과장이 천천히 팔짱을 풀더니 멀찍하게 한 걸음 떨어졌다.

"이치린 팀장은…… 사교성이 없죠! 일만 잘하지, 인간관계는 잼병이라 회사에서도 왕따예요!"

전 과장의 과장된 음성을 들으며 나는 깊은 한숨을 삼켰다.

"그래서 이 팀장한테 여자친구가 거의 없는데, 그중 하나가 바로, 저랍니다."

보지 않아도 알 수 있었다. 여우 같은 전 과장이 속으로 히죽 웃고 있으리란 것을. 그리고 믿을 수 없게도 지헌에게서 친절한 목소리가 흘러나왔다.

"과장님께 잘 보여야겠군요. 성함이?"

"전수철입니다."

"매력적인 이름이네요."

"부끄럽습니다."

둘을 바라보는 내 눈빛이 차게 식어 내렸다. 그러나 두 남자는 아랑곳없이 말도 안 되는 대화를 이어 갔다.

"이 팀장은 뭘 좋아합니까, 생선은 싫다던데."

"에? 이 팀장이 생선을 얼마나 잘 먹는데요? 일본에서 오래 살다 와서."

"과장님."

내가 조용히 그러나 단호하게 전 과장을 부르자 그가 씩 웃으며 표정 하나 안 바꾸고 말을 돌렸다.

"여름이라 물고기는 좀 그렇겠네요, 프랑스 요리로 할까요?"

나는 고개를 설레설레 저은 뒤 문을 향해 걸었다. 등 뒤로 새로운 공통분모를 찾아낸 두 남자가 제멋대로 세우는 계획에 내 이름을 끼워 넣었으나 문을 세게 닫는 것으로 내 뜻을 전했다.

* * *

에리카로부터 전화가 걸려 온 건 사무실을 나선 뒤였다.

エリカ(에리카). 그녀의 이름은 파문처럼 던져 놓고 간 준의 목소리를 떠오르게 했다.

'처음부터. 단 한순간도 함께였던 적 없어.'

어쩌면 에리카는 준이 이곳에 있는 걸 알고 전화했는지도 모른다. 계속 연락을 한 건 그래서였나. 에리카는 준과 나를. 불현듯이 치미는 생각에 마치 잘 못이라도 저지른 사람처럼 몸이 굳었다.

내가 일부러 받지 않는 걸 아는 듯 전화는 끈질기게 울어 댔다. 멈췄던 진동이 울릴 때마다 무게를 더해 가는 분노가 목까지 차올랐다. 체념도 슬픔도 아닌 맹렬하게 들끓는 시퍼런 감정이었다. 내가 왜 이런 생각까지 해야 해. 왜 이런 말도 안 되는 죄책감을 느껴야 해.

애초에 그들이 날 배신하지 않았다면 일어나지 않았을 모든 일을 떠올리는 것에 지쳤다. 지쳤다고 말하는데도 날 놓아주지 않는 그들의 이기심이 미웠다. 가장 치가 떨리는 건 여전히 나의 삶에서 이들을 몰아내지 못하며 일말의 희망을 품는 나 자신이었다. 나는 비상계단으로 향하는 출입문을 거칠게 열어젖히며 통화버튼을 꾹 눌렀다.

-린?

반가움으로 물드는 에리카의 목소리를 나는 가차 없이 무시했다.

"제발, 그만 좀 해! 날 좀 내버려 두란 말이야!"

-린……

겁먹은 게 분명한 에리카가 바다 건너에서 떨리는 목소리로 나를 불렀다. 알고 싶지 않다, 그런 것 따위 눈치채고 싶지 않다.

"대체 나한테 원하는 게 뭐야? 이제 와 뭘 어쩌자고 이러는 건데!"

-그런 게 아니라 린, 난 단지 네가 보고 싶고, 걱정돼서…….

"하!"

사납게 뒤틀린 마음이 말릴 새도 없이 튀어나왔다.

"걱정? 이제 와서?"

-미안해, 린. 그동안은 내가 너무 여유가 없어서…….

"아, 이제 여유가 좀 생겨서 나까지 챙겨 주시겠다? 엄마가 되니까 박애주의자라도 된 거야?"

……알고 있었구나. 먼저 알려 주려고 했는데…… 미안해.

순간 나도 모르게 흠칫하고 말았다. 그게 나에 대한 에리카의 배려라는 걸 안다. 임신한 사실을 가장 먼저 나에게 알리고 허락을 받았던 그녀로선 당연했을 거다. 그런데 머리로는 이해하는 사실을 마음이 거부했다.

"모를 수가 없잖아. 가는 데마다 너희들 노래가 나오는데."

-그건…….

"그만해. 난 괜찮으니까. 잊었어? 둘이 침대에서 뒹구는 꼴을 보고도 멀쩡했던 나야! 그 역겨운 꼴을 보고도! 나는!"

아무 말도 하지 않았다. 나를 대신해서 너희 둘이 뭔가를 해 주길 바랐으니까. 그러나 끝내 내가 원하는 일은 일어나지 않았다. 그 사실을 상기할 때마다 슬픔과 증오는 비참함으로 되돌아왔다. 그래서 에리카의 말을 듣는 순간 참을 수가 없었다. 더는 참지 못하고 지금껏 한 번도 하지 않았던 원색적인 비난을 닥치는 대로 퍼부었다.

-다 나 때문이야, 린. 다 내가…….

"듣고 싶지 않아, 이제 와 그런 말."

-치린!

"설마, 내가 돌변해서 SNS 같은 데에 폭로라도 할까 봐 불안해서 그래? 걱정하는 게 그거야?"

격렬하게 쏟아붓는 말에 에리카는 놀랐는지 아무 말도 하지 못했다. 멈춰야 한다는 걸 알았지만 이미 통제를 벗어난 말은 마구잡이로 뒤엉켜 비수로 변해 에리카를 향해 날아갔다.

"그냥 이 지구상에서 사라져 줄까? 그러면 너희가 행복해지겠어? 그럴래?"

-미안해…… 린…….

에리카는 울고 있었다. 입술을 깨물고 울음을 삼키며 그녀가 계속해서 반복한 말은 내 이름과 미안하다는 말이 전부였다. 너는 알까. 그날 이후로 내가 너에게서 가장 빼앗고 싶었던 건 아무리 울고 싶어도 눈물 한 방울 나지 않는 너의 눈이라는 걸. 에리카의 눈을 떠올리자 한없이 치솟았던 분노가 순식간에 흩어졌다. 내가 지금 무슨 말을 하려는 건가. 그 에리카를 상대로. 힘없이 벽에 기댄 채로 눈을 감았다.

"용서든 자책이든 너희 둘이 알아서 하고, 제발 나는 좀 내버려 둬……."

전화를 끊고 나자 에리카의 울먹이는 목소리가 환청처럼 뒤따랐다. 나는 도망치듯 계단을 밟았다. 하이힐 굽이 위태롭게 흔들리며 휘청거렸다. 넘어질 걸 알면서도 걸음을 멈추지 않은 건 자학에 가까운 혐오감 때문이었다. 다음 순간 전화기와 함께 계단 아래로 미끄러져 내렸다. 나는 주저앉은 채로 얼굴을 묻고 흐느꼈다.

"……용서해 주세요, ……용서해 주세요…….."

막무가내로 퍼붓고 나면 속이 시원할 거라고 생각했다. 참을 만큼 참았으니까 내 탓도 아니라고 자위하며 되는 대로 내뱉었다. 끝은 형편없는 스스로에 대한 참담함뿐이다. 이런 바닥을 내 자신에게 들키고 싶지 않았다.

그대로 얼마나 흘렀을까. 계단을 밟는 낮은 발소리가 공간을 울리더니 점점 가까워졌다.

"고개 들어 봐요."

"……그냥 가세요."

그가 에리카와의 통화를 알아들었을 거라고 생각진 않았다. 다만 이런 얼굴 아무에게도 보여 주고 싶지 않았다. 이미 여러 번 들켜 버린 그에게는 더더욱. 지헌이 나를 지나쳐 계단 아래로 향했다. 그의 손이 계속해서 울리고 있는 전화기를 주워들었다.

"또 전남친이 문젠가? 자꾸 괴롭혀요?"

농담과 달리 그의 목소리에 웃음기는 없었다. 나는 올라서는 그를 향해 손만 조용히 내밀었다.

"주세요."

딱딱한 기계 대신 따듯한 손이 닿았다. 지헌이 내 손을 가만히 감싸며 몸을 낮췄다. 파고들 듯 얼굴을 기울이며 눈을 맞췄다.

"내가 혼내 줄까?"

"왜…… 왜 자꾸만."

눈물이 툭 떨어졌다. 어딘가에서 갑자기 솟아나듯 흘러내렸다. 그런 나를 보는 지헌의 눈동자가 믿을 수 없을 만큼 다정하고 상냥해서 어깨가 들썩였다. 주먹을 움켜쥐며 얼굴을 묻었다.

"그냥 가라니까. 왜 자꾸 건드려요, 왜……?"

"우는 고양이 모른 척하면 평생 따라다니면서 저주한다고, 누가 그래서."

"또 그런 어이없는 농담이나……!"

"잘 들어요, 나비 양. 난 농담 안 해. 실없는 소리 같은 거 취미 없거든."

지헌이 주먹 쥔 손을 가져가 손가락을 하나씩 폈다.

"그러니까 말해. 울지 말고."

"아무것도 아니에요, 그냥 좀 화가 나서."

"사기."

차갑게 떨어지는 음성에 할 말을 잃고 망연히 그를 보았다. 습한 온기가 눈앞으로 차올랐다. 점점 번져 시야가 부옇게 흐려졌다. 초점을 잃은 순간 구르듯 떨어져 내리는 걸 지헌이 손가락으로 톡 받았다. 그의 손목을 타고 흘러내린 눈물이 셔츠를 짙게 물들였다.

"뭐가 아무것도 아냐. 이렇게 울면서."

눈물을 거칠게 닦아 낸 뒤 고개를 돌렸다. 고집스럽게 외면하는 나를 향해 지헌이 말했다.

"그래요, 그럼. 계속 그렇게 있어요."

발목을 꾹 누르는 갑작스러운 힘에 눈물이 들어갈 만큼 통증이 밀려들었다. 지헌이 말했다.

"참아요, 아무것도 아니라며."

무자비한 손이 부어오른 살을 거침없이 눌렀다. 그저 괴롭히려는 건지 상태를 확인하려는 건지 알 수 없으나 입을 열면 신음이 나올 것 같아 손등을 꾹 누른 채 그가 주는 아픔을 견뎠다. 그러다 어느 순간 통증은 옅어지고 발목을 부드럽게 쥐고 천천히 움직이는 지헌이 보였다. 당신은 왜 이렇게 나를 소중히 대할까. 나조차도 이래 본 적 없는데.

고개를 숙인 이마 위로 헤어 제품을 바르지 않은 결 좋은 머리카락이 흘러내렸다. 그러자 그 밤, 지헌이 나를 안아 들고 침실로 향했던 순간이 떠올랐다. 그의 아래에 누운 채 어깨 너머로 넘실대던 불빛을 보다 홀린 듯 이 머리카락을 향해 손을 뻗었던 순간이.

무슨 짓을 하려는지 뒤늦게 자각한 손이 허공 중에서 굳자 지헌은 뺨을 묻었다. 털을 부비는 강아지처럼 얼굴을 댄 채 나를 바라보던 관능적인 눈빛에 몸을 떨었던가. 하룻밤을 유혹한 건 나였으나 정신도 차리지 못하게 현혹한 건 그였다. 그날의 감촉을 지워 내듯 청바지 위로 손바닥을 문지르며 잡념을 떨쳐 냈다. 지헌이 눈을 들었다.

"그렇게 많이 아파?"

나는 고개만 저었다.

"얼굴이 또 울 거 같은데."

놀리는 말에 뺨이 조금 달아올랐다. 이제 안 울 거라는 말은 나를 덥석 안아 드는 손에 밀려 나오지 못했다.

"내려 주세요."

"이 발로 못 가요."

"갈 수 있어요."

"퉁퉁 부은 눈으로 절뚝거리면서 맨발로 내려가려고? 그것도 거래처에서?"

그게 무슨 꼴불견이냐는 듯 지헌이 노골적인 표정을 지었다.

"제가 알아서 갈 테니까, 이사님은 그냥."

"전 과장을 부를까? 이 모습을 꽤 보고 싶어할 것 같은데."

협박이나 다름없는 말에 분한 얼굴로 입을 꾹 다물었다. 지헌이 상냥하게 미소 지었다.

"착하네. 나비 양."

그는 그대로 가볍고 경쾌하게 계단을 내려섰다. 그가 움직일 때마다 도드라진 울대뼈와 쇄골 아래로 느껴지는 탄탄한 가슴이 뺨에 닿았다. 느리지만 규칙적으로 쿵쿵 울리는 심장 소리에 어제처럼 내 마음도 진정되어 갔다. 결국 눈을 꼭 감고 말았다.

* * *

지헌이 차를 세운 곳은 회사가 아니었다.

"여긴……."

시동을 끈 지헌이 몸을 기울여 내 벨트 버튼을 눌렀다.

"잠깐 들렀다가 저녁 먹으러 가요."

"사무실 들어가 봐야 해요."

"내일 해요. 그게 뭐든."

"오늘 해야 하는 일이에요."

"당신은 다쳤고. 어제까지도 아팠고. 지금은 저녁이고."

"이사님."

"한 번만 더 그렇게 부르면 박 대표님한테 전화해서 사외이사 자리 달라고 할 거예요."

"그게 무슨."

"내가 당신 이사도 아닌데 자꾸 그렇게 부르니까. 아무래도 EM웍스에 취직해야겠다고."

"그런 억지 같은 말을."

"못 할 거 같아요?"

"……."

할 거 같다. 진심으로. 불만스러운 표정으로 바라보자 지헌이 너그럽게 풀어진 얼굴로 내게 말했다.

"이미 늦었잖아요. 남들 다 퇴근해서 저녁 먹을 시간이고."

그는 말 안 듣는 아이를 타이르는 노련한 교사처럼 나를 부드럽게 달랬다.

"이 시간에 아가씨 혼자 회사에 내려 주고 내가 발이 떨어지겠어요? 그것도 다친 사람을."

달래는 게 아니라 순 협박이었다. 더 이상 얽히지 않기로 마음먹었으니 냉정하게 선을 긋고 등을 돌려야 맞다. 그런데도 거절의 말이 나오지 않았다. 지난밤 그가 내 곁에 남겨 두고 간 흔적이 떠올라서. 나를 걱정하는 이 얼굴만은 진짜라는 걸 알아 버려서. 짧은 한숨이 흘렀다.

"밥 먹자면서 여긴 왜 온 건데요?"

나의 허락을 알아차린 지헌이 싱긋 웃었다.

메종 드 헤르네. 도산동에서 가장 땅값 비싸고 목 좋은 자리로 유명한 거리 한복판에 있는 헤르네의 특별 매장. 전 세계에서도 주요 도시에만 운영해서 메종이라 이름 붙여진 이곳은 판매점이라기보다는 지하에 카페를 두고 함께 운영하는 브랜드 갤러리에 가까웠다. 헤르네 공방에서 공수해 온 가죽과 섬유 제품이 전시되어 있었고 한쪽 벽면에선 커다란 화면으로 장인이 작품이라 불리는 제품을 손수 시연해 보이는 동영상이 재생되고 있었다. 그런 곳의 VIP룸에 홀로 앉아 있으려니 기분이 이상한 건 당연했다.

일 때문에 몇 번 오간 적은 있어도 그건 어디까지나 협력사나 하청업체의 직원으로서지 고객으로서 이곳에 앉아 본 적은 없기 때문이다. 지헌이 맨발의 나를 커다란 벨벳 소파 한가운데에 내려 둔 채로 사라져 나타나지 않고 있었다.

좋아, 딱 5분만 기다릴 거야. 속으로 다짐하며 시계를 보는데 노크 소리와 함께 유니폼을 입지 않은 중년 여성이 들어섰다.

"저희 카페에서 서비스하고 있는 애프터눈 티입니다. 드시고 계시면 이사님 곧 나오실 거예요."

그녀의 뒤로 매장에서 별도로 운영 중인 레스토랑 직원이 트레이를 밀고 오는 게 보였다.

"아, 저⋯⋯."

그녀가 누군지 알아본 내가 난처한 표정으로 몸을 일으키려 하자 그녀가 눈짓으로 나를 말렸다. 여자는 이곳 메종 드 헤르네의 점장으로 패션이나 문화 행사에서 종종 보아 오던, 즉 굳이 업계에서의 급을 맞추자면 나보다는 한참 위에 있는 사람이었다.

그런 사람이 저녁 시간을 훌쩍 넘긴 이 시간에 주문도 안 되는 애프터눈 티세트를 손수 가지고 왔다는 것이 부담되지 않을 리 없다. 그러나 노련한 사람답게 그녀는 내 당황스러움을 훤히 읽었으면서도 내색 없이 공손히 고개를 숙였다.

"편히 계시면 됩니다."

이렇게 화려한 애프터눈 티세트를 앞에 두고 편히 있을 수가 있을까. 점장이 직원과 함께 사라진 뒤에도 나는 접시 한 세트에 기 백만 원을 호가하는 헤르네의 티세트를 가만히 보기만 했다.

"보는 게 아니라 먹는 거예요, 그거."

지헌이 문가에 서서 내게 티세트를 눈짓해 보였다.

"나 언제까지 여기 있어야 해요?"

"화났어요?"

"그런 건 아닌데……."

"눈이 막 이런데?"

지헌이 양손으로 눈썹을 쓱 올리며 우스꽝스러운 표정을 만들어 보였다. 어이없게도 그 모습에 곤두섰던 신경이 풀리며 피식 웃음이 나왔다.

"원래 생긴 게 이래요."

"좋아요, 내 취향이라."

이제는 제법 그의 말투에 익숙해졌는지 나는 사사건건 반응하길 포기하고 얌전히 기다렸다. 그러자 지헌이 씩 웃더니 가져온 상자를 내려놓고 내 앞에 무릎을 꿇었다.

"뭐 하려구요?"

지레 놀라 발을 빼기도 전에 지헌이 발목을 잡고 부드럽게 돌렸다. 익숙해졌다는 거 전부 취소. 나는 여전히 그의 행동을 전혀 예측할 수가 없었다.

"패션위크 때도 어지간히 뛰어다니더니. 이 작은 발로 참 열심히도 움직이네."

그는 신기한 듯 말했으나 남자에게 맨발을 붙잡힌 나는 그저 난처하고 불편했다. 발바닥으로 따스한 감촉이 닿더니 발목을 타고 올라온 지헌의 손이 무릎 뒤 옴폭 들어간 부위를 지그시 눌렀다.

"이제 그만……."

"알아요? 그날, 여기에 얼마나 입 맞추고 싶었는지."

"거짓말하지 말아요."

"거짓말 아닌데."

"그날, 내가 이상한 생각 할까 봐 오해해서 나 붙잡아 둔 거 알아요."

"정말 그럴 생각이었으면 경찰서를 데려갔겠지. 내 침대가 아니라."

무슨 의미인가 싶어 눈을 가늘게 뜨고 지헌을 보았다.

"제정신 아니었어요, 나. 나비 양이 화장실로 달려가지만 않았어도, 우린 아마 침대를 못 벗어났을 거예요. 그다음 날까지도.”

“……!”

“이 몸 어느 한곳도 빼놓지 않고 모조리 입 맞추려고 했거든. 보이는 곳이든, 보이지 않는 곳이든.”

심장이 쿵 하고 한 뼘은 더 아래로 내려간 것 같았다. 눈에 힘만 준 채로 간신히 속삭였다.

“이미…… 늦었어요.”

“그럼 다음 기회를 기다려야겠네.”

“……기대하지 마세요, 유혹하지도 말고.”

“넘어올까 봐 무서워요, 겁쟁이 양?”

“네.”

“그럼 안 돼?”

지헌이 내 손등에 입술을 꾹 누르며 말했다.

“안 돼요.”

딱 자르는 말에 지헌이 싱긋 웃었다.

“겁먹지 말아요, 아직 아니니까.”

“……?”

“말했잖아요. 나랑 진짜 자고 싶을 때 얘기하라고. 그때까진 손 안 댈게요.”

내 무릎을 꼭 감싼 채로 하는 말이 영 딴판이라 황당함이 앞섰다.

“이미 멋대로 실컷, 하고 있다는 생각은 안 드세요?”

그의 손을 바라보며 뻔뻔함을 일깨워 주었으나 지헌은 태연했다.

“이 정도는 하게 해 줘야지. 내가 얼마나 기다렸는데.”

“기다려요? 누구, 나를……?”

지헌은 말없이 웃기만 했다. 그를 빤히 보다 불현듯이 스치는 기억에 눈이 번쩍 뜨였다.

“처음 만난 날, 나한테 그랬죠? 빚 받으러 왔다고. 혹시…….”

갑자기 솟구친 맹렬한 의심에 나는 몸을 뒤로 물리며 지헌을 똑바로 보았다. 긴장감에 혀끝이 살짝 떨렸다.

"옛날에 우리 삼촌한테 돈 빌려줬어요?"

"……뭐?"

지헌이 당황한 듯 되물었다.

"그러니까 한 10년도 더 전에 말이에요. 우리 삼촌이 그쪽한테도 돈 빌려 쓴 적이 있냐구요."

생각이 한곳으로 모이자 아리송했던 것들의 아귀가 이제야 딱 맞아떨어졌다. 그럼 그렇지. 이런 남자가 아무 목적도 없이 내게 접근할 리가 없다. 나는 새삼스레 찾아온 해묵은 체증에 생각만 해도 속이 갑갑해져 심란한 얼굴로 지헌을 보았다.

"그런 거면 지금 말해 줘요. 정확하게 차용증도 보여 주고. 이젠 내가 갚을 의무는 없어졌지만, 그래도 모른 척하진 않으니까. 내가 세상에서 제일 끔찍하게 생각하는 게 남한테 빚지고 사는 거거든요."

내 정중하고도 딱딱한 표정을 본 지헌은 주먹을 입가에 댄 채로 웃음을 참았다. 나는 그를 한층 더 무겁게 노려보았다.

"나 되게 심각한데."

"알아요. 미안."

"그런데 왜 계속 웃어요?"

"귀여워서."

도끼눈을 뜨고 노려보자 그는 기어이 참지 못하고 웃음을 터트렸다.

"경계하지 말아요. 그런 거 아니니까."

"……진짜 아니에요?"

"진짜."

"……확실히?"

"응."

"맹세할 수 있어요?"

"할게."

불안감이 서린 얼굴을 지헌이 가만히 보더니 뒤통수를 부드럽게 쓸어내렸다.

"걱정 말아요. 고인을 욕되게 할 일은 없으니까."

"……돌아가셨다는 말 안 했는데."

"갚을 의무 없어졌다면서. 그럼 하나잖아."

그의 해명에도 안심이 되지 않았다. 한쪽으로 뻗어 나가기 시작한 의구심은 점점 더 명징해 보였다. 지헌이 뺨을 감쌌다. 나를 달래려는 것 같았다.

"나 믿어요. 당신 다치게 안 해."

"그럼 대체 빚이라는 게 뭔데요?"

"나중에."

혼란스러워하는 나를 보는 지헌의 눈동자는 다정하고 따뜻했다. 그의 눈을 가만히 들여다보고 있자면 정말로 내게 어떠한 해도 끼치지 않을 것 같은 터무니없는 신뢰가 밀려들었다.

"그보다."

지헌이 가져온 상자를 열었다. 신발이었다.

"이걸 가지러 간 거였어요?"

나는 지헌이 가져온 굽 낮은 흰색 가죽 슬립온을 가만히 보았다. 정확하게 딱 맞아떨어지는 내 발 사이즈였다. 심지어 아까 신고 있던 힐보다 반 사이즈가 더 작은.

"어떻게 알았어요? 내 사이즈."

지헌이 눈을 빛내며 웃더니 손바닥을 활짝 편 채로 들어 올렸다.

"……한번 만져 본 걸로 이렇게 정확히요?"

"감이 좋아요, 내가."

"선수 아니구요?"

"그냥 예뻐해 줘요. 칭찬받으려고 엄청 노력했거든."

이렇게 요염한 눈웃음을 짓는 남자를 향해 노를 말하는 건 쉽지 않았다. 나는 고개를 저었다.

"그래도 이건 안 돼요."

나는 고개를 저었다.

"이건 헤르네잖아요. 그것도 이번 시즌 완판된 모델."

지헌이 그게 무슨 상관이냐는 듯 보았다.

"내가 일하는 세계가 아무리 명품이 발에 치일 정도로 넘쳐 난다고 해도, 급이 다르니까요, 이건."

"······급?"

"맞아요, 급. 내가 감당할 수 있는 한계요."

"신발 하나에 뭘 감당까지 해야 하는지는 몰랐는데."

"이사님은 아무것도 감당할 필요가 없으니까요. 그래서 우리가 다른 거예요."

"아직도 내가 이사님인가?"

지헌의 눈빛이 조금 서늘하게 변했다.

"그럼 가방으로 할까요? 일반인이 오더하면 최대 2년까지 걸린다는 시그니처 백으로. 이사면 그 정도는 돼야지. 기다려요."

지헌이 훌쩍 일어섰다. 그가 지금 당장 들어가 웬만한 직장인 연봉보다도 더 비싼 그 가방을 들고나오리란 건 자명했다. 어쩔 수 없이 지헌의 손목을 잡았다.

"이러지 말아요."

지헌이 걸음을 멈췄다. 그는 아무 말도 하지 않은 채 나를 내려다보았다.

"알았어요, 알았으니까······."

그의 집요하고 끈질긴 시선에 한숨이 연거푸 나왔다. 그리고 토해 내듯 간신히 입술을 뗐다.

"지헌 씨."

이게 뭐라고 이렇게 어려운가. 손등 위로 이마를 묻었다. 커다란 손이 머리 위를 가만가만 쓰다듬었다.

"나한테 넘어와요. 겁먹지 말고."

"……싫어요."

"그럼 버텨요. 응원은 못 하겠지만."

그가 얄미운 목소리로 말했다.

"겨우 신발 하나로 이렇게 예민하게 구는 거 하지 말고. 나한테 이 신발의 가치는, 당신이 신기 전까지는 먼지보다도 작으니까."

고개를 확 치켜들며 그의 손을 밀어냈다.

"애초에 보통 사람들은 이런 거 이유 없이 안 주거든요?"

"이유는 내가 아까 만들어 줬고. 우리 이미 공개 커플 아닌가?"

"어차피 이사…… 강지헌 씨 가면 금방 사라질 소문이에요. 그러니까 기름 붓지 마세요."

지헌의 입술이 비딱하게 기울어졌다.

"사라진다라. 그럼 당신은 나 잡아서 인생 역전할 뻔한 신데렐라고, 나는 당신한테 정신 못 차리고 빠졌던 헤픈 왕자가 되는 건가?"

"비꼬지 말아요."

더 뭐라고 받아칠 것 같았던 지헌은 말없이 나를 보았다.

"그날, 대답 안 했어요. 나 유혹한 이유."

"했잖아요."

"나한테 반했다고?"

"……네."

"증명해 봐."

"무슨 증명을요?"

"이거 신고 나랑 데이트해요."

지헌이 슬립온을 내 발 앞에 내려놓았다. 의외로 완고한 눈빛을 보니 쉽게 물러설 것 같지가 않았다.

"아니면 말해요, 그날이 무슨 날이었는지."

싸늘하게 울리는 그의 마지막 말이 쐐기를 박았다.

"왜 두 번이나 내 품에서 정신 잃었는지. 이치린을 그렇게 만든 남자가 대체, 누군지."

"……알았어요. 해요."

"응? 뭐라고?"

지헌이 못 들었다는 듯 고개를 비딱하게 기울였다.

진짜 얄미운 남자다.

"……해요. 해요, 데이트."

마침내 항복한 내가 눈을 감으며 승낙했다.

04

아직 봄이 안 끝났거든

"이 팀장!"

사무실 문을 벌컥 열고 들어서던 박 대표가 테이블에 모여 있는 기획연출팀 직원들을 보고 그대로 입을 다물었다. 김 대리를 비롯한 직원들이 인사를 건넸으나 그것도 알아차리지 못할 만큼 박 대표의 표정은 심각했다.

"여기까지 마무리하고 나머진 이따 오후에 하죠."

직원들이 나가고 문이 닫히자마자 박 대표가 성큼 다가왔다.

"너, 알고 있었지!"

"앞뒤 없이 대뜸 뭘요?"

"그 새끼 온 거! 걔가 세이지 미야케 패션쇼 음악 감독인 거! 너 알았냐고!"

"내일 정도에 말하려고 했어요."

박 대표는 김이라도 뿜을 것처럼 씩씩거렸다.

"기가 막혀서 정말! 지가 감히, 뭘 해? 어디 낯짝이 두꺼워도 정도가 있지! 우리가 맡은 거 뻔히 알면서 어딜!"

"어떻게 아셨어요?"

테이블 위를 정리하며 묻자 박 대표는 새삼 분노가 치미는지 주먹을 쥐고 흔들었다.

"김 대표랑 점심 약속 있어서 갔다가 그 자식이 딱 있는 거 보고 눈 뒤집혀서 오는 길이야! 넌 대체 애가 왜, 말을! 하!"

분해서 발을 동동 구르던 그녀는 땅이 꺼지도록 한숨을 쉬었다.

"앉으세요. 커피 가져올게요."

"지금 한가하게 커피나 마시고 앉아 있게 생겼냐!"

"못 할 건 또 뭐예요?"

"야, 이치린!"

"귀 안 먹었어요."

"너, 그 자식 만난 거, 그날 맞지? 패션위크 끝난 다음 날! 그 자식이 우리 오피스텔에 온 거 맞지!"

내가 다시 꿀 먹은 벙어리처럼 입을 다물자 박 대표의 표정이 험상궂게 변했다.

"어쩐지 이상하다 했어. 내가 잘못 볼 리가 없는데! 그럼, 거기로 간 거야? 너 지금 있는 데로?"

"네."

"허! 이런 후레자식 같으니라고! 그때 내가 엇갈리지만 않았어도 멱살잡이 제대로 하는 건데! 대체 뭐래디, 그놈이?"

"그냥……."

'그때부터 지금까지 쭉 뉴욕에 있었어.'

"별말 안 했어요."

"그러니까, 그 별말이 뭐냐구!"

'마츠이는 일본에 있었어. 처음부터. 단 한순간도 함께였던 적 없어.'

"……안 했어요, 아무 말도. 바로 보냈구요."

"그럼 대체 왜 온 거래? 걔가 진짜로 패션쇼 음악이나 맡자고 여길 올 리가 없잖아!”

‘기다릴게. 네가 부를 때까지.’

자꾸만 비집고 들어오는 준의 목소리가 나를 흠칫거리게 만들었다.

“원래 디자이너랑 아는 사이잖아요. 같은 일본인이고. 부탁받았겠죠, 뭐. 신경 쓰지 마세요. 할 일 끝나면 갈 거예요.”

“정말 그런대?”

‘난 안 돌아가.’

손에 든 서류철을 탁탁 정리하며 준의 목소리를 떨쳐 냈다.

“네, 그럴 거예요.”

“어휴! 진짜 상종도 못 할 개똥 상놈 같으니라구! 여기가 어디라고 뻔뻔하게 제 발로 찾아와, 오길!”

흥분이 가라앉지 않는 목소리로 그녀가 말을 이었다.

“애까지 낳은 놈이 이제 와 뭘 어쩌자고 분란을 일으키느냐 말이야! 제 와이프 옆에 붙어 있을 것이지.”

“한 달이면 끝나겠죠.”

박 대표가 내 얼굴을 뚫어질 듯 보더니 평소와 달리 센 어조로 말했다.

“됐고, 너 지금부터 이 프로젝트에서 손 떼.”

그녀가 내 반응을 살피고 있다는 것을 알았기에 나는 곧장 수긍하고 물러섰다.

“알았어요.”

“당장 윤 이사한테 넘겨. 3팀에서 맡을 거야.”

나는 잠시 박 대표의 얼굴을 살핀 뒤 한 번 더 고개를 끄덕였다.

“네, 알겠습니다.”

프로젝트가 진행 중인 가운데 클라이언트와의 협의 없이 실무자를 교체하는 것도, 현재 팀장이 공석인 관계로 윤 이사가 이끄는 3팀 일정이 풀로 차 있다는 것도 우리 둘 다 언급하지 않았다. 그저 막무가내로 우기는 박 대표에게 아무것도 따지지 않고 고개를 끄덕였다.

"죄송해요, 저 때문에."

"너, 이 바닥 어떤 덴지 알지?"

그녀의 얼굴은 올해 들어 본 것 중에서 가장 심각하고 진지했다.

"내가 뭘 걱정하는지, 알지?"

"알아요."

"걔들 이미 부부야, 애까지 낳은. 사람들은 그 커플이 어떻게 만들어진 건지, 걔들이 얼마나 나쁜 연놈들인지 아무도 몰라. 관심도 없고. 그냥 대중한테 그들은 연예인이고 셀럽이야."

나는 박 대표의 말을 가만히 듣고만 있었다.

"만에 하나 지금 걔들이랑 엮이면 불륜녀 되는 건 너라고. 내 말 무슨 뜻인지 알아듣지?"

"그럴 일 없어요."

"까딱 잘못하면 너 혼자 다 뒤집어쓰고 마녀 사냥당해서 매장되는 거, 순간이라고."

"……."

"그러니까 무슨 수를 써서라도 그 새끼랑 다신 엮이지 마. 알았어?"

"알았어요."

"당분간 외근 있는 거 전부 다 내근으로 돌리고…… 아니다. 너 그냥 휴가 갈래?"

안달 난 듯 조급하게 구는 말에 기어이 피식 웃음이 났다.

"다음 시즌까지 주말도 없이 일정 풀인데, 대표님이 맡으시게요?"

"……진짜, 내가 못 산다. 정말."

"미안해요, 선배."

"아우."

박 대표가 고개를 한껏 젖힌 채 길게 한숨을 내쉬었다.

"강 이사랑은 어떻게 되는 건데?"

"얘기가 왜 또 거기로 튀어요, 갑자기."

슬그머니 꽁무니를 빼려 하자 냉큼 잡아챈 박 대표가 나를 의자에 앉힌 뒤 바짝 붙어 앉았다.

"초 칠까 봐 꾹 참고 있는데, 왜 아무 소식도 안 들리냐고? 둘이 연애하는 거 아니었어?"

"아니에요, 그런 거."

"숨기지 말고 말해 봐. 너 그날, 강 이사랑 둘이 있던 거 아니야?"

"왜 이러실까, 갑자기."

"네가 이러는 거 자체가 수상한 거야. 아무것도 없음 왜 말을 못 해?"

"말할 게 없으니까 안 하겠죠."

박 대표는 드러내 놓고 조바심을 냈다.

"그 야심한 시각에 남녀가 둘이 손을 꼭 붙잡고 나갔는데, 왜 말할 게 없냐?"

그녀가 두 손을 꼭 맞잡으며 소녀 같은 표정을 지었다. 패션 기획사 대표가 아니라 개그우먼이 되었어야 했는데.

"손을 잡았는지 안 잡았는지 대표님이 어떻게 알아요?"

"얘가 어디서 오리발이야? 본 사람이 한둘이 아닌데?"

"그러니까, 직접 보셨느냐고."

"나만 빼고 다 봤더라!"

억울하다는 듯 주먹을 불끈 쥔 모습에 속으로 혀를 차면서도 무심한 표정을 풀지 않았다. 애초에 소문이 오래 가지 못하는 동네다. 한낱 가십에 지나지 않을 그날의 해프닝 역시 침묵으로 일관하자 금세 사그라들었다. 그런데 정작 박 대표는 뭔가를 자꾸만 기대하는 눈치였다.

"짬이 얼만데 이 바닥 카더라 통신을 아직도 믿냐. 순진하게."

"짬이 얼만데 남녀가 썸타는 걸 모를까. 둘이 잤지? 어?"

박 대표를 째려보았으나 그녀는 꿈쩍도 안 했다.

"내일모레가 마흔인데 그럼, 둘이서 한 몸이 되었느냐, 뭐 이런 유치한 워딩을 써야겠냐? 말해 보라니까, 강 이사가 널 그냥 놔 줬을 리가 없어."

"제발, 일 좀 합시다. 예?"

박 대표가 의자를 바짝 끌어오더니 몸을 낮추고 속삭였다.

"영 아니냐? 낮이밤져야?"

"아, 선배 쫌."

"튕기지 말고 강 이사 잡아. 너한테 관심 있어. 천 프로야. 내가 전 재산 건다."

"다 대출에 빚이잖아요."

"이걸, 확 씨!"

나는 박 대표의 의자를 뒤로 쭉 밀어냈다. 그러나 그녀는 진드기라도 빙의한 듯 의자를 잡고 다시 내게로 돌진했다.

"야, 너 내가 말을 안 해서 그렇지, 강 이사가 원래……!"

"관심 있다면, 감사합니다, 땡큐 하고 잡아야 해요?"

정색하고 말을 자르자 박 대표가 혀를 찼다.

"누가 그래? 덮어놓고 싫다고만 하지 말고 가볍게 한번 만나 보라는 거지."

"가볍게 어떻게요? 연애는 말고 적당히 데이트만 하자고 해요? 그래도 호텔 가는 건 괜찮다고. 그럴까요?"

"뭘 또 그렇게까지 비장하게 돌직구를 던져? 그냥 마음 가는 대로 몇 번 만나면서 차차."

"어릴 때 고아가 됐고 일본 친척 집에 얹혀살다가 처음 사귄 남자랑 동거했는데 잘 안 됐어요. 내 팔촌이랑 결혼했거든요. 아, 이 남자예요. 지금 라디오에 음악 나오는. 이렇게?"

"그런 걸 뭐 하러 까!"

"안 까요? 하다 못 해 소개팅을 해도 나이, 학벌, 직업, 사는 동네, 부모 직업까지 다 까고 시작하는 세상에서?"

"사람 속을 봐야지 왜 겉만 봐? 학벌, 직업, 사는 곳, 그런 걸로 그 사람을 알 수나 있다니?"

"겉을 봐야 속을 보고 싶어지잖아요. 우리가 이력서에 사진 붙이는 것도 그것 때문 아니에요?"

"그거랑 이거랑 같아?"

"다를 게 뭐 있어요. 그게 이 사회의 기준인데. 내가 못 맞추면서 사회가 잘못됐다고 투덜대는 게 웃기는 거지."

"어휴, 배배 꼬여가지고는 진짜! 그래, 너 잘났다! 잘났어, 아주!"

팽 토라지는 박 대표를 보니 한숨이 나왔다. 그녀가 남들처럼 가십을 좇는 게 아니라 나를 걱정해서 하는 말이라는 걸 알고 있다. 그래서 이런 어리광을 부려선 안 된다는 것도 안다.

"잘나서 튕기는 것도 아니고, 못나서 피하는 것도 아니에요."

고저 없는 목소리에 감정을 담지 않으려 노력했으나 진심을 가볍게 전달하는 방법은 여전히 버겁다.

"그냥…… 이런 구구절절한 설명을 해야 한다는 게 싫어요. 안 할 순 없잖아. 그러니까 하긴 해야 하는데."

타인에게 나를 이해시켜야 하는 게 싫다. 그러다 거절당할까 봐 마음 졸이는 일련의 과정들이 부담스럽다 못해 귀찮았다. 대화상에서 자연스럽게 나올 질문들에 무엇 하나도 평범하게 대답하지 못할 게 뻔한데. 그걸 알면서 새로운 남자를 만나서 연애를 하라고? 그것도 그렇게 대단한 남자랑? 미루고 숨기다가 실망시키고 상처받고, 다시 실망하게 되는 뻔한 과정을 거쳐서 또 만신창이가 되라고.

"그러다 내가 나한테 실망하고 후회할 거 같아. 고아가 된 게, 남자가 배신한 게 내 탓은 아니잖아. 내 잘못은 딱 하나뿐인데."

박 대표가 딱하다는 듯 나를 봤다.

"내 보기엔 너 지금 그냥 벽 세우기 하는 거 같은데. 안 되는 이유 모조리 갖다가 줄 세워서 혼자 땅굴 파고 들어가는 거. 너 지금 그거 하고 있다고."

"……."

"네 인생이 뭐가 어때서? 사랑, 그거 실패 좀 했다고 죽니? 너 아직 서른도 안 됐어!"

"늙었네, 나도. 내일모레 서른이라니."

"이게?"

박 대표가 꿀밤이라도 먹이고 싶다는 얼굴로 이죽거렸다.

"더 끔찍한 얘기 해 줄까? 너, 앞으로 칠십 년은 더 살아야 된다."

"……."

"끔찍해 죽겠지, 아주?"

자신의 공격이 보기 드물게 명중했다는 사실을 아는지, 그녀가 거만하게 말했다.

"그러니까 까불지 말고, 땅굴 그만 파고 나와서 제대로 봐. 강지헌이라는 남자에 대한 네 마음이 뭔지."

마음이라. 그런 건 사치라고 생각하고 살았는데. 나이를 먹는다는 건 단순하게 실수만 적어지는 게 아니다. 쉽게 웃는 천진함을 잃었지만 웬만한 일에는 울지 않는 초연함을 얻었고. 안 되는 일에 계속해서 매달리는 대신 상처로부터 나 자신을 보호하는 방법을 터득했다. 그게 잘못이라고 생각하지 않는다. 다른 사람들 말처럼 내가 감정 없는 기계가 아니라 그저 이 사회에서의 생존 방법을 터득한 것뿐이다.

"끝이 보이니까 가지 않는 거예요."

그러니 애초에 뿌리조차 자리지 못하게 해야 한다.

"끝? 그게 뭔데?"

나는 날카롭게 빛나는 박 대표의 눈을 보며 어깨를 으쓱했다. 알지 않느냐고.

"누가 너더러 결혼하래? 그냥 연애하랬지. 결혼은 뭐 끝일 거 같니?"

박 대표가 말했다.

"살아 보니까 그래. 결혼은 내가 하고 싶다고 할 수 있는 것도 아니고, 하기 싫다고 안 하게 되는 것도 아니더라고."

짧은 결혼 생활 끝에 다시 싱글이 된 그녀는 세상의 쓴맛을 알아 버린 어른처럼 희미하게 웃었다.

"이 남자 아니면 평생 안 될 줄 알았는데, 지나 보니까 더 좋은 사람도 많더라. 정말 환장할 만큼 종잡을 수 없는 게 인생인데, 미리 재단한다고 내가 원하는 대로 흘러가지 않더라고."

"……."

"그러니까, 그냥 네 마음 가는 대로 하라구"

혼란스러운 말만 잔뜩 던져 놓은 박 대표가 그대로 사무실을 나섰다. 3팀에게 인수인계를 하는 오후 내내 그녀가 숙제처럼 남겨 놓고 간 말들 때문에 머리가 복잡했다.

퇴근 무렵, 습관처럼 일정표를 확인하다 달력에 눈이 갔다. 메종 드 헤르네에서 본 뒤로 벌써 며칠이 흘렀다. 당장이라도 데이트를 강행할 것처럼 굴던 지헌은 그 뒤로 연락이 없었다. 바쁘겠지, 나보다 더. 어쩌면 이대로 끝인지도 모른다. 그냥 하룻밤의 호기심이었던 것처럼. 그게 가장 그럴듯했다. 우리에게 가장 중요한 건 일이었으니까. 웃지 못할 해프닝도 이 키스 마크가 지워질 때쯤이면 기억도 나지 않을 거다.

일이나 하자. 그렇게 마음을 다잡았다.

* * *

퇴근길. 시장조사를 나가는 김에 서둘러서 나오다가 로비에서 최 감독과 마주첬다.

"저기……."

그는 내게 말을 걸 타이밍을 보는 사람처럼 쭈뼛거렸다. 나는 잠시 그를 보다가 등 뒤에 있는 카페테리아를 턱짓했다.

"커피 사러 왔는데, 최 감독도?"

내가 평소와 다름없는 얼굴로 먼저 말을 걸자 최 감독이 재빨리 고개를 끄덕였다.

"어, 맞아, 나도."

"들어가자, 그럼."

엉거주춤해서 서 있는 그를 제치고 카운터 앞에 서서 물었다.

"아메리카노 맞지? 샷 추가?"

"어, 어…… 하나만."

그가 대답과 동시에 뒤늦게 지갑을 찾는 사이, 나는 핸드폰 케이스에서 카드를 빼내 점원에게 내밀었다.

당황한 최 감독이 주머니를 마구 뒤지기 시작했다.

"잠깐만, 내가……."

"괜찮아. 내가 살게."

"아…… 고마워."

계산을 마친 나는 다시 자연스럽게 발을 픽업 데스크 쪽으로 돌렸다. 뒤따르는 최 감독의 얼굴이 내게 할 말 있다고 광고라도 하는 것처럼 티가 났다. 당연했다. 그날 패션위크 회식 자리에서의 해프닝 이후 그와 대면한 게 처음이었다. 그사이 회사를 한차례 휩쓸고 간 가십도 있었으니 껄끄러운 게 당연했다.

"바쁘지?"

나는 아무 일도 없었던 것처럼 전과 같은 태도로 최 감독에게 물었다.

"어, 뭐 그렇지. 너야말로, 아니, 이 팀장이야말로 우리 회사에서 제일 바쁜 사람이잖아."

"그럴 리가."

적당히 대꾸하며 피식 웃는데, 최 감독이 내 눈치를 살폈다.

"저기 있잖아, 지난번 회식한 날······."

"그날 안주에 캡사이신, 내가 넣었어."

"······뭐?"

"어쩌다 보니 사과할 타이밍을 놓쳤는데, 그래도 할 건 해야지. 미안해."

내 갑작스러운 사과에 최 감독이 눈만 끔벅거렸다. 나는 그에게 대답할 타이밍을 주지 않고 곧장 되물었다.

"그 얘기 하려던 거 맞지?"

"······어, 그게."

최 감독은 뒤통수를 긁적이다 한숨을 쉬었다. 나는 팔짱 낀 자세로 서서 그런 최 감독을 보며 가볍게 웃었다. 우리 사이에 그 외에 다른 할 말이 뭐가 있냐는 눈으로. 내 시선에 우물쭈물하던 최 감독이 다시 한숨을 내쉬었다.

"맞아, 그거."

"사과하는 의미로, 다음에 소개팅 한번 주선할게."

때맞춰 나온 커피를 그에게 건네며 인심 쓰듯 말했다.

"최 감독 스타일로."

"······어, 그래."

최 감독이 커피를 받아 들며 우물거렸다.

"저기 말이야, 그날 있잖아······."

그는 쭈뼛거리면서도 할 말을 이어 갔다.

"이 팀장이랑 같이 나갔던 남자 말이야. 그 왜, 헤르네 이사라는. 소문대로 정말 그 남자랑······."

나는 계속하라는 듯 빤히 보고만 있었다.

"아니, 그러니까. 회사 사람들이 그렇다고 하니까, 진짜인가 싶어서."

나는 픽업 데스크가 탁 울릴 정도로 컵을 세게 내려놨다.

"아냐. 그런 사이."

"……아냐?"

"그날 처음 봤는데 무슨."

"그렇지? 아니지? 어쩐지, 난 또…….'

"사람들 참, 할 일도 없다니까."

"그, 그러게 말이야. 이 팀장이 그럴 사람도 아닌데."

"당연히 아니지."

냉랭한 목소리로 말을 자르자, 그가 조금 놀란 얼굴로 나를 봤다.

"내가 인생 역전하자고 남자한테 목숨 걸었으면 유럽 어디의 왕족을 꼬셨겠지. 글로벌하게."

"……어?"

"진작 돈 많고 명 짧은 남자 후처 자리라도 잡았을 거라고. 여기서 이 고생 안 하고."

최 감독은 이게 아닌데? 하는 얼굴로 눈만 끔뻑거렸다. 나는 그런 그를 모른 척하며 조금 더 과장된 목소리로 말했다.

"직장 스트레스를 동료 험담으로 푸는 인성까지는 뭐라고 안 하겠는데, 왜 거기에 자기 판타지를 집어넣나 몰라. 여자한테 남자가 아니면 삶에 의미가 없나? 인간이 왜 그렇게 주체적이지 못 해?"

"이 팀장, 난 그게 아니라."

나는 이해한다는 듯 고개를 끄덕이며 최 감독 어깨 너머로 보이는 테이블을 무표정하게 응시했다.

"그래, 최 감독도 이해 안 되지? 남의 인생에 편승해서 사는 걸 성공인 양 말하는, 자존감이 매. 우. 낮. 은. 인. 간. 들 말이야."

최 감독의 어깨 너머로 보이는 등이 부들부들 떨렸다. 서 실장이었다. 내가 무슨 말을 하려는 건지 뒤늦게 이해한 최 감독이 맞장구를 쳤다.

"맞아. 내 생각도 그래. 뒤에서 남 얘기하고 다니는 인간들치고 제대로 된 인성 못 봤어. 자기 인생이 얼마나 불행하고 한심하면 그러겠어."

"최 감독도 기분 나빴겠다. 사람들이 이상하게 소문내는 바람에 괜히 곤란 해졌잖아."

"그러니까 말이야. 내가 언제 고백을 했다고 실연이네, 뭐네 떠드는지."

역시나 비련의 남자가 되어 소문에 시달리느라 쌓인 게 상당했는지 최 감독이 한 맺힌 심정을 거칠게 풀어냈다. 다혈질답게 목소리도 꽤 큰 편이라 카페 테리아에 있던 회사 직원들 몇몇이 이쪽을 주시하는 게 보였다. 최 감독이 이어 말했다.

"나 솔직히 누가 퍼트린 건지 다 아는데, 가서 따질까 하다가 정말 상대할 가치가 없는 사람이라 참은 거야. 불쌍하잖아, 인생이. 그리고 혼자 사는 게."

나는 그에게 고개를 끄덕여 주었다.

"잘 참았어. 뭐하러 상대해, 그런 사람들을."

"맞아. 어차피 앞에서는 한마디도 못 하는 루저들이라니까."

서 실장과 함께한 테이블에 있던 아카데미 직원들의 얼굴이 굳는 걸 보며 보란 듯이 피식 웃었다. 최 감독을 마주친 순간 어차피 한번은 정리해야겠다 싶어 카페테리아에 온 건데, 생각지 못한 수확이었다. 이로써 소문도 잠재우고 최 감독과 껄끄러움도 한방에 해결이다.

"암튼, 이 팀장도 신경 쓰지 마. 현생 찌질이들이 할 일 없어 떠드는 말이니까."

"물론이지."

통쾌한 웃음을 삼키며 진지하게 얼굴을 끄덕여 보였다.

"저 말이야, 그래서 말인데. 이 팀장……."

실컷 장단을 맞춰 줬더니 금세 기분이 풀어진 최 감독이 한걸음 다가섰다. 나는 재빨리 커피를 집었다.

"어, 늦었다. 나 오늘 소개팅 있는데. 그럼, 또 얘기해, 최 감독."

"⋯⋯뭐? 소개팅?"

"응, 누가 연애 좀 하고 살라고 해서 그럴까 하고. 그럼, 퇴근 잘해."

손을 한번 흔들어 준 뒤 입구로 향했다.

"잠깐, 이 팀장. 야, 이치린, 얘기 좀 하자구⋯⋯!"

막 코너를 돌아서는데 뒤따라온 최 감독이 내 팔을 확 잡아당겼다. 나는 본능적으로 잡힌 팔을 그대로 돌려 최 감독의 팔목을 뒤로 꺾었다.

"야, 야! 이치린! 아파, 아프다구!"

최 감독이 악 소리를 지르며 균형을 잃고 비틀거렸다. 그의 덩치에 떠밀리는 바람에 덩달아 몸이 휘청거렸다. 이대로 꼼짝없이 뜨거운 커피를 뒤집어쓰고 넘어지게 생겼다는 걸 직감했다. 그러나 아무 일도 일어나지 않았다. 누군가 컵을 가뿐하게 받아 들고서 기울어지는 내 허리를 붙잡았기 때문이다.

"아, 감사하니⋯⋯다?"

인사를 마치기도 전에 시각보다 더 빠른 후각의 기억이 나를 사로잡았다. 지헌이었다. 그가 왜 여기에 있는지 이해할 수 없는 눈으로 물끄러미 보는데 정작 그의 시선은 최 감독을 향해 있었다. 그는 매우 거슬린다는 듯 불쾌한 기색을 대놓고 드러내고 있었다.

"그 손, 놨으면 좋겠는데."

엄밀히 말하자면 이제 잡고 있는 건 내 쪽이었다. 최 감독은 내게 팔목이 꺾인 채로 쩔쩔매고 있었으니까. 나는 그를 툭 밀어낸 뒤 아무 일도 없었다는 듯 옷자락을 탁 털어 냈다. 풀려난 최 감독이 큰 소리를 냈다.

"뭐 하는 짓이야, 이게? 다칠 뻔했잖아! 너 유단자가 민간인 상대로 기술 쓰면 안 되는 거 알아, 몰라?"

"그러게 누가 함부로 막 잡으래? 말했지, 몸에 손대지 말라고."

"네가 먼저 내 말 씹고 막 가 버렸⋯⋯!"

평소처럼 앓는 소리를 내던 그가 뒤늦게 지헌을 발견하고는 눈을 동그랗게 떴다.

"……혹시 그쪽은."

"오랜만입니다."

지헌의 인사에 최 감독이 헛기침하더니 고개를 숙였다. 그러더니 쥐고 있던 팔을 풀고 허리를 꼿꼿이 펴며 나를 보았다.

"아무튼, 다음부턴 조심해. 넌 다 좋은데 여자애가 너무 드세. 조금만 더 상냥하면……."

최 감독이 내 뒤에 있는 지헌의 존재가 의식되는지 지금까지와는 전혀 다른 거만한 태도로 말했다. 이래서 남자는 하등동물이다. 그저 수컷만 보면 서열 싸움을 하려고 드니까.

"충고 고마워. 그럼 다음엔 조금 더 상냥하게 뼈 말고 살을 차 줄게. 공수도에서 가장 처음 배우는 호신술이 낭심 차기거든."

"뭐, 나, 낭심……?"

"기대해."

싸늘한 시선으로 정확히 한곳을 노려보며 입으로 딱 소리를 내자 최 감독이 화들짝 놀라 무릎 사이를 움츠렸다.

"너 진짜 이 기지배가……!"

순간적으로 졸아들었던 스스로가 창피한 듯 최 감독이 화르르 달아오른 얼굴로 소리를 질렀다. 그때 지헌이 앞으로 나서며 내 어깨를 살며시 감쌌다.

"숙녀 몸에 함부로 손대지 말라고, 요즘은 유치원에서부터 가르친다는데. 감독님은 졸업한 지 너무 오래돼서 잊어버렸나 봅니다."

"……네? 아, 그게……."

"그래도 잊을 게 따로 있지."

지헌의 냉랭한 목소리에 등줄기로 한기가 스몄다. 지헌에겐 일반인과는 다른 무형의 기운 같은 게 있었다. 오랫동안 몸을 벼리고 단련해 어떤 경지에 오른 사람만이 가진 무언가가 그에게는 존재했다. 그가 풍기는 험악한 분위기에 유단자인 나조차도 움찔할 정도인데 최 감독이 얼어붙는 건 어찌 보면 당연했다. 최 감독이 더듬거리며 변명을 늘어놨다.

"오해하신 것 같은데, 저흰 원래 이렇게 장난도 잘하고, 평소에도 워낙 친해서……."

"그럼 앞으로는 주의하셔야겠네요. 저는 이 팀장이 누구랑 친하게 지내는 게 싫어서요."

최 감독이 당황한 얼굴로 내 어깨 위에 올려진 지헌의 손을 보았다.

"아까 이 팀장은 둘이 아무 사이도 아니라고……."

"맞아요. 그냥 나 혼자 따라다니는 중입니다."

"……이사님."

조용히 지헌을 불렀으나 그는 평소처럼 끄덕도 하지 않았다.

"가요. 데려다줄게."

"어딜요……?"

"소개팅한다며."

그런 걸 할 리가 없다. 최 감독에게 빌미를 주지 않기 위해 둘러댄 거짓말일 뿐이다. 그의 말을 들은 최 감독의 얼굴은 다시 미궁에 빠진 것처럼 혼란스러워 보였다. 나는 빨리 이 상황에서 벗어나야겠다고 생각했다.

"제가 알아서 갈 테니까 이사님은 걱정 말고 일 보세요."

"내 일이 이건데."

"네?"

"설마 소문날까 봐 그래요? 걱정 말아요. 방금 최 감독님이 그랬잖아요. 뒤에서 남 말이나 하고 다니는 사람들, 현생 찌질이들이 할 일 없어서 그런 거라고. 그런데 본인이 그러겠어요?"

지헌의 의미심장한 목소리는 최 감독을 넘어 그 뒤편을 향했다.

"그래도 혹시나 소문이 난다면 이게 좋겠네. 나는 나 말고 이치린 팀장 몸에 손대는 사람을 아주 싫어한다고."

최 감독과 서 실장의 얼굴이 나만큼이나 창백하게 굳었다.

***

"어떻게 된 거예요, 연락도 없이 갑자기?"

얼어 있는 최 감독을 둔 채 지헌의 팔을 잡아끌고 무작정 카페를 벗어난 참이었다. 지헌은 내 물음에 싱긋 웃기만 했다.

"나 보고 싶었어요?"

이럴 때마다 정말 이 남자가 능청스러운 건지, 해맑은 건지 종잡을 수가 없었다. 나는 정문에 주차된 그의 차 앞에 선 채 팔짱을 끼고 삐딱하게 고개를 들었다.

"그런 말이 아니잖아요."

지헌이 웃으며 차 문을 열었다.

"타요."

"왜요?"

"소개팅, 데려다준다니까."

"……그런 걸 할 리가 없잖아요."

한숨과 함께 한 박자 늦은 대답을 내놓자 지헌이 말없이 내 얼굴을 가만히 보았다.

"왜요?"

"기특해서."

"뭐가요?"

"나한테까지 거짓말하면 서운할 뻔했거든. 나도 그 남자처럼 떼어 내려고 그러나, 하고."

순간 나는 내가 유독 강지헌에게만 약한 이유를 깨달았다. 다른 사람들과 다른 그의 솔직함이 나를 주춤하게 만든다는 것을.

"그래서, 어딜 가려구요?"

"데이트."

"······지금이요?"

종일 업무에 시달리다 퇴근하는 직장인의 표본 같은 현재 상태가 자연스럽게 떠올랐다. 표정에 드러났는지 지헌이 내 발을 콕 짚으며 말했다.

"완벽해. 신발 빼고 다."

"······미리 연락 안 한 사람 잘못이죠."

나는 새침하게 말한 뒤 차에 올랐다. 문을 닫으려는데 지헌이 몸을 숙이며 안전벨트를 길게 잡아당겼다.

"미리 말하면 도망갈 거 같아서. 당신이 제일 잘하는 게 그거니까."

옅게 남은 스킨 냄새가 코끝을 기분 좋게 스쳤다. 괜스레 긴장된 마음이 들어 몸을 의자 뒤로 푹 묻으며 시큰둥하게 대꾸했다.

"작업 걸지 말아요. 아까 못 들었어요? 나 유단자인 거."

"나한텐 안 쓰잖아요. 그 부드럽고 상냥한 기술."

"그러게, 제일 위험한 남자가 눈앞에 있었네."

지헌이 피식 웃었다.

"본능적으로 믿는 거지. 내가 당신한테 안전한 사람이라는 거."

혼자만 여유로운 남자가 얄미워 그의 얼굴을 손으로 밀어냈다.

"가요, 얼른."

내 성화에 벨트를 채운 지헌이 웃으며 문을 닫았다. 차가 출발하고 올림픽대로에 접어들었을 때였다. 핸들을 가볍게 돌린 지헌이 불쑥 물었다.

"신발 불편해요?"

무슨 말이냐는 듯 보자 지헌이 내게 시선을 돌렸다.

"착화감이 별로라서 안 신나 해서."

"아직 개시도 안 한 걸요."

"왜?"

"그렇게 비싼 걸 일할 때 어떻게 신어요? 현장은 거의 막노동판인데."

"애초에 연출가가 막노동을 왜 하는지 모르겠는데."

"감투 썼다고 앉아서 명령만 하는 사람들 되게 밥맛이라 싫어요."

"다음엔 구두 사 줘야겠다. 신고 우아하게 앉아만 있으라고."

토라진 아이 같은 말에 픽 웃음이 났다.

"그런데 왜 신발이에요? 보통 잘 안 하는 선물이잖아요."

"미신 때문에요?"

"아무래도 그렇죠. 새 신발 사 주면 그거 신고 더 좋은 사람한테 가 버린다, 그런 말 있잖아요."

"그거야말로 너무 찌질한 발상 아닌가? 정말 사랑하면 나보다 더 좋은 사람한테 보내는 게 맞잖아."

지헌이 옆 차선으로 핸들을 돌리며 대꾸했다.

"쿨한 마인드네요. 그럼, 선물해 주신 신발 신고 더 좋은 사람 만나 보도록 할게요."

내가 경쾌하게 대답하자 곧게 뻗은 지헌의 미간이 단번에 구겨졌다.

"아가씨한텐 내가 제일 좋은 사람인데."

"그걸 어떻게 증명하는데요?"

"그러기로 마음먹었으니까. 내가."

이상한 자신감에 허, 소리가 절로 나왔다.

"그래서, 좋은 사람 님, 우리 지금 정말 어디 가는데요?"

"그림 그리러요."

"……그림?"

* * *

차에서 내린 곳은 북촌 미술관 중에서도 가장 핫하다는 갤러리였다. 그래서인지 평일 저녁임에도 젊은 사람들이 많았다.

"그림을 그리자는 게 아니라, 보러 온 거였어요?"

문을 열어 주는 지헌을 향해 묻자 그가 피식 웃으며 손을 잡았다.

"어, 손은 좀 그런데."

자연스럽게 빼려는데 지헌이 입구에 가득한 사람들을 가리키며 손가락을 더 꼭 얽었다.

"저기 저렇게 사람이 많은데, 나 혼자만 두고 다니려고?"

"숙녀 함부로 만지는 거 아니라면서요?"

"내 숙녀니까."

"……내가요?"

눈을 빤히 뜨고 묻자 지헌이 손등에 쪽 소리가 나게 입을 맞췄다.

"데이트잖아요, 오늘."

"……."

지헌은 갤러리를 한 바퀴 다 돌고 나서야 내 손을 놔주었다. 나를 완전히 감싼 넓은 손바닥과 걸을 때마다 닿았다 떨어지는 팔에 온 신경이 쏠려 있었던 나는 그제야 겨우 안도의 숨을 쉴 수 있었다.

"뭘 하자구요? 애니멀 드로잉?"

그림을 그리자는 말이 빈말은 아니었는지 전시실 출구를 나오자마자 지헌이 나를 위층으로 안내했다. 스튜디오 앞에는 관람객을 대상으로 한 특별 프로그램의 홍보용 배너가 붙어 있었다.

"어떤 동물 좋아해요?"

지헌이 입구에 놓인 샘플을 보며 물었다. 그곳에는 여러 가지 타입의 동물 실사가 참고용으로 비치되어 있었다. 그중 하나를 골라 미리 준비된 재료로 드로잉을 하는 프로그램이었다.

"정말 하려구요?"

입구로 들어서는 사람들을 보며 지헌에게 물었다.

"서로 그려 주는 것도 괜찮겠는데, 닮은 동물로."

그는 그사이 샘플 사진을 골랐는지 내 앞으로 들어 올려 보였다.

"난 이거. 예쁘게 그려 줄게요."

예상대로 고양이었다. 왜 아니겠는가. 강지헌이 다른 동물을 골랐으면 내가 더 놀라서 당황했을지도 모른다.

"이상한 얼굴 그만하고 하나 골라 봐요."

흐음, 이렇게 나오시겠다. 나는 샘플을 열심히 뒤적이며 당차게 물었다.

"우파루파 같은 건 없나요?"

"네? 우, 우파…… 무슨 파요?"

지헌의 얼굴을 넋 놓고 보던 직원이 당황한 얼굴로 나를 보며 되물었고 지헌은 웃음을 터뜨렸다. 그러자 아까부터 이쪽을 힐긋거리던 시선이 두 배로 늘어났다.

"여긴 가장 많이 찾는 동물 이미지를 모아 둔 거라서, 보통은 다들 이 중에서……."

"흐응…… 다양성의 부재네요."

아쉽다는 듯 말한 뒤 손에 잡히는 대로 아무거나 집었다. 그리고 뭐가 그렇게 신이 나는지 여기저기 웃음을 마구 흘리는 남자를 향해 경고했다.

"미리 말하는데, 나 그림 소질 없어요."

잠시 후.

"……이게 나?"

"소질 없다고 했잖아요."

태연하게 대꾸하자 맞은편에 앉아 있던 지헌이 입가를 살며시 쓸었다.

"아까 우파루파 찾지 않았나? 걔가 하마랑 같은 종인 줄은 몰랐는데."

"둘 다 아닌데……."

새침한 표정으로 옆에 있던 샘플 사진을 앞으로 쭉 밀었다. 재규어라고 적힌 글자와 내 그림을 번갈아 보던 지헌이 이윽고 턱을 문지르며 진지한 표정을 지었다. 웃음을 참는 얼굴이다.

"그래도 배경은 되게 열심히 칠했어요. 이거, 꽃 보이죠?"

나름 어필하려고 예쁘게 칠한 분홍색 꽃을 손으로 콕콕 짚었다.

"꽃이구나, 이게."

마치 이제야 알았다는 듯 지헌이 감탄했다. 그의 빈정거림에 열이 확 올라서 캔버스를 움켜쥐었다.

"됐어요. 내가 가져갈 거야."

"어딜."

지헌이 내게서 캔버스를 가져갔다.

"이럴 거면서 꼭 놀리지."

투덜대며 그의 그림을 집어 들었다. 어디 얼마나 잘 그렸나 비웃어 줘야지, 하고 있는 대로 벼른 뒤였다. 나는 지헌을 비웃지 못했다. 비웃기는커녕 신비로운 청록색 눈을 가진 까만 새끼 고양이에 빠져 눈을 떼지 못했다.

펜 파스텔을 브러쉬로 문질러서 부슬부슬하게 표현한 까만 털과 돌담 위에 앉아서 초롱초롱한 눈망울로 올려다보는 자세까지 완벽하게 나를 사로잡았다.

"마음에 들어요?"

"예뻐요, 엄청."

모든 동물의 새끼는 다 예쁘다. 그리고 그중에서 고양이는 내가 가장 특별하게 생각하는 존재였다.

"고양이 좋아해요?"

"안 좋아하는 사람도 있어요?"

"그런데 왜 안 키워요?"

"그냥요. 자신 없어서."

"아, 화초를 제일 좋아하지."

그렇게 말한 지헌이 고개를 쏙 내밀며 예쁘게 웃었다.

"그거 줄게요. 나한테 안 넘어올래요?"

"이거 내 거잖아요. 각자 하나씩 갖자면서."

"안 넘어오네."

뺏길세라 캔버스를 꼭 품자 지헌이 씩 웃었다.

"아가씨도 예뻐요. 그 Mimi처럼."

"……미미?"

"아기 고양이, 미미."

내가 불어를 모른다고 생각하는 그가 천천히 발음을 알려 주었다. 미미라. 입가가 간질거리는 단어에 공연히 시선을 돌렸다. 그러자 프로그램 시작 전부터 우리를, 정확히는 지헌을 힐금거리던 여성들의 눈초리가 조금 덜 상냥하게 변해 있었다.

대중의 시선을 마구잡이로 끌어당기는 잘난 남자가 여성 비율이 압도적으로 많은 공간에 있으니 당연한 건지도 모른다. 원치 않은 시선에 부담스러워진 나는 재빨리 테이블을 정리하고 일어섰다.

"나 손 좀 씻어야 할 거 같은데."

"기다릴게. 다녀와요."

"그러지 말고 1층에서 만날래요? 오래 걸릴 거 같아요."

이 세상 그림은 혼자 다 그린 듯 색으로 얼룩진 손바닥을 내밀며 말하자 지헌이 시간을 확인하더니 고개를 끄덕였다.

"그럼, 누구 잠깐 만나고 있을 테니까, 천천히 하고 내려와요."

누구인지 궁금했으나 더 묻지 않고 스튜디오를 나섰다. 화장실에서 한참의 시간을 보낸 뒤 결국 손등에 묻은 유성펜 자국을 포기하고 내려갔을 때, 전시실 복도에 있는 지헌을 발견했다. 그의 앞에 아주 앳되고 젊은 여성 둘이 서 있었다.

만난다는 사람이 그들인가 싶어 계단 중간쯤에서 걸음을 멈추었다. 뽀얗고 늘씬해서 청춘의 싱그러움이 주위를 환하게 하는 예쁜 여자애들이었다. 나도 저런 때가 있었을 텐데.

언제인지 기억도 나지 않아 층계에 팔을 얹은 채로 노인네 같은 말을 중얼거렸다. 지헌을 바라보는 두 여성의 눈에서 촉촉하고 반짝이는 무언가가 마구 뿜어져 나왔다. 고양이 그림만 아니었다면 이대로 자리를 피해 주고 싶을 정도로 노골적이었다. 어쩔까 고민하며 계단을 몇 개 더 내려가자 대화 소리가 들렸다.

"그럼 그냥 영화만 보는 건 어떠세요?"

생머리를 길게 늘어트린 여자가 붉은 입술로 말했다.

"이 옆이 영화관이거든요. 어제 개봉한 마블시리즈 아직 안 보셨죠? 엄청 재밌대요!"

"폐소공포증이라."

"아……."

지헌의 짤막한 대답에 여자의 입에서 안타까운 신음이 새어 나왔다. 그때까지도 대화 내용에 감을 잡지 못한 채 귀만 기울였다.

"그럼 식사는 어떠세요? 마침 저녁이기도 하고, 아래층에 아주 유명한 이탈리아 레스토랑이 있는데."

섹시한 스타일의 단발머리 여자애가 말했다.

"식이장애가 있어서. 1일 1식 하는데, 아침에."

"……아픈 데가 많으시네요."

"허약체질이에요. 사람들이 종합병원이라던가."

"아…… 전혀 그렇게 안 생기셨는데."

여자들이 지헌의 딱 벌어진 너른 어깨와 건장한 체격을 곁눈질하며 한탄했다. 그제야 무슨 상황인지 알게 된 나는 고개를 기울였다. 자세히 보니 조금 전 스튜디오에서 마주친 여자들 같기도 했다.

"그럼, 그냥 전화번호만 알려 주시면 안 되나요? 나중에 만나서……."

꿋꿋하게 말을 이어 가는 긴 생머리 여성을 보며 나는 솔직하게 감동했다.

찔러도 피 한 방울 안 나올 것같이 정색하는 얼굴을 보며 저런 말을 할 수 있는 용기에 감탄하지 않을 수 없었다.

"없는데, 번호."

"거짓말, 요즘 폰 없는 사람이 어딨어요?"

"외노자라."

두 여자가 그대로 말문을 잃었다. 그때 지헌이 나를 향해 고개를 돌렸다. 그는 내가 여기에 있다는 걸 이미 알고 있는 사람처럼 자연스럽게 물었다.

"그만 갈까요?"

여자들의 시선이 내게까지 쏟아졌으나 나는 별수 없이 고개를 끄덕이며 빠르게 계단을 걸었다.

"조심해요, 또 넘어질라."

조금 전과는 확연히 다른 상냥하고 부드러운 음성에 그의 옆에 선 두 여자의 얼굴이 일그러지는 게 보였다. 그러나 정작 그들을 당황하게 만든 장본인은 나를 마중 나오듯 층계 아래로 다가서며 손을 뻗었다.

"내 손 잡아요."

이 남자는 여자의 한이 무섭지 않은 걸까. 망설이는 나를 향해 지헌이 다시 부드럽게 채근했다.

"발목 아직 다 안 나았잖아."

"됐으니까, 그냥."

그의 손을 피하자 지헌이 성격 나쁜 얼굴로 웃었다.

"그럼 안아 줄게. 지난번처럼."

목소리는 나긋나긋한데 기세가 제법 사나웠다. 이럴 때 내가 할 말은 딱 하나다.

"알았어요. 잡아요, 손."

그의 손을 잡고 내려가는 계단이 줄어들 때마다 나의 수명도 함께 줄어드는 기분이 들었다. 어리고 싱그러운 여인 둘의 시선이 뾰족한 가시처럼 나를 찔러 왔기 때문이다.

"영화 볼래요?"

"……네?"

"옆이 영화관이라는데, 히어로물 좋아해요?"

이 남자가 또 왜 이러나 싶어 나는 눈알만 굴렸다.

"피곤하면 그냥 저녁 먹어도 되고. 이 아래가 유명한 이탈리안 레스토랑이라는데?"

"음."

"왜요? 다른 거 먹을래요?"

"그게 아니라."

나는 지헌의 뒤쪽으로 시선을 옮기며 눈짓했다. 우리 둘을 노려보던 두 여자는 기다렸다는 듯 쫓아와 따졌다.

"저기요, 폐소공포증이라면서요? 식이장애라면서요? 싫으면 그냥 싫다고 말을 하지. 우리가 우스워요?"

그들을 돌아본 지헌이 귀찮다는 듯 얼굴을 찡그렸다.

"싫다고 계속 말했는데, 못 알아들은 건 그쪽 아닌가?"

"아니, 언제……!"

"말했는데, 분명히. 좋아하는 여자 있다고."

지헌이 내 손을 당기더니 두 여자의 앞에서 보란 듯이 손깍지를 끼워 넣었다.

"그런데도 상관없다고 들이댄 건 그쪽 아닌가."

지헌이 나를 당겼다. 팔이 빈틈없이 맞물리고 손가락 사이로 기다랗고 하얀 지헌의 손이 들어와 고리를 걸듯이 단단히 움켜쥐었다. 그의 손은 커다랗다는 것만 제외하면, 마치 나와 한 몸에서 갈라진 것처럼 딱 들어맞았다. 그날 밤 내 몸 위로 포개져 여과 없이 맞닿았던 그의 몸처럼. 마른침이 넘어가 목 안이 촉촉하게 젖어 들었다. 지헌이 나를 보고 있다는 걸 뒤늦게 깨닫고 얼굴을 조금 돌렸다. 그가 뭔가를 아는 눈으로 나를 좇으며 입술을 기울였다. 뺨 위로 더운 기운이 조금 몰려들었다. 그러는 사이 우리를 노려보고 있는 구경꾼의 존재는 까마득히 잊고 있었다.

시기 어린 두 쌍의 눈동자가 나를 사납게 쳐다봤다. 그렇게 보지 마. 나라고 별수 있겠니. 그런 의미로 눈썹을 가볍게 까닥거려 주었지만, 효과는커녕 오해만 산 것 같았다. 긴 생머리 여자애가 씩씩댔다.

"일부러 튕기는 척했잖아요! 우린 당연히 거짓말인 줄 알고……!"

"맞아요! 웃었잖아요, 우리 보면서!"

"비웃은 건데."

지헌이 피식 웃자 굴욕감으로 파랗게 질린 여자들이 당장이라도 달려들 것처럼 맹렬하게 쏘아보았다.

"착각과 단정을 구분하는 건 상식인데, 오늘따라 왜 이렇게 비상식이 많아?"

그에 아랑곳없이 독설을 날리는 지헌을 보며 속으로 혀를 찼다. 이렇게 못된 남자라는 걸 처음 만났을 때 이미 직감했다고, 나는. 그러나 나와 달리 아직 사회 경험이 적어 예쁜 얼굴로 독설을 날리는 남자에 대해 별로 면역이 없는 두 여자는 분노로 화르르 떨었다. 흥분한 젊은 아이들이 무슨 짓이든 할 것만 같아 지헌을 잡아끌었다. 여기서 더 주목을 받아서 곤란해지는 건 이쪽이다.

"그만 가요."

지헌이 내게 얼굴을 기울이며 상냥하게 물었다.

"나랑 밥 먹어 줄 거예요?"

"지금 그게 중요해요?"

황당해서 묻다가 더 황당한 얼굴로 그를 돌아보았다. 지금, 설마. 일부러 이러는 건가.

"메뉴는?"

확신범의 얼굴을 한 지헌이 손등으로 입술을 누르며 물었다. 나는 그의 악취미에 통탄하면서도 서둘러 고개를 끄덕였다.

"아무거나요. 음악 소리 없는 데로."

"그럼 조용하고 은밀한 데로 가야겠네."

다정한 눈빛이 부드럽게 휘어졌다. 그 눈빛에 조금 멍해지는데 지헌이 내 손을 잡고 돌아섰다. 표정이 한순간에 뒤바뀐 지헌이 오만한 얼굴로 말했다.

"다음 작업 땐 상식을 좀 더 키우는 게 좋겠어요. 나 같은 남자한테 안 걸리려면."

저주나 다름없는 충고에 벙찐 얼굴로 우리를 보고 있던 여자들의 머리에서 뜨거운 김이 새어 나오는 착각마저 들었다. 더 있다간 정말 살인이라도 날 것 같았다. 나는 지헌의 손을 잡고 무작정 달렸다.

* * *

"어디까지 가려고?"

숨이 차올라 헉헉댈 즈음 지헌이 앞서 걷는 나를 잡아 세웠다. 그는 나와 달리 호흡 한 점 흐트러짐 없었다.

"글쎄요, 첫 데이트에서 헌팅녀를 피해 도망쳐 본 건 처음이라서요."

가쁜 숨을 몰아쉬면서도 꿋꿋하게 말을 마치는 나를 보며 지헌은 웃음을 터뜨렸다. 어디에서고 자유롭게 사람들의 눈 같은 건 신경 쓰지 않는 강지헌다운 경쾌한 웃음이었다. 그는 정말로 보이지 않는 걸까. 어둑해진 밤거리에 선 채로 환하게 웃는 남자를 힐금거리는 저 시선들이. 내가 평범하게 보이고 싶어 물속에서 홀로 발을 버둥대는 인간이라면 그는 오래전에 빛바랜 결정조차 특별하게 만드는 존재였다.

"여기 앉아요."

낮은 돌담에 손수건이 펼쳐지고 축 처진 어깨를 붙잡은 지헌이 그 위로 나를 앉혔다. 하얀색 면직물의 모서리 끝이 눈에 들어왔다.

"손수건 더러워져요."

"그럼 내 무릎에 앉을래요?"

더 이상 이런 말에 당황하지 않을 만큼 그에게 어느 정도 면역이 된 나는 피식 웃었다.

"강지헌 씨 매너 좋은 거 아는데, 나한텐 그럴 필요 없어요. 현장에서 밤 샐 땐 맨바닥이나 의자 같은 데서도 곧잘 자거든요."

"그게 얼마나 위험한데?"

지헌이 눈을 가늘게 떴다.

"나 유단자라고 말 안 했어요? 그리고 현장에 사람이 몇인데."

"대부분은 남자겠지."

반박하는 대신 어깨만 으쓱했다.

"뭐, 지금까진 문제없었어요."

지헌이 불쑥 몸을 낮추더니 내 무릎을 가만히 짚었다. 그리고 눈을 빤히 보았다. 몸을 정면으로 부딪쳐 오는 것 같은 시선에 꼼짝없이 잡혀 입술이 굳었다.

"왜 그렇게……."

"앞으론 그러지 말아요."

지헌은 대답 없는 나를 끈질긴 눈으로 보았다. 다른 사람 따윈 상관없다는 듯 오롯이 나만을 담은 까만 눈동자가 퇴로를 모조리 차단했다. 이쯤 되면 인정해야겠다. 강지헌의 눈빛에는 나를 꼼짝 못 하게 만드는 구석이 있다는 걸. 유치원 학예회에서조차 주인공을 해본 적이 없는 나는, 내가 전부라는 듯 바라보는 눈빛에 묶여 고개를 끄덕일 수밖에 없었다.

"……아까 그 말들은 다 뭐였어요? 폐소공포증에 식이장애. 정말이에요?"

"반은 맞고 반은 틀려요. 아주 어릴 때 얘기라."

"여자들 떼어 내려고 거짓말한 줄 알았는데."

"그래서, 나비 양도 떨어져 나갈 것 같아?"

놀라지 않았다고 하면 거짓말이다. 겉으로 보기에 그는 어떤 문제도 없이 완벽한 삶을 살아온 것만 같다. 무릎을 감싸고 있는 지헌의 손을 물끄러미 보다가 내 목소리가 아주 건조하게 나와 주길 바라며 입을 열었다.

"나도 있어요, 그런 경험. 조금 다르지만."

지헌의 묻는 눈빛에 있는 그대로의 솔직한 말이 덤덤하게 나왔다.

"아주 잠깐, 밖에 나가는 거 싫어했거든요. 특히 사람 많은 데는."

그를 배려해서가 아니라 어딘가에 털어놓은 적 없던 나를 단번에 간파했던 존재에게 이제 와 구태여 숨길 필요가 없다는 판단 때문이었다.

"그런 곳에 안 갔어요. 못…… 간 거죠, 정확히는."

"왜 못 갔는데?"

"평범한 사람들이 보기 싫어서요."

"평범한 사람들?"

내가 될 수 없는 것에 자꾸만 목매는 내가 싫어서. 가여워서. 가장 평범하게 행복한 사람들이 보기 싫었다. 계속해서 불행해야 했던 나는 죽었다 깨나도 평범해질 수 없었으니까.

"전남친 때문에? 배신의 충격이 커서? 아직도 그 남자가 그렇게 원망스러워?"

원망이라. 바보같이 헌신한 것도 나, 배신당한 것도 나다. 사람들은 겉으로 당한 쪽을 동정하지만, 실제론 바보 같다고 생각한다. 헛똑똑이라고. 거기까지 생각이 미치자 내가 원망하는 건 준의 배신이 아니란 걸 깨달았다. 왜 하필…… 왜, 에리카였나. 내가 아무 대답도 하지 않자 지헌이 재차 물었다.

"그래서 두 번 다시는 아무도 안 만나고 평생 혼자 살 건가?"

자격지심 때문인지 지헌의 말투가 비난으로 들렸다. 나는 보란 듯이 비죽 웃었다.

"모르죠. 이러다 어느 날 갑자기 아무나 콱 잡아서 결혼할지."

"그럼, 콱 잡혀 줄 남자가 필요하겠네. 이를테면 나 같은."

"감사하지만 괜찮아요."

웃으며 고개를 젓는 나를 향해 지헌이 더 예쁘게 웃어 보였다.

"아까 한 말, 반은 맞고 반은 틀리다고 했죠? 이건 어느 쪽인 거 같아요? 좋아하는 여자 있다고 했던 거."

선뜻 대답하지 못한 채 잠자코 바라만 보자 지헌이 얼굴을 앞으로 내밀며 다시 물었다.

"응? 맞춰 봐요."

지헌이 내 의견을 종용했지만 사실 이렇게 가까이에서 그의 얼굴을 보고 있으면 아무 생각도 들지 않는다.

"밥부터 먹으면 안 될까요? 배고픈데."

"그리고 또."

의외로 흔쾌히 고개를 끄덕이며 지헌이 말했다.

"밥 먹고, 그다음엔 뭐 하고 싶은데?"

또 말해 보라며 눈을 빛내는 지헌의 얼굴이 즐겁게 활짝 피어났다. 그 반짝임에 눈이 부셔와 나는 기대에 찬 부모에 마지못해 대꾸하는 시큰둥한 십 대처럼 아무거나, 하며 시선을 돌리고 말았다.

"종로 잘 알아요?"

간단하게 식사를 하고 나온 뒤, 완전히 무르익은 익선동을 걸으며 내가 물었다. 지헌은 이곳을 아주 잘 아는 사람처럼 좁고 오래된 골목으로 나를 이끌었다.

"여기가 현재 서울에서 가장 핫한 데이트 코스라던데."

그의 말처럼 재개발을 마친 도로 건너편은 관광지로 급부상해 늦은 밤에도 사람들로 북적였다.

"그래서 온 거예요?"

"아니, 개인적인 추억이 있는 곳이라. 서울에 올 때마다 잠깐씩 들르거든요. 정확히는 이쪽 말고 저쪽이지만."

지헌이 뒤쪽을 돌아보며 말했다.

"매번 여길 온다고? 왜요?"

"어릴 때 자주 와서."

묘한 우연이라 멈칫하는데 지헌이 물었다.

"왜 그렇게 놀라요?"

"아뇨. 그냥 좀 의외라."

희미하게 웃는 나를 잠시 보던 지헌이 손을 잡았다. 좁은 골목에서 한 무리의 사람들이 쏟아져 나와 우리를 스쳐 갔다. 지헌이 나를 바짝 당겼다.

"그냥 갈까?"

"내가 사람 많은 데 싫다고 해서요?"

지헌은 웃기만 했다.

"명소라면서요. 둘러만 보고 가죠, 뭐."

우리는 나란히 서서 한옥마을을 걸었다. 서늘한 밤공기가 뺨과 목덜미를 스쳤다. 오직 지헌과 딱 닿은 곳만 빈틈없이 뜨거웠다.

"확실히, 데이트 명소가 맞네."

총천연색 지우산을 하늘 위로 높이 매달아 놓고 꽃과 차를 파는 한옥 카페 앞에서 지헌이 감탄했다. 나 역시 걸음을 멈추고 서서 높은 담벼락 위로 올라간 기와지붕을 빤히 보았다. 지우산과 아주 잘 어울리는 색색의 꽃다발이 주렁주렁 매달려 있었다.

"죄송하지만, 저 지우산 단가 좀 알 수 있을까요?"

가판에 있는 점원에게 다가가 묻자 옆에 있던 지헌이 눈을 찡그렸다.

"우리 데이트 중인데."

"하고 있잖아요."

메모지를 꺼내 점원이 알려 주는 것을 받아 적으며 대꾸하는데 지헌이 꽃

다발을 가리켰다.

"사 줄까?"

"뿌리가 없는 건 금방 시들어서 싫어요."

그런 건 가져가도 처치 곤란이다. 다시 점원과 대화를 이어 가는 사이 지헌은 매장을 둘러보듯 가게 안으로 사라졌다. 잠시 뒤 그가 손에 들고나온 건 하바리움이었다.

"……그거 산 거예요?"

"만들었어요. 이건 살아 있는 게 아니니까 시들 일도 없을 것 같아서."

그가 의미심장한 미소를 지었다.

"아가씨 옆에서 살아 있는 건 나만 할 거거든."

만족스럽게 빛나는 지헌의 얼굴과 세로로 곧게 뻗은 유리병을 나란히 보았다. 투명한 용액 안에서 분홍빛 잎맥을 섬세하게 드러낸 수국과 벚꽃이 살랑거리며 조명 아래 반짝이듯 빛났다.

"……예뻐요."

"프러포즈할 거니까 예쁘게 만들어 달라고 했지."

지헌이 칭찬을 바라는 눈으로 말했다.

"농담이죠?"

"난 농담 안 하는데."

그는 크림색 리본이 근사하게 묶인 하바리움을 내게 내밀었다.

"잘 가지고 있다가 어느 날 갑자기 결혼하고 싶어지면 줘요."

줘? 내가 갖는 게 아니라?

"……누구한테 주는데요?"

어리둥절해서 묻자 지헌이 짓궂게 웃었다.

"글쎄, 유럽 어디의 왕족이나, 돈 많고 명 짧은 남자는 빼고, 아무나?"

"들었어요?"

대답 대신 나긋하게 웃는 지헌을 보다 병을 받아 들었다. 하얀 라벨 위에 멋진 필체로 적힌 문구가 눈에 들어왔다. 날마다 좋은 날.

"멋진 말이네요."

조금 감탄해서 시선을 오래 두고 바라보는 내게 지헌이 입술을 길게 늘이며 말했다.

"내가 썼어요."

놀라는 나를 보며 그가 말했다.

"이거 보면서 잘 생각해요. 아무나가 어디에 있을지."

그는 연두색 지우산 아래에 선 채로 환하게 웃었다.

"내 생각하면 더 좋고."

상냥한 눈빛이 나를 향해 부드럽게 휘어졌다. 그 미소를 보는 순간 나는 마치 내게 어떠한 신탁이 내려지기라도 한 것처럼 그에게 속절없이 빨려들어 갔다.

* * *

'내 생각 하면 더 좋고.'

"뭐 하세요, 팀장님?"

상념을 깨는 김 대리의 목소리에 쥐고 있던 펜이 책상 위로 굴렀다.

"어? 이거 그거 맞죠? 드라이플라워 물에 넣은 거. 이름이 하……."

"하바리움. 물 아니고 오일."

책상 한쪽에 올려 둔 투명한 하바리움 용기를 김 대리가 얼굴을 바짝 들이댄 채 구경했다.

"와, 대박 이쁘다. 만드신 거예요?"

"어……, 뭐."

"저 주시면 안 돼요?"

잘 가지고 있다가 어느 날 갑자기 결혼하고 싶어지면 줘요.

촐싹거리는 김 대리의 얼굴에 지헌의 목소리가 오버랩되자 눈에 절로 힘이 들어갔다.

"너, 이게 무슨 꽃인지는 아니?"

"벚꽃이잖아요."

"걔 말고, 여기 제일 큰 거. 딱 봐도 얘가 주인공인 거 모르겠어?"

펜을 들고 수국을 톡 치자 녀석이 음, 하고 고개를 끄덕이며 고심하는 표정을 지었다.

"……벚꽃 친구!"

"너, 가."

"그러지 말고 저 주세요. 팀장님은 또 만들면 되잖아요. 꽃도 많이 키우면서."

김 대리가 앙탈을 부렸다. 평소 내 물건을 제 것처럼 여기는 놈이니 이쯤 되면 주겠지, 하는 얼굴이었다.

"이건 안 돼."

"아, 왜요?"

녀석이 방정맞게 어깨를 털며 졸라 댔다.

"이거 가지면 나랑 결혼해야 하는데, 괜찮겠어?"

"……헉! 이거 지금 직장 내 성희롱인가? 아니면, 램프의 지니?"

입을 콱 틀어막으며 과장되게 놀라는 녀석을 보니 짜증이 솟구쳤다.

"너, 빨리 안 사라져?"

목소리를 잔뜩 깔고서 노려보자 키들키들 웃던 녀석이 그제야 생각났다는 듯 손뼉을 쳤다.

"아까 보니까 세이지 미야케 선생님 오셨던데, 보셨어요?"

미야케 선생의 이름을 듣는 순간 종일 멍했던 정신이 번쩍 돌아오는 기분이었다.

"미야케 선생님이?"

"네. 그거 때문에 3팀 거의 비상이더라구요. 연락 없이 온 모양이에요."

세이지 미야케가 사전 연락도 없이 움직인다? 스케줄 문제는 둘째 치고 그렇게 예의 없는 사람이 아닌데.

"저희도 가서 인사해야 하는 거 아니에요? 원래 담당이었던 데다가, 선생님하고 팀장님하고 친하시잖아요."

친하다라. 곰곰이 생각에 잠기는데, 김 대리가 고개를 갸웃했다.

"근데 분위기가 좀 이상했어요."

"어땠는데?"

"그냥 촉인데, 약간 좀…… 살벌한?"

나는 사무실을 나섰다. 대회의실이 있는 위층 복도로 들어서자 3팀 직원들이 굳은 얼굴로 회의실 앞에 모여 있었다. 나를 보며 고개를 꾸벅 숙이는 박대리를 향해 물었다.

"뭐야?"

"그게…… 세이지 미야케에서, 갑자기 계약 해지하시겠다고."

"뭐? 진짜야?"

뒤에 있던 김 대리가 깜짝 놀라 끼어들었다.

"갑자기 왜?"

내 물음에 박 대리가 눈치를 살피며 우물거렸다.

"처음 컨셉 미팅 때부터 분위기가 별로였어요. 실무팀이 갑자기 교체돼서 불쾌해했거든요."

결국 나 때문이라는 건데. 갑자기 회의실 문이 열리고 디자이너 세이지 미야케 선생이 모습을 드러냈다. 그의 뒤로 평소 그를 그림자처럼 따라다니는 비서 대신 미야케 스튜디오에서 자주 본 한국 출신의 선임 디자이너가 따라 나왔다. 통역 때문에 동행한 건가. 윤 이사의 일본어도 수준급인데. 내가 의아해하는 사이, 윤 이사를 비롯한 법무팀 이사가 당황한 얼굴로 쫓아 나왔다.

"선생님, 이렇게 가시면⋯⋯!"

미야케 선생은 윤 이사가 붙잡는 소리에도 발을 멈추지 않았다. 예순을 훌쩍 넘긴 노장이었으나 멀리서도 범상치 않은 기개를 내뿜는 그의 걸음은 거침이 없었다. 나는 조용히 그의 앞으로 나섰다.

"오랜만에 뵙겠습니다, 선생님."

걸음을 멈춘 미야케 선생이 나를 가만히 내려다보았다.

"이치린 팀장이군."

"안녕하셨습니까?"

"대단히 유감스럽게도 안녕하지 못하다네. 바로 자네 때문이지."

아시아를 대표하는 패션계의 거장은 말투 역시 직설적이었다. 나는 담담한 얼굴로 고개를 숙였다.

"네, 그러신 것 같습니다."

내 대답에 윤 이사가 이상한 신음 소리를 냈다.

"자네⋯⋯ 많이 컸군."

미야케 선생의 딱딱한 목소리에 복도의 분위기가 완전히 얼어붙었다.

"5년 전이었던가. 처음 찾아와서 제발 트렁크쇼라도 맡게 해 달라며 사정하던 핏덩이였는데 말이야."

그가 나를 자극하기 위해서 한 말이라는 걸 알기에 동요하지 않았다.

"덕분에 많이 배워서 이 자리까지 왔습니다."

"그래, 나도 그렇다고 생각했네만."

미야케 선생이 가까이 다가서자 그가 즐겨 쓰는 오리엔탈 계열의 향이 짙게 퍼졌다.

"이제 자네한테 세이지 미야케 정도는 우스울 만큼 더 커 버린 모양이야."

"오해십니다."

단호하게 부정했으나, 그는 회의적인 눈으로 나를 보았다. 그 눈동자 안에는 나를 디렉터로서 처음 인정해 주었던 디자이너의 실망감이 드러났다. 내색

204

하지 않았으나 마음이 쓰린 건 어쩔 수 없었다.

"오해라…… 자네가 나를 우습게 본 게 아니다?"

"네, 선생님."

"그렇다면 나를 한물간 뒷방 늙은이 취급한 게 자네가 아니라 EM웍스 전체였군."

"아닙니다, 선생님! 그럴 리가요!"

윤 이사가 황급히 고개를 저었다. 그러나 미야케 선생은 내게서 시선을 떼지 않았다.

"5년 전, 내가 내 옷을, 믿고 쇼를 맡긴 건 이치린, 바로 자네였네. 그리고 그동안 자네는 단 한 번도 나를 실망시킨 적이 없었지. 바로 며칠 전, 나와 내 브랜드를 멋대로 짐짝처럼 다른 팀으로 넘기기 전까지 말이야."

"그건……!"

윤 이사가 나섰으나 미야케 선생이 손을 들어 멈추게 했다.

"그리고 EM웍스는 형편없는 기획안으로 나를 또 한 번 실망시켰네."

윤 이사의 얼굴이 창백하게 질렸다.

"자, 이제 말해 보게. 자네들이 나를 우습게 보지 않는다는 증거를 말일세."

어떤 대답을 내놓을지 심히 궁금하다는 듯 미야케 선생이 느긋한 태도로 나를 보았다.

"내가 만족할 만한 답을 내놓지 못한다면, 방금 전 통보한 대로 EM과의 모든 작업을 중단하겠네."

날벼락 같은 선언이 우리를 흔들었다. 일본과 파리패션협회에 막강한 영향력을 행사하는 세이지 미야케와의 계약 해지는 다른 브랜드와의 관계까지 영향을 미칠 게 뻔했다. 심상치 않은 분위기에 복도로 사람들이 몰려들었다. 모두가 동요한 가운데 윤 이사의 흔들리는 눈빛을 확인한 나는 미야케 선생의 앞으로 한 발 더 나아갔다. 그리고 허리를 깊이 숙였다.

"죄송합니다, 선생님."

웅성거리던 소리가 사라지고 정적이 흘렀다.

"이 팀장……."

"팀장님."

옆에 선 채로 안절부절못하는 윤 이사와 김 대리의 떨리는 목소리가 들렸다. 그러나 이렇게 많은 직원이 보는 앞에서 임원인 윤 이사가 고개를 숙이게 할 수는 없다. 몸을 굽힌 채로 크고 또렷한 목소리로 말했다.

"모두 제 잘못입니다."

미야케 선생은 아무 대답도 하지 않았다.

"부디 변명할 기회를 주세요. 단 5분이라도 좋습니다. 부탁드립니다."

정중한 목소리가 복도를 울리고 얼마쯤 흘렀을 때, 여전히 고개를 숙이고 있는 내게 미야케 선생의 차분한 목소리가 떨어졌다.

"10분 주겠네."

* * *

"어떻게 하지?"

윤 이사가 나를 보며 눈짓했다. 그의 뒤로 유리 벽 너머 회의실에 앉은 미야케 선생이 선임 디자이너에게 뭔가를 긴밀하게 전달하고 있었다. 가만히 고개만 끄덕이던 그녀와 나의 시선이 잠깐 마주쳤을 때 놀랍게도 그녀가 미소를 지었다. 나는 윤 이사에게 청했다.

"지금까지 미팅했던 컨셉 기획안과 회의 자료 바로 볼 수 있을까요?"

"알겠어. 금방 가져올게!"

윤 이사가 쏜살같이 사라지자 떨떠름한 표정을 짓고 있던 김 대리가 불만스럽게 물었다.

"왜 팀장이 사과를 하세요?"

"그럼 네가 할래?"

녀석이 얼굴을 구기며 윤 이사가 사라진 방향으로 눈을 돌렸다.

"이사님이 직원들 다 보는 앞에서 어떻게 그래?"

"……그렇다고 우리 잘못도 아니잖아요. 인수인계를 안 한 것도 아니고, 브랜드에도 충분히 양해를."

나는 고개를 저었다. 이제야 그런 걸 따져 봤자 핑계밖에 되지 않는다.

"투덜대는 건 나중에 해. 지금은 그럴 때 아냐."

"어떻게 하실 건데요?"

감정을 가라앉힌 녀석이 나를 불안한 눈으로 보며 물었다.

"대표님 지금 어디 계셔?"

"프로덕션이요. 오늘 '런웨이 프로젝트' 녹화 있는 날이거든요."

박 대표는 케이블 채널과 공동 제작하는 서바이벌 모델 프로그램의 심사위원으로 출연 중이다. 다행히 한번 녹화가 시작되면 언제 끝날지 모르는 프로그램이기도 했다.

"그럼 아직 거기까지는 이 얘기 안 들어갔겠네."

"오늘 탈락자 선정하는 날이라 정신없을걸요."

"내가 하는 말 잘 들어."

진지한 목소리에 김 대리가 바짝 긴장했다.

"박 대리 시켜서 직원들 입단속하고, 넌 프로덕션으로 달려가."

"제가요? 가서요?"

"대표님 마크해. 여기 절대로 못 오게."

"……언제까지요?"

"전화할게."

김 대리는 어려운 미션을 받은 사람처럼 굳은 얼굴이 되어 프로덕션이 있는 옆 건물로 달려 나갔다.

"이 팀장, 여기!"

자료를 잔뜩 들고 온 윤 이사가 내게 파일을 건넸다. 양은 많았으나 대부분이 내가 프로젝트를 인계할 때 함께 넘긴 참고 자료였다. 나는 기획안을 빠르게 훑으며 일이 어떻게 된 건지 머릿속으로 상황을 정리했다.

윤 이사는 대외 영업을 비롯해 3팀까지 맡은 상황이라 업무량이 포화 상태다. 게다가 클라이언트는 세이지 미야케. 대형 고객이었으나 워낙 오랜 기간 협업해 왔기에 안일했겠지. 그러니 이 기획안은 윤 이사가 만든 게 아니다. 3팀의 누군가가, 아마도 박 대리 정도가 만들었을 거다. 그걸 확인도 하지 않은 채로 들고 컨셉 회의에 참여했을 거고. 문제는 퀄리티다. 이 기획안을 만든 녀석은 내가 넘긴 지난 컬렉션 자료를 전혀 보지 않은 게 분명했다.

현대적인 감각을 제일로 추구하는 세이지 미야케 컬렉션에 이런 올드한 무대 컨셉이라니. 그것도 작년, 한 미국 브랜드의 컬렉션 때 사용한 컨셉 그대로였다. 화가 난 미야케 선생이 쳐들어온 것도 당연했다. 기획안의 첫 장을 넘기는 순간, 나는 신음을 흘렸다. 내 손끝을 따라간 윤 이사 또한 하얗게 질린 얼굴로 헛기침을 했다. 템플릿에 다른 브랜드 로고가 버젓이 박혀 있었던 것이다.

"……미치겠다, 이런 말도 안 되는 실수를 하다니."

이제는 빨갛게 달아오른 홍당무가 된 윤 이사는 얼굴을 들지 못했다.

"저 혼자 들어갈게요."

"괜찮겠냐? 그냥 내가 들어가서 제대로 해명을……."

"이미 했잖아요. 이제 만회해야죠."

어차피 이 기획안도 제대로 훑어보지 않은 상태라면 함께 들어가 봤자 도움이 되지 않을 게 뻔했다.

"……어쩌려고?"

윤 이사가 입술을 잘근잘근 씹으며 나와 회의실을 번갈아 보았다.

"우리가 해야죠, 이 쇼."

나는 회의실 문을 열었다.

* * *

"그래서, 자네 말은 결국 기회를 한 번 더 달라는 거 아닌가?"

마주 앉은 미야케 선생이 내 차분한 설명을 들은 뒤, 처음으로 꺼낸 말이었다.

"네. 그렇습니다."

"내가 뭘 믿고?"

"저를, 믿으시잖아요."

"대단한 자신감이구만."

미야케 선생이 팔짱을 낀 채로 흥, 하는 태도를 보였다. 나는 처음으로 그를 향해 작게 미소 지었다.

"선생님께서 주셨으니까요."

미야케 선생은 다시 말없이 나를 한참 동안 보더니 의자에 등을 푹 기대며 신경질적인 표정을 지었다.

"이시하라 군 때문인가? 내 컬렉션을 다른 팀에 넘긴 게."

"……."

"역시 그렇군."

"……제 생각이 짧았습니다. 죄송합니다."

내가 다시 고개를 숙이자 미야케 선생이 됐다는 듯 팔을 휘휘 저었다.

"이시하라가 갑자기 찾아와서 부탁했을 때, 이런 일을 예상하긴 했네만. 역시, 청춘이 좋군."

예상대로 처음부터 미야케 선생의 부탁이 아닌 준이 시작이었던 거다. 확인받고 나자 새삼스러운 분노가 가슴을 휘저었다.

"그래서 어쩔 셈인가? 자네를 배신하고 마츠이를 선택한 이시하라에게 복수라도 하고 싶은 건가? 아니면, 그를 다시 받아 줄 셈인가."

웃지 않는 목소리로 그렇게 말한 미야케 선생이 내 눈을 보았다.

"이제 마츠이와는 인연을 끊은 건가?"

그가 준과 에리카 사이에서 내가 어떤 태도를 취하고 있는지 가늠하듯 물었다. 그는 이미 일본에 있던 시절부터 나와 준의 과거를 알고 있는 사람이다. 더불어 내가 마츠이가에서 거둔 먼 친척이라는 것까지. 거대 유통체인을 가진 마츠이 홀딩스가 운영하는 백화점에는 세이지 미야케 매장도 입점해 있으니 뒷일을 걱정하는 것도 당연하다.

"혹시라도 나중에 곤란해지실까 봐 걱정하시는 거면."

"나는 내 매장 숫자가 줄어들까 봐 걱정해 본 적이 한 번도 없네. 이 나이에 누구 눈치를 볼 필요도 없고 말이야."

미야케 선생이 곧장 고개를 저었다.

"그냥 자네 생각이 궁금했을 뿐이야. 그런데…… 이시하라와 다시 얽힐 마음이 전혀 없는 거로군."

그가 잠자코 있는 나를 보며 말을 이었다.

"뭐, 솔직히 상관없네. 처음부터 나는 두 사람 사이가 어떻게 되든 관심 없었거든."

"아까는 분명 부탁을 들어주셨다고."

의외의 대답이었다. 미야케 선생에게 준은 아끼는 뮤지션이자 조카 같은 대상이라고 생각해 왔기 때문이다. 그런 내 눈빛을 알아차린 듯 미야케 선생이 비죽 웃었다.

"녀석이 감각이 좋잖아. 그래서 이시하라의 부탁을 승낙한 것뿐이야. 자네 둘을 다시 이어 준다든가 하는 그런 짓을 위해서가 아니라."

"그럼……."

"나는 내 철학이 담긴 옷을 가장 완벽하게 보여 줄 디렉터가 필요하네. 능력만 있다면 누구라도 상관없네."

상대를 냉정하게 평가하는 노장의 눈이 내 속을 꿰뚫는 것처럼 응시했다.

"그러니 증명해 보이게. 자네가 내 컬렉션을 맡을 자격이 있다는 걸 말이야."

그는 테이블 위에 수북하게 쌓인 자료를 힐끗 보며 이 정도로는 어림도 없다는 듯 말했다.

"남자 때문에 도망이나 하는 여성이 아니라."

* * *

"우리더러 뭘 하라고? PT?"

사무실 문을 벌컥 열고 들어온 박 대표가 문가에 선 채로 대뜸 소리부터 질렀다. 미야케 선생이 돌아간 건 벌써 한참 전의 일이다. 나는 모니터에서 시선을 떼지 않은 채로 타자를 두드렸다.

"잠깐 계세요."

박 대표는 아무 말도 하지 않은 채 잠자코 기다렸다. 힐끗 보자 녹화가 끝나고 곧바로 달려왔는지 의상은 물론 헤어도, 메이크업도 지우지 않은 채 그대로였다. 저 두꺼운 화장을 할 때마다 피부에 트러블이 난다며 경기하던 여자가 오죽 급했으면 싶었다.

"30분 정도 걸려요. 가서 화장부터 지우고 오세요."

"해. 기다릴 테니까."

박 대표가 고집스럽게 대답하며 창가로 향했다. 나는 나대로 다시 모니터에 집중했다. 전 과장과의 메신저를 마무리하고 보고서를 정리해서 업로드하는 사이 시간이 훌쩍 흘렀다. 겨우 고개를 들자 박 대표는 좁은 사무실 창문으로 내려다보이는 고층 빌딩 숲을 말없이 응시하고 있었다. 나는 책상 위에 죽 늘어선 빈 잔 중 비교적 최근 걸 집어 들었다.

"커피 드려요?"

박 대표가 고개를 저었다. 비록 뒷모습이었지만 전해지는 분위기가 더없이 심각해 보였다. 나는 탕비실로 가려던 걸음을 멈추고 잔을 책상 위에 내려놓았다.

"화 많이 났어요?"

"내가 너한테 화낼 자격은 있냐?"

고저 없이 받아치는 건조한 목소리였다. 이런, 정말로 심각하네.

"대표님."

내 부름에 박 대표가 몸을 돌려 나를 정면으로 보았다.

"손 떼라고 큰소리친 것도 나, 제대로 처리 못 해서 네가 수습하게 한 것도 나. 맞잖아."

"몰랐잖아요, 이렇게 될 줄."

날 보던 박 대표의 눈이 쓱 가늘어졌다.

"넌 알고 있었지? 이렇게 될 거."

나는 대답 대신 박 대표의 얼굴만 가만히 보았다.

"알고도 두말 않고 내가 시키는 대로 한 거지?"

확신한 박 대표가 단정 지었다.

"어차피 네 말 안 듣고 우길 게 뻔하니까. 맞지?"

나는 어깨만 으쓱했다. 이런 일을 예상 못 했다면 그야말로 실무 자격 박탈이다. 세이지 미야케의 첫 컬렉션을 따낸 것도, 지난 5년간 빈틈없이 관리한 것도 바로 나였으니까. EM웍스에서 나보다 더 잘 미야케 컬렉션을 소화해 낼 디렉터가 있을 리 없다.

"그렇다고 일이 이렇게 크게 터지길 바란 건 아니었어요."

계약 해지가 거론될 줄은 몰랐다. 최소한 윤 이사가 그 정도는 해 주리라 믿은 것도 사실이다. 한 식구처럼 일해 온 클라이언트라고 해서 정말 같은 식구인 건 아니라는 걸, 알고 있길 바랐다. 나야말로 방심한 거지. 쓰게 자조하는데 박 대표가 핏대를 세웠다.

"내가 바보니? 그 노인네, 일부러 나 없을 때 와서 휘젓고 간 거 모를 줄 알아? 지들도 막상 우리 손 놓기에는 아쉬우니까 겁주러 온 거잖아!"

박 대표는 마치 미야케 선생이 거기에 있기라도 하듯 허공에 대고 마구 쏘아붙였다.

"정말 계약을 깰 거였으면 나한테 조용히 연락했겠지. 그런데, 이렇게 공개적으로 쳐들어와서 개망신을 줘? 예의도 뭣도 없는 것들이 어디서 갑질이야! 지들이 그렇게 대단해!"

나는 파르르 떠는 박 대표를 보며 짧게 대꾸했다.

"대단해요. 30년 넘게 이어 온 세계적인 브랜드니까."

"왕년에나 핫했지! 우리가 서울 컬렉션 맡기 전까지 국내에는 별로 알려지지도 않았었어. 그 올드한 이미지 때문에 셀럽 섭외도 힘들었던 거 기억 안 나?"

"그건 우리 얘기고요."

주먹을 불끈 쥔 박 대표가 그간 참아 왔던 울분을 터트리듯 쏟아 냈다.

"그 고루한 이미지 탈피하자고 협업 추진하고 팝업스토어 진행에, EM웍스 톱모델 스케줄 전부 다 빼 줬어! 걔네가 지난 5년 동안 한국에 늘린 매장만 몇 개 줄 알아?"

"우리도 같이 벌었잖아요. 일본 거물급 디자이너 컬렉션 전부 다 쓸어 왔잖아."

"너, 진짜 누구 편이야!"

박 대표가 소리를 빽 질렀다.

"클라이언트는 우리 생각 안 해요. 업체 바꾸면 그만이니까."

"……누가 우리만큼 제대로 한대!"

"그건 나중 문제고. 벌써 소문 돌아서 다른 회사에서 제안서 준비하고 있대요. 전 과장님한테 들었어요."

박 대표의 표정이 급격하게 굳어졌다.

"브랜드는 손해 볼 거 없어요. 줄줄이 늘어선 업체 중에서 고르면 그만이니까. 근데 간택당해야 하는 우리 입장은 다르잖아요."

그 사실을 가장 잘 아는 건 박 대표다.

"이런 식으로 계약 끝내면 우리 신뢰만 떨어지고, 당연히 다른 클라이언트한테도 영향 있을 거고. 그럼 회사 휘청하잖아."

"그걸 왜 네가 걱정하는데? 그런 건 내가……!"

"대표님이 어떻게요?"

"어떻게든!"

고집스럽게 외치는 박 대표의 눈빛이 나를 맹렬하게 쏘아봤다. 나는 그 눈을 모른 척하며 아주 차갑고 서늘하게 현실을 일깨웠다.

"프로덕션 접어요? 방송 안 해? 엔터 사업 벌인 건?"

"……!"

박 대표가 입술을 앙다문 채 나를 쏘아보았다.

"처음부터 이게 맞아요. 누구한테 맡길 일, 아니었어요, 피할 일도 아니고. 그래서 내가 수습한 거예요. 그러니까 그냥 모른 척하세요."

나는 그녀가 화를 삭일 시간을 준 뒤 말을 이었다.

"문제 안 생기게, 걱정하시는 일 없도록 할게요."

한동안 정적이 이어졌다. 박 대표가 얼굴을 일그러뜨리며 시니컬한 웃음을 터뜨렸다.

"네가 그 노인네한테 직원들 다 보는 앞에서 고개 숙였을 때, 나는 뭐 했는 줄 아냐?"

박 대표가 냉소적으로 내뱉었다.

"카메라 앞에서 더럽게 잘난 척하면서 모델과 패션에 대해 일장 철학을 늘어놨다. 대한민국에서 가장 성공한 패션 기획사 CEO인 척하면서 말이야."

나는 태연한 얼굴로 입을 뗐다.

"방송인데 그래야죠, 그럼. 구질구질하게 맨날 클라이언트한테 갑질당한다고 할 거예요?"

"맨날 당하는 건 너지. 나는 카메라 앞에서 우아하게 앉아 있는데."

"비약하지 말구요."

"내가 제작한다고 프로덕션 사업만 안 늘렸어도 너 혼자 연출팀 커버하느라 이렇게 뺑이 칠 일도 없었어."

"자학도 하지 마시고. 그거 대표님 전공 아냐."

쓸쓸하게 가라앉은 박 대표의 얼굴이 보기 싫어서 컵에 남은 식은 커피를 한 모금에 털어 넣었다.

"클라이언트한테도, 그리고 남자한테도 헌신하지 마. 그러다 너만 헌신짝 되니까."

그녀의 얼굴에 냉소 가득한 자조가 떠올랐다.

"헌신하다가 버려지는 쪽이 바보인 거라고!"

헌신했는데 버려지는 게 대체 왜 바보란 말인가. 버리는 쪽이 나쁜 거지. 여전히 그걸 이해할 수 없으니 너는 글러 먹은 거야, 이치린. 속으로 자조하며 피식 웃었다.

"라임 좋네. 헌신하다 헌신짝 된다."

내 농담에도 그녀는 웃지 않았다.

"몸 사리라고, 책임지지 말라고, 나서지 말고 그냥 일만 하라고. 그거 하나 하라고 너 거기에 앉혀 둔 거라고."

"알아요."

"책임지라고 윤 이사 그 자리에 있는 거라고!"

"알았다니까요."

"이게 또 살살 웃으면서 사람 구슬리지?"

박 대표는 새삼 혈압 오른다는 듯 씩씩댔지만 한풀 꺾였던 기세가 나아진 것 같아 마음이 놓였다.

"그렇게 미안하면 연봉이나 올려 주던가요."

"왜, 아예 이 자리를 달라 그러지 그러냐?"

"감투는 이걸로 충분하구요."

"대체 그렇게 벌어서 다 뭐하게? 생전 나가 놀지도 않는 게 통장에 돈만 쌓아서 뭐 할 거냐고?"

"도곡동에 100평짜리 빌라 살라 그런다, 왜."

"이 화상, 진짜!"

박 대표가 속 터진다는 듯 고개를 젖히고 숨을 연거푸 내뱉었다.

"후회 안 되냐? 하고 싶은 일 포기하고 나 따라서 이 동네 들어온 거."

"바빠요. 그런 걸 언제 하고 있어."

"……난 후회된다. 너 일하는 거 볼 때마다 그래."

그녀는 그렇게 중얼거린 뒤 사무실을 힐긋 돌아보았다. 각종 서류와 산더미처럼 쌓인 파일, 샘플이 걸린 마네킹까지 정신이 없는 사무실 풍경을 휙 둘러본 박 대표가 가라앉은 얼굴로 말했다.

"좁다, 너무."

너무 좁아, 하고 다시 중얼거린 그녀는 인사도 없이 그대로 사무실을 나섰다. 나서기 전 마지막으로 스친 박 대표의 눈동자가 무척 공허해 보였다. 하나를 해결하면 또 다른 하나가 터지는 이 세계에서 앞으로 나아가는 방법은 모른 척하는 거다. 불합리함을 모른 척하고, 동료의 괴로움을 모른 척하고, 나의 고통을 모르는 척하는 것. 부질없는 상념을 몰아내고 다시 책상 앞에 앉는데 김 대리가 두툼한 종이봉투를 들고 들어왔다.

"뭔데?"

"대표님이요. 팀장님 저녁 안 드셨을 거라고."

녀석이 가방을 멘 채로 유명 일식점 로고가 적힌 종이봉투를 내밀었다.

"넌 어디 가는데?"

"집에 가야죠, 당연히. 지금이 몇 신데."

당연하다는 듯 대답하는 녀석을 빤히 올려다보았으나, 그는 그 흔한 미안한 감정조차 없는 얼굴로 웃기만 했다. 그래, 내 팔자가 이렇지 뭐. 다시 모니터로 고개를 돌렸다.

"아, 그리고요. 있잖아요, 이건 비밀인데요."

그는 엄청나게 대단한 비밀이라도 털어놓는 사람처럼 책상 위로 몸을 숙였다.

"됐다, 너나 많이 아세요."

"아, 진짜 진짜 진짜 비밀이란 말이에요."

내 시큰둥한 반응에 그가 징징대며 발을 굴렀다.

"그렇게 중요한 비밀을 왜 털어놓으려고 그래? 평생 너만 간직하세요."

"아, 진짜 비밀인데……."

녀석은 비밀을 털어놓지 못해 한 맺힌 사람처럼 퉁퉁거렸다.

"그거나 가져가서 먹어."

봉투를 턱짓하자 비밀 같은 건 홀랑 잊어버린 김 대리가 언제 툴툴댔냐는 듯 눈을 반짝거렸다.

"……진짜요? 진짜?"

"그래."

내 대답에도 녀석이 믿지 못하는 얼굴로 재차 확인했다.

"이거 대표님이 팀장님 갖다 주라고 포장해 온 겁 나 비싼 초밥인데요?"

"먹으라니까."

"이래 놓고 나중에 대표님한테 이르실 거죠?"

"내놔, 이리."

성가셔진 내가 손가락을 까닥거리자 녀석이 잽싸게 봉투를 낚아챘다.

"잘 먹겠습니다!"

그가 신이 나서 샐샐 웃었다.

"잘됐다. 소개팅녀랑 한강 가기로 했는데, 가서 이거 까먹어야지."

"헤어진 지 한 달도 안 되지 않았니? 넌 왜 이렇게 정조가 없냐?"

"……정조? 그게 뭐죠? 이산?"

"아, 이 문란한 인간."

개탄스럽다는 듯 말하자 녀석이 까불거리며 거들먹거렸다.

"요즘 그런 거 안 따져요, 누가 알아준다고? 미련하다는 소리만 듣지. 그러니까 팀장님도 일만 하지 말고, 나가서 좀 노세요."

다시 한숨이 절로 나왔다.

"5초 안에 안 사라지면 뺏는다."

다시 모니터에서 눈을 들었을 땐 김 대리가 나가고 몇 시간이 지난 뒤였다. 어깨가 끊어질 것처럼 아프고 눈앞이 조금 흐렸다. 컴퓨터 전원을 끄고 일어서자 허기가 밀려들었다. 가는 길에 컵라면이라도 사 가야겠다고 생각하며 회사를 나섰다. 밖은 이미 가로등 불빛만 남은 깜깜한 밤이었다.

"이제 나와요?"

밤공기를 울리는 낮은 목소리에 고개를 들자 지헌이 있었다.

"언제…… 왔어요?"

"한 시간쯤 전."

당황한 마음에 속말이 격의 없이 튀어나왔다.

"왜 맨날 연락도 없이 불쑥……."

"내 전화 기다렸어요?"

"아뇨. 본 지 며칠이나 됐다고."

"정확히 이틀, 하고 한 시간 더."

대답과 함께 시계에서 눈을 뗀 지헌이 나를 보며 싱긋 웃었다.

"나 보고 싶었어요?"

말도 안 되는 소리. 그렇게 생각하면서도 목소리는 나오지 않았다. 나는 그저 지헌을 빤히 보았다. 지금 이 순간을 설명할 어떠한 단어도 언어도 떠오르지 않았다.

느긋하게 표류하듯 나를 보고 있던 지헌의 눈빛이 변한 건 그때였다. 그의 얼굴에서 웃음이 옅어지더니 차에 기대 서 있던 몸을 세워 내 앞으로 성큼 걸어왔다. 그와의 거리가 좁혀질수록 고요한 밤거리에 심장 소리가 들리는 것처럼 쿵쿵거렸다. 지헌이 내 뺨을 손으로 감쌌다.

"보고 싶었어?"

"……아뇨."

"방금 망설였잖아."

"그게 아니라."

고개를 살짝 저은 뒤 다시 그의 얼굴을 가만히 보았다. 밤공기 때문이다. 산 채로 혼을 쑥 빼앗긴 것처럼 몽롱하게 만드는 가로등 불빛 때문이다. 오늘이 너무 길어서, 많이 고단해서, 그냥 그래서. 하나씩 속으로 핑계를 헤아렸다.

"반가워서요. 아주 잠깐. 그랬던 거 같아서."

"그래서 내 생각 했어요?"

나는 대답하지 않았고 지헌은 미소 지었다. 그가 웃자 완벽한 뺨에 신이 남긴 흔적 같은 보조개가 옅게 드러났다.

"안 늦어서 다행이다."

지헌이 손을 뻗어 목덜미 아래를 천천히 쓸었다. 살갗 위를 매끄럽게 흘러 내려온 손가락이 쇄골 위를 꾹 누르며 말했다.

"지워지기 전에 오려고 했거든. 여기."

"……."

"다음엔 더 진하게 남겨야겠다. 오래 가게."

그가 불러일으킨 감각에 피부 위가 조금 따끔거렸다. 지헌이 내게서 손을 떼지 않은 채로 물었다.

"저녁은 먹었어요?"

사로잡힌 목덜미가 간지러우면서도 그의 손을 떼어 낼 생각은 들지 않아 그대로 고개를 끄덕였다.

"그럼 야식 먹어야겠네."

그때 잊고 있던 허기가 한순간에 차올랐다.

"라면 먹고 갈래요?"

내 말에 지헌이 나를 빤히 보더니 묘한 웃음을 흘렸다.

"싫으면 말구요."

거절이 의외긴 했으나 창피할 것도 없어 그렇게 말하는데 지헌이 조금 더 깊게 웃었다.

"정말 라면인가, 아니면 '넷플릭스 앤 칠'을 내가 못 알아듣고 있는 건가 해서."

그의 말에 드라마에서나 보던 우리 집에서 라면 먹고 갈래, 따위의 성의 없는 19금 멘트가 떠올랐다. 얼굴이 달아오른 건 순간이었다.

"그게 어떻게 그렇게 이어져요? 당연히 라면이지."

"글쎄, 보통 이 시간에 그런 말은 후자로 인식되니까?"

지헌이 눈앞으로 시계를 들먹이며 얄밉게 말했다.

"먼저 야식 먹자고 한 게 누군데…… 됐어요, 관둬요."

지헌이 커다랗게 웃음을 터뜨렸다. 그 얼굴을 보자 농락당했다는 걸 깨달았다. 농담 안 한다더니, 진짜 이 나쁜. 토라져 몸을 확 돌리는 나를 지헌이 붙잡아 안았다.

"알아, 아닌 거. 그래도 기다리는 사람으로서 워딩을 조금 더 구분해서 해줬으면 좋겠는데."

구분은 무슨. 라면은 라면이지. 나는 씩씩댔다.

"놔요. 집에 갈 거야!"

울컥한 고함 소리가 적막한 거리를 울렸다.

***

"저녁 안 먹었네."

편의점 야외 테이블에 앉아 면발을 후루룩 삼키던 나는 그대로 흠칫했다. 지헌이 서늘하게 중얼거렸다.

"이렇게 뻔히 들킬 거짓말을."

"그래서 라면 먹자고 했잖아요."

나는 건성으로 받아넘겼다.

"점심은?"

"뭐, 대충."

"못 쓰겠네, 이 아가씨."

엄한 말투에 피식 웃으며 면발을 돌돌 말았다. 지헌이 라면 용기를 잡았다.

"다른 거 먹으러 가요. 음악 안 나오는 데로 갈 테니까."

"나 라면 좋아해요. 진짜로."

그렇게 말한 뒤 뺏길 새라 입안에 호로록 밀어 넣었다. 지헌은 불편한 숨을 내쉬면서도 그대로 물러났다. 대신 엄지로 내 입술을 문질러 닦더니 아무렇지 않게 손을 핥았다.

"맛없네."

"……그런 짓 좀 하지 말아요."

"그러게 이런 걸 왜 좋아하는 거야."

내 힐난에도 전혀 기가 죽지 않은 얼굴로 지헌이 말했다.

"평소엔 잘 못 먹으니까요."

지헌이 궁금한 눈으로 보았다. 나는 다시 면발을 돌돌 말았다.

"엄마가 싫어하셨거든요. 그래서 아주 가끔 아빠랑 몰래 먹고 들어가고 그랬어요. 그 습관이 남아서 자주 먹으면 왠지 죄책감 들더라구요."

입안에 잔뜩 넣은 면이 뜨거워 혀로 굴리자 지헌이 캔 음료를 내밀었다.

"귀엽네. 당신도, 아버지도."

"우리 아버지 엄청 자상했거든요. 어릴 때 꿈이 아빠랑 결혼하는 거였어요."

"기뻤겠다, 아버님. 이런 딸이 있어서."

예의상 꺼낸 말이라는 걸 알면서도 그 말에 가슴 한구석 어딘가가 뜨끈해졌다.

"이제 말해 봐. 내가 왜 반가웠는지."

"……라면 먹을 사람이 생겨서?"

면발만 휘휘 저으며 말하자 턱을 괴고 나를 물끄러미 보던 지헌이 불쑥 말했다.

"많이 힘들었어요? 세이지 미야케 때문에."

"어떻게 알았어요?"

지헌의 눈이 부드럽게 미소 지었다.

"……소문이 벌써 거기까지 갔어요? 아, 싫다. 이 동네."

어쩌면 내가 세이지 미야케 앞에서 무릎이라도 꿇고 빌었다고 쫙 퍼졌을지도 모른다.

"벽에도 귀가, 돌에도 입이 있거든."

지헌이 몸을 앞으로 기울이며 밀어를 속삭이듯 말했다.

"그 말…… 어디서 들어봤는데."

좀처럼 떠오르지 않아 고개를 갸웃거리는 나를 보며 지헌이 웃었다.

"내가 혼내 줄까?"

"환갑도 더 된 노인한테 앙갚음이라도 하라구요?"

"아가씨가 원한다면."

지헌이 손을 내밀었다.

"이 손 잡고 말해요. 내가 다 들어줄 테니까."

"강지헌 씨가 무슨 램프의 지니예요?"

피식 웃는 나와 달리 지헌은 웃지 않았다.

"시험해 봐요. 내가 어디까지 할 수 있는지."

농담 같은 말에 지헌의 얼굴을 물끄러미 보았다. 전혀 위화감 없는 얼굴로 이런 간이 테이블에 앉아 있는 지헌의 눈동자가 나를 향해 다정하게 빛났다. 어딘지 비현실적으로 느껴져 그의 손을 빤히 보고만 있자 지헌이 차분하게 짚었다.

"내가 반가웠다면서. 그건 내가 보고 싶었다는 뜻이고. 내가 보고 싶은 이유는."

"그만 말해요."

그의 손바닥을 밀어내며 말을 잘랐지만 외려 손이 붙잡혔다.

"뭐가 그렇게 겁나는데? 되게 간단한 거잖아, 손 잡는 거."

아까 그런 말을 하는 게 아니었는데, 후회가 됐다. 나조차 확신할 수 없는 마음에 대한 대답을 할 수 있을 리가 없었다.

"그냥 아무 생각 없이 나온 말이에요. 그냥…… 밤이라서, 그냥요."

"그 정도도 상관없다고. 괜찮다잖아, 내가. 아무나가 돼 주겠다고."

지헌은 견고하고 단호했다. 그런 지헌을 향해 나는 고개를 저었다.

"괜찮지 않아요. 이런 건…… 하룻밤 장난하고는 다른 거니까."

까만 밤하늘 아래 반짝이듯 빛나는 그의 눈을 보며 나는 간신히 속삭였다.

"진심이 아니면, 안 되는 거니까."

"진심이라."

지헌이 내 말을 따라 작게 중얼거렸다. 나는 그의 얼굴을 보며 흔들리려는 마음을 애써 다잡았다. 내가 강지헌에게 느끼는 모든 감정의 바탕에는 호감이 있다. 부정할 수 없게도 그건 사실이다. 그러나 그건 내 문제가 아닌 강지헌의 문제였다. 그는 앞으로 두 번 다시는 사랑을 할 수 없을 거라고 생각한 나조차도 무장 해제시키는 매력을 가진 남자니까. 그러니 그게 좋다는 감정과 귀결되어서는 안 된다.

나는 어쩌면 너무 외롭고 고독해서, 그런 날 알아봐 준 상대라면 누구라도 상관없었던 건지도 모른다. 겨우 그런 마음으로 시작할 수는 없다. 그건 심장이 두 동강 난 내가 싱그러운 미소를 짓는 남자에게 할 수 있는 최선의 호의였다.

"그리고 지금은 일에 더 집중해야 할 때구요. 곧 여름이라."

가장 무난한 핑계를 꺼내 든 뒤에 적당히 예의 바른 인사를 건넸다.

"그렇지만 감사했어요. 조건 없이 내 편 들어주는 사람, 너무 오랜만이라. 덕분에 따뜻한 봄이었네요."

이것으로 강지헌과 나의 모든 해프닝은 끝이다. 적당할 때에 좋은 그림으로 세련되게, 키스 마크가 사라질 때쯤이면 기억조차 나지 않겠지.

"진심, 다음에는 일. 두 번이나 차인 기분인데."

지헌이 서늘한 미소를 지었다.

"세이지 미야케 컬렉션 때문에?"

"뭐…… 당장은 그게 가장 큰일이고, 또 곧 F/W 시즌 준비도."

"도와줄게요, 내가."

"……뭘요?"

"컬렉션, PT로 결정하기로 했다면서."

"그건 그런데, 이사님이 도와준다고 딱히…….'"

"나 세이지 미야케 잘 알아요. 시즌 룩북도 이미 전에 다 봤고."

"……그걸 어떻게요?"

"친하니까?"

이런 순간에 인맥을 과시하는 그가 믿기지 않아 빤히 보다가 정신을 차렸다.

"친하다고 볼 수 있는 게 아니지 않나요? 게다가 이사님은 헤르네, 경쟁자 아니에요?"

"경쟁은 급이 맞아야 하는 거지."

지헌이 거만하게 웃었다.

"아무리 그래도…….'"

"벌써 다른 기획사에서 제안서 보냈다던데. 경쟁 PT로 전환하자고."

눈이 번쩍 뜨였다. 이렇게 빨리?

"물론, 우리 이치린 팀장이라면 내 도움 없이도 잘해 내겠지만, 만에 하나라는 게 있으니까."

지헌이 느긋하게 웃으며 말했다.

"설령 미야케랑 이렇게 끝낸다고 해도, 그 정도에 EM웍스가 휘청할 리도 없고."

그의 싱글거리는 말투가 의도적이라는 걸 알면서도 치미는 심란함은 어쩌지 못했다. 지헌이 다시 손을 내밀었다.

"선택은 아가씨 몫. 자, 어떻게 할래요?"

아까와 달리 그의 손을 바라보는 눈빛이 흔들렸다. 사무실을 나서던 박 대표의 쓸쓸한 눈빛과 김 대리의 목소리가 차례로 떠올랐다.

'우시더라구요, 윤 이사님. 화장실에서 몰래.'

아……, 말하지 말라니까 굳이 비밀을 밝히고 가서는. 아냐. 아무리 화가 났어도, 세이지 미야케가 EM웍스에게 정말 등을 돌릴까?

'능력만 있다면, 누구라도 상관없네.'

미야케 선생의 단호한 표정이 떠오르자 짧은 번뇌가 끝났다. 지헌은 여전히 차분하게 나를 기다리고 있었다.

"말해요, 도와주는 조건이 뭔지."

"조건?"

"난 이유 없는 선의 안 믿어요. 세상에 공짜 같은 건 없거든요."

지헌이 턱을 비딱하게 기울였다. 내 말이 마음에 들지 않는 것 같았다.

"뭐든 받으면 배로 돌려줘야 하는 게 이치예요. 그러니까 괜히 나중에 뒤통수치지 말고 깔끔하고 깨끗하게 지금 얘기하세요."

"대체 어디서 이렇게 때가 묻은 거야? 미운 말만 골라서 하는 재주가 있네."

"솔직한 거죠. 꼭 아닌 척하는 사람들이 나중에 뒤통수치더라."

뒷말에 힘을 주어 강조하자 지헌은 어처구니가 없다는 듯 웃었다.

"굳이 그렇게 조건을 달아야 아가씨 마음이 편하다면야."

그는 아이에게 하듯 손으로 내 머리 위를 툭 덮었다.

"나한테 와요, 매일. 내 사무실로."

"……왜요? 거기서 뭘 하려구요?"

"놀려고. 나비랑."

"……."

"나는 아직 봄이 안 끝났거든."

눈웃음을 살랑살랑 치는 지헌의 얼굴이 여우의 꼬리털처럼 야들야들하게 빛났다. 왠지 그의 꾐에 넘어가는 기분이 들었지만, 그의 손바닥 위로 포개진 손은 이미 지헌에게 꽉 붙잡힌 뒤였다.

05

내가 다 흔내 주고 왔어

며칠 뒤 준의 작업실 앞에 선 나는 두어 번 심호흡한 뒤 초인종을 눌렀다. 문을 연 준은 나를 보고 놀란 얼굴로 물었다.

"어떻게 알았어? 여기."

"브랜드 담당자한테 물어봤어."

내 가라앉은 표정에도 그는 즐거워 보였다. 그가 들어오라는 듯 옆으로 비켜서며 문을 활짝 열었다. 그가 내어 준 공간이 불쾌한 아가미처럼 나를 향해 입을 쩍 벌리는 것 같았다. 내키지 않는 걸음으로 안으로 들어서자 등 뒤로 문이 굳게 닫혔다.

"커피 마셨어? 아직 점심 전이지? 간단하게 뭐 만들까?"

준은 마치 어제 헤어진 친구처럼 나를 대했다.

"컬렉션 문제로 할 얘기가 있어서 왔어. 정확히 5분 후에 나갈 거고."

일부러 천천히 손목을 비틀어 시간을 확인하며 말했다.

"나랑은 마주 앉아서 차 한 잔도 안 마시겠다는 거네."

그런 생각을 스스럼없이 하는 준이 나는 이해가 되지 않았지만, 구태여 논

쟁을 벌이고 싶은 마음은 없었다. 준이 바 테이블에 기대서며 물었다.

"좋아. 할 말이 뭔데?"

"네가 원하는 대로 내가 맡을 거야. 미야케 컬렉션."

그에게서 뭔가 반응이 나오길 바랐지만, 그는 아무 말도 하지 않은 채 그저 내 얼굴을 보고만 있었다.

"처음부터 이렇게 되길 바란 거 아니야? 그래서 미야케 선생에게 부탁하고, 쇼가 다른 팀에 넘어갔을 때 비협조적으로 굴고."

사무실을 나서기 전 3팀 박 대리로부터 확인했다. 첫 미팅에서 그가 얼마나 삐딱하게 굴었는지.

"말했잖아. 애초부터 널 보려고 왔다고. 그런데 넌 도망가고 새로운 담당자라는 사람은 형편없더라."

준이 순순히 털어놓았다.

"그래서 실망했어. 연출한다는 사람들이 런웨이 음악의 기본도 몰라서. 아무런 예술적 영감도 없고 심지어 음악적 스펙트럼도 너무 얕아서 황당할 정도였다고."

준이 특유의 거만한 말투로 말했다. 같은 직장 동료를 욕하는 말에 기분이 좋을 리 없었다. 그러나 달려들어 시시비비를 가리는 건 더 유치한 일이다.

"그렇다면 미리 말해 둬야겠네. 유감이지만 그 나물에 그 밥이라고, 내 수준도 별반 다르지 않거든."

"말도 안 되는 소리 하지 마. 넌 그들과 달라. 애초에 음악을 이해하는 깊이 자체가 다르다고! 처음부터 넌 나보다도 더 많이……!"

과거의 일을 아무렇지 않게 꺼내 놓으려는 준을 보며 나는 심장이 서늘하게 식어 내리는 기분을 느꼈다.

"음악? 깊이? 그냥 다 개소리지."

나는 차가운 눈으로 준을 보았다.

"내가 남들보다 더 우위에 있다는 거, 그 우월감으로 상대를 내리깔고 보는 거, 전부 다 착각이고 오만이라고."

"치린, 너……."

준의 얼굴이 굳었다. 처음도 아닐 텐데 겨우 이런 독설에 당황하는 그가 나는 오히려 더 우스웠다. 나는 한층 더 악랄한 표정을 지으며 빈정거렸다.

"그냥 쇼 비즈니스일 뿐이야. 동선에 따라서 모델과 옷을 돋보이게 해 줄 음악을 큐레이팅해 주면 된다고."

나는 준의 눈을 똑바로 보며 피식 웃었다.

"난, 이런 데서 예술 찾는 애들 보면 이해가 안 되더라. 왜 남의 돈으로 예술을 하려고 그래?"

딱딱하게 굳어 있던 준이 성큼 다가선 건 그때였다.

"너, 이거…… 뭐야?"

그는 내가 피하기도 전에 팔을 세게 움켜쥐었다. 엄청난 힘에 몸이 흔들렸으나, 나는 반항하는 대신 턱만 치켜든 채로 싸늘하게 뱉었다.

"놔."

"뭐냐고, 이거!"

사납게 다그치는 준의 시선을 알아차린 뒤에야 목에 밴드를 붙이는 걸 깜박했다는 사실을 떠올렸다. 준은 처음부터 내 독설 따위에 놀란 게 아니었다. 그는 지헌이 내게 남긴 이 키스 마크를 뚫어질 듯 보고 있었던 거다.

"왜 대답 안 해? 내가 생각하는 게 아니라고 왜 말 안 하는데!"

"그걸 내가 왜 너에게 말해야 하지?"

"……뭐?"

"우리가 뭐라고. 네가 뭐라고."

내 팔목을 움켜잡은 채로 부들부들 떠는 준을 보며 우습다는 생각이 먼저 들었다.

"설마, 이런 걸 물을 자격이 있다고 착각하는 거야?"

"이치린!"

"이시하라 준, 우린 끝났어. 네가 내 팔촌 자매와 한 침대에서 뒹굴던 그 순간에."

그 말이 뭔가를 건드렸는지 그가 눈을 부릅떴다. 그러고는 맹렬한 기세로 나를 잡아끌기 시작했다.

"끝났다고? 누구 맘대로! 내가 어떤 마음으로 여길 왔는데……!"

그가 떠미는 대로 밀려나고 어느 순간 소파 위로 눕혀졌다. 양팔이 세게 눌렸다. 나는 아무런 반항도 하지 않았다. 그저 발악하듯 외치는 그를 보며 이 모든 일이 조금 우습고 유치하게 여겨졌다.

"널 다시 만나려고 내가 무슨 짓을 했는데!"

준이 내 몸 위에서 절규했다.

"말해, 누군지!"

나는 그 모든 걸 마치 남의 일처럼 강 건너 불구경하듯 무감하게 바라보았다.

그러다 문득 여기서 정말로 강지헌의 이름을 말하면 어떻게 될까 하는 생각이 들어 피식 웃음이 났다.

"이치린……?"

뭐라도 할 것처럼 날뛰던 준이 흠칫 놀라서 굳어 버린 건 그때였다. 나는 천천히 그의 손을 떼어 낸 뒤 구겨진 재킷 주머니에서 휴대폰을 꺼내 들었다. 그리고 센서 위에 손가락을 꾹 누른 채로 차갑게 말했다.

"112."

나는 그대로 준을 향해 화면이 보이도록 휴대폰을 돌렸다. 여기서 버튼 하나만 더 누르면 10분 안에 경찰이 이리로 출동할 거다. 내 의도를 정확하게 이해한 준이 믿을 수 없다는 표정을 지었다.

"너, 어떻게 나한테……."

"말했잖아, 경찰 부를 거라고."

"너, 정말 진심이야? 진짜로 나를……."

믿지 않았겠지. 나는 처음부터 그렇게 말했는데. 너는 여전히 10년의 세월을 무기 삼고 있는 거다. 더 이상 너의 막무가내를 무작정 받아 주던 과거의 이치린이 아닌데도.

"너는 이미 내가 반항할 가치도 없는 인간이 되었거든. 오래전에."

창백하게 굳어 버린 준을 향해 분명하고 또렷하게 말했다. 그리고 굳어 있는 준을 밀어낸 뒤 천천히 몸을 일으켰다. 그는 망연자실한 얼굴로 털썩 밀려났다. 구겨진 재킷과 셔츠를 한번 쓱 쓸어내린 뒤 주저앉아 있는 준을 향해 차갑게 말했다.

"내가 오늘 여기에 온 이유는 딱 하나야. 너와 같이 작업하는 대신에 조건이 있어. 이 조건에 동의하지 않으면, 세이지 미야케 측에 너와의 협업을 거절하겠어."

준이 내 말을 제대로 듣고 있는지 확신할 수 없었으나, 나는 개의치 않고 계속해서 말했다.

"내가 끝까지 거부하면 미야케 선생도 결국은 너와 나 둘 중 하나를 선택해야 할 거야."

준이 나를 향해 눈을 들었다. 나는 아직 충격에서 헤어 나오지 못한 채 어딘가를 헤매는 듯한 그의 얼굴을 싸늘하게 바라보았다.

* * *

"이시하라 준이라."

지헌이 테이블을 톡톡 두드리며 중얼거렸다.

"세이지 미야케가 쓸데없는 짓을 했네."

나른한 목소리로 가볍게 내뱉었으나 눈빛만은 싸늘할 정도로 냉랭했다.

'그냥 이 지구상에서 사라져 줄까? 그러면 너희가 행복해지겠어? 그럴래?'

"그건 곤란하지, 아가씨."

어떻게 찾았는데 또 놓칠 수는 없다. 그가 쥐고 있던 손을 펴자 나비 모양의 펜던트가 모습을 드러냈다. 오래되었으나 섬세한 세공을 거쳐 세월의 흔적을 전혀 찾아볼 수 없는 크리스털 목걸이였다.

처음 이 펜던트를 찾았을 때만 해도 두 날개가 완전히 꺾여 버린 상태여서 그라프 가문의 보석 세공사조차도 복원하는 것보다 새로 만드는 게 빠르다며 그를 설득했다. 그러나 지헌은 고개를 저었다. 반드시 이 펜던트여야만 한다고. 결국 그의 고집대로 장인의 손에서 새롭게 태어난 보석은 살아 있는 것처럼 영롱한 빛을 냈다. 그 날개 중앙에 붉은 루비를 박아 넣은 건 지헌이었다. 그가 나비의 날개를 톡 쳤다.

"살아남기로 약속해 놓고, 또 어길 셈이야?"

이미 찾아낸 이상 그동안 어떻게 살아왔는지, 무슨 일이 있었는지 외적인 걸 알아내는 건 쉽다. 그러나 직접 보고 겪은 건 당사자가 입을 열지 않는 이상 알 도리가 없다. 그저 추측만 할 뿐.

"헤어진 남자의 아이가 태어나는 게, 그렇게 충격이었나."

지헌은 마치 스스로에게 반문하듯 중얼거렸다. 그때 정 지사장이 사무실로 들어서며 두께가 상당한 서류 뭉치를 내밀었다.

"은 박사님 말로는 검사를 받아 봐야 정확하게 알 수 있으니 꼭 데려오라십니다. 이미 여러 번 얘기하셨지만요."

"겁이 많아서."

지헌이 논문을 빠르게 넘기며 대꾸했다. 지사장은 보고를 이어 갔다.

"오전에 말씀하신 건 이 주일 뒤면 도착할 것 같습니다."

"늦네요. 그냥 비행기로 실어오는걸."

"절차라는 게 있고 컨디션도 봐야 하니까요. 노령이잖습니까."

"그래서 살아 있는 게 싫다니까."

지헌이 건조한 목소리로 말했다.

"말은 그래도 꽤 지극정성으로 케어하고 있잖습니까. 세실리아가 항공료도 안 나오겠다며 투덜거리던걸요. 엄청나게 의외인 거 압니까?"

파리 사무실에 있는 비서의 이름을 들먹인 정 지사장이 전용기에 탑승할 유일한 승객을 상기시키며 말했다.

"인질이거든요. 아주 중요한."

지헌의 시선이 아주 잠깐 펜던트에 머물렀다.

"사무실은 마음에 드십니까? 급히 지시하신 대로 바꾸긴 했습니다만."

지사장의 물음에 지헌이 시선을 들고 실내를 가만히 훑었다. 며칠 전 갑자기 이곳을 비우라는 지시에 건물에서 독채로 떨어진 이 전망 좋은 코너 오피스가 한순간에 아늑하고 분위기 있는 공간으로 바뀌었다.

"지사장님 감상은요?"

"사무실이 다 거기서 거기죠."

그의 대답에 지헌이 혀를 찼다.

"지사장님은 성격이 너무 차갑다니까."

지헌의 점잖은 지적에 지사장은 황당한 얼굴로 그를 보았다. 다른 사람도 아닌 강지헌에게 그런 말을 들었다는 게 자존심이 상했다. 그가 고저 없이 빈정댔다.

"이런 아기자기한 인테리어를 선호하시는지 전혀 몰랐습니다만."

연한 파스텔 톤 벽면은 오피스가 아닌 소아과에라도 온 듯한 느낌이었다. 그의 사무실에서 무채색 외의 컬러를 보게 될 줄이야.

"애들한테는 밝은 게 좋대서요."

부끄러움도 모르고 유들유들하게 답하는 말에 정 지사장은 기가 찼다.

"여기서 애라도 키우실 생각입니까?"

"그것도 나쁘진 않네. 쎄쎄쎄라도 할까요?"

지헌이 몸을 일으키자 정 지사장은 한 걸음 물러났다. 피식 웃은 지헌이 본인이 만들어 낸 결과물에 흡족한 듯 사무실을 한번 빙 둘러본 뒤 창가로 향했다. 상관에게 완전히 놀림받았다는 걸 깨달은 지사장이 조용히 설욕을 다짐하는 순간이었다.

"세이지 미야케는?"

"아직입니다. 열심히 간을 보고 있는 거겠죠. 몸값을 더 높이기 위해서."

"의외로 굼뜬 노인네잖나."

"신중하기로 유명하잖습니까. 계획 없이 움직이지 않는 분이니까요."

"혁신은 계획에서 나오지 않아요."

지헌이 차갑게 내뱉었다.

"실패하지 않기 위해 고민만 하다 시간은 다 가 버리는 법이지."

"……혹시 화났습니까?"

"화를 좀 내면 나아질까요?"

"이치린 팀장 때문입니까?"

업무에 있어서 강지헌에 대한 신뢰가 99퍼센트라면 이치린 이름 석 자 앞에서의 그는 도무지 예측 불가능하기에 정 지사장은 조심스럽게 말을 이었다.

"솔직히 이제 와서 이 팀장에게 집착하는 이유를 모르겠습니다. 기껏 찾아 놓고, 작년까지만 해도 그냥 두라고 했잖습니까?"

그땐 그래야 했으니까. 불현듯 떠오르는 불쾌한 기억에 지헌의 눈빛이 서늘하게 가라앉았다. 정 지사장은 더 묻지 않았다. 어쨌거나 어떠한 이유로 지헌은 갑자기 비행기를 돌렸고 완전히 태도를 바꿔 그녀 앞에 모습을 드러냈다. 그러니 이다음 계획이 뭔지 그는 확인해야 했다.

"이제 어쩌실 겁니까? 이 팀장은 이사님을 전혀 기억 못 하는 것 같던데요."

"이해가 안 되네. 이 얼굴을 어떻게 잊어?"

"별로 인상적인 얼굴이 아니었나 보죠."

정 지사장이 얄밉게 이죽거렸으나 지헌은 무시했다.

"뭐, 상관은 없어요. 내 결정에 영향을 미치진 않으니까."

그는 확고했다. 지사장이 걱정하던 건 바로 이거였다.

"헤르네와 LV에는 분명 영향이 있을 겁니다. 물론, 모렐 부사장도 말이고 요. 과연 그만한 가치가 있는 일인지는……."

"지사장님."

"네."

곧장 고개를 숙이는 그를 향해 지헌이 묘한 눈빛으로 물었다.

"진심이라는 단어를 마지막으로 써 본 게, 언젭니까?"

"진심이라……."

뜻밖의 물음에 그는 잠깐 생각하더니 유능한 부하 직원답게 곧 답을 찾아 냈다.

"오늘 아침, AL 패션지의 창간 10주년 기념 축전에 썼군요. 진심으로 축하 하며 건승을 기원한다고 말입니다."

"진심으로 축하하며 건승을 기원한다…… 정말 그런가요?"

"물론이죠. 어디까지나 우리에게 우호적이고 경쟁사인 KN그룹에 비협조적 일 때의 이야기이지만 말입니다. 그러라고 광고비를 쓰는 거 아닙니까."

지사장이 당연한 듯 말했다. 지헌이 동의하듯 고개를 끄덕였다.

"진심으로 축하하고, 진심으로 미안하고, 진심으로 기원하고. 사람들이 흔 하게 하는 말이지."

무슨 말을 하고 싶은 건가. 설마 이치린에 대한 마음이 진심이라는 말이라 도 하려는 건가.

"그럼 이건 어떤가요? 진심이 아니면 할 수 없다는 말."

지헌의 수수께끼 같은 말에 지사장이 멈칫했다.

"……이 팀장이 그런 말을 했습니까?"

"내가 엄청 열심히 꼬셨는데, 넘어오지도 않고 그렇게 말하더라니까."

"그 말이 이사님의 마음을 움직였군요."

"난 인간의 진심 같은 건 믿지 않아요. 진심으로 뭔가를 하겠다는 사람은 넘쳐나거든."

그건 지사장 또한 동의했다. 지헌이 창밖을 바라보며 말을 이었다.

"사실 이 팀장의 진심도 필요 없어요. 그런 건 얼마든지 내가 하면 되니까. 그런데."

궁금해졌다. 이치린이 진심으로 웃는다면 어떨까. 네가 처음 내 앞에서 울었을 때처럼 심장이 덜커덕거리며 움직일까. 그러자 보고 싶어졌다. 한 끼를 때울 점심 메뉴를 고르듯 적당한 미소와 웃음으로 하루를 연명하듯 사는 이치린이 진심으로 미소 짓는 얼굴이. 다른 사람도 아닌 그의 품에서. 무심한 눈으로 거리를 훑던 지헌의 눈동자에 이채가 어렸다.

"살아 있는 게 하나 더 필요하겠어요."

갑작스러운 말에 정 지사장이 어리둥절한 표정을 지었다.

"화분, 그게 있어야겠네. 아주 큰 걸로."

"……화분이요?"

"이왕이면 꽃이 아주 예쁘게 피는."

인간도 동물도 생명체는 다 싫다며 입버릇처럼 말하던 그의 입에서 난데없이 화초가 거론되자 정 지사장은 종잡을 수 없는 얼굴로 지헌을 보았다.

"아가씨가 꽃을 좋아하거든."

지헌이 부드럽게 웃으며 말했다. 정 지사장은 그가 뭘 보고 미소 짓는지 확인할 생각도 못 한 채 가만히 보았다. 전 세계적인 경제 불황 속에서 회사가 연매출 500억 달러를 달성했을 때마저도 태연하던 강지헌이 웃고 있다는 사실이 낯설었다.

갑자기 지헌이 시간을 확인하더니 홀연히 몸을 돌렸다.

"……어디 가십니까?"

"마중이요."

"네? 누구를요……?"

"밖에 길 잃은 고양이가 있어서."

그는 다소 멍해 있는 지사장을 향해 이제 그만 가 보라는 듯 손을 휘저은 뒤 사무실을 나섰다.

* * *

"왜 안 들어오고 여기 있어요?"

뒤에서 들리는 지헌의 목소리에 놀라 몸이 굳었다. 이전까지 나는 벤치에 앉아 준과의 일을 떠올리며 마음을 가라앉히고 있었다. 소리 없이 다가온 지헌이 내 앞에 섰다. 나는 그의 얼굴을 조용히 올려다보았다.

"……나 온 거 어떻게 알았어요?"

지헌은 대답 대신 고개를 돌려 건물 위층을 보았다. 낭패감이 차올랐다. 하필이면 골라도 그의 사무실에서 빤히 내려다보이는 의자라니. 진짜 삼재인가 싶다.

"무슨 일 있는데."

지헌의 단정에 나는 시선을 돌렸다.

"좀 더워서요. 쉬고 있었어요."

"바람이 이렇게 찬데?"

"……걸어와서."

지헌은 더 묻지 않았다. 대신 날카로운 눈으로 나를 가만히 훑어 내렸다.

"어디를 어떻게 걸어오면 옷이 다 뜯어질까."

서늘한 음성에 시선을 가만히 내려 더듬자 단추가 뜯어져 나간 셔츠 자락이 보였다. 이것도 모르고 여기까지 왔나 싶어 뺨이 화끈거렸다.

"별거 아니에요."

당황함을 숨기며 벌어진 셔츠를 여밀 때였다. 지헌에게 팔이 잡혔다.

"이것도, 별거 아닌가?"

굳어서 딱딱해진 목소리가 정수리 위로 내리꽂히더니 그가 잘 보이도록 팔을 눈앞까지 들어 올렸다. 내가 애써 외면하던 걸 마주 보게 하려는 듯 서슴없고 가혹한 동작이었다. 그가 코앞까지 내민 손목은 누군가 난잡하게 찍어 놓은 손자국처럼 울긋불긋했다.

"아니에요, 별거."

내 말에 지헌이 웃었다. 간담이 서늘할 만큼 냉랭한 미소였다. 이래서 들어가고 싶지 않았는데. 약속을 미룰 걸 뒤늦게 후회가 됐다.

"안을게."

의미를 이해하기도 전에 덥석 몸이 들렸다. 휘청거리는 몸으로 지헌의 목에 급히 팔을 둘렀다.

"……어딜 가려구요?"

"밝은 데."

밝은 데? 단독으로 우뚝 선 헤르네 빌딩을 황망하게 바라보다 지헌에게 부탁했다.

"내려 줘요. 걸어갈게요."

"20분을 넘게 앉아 있던데, 어느 세월에."

그냥 전화를 할 것이지, 그걸 또 재고 있었나. 정말이지 악취미다. 지헌이 차게 웃었다.

"얼마나 걸리는지 궁금해서. 나한테 오기까지."

그러나 끝내 가지 않은 셈이 되어 버렸다.

"알았어요. 미안해요. 내려 줘요. 이러다 누가 보기라도 하면."

"보지 말라고 할게요."

"나한테는 보이잖아요."

"그럼 눈을 감아."

말도 안 되는 억지에 화가 드글드글 끓어올랐다. 이대로 정문을 통과하는 순간 수많은 시선에 둘러싸일 게 뻔했다. 그걸 뻔히 알면서 누구보다 피해야 할 지헌이 아무렇지 않듯 구는 게 기가 막혔다. 건물이 점점 더 가까워졌다. 나는 얼굴을 숨기듯 지헌의 가슴으로 파고들며 옷깃을 세게 움켜쥐었다. 눈을 질끈 감은 채 최악의 순간을 기다리길 몇 분. 조용히 움직이는 승강기 소리만이 귓가를 맴돌았다. 눈을 떴을 땐, 외부와 곧장 이어진 승강기 문이 소리 없이 열리고 있었다.

지헌이 넓은 테이블 위에 나를 내려놓았을 때 긴장했던 숨이 턱 밑으로 흩어졌다. 기운이 모조리 다 빠져나간 기분이었다. 지헌은 그대로 두 걸음 물러선 채 나를 하나하나 파헤치듯 보았다. 서늘한 시선 때문인지 정면으로 쏟아지는 태양에도 불구하고 살갗에 소름이 돋아날 만큼 선득했다. 나 역시 너무 화가 나서 그를 노려보느라 준에 대한 생각은 깡그리 날아간 지 오래였다.

"뭐 하는 짓이에요, 지금?"

"보는 거예요. 또 다친 데가 있나."

깊이를 알 수 없는 까만 눈동자가 나를 집요하게 훑어 내렸다. 지헌은 마치 자신이 공들여 정렬해 놓은 것을 누군가 난잡하게 휘저어 놓기라도 한 듯 사납게 화를 내고 있었다. 그의 매섭고 냉혹한 시선 아래에서 나는 흠집 난 예술 작품처럼 낱낱이 파헤쳐졌다. 거북하고 낯설고 두려웠지만, 눈도 깜박할 수 없었다. 시선을 피하는 순간 목덜미가 물어뜯길 것만 같은 위기감이 엄습했다.

"전남친을 꽤 사랑했나 봐. 이치린이 이렇게까지 봐줄 만큼."

마침내 지헌의 말이 떨어졌을 때, 계속된 침묵에 짓눌려 있던 나는 그의 빈정거림조차 반갑게 느껴졌다. 눈을 떼지 않은 채로 더듬거리는 입술을 열었다.

"……사람이라고는 말 안 했는데."

"손자국을 버젓이 찍혀 와 놓고 사람이 아니다?"

사근사근한 눈빛이 부드럽고 다정하게 떨어졌다.

"그럼 개새끼네."

살벌한 말투에 온몸이 차갑게 식어 내렸다.

"누가 봐도 여자 손은 아니고, 남자라면 이렇게 되기 전에 손목을 꺾었겠지. 지난번 그 감독처럼."

정확하게 간파하는 말에 나는 아무 반박도 하지 못했다.

"그런데 이치린이 이렇게 되면서까지 허락한 남자라."

"허락한 게 아니라……."

성큼 다가온 지헌이 내 몸을 감싸듯 테이블을 짚으며 상체를 천천히 기울였다.

"말해 봐. 아직도 이 안에 그 남자가 있어요?"

달래듯 묻는 말투가 나긋나긋 포근했다.

"없어요."

"그런데 왜 참았어요?"

나는 침묵했고 지헌은 웃었다. 분명 입술은 웃고 있는데 눈빛이 잘 벼린 칼날처럼 싸늘했다.

"대답을 못 하네. 정답이 있는데도."

지헌이 몸을 돌렸다. 숨 막히는 시선에서 놓여난 안도감도 잠시 견고한 성처럼 단단하게 세운 등을 보자 기분이 이상했다. 지헌은 그저 등을 돌렸을 뿐인데, 누군가 내게서 돌아서는 순간이 나를 거대한 상실감 안으로 떠밀었다. 그의 세계로부터 밀려나 외면당하는 것 같았다.

지헌은 그대로 멀어졌다. 점점 멀어지는 그의 등을 보며 초점이 어긋났다. 문소리가 들리고 지헌이 완전히 나가 버렸다는 걸 깨닫고 나자 테이블을 움켜잡고 있던 손에서 힘이 빠져나갔다. 나는 홀로 남겨진 채 참았던 숨을 깊게 내쉬었다. 그러나 몇 번을 심호흡해도 무거운 숨은 좀처럼 나아지지 않았다.

'널 다시 만나려고 내가 무슨 짓을 했는데!'

'난 단지 네가 보고 싶고, 걱정돼서……. 미안해, 린…….'

'이제 마츠이와는 인연을 끊은 건가?'

'아직도 이 안에 그 남자가 있어?'

뒤엉킨 목소리가 목을 조여 오는 것처럼 나를 압박해 왔다. 숨이 막혔다. 누군가 바늘로 귀를 쿡쿡 쑤시는 것처럼 아팠다.

'네가 무사해서 다행이야, 린.'

그만. 가만히 손으로 눈을 덮었다. 그만해. 아무것도 아니야. 그러니까 그만. 아무것도 아니니까. 아무것도.

"아무것도 아니지 않아."

지헌의 목소리에 나는 그대로 굳었다. 차분한 발소리가 내 앞에서 멈출 때까지도 나는 숨을 참은 채 움직이지 않았다.

"그러니까 울고 싶을 땐 그냥 울어. 어떤 눈물은 너무 무거워서, 엎드려 울 수밖에 없다고 하니까."

지헌이 내 손을 붙잡아 내렸다. 그 순간 귀를 찌를 것처럼 기승을 부리던 통증이 사라졌다. 거짓말 같아 지헌을 가만히 올려다보았다.

"……나 막 참고 울고 그런 성격 아닌데."

"뭐라고?"

지헌이 못 들은 척하며 지난번 헤르네 매장에서처럼 짓궂은 표정을 지었다.

"……그날은 발이 아파서 운 거였어요."

봐준다는 듯 피식 웃은 그가 턱 끝을 쥐고 가만히 시선을 맞췄다.

"눈물을 참는 바보 같은 사람들의 눈은 깊이를 가늠할 수 없는 샘물 같을 때가 있어. 그 안에 온갖 걸 담고 있어야 하거든."

"……."

"바로 이렇게."

지헌이 눈가를 쓸었다. 가만히 여러 번. 그의 손이 살갗을 스칠 때마다 몸 어딘가가 움찔하며 고통스러운 감각이 뒤따랐다. 강지헌이 나의 어디까지 파고들지 두려웠다. 그래서 감정을 드러내지 않기 위해 수도꼭지를 틀어쥔 것처럼 입술을 꾹 눌러야 했다.

버티는 내게서 먼저 물러선 건 이번에도 지헌이었다.

"뭐, 끙끙거리며 참는 걸 보는 것도 재미는 있으니까."

얄미운 말을 내뱉으면서도 지헌은 뺨을 가만히 쓸어내렸다. 아깐 그렇게 무섭게 을러 놓고 이렇게 다정하게 어루만지는 남자의 손길이 녹아내릴 것처럼 부드러워 나는 아무 말도 하지 못했다. 입을 열면 정말로 울음이 터질 것 같았다.

"손."

손을 달라고 말한 지헌은 나를 차분하게 기다렸다. 잠깐 망설이다 순순히 손을 포개자 지헌이 상냥하게 말했다.

"착하네."

"또 무섭게 윽박지를까 봐."

불퉁한 목소리에 지헌이 다정한 얼굴로 고개를 기울였다.

"무서웠어요?"

손끝에서부터 밀려든 온기가 나를 다정하게 감싸 왔다. 무서웠다. 당신이 내게서 등을 돌리는 것만으로도 더럭 겁이 났다. 어딘가에 혼자만 남겨지는 비참함이 퀴퀴한 과거로부터 생생하게 떠올랐다. 나를 겁먹게 했다는 걸 안 지헌이 손 위로 입술을 눌렀다. 한 번. 두 번. 다정하게 이어지는 키스에 살갗이 간질거렸다. 지헌은 가져온 약을 꺼내 멍이 든 피부 위에 얇게 펴 발랐다.

"이거…… 사러 갔던 거예요?"

"약효가 셀수록 따갑다고 해서 제일 센 걸로 달라고 했는데."

내가 익히 아는 강지헌으로 돌아온 그가 짓궂게 말했다. 그것만으로도 긴장이 풀려 웃음이 나왔다.

"별로 안 아픈데요?"

"안 아파……?"

오만한 콧대가 슬쩍 구겨지더니 지헌이 엄청난 양의 연고를 꾹 짜냈다. 한

숨을 푹 내쉬었다.

"……아파요."

"아파?"

"응."

그에게서 시선을 떼지 않은 채로 천천히 고개를 끄덕였다. 지헌이 흡족한 듯 웃었다. 연고는 그가 닦아 낸 실크 셔츠 안으로 사라졌다. 소매가 얼룩으로 물드는 걸 보면서도 그는 개의치 않았다.

"손을 자꾸만 다치네."

지헌이 손바닥을 뒤집어 흔적만 미미하게 남은 화상 자국을 쓸어내렸다. 만날 때마다 몇 번이나 확인하던 손길 그대로였다. 나는 이런 작은 일에 열을 내는 그가 신기해서 가만히 보기만 했다. 내가 아무 말도 하지 않자 지헌이 다시 물었다.

"아직도 내가 무서워?"

나는 고개를 끄덕였다. 지헌이 살짝 풀어진 눈으로 웃으며 내 뺨을 쓸어내렸다.

"뭐가 그렇게 무서울까?"

나지막하게 묻는 말에 그의 손을 잡았다.

"이거…… 이런 거요."

그가 이해하지 못한 눈으로 나를 보았다.

"다정한 거, 이렇게 상냥한 거, 따뜻한 거요……."

"이런 게 무서워?"

"……무서워요. 그래서 싫어요."

자꾸만 더 따뜻해지고 싶으니까.

"큰일이네."

지헌의 입술이 부드러운 호선을 그렸다.

"그래서 건드리지 말라고 했잖아요. 아는 척하지 말라고 했잖아요. 그냥 가라고…… 했잖아요."

아주 잠깐 이유도 없이 목이 메는 것 같아서 숨을 골라야 했다.

"그런데 이미 알아버렸잖아."

지헌이 손바닥을 부드럽게 문지르며 다정하게 말했다.

"자기가 아픈 줄도 모르는 바보를 어떻게 그냥 두고 가."

"그거 동정이고 연민이에요. 가엾고 불쌍하게 생각하는 거."

"그러면 안 되나?"

"안 되죠, 당연히."

"그럼 뭐였으면 좋겠는데?"

"그거야……."

순간적으로 멈칫하는데, 지헌이 나긋하게 웃으며 부추겼다.

"말해 봐요, 내 감정이 뭐였으면 좋겠는지."

"……아무것도요. 아무것도 아니었으면 좋겠어요."

나는 고개를 단호하게 저었다.

"그러니까 이제라도 모른 척해요. 나는."

복잡하게 흔들리는 시선을 다잡고 호흡을 골랐다.

"더는 누구한테도 흔들리고 싶지 않아요. 상대가 남자라면 더."

"이미 흔들렸잖아."

정공법 같은 건 쓰지 않을 줄 알았던 그가 단숨에 핵심을 찔렀다.

"나 당신 흔들어서 망가트리려는 사람 아닌데."

"그러기엔 내가 줄 수 있는 게 아무것도 없어요. 정말 아무것도."

"남녀 사이에 뭘 줘야 하는데?"

"마음."

내 대답이 마음에 들었는지 지헌이 잡고 있던 손을 그의 입가로 가져가더니 가만히 입술을 눌렀다. 작은 손짓 하나에도 금세 살랑거리는 가슴 어딘가가 들썩였다. 나는 한숨과 함께 손끝에 힘을 줘서 동그랗게 말았다. 그러나 지헌이 놔주지 않았다.

"아가씨가 잘못 알고 있는 게 하나 있는데."

지헌이 평소와 다름없는 차분한 얼굴로 입을 열었다.

"나 상냥하지 않아. 다정하지도 않고."

거짓말. 내 말을 듣기라도 한 것처럼 지헌의 입술이 달콤하게 기울었다. 이거 봐, 이렇게 예쁘게 웃는 남자가 어떻게 다정하지 않다는 거야?

"믿어요. 이거 다 가식이고 위선이니까. 난 내가 원하는 걸 위해서라면 뭐든 할 수 있는 사람이거든."

지헌이 소름 끼칠 만큼 예쁜 미소를 지으며 그렇게 말했다.

"그런데 이치린은 아냐. 당신은 예외."

"왜요?"

"날 움직이게 했으니까."

"……그게 무슨?"

"그래서 난 아가씨를 놔줄 마음이 없어."

그가 만면에 의미심장한 웃음을 띤 채 나를 보았다. 지헌의 눈꼬리가 매혹적으로 휘어졌다.

"그러니까, 나비 양이 포기해요."

나를 향해 환하게 빛나는 얼굴은 그의 말대로 아무 조건도 사심도 없이 나의 전부를 받아줄 것만 같았다. 그래서 심란해졌다.

* * *

"저기 봐, 아가. 엄마란다. 엄마 정말 예쁘지?"

이제 겨우 눈을 뜬 갓난아기를 안고 어르던 중년의 부인이 투명한 유리창을 가리키며 말했다. 잠이 덜 깬 채로 눈을 깜박이던 아기가 부드럽게 안고 어르는 몸짓에 기쁜지 작은 입술을 실룩거리며 웃었다.

"웃으니까 엄마랑 판박이네!"

아무것도 모르는 미숙한 존재도 저 이쁘다는 소리는 기가 막히게 알아듣는지 마냥 좋아서 볼까지 샐룩샐룩했다. 그 모습에 유리창 저편에 있던 에리카가 활짝 웃었다. 모녀가 창 하나를 사이에 둔 채 환하게 웃는 모습에 아이를 안고 있던 모리 부인이 눈시울을 붉혔다. 그녀는 에리카를 어린 시절부터 돌보아 온 사람이었다.

아이고, 가엾어라. 가엾고 딱해라. 불쌍한 이 아이들을 어쩌면 좋을까. 남편이란 놈은 와 보지도 않고, 이 어린 게 딱해서 어쩌나. 속으로는 깊은 시름이 끊이지 않았으나 겉으로는 아무 내색도 하지 않은 채 잠시나마 에리카가 웃을 수 있게 아이를 안고 천천히 흔들었다. 그러다 아기가 다시 잠이 오는지 눈이 까무룩 잠기려고 했다.

"조금만, 조금만 더 아가, 엄마 한 번만 더 볼까? 우리 엄마한테 활짝 웃어 주자, 착한 아가야."

에리카가 힘겹게 들어 올린 손으로 아기를 향해 흔들었다.

그 모습을 멀찍이 떨어진 곳에서 지켜보던 마츠이 여사가 옆에 선 비서에게 물었다.

"사에는?"

"며칠 전부터 연락이 안 됩니다."

비서의 대답에 마츠이 여사의 눈빛이 고요하게 가라앉았다. 그러나 그녀의 차분한 얼굴은 표정 하나 흐트러지지 않았다. 그녀는 일본의 대형유통 체인인 마츠이 홀딩스를 이끄는 가문의 수장이자 남자들이 우글거리는 세계에서 꿋꿋하게 살아남은 사업가였다. 웬만한 일에는 눈 하나 깜짝하지 않을 만큼 연륜이 깊었다. 잠시 침묵을 지키던 마츠이 여사가 조용히 물었다.

"시간이 얼마나 있지?"

"……3개월 정도라고 합니다."

비서가 잠시 머뭇거리며 대답하자 마츠이 여사가 손에 들고 있던 클러치를 한번 꾹 움켜쥐었다.

"사에게 연결해. 내가 직접 얘기하지."

"알겠습니다."

정중하게 고개를 숙인 비서가 사라지자 견고하기만 하던 마츠이 여사의 가면 같은 얼굴이 살짝 이지러졌다. 그녀는 유리창 하나를 사이에 두고 환하게 웃는 딸과 손녀를 가만히 보았다. 저 둘을 지킬 것이다. 마츠이의 모든 것을 걸고, 반드시.

* * *

"알았어요, 알았으니까 나중에요."

뉴욕의 한 행사장. 디자이너 드레스를 세련되게 차려입은 늘씬한 미인이 핸드폰을 귀에 바짝 댄 채 연회장을 빠져나왔다. 마츠이 에리카의 사촌 여동생 사에였다. 그녀가 만면에 미소를 머금은 채로 작게 속삭였다.

"무슨 말인지 이해했다구요. 그런데 저도 스케줄이라는 게 있잖아요?"

부드러운 목소리로 통화 상대를 달래는 와중에도 그녀는 맞은편에서 다가오는 유명 배우를 향한 눈인사를 잊지 않았다.

"그럴 거 없어요. 이모한테는 제가 직접 연락드린다고 해 주세요."

사에가 인내심을 발휘하며 같은 말을 몇 번 더 반복해야 할 만큼 상대는 끈질겼다.

"이럴 때 보면 이모도 참 마음이 약하다니까. 그냥 불러들이면 될걸. 그런데 정말 린이 안 왔어요? 걔도 은근히 독하네. 아무리 그래도 와 볼 줄 알았더니?"

그녀가 여전히 환하게 웃으며 투덜거렸다.

"뭐야, 그럼 이시라도 없이 언니 혼자 있는 거잖아? 여기도 없던데, 설마…… 둘이 같이 있는 거 아냐? 내가 알아볼까요?"

그녀의 말에 전화기 저편에서 다소 강한 반응이 흘러나왔다. 그냥 참을걸. 괜히 말 한마디 덧붙여서 잔소리만 길어지게 생겼다. 사에가 눈을 찡그렸다.

"알았어요. 걱정 마세요. 입 꼭 다물고 가만히 있을 테니까."

하여튼 자존심은. 그러면서 왜 나한테 난리야? 이치린을 뻔히 두고. 그때 그녀의 눈에 낯익은 얼굴이 들어왔다.

"지금 들어가 봐야 해요. 나중에 다시 걸죠."

웃으며 통화를 마무리한 그녀가 곧장 앞으로 향했다.

"유진 선배?"

뉴욕 한복판에서 듣게 된 한국어에 빨간 드레스 차림의 여성이 뒤를 돌아보았다. 그녀는 자신의 이름을 부른 사람을 확인하자마자 붉은 입술 끝을 비틀었다.

"우리가 선배라고 불릴 사이는 아닐 텐데."

"난 반가운데? 다른 데도 아니고 뉴욕에서 같은 동양인 모델이라니. 이게 얼마나 대단한 거야?"

적대감을 숨기지 않는 유진의 표정에도 사에는 싱긋 웃으며 손을 내밀었다.

"다시 만나서 반가워. 잘 지냈지?"

사에의 손을 빤히 바라보던 유진이 피식 웃으며 그 손을 맞잡았다.

"너야말로 엄청 잘 지낸 것 같은데? 왜 나쁜 년들은 하나같이 다 잘살까? 궁금하지 않아?"

대놓고 시비를 거는 말에도 사에는 기분 나빠하기는커녕 외려 웃음을 터트렸다. 아무것도 모르는 얼굴로.

"그런가? 난 잘 모르겠네. 생각해 본 적이 없어서."

"그럼 생각을 좀 하고 살아. 그래야 다음번엔 나한테 인사 같은 거 안 하지."

유진이 맞잡은 사에의 손을 꾹 누르며 의미심장하게 속삭였다.

"우리 서로 얼굴 마주 볼 정도로 유쾌한 사이는 아니잖아?"

"저런, 난 반갑다는 거 진심이었는데. 선배 기분이 나빴다면 사과할게."

유감이라는 듯 사에가 안타깝다는 표정을 지었다. 모르는 사람이 봤다면 유진이 그녀를 괴롭히는 줄 알 정도로 동정심을 자극하는 모습이었다. 이 여우 같은 얼굴로 박선유를 실컷 이용해 먹고 철저하게 버렸다고 생각하니 당장이라도 머리채를 잡고 이곳에서 조리돌림이라도 하고 싶었다. 유진이 입술을 꾹 눌러 웃으며 눈에 잔뜩 힘을 주었다.

"맞아. 난 속도 좁고 비위도 약해서 뒤가 구린 애들이랑은 한 공간에 못 있거든. 그러니까 착하고 마음 넓은 마츠이 양이 양보하자."

유진이 사에의 어깨를 꾹 누르며 깜박했다는 듯 덧붙였다.

"아 참, 마츠이는 너네 사촌 언니고 넌 그냥 성만 빌려 쓰는 거였지? 그래도 조심해야겠다. 누가 들으면 네가 상속녀인 줄 알겠어."

아무것도 아닌 게, 표정에서 훤히 드러나는 말에 그림처럼 웃고 있던 사에의 얼굴이 살짝 굳었다. 그러나 곧바로 싱긋 웃으며 수긍하듯 고개를 끄덕였다.

"그러네. 오해할 수도 있겠다. 고마워. 조심할게."

사에는 예의 바른 미소를 거두지 않은 채 유진으로부터 한 걸음 물러섰다. 고작 이런 말싸움에서 흥분하기엔 훨씬 더 중요한 일이 남아 있었다.

"그런데 있잖아, 치린 언니 지금 어디에 있어? 아직 한국에 있어? 할 말이 있는데 연락이 통 안 되네."

사에의 말에 유진이 눈을 확 구겼다.

"네가 치린일 왜 찾아?"

"왜기는? 가족이잖아."

유진이 기가 막힌 듯 허! 하는 소리를 냈다.

"네가 언제부터 걔를 가족으로 생각했다고?"

"선배가 잘 몰라서 그러는데 원래 가족이 그런 거야. 평소엔 조금 티격태격해도 어려울 땐 또 핏줄만 한 게 없거든."

사에가 유진을 보며 의미심장하게 웃었다.

* * *

뒤늦은 봄비는 창문을 두드리는 소리마저 여운이 길었다. 장대가 내리꽂히는 것처럼 우두둑 꽂혔다가 잠시 사그라드는 기색이더니 이제 끝인가 싶을 즈음 다시 쏟아붓기 시작했다. 돌풍처럼 휘몰아치는 기세가 꼭 눈앞의 남자와 같았다. 강지헌. 처음 만난 날, 네 번이나 마주쳤으니 필연이라고 우기던 남자.

시작하기 전부터 이 밤이 처음이자 마지막이 될 거라고 못 박은 건 나였으나 맥을 못 출 만큼 여유도 주지 않고 몰아붙인 건 그였다. 이성은 사라지고 본능만 존재하는 탐닉의 밤. 서로의 욕망을 입안에 가두고 사탕을 녹여 내듯 진득하게 빨아 당기길 수차례. 마지막으로 닿은 그의 입술에 살갗이 얼얼해서 신음이 절로 흘러나왔다.

"아파……?"

낮은 목소리가 속삭이더니 뒤이어 깊은 눈동자가 따라왔다. 끝을 알 수 없는 수렁 같은 눈동자는 검은빛을 띠고 있었다. 그 시선에 정면으로 맞닿으면 눈 한번 깜짝할 수도, 숨 한번 들이쉴 수도 없이 모든 걸 빼앗기고 마는 그런 눈빛이다. 눈만 가늘게 뜬 채로 고개를 젓자 말없이 보던 지헌이 천천히 얼굴을 기울였다.

부드러운 초콜릿처럼 입안을 가르고 들어오는 달콤한 존재에 항의도 못 한 채 그를 받아들였다. 지헌이 넘겨주는 타액을 받아 갈증을 식혔다. 이러다 결국 나중엔 내가 매달리고 말 거다. 이번에는 다른 의미로 앓는 소리가 절로 나왔다. 몸 안쪽 어딘가에 뭉근하게 남아 있던 열기의 불씨가 타각, 하고 화르륵 되살아나는 느낌이었다.

빨아들이고 삼키며 끝에 가선 애원하게 될 거라는 걸 벌써 몇 번의 경험을 통해 몸으로 익혔다. 지헌의 손이 놓인 살 아래 피의 박동이 빨라지며 새로운 흥분감이 근육을 지르르 울렸다.

사기. 나보고 사기라더니 진짜 사기꾼은 그다. 달콤하고 부드럽게 휘감아 놓고 끝까지 몰아붙이는 건 강지헌, 그였다.

"후회돼요?"

숨을 몰아쉬는 나와 달리 나른한 미소를 지은 그가 물었다.

"나 유혹한 거."

그렇다고 하자니 자존심이 상했고, 아니라고 하기엔 뭔가 아주 많이 억울한 기분이 들었다.

"늦었어요, 이미."

내 망설임을 알아차린 그가 양쪽 입술 끝을 길게 늘이며 부드러운 호를 그렸다.

"환불 안 해 줄 거니까."

나긋한 목소리에 홀라당 넘어가 어수룩하게 굴고 말까 봐 턱을 바짝 세웠다.

"누가 후회한대요? 이게 뭐 대단한 거라고."

원나잇 같은 건 익숙한 일상인 양 도도한 척 굴었다. 손끝이 떨리고 심장 소리가 귀에 닿을 것처럼 뛰는 건 무시한 채.

"그럼 내가 주는 것도 다 받아요. 나도 환불 안 되거든."

다행이라는 듯 그가 말했다. 이러면서, 원나잇은 안 한다고? 내가 꼬여 낸게 아니라 마치 이 남자의 교묘한 계략에 말려든 기분이다.

"여기. 흉 지겠는데."

그가 내 손바닥을 느릿하게 문지르며 말했다. 번쩍 안아 들고 침대에 눕힐 때까지만 해도 저돌적으로 달려들 것 같더니, 뜨겁게 녹아내리는 키스 외에는 아무것도 하지 않은 채 말이다. 나는 담뱃재를 받아 내 발갛게 부풀어 오른 피부를 무신경하게 보았다.

"안 져요, 이 정도는."

"이 정도?"

작게 되풀이한 그가 고개를 들더니 내 얼굴 양옆으로 손을 짚으며 주위를 차단했다.

"오늘 같은 일, 자주 있어요?"

심각하게 바라보는 눈동자에 웃음이 나올 것 같았다. 왜 이렇게 진지한 얼굴로 그런 걸 물을까. 하룻밤 불태우고 말 사이에. 순간 짓궂은 마음이 들어 그렇다면 어쩔 거냐고 해볼까 하다가 생각을 바꿨다. 첫 만남 때부터 이미 내 상식을 완벽하게 뛰어넘으며 독특하게 굴던 남자다. 쓸데없는 패기로 응징이니 뭐니 하면 괜히 귀찮아지기만 할 뿐이다.

"그냥 이 정도 상처는 흉터 없이 지나간다는 말이었어요. 별거 아니니까."

그의 이마에 실금이 갔다.

"원래 이렇게 자기 몸 혹사하고 자학하면서 일해요?"

"현장 일이 다 이렇죠. 나만 유별난 거 아니에요."

"아가씨만 특별히 더, 그런 것 같던데."

의심이 짙게 밴 목소리에 피식 웃었다. 의외로 순진한 남자였네. 패션 디렉터로 성장한다는 건 머리든 몸이든 어쩔 수 없이 혹사해야만 하는 직업이다. 웬만큼 뜨거운 팬 정도는 맨손으로 잡아도 괜찮을 정도로 굳은살이 박인 손이 그 증거였다. 화려한 액세서리와 공들여 칠한 젤 네일이 망가질까 누구든 먼저 손을 뻗지 않는 세계에서, 어린 나이에 연출팀을 이끄는 자리에 오른 건 대단한 실력이 있어서가 아니다.

잔꾀를 부리거나 게으름 피우는 대신 남들이 꺼리는 수많은 작업을 묵묵히 해치우며 밤을 지새우다 보면 어느샌가 올라서 있는 곳이 바로 이 자리다. 그러나 그런 말을 구구절절할 사이로 눈앞의, 아니 몸 위의 남자는 적절한 상대가 아니다. 나는 여러 가지 의미로 해석될 수 있는 은근한 시선으로 눈을 들었다.

"내가 몸을 좀, 막 굴리긴 하죠."

일부러 자극적인 말을 던진 건 도발하기 위함이 아니라 여기까지라는 경고였다. 더 이상 사적인 얘긴 꺼내지 말고 지금까지 하던 일에만 집중하라는 최종 경계선이 될 펜스. 아는 척하지 마. 당신과 나는 아무 사이도 아니니까. 그러니 화난 척 굴지도 마.

"그럼 아무도 함부로 못 건드리게 해야겠네."

그 순간 그가 만면에 의미심장한 웃음을 띠었다.

"아가씨가 막 굴리면 굴릴수록 더."

한눈에 읽히지 않는 눈빛만큼이나 모호한 말을 제멋대로 던지며 내가 열심히 둘러친 울타리를 예고도 없이 훌쩍 뛰어넘었다. 그의 앞에선 이중, 삼중으로 둘러 채운 잠금장치도 소용없다는 듯. 정말로 상관없는 건지, 여자를 잘 아는 남자의 노련함인지 가늠되지 않았다. 이왕이면 후자였으면 좋겠다는 생각을 할 즈음, 지헌이 동그랗게 말린 내 손바닥을 활짝 펴더니 손목을 따라 팔 안쪽까지 혀를 내밀어 핥았다.

뜨겁고 촉촉하게 핥아 내려가는 혀의 감촉은 부드럽기만 한데도 창을 때리는 빗줄기처럼 살 틈으로 콕콕 박히는 것만 같아 피부가 자꾸만 움찔댔다. 까슬한 돌기가 맥이 뛰는 곳을 꾸욱 누르자 침의 손 아래 혈을 짚이는 사람처럼 자잘한 근육이 울음을 떨어댔다.

"으…… 그만……."

차라리 짐승처럼 거칠게 밀어붙이는 게 나았다. 몸이 녹아내릴 정도로 부드러운 키스는 서서히 목을 조여 오는 것처럼 숨이 막혔다. 그를 부축하듯 맞물린 다리를 더 가까이 붙이며 목에 팔을 감아 당기자 그가 한쪽 눈썹을 근엄하게 치켜세우며 버텼다. 근엄? 근엄이라고! 이런 상황에!

"아무도 함부로 못 건드리게."

달도 뜨지 않은 깜깜한 밤을 그대로 오려 낸 것 같은 새카만 눈동자가 별처럼 반짝 빛났다.

번쩍 눈을 뜨자 익숙한 사무실 풍경이 눈에 들어왔다. 지헌이 산더미 같은 자료와 함께 건넨 런웨이 영상을 보다 깜박 졸고 말았다. 왜 하필이면 그날 밤 꿈을. 뻐근한 목을 꾹 누르며 상처 치유와 신경 안정 효과가 있는 미르 오일을 손 위에 떨어트렸다. 멍이 든 손목과 손바닥 상처를 차례로 문지른 뒤 목에 난 키스 마크에도 바르려고 거울을 보는데, 이제는 거의 눈에 띄지 않을 정도로 옅어진 자국이 보였다.

'다음번엔 훨씬 더 진하게 남겨야겠다. 더 오래 가게.'

약한 신음을 흘리며 의자에 깊숙이 몸을 묻는데 굵은 빗줄기가 후드득 떨어지며 창문을 때렸다.

"너 때문이야. 다 네가 문제라고."

창밖을 향해 애꿎은 푸념을 늘어놓았으나 쏟아지는 비를 볼수록 그날 밤의 영상이 선연해지는 것 같아 고개를 돌렸다. 그러자 이번엔 분홍빛 하바리움이 시선을 잡아끌었다. 심란하다. 김 대리한테 확 줘 버릴걸.

'이치린은 아냐. 나한테 딱 한 사람, 당신은 예외라고.'

지헌이 했던 수수께끼 같은 말이 머릿속을 무한정 떠돌았다. 함께 있으면 살 떨릴 만큼 사람을 긴장시키는 남자로부터 그런 말을 들어 놓고도 섣불리 기뻐할 수 없었다. 납득할 수 없으니까. 대체 왜 내가 특별하다는 건지.

"사기야."

비와 하바리움과 봄밤이 만들어 낸 환상. 쉽게 풀리지 않는 문제를 그렇게 정의 내린 나는 책상 위로 얼굴을 묻었다. 엎드린 채로 창밖의 빗줄기를 보았다. 내게 이런 심란함을 가져온 존재도 저렇게 한바탕 내리고 사라질 소나기였으면 좋겠다. 마른땅이 드러나면 흔적도 없이 사라지는 봄비처럼 그렇게. 아주 잠깐 설레다 만 거로. 그렇게 당신도 천천히 흐려졌으면 좋겠다.

'나비 양이 포기해요.'

그러나 싱그럽고 생생한 목소리는 주위를 따스하게 물들이던 상냥한 톤과 나른함이 느껴지는 숨소리마저 고스란히 남아 나를 괴롭게 했다. 곧 그의 사무실로 가야 할 시간이었다.

*　*　*

그르릉. 터져 나갈 것 같은 머신의 엔진음이 밤의 레이싱 트랙에 울려 퍼졌다. 스톡카 레이싱 챔피언십이 열리는 경기도의 한 국제자동차경주장. 오늘 예정된 모든 경기가 끝나고 새롭게 시작될 밤의 축제가 디제잉 카에서 흘러나오는 폭발적인 비트 음악과 함께 시작을 알렸다. 도심에서는 볼 수 없는 탁 트인 전망 아래 쏟아지는 화려한 조명과 서킷 위에 울려 퍼지는 EDM에 맞춰 관람객은 물론 선수와 미캐닉까지 하나가 되어 열광했다. 오늘 행사에 초대되어 온 준은 그 흥겨운 분위기에서 조금 떨어진 채로 텅 빈 레이싱 경기장을 바라보고 있었다.

'이시하라 준. 우린 끝났어.'

얼음장처럼 싸늘한 눈동자로 말하던 치린의 희고 가는 목 아래에 새겨진 붉은 자국이 떠올라 준은 주먹을 움켜쥐었다. 대체 어떤 자식일까.

"표정이 왜 이렇게 시큰둥해? 오늘 가장 핫한 셀럽께서."

이번 대회 상위 클래스에 출전 중인 프로 드라이버 알렉스였다. 그는 준이 한때 카레이싱 취미에 흠뻑 빠졌을 때 함께 어울려 놀던 프로 레이서였다. 그가 준에게 어깨동무를 하며 은밀한 미소를 지었다.

"모처럼인데 좀 더 즐기라고."

"난 됐어. 너나 가서 놀아."

"뭐야, 유부남 되더니 샌님 같은 말만 하고. 재벌 사위라, 이거야?"

대답 대신 픽 웃고 마는 준을 그가 자신의 경주용 레이싱카가 주차된 피트로 이끌었다. 알렉스가 래핑해 둔 덮개를 활짝 젖히자 날렵하고 미끈한 흰색 차체가 모습을 드러냈다. 궁극의 레이싱카로 불리는 GT 클래스 중에서도 상위 레벨인 포르쉐 911 RSR 모델이었다.

"어때, 죽이지?"

준의 눈에 흥미가 일었다.

"올해 WEC 시즌에 이 녀석과 함께 달릴 거야."

알렉스가 세계 최고의 내구 카레이싱 선수권 대회를 언급하며 들뜬 표정을 지었다.

"이거 몇까지 나가?"

"최고 700마력."

"포뮬러원 급이네."

미끈하게 빠진 보디를 바라보던 준이 놀란 얼굴을 했다.

"서스펜션부터 트랜스미션까지 전부 다 독일 바이작에서 디자인한 거야. 타고 싶어도 아무나 탈 수 있는 레이싱카가 아니라구."

알렉스가 거들먹거리며 웃었다.

"달려 보고 싶지?"

준의 눈이 반짝 빛났다.

"한 바퀴 돌고 와서 놀러 가자. 네가 좋아할 만한 애들 소개시켜 줄게."

조명이 켜진 야간 서킷에 노란색 헤드라이트를 켠 포르쉐 레이싱카가 들어서자 모두의 이목이 집중됐다. 국제대회에서나 볼 법한 카레이싱 전용차에 구경꾼들이 하나둘 모여들었다. 준은 오랜만에 느끼는 레이싱카의 배기음에 심장이 쿵쿵 뛰었다. 한동안 잊고 살았던 질주 본능이 가슴을 뚫고 나올 것 같았다.

그는 자신의 차를 우상처럼 바라보는 일반인 레이서와 관람객들의 시선에 도취되어 클러치를 꾹 밟았다. 제로백 3초대를 자랑하는 레이싱 자동차답게 그의 차가 굉음을 내며 서킷을 질주하기 시작했다. 준이 순식간에 커브를 돌파해 1랩을 통과하는 순간 누군가 박수를 쳤다. 이제 구경하던 사람들은 물론 트랙을 테스트 주행하던 차량들마저 모두 멈춰선 채로 그의 독주 레이스를 지켜봤다. 선두에 있던 몇몇 스톡카 역시 그의 차가 모습을 드러내는 순간 옆으로 길을 내줬다.

　"완전 신났구만."

　펜스 가까이에서 지켜보던 알렉스가 웃으며 피트로 몸을 돌렸다. 그때 대기를 찢을 듯한 배기음이 땅을 울렸다. 날카로운 포르쉐와 달리 묵직한 엔진음에 알렉스가 어리둥절해서 고개를 돌렸다. 어둠 속에서 하얀 헤드라이트를 빛내는 낮은 차체가 트랙에 모습을 드러냈다.

　"……뭐야, 저건?"

　알렉스가 눈을 한껏 찡그리고 쳐다보는데 조명 가까이에 있던 누군가가 흥분에 떨며 소리쳤다.

　"페라리다! 페라리 원 오프야!"

　특별한 고객의 의뢰를 받아 제작하는, 말 그대로 지구상에 단 한 대만 존재하는 슈퍼카였다.

　"……뭐?"

　알렉스가 우뚝 멈춰 섰다. 페라리 원 오프를 모르는 드라이버는 없다. 다만, 상상할 수 없을 만큼의 천문학적인 가격과 돈이 있다 한들 페라리의 특별한 기준을 만족시켜야만 오너의 자격이 주어진다는 두 가지의 이유로 대부분 죽는 날까지 핸들 한번 잡아 보지 못하는 꿈으로 간직할 뿐이었다.

　"그…… 원 오프라구?"

　알렉스는 믿기지 않는 얼굴로 모니터에 비치는 완벽한 프로토 타입의 스포츠카를 쳐다봤다. 파워를 상징하는 강렬한 붉은색 바디와 아름다운 곡면을 살린 매끄러운 실루엣은 날렵한 포뮬러원 모델과 거의 흡사했다. 어둠 속에서 위엄을 드러낸 붉은 스포츠카는 눈 깜짝할 사이에 서킷 한 바퀴를 통과해 준의 포르쉐를 앞질렀다.

준은 앞면으로 보이는 페라리의 날렵한 T자 윙을 보며 피식 웃었다. 페라리원 오프를 눈앞에서 보다니, 놀랍기는 했으나 상대는 어쨌거나 일반 스포츠카. 자신이 몰고 있는 건 모터레이싱 전용 경주차다. 제대로 승부를 겨루면 결코 이길 수 없는 체급이라는 뜻. 게다가 드라이버가 누구든 간에 국제 라이센스까지 있는 아마추어급 드라이버인 그가 질 리 없었다. 그런 계산이 들자 갑자기 클러치에 닿은 발에 힘이 불끈 들어갔다. 그는 글로브를 낀 손으로 핸들을 바짝 쥐었다.

"실력 좀 보여 줄까?"

* * *

"뭐야? 레이싱 하는 거야?"

지면을 찢을 듯한 굉음이 야간 서킷에 울려 퍼졌다. 시속 300km를 가뿐히 넘는 고성능 슈퍼카 두 대가 나란히 직선 코스를 통과하자 펜스가 길게 진동했다. 사이드를 곁눈질한 준이 스로틀 밸브를 최대로 열고 풀악셀을 밟았다. 그러자 노란 헤드라이트를 밝힌 그의 차가 간발의 차이로 페라리를 앞질러 나가기 시작했다. 그대로 단숨에 선두를 차지한 준은 추월의 기회를 주지 않기 위해 페라리의 앞을 가로막으며 블로킹했다.

모터레이싱에서 직선 구간의 승패는 엔진의 파워와 브레이크에 따라 좌우된다. 그러니 처음부터 일반 도로에서 달리도록 제작된 스포츠카보단 오직 서킷에서만 달리도록 제작된 그의 차가 월등히 유리했다. 준은 그대로 직선 코스를 가볍게 빠져나가며 구불구불한 와인딩 세션으로 접어들었다. 그의 뒤를 페라리가 바짝 뒤쫓았다.

이런 트위스트 로드에서는 인아웃라인이 가장 중요하다. 과주행하면 타이어가 버티지 못하거나 트랙 밖으로 번아웃되고 만다. 코너를 돌기 직전 아웃에서 곧바로 인코스로 진입해서 코너를 통과하자마자 다시 아웃코스로 빠져나오는 기술이 코너링의 핵심이다. 프로 레이서들이 가장 중요하게 생각하는 테크닉인 만큼 레이싱에서의 승부를 결정짓는 것도 바로 이 코너링 기술이었다. 이미 선두를 차지한 준의 포르쉐가 U자형 커브를 그야말로 지그재그로 진입하며 단숨에 레코드 라인을 통과했다.

"아웃-인-아웃."

피트에서 보고 있던 알렉스가 숨죽여 웃었다.

"저 녀석, 완전 물 만난 고기잖아."

이쯤 되면 후미에서 달리는 페라리가 불쌍할 정도였다. 경주용 차가 아니니 당연한 결과였으나 어쨌든 남들은 만져 보지도 못할 슈퍼카를 가지고 이런 수모를 당한다니 괜히 미안한 마음이 들었다. 물론 이것이 실제 레이스는 아니다. 스타팅 그리드에 나란히 서서 신호를 받고 출발한 정식 승부가 아니었으니까 말이다. 그러나 이미 저쪽 드라이버도 암묵적으로 이 경주에 동의한 것이나 마찬가지였다.

"자, 이제 두 바퀴면 완전히 끝이다."

준의 랩타임을 확인한 알렉스가 팔짱을 끼며 자신감 있게 웃었다.

"대박! 포르쉐 RSR이랑 페라리 One-Off가 붙었어!"

"빨리, 빨리!"

이벤트 부스에서 행사를 즐기던 사람들이 서킷으로 모여들기 시작했다. 그때였다. 늘어난 관객에도 불구하고 이대로 싱겁게 승부가 끝날 것 같은 순간, 페라리의 엔진이 밤의 대기를 찢을 것처럼 길게 울었다. 원 오프의 묵직한 엔진음은 마치 소용돌이 안으로 공기를 빨아들이는 것 같았다. 소리뿐이 아니었다. 공기의 저항을 최소로 만들기 위해 바짝 낮춘 차체가 마치 지면과 하나가 되기라도 한 듯 쐐기처럼 쏘아져 나갔다. 질주하는 페라리가 속도를 측정하는 스피드 트랩을 통과하는 순간, 모니터를 확인한 알렉스가 깜짝 놀라서 눈을 부릅떴다.

"저게 지금……."

그는 자신이 눈으로 본 게 맞는지 의심스러워서 눈을 몇 번이나 깜빡거리며 얼굴을 내밀었다. 느긋하게 레이스를 즐기던 준 또한 뒤쪽에서 느껴지는 심상치 않은 기운을 감지했다. 그러나 이대로 코너 두 개만 더 빠져나가면 결승점이다. 포뮬러원 드라이버가 아닌 이상 180도 이상 꺾이는 급격한 코너가 연달아 이어지는 코스에서 결코 추월에 성공할 수 없다. 자칫하면 그대로 코스 아웃이니까. 확신에 찬 준이 핸들을 바짝 잡으며 페라리의 앞을 가로막았다. 그는 자신이 코너에 진입하는 순간 페라리가 그의 후방에 바짝 붙으며 안으로 파고들 기회를 노릴 거라고 예상했다. 그러나 페라리가 한순간에 진로를 바꾸며 아웃코스로 빠졌다.

"……스핀턴?"

브레이크를 이용해서 차의 진로를 완전히 바꾸는 고난이도의 레이싱 기술이었다. 그러나 준이 경악한 이유는 그것 때문이 아니다. 코너에서 속도를 줄이는 건 레이싱의 기본이다. 그런데 오히려 더 속력을 올리며 스핀턴이라니. 이런 기술을 쓰는 드라이버는 한 번도 본 적이 없었다. 그건 피트에 서 있던 알렉스 역시 마찬가지였다.

"저거……."

그의 옆에는 이미 서킷에서 울리는 엔진 소리를 듣고 축제에서 빠져나온 피트 미캐닉들이 우르르 서 있었다. 그들의 얼굴 또한 알렉스와 다르지 않았다. 야간 서킷에 설치된 조명과 카메라를 통해 누구보다 더 선명하게 레이스를 분석할 수 있는 전문가들은 심각한 표정으로 모니터를 보았다.

"저러다 드리프트 아웃되겠는데?"

"그 전에 타이어가 못 버틸걸요?"

"세이프티카…… 불러야 되는 거 아니에요?"

그러나 그들의 예상과 달리 엄청난 출력을 내며 아웃코스를 돌파한 페라리가 그대로 뒷바퀴를 슬라이드시키며 코너를 빠른 속도로 돌았다. 그가 빠져나간 자리에는 뿌연 연기가 한 발 늦은 채로 자욱하게 피어났다.

"파워 슬라이드에 카운터 스티어. 아마추어가 아냐."

치프 미캐닉이 냉정한 눈으로 모니터를 보았다. 핸들을 잡은 준 또한 침을 꿀꺽 삼켰다. 마지막 코너 하나. 상대는 이미 그의 차를 반쯤 따라잡은 상태였다. 차체가 교묘하게 겹치듯 레이스를 펼치는 가운데 마지막 코너를 누가 먼저 돌파하느냐에 따라 이 레이스의 승부가 결정된다. 준은 차량의 RPM 게이지가 레드존을 넘어설 때까지 오버 레브를 밟았다.

"더는 무리야. 이미 플랫 아웃이라고."

피트에 있던 미캐닉 하나가 준의 차를 보며 말했다. 차 안에 있는 준 또한 온몸이 땀으로 흥건했다. 그는 바깥 코스에 있는 페라리가 주는 압박감에 어깨가 굳을 정도로 긴장했다. 준이 있는 힘을 다해 마지막 풀악셀을 밟았다. 순간 엄청난 속도와 압력을 이기지 못한 그가 조타 속도를 놓치고 말았다. 최대 출력으로 노면을 달리던 타이어가 지면에서 살짝 뜨며 휘청한 것도 그때였다. 충돌한다……!

순간적으로 공포에 휩싸인 준이 얼어붙었다. 그의 머릿속에는 이미 엄청난 충격음과 함께 튕겨 나가는 자신의 영상이 번쩍 떠올랐다.

그때 0.1초의 차이를 두고 페라리가 그대로 인코스로 앞질러 들어가며 그의 차를 비켜 나갔다. 이미 서킷의 반 이상을 채운 관객석에서 환호성이 터져 나오고 피트에 있던 미캐닉들이 가슴을 쓸어내린 것도 동시였다. 준은 그대로 레코드 라인을 벗어나며 트랙 아웃됐다. 새빨간 스포츠카는 그대로 눈부신 헤드라이트를 빛내며 체커기를 통과했다.

잠시 후. 서킷 그리드에 딱 맞춰 선 페라리의 뒤로 준의 차가 멈춰 섰다. 스타트라인에는 이미 몰려든 사람들로 북새통을 이뤘다. 반은 페라리의 드라이

버를 보기 위해 몰려든 레이싱 팬들이었고 반은 국내 레이싱팀 미캐닉들이었
다. 그들은 지구상에 단 한 대뿐인 페라리를, 원 오프 모델을 눈앞에서 보고
있다는 경이로움에 휩싸여 있었다. 준의 차가 먼저 열렸다. 엄청난 열기와 함
께 땀에 흠뻑 전 방염복 차림의 그가 헬멧을 벗으며 숨을 토했다.

"······괜찮아? 이시하라!"

알렉스가 그의 어깨를 잡고 흔들었다. 준은 간신히 고개만 끄덕인 뒤 엉망
이 된 차량 유리 너머로 페라리의 후면을 응시했다. 기스와 그을린 자국으로
가득한 그의 차와 달리 잘빠진 슈퍼카는 먼지를 살짝 뒤집어쓴 것을 제외하
면 여전히 새것처럼 미끈했다. 그때 페라리의 문이 열리며 장신의 운전자가 내
려섰다. 레이싱 슈트를 완벽하게 차려입은 준과 달리 글로브 하나만 가볍게
낀 그는 어이없게도 청바지 차림이었다. 그가 이쪽을 바라보며 헬멧을 휙 벗었
다.

"······눈으로 보고도 믿을 수가 없네."

알렉스의 중얼거림에도 준은 아무 말도 하지 못한 채 커다란 남자를 올려
다보고만 있었다. 그가 느릿한 걸음으로 준의 차로 걸어왔다. 까맣게 빛나는
눈동자가 준의 모습을 쓱 훑어 내렸다. 순간 준은 참을 수 없는 굴욕적인 기분
이 들었다. 그렇다고 졸렬하게 굴고 싶은 마음은 없었기에 그도 차에서 내려섰
다. 비틀대지 않기 위해 차 문을 꾹 잡고 선 준의 손 아래로 뜨겁게 달궈진 레
이싱카가 불덩이처럼 느껴졌다.

준이 고통을 참으며 손을 내밀었다.

"멋진 레이스였습니다."

한국어로 말했으나 상대는 그가 내민 손만 빤히 볼 뿐 악수에 응할 기미조
차 보이지 않았다. 혹시 한국인이 아닌가? 상대를 압도하는 건장한 체격을 보
면 아닐 가능성도 있었다. 준이 고민하는 사이 그가 한쪽 입술만 올린 채로
묘한 웃음을 지었다.

"괜찮아 보이네, 생각보다 더."

"네? 무슨……."

"운이 좋다고, 그쪽."

"……한국인입니까?"

그가 대답 대신 피식 웃으며 빤히 보기만 하자 준은 눈을 구기며 무안해진 손을 거뒀다. 경이로운 테크닉을 가진 상대 드라이버가 무례한 사람이라는 걸 알자 실망스러웠다.

"……어쨌든, 덕분에 한 수 배웠습니다."

준이 살짝 고개를 숙였다. 그때 남자가 뭔가를 꺼내 내밀었다.

"……뭡니까?"

"발라요, 손에."

"손?"

준이 어리둥절한 얼굴로 자신의 손을 빤히 보았다. 글로브 위로 핏물이 배어 있었다. 이 어둠 속에서 자신이 다친 걸 발견한 남자의 눈썰미도 놀라웠지만 마치 이걸 예상했다는 듯 연고를 준비해 오다니, 대체 이 남자는……. 준이 얼떨떨한 표정으로 그를 보았으나 정작 당사자는 태연한 얼굴로 준의 손 위에 연고를 툭 떨어트렸다.

"조금 따가울 거야, 그거. 효과가 꽤 좋거든."

그가 의미심장한 말을 남긴 뒤 몸을 돌렸다. 준은 대체 이게 무슨 상황인지 이해되지 않는 눈으로 페라리에 올라타는 남자의 뒷모습을 물끄러미 보았다. 그때까지 얼어붙어 있던 알렉스가 침을 꿀꺽했다.

"저 사람……."

"누군지 알아?"

알렉스가 대답 대신 고개만 끄덕끄덕했다. 준이 어쩐지 하는 얼굴로 다시 남자를 향해 고개를 돌렸다. 알렉스가 안다면 같은 프로 선수가 분명하다. 그러지 않고서야 일반인도 아닌 아마추어 레이서 급인 자신이 이렇게 당할 리가 없다.

"GT? 어느 팀이야?"

준은 그래 봤자 그 이상은 아닐 거라고 짐작했다. 레이서가 올라갈 수 있는 최고 단계는 포뮬러원이었으나 애초에 그 세계는 신의 영역이다. 전 세계 F1 드라이버는 단 스무 명뿐이니까. 준이 페라리에 오르는 장신의 유연한 뒷모습을 보며 비꼬듯 지적했다.

"키가 너무 커서 안 됐네. 더 작았으면 F3 정도는 갔을 텐데."

"아니야, F3."

"당연히 아니지, 포뮬러는 주니어에 판가름이 나는데."

준이 당연한 걸 말하는 알렉스를 보며 눈을 찡그렸으나 그는 여전히 멍한 얼굴로 앞쪽을 응시하고 있었다. 알렉스가 말했다.

"원이야."

"……뭐?"

"포뮬러원이라고."

그를 따라 고개를 휙 돌리는 준을 향해 알렉스가 말했다.

"성인이 되기 전에 이미 포뮬러원 퍼스트 드라이버였다고."

＊ ＊ ＊

사락. 뺨에 닿는 공기가 조금 서늘했다. 아직 봄이라 쌀쌀한 밤기운이라고 생각하며 몸을 움츠렸다. 그러자 신기하게도 주위가 금세 따듯해지더니 몸 안으로 온기가 퍼졌다. 이렇게 편안하게 잠을 자는 게 얼마 만인지 모를 만큼 달콤하고 좋았다. 얼굴에 닿는 부드러운 감촉이 좋아서 계속해서 부비고만 싶었다. 부들부들한 촉감과 포근하고 향긋한 냄새가 행복한 기분을 만들어 냈다. 햇살 아래 바삭하게 말린 이불에서 나는 새물내. 엄마가 쓰는 라벤더 오일을 가득 머금은 이불이 마당 위에서 흩날리는 한낮의 풍경이 오래된 기억 속에서 제멋대로 꺼내졌다.

향은 순간을 기억하게 하는 힘이 있다. 그래서 아무리 오랜 시간이 지나도 그 순간의 향의 기억은 사라지지 않는다. 엄마와 아빠가 떠난 뒤에도 내 삶에는 항상 그들이 남기고 간 향이 공기 중을 부유했다. 작은 텃밭이 있는 초록빛 잔디 위에 흩날리는 하얀 시트, 그 뒤로 보이는 빨간 지붕으로 덮인 이층집. 소나기가 쏟아지면 엄마와 나는 소리를 지르며 이불을 걷으러 뛰어다니곤 했다.

엉망이 된 채로 구겨진 이불을 들고 마당을 달리는데 아빠가 현관을 활짝 연 채로 수건을 들고 서 있는 게 보였다. 홀딱 젖은 채로 웃으며 집 안으로 뛰어 들어가는 소리, 진흙 묻은 이불을 보며 엄마가 소리를 지르는 소리. 활짝 열린 창으로 매일같이 새어 나오는 누군가의 웃음소리.

아, 나는 사랑받았는데. 저렇게 행복했는데. 삶이, 신이, 내게서 한순간에 그 모든 것을 앗아 갈 줄이야.

창문 저편의 내가 엄마 아빠 사이에서 아무것도 모르는 얼굴로 웃고 있었다. 저 얼굴로 나는 시험을 핑계 삼아 지방으로 내려가는 부모님을 배웅하고 홀로 남는다. 바보같이 아무것도 모른 채. 말해 줘야 한다. 혼자 남겨지지 않도록. 그들을 따라가도록. 알려야만 한다.

가, 이치린, 엄마 아빠를 따라가.

"……린아."

바보같이 혼자 남지 말고 따라가……!

"치린아."

뒤척이는 몸을 누군가 붙잡았다. 흠칫 굳어 정신을 차리는 순간 눈앞으로 지헌의 얼굴이 보였다. 나는 그대로 숨을 멈춘 채 정지했다. 지헌이 시선으로 나를 훑었다. 그는 내가 진정되기를 기다리는 것처럼 나를 가만히 어루만졌다.

"괜찮아?"

지헌의 목소리를 들으며 이곳이 그의 사무실이라는 걸 깨달았다. 놀란 몸이 허둥댔다.

"······미안해요. 잠들었나 봐요."

"기다리게 한 건 난데."

소파에서 몸을 일으키자 담요가 흘러내렸다. 그 위로 물이 툭 떨어졌다. 지헌의 머리가 젖어 있었다.

"······밖에 비 와요? 왜 이렇게 젖었어요?"

황급히 손수건을 꺼내 무작정 그의 머리로 손을 뻗었다. 지헌이 내 손을 부드럽게 잡았다.

"무슨 꿈 꿨는데?"

"······꿈? 아뇨. 왜요?"

홀딱 젖어 놓고 무슨 뚱딴지같은 소리인가 싶어서 다시 손을 놀리는데, 지헌이 나를 붙잡아 앉혔다.

"울고 있잖아."

"······내가요? 그럴 리가."

이상한 말을 다 듣겠네. 말도 안 되는 소리에 눈가를 쓱 훔쳤다. 손등으로 물기가 묻어났다. 뭐야, 이거. 황당하고 어이없어 그대로 멍해 있는 나를 지헌이 당겨 안았다.

"울지 마."

나는 당황해서 그의 가슴에 얼굴만 기대고 있었다. 지헌이 속삭였다.

"내가 다 혼내 주고 왔어."

혼내다니, 누구를.

"아가씨 울린 놈."

말이 나오지 않았다. 지헌이 무슨 말을 하는지 하나도 모르겠어서 그저 아직 잠에서 덜 깬 탓이라고 생각하며 지헌의 가슴을 밀었다.

"누가······ 울린다고 우는 애는 아닌데요, 내가."

정신을 차리려 애쓰는 나를 지헌이 귀엽다는 듯 보더니 머리를 쓰다듬었다. 그가 이런 식으로 나를 볼 때마다 기분이 이상했다. 정말로 애가 된 기분. 지헌의 손을 붙잡아 내리며 가장 최근에 운 일이 언제였는지 떠올렸다. 그러고 보니 날 마지막으로 울린 놈은 바로 눈앞에 있는 이 남자였다. 그 말을 해 줄까 하다가 묘하게 뿌듯한 표정을 짓는 지헌을 보며 마음을 바꿨다.

"왜 늦었어요? 벌써 밤이잖아요."

"나 기다렸어요?"

그걸 말이라고. 숙제만 잔뜩 내줘 놓고 이제 나타나 하는 말이라니. 이번에야말로 한소리 단단히 해 주려고 눈을 세우는데 굳은 핏자국이 보였다.

"……다쳤어요?"

엄지와 검지 사이의 동그랗게 굴곡진 부분이 찢어져 피가 배어났다.

"피 나잖아요."

상처를 무신경하게 보고 있던 지헌이 작게 웃었다.

"왜 웃어요?"

"누가 나 다쳤다고 화내 주는 거 기분 좋아서."

"변태예요, 그거."

"들켰네."

태연하게 웃는 남자가 어이없어서 보다가 가방에서 파우치를 꺼내 왔다. 현장에 자주 다니기 때문에 간단한 구급 세트 정도는 들고 다니는 게 습관이 되었다. 그걸 다행이라고 생각하게 될 줄은 몰랐는데.

"쫙 펴요, 쫙. 이렇게."

손바닥을 펼치며 시범을 보이자 지헌은 군말없이 따랐다. 만나서 지금까지 계속 보살핌을 받은 건 나인데 어쩐지 역전된 이 상황이 마음에 들었다. 그는 말 잘 듣는 학생처럼 굴고 나는 어리숙한 학생을 둔 보건 선생처럼 굴고 있었다.

"겉으로 보이는 곳에 난 상처는 치료를 잘해 줘야 해요. 안 그럼 흉 지니까."

"흉 지면 안 돼?"

"좋을 건 없죠."

소독용 에탄올을 후 불어 날려 보낸 뒤 지혈을 하기 위해 벌어진 살갗을 솜으로 꾹 눌렀다.

"그러니까 자꾸자꾸 봐요. 상처도 관심 가지면 금방 낫더라구요."

"그럼 보이지 않는 곳에 난 상처는?"

지헌이 물었다.

"손 말고 또 다친 데 있어요? 어딘데요?"

"거기도 방금처럼 호 불어 줄 거예요?"

"안 불어도 금방 날아가요. 알콜이라."

내 진지한 대답에 지헌이 살며시 미소 지었다. 그러자 그의 뺨에 예쁜 보조개가 피어났다. 나는 그의 예쁜 미소를 눈앞에서 버젓이 감상하며 역시 예쁘고 싱그러운 건 뭐든 좋다는 진리를 무덤덤하게 받아들였다.

"원래 이렇게……."

"음?"

"예뻤어요, 날 때부터?"

예쁜 보조개에 이어 눈웃음까지 생겨났다. 지헌이 웃음을 참듯 입술을 지그시 누르는 게 보였다.

"흠, 자기 이쁜 거 아는구나?"

쑥스러운 미소 한번 없는 남자를 보며 비죽거리자 지헌이 내 턱을 쥐고 짓궂게 흔들었다.

"나 말고 또 예쁘다고 해 준 남자, 몇 명인지 다 말해."

엉뚱한 질투에 나는 웃었다.

"그걸 어떻게 다 기억해요?"

"이봐. 이렇게 아무렇게 작업 멘트 날릴 때부터 알아봤지."

"이게 무슨 작업 멘트예요? 순수한 직업 멘트지. 나 남자 모델들 티 팬티 입는 것도 많이 봐요."

"그런 걸 왜 보는데?"

"왜 보냐니, 알잖아요. 탈의실이라고는 딸랑 천 하나가 전부인 열악한 환경. 그런 게 한두 갠가."

지헌이 허, 하는 탄식을 토했다.

"그래서, 다른 남자들도 이렇게 봤어요?"

"이렇게가 어떻겐데요?"

"이렇게 이쁘게."

"……"

"키스하고 싶게."

"……작업 멘트를 누가 더 잘하는지 모르겠네."

재빨리 정신을 차리고 몸을 뒤로 뺐다. 도망가는 나를 지헌은 순순히 놔주었다.

"내가 준 건 다 봤어요?"

"네."

"뭘 느꼈어요?"

"레전드는 영원하다?"

구급 세트를 정리하며 간단한 평을 덧붙였다.

"다 전설로 회자되는 컬렉션들이잖아요. 패션에서의 어떤 정점을 찍은 것들."

"그게 다예요?"

"뭐가 더 있어야 해요?"

"음."

지헌이 뭔가를 기다리는 눈으로 나를 보았다. 나는 고개를 저었다.

"나 수수께끼, 스무고개 그런 거 싫어해요. 그러니까 은은하게 힌트 주지 말고 그냥 대놓고 말해요."

지헌이 실망한다고 해도 별수 없다. 나는 이미 너무 많은 사람을 만족시키기 위해 무리하며 살고 있다. 이 안에 그가 들어오는 건 싫었다.

"미야케가 이번 시즌 마지막 컬렉션 무대로 파리도, 자국인 일본도 아니고 한국을 선택한 이유가 뭐라고 생각해요?"

"30주년이고, 때마침 한국에 팝업스토어를 오픈했으니까? 기념비 삼아? 컬렉션 날짜도 딱 그날이고."

"그게 다일까?"

"그럼, 뭐가 더 있어요?"

나는 같은 걸 자꾸 묻는 그에게 건성으로 대꾸하며 테이블로 돌아갔다. 지헌이 팔을 쭉 뻗어 파일을 집어 들었다.

"준비했던 기획안 원안이 이거예요? 대차게 까였다는?"

선뜻 고개를 끄덕이던 나는 명쾌한 뒷말에 표정을 쓱 구겼다.

"대차게까지는 아니고요."

"이걸로는 어림도 없다고 했다면서. 그게 그 말이지."

말하는 게 얄미워 불만스럽게 보자 지헌이 웃었다. 새침하게 고개를 돌리며 노트북에 시선을 고정했다. 미야케 선생이 나를 시험하기 위해 아무 컨셉도 주지 않은 채 기획안 피티를 조건으로 내세웠다는 걸 안다. 통과하지 못하면 이번 미야케 컬렉션은 다른 기획사에 넘어갈지도 모른다. 물론 전혀 예상에 둔 경우의 수는 아니었다. 이번 시즌 그의 룩북을 보기 전까지는 말이다.

눈을 감고도 그릴 수 있던 그의 스타일은 그동안 보아 온 것과는 한참이나 동떨어져 있었다. 같은 것 같으면서도 완전히 다른. 그게 뭘 의미하는지 모르겠다. 왜 이런 스타일을 이 시점에서 들고나왔는지. 그것도 이렇게나 많이. 마치 그동안 자신이 쌓아 온 모든 스타일을 아카이브처럼 정리한 것 같은……. 알 듯 말 듯한 뭔가가 머릿속에서 맴돌았다. 30주년을 굳이 한국에서 하는 이유가 뭐지? 뉴욕도, 파리도 아니고. 왜? 손해일 텐데.

나는 테이블 너머로 지헌의 얼굴을 보았다.

"너무 이례적이잖아요."

"죽을 때가 다 됐나 보죠. 인간은 그때 많이 변하니까."

"……친한 거 맞아요?"

황당하다는 듯 보는데 그는 뻔뻔하게도 소파에 느긋하게 등을 기댔다.

"개인적으로 친해지고 싶은 타입은 아니라."

이럴 줄 알았다. 그냥 던진 미끼에 걸려든 건 줄 알았다고, 내가.

차게 식은 표정을 본 지헌이 웃음을 터트렸다. 그가 테이블 위로 수북하게 쌓인 스타일북을 턱짓했다.

"그래도 이건 나 아니면 못 구할 텐데. LV그룹 라이브러리에밖에 없는 거니까."

한 전설적인 디자인 하우스의 2000년대 컬렉션 북을 힐금 본 나는 입을 꾹 다물었다. 그래, 인정한다. 어딜 가서도 볼 수 없는 귀한 자료라는 건. 평소라면 호들갑을 떨며 감탄했겠으나, 지금은 비상 상황이라고.

"나 못 믿어요?"

"믿죠……."

"그럼, 하나도 빠짐없이 다 봐요. 나 믿고. 전부 다."

나는 전혀 믿음이 가지 않는 남자를 보며 속으로 한숨을 삼켰다.

몇 시간 뒤. 스크랩북에 꽂혀 있던 칼럼 기사의 마지막 장을 덮고 나자 자정이 지나 있었다. 지헌은 정면으로 보이는 소파에 앉은 채 눈을 감고 있었다. 한쪽 다리를 비스듬히 걸친 채로 턱을 괴고 잠들어 있는 모습은 남성지의 컨셉 화보만큼이나 시선을 끌었다. 열심히 일한 보람으로 이런 보너스가 주어지다니.

나는 예쁘고 잘난 남자의 독보적인 자태를 혼자서 실컷 보게 된 관람객 모드에 충실해져 그를 마음껏 눈에 담았다. 그러다 소리 없이 조용히 움직여 그에게 담요를 덮어 준 뒤 넓은 창가로 몸을 돌렸다. 목이 뻐근했고 커피를 한 잔 더 마시고 싶었다. 머신을 누르면 깨겠지?

지헌을 한번 돌아보자 다친 사람을 조금 더 자게 두자는 마음이 카페인에 대한 간절함을 이겨 냈다. 대신 몸이라도 움직일까 싶어 사무실이라기엔 너무도 널찍한 공간을 조심스럽게 걸었다.

지난번엔 얼결에 들어와서 정신이 없었고 오늘은 금세 잠들어 버린 탓에 그의 사무실을 제대로 구경하는 건 처음이었다. 업무는 물론 휴게 시설까지 갖춰진 깨끗하고 세련된 인테리어를 가만히 보다가 뒤늦게 이상함을 깨닫고 걸음을 멈췄다.

원목과 파스텔이라니. 모노톤 일색인 그의 집과 전혀 매치가 되지 않았다. 게다가 저 화분. 기다란 통창 한가운데에 홀로 서 있는 저 대형 화분은 대체 뭐란 말인가.

앞으로 천천히 다가간 나는 기둥이 두꺼운 외목대의 고무나무를 가만히 보았다. 여긴 환기가 안 돼서 답답할 텐데. 창문을 조금 열면 좋으련만. 블랙 글라스로 선팅한 유리문의 손잡이를 찾아 기웃거리는데 도무지 보이지 않았다. 그때 짧은 전자음과 함께 세로로 길게 프레임 진 유리창이 사선 방향으로 일제히 개방됐다. 놀라서 뒤를 돌아보자 언제 일어났는지 지헌이 리모콘을 들고 있었다.

"따듯하게 해 준 답례."

지헌이 다시 스위치를 눌렀다. 밖으로 이어진 석조 테라스에 전등이 켜졌다. 눈이 휘둥그레진 나를 보며 문을 활짝 연 지헌이 그대로 선 채로 나를 기다렸다.

"강지헌 씨는 늘 나를 놀라게 하네요."

"그래서 좋아요?"

한순간도 매력 어필을 쉬지 않는 그를 보며 나는 피식 웃다가 밖으로 향했다. 비가 갠 뒤의 시원한 밤공기가 뺨에 닿았다. 어딘가에서 싱싱한 수목의 향기가 날아왔다. 도심의 빽빽한 빌딩 숲에서 홀로 밤바람을 맞자 기분이 날아오를 것처럼 상쾌해졌다.

"이런 걸 매일 볼 수 있으면 야근도 괜찮겠어요."

"그런 거 안 해도 가장 쉬운 방법이 있을 텐데."

참 일관성 있는 남자다. 이렇게 꾸준하게 들이대다니. 속웃음을 삼키며 불쑥 치미는 장난기에 농담을 걸었다.

"아직도 일정 안 나왔어요? 파리 가는 거요."

"갈 때가 되긴 했지."

웃음이 옅어진 건 순간이었다.

"……언제 가는데요?"

지헌이 묘한 얼굴로 웃었다.

"서운한 얼굴인데?"

"아뇨. 그게 아니라…… 왜 말 안 했어요? 제일 먼저 알려 준댔잖아요."

"가지 말라는 소리로 들리는데."

나는 입을 다물었다. 의도치 않은 곳에서 뒤통수를 얻어맞은 기분이었다. 웃음기를 거둔 지헌이 나를 가만히 보았다.

"가지 마?"

"그걸 왜 나한테 물어요?"

퉁명스럽게 받아쳐도 뺨에 와 닿는 은은한 시선은 사라지지 않았다. 이상한 열감이 차올랐다.

"화분에 물이나 주고 가요. 창문도 열어 놓고."

"마음에 들어요?"

"아뇨. 여기가 무슨 제주도예요? 저렇게 큰 고무나무를 누가 키워."

퉁퉁거리는 동시에 속으로 후회를 하면서도, 이미 통제를 벗어난 입은 제멋대로 움직였다.

"고무나무 꽃이 제일 예쁘대서."

"사기당했네. 고무나무 꽃은 거의 안 피는데."

고무나무가 꽃을 피우는 경우는 굉장히 드물다. 더군다나 야생도 아닌 이런 실내에서 키우는 화분의 경우에는 더욱더.

"가서 환불해요. 사람도 없는데 꽃은 무슨."

내가 투덜거릴수록 지헌의 웃음은 깊어만 갔다.

"기다리면 꽃은 반드시 피게 되어 있어요. 저 고무나무도."

그가 나를 향해 고개를 돌리더니 은근하게 웃었다. 수려한 얼굴이 눈앞에서 미소를 흩뿌렸다.

"그리고 아가씨도."

"나 꽃 아니거든요. 기다리지 마세요. 안 펴요."

지헌이 웃음을 터뜨렸다. 듣기 좋은 중저음이 밤의 한가운데로 경쾌하게 퍼져 나갔다. 지헌은 뚱한 표정을 짓고 있는 내게 손을 뻗어 이마를 부드럽게 문질렀다.

구겨진 주름을 펴듯 손으로 내 이마를 쓱쓱 문질렀다.

"사람들이 왜 화분을 키우는 줄 알아?"

나는 그의 손을 피하며 대꾸했다.

"기특하고 예뻐서라고 했잖아요."

"행복해지고 싶어서야. 식물은 인간에게 살아 있다는 행복을 주거든."

지헌이 내 뺨을 쓸어내렸다.

"당신도, 행복해지고 싶은 거고. 살아서."

커다란 손이 스칠 때마다 온기가 퍼져 나갔다.

"전에 말했죠, 어릴 때 힘든 시절 있었다고."

지헌의 말에 고개만 살짝 끄덕이자 그가 말을 이었다.

"그때 누가 해 준 말이 있어요. 마음의 문을 여는 손잡이는 안쪽에만 달려 있다고."

이런 상황에서 들을 거라고 전혀 예상하지 못한 말에 잠시 멈칫했다. 그대로 숨을 죽인 채 지헌의 까만 눈만 속절없이 보았다.

"나 믿고 열어 봐요, 그 문. 그럼 그 안에 있는 상처, 내가 봐줄 테니까."

지헌이 말했다.

"상처도 자꾸 관심 가져 줘야 낫는다며."

공기를 울리는 낮은 목소리를 들으며 내 예감이 맞았음을 깨달았다. 강지헌의 목소리는 새벽에 들어도 좋았다.

06

나한테 들켰어, 아가씨

"괜찮으세요, 팀장님?"

모니터에 박힌 얼굴 앞으로 김 대리가 손을 휘휘 저었다. 아주 잠깐 흐려졌던 초점이 곧 제자리를 찾았다.

"……설마 어제도 밤새신 거예요?"

녀석이 나를 보며 질렸다는 얼굴로 물었다. 나는 두툼하고 반질반질하게 살집이 오른 부사수의 뺨을 빤히 보았다.

"넌 아주 잘 잔 모양이다. 피부가 물광이네."

"어제 팩하고 자서 그래요. 오늘 친구 생파 있는데 회사 동료들 데리고 나온대서요."

며칠째 야근으로 우중충한 사무실에서 그만 홀로 들뜬 목소리였다.

"여친 있지 않았어? 한강 데이트했다며."

"소개팅이었는데 끝났어요."

언제 적 얘기를 하냐는 듯한 눈빛에 식은 탄복이 절로 나왔다.

"LTE도 아니고 완전 5G네."

"많이 만나 봐야죠. 그래야 좋은 사람인지 아닌지 알잖아요. 한 명하고만 쭉 사귀다가 결혼하면 그게 뭐야, 억울하게."

김 대리는 나를 비롯해 나보다 더 좀비 같은 몰골로 테이블 위에 늘어져 있는 직원 몇몇을 훑으며 혀를 찼다. 이 EM웍스 최고의 뺀질이가 어쩌다 내 부사수가 되었나. 개탄을 금치 못하며 서늘하게 웃었다.

"그래, 억울하겠다."

"……네?"

"오늘 PT 까여서 컬렉션 못 따내면 또 야근해야 할 텐데, 억울하겠다고. 생파 못 가서."

녀석이 눈을 동그랗게 떴다.

"안 돼요! 전 워라벨, 욜로, 이런 게 삶의 모토이자 가장 중요한 원동력인……!"

"그런 놈이 왜 여길 들어왔어? 사시사철 야근에 남들 휴가가 성수기인 동네에."

"아, 멋있을 줄 알았죠. 나름 패션 기획잔데! 팸 세일 가서 명품 막 사고 위에는 구찌 아래는 비통! 버질 아블로, 카니예 웨스트 저리 가라 막!"

열변을 토하던 녀석이 사무실을 한 바퀴 휙 돌아보았다. 좁은 회의 테이블에는 먹다 남은 햄버거 포장지와 커피 컵에 온갖 자료가 뒤엉켜 있었고 그 옆으로 서 주임이 시끄럽다는 듯 귀를 후비며 모니터를 보고 있었다.

"아…… 이 와이트들 진짜. 얼굴도 누렇게 떠가지고 이건 뭐 화이트 워커도 아니고 옐로우 워커라니까! 클라이언트는 맨날 드라카리스! 이러면서 불이나 뿜고. 미디어에 속은 거지, 내가."

과장스럽게 손짓하는 녀석을 가는 눈으로 보았다.

"너, 내가 시킨 일 안 하고 밤새 미드 봤지?"

"다 하고 봤죠. 인풋이 있어야 아웃풋이 나오는 거라니까요? 팀장님도 너무 일만 하지 말고 드라마나 영화 같은 것도 좀 보고 그러세요. 인생 한 번뿐이라니까요? 욜로!"

나는 그에게서 시선을 돌려 다시 모니터에 집중하며 건성으로 대꾸했다.

"그래요, 욜로 님. 알았으니까 이제 그만 자료 좀 갖고 올래?"

녀석이 투덜대며 자료를 꺼내 왔다. 이제 몇 시간 뒤면 세이지 미야케의 사무실에서 이번 시즌 컬렉션 기획 PT를 해야 한다. 나는 지난밤 마지막으로 수정한 제안서를 다시 검토했다. 그간의 미야케 스타일과 딱 맞아떨어지는 미니멀하고 절제된 구조물을 배치한 컨셉 기획안이었다. 그때 문자 메시지가 들어왔다.

-생각났어요?

지헌이었다. 그냥 말을 해 주라니까. 나는 액정을 새침하게 본 뒤 손가락 하나로 익숙하게 글자를 찍었다.

-아뇨.

계속 이어져 오는 같은 패턴의 대화였다. 그날, 봄밤의 정원처럼 예쁘게 빛나던 테라스에서 본 뒤로 벌써 사흘이 흘렀다. 그는 내게 다시 산더미 같은 자료를 숙제랍시고 내준 뒤에 잠깐 다녀올 데가 있다고 했다. 집에 돌아올 때까지도 파리로 되돌아가는 거냐고 묻지 않은 내가 기특했으나 사흘째가 되자 슬슬 궁금해졌다.

다시 오나? 마치 그런 나를 아는 것처럼 지헌은 중간중간 잊지 않고 문자를 보내왔다. 그런데 이 얍삽한 남자가 어딘지는 말도 안 하고 꼭 숙제만 체크하고 만다는 거지. 잠잠해진 휴대폰을 밀어 둔 채 모니터로 고개를 돌리는데 다시 진동이 울렸다.

-2002 입생로랑, 퐁피두 센터.

"아, 그 쇼는 이미 봤다니……."

울컥해서 외치려던 말이 그대로 끊겼다. 머릿속에서 무언가가 번쩍했다. 멍해진 눈으로 모니터에 뜬 기획안 문구를 보았다. 30주년 기념 패션쇼. 2002년 생로랑의 퐁피두 패션쇼는 그의 40주년을 기념하는 무대였다. 그리고 그날은.

"가만."

나는 눈을 번쩍 뜨고 김 대리를 불렀다.

"이번 컬렉션 의상 몇 개니?"

녀석이 잠시만요, 하더니 고개만 빼고 이쪽을 향해 외쳤다.

"라인별로 총 85피스요!"

"……그렇게 많은데, 왜 눈치를 못 챘지?"

"30주년이잖아요? 그래서 많은 거 아니에요?"

"그래, 나도 그런 줄 알았다."

"왜 그러세요?"

내 심각한 표정에 서 주임까지 모니터에서 눈을 떼고 나를 보았다.

"지금까지 하던 작업, 전부 다 스톱해."

"……네?"

"처음부터, 다시 할 거야."

* * *

"눈 밑이 퀭하다. 마지막으로 잔 게 언제야?"

세이지 미야케의 사무실로 들어섰을 때 미리 와서 기다리고 있던 박 대표가 내게 물었다. 나는 에스프레소 샷을 두 개나 추가한 아메리카노를 홀짝이며 말했다.

"한 삼 일 전쯤."

"그러다 나보다 빨리 죽는 거 아니냐?"

"누가 앞으로 칠십 년은 더 살아야 한다고 끔찍한 소리를 해서. 조금 줄여볼까 하고."

땅이 꺼질 듯이 한숨을 쉬는 박 대표를 보자 씩 웃음이 나왔다.

"깽판이라도 칠 것처럼 굴더니, 미리 와서 예쁘게 차까지 마시고."

제법 기특하다는 듯 칭찬하자 그녀가 기도 안 찬다는 듯 보았다. 그러나 금세 새침한 표정으로 우아하게 찻잔을 들었다.

"이거라도 해야지, 그럼. 누가 수습한 건데."

나는 피식 웃었다. 박 대표도, 나도 둘 다 PT에 대한 언급은 한마디도 하지 않았다. 그저 나란히 앉아 조용히 찻잔을 기울이며 긴장된 순간을 흘려보낼 뿐이었다.

"준비됐습니다."

브랜드 관계자의 말에 나는 찻잔을 내려놓고 일어섰다. 회의실에는 미야케 선생을 비롯한 선임 디자인, 브랜드 홍보 담당자는 물론 예상했던 대로 준까지 와 있었다. 그를 본 박 대표가 살벌한 눈을 빛냈다. 참으라는 듯 그녀의 팔을 지그시 잡으며 입 모양으로 속삭였다.

'내일 회사 월급날이야.'

그리고 곧장 프로젝터 앞으로 향했다. 정면에 앉은 미야케 선생이 예리한 비평가의 눈으로 나의 움직임을 좇았다. 그 옆에는 온화한 얼굴의 선임 디자이너가 조용히 미소 짓고 있었다. 나는 둘을 유심히 본 뒤 미야케 선생에게 고개를 돌렸다.

"시작하기에 앞서 한 가지 질문이 있습니다."

"하게."

"선생님, 혹시 은퇴하시나요?"

조용했던 회의실이 술렁였다. 우리 팀원들은 물론이고 한국지사 관계자들과 준 그리고 박 대표까지도 놀라서 미야케 선생과 나를 쳐다보았다. 그 가운데 동요하지 않는 얼굴은 미야케 선생과 선임 디자이너뿐이었다. 나는 다시 물었다.

"이번 컬렉션은 선생님의 은퇴 무대인가요, 아니면 옆에 계신 후계자의 데뷔 무대인가요?"

은퇴도 놀라운데 데뷔라니, 브랜드의 한국 홍보담당을 맡고 있는 실무자의 얼굴이 창백하게 굳어졌다.

"어떻게 알았나? 아직 공식 발표도 하지 않았는데."

"찍었어요, 그냥."

"……뭐?"

"제가 신기가 좀 있거든요."

당황하는 그들을 향해 나는 싱긋 웃어 보였다.

"자네는 정말이지, 볼 때마다 날 놀라게 하는군."

미야케 선생은 감탄한 눈으로 내게서 시선을 떼지 못했다.

"그래서, 자네 의견은 이번 컬렉션을 가장 화려하게 해야 한다는 건가?"

그가 다시 제안서를 가만히 본 뒤 고개를 기울였다.

"아무리 봐도 내 스타일은 아니네만."

"그래도 하셔야 해요, 이렇게."

"어째서?"

"고별 무대니까요."

"고별이라……."

미야케 선생이 내 말을 곱씹으며 되풀이했다.

"그리고 새로운 시작이잖아요. 30주년을 기념하는 동시에 제자에게 브랜드를 물려주는."

내 말에 옆에 있던 선임 디자이너가 동의하듯 고개를 끄덕였다.

"그러니 당연히, 그간의 성공을 기념하는 축제가 되어야 한다고 생각합니다."

미야케 선생이 망설이는 얼굴로 고개를 저었다.

"그렇지만 이렇게 웅장한 무대에 이런 화려한 셀럽이라니, 너무 오버하는 것 같지 않나? 난 되도록 조용히……."

"선생님, 2002년 입생로랑의 퐁피두 패션쇼를 기억하세요?"

평소 생로랑을 가장 존경한다며 공공연히 말하던 미야케 선생이 단번에 고개를 끄덕였다.

"당연하지. 그 자리엔 나도 있었네. 프랑스 대통령 내외는 물론이고 지금 전 세계에서 내로라하는 패션 거물들은 다 거기에 모여 있었지. 왜냐면 그날은 생로랑의……."

그의 뒷말을 내가 이었다.

"고별 무대였으니까요."

그가 고개를 끄덕였다.

"그럼 혹시 은퇴사도 기억하시나요?"

그의 표정이 단번에 어두워졌다.

"패션이, 내가 아닌 다른 방향으로 흘러가는 것이 너무나 고통스러웠다고 하셨었죠. 그때 기분이 어떠셨나요?"

십수 년 전을 회상하며 미소 짓던 미야케 선생이 선뜻 답하지 못한 채 나를 보았다. 무슨 말을 하고 싶은 거냐는 듯.

"그의 은퇴사는 수많은 패션인들에게 상처로 남았어요. 아버지라 불리는 거장이 그렇게 초라하고 쓸쓸하게 떠나다니, 모두에게 충격이었죠."

그의 업적은 대단했으나 변화하는 시대의 흐름에 맞추지 못하고 결국 브랜드가 조각처럼 찢겨 각기 다른 회사에 넘어가는 비극을 맞았다. 그것으로 그의 쿠튀르 하우스는 영원히 문을 닫았다.

"세이지 미야케의 마지막은 달라야 합니다."

나는 미야케 선생을 보며 확신에 찬 얼굴로 강조했다.

"그러니까 선생님은 누구보다 화려하고 영예롭게, 당당하게 떠나 주세요. 세이지 미야케의 앞으로를 위해서요."

그가 말없이 나를 물끄러미 본 뒤 한참 만에 입을 뗐다.

"자네는…… 내가 숱하게 해 온 고뇌를 단번에 뒤엎는군."

나를 잠시 보던 미야케 선생이 너털웃음을 터뜨렸다.

"그런데 대체 어떻게 알았나? 사실 후임 디렉터를 정한 것 말고는 아직 세부 사항도 결정된 게 없는데."

그는 진심으로 궁금하다는 듯 내게 물었다.

"그냥 찍었다니까요."

나는 씩 웃은 뒤, 선임 디자이너를 향해 눈을 찡긋해 보였다.

"앞으로도 더 잘 부탁드려요."

함께 작업할 때마다 같은 한국인이라는 이유로 내게 친근하게 굴었던 그녀가 나를 향해 마주 웃어 주었다. 이제 그의 은퇴가 기정사실이 된 것에 대해서 세부 사항을 의논하는 대화를 흘려들으며 나는 지헌을 떠올렸다. 강지헌은 이걸 어떻게 알았을까.

"선생님, 혹시."

"음? 뭔가?"

다니엘 강을 아시나요? 입안까지 차오른 물음이 혀끝을 맴돌았다.

"왜 그러나?"

미야케 선생이 내게 묻자 사람들의 시선이 나를 향했다. 박 대표와 준을 힐금 곁눈질한 나는 고개를 저었다.

"……아닙니다, 아무것도."

그때 잠자코 있던 박 대표가 나섰다.

"오늘 자리가 끝나기 전에 미리 말씀드릴 게 있습니다. 이번 컬렉션의 총감독은 제가 맡을 예정이에요."

그녀의 시선이 준을 스치고 미야케 선생에게도 향했다.

"이치린 팀장은 저를 도와서 무대 뒤를 맡을 겁니다."

준이 나와 한 공간에 있을 기회를 주지 않겠다는 의미였다. 그쯤은 예상했던 일이기에 나는 모른 척 그녀의 얘기를 듣고만 있었다. 자세한 내막을 몰라 그저 고개를 끄덕이는 사람들과 달리 미야케 선생은 흥미롭다는 눈을 빛내며 박 대표와 준 그리고 나를 번갈아 보았다.

"박 대표야 업계의 전설 아닌가? 방송 때문에 연출은 거의 안 한다고 들었네만, 맡아 주면 우리도 영광이지."

그가 아무것도 모르는 척 느긋하게 웃어 보였다. 얼굴이 따가울 정도로 쏟아지는 시선이 느껴졌으나 나는 시선을 내리깐 채로 찻잔만 들었다.

"정말 기대되는군. 내 마지막 컬렉션도, 또 다른 것들까지도 말이야."

그의 말에 선임 디자이너가 맞장구를 쳤다.

"아참, 조금 늦은 감이 있지만, 이번 쇼의 제목을 밝혀야겠네."

미야케 선생이 나를 보며 능글맞게 웃는 순간 불길한 예감이 치솟았다.

"바로 'LOVE'일세. 사랑."

늘 그렇듯 불길한 예감은 틀린 적이 없다.

"잠깐 얘기 좀 할 수 있을까요?"

회의가 끝나고 어수선한 가운데 준이 다가와 물었다. 다행히 박 대표는 미야케 선생과 단둘만 할 얘기가 있다고 나간 상태였다.

"네, 말씀하세요. 피디님."

"음악 때문에 상의할 게 있는데, 자리 옮겨서 대화하죠."

"들으셨겠지만 최종연출자는 대표님이라서요. 저는 백스테이지 담당이라 그쪽 업무를 지원하지 않습니다."

예의 바른 미소로 고개를 숙이자 준이 무언가를 확인하는 얼굴로 나를 빤히 보았다.

"아쉽네요. 나는 이 팀장님의 귀를 높이 평가하는데."

그가 테이블 위에 작은 MP3 플레이어를 올려놓았다.

"이걸 같이 들어 줬으면 했거든요."

예전처럼. 그가 의도적으로 생략한 말이 뭔지 안다. 둘이 함께 음악을 들으며 밤을 지새우던 기억을 떠올리게 하려는 거였다. 나는 기계에 시선도 주지 않은 채 서류를 챙겨 들었다.

"실무팀에 메일로 전달해 주시면 감사하겠습니다. 참조에 브랜드와 대행사까지 함께 넣어서요."

너와는 그 어떤 대화도 사적으로 하지 않겠다는 분명한 의미였다. 어둡게 가라앉은 눈동자가 얇은 기계를 훑더니 준이 손을 뻗어 MP3 플레이어를 움켜쥐었다. 손바닥에 커다란 반창고가 붙어 있었다. 공교롭게도 지헌이 다친 곳과 같은 부위였다. 내 시선을 알아차린 준이 손을 조용히 뒤로 물렸다.

"다음에 기회가 있겠죠."

나는 대답하지 않았다. 준의 옅은 눈동자가 나를 말없이 눈에 담았다.

"지난번엔 미안했어요."

진심으로 느껴지는 기만적인 목소리에 나는 잠시 굳었다. 그리고 준의 눈을 보았다. 그가 나를 보는 방식에 숨이 턱하고 막혀 왔다. 그런 눈으로 보지 마. 진실을 호도하는 그런 눈빛으로. 나를 배신한 건 너희들이면서. 마치 내가 먼저 버렸다는 듯 원망이 담긴 눈으로.

준의 눈동자에 비친 내 모습이 이지러졌다. 나는 서류를 가방에 넣을 생각도 하지 못한 채 몸을 돌렸다. 회식 장소를 알리는 사람들을 스쳐 도망치듯 사무실을 나섰다. 건물을 빠져나온 뒤에야 숨을 멈추고 있다는 사실을 깨달았다. 스스로가 미련하고 바보 같아서 견딜 수가 없었다. 눈앞이 뿌옇게 흐려지고 목까지 차오른 숨에 길에 선 채로 가슴께를 꾹 눌렀다. 거리에 선 채로 숨을 가라앉히는데 전화가 울렸다. 지헌이었다.

-축하해요. 경쟁자들한테 기회도 안 주고 승리한 거.

지헌의 목소리를 들으며 숨을 머금고 나직하게 내뱉었다. 믿을 수 없게도 들끓었던 마음이 가라앉았다.

-내가 봤어야 하는데, 아쉽네.

눈을 감은 채로 지헌의 목소리에 귀를 기울였다. 이따금씩 멀어지는 통화감 사이로 외국어가 섞여 들렸다. 어디예요? 정말 파리로 돌아간 거예요? 이젠 서울에 없어요? 입안까지 치미는 말을 그대로 삼켰다.

-내 말 듣고 있어요?

"……어떻게, 알았어요? 이렇게 빨리."

-나 엄청나게 능력 있는 남자라고 얘기 안 했나?

사람을 들뜨게 하는 웃음소리가 귓가를 울렸다. 어딘가에서 지헌이 보고 있을 것만 같아 거리 저편으로 시선을 돌렸다. 익숙하고 흔한 풍경 중에서 지헌의 얼굴은 어디에도 없었다. 당연한 사실인데도 멍하게 서서 바쁘게 흘러가는 거리를 보았다.

-무슨 일 있어?

귀신보다 더 촉이 좋은 남자답게 그는 내가 평소와 다르다는 걸 전화만으로도 간파했다.

"……미야케 선생이 은퇴하는 거, 어떻게 알았어요?"

-대답 안 해 줄 거예요?

"이사님도 안 하잖아요."

-화났어요?

다정한 목소리가 마음을 흔들었다. 마음껏 응석을 부려도 된다고. 얼마든지 받아 주겠다고. 사나운 충동을 부추긴다.

"그냥 알려 주지. 내가 끝까지 눈치 못 챘으면 어쩔 뻔했어요? 수수께끼 싫다고 말했잖아요."

-울어요?

"내가 무슨 울보인 줄 알아요!"

못난 신경질이 사납게 치솟았다.

-나 없을 땐 울지 마.

"……."

-달래 줄 수가 없잖아.

상냥한 음성에 목울대가 뜨거워졌다.

"……끊어요 그만 가 봐야 해요."

-어딜?

"회식이요."

잠깐 침묵이 이어졌다.

-그건 나랑 해야 하는 거 아닌가. 내 덕분에 성공했으니.

"고마웠어요. 다음에 밥 한 끼 정도는 살게요."

기막힌 웃음소리가 건너왔다.

-그걸로 퉁치겠다?

"처음부터 대가를 분명하게 말하라고 했잖아요."

-나 안 보고 싶어요?

기습적인 물음에 대답이 조금 늦게 나왔다.

"얼마나 됐다고."

-삼 일 하고 아홉 시간쯤.

막힘 없는 목소리에 이번에도 그의 속도를 따라가지 못해 전화기만 쥔 채로
있었다. 대답 없는 나를 대신해 지헌이 말했다.

-나 보고 싶어 하면서 있어요, 계속. 내가 갈 때까지.

* * *

"오늘 진짜 멋있었어요, 이 팀장님! 우리 앞으로 남은 컬렉션까지 멋지게 함
께 달려 봐요!"

선임 디자이너가 샴페인 잔을 들며 건배를 청하자 나 역시 활짝 웃으며 잔
을 부딪쳤다. 몇 번의 건배가 더 오가고 분위기가 적당히 무르익었을 때 빠져
나갈 기회를 엿보며 주위를 살폈다. 바닥을 울리는 음악 소리와 파티 분위기
속에서 혼자만 겉도는 사람처럼 더디게 흐르는 시간을 자꾸만 확인했다. 그
러다 대각선 끝 쪽에 앉아 있는 쥰과 눈이 마주쳤다. 나는 자연스럽게 시선을
돌리며 대화에 합류했다.

협력사까지 꽤 많은 인원이 참석한 단체 회식은 성수동의 한 창고형 클럽을 빌려야 할 정도로 규모가 컸다. 이곳에서 나를 가장 숨 막히게 하는 건 집요하게 따라붙는 준의 시선이었다. 무대 위에 있던 DJ가 준에게 다가와 팬이라며 악수를 청했다. 잠시나마 그의 시선으로부터 놓여난 것에 안도하는 사이 박 대표가 조용히 눈짓했다. 적당히 빠지라는 의미였다. 이명이 생긴 후 음악이 나오는 장소를 기피하게 된 나를 위한 배려였다. 왁자지껄한 분위기를 틈타 가방을 집어 드는데, 윤 이사가 와인을 병째 들고 내 앞으로 걸어왔다. 불길했다.

"이 팀장! 우리, 이치린 팀장!"

이 인간, 벌써 취했나. 쿵쾅대는 음악 소리에 그의 목소리가 묻힐 정도였으나 혀가 꼬부라진 발음만은 알 수 있었다.

"우리, 우리 보물 이 팀장!"

그는 나를 향해 빨리 잔을 비우고 자기 술을 받으라며 생떼를 썼다. 나보다 겨우 서너 살 많다는 이유로 평소 손위 오빠 노릇을 자처하는 윤 이사가 빙싯 빙싯 웃는 모습에 한숨이 절로 나왔다. 정말이지 진상이 따로 없다.

"취하신 것 같은데요, 이사님."

"무쓴 쏘리! 나 안 취했어!"

그러니까, 바로 그게 취한 증거라고. 그러나 평소라면 가볍게 지나쳤을 그의 억지를 순순히 받아준 건, 얼마 전 김 대리가 한 말이 새삼 떠올랐기 때문이었다.

윤 이사님, 우셨어요. 화장실에서 몰래.

불콰하게 취한 윤 이사가 손을 번쩍 들며 외쳤다.

"자, 우리 EM의 보배! 나랑은 건배!"

그의 아재 개그에 잔을 쥔 손에 힘이 들어갔다. 확 엎을까.

우셨어요. 화장실에서 몰래.

아, 나는 왜 이렇게 마음이 여리고 착한가. 어쩔 수 없이 샴페인을 단숨에 털어 넣자 윤 이사가 빈 잔에 와인을 가득 채웠다.

"너무 많아요, 이사님."

"이게 다 이 팀장을 싸랑하는 내 맘이야!"

"사양합니다."

"자꾸 이럼 나 썽낸다!"

그가 병과 잔을 양손에 하나씩 쥐고 앙탈을 부리듯 눈을 동그랗게 뜨며 입술을 앙다물었다.

"……."

그래, 사회생활이란 원래 거지 같은 거다. 대응할 의지를 모조리 상실한 나는 윤 이사가 가득 채운 잔을 받아 들었다.

"근데 너, 왜 나한테는 선배라고 안 하냐?"

그가 휘청거리는 몸으로 턱을 괴며 말했다.

"대표님이나 유진이한테는 선배 소리 잘만 하잖아."

"그거야, 뭐."

"그중에 내가 젤 어린데, 나한테만 맨날 이사님, 이사님. 누가 보면 내가 상늙은이, 꼰댄 줄 알어."

"지금 행태가 딱 꼰대예요."

심각한 얼굴로 진심을 다해 말했으나 윤 이사는 장난으로 받아들였다.

"얀마! 뗏! 아직 장가도 안 간 총각을."

나는 다시 깊은숨을 토했다.

"김 대리랑 좀 어울려 놀고 그러세요. 걔 맨날 소개팅하던데."

"그렇단 말이쥐? 김 대리 이 좌식이 나만 빼놓고……."

중얼거리던 그가 갑자기 불현듯 웃음을 거두고 진지한 눈으로 나를 보았다.

"미안하다, 이 팀장."

"……."

"미안해."

나는 대답 대신 잔을 말끔히 비운 뒤 그에게 건넸다.

"미안하면 원샷."

"원샷? 그거라면 자신 있지!"

그가 호기롭게 외쳤다. 그런 윤 이사를 잠깐 보다가 샴페인 잔을 내려놓고 그 옆에 비어 있던 커다란 맥주잔을 들었다. 그리고 목이 홀쭉한 위스키병을 잡았다.

"야, 치린아, 이 팀장아……."

윤 이사가 손을 부들부들 떨며 나를 불렀으나 냉담하게 무시했다. 이 정도면 다시는 술을 권하지 않겠지. 흡족하게 웃으며 윤 이사의 앞으로 가득 채운 술잔을 쭉 밀었다. 그가 사약이라도 받아 드는 사람처럼 나와 잔을 번갈아 보았다. 나는 싱긋 웃으며 말했다.

"원샷."

윤 이사를 제거하고 클럽을 막 빠져나올 때였다. 준이 내 앞을 가로막았다.

"나랑 얘기 좀 해."

그는 내가 빠져나갈 걸 알고 있었기라도 한 듯 벽에 기대선 채로 나를 기다리고 있었다. 산 넘어 산이다. 피곤해서 길바닥에라도 드러누울 지경인데. 내 표정을 본 준이 조급하게 덧붙였다.

"금방이면 돼."

어쩔 수 없이 그를 따라 야외와 바로 이어진 테라스로 향했다. 긴 한숨을 내쉬며 머리를 쓸어 올렸다.

"할 말이 뭐야?"

"딱 하루만 나한테 시간 내줘."

"……무슨 시간?"

"네가 오해하고 있는 것들, 전부 다 해명할 기회를 줘."

준을 보는 시선이 나도 어쩔 수 없을 만큼 차가워졌다.

"그러기엔 너무 늦었다는 생각 안 들어?"

"그래, 알아. 너한테 많이 늦은 거."

준이 초조한 얼굴로 재차 입을 열었다.

"그런데 나한테도 정리할 시간이 필요했어. 그게 지금이고."

"너…… 아빠야. 이시하라, 네 아이가 막 태어났다고."

"내가 다 설명할게!"

"무슨 설명을?"

험악한 말이 절로 나왔다.

"……에리카가 낳은 아이가 네 아이가 아니기라도 해?"

말도 안 되는 걸 물어 놓고도 나는 준의 입에서 나올 대답을 기다리며 긴장했다.

"내 아이 맞아."

움켜쥔 손끝이 손바닥을 파고들었다. 대체 무슨 미친 생각을 한 거야. 환멸과 경멸이 한데 뒤엉켜 나를 뿌리째 흔들었다. 빨리 이곳을 벗어나야 했다. 돌아서는 나를 준이 불러 세웠다.

"린!"

나는 단호한 얼굴로 고개를 가로저었다.

"아니. 날 그렇게 부르지 마. 나는 이제 너의 린이 아냐."

너와 에리카, 모두가 알아야 한다. 더 이상 내 삶의 최우선 순위가 너희가 아님을. 모든 걸 감내하던 스무 살의 이치린이 아님을 깨달아야 한다.

"내가 잘못했다는 거 알아. 어떤 변명도 쉽게 안 통할 거라는 것도 알아. 그치만 나도 정말 어쩔 수 없었어! 마츠이가……!"

"그만, 이시하라. 그만둬."

그의 입에서 에리카의 이름이 나오는 순간, 우리가 나누는 모든 대화는 삼류 막장 드라마가 되고 말 거다. 그것만은 참을 수가 없었다. 준이 답답한 마음을 토해 내듯 연거푸 얼굴을 쓸어내렸다.

"실수였어, 전부 다 실수였다고! 딱 한 발, 그 한 발을 잘못 디뎠는데. 너는 날 보려고도 하지 않지! 나도 어쩔 수 없이 여기까지 와 버린 거라구!"

그와 에리카를 한 침대에서 발견한 그날 밤 이후, 내가 한국으로 돌아오기 전까지 사흘 동안 그가 날 찾아온 건 두 번이 전부였다. 그는 하늘이 두 쪽이 난 나를 위해서 문밖에서 단 몇 시간도 기다리는 수고조차 감수하지 않았다. 그건 그가 끝내 포기하지 못한 남자로서의 자존심이었다. 그러니까 결국 너한테 나는 그 정도였던 거다. 그래서 나는 분노했다. 자신의 아이를 낳은 아내를 버젓이 둔 채 내게 와서 이런 말을 하는 준을 보며.

"넌, 나에게 최소한의 예의도 지키지 않는구나."

"뭐……?"

"누군가의 고통 위에 세워진 사랑이라면, 적어도 지키려고 노력해야 하는 게 예의 아니야?"

"그건, 치린!"

"그런데 넌 여전히 최악이다. 이시하라."

싸늘하게 굳은 눈빛에 나를 바라보는 준의 눈동자에는 놀란 듯 힘이 들어갔다.

"형편없어."

차갑게 쏘아붙인 뒤 일그러지는 준의 얼굴을 외면하며 눈을 감았다. 유통기한이 끝난 관계란 이렇게 보잘것없고 초라한 거였다. 제발 더는 내게 바닥을 보이지 마.

"이제 너한텐 다른 사람이 생긴 거지? 그래서지?"

준이 허탈하게 웃었다.

"나는 너를 보기 위해, 너한테 돌아오기 위해 지금까지 견뎠는데. 너는 고작…… 이렇게 짧은 시간에 새로운 사람이 생겼구나. 그게…… 가능했어."

준의 말이 주검처럼 싸늘하게 굳어 있던 납덩이같은 심장을 잔인하게 때렸다.

"……고작?"

내가 얼마나 긴 시간 동안 무저갱의 지옥 속을 헤맸는데, 그게 그에게는 고작이라고 표현될 수 있다는 것이 나에게서 모든 분노를 박탈해 갔다. 나는 등을 돌렸다. 한순간이라도 더 있다가 내가 무슨 말을 하게 될지 몰랐다. 그때, 귀를 찢고 그 음악이 들렸다. 피아노 선율에 덧입혀진 'Our Love'의 EDM을 듣는 순간, 나는 충격으로 굳었다.

"그런 얼굴 하지 않아도 돼. 네가 이 노래를 얼마나 싫어하는지 이제는 아니까."

빈정거리는 준의 목소리가 조금씩 멀어졌다.

"그런데 내가 아냐. 아까 그 DJ가 내 팬이라더니, 그래서 틀은 모양인데……."

준의 목소리가 동굴 속을 울리는 것처럼 멀어져 갔다. 말소리가 사라질수록 귀를 찢을 것 같은 이명은 점점 더 강해졌다. 당장 나가야 해.

신호가 끊긴 TV처럼 앞이 뿌옇게 흐려지고 두 다리가 붙박이처럼 땅에 붙어서 움직이지 않았다. 손에서 가방이 툭 떨어졌다. 그때까지도 준은 무엇이 잘못됐는지 알아차리지 못한 채 까무러치듯 주저앉는 나를 보았다. 이명은 두통과 어지러움과 호흡곤란을 동반한다. 그러니까 침착하게 심호흡을……. 사고가 정지된 사람처럼 생각이 더 나아가지 못했다. 머리를 감싸며 웅크리는 나를 준이 흔들었다.

"왜 그래? 어디 아파?"

눈앞이 빙글빙글 돌고 물체의 초점이 흐려졌다. 준이 여러 겹으로 겹쳐 보였다. 귀가 떨어져 나갈 것 같았다. 이대로 도려내고 싶을 만큼. 그래서 이 소리가 사라질 수만 있다면 기꺼이 그렇게 할 수 있을 것 같았다. 영원한 침묵속에 잠기면, 이런 고통 속에 살지 않아도 될 텐데.

"대체 왜 이러는 거야, 린……!"

곤혹으로 물드는 준의 눈동자가 보였다. 언젠가부터 나를 바라보는 그의 눈은 늘 같았다. 지독한 자책과 슬픔, 그리고 분노. 그런 준을 볼 때마다 나는 점점 더 고통스러워졌다. 내가 죽어 버렸으면 좋겠어. 그래서 나에게 이런 고통을 준 너와 에리카가 평생 후회했으면 좋겠어. 홀로 남겨진다는 게 어떤 건지, 처절하게 몸부림치며 아팠으면 좋겠어. 그러나 한낱 나약한 인간인 나는 이 작은 고통에도 온몸을 떨며 벗어나고자 안간힘을 썼다. 그만, 부탁이니까 제발, 그만.

준을 마구 밀어내며 버둥거리자 그가 팔을 더 강하게 붙잡았다.

"왜 그러냐고, 이치린!"

"숨이……, 제발, 멈춰."

귀를 틀어막은 채 뚝뚝 끊어지는 호흡을 붙잡고 헐떡였다. 나를 붙들고 있던 준의 손이 툭 떨어져 나갔다.

"이거…… 뭐야?"

그의 손에 나의 트윌리가 들려 있었다. 너무도 익숙해서 눈을 감고도 선명하게 무늬가 그려지는 검은색 천이. 나의 유일한 보호막이.

"뭐냐고, 이거……."

준이 충격받은 얼굴로 나를 보았다. 손목을 움켜쥐고 있는 그의 손이 덜덜 떨리기 시작했다.

"너, 이거…… 너……."

"놔."

그에게서 벗어나려 손목을 비틀었다.

"린……."

시야가 완전히 나간 것처럼 준의 얼굴이 흐릿하게 보였다.

"놓으라잖아, 손."

내가 그를 알아본 건 순전히 향 때문이었다. 수십 개의 향을 머리로 기억하는 후각 훈련이 되어 있는 나는 체향만으로도 그의 존재를 알아차릴 수 있었다. 귀를 찢을 것처럼 울리는 고음과 끊어질 듯 이어지는 호흡 사이로 익숙한 그의 향기가 나를 안심시켰다. 이 사람이라면 나를 어떻게든 해 줄 거다. 이곳에서 구해 내 줄 거다. 그가 있는 쪽을 향해 무작정 팔을 뻗었다. 단단한 손이 나를 감싸는 순간, 정신을 놓았다.

* * *

"이게, 지금 이게…… 대체……."

준은 비틀거리며 벽에 기대섰다. 방금 전까지 멀쩡히 대화를 나누던 치린이 발작이라도 하듯 주저앉았고, 어디선가 갑자기 나타난 남자가 그녀를 안고 사라졌다. 치린은 자신을 미친 듯이 밀어내던 것과 반대로 그 남자의 품에 안겼다. 아주 자연스럽게. 준은 이 모든 일이 단 몇 분 사이에 일어났다는 사실이 믿기지 않았다. 무엇보다……. 그가 손에 쥔 트월리를 꾹 움켜잡으며 황급히 몸을 돌렸다. 건물을 빠져나가자마자 치린을 안은 남자의 뒷모습이 보였다.

"거기 서!"

준이 다급하게 외치며 남자를 뒤쫓았다.

"린을 어디로 데려가는 겁니까!"

그러나 그는 준을 아예 없는 사람처럼 무시한 채 치린을 뒷좌석에 눕혔다.

"이봐……!"

준이 닫히는 차 문을 탁 붙잡으며 그를 노려보았다.

"비켜."

싸늘한 음성에 동물적인 공포감이 밀려들었다. 치린을 힐긋 본 준이 발끝에 힘을 꾹 주며 버텼다.

"누굽니까, 그쪽? 치린과는 어떻게 아는 사이죠?"

준의 물음에 대답 대신 위협적인 시선이 날아왔다. 날카로운 서슬 같은 눈빛에 기가 짓눌리는 것 같았다. 저 눈을 분명 어디서 봤는데. 준이 눈을 크게 떴다.

운이 좋다고, 그쪽.

"당신, 그때 서킷에서……!"

"운이 좋네, 계속."

우위를 점령한 채 상대를 짓누르는 고압적인 자세만큼이나 거만한 말투였다. 그의 눈이 한순간 준을 벗어나 의식을 잃고 쓰러진 치린의 얼굴을 향했다.

"그 운이 어디까지 가는지 지켜보지."

거침없이 차 문을 닫은 그가 운전석에 올랐다.

"병원으로 가는 겁니까? 부탁이니까 어딘지 알려 줘요!"

준이 창문을 두드리며 외쳤으나 그는 시선도 주지 않은 채 차를 출발시켰다. 본능적으로 물러선 준은 창문으로 비치는 치린의 창백한 얼굴이 멀어지는 모습을 망연히 지켜보았다. 차는 순식간에 골목을 빠져나갔다.

"대체 왜……."

준이 선 채로 중얼거리는데, 차가 사라진 방향을 보고 있는 박 대표가 눈에 들어왔다. 그녀의 차분한 표정이 모든 걸 지켜봤음을 알게 해 주었다. 더불어 린을 데리고 사라진 남자가 신뢰할 수 있는 인물이라는 것 역시. 아니라면 치린이 쓰러졌을 때 가장 먼저 달려 나왔을 사람이었다. 준이 넋 나간 표정으로 입을 열었다.

"……갑자기 쓰러졌어요, 눈앞에서 한순간에."

박 대표는 그런 준을 투명인간처럼 대하듯 시선도 주지 않고 등을 돌렸다.

"왜 그런 겁니까? 언제부터! 아니, 도대체 무슨 일이 있었던 겁니까?"

그가 멀어지는 박 대표의 등을 향해 해답을 갈구하듯 외쳤다. 걸음을 멈춘 박 대표가 말없이 차가운 시선으로 그를 노려보았다. 짧은 시간을 두고 준의 얼굴이 고통으로 일그러졌다.

"나 때문이군요……."

그는 치린이 작업실로 찾아온 날을 떠올렸다.

조건이 있어. 들어주지 않으면 너와의 협업을 거절하겠어.

그녀의 조건은 컬렉션 기간 동안 그가 치린에게 선물로 만들어 주었던 '그 노래'를 쓰지 않는 거였다. 겨우 그 말을 하려고 찾아오기까지 했던 게 의외여서 희망을 품었다. 그래 놓고는 절대로 틀지 말라며 단호하게 못 박던 얼굴이 야속하다고 생각했던가. 그런 줄도 모르고. 아무것도 모르는 얼굴로 린의 가슴에 꽂아 넣었던 비수 같은 말들이 고스란히 그에게로 되돌아왔다. 그는 구겨진 얼굴을 쓸어내리며 간신히 이성을 붙잡았다.

"그 남자, 린을 데려간 사람…… 누굽니까."

계속 침묵을 지키던 박 대표는 의외로 순순히 대답했다.

"일 년 전, 내가 치린일 어떤 쓰레기 같은 놈이랑 엮어 주려고, 그 애가 이미 결혼했다고 뻥쳤던 남자."

"……무슨 말이에요?"

준이 그녀의 말을 이해하기 위해 곱씹는 동안 박 대표가 쓰게 자조했다.

"한 치 앞을 모르는 게 인생인데, 이렇게 될 줄도 모르고."

그녀가 준을 보며 살벌하게 웃었다. 그러나 준은 물러서지 않았다. 번쩍 고개를 든 그가 박 대표를 쏘아보며 따지듯 물었다.

"그럼 작년에, 내가 찾아왔을 때. 그때도 거짓말한 겁니까? 린이 한국에 없다고."

그녀의 침묵에서 대답을 확신한 준이 분노를 터트렸다.

"대체 왜……! 당신이 뭔데 멋대로 우리 사이를……!"

"너 때문에 그랬어. 그때 걔가 너를 보면 정말로 죽어 버릴 것 같아서."

"……!"

"너라면 보여 줄 수 있겠니? 처참하게 망가져서 병원에 누워 있는 모습을, 다른 사람도 아닌 날 배신한 놈한테."

박 대표의 냉정한 목소리에 준이 눈을 부릅떴다.

"그때 걔가 널 만났으면, 못 버텼다. 그래서 없다고 했어. 애 살리려고."

준이 갈 곳 잃은 분노를 떠안은 채 충격으로 굳었다. 박 대표는 그런 준을 홀로 남겨 둔 채 차갑게 몸을 돌렸다.

***

"스트레스로 인한 가벼운 실신이라니까 푹 자고 일어나면 괜찮아질 거야."

은 박사가 지헌을 힐금 본 뒤 다시 치린에게 고개를 돌렸다.

"전에 그 아가씨 맞지? 나 한밤중에 불러 놓고 이름도 안 알려 준? 얼마 전에 그 논문도 다 이 아가씨 때문이고?"

나이 지긋한 노의사, 은 박사가 궁금해 죽겠다는 얼굴을 했으나 지헌의 가라앉은 분위기 때문에 입맛만 다셔야 했다.

"무슨 사인데? 응?"

"무슨 사이겠어요?"

"노인네가 지레짐작하길 바라지 말고 말을 분명히 해 줘야지."

"저와 환자의 사이가 교수님의 의료 행위에 영향을 미치진 않을 텐데요."

냉정하게 딱 자르는 말투에 은 박사가 혀를 쯧쯧 찼다. 누가 제 아버지 아들 아니랄까 봐, 매정하기는. 그래도 명색이 고모부한테.

"올라온 지가 언젠데 아직 이름표도 안 붙여 놓구."

그는 결국 옆에 선 전문의가 느릿하게 적고 있는 차트를 뺏어 들었다.

"가만 보자. 만으로 스물아홉, 올해 서른이구만. 딱 좋아. 이름이…… 이치린. 음. 치린? 어디서 들어본 거 같은데…….."

은 박사가 고개를 갸웃하더니 지헌에게 돌렸다.

"그나저나, 내가 입이 무거워서 꾹 참고 있긴 한데. 너, 분명 이 아가씨를 직접……."

"무거우시다면서요, 입."

침대 곁에 선 지헌이 치린에게서 시선을 떼지 않은 채로 대꾸했다.

"음, 그렇지. 무겁지. 아, 근데 분명히 네가 이 아가씨를 직접……!"

"어딜 봐서요?"

은 박사가 입술을 씰룩댔다.

"알았다, 그만 나가라, 이거지? 급하다고 불러 댈 땐 언제고 축객령이라니, 에이, 자식 키워 봐야 다 소용없다더니. 고모한테 확 일러 줄까 보다."

말은 그렇게 하면서도 지헌을 보는 은 박사의 얼굴에는 흐뭇한 미소가 떠올라 있었다. 모두 나가자 지헌이 침대 가까이 앉으며 치린의 창백한 얼굴에 가만히 손을 댔다.

"그렇게 오랄 때 진작 왔으면 좋았잖아."

붉게 도드라진 흉터를 보며 그가 서늘한 표정을 지었다.

* * *

너 때문에 그랬어. 그때 걔가 너를 보면 정말로 죽어 버릴 것 같아서.

준은 불 꺼진 거실에 우두커니 앉아 있었다. 그의 앞에 치린이 상처를 가리고 있던 트월리가 구겨진 채 놓여 있었다. 이 천이 떨어져 나간 순간 손목 위로 드러난 붉은 상처가 머릿속에 화인이라도 찍어 넣은 것처럼 뇌리에 박혔다. 그날, 치린이 너무도 차분하게 등을 돌려서 나갔을 때, 그리고 다음 날 전날보다 더 침착한 얼굴로 자신을 마주 봤을 때, 충격으로 휘청거린 건 그였다. 냉정하고 이성적인 목소리로 이별을 통보하는 그녀를 얼빠진 것처럼 보기만 했다.

끝을 말하면서, 어떻게 이성적일 수가 있어? 철저하게 파멸한 이 관계에서 유일하게 너만이, 멀쩡한 것에 화가 났다. 그래서 너만은 아무렇지 않다고 믿었다. 그럴 리가 없는데도. 그가 쓴웃음을 삼키며 작년의 어느 날을 떠올렸다.

"다 나 때문이야."

에리카의 목소리는 마치 의도치 않게 실수하게 되어 유감이라는 듯 차분했다. 준은 그런 에리카를 이해할 수가 없었다. 그는 테이블 위에 놓인 손바닥만 한 사진을 뚫어질 듯 보았다. 아무것도 보이지 않는 온통 검은색 필름이었는데, 이 안에 그의 아이가 있다고 했다. 에리카도, 사에도, 의사마저도.

"……이게 지금."

"너랑은 상관없는 일이야."

"……내 아이가 아니라는 거야?"

준이 일그러진 얼굴로 멍하게 되물었다. 그는 하나도 이해가 되지 않는 것처럼 에리카를 보았다. 에리카는 그의 얼굴에 아주 잠깐 동정이 일었으나 다시 냉정하게 마음을 다잡았다.

"생물학적인 얘기를 하는 거라면 맞아. 네가 아빠야."

준이 다시 이해 못 할 표정을 지었다.

"그런데 나랑 상관이 없다니…… 너 지금 무슨 말을 하는 거야, 마츠이."

"이 아이가 마츠이의 성을 물려받을 거라고 말하는 거야."

"……너!"

"그러니까 이시하라, 너는 린에게 돌아가. 악역은 한 명이면 충분하니까."

준은 에리카를 제정신이냐는 듯 보았다.

"내 아이가 태어날 거라는데, 나보고 린에게 돌아가라고?"

"그래, 처음부터 너는 린뿐이었잖아."

"그걸 알면서……! 알면서, 너……!"

"가서 하룻밤 실수였다고 해. 너는 너무 많이 슬펐고 취했고, 그리고 나도……."

"넌 멀쩡했어! 멀쩡했다고, 넌……!"

준이 씩씩거리며 외치자 에리카가 담담하게 시인했다.

"그래, 난 하나도 취하지 않았어. 취한 너를 침대에 눕힌 것도, 네 옷을 벗긴 것도 전부 나야."

"……그만. 제발 그만해!"

준이 괴로운 듯 머리를 붙잡았다.

"그러니까 가서 린에게 그렇게 말하고 빌어. 그럼 받아 줄 거야. 린은 착하니까."

"너 꼭…… 이렇게까지 해야겠어? 그 아이를 꼭……."

그는 차마 더 이상 말하지 못하고 고개를 돌려 버렸다. 에리카가 핸드백 아래 감춰 둔 손을 부러질 듯 맞잡았다.

"낳을 거야, 반드시 무사하게. 낳아서 마츠이로 키울 거야."

얼굴을 쓸어내린 준이 깊은숨을 토해 내며 눈을 감았다. 긴 침묵에 숨이 막힐 때쯤 준이 겨우 입을 열었다.

"이시하라야."

"뭐……?"

"비겁하게 빠져나가는 짓, 안 한다고."

"……무슨 뜻이야?"

에리카가 방어적인 태도로 준에게 물었다.

"나는 너랑 그 무엇도 될 수가 없어. 그건 네가 가장 잘 알겠지."

이제 거의 이성을 되찾은 준이 체념하듯 말했다.

"물론 린하고도 이대로…… 끝날지도 몰라."

"가서 매달리면."

"그건 네가 상관할 일이 아냐, 마츠이."

"……."

"나는 지금 너에게 내가 한 일에 대한 책임을 지겠다는 말을 하는 거야."

"그럴 필요 없다고 분명……!"

"아니, 난 도망가지 않아. 그 아이가 내 아이라면 반드시 책임질 거야."

에리카가 조금 물러서며 한숨을 쉬었다.

"그럴 필요 없어. 내가 누군지 잊었어? 이 아이는 무엇 하나 부족함 없이 자라게 될 거야."

"아빠는?"

"……뭐?"

"네가 아빠도 줄 수 있어?"

"……!"

에리카는 붉게 충혈된 그의 눈을 말없이 한참 동안 보았다. 그게 전부였다. 그날 이후로 에리카를 만날 수는 없었다. 어느 순간부터 소문이 번져 그들의 관계가 이미 부부라도 된 것처럼 공식화됐지만 정작 에리카도 마츠이 가문의 누구도 나서지 않았다. 준은 그게 에리카가 자신을 위해서 한 배려라는 것을 알면서도 아무것도 할 수 없는 스스로의 무력감에 끝없이 비참함을 느껴야 했다.

사에가 연락하지 않았다면, 사진을 보내 주지 않았다면, 아이가 태어난 줄도 몰랐을 거다. 아이가 태어났다는 소식을 듣는 순간, 치린이 걱정돼서 견딜 수가 없었다. 결국 정신을 차렸을 때는 무작정 비행기에 올랐을 때였다.

묵묵부답인 에리카와 여전히 가슴에서 떨쳐 낼 수 없는 치린 사이에서 홀로 고민하는 데에 지쳤을 때, 치린의 얼굴을 보는 순간 죽음의 문턱에서 살아난 것만 같았다. 그랬는데, 자신으로 인해 치린이 죽어 가고 있었다니. 그것도 모른 채 음악을 만들고 앨범을 발매했다니. 자신의 노래가 치린에게 저주의 노래가 되었다니.

"……내가 어떻게 했으면 좋겠어?"

그는 트윌리가 치린이라도 된 듯 숨죽인 채 바라보았다.

* * *

"너, 엄마 어딨어?"

태풍이 물러가고 수십의 생명을 집어삼킨 하늘이 시치미라도 떼듯 청명하기만 했던 어느 날. 그래도 생은 살아 있음을 증명이라도 하듯 손바닥만 한 동물의 새끼가 선산 아래 숲길에서 가열하게 울어 댔다. 두 달 전, 이곳에 엄마와 아빠를 묻은 나는 방금 삼촌마저 옆에 묻고 내려오는 길이었다. 삼촌은 화장해서 흔적도 남기지 말고 뿌려 달라는 유서를 남겼지만, 부득불 남은 재산을 전부 털어 장례를 치렀다. 그따위 유언, 누가 들어줄 줄 알고? 열 받아서 중얼거리다 계속해서 울어 대는 울타리 너머 짐승을 향해 소리를 빽 질렀다.

"울지 말고 말을 하라구. 바보같이 울기만 하면 누가 알아 준대?"

눈싸움이라도 하듯 대치하고 선 채로 울부짖는 짐승에게 따져 물을 때부터 나는 이미 제정신이 아니었다. 그런 주제에 누구를 구하겠다고 울을 올랐다. 좁은 구멍에 끼어 피 흘리는 새끼 고양이의 다리를 빼내 주고 났을 때, 온몸은 흙투성이에 목에 걸고 있던 목걸이 줄마저 끊어진 뒤였다. 그리고. 사라졌다. 엄마의 펜던트가.

"젠장……!"

남의 엄마를 찾아 주려다 내 엄마를 잃어버리다니, 머저리가 따로 없다. 겨우 길 잃은 새끼 고양이 한 마리를 구하자고 몇 번이나 풀숲을 헤집다 포기한 채 그대로 벌러덩 누워 버렸다. 이대로 죽어 버렸으면 했다. 아무도 모르게, 아무도 모르는 곳에서. 그렇게 생각하며 눈을 감는데, 얼마가 흘렀을까. 나의 몸부림에 숨죽였던 숲이 다시 제소리를 내기 시작할 때쯤 철조망 너머로 바스락하는 소리가 들렸다.

'저쪽 울타리에 있는 숲으로는 들어가면 안 된다. 산세가 험해서 가끔 야생동물이 내려와 사람을 문다는구나.'

갑자기 왜 이런 순간에 아빠의 말이 생각나는 걸까. 다시 파삭, 하고 잔디를 밟는 소리에 7월 초의 폭염에도 팔등에 오소소 소름이 돋아났다. 침을 꿀꺽 삼키며 몸을 일으키는데 내 앞으로 커다란 그림자가 나를 뒤덮을 것처럼 다가왔다.

"뭐야, 고딩?"

그때 눈이 번쩍 떠졌다.

눈을 떴을 때 가장 먼저 보인 건 병실 천장에 달린 형광등이었다.

"꿈……."

날짜를 헤아려 보니 벌써 봄이 끝나 가고 있었다. 시간이 그렇게 됐나. 세월은 참 무던하게 잘도 흘러간다. 유수처럼. 나는 그대로 머물러 고여 있는데. 나만 두고 다들 가 버렸다. 그대로 누운 채로 눈을 감고 숨을 한 모금, 두 모금 내쉬다가 의식을 잃기 전의 기억이 하나둘 떠올랐다.

준과 다투다 이명이 찾아왔고 그 사람이 왔다, 강지헌. 그리고 트윌리. 훤히 드러난 손목의 상처를 보며 창백하게 질려 가던 준의 얼굴도 기억났다. 상상했던 일 중에 가장 최악의 상황이 벌어져서인지 수습할 의지조차 들지 않았다.

"아, 깼구만."

병실 문이 열리고 가운 차림의 의사들이 우르르 들어섰다. 환자복의 무늬부터 색깔까지, 이 모든 게 왜 이렇게 익숙한가 했더니 하필이면 이 병원일 줄이야. 가라앉는 마음을 밀어내며 몸을 일으키자 맨 앞에 서 있던 나이 지긋한 의사가 먼저 말을 건넸다.

"좀 어때요? 이틀 푹 자고 나니까 개운하지?"

"……이틀이나요? 그럼 오늘이."

"일요일이지."

황당함에서 헤어 나오지 못하는데 노의사가 나를 빤히 보았다. 그 노골적인 시선이 부담스러워 앉은 채로 몸을 뒤로 물렸다.

"혹시 우리 어디서 만난 적 있지 않나요?"

나는 노의사의 가운에 적힌 이름 석 자를 확인한 뒤 고개를 저었다.

"아뇨."

"낯이 익은데?"

이번엔 고개까지 쭉 내밀고 나를 이쪽저쪽 살피는 시선에 곁에 있던 젊은 의사들도 뭐가 있나 하는 표정을 지었다.

"가만있자, 어디서 봤더라? 정말 나를 몰라요?"

"지금…… 작업 거시는 건가요?"

노의사의 좌우로 늘어서 있던 의사들이 큼큼하고 헛기침을 흘렸다. 그렇게 기분 나쁘면 당신들 대빵의 얼굴부터 치운 다음에 얘기하라고. 그러나 제자들과 달리 노의사는 개의치 않는 얼굴로 나를 관찰하는 시선을 거두지 않았다. 그러자 우르르 서 있는 사람들의 시선이 부담스러울 정도로 내게 집중됐다.

"잠들었을 때는 몰랐는데 확실히 이 고집스러운 눈매를 보니까 기억이 날 것도 같고 말이야."

"……그건 욕인데요."

"욕이라니, 이렇게 크고 예쁜 눈을 보고 누가? 난 그게 아니라 아가씨 얼굴이 갸름한 데다 이 눈매며 턱이 꼭 누구를……."

"부탁이니, 제 인상에 대한 평가는 그만둬 주시겠어요?"

담담하게 청하자 노의사가 씩 웃더니 몸을 바로 세웠다. 그는 곧장 차트를 건네받아 넘겼다.

"보자, 요즘 세상에도 과로와 영양실조로 쓰러져 오는 젊은이가…… 음, 있군. 대한민국의 미래가 아주 밝아요."

놀리는 건가. 의중을 알 수가 없어서 눈만 껌벅거리는데 그가 짓궂게 웃었다.

"열심히 사는 것도 좋지만, 그렇다고 몸을 너무 혹사하면 안 되지."

"……네."

"우리 몸이 그렇게 쉽게 망가지진 않지만, 이 녀석도 버티다 버티다 나중엔 반기를 들거든. 아, 못해 먹겠다, 그리고 동시에 나가떨어지는 거지. 그럼 늦어!"

그가 웃으며 두 팔을 번쩍 들어 보였다. 의사가 아니라 순 개그맨 같은 모습이다. 그때 링거액이 다 된 것을 확인한 젊은 의사가 간호사를 불렀다.

"이리 줘."

노의사가 내 팔을 달라며 젊은 의사에게 손짓했다. 내 팔이 물건도 아닌데, 이 사람 저 사람이 서슴없이 끌어당기니 신경이 곤두섰다. 하필이면 휑하게

드러난 오른손이라니. 의사는 내 흉터를 보고도 아무 말없이 주삿바늘을 빼
낸 뒤 소독용 솜을 눌렀다.

"지헌이랑은 어떤 사이인가?"

역시, 예상대로 날 여기에 데려온 사람은 그였다.

"거래처 이사님이세요."

준비한 말을 차분하게 꺼냈으나 믿는 눈치는 아니었다.

"그렇게 딱딱하게 부를 만한 사이 같진 않던데?"

"딱 그 정도 사이입니다."

"글쎄."

의미심장하게 웃은 그가 가운 주머니에서 아기들이 좋아하는 캐릭터 밴드
를 꺼내더니 팔에 꾹 붙였다. 이 낯간지럽고 우스꽝스러운 노란색 밴드를 최근
에 본 것 같은데.

"혹시."

눈을 살며시 찡그리며 고개를 들자 노의사가 싱글벙글 웃고 있었다.

"……제 집에 오셨었나요? 저 잘 때?"

내 말에 깜짝 놀라는 젊은 의사들의 표정을 보며 후회했으나 이미 엎질러
진 물이었다. 정작 노의사는 히죽히죽 웃기만 했다.

"아, 이놈들이 말이야, 명색이 내가 소아 심장 전문의인데, 자꾸 감기몸살
같은 거로 사람을 오라 가라 한단 말이야?"

짐짓 투덜대는 말을 들으니 그날 내게 수액을 놔 주고 간 사람이 눈앞의 의
사라는 걸 확신할 수 있었다. 내가 부른 건 아니었으나 인간의 도리상 별수 없
이 고개를 숙였다.

"……그날은 감사했습니다."

"좋을 때야, 좋을 때. 청춘이란 말이지."

생면부지의 타인에게 이유도 모른 채 덜미를 덥석 잡힌 기분이다. 내가 머
뭇대는 사이 그가 싱글거리며 덧붙였다.

"이비인후과에 협진 요청을 해 뒀으니까 검사받고 오후에 다시 보지."

"……이비인후과요?"

"귀에 문제가 좀 있다면서? 지헌이는 이명 같다는데, 정확한 건 검사를 해봐야 아는 거니까, 일단은……"

그 뒤의 말은 아무것도 들리지 않았다. 얼굴이 싸늘하게 식어 내리는 기분이었다.

* * *

"왜 또!"

미국 패션디자이너협회(CFDA)에서 주관하는 파티 파우더룸에 쩌렁쩌렁한 한국어가 울려 퍼졌다.

"그러니까, 그 망할 자식이 지금 한국에 있단 말이야? 그 얘길 왜 지금 해!"

문을 열고 들어선 클로에가 거울 앞에 클러치 백을 놓으며 제집인 양 고함을 빽 지르는 여자의 뒷모습을 힐금 보았다.

"개자식 진짜! 낯짝이 두꺼워도 정도가 있지, 무명부터 십 년을 뒷바라지한 애인을 걷어차 놓구, 그것도 다른 사람도 아닌 친척이랑 바람피워서 애까지 낳은 주제에! 이제 나타나서 뭘 어쩌자는 건데!"

그녀는 속이 터진다는 듯 새틴 장갑을 휙 벗어 부채질을 했다.

"그래서 애 마음은 어떤 거 같은데? 아직도 못 잊은 거 같아?"

쯧, 애까지 낳은 남자한테 무슨 미련이 남아서. 어지간히 불쌍한 여자네.

클로에가 퍼프를 톡톡 두드리며 속으로 중얼거렸다.

"저쪽은 연예인에다가 집안 빵빵한 기업가라구! 안 그래도 금이야 옥이야 하는데, 자기 딸 가정 파탄 나면 애를 그냥 둘 거 같아?"

거기에, 가진 것도 없는 신파? 흥, 전형적이네.

"그 남자는 어떻게 되고 있는 거야? 회사에 소문 파다하던데, 둘이 잘되는 거 아니었어? 작년에 파리에서 분명⋯⋯!"

갑자기 그녀가 목소리를 낮추며 주위를 두리번거렸다. 클로에는 태연한 표정으로 아무것도 못 알아들은 척 파운데이션 커버를 탁 닫았다. 뒤늦게 제3자의 존재를 알아차린 여자가 서둘러 통화를 마무리 지었다.

"알았어. 최대한 서둘러서 들어갈 테니까 그렇게 알고 있어요."

그녀는 헛기침을 한번 한 뒤 클로에를 향해 미안하다는 듯 미소를 지었다. 클로에 역시 거울을 통해 눈인사만 살짝 건네는데 둘의 시선이 마주쳤다. 클로에를 알아본 그녀의 표정이 묘하게 바뀌었다.

"어? 혹시⋯⋯."

"맞아요. 헤르네 인터내셔널 부사장. 그쪽은 한국에서 온 모델이죠? 런웨이에서 몇 번 봤는데."

"차유진이에요."

클로에가 일어서며 유진을 향해 돌아섰다.

"반가워요, 클로에 모렐이에요."

클로에가 먼저 손을 내밀었다.

"세상에 나쁜 놈들이 참 많죠?"

"⋯⋯한국어를 할 줄 아세요?"

손을 마주 잡은 유진이 의외라는 듯 눈을 동그랗게 뜨며 물었다.

"불행히도요. 오랜 연인이 반은 한국인이라."

클로에가 안타깝다는 듯 눈을 찡긋하자 유진이 선선히 웃으며 받아쳤다.

"아, 그쪽도 좀 나쁜 남자 취향인가 봐요."

"아쉽게도 그런가 봐요."

"그래도 이런 미인의 마음을 사로잡을 정도면 나쁘지만 행운아인데요?"

"그걸 좀 알았으면 좋겠네요, 그 나쁜 놈이."

클로에가 눈을 찡긋하며 웃었다.

"곧 그렇게 될 거예요. 행운을 빌어요."

"나도요. 그 가여운 아가씨한테 행운을 빈다고 전해 줘요. 벤츠를 타려면 똥차를 보내야 한다고."

유진이 웃었다.

"고마워요. 꼭 전할게요."

그때 클로에의 전화가 울렸다. 유진은 눈인사를 남긴 채 파우더룸을 나섰다.

"무슨 일이야? 거긴 아직 새벽일 텐데."

이마로 한 가닥 내려온 머리카락을 정리하며 전화를 받던 클로에의 얼굴이 굳었다.

"……지금 여자라고 했어? 확실해? 확실히 봤느냐고!"

다그치는 목소리에 건너편에서 우물쭈물하는 말이 넘어왔다.

"여자가 누구냐고 물은 게 아니라 직접 안고 온 게 맞느냐고!"

-그건 저도 보고를 받은 거라서. 일단 환자가 여자인 것만 확인을…….

"확실하지도 않은 걸 지금 보고라고 하는 거야?"

클로에의 날카로운 말에 상대가 움찔했다.

-지금 다시 알아보겠…….

"그냥 데리고만 온 건지, 정말로 안아서 들어온 건지, 그걸 확인하라구! 접촉했는지 말이야!"

-……접촉 말입니까?

"그래! 다니엘은 여자를……!"

클로에가 혀를 질끈 깨물며 말을 멈췄다. 하마터면 실수할 뻔했다. 이건 극비사항인데.

"CCTV를 뒤지든 사진을 찍어 오든, 정확한 증거를 가져와."

전화를 끊은 그녀가 휴대폰을 테이블 위로 탁 소리 나게 내렸다.

"여자를 안고 왔다고……?"

손가락 하나만 닿아도 피부 발진 일어나는 지헌이 여자를 만지다니, 있을 수 없는 일인데. 그저 닿은 것도 아니고 직접 안아서 병원에 데려왔다니. 얼마 전, 그녀가 손목을 잡았을 때 끔찍한 바이러스라도 묻은 것처럼 서늘하게 보던 그 강지헌이. 그때의 일이 떠오르자 아물지 않은 상처가 다시 헤집어지는 것 같았다. 파우치를 꾹 움켜쥔 클로에가 전화를 걸었다.

"남은 일정, 전부 다 리스케줄링 해요. 취소할 수 있는 건 다하고, 최대한 빨리 넘어갈 거니까."

수석비서가 차분한 목소리로 목적지를 물었다.

"서울로."

거울로 보이는 아름다운 눈동자에 바짝 날이 섰다.

* * *

"어디 가요?"

옷을 갈아입고 가방을 챙기는데, 문가에서 지헌의 목소리가 들렸다.

"집에요."

나는 몸도 돌리지 않은 채 대답했다.

"퇴원 허락 안 떨어졌을 텐데."

"그래서 그냥 가려고요."

"왜 도망가는데?"

"집에 가는 거예요. 멀쩡한데 계속 병원에 있는 것도 웃기잖아요."

"안 멀쩡하잖아."

흠칫 어깨가 굳었다. 나는 손을 멈추고 그를 보았다. 그리고 짧게 고개를 숙였다.

"고맙습니다."

그가 눈썹만 움직여 나를 보았다. 무슨 뜻이냐는 듯.

"자꾸 신세 져서 죄송했고요. 더는 이런 일 없을 거예요."

아무 감정도 드러나지 않길 바라며 최대한 사무적으로 덧붙였다. 나를 바라만 보고 있던 지헌이 병실 안으로 들어섰다. 천천히 걸어 내 앞에 섰다.

"왜 겁먹었는지 말해."

나는 그의 얼굴을 가만히 올려다보았다. 무감각한 눈빛과 사나운 웃음을 머금은 눈동자가 허공에서 부딪쳤다.

"겁 먹고 도망가는 얼굴이잖아."

"없어요, 그런 거. 내일부터 출근해야 해서 가는 거예요."

"간다고? 다시?"

지헌이 입술을 비틀었다.

"간이고 쓸개고 전부 다 내주고 배신이나 당해서 혼자 꽁꽁 숨어 사는 삶으로?"

깊숙이 정곡을 찌르고 들어오는 가시 돋친 말이 나를 깊게 베었다. 예상은 했으나 이 정도까지 알고 있을 줄은 몰랐기에 나는 소리 없이 동요했다. 알고 있다. 강지헌이. 나에 대해서. 다 알면서 하나도 모르는 것처럼 나를 대했다. 이렇게 서슴없이 휘두를 칼을 품은 채로. 서글펐으나 그가 휘두른 말에 아픈 건지 초라한 나를 바닥까지 들킨 것 때문인지 알 수 없었다.

"언제까지 숨어 살 생각인데. 몇 달, 아니면 몇 년 더?"

지헌은 작정이라도 한 듯 나를 몰아붙였다. 마치 내가 화내길 바라는 사람처럼. 그럴수록 나는 더 무표정해졌다.

"살 수 있을 때까지요."

내 무덤덤한 대답에 그가 피식 웃었다.

"아, 딱 서른까지만 살아 보겠다고 했던가. 그래서 이제 와 죽기라도 하려고?"

"······어떻게 알았어요?"

놀란 표정을 숨기지 못하는 나를 보며 지헌이 서늘하게 웃었다.

"진짜로 죽을 생각이었나 보네."

그의 시선이 훤히 드러난 오른손을 향했다.

"아니에요, 그런 거. 이건."

변명하듯 손목을 감싸며 그를 보았다.

"말해 줘요. 서른 그거. 어떻게 알았는지."

"싫어."

"이사님."

"열 받았거든, 나도."

지헌이 차갑게 웃었다.

"당신이 왜 도망가는지 말해 줄까?"

"무슨……."

"날 좋아하니까. 더 좋아질까 봐 무서워서."

입술을 한일자로 굳게 다물었다. 이렇게라도 흔들리는 눈동자를 붙잡고 싶었다. 지헌이 사납게 웃으며 나를 보았다.

"그래서 그렇게 가이드 쳐 놓고 한 발도 안 움직이는 거잖아. 이름도 제대로 못 부르면서. 내가, 그 안으로 들어갈까 봐."

이렇게까지 신랄하고 못되게 구는 강지헌은 처음이라 나는 당황했다. 당신이야말로 반칙이다. 이런 순간에, 이런 식으로 아는 척하는 건. 모르는 척할 거면 끝까지 했어야지. 떨리는 손끝을 가만히 움켜쥐는 나를 지헌은 태연자약하게 내려다보았다.

"그런데 이미 나한테 들켰어, 아가씨."

07

나한테 와, 먼저

-패션위크에 PT까지, 병 날 만도 하다. 연차 쓰고 내일까지 푹 쉬어.

집에 돌아와 박 대표에게 전화를 걸어 조금 아팠다는 말로 둘러댔다. 자세히 캐물을 줄 알았던 그녀는 별다른 말없이 넘어갔다.

-연차 안 쓰면 다 환급해 줘야 하는 거 알지? 그거 서로 민폐야. 그러니까 내일까지 무조건 쉬어! 알았어?

토를 다는 대신 알았다고 답한 뒤 전화를 끊었다. 죽은 듯한 고요가 방 안을 감쌌다. 나는 지헌으로부터 도망쳤다. 그의 말대로 도망이라는 표현이 맞았다.

'날 좋아하니까. 더 좋아질까 봐 무서워서.'

몸을 일으켰다. 자꾸만 맴도는 말을 떼어 낼 방법이 생각나지 않아 바쁘게 움직였다. 베란다에 쌓인 빈 화분을 정리하고 먼지 쌓인 바닥을 몇 번이나 닦았다. 그릇을 모조리 꺼내서 씻고 철 지난 옷들을 정리하는 동안 기계적으로 몸을 움직이는 데만 집중했다. 이따금 손이 멈칫할 때마다 젖은 얼굴로 나를 가만히 당겨 안던 손과 단단한 가슴이 떠올랐다.

먼지로 까맣게 물든 걸레를 버리고 조향대에 앉았다. 오래전에 사다 둔 공병을 꺼내 유진과 박 대표에게 줄 에센셜 오일을 만들었다. 차례대로 다 만든 뒤에도 병이 남았다. 투명한 유리 용기인 바이알을 물끄러미 보다가 무의식중에 손이 나갔다. 제라늄과 딥머스크, 통카빈. 달콤하고 관능적인 베이스에 날 것 그대로 야생이 느껴지는 까칠한 탑을 얹고 미들은 우아하게. 코드도 적지 않은 채 컴파운딩한 향료를 섞었다. 쓸데없는 짓이라고 생각했지만, 향으로 무뎌진 이성과 함께 곧 흐릿해졌다. 잠은 깊은 새벽이 지나서야 찾아왔다.

다음 날 일찍 움직여 꽃시장에 들른 뒤 미리 준비한 걸 들고 산에 올랐다. 매일 정원을 가꾸던 엄마는 사람은 죽어서 흙으로 돌아가야 한다고 믿었다. 엄마가 그런 말을 할 때면 아빠는 우리는 가족 선산이 있으니 제대로 시집온 셈이라며 장단을 맞췄다. 나는 어떤 말을 해도 상냥하게 받아 주던 아빠가 좋았다. 그래서 아빠랑 결혼하겠다고 선언한 어느 날, 이미 엄마와 결혼했다는 사실에 충격받고 종일을 울었다. 아빠는 내 거라 안 돼. 엄마는 새침하게 말하며 나를 더 크게 울렸다.

'엄마는 아빠를 만나서 꽃처럼 활짝 피어났어. 우리 린에게도 그런 사람이 꼭 나타날 거야.'

식물을 다루는 사람다운 말이었다. 다정한 아빠와 현명한 엄마. 둘은 천생연분이었다. 제 몸에 딱 맞는 옷을 맞춰 입은 사람들처럼, 함께 있는 둘이 그러했다. 그래서 나는 비가 싫다. 내게서 둘을 동시에 데려간 비가 끔찍하게 미웠다. 시코쿠의 섬마을에서 비가 내릴 때마다 반항하듯 밖으로 뛰쳐나간 건, 내가 할 수 있는 게 그것뿐이어서였다.

과거를 생각하며 목적지에 다다랐을 때 몇 해 전에 심어 둔 배롱나무가 나를 대신해 홀로 유택을 지키고 있었다. 나는 불효녀답게 인사도 제대로 하지 않은 채 가져온 꽃을 심기 시작했다. 엄마가 가장 좋아한 제라늄과 카네이션을 부모님과 삼촌의 무덤 앞에 사이좋게 나눠 심었다. 흙을 단단하게 덮고 길게 자라난 잡초를 정리하자 봉분 주위가 조금 화사하게 변했다. 배롱나무의 기둥이 조금 더 두꺼워지면 내년에는 더 많은 싹이 돋아나리라.

살아 있되 소란하지 않고 죽을 때조차 신음 한번 없이 의젓해서 좋다며 수목 예찬론을 펼치던 엄마를 떠올렸다. 나도 결국 엄마처럼 나무를 심고 꽃을 가꾸며 사는 어른이 되었다. 사람은 떠나도 흔적을 남기듯 내 부모의 흔적이 내게 남았다.

'사람이 왜 식물을 키우는 줄 알아?'
'행복해지고 싶어서야. 식물은 인간에게 살아 있다는 행복을 주거든.'
'살아서.'

지헌의 목소리가 메아리치듯 울렸다. 살아서. 뭔가를 일깨우려는 듯한 그의 목소리를 밀어내며 나란히 자리한 무덤 앞에 섰다. 그리고 담담하게 인사를 건넸다.

"미안해, 잊고 살아서."

꿈 때문에 간신히 기억해 냈다.

"살려다 보니 그렇게 됐어. 그러니까 좀 봐줘. 나만 두고 간 건, 엄마 아빠잖아."

처음 이곳을 내려가던 날만 해도 오늘이 올 거라고 생각 못 했는데, 결국 살아남았다.

"그래도 기특하지 않아? 나 벌써 서른이야. 어른 됐다구."

'딱 서른까지만 살아 보겠다고 했지. 그래서 이제 와 죽기라도 하려고?'

지헌의 목소리가 되돌아온 불청객처럼 끼어들었다. 그건 아무에게도 말하지 않은 얘기였다. 열일곱 살, 법원에서 나를 요보호아동으로 정의 내린 순간 생에 대한 미련도 의지도 사라졌다. 죽고 싶은 건 당연했다. 죽지 않은 건 오기였다. 더 성공해서, 불우를 딛고 모두가 알 정도로 유명해진 뒤에 비운처럼 죽고 싶었다. 요절한 천재처럼. 그래서 무일푼이 된 나를 서로에게 떠넘기다 버린 사람들이 후회했으면 했다. 그게 서른이었다.

나는 내가 원하는 게 천재인지 죽음인지, 그 둘의 차이를 가늠하지 못한 채 어른이 되어 있었다. 그러는 사이 조금은 순수했을지도 모를 과거의 나는 사라지고, 이제는 내가 원망하던 세상에 완벽하게 물든 세속적인 인간이 되었다.

그 후로 내 삶은 마치 어딘가에서 본 것처럼 지루하고 내일이 되면 기억조차 나지 않는 구내식당 메뉴처럼 평범해졌다. 적당히 평범하고, 적당히 고독하게. 결국 어른이 된다는 건 내가 더 이상 특별하지 않은 수많은 사람 중에 하나라는 사실을 받아들이는 거다.

그런데 아무도 모르는 내 십 대의 한때를 강지헌은 어떻게 아는 걸까. 유진도, 박 대표도, 준마저도 모르는 걸. 그만. 지헌이 불쑥불쑥 떠오를 때마다 나는 그렇게 제동을 걸었다. 서둘러 짐을 정리하고 산을 내려왔다. 초입에 다다랐을 때, 세월의 무게에도 전혀 변하지 않은 울타리가 보였다.

이쯤이었던가. 녀석이 아직 살아 있을까. 선 채로 울타리 너머의 풀숲을 가만히 보았다. 어쩌면 최근 들어 꿈에 자주 나타나는 이유가 있을지 모른다. 우는 고양이를 모른 척한 셈이니까. 물론, 완벽하게 모른 척은 아니지만.

'그럼, 쟤를 나한테 평생 맡길 생각이었어?'

어딘가 익숙하고 가시 돋친 목소리가 오래된 기억 저 밑바닥에서 건져 올리듯 떠올랐다. 그 목소리는…….

"린."

상념에 젖은 나를 누군가 불러 일깨웠다. 준이 입구에 서 있었다. 우리는 약간의 거리를 두고 선 채로 말없이 서로를 보았다. 먼저 입을 연 건 준이었다.

"기일, 오늘이었지?"

그의 말은 우리가 함께 있던 과거의 어느 날로 나를 되돌렸다.

"지금…… 뭐 하는 거야?"

학교에서 돌아와 가방도 풀지 않은 채로 내가 물었다. 작은 교자상 위에 엉성하게 깎은 배와 딸기, 말린 전갱이와 떡이 가지런히 놓여 있었다.

"이렇게 하는 게 맞나? 열심히 인터넷 찾았는데."

준이 프린트된 종이와 상을 번갈아 보며 고개를 갸웃거렸다.

"한국에서는 부모님의 기일에 이렇게 한다며."

아무 말도 하지 않는 나를 보며 준은 잘못을 저지른 아이처럼 머리를 긁적였다.

"아닌가……?"

"바보야, 제사상에 딸기 같은 건 안 올린다고."

"네가 좋아하잖아. 넌 사과 같은 건 안 먹으니까."

준이 웃으며 말했다. 그날 처음으로 준의 앞에서 눈물을 보였다. 그는 내가 그런 모습을 보이는 걸 극도로 싫어하는 성격을 알아 조용히 건반 앞에 앉아서 곡을 연주했다. 그날을 떠올리면 슬픔이 밀려들던 시절도 있었다. 모든 걸 지나온 지금은 그저 과거였다.

준이 내게 말했다.

"기다렸어, 여기서."

"기억하고 있는 줄 몰랐어."

"잊은 적 없잖아."

그래, 잊는 건 언제나 나였다. 그런 나를 대신해서 챙기는 건 너였지. 그리고 뒤늦게 자책하는 나를 위해 말없이 피아노를 연주하던 것도 모두 다, 너였다. 너는 이렇게 자상하고 다정한 사람이었는데. 그래서 너를 나보다 더 믿었다. 한 발만 내민 채 언제든 돌아설 준비를 하는 건 나라고. 너만은 절대로 내게 등을 돌리지 않을 거라고. 그런 네가 나를 배신할 거라고는 꿈에서조차 생각하지 못해서. 그래서 더 아팠다.

"네가 싫어할 거 아는데, 그래도 널 혼자 둘 수가 없어서."

세월의 나이테를 차곡차곡 박아 넣은 추억이, 그리움이 나도 어쩌지 못하는 사이에 흘러들어 마음을 적셔 갔다. 그러나 정작 눈물을 보인 건 내가 아닌 준이었다. 그는 말없이 서 있는 내 앞까지 다가와 손을 바라보았다.

"이거……."

"네가 생각하는 그런 게 아냐. 그냥 사고였어."

준의 얼굴이 괴롭게 일그러졌다. 믿기지 않겠지.

"어쨌든 다 지나간 일이야."

감정이 담기지 않은 침착한 목소리에 준의 눈동자가 흔들렸다.

"트윌리는 돌려줘. 그거 내 거 아니거든."

잠시 나를 보던 준이 트윌리를 꺼내 내밀었다.

"……크리스마스 때지?"

구겨진 트윌리를 접어 조심히 챙겨 넣는 내게 준이 물었다.

"맞아."

"서울에 왔었어. 그때."

"그래."

담담하게 고개를 끄덕이자 조급해진 건 준이었다.

"안 궁금해? 내가 왜 왔는지."

전이었다면 그랬을지도 모르지. 그러나 지금은 모든 게 의미 없고 부질없게 느껴졌다. 너무 늦었어, 이시하라. 우린 그 전에 이미 어긋난 거야.

"그때 널 만났더라면, 내가 알았다면······!"

흥분한 준의 목소리를 조용히 잘라 냈다.

"전부 끝난 일이야."

생각보다 더 담담한 목소리가 나왔다. 나도 놀랄 만큼. 이게 이렇게 쉬운 거였나 싶을 만큼. 내가 떨쳐 낸 것들을 준은 여전히 붙잡고 있었다.

"미안해······."

준의 목소리가 물기에 젖은 솜처럼 먹먹하게 들렸다.

"생각해 보니까 한 번도 이 말을 안 했더라. 정말 미안해."

나는 눈물을 흘리는 준을 타인처럼 무감각하게 보았다. 왜 우는지 이해하지 못하는 사람처럼. 그럴수록 준의 얼굴은 더 슬프게 일그러졌다.

"미안해, 치린."

붉게 도드라진 흉터를 보며 그가 울었다. 나는 선 채로 말없이 숨만 흘려 냈다.

* * *

"파리의 한 공방에서 시작된 세이지 미야케의 서른 번째 생일이기도 한 이번 컬렉션은 브랜드의 30주년을 축하하는 성대한 축제처럼 진행할 예정입니다. 초대장 아트워크부터 화려하게 말이죠."

협력사 전체 미팅 시간, 윤 이사가 발언을 이어 나갔다.

"전체적으로는 일정이 당겨지는 바람에 조금 촉박하게 되었는데요. 새로 공유된 스케줄 표를 꼭 확인하시고 진행에 차질이 없도록 부탁드립니다."

월요일까지 쉬고 출근하자 어찌 된 일인지 컬렉션 날짜가 3주나 앞으로 당겨져 있었다. 때문에 나의 백업을 위해 윤 이사가 합류를 자처했다.

"셀럽 명단 확정되면 초대장은 저희 쪽에서 발송하겠습니다. 언제까지 가능하실까요?"

홍보대행사의 실무책임자로 온 전 과장이 윤 이사의 말을 이어받으며 묻자, 담당자들이 일정을 맞추기 위해 날짜를 조율했다. 오전부터 연이은 회의에 갈증이 나서 손을 뻗자 이미 한참 전에 비어 버린 커피 컵이 가볍게 들렸다. 고개를 들고 주위를 둘러보는데 건너편에서 따지 않은 생수병이 넘어왔다. 준이 병을 내민 채로 나를 조용히 바라보고 있었다. 어제 그렇게 헤어진 뒤 나를 바라보는 그의 시선이 조금 더 짙어져 있었다. 준은 내게 뭔가를 더 얘기하고 싶은 눈치였으나 나는 그저 고개만 저었다. 그와 나 사이에서 더 이상 나눌 얘기는 없었다.

"괜찮습니다."

받지 않은 채 고개만 숙였다. 준이 입을 여는 찰나 옆에 있던 김 대리가 새 커피를 냉큼 가져왔다.

"땡큐."

커피를 받아넘기며 다시 회의에 집중하는 척하자 준이 손을 거뒀다. 그러나 시선은 거두지 않고 여전히 내게 머물렀다. 자꾸만 들러붙는 시선이 금속 뱅글을 두르고 있는 손목을 향했다. 나는 그의 시선을 묵묵히 견디며 다이어리에 일정을 기록했다.

"선곡 리스트는 픽스됐나요?"

자연스럽게 흐르던 회의가 음악으로 넘어가고 누군가 질문을 던졌다. 그러나 곧장 답이 나오지 않아 공백이 생겼다. 회의실로 짧은 침묵이 이어졌다. 나는 고개를 들지 않은 채 시선을 다이어리에 고정했다.

"……이시하라 PD님?"

"네……?"

"선곡 리스트요."

"아, 네. 이번 주까지 마무리해서 다음 주부터 믹싱 작업에 들어갑니다."

짧은 순간 차오른 긴장감이 소리 없이 흩어졌다.

"그럼 작업은 PD님 개인 스튜디오에서 진행하실 거죠? 보통은 저희 EM월스 녹음실에서 진행하는데, 아무래도 그쪽이 훨씬 더 편하실……."

"여기서 하겠습니다."

준의 대답에 회의를 참관하던 박 대표가 서류를 넘기던 손을 멈췄다.

"그럼 저희야 좋죠. 같이 작업하는 게 훨씬 더 빠르거든요."

김 대리가 아무것도 모르는 얼굴로 웃으며 준의 말을 받았다. 나는 펜 끝으로 달력이 있는 페이지를 꾹 눌렀다. 숨이 막힐 것 같은 분위기 속에서 회의가 겨우 마무리되었다.

"여기까지 하고, 식사 후에 오후부터 캐스팅 오디션 진행하겠습니다."

사람들이 우르르 일어섰다. 달려나가고 싶은 마음을 누르며 침착하게 자료를 챙겼다. 먼저 일어선 준이 테이블을 돌아 내가 있는 쪽으로 걸어왔다. 그만. 거기서 멈춰, 제발. 시선을 내린 채 이곳이 어디인지 준이 자각하길 바랐다.

"저, 잠깐……."

내 바람을 가볍게 묵살한 준이 나를 향해 입을 열었다.

"식사하러 가셔야죠, PD님?"

박 대표가 준을 불러 세우며 말했다.

"우리 사내식당은 처음이죠? 내가 안내하죠."

"아, 저는."

"여정이 긴데 배가 든든해야 일도 열심히 하죠."

박 대표는 준에게 말할 기회를 주지 않은 채 노련하게 이끌었다. 영업용 미소 위로 이글이글 타오르는 눈동자가 준을 응시했다. 그녀의 차가운 눈동자를 확인한 준은 내게 시선을 한번 주었다가 박 대표를 돌아보며 고개를 끄덕였다.

"네. 그럼 부탁드리겠습니다."

둘은 나란히 회의실을 나섰다. 그때까지 숨을 참고 있던 나는 의자에 털썩 주저앉았다. 이 컬렉션을 무사히 마치는 게 골고다의 언덕을 넘는 것보다 더 험난하게 느껴졌다. 전화벨이 울리고 구세주라는 이름을 확인하자마자 통화

버튼을 눌렀다. 선유가 차분하게 물어왔다.

-잠깐 갈게요. 혹시 뭐 필요한 거 있어요?

만나기로 한 카페에 들어가자 선유가 먼저 와서 기다리고 있었다.

"입원했다면서요. 괜찮아요?"

"멀쩡해요. 그것 때문에 온 거예요?"

자리에 앉으며 묻자 그가 미리 주문해 둔 차가운 커피와 샌드위치를 내 쪽으로 밀며 말했다.

"겸사겸사."

"이젠 나 신경 안 써도 된다니까요."

선유는 말없이 나를 가만히 훑었다. 그의 시선이 가장 먼저 닿는 건 언제나 손이다.

"트윌리는 어쩌고요?"

"드라이요."

손목을 불편하게 조여 오는 뱅글을 가만히 돌리자 선유가 말했다.

"꼭 같은 거여야 하는 거 아니면, 하나 사 올까요?"

"됐어요. 돈 자랑은 미래의 애인을 위해 아껴 두세요."

반사라는 듯 손을 들어 보이자 선유가 희미하게 웃는다. 평소 음울하게 가라앉은 얼굴이 전부인 그는 웃을 때조차도 소리를 내지 않았다. 그런 선유를 볼 때마다 곧 사라질 사람처럼 느껴졌다.

"미안해요, 나 때문에. 평생 그런 흉터 가지게 돼서."

그가 덤덤하게 사과했다.

"엄밀히 따지면 선유 씨 잘못은 아니구요."

나 역시 일 년째 계속하고 있는 말을 담담하게 뱉었다.

"그래도, 필요할 땐 언제든 말해요. 뭐든 도움이 된다면 도울 테니까."

"그럼, 나 뭐 하나만 물어봐도 돼요?"

선유가 고개를 끄덕였다. 그가 허락했음에도 나는 쉽게 입을 떼지 못했다.

이미 지나온 날의 일은 함부로 꺼내기 어려울 때가 있다. 바로 지금처럼.

"괜찮으니까 말해요. 치린 씨한테는 다 대답할게요. 심지어 차유진이 가장 궁금해하는, 내가 왜 복수하지 않았는지 같은 질문이라도 말이에요."

그가 내 부담을 덜어 주려는 듯 말했다.

"그때…… 왜 죽으려고 했어요?"

선유가 대답 대신 나를 가만히 보았다.

"선유 씨는 되게 강한 사람이잖아요."

"내가 강해 보여요?"

"그럼요. 그렇게 힘든 일 겪었어도 내색도 안 하고, 원망도 안 하고. 그런데 왜 갑자기."

사랑했던 여자에게 철저하게 기만당하고 배신당했다. 그와 동시에 모델 생명도 끝이 났다. 그런데도 그 사실이 밝혀질 때까지 선유는 말 한마디 하지 않았다.

"죽고 싶은데 이유가 있나요? 그냥 그러고 싶으니까 하는 거지."

"아직도……요?"

"지금은 못 그러죠. 누가 갑자기 끼어들어서 나 대신 다쳤으니까."

"미안해요, 그때."

선유가 나를 물끄러미 보았다. 그 눈동자에 아무것도 담겨 있지 않아서 나는 가슴 한구석이 아팠다. 그건 동류를 알아보는 데에서 기인하는 슬픔이기도 했다. 그의 눈동자는 마치 나의 쌍둥이를 보는 것처럼 닮아 있었다. 고독이 이미 깊은 습관이 되어 버린 사람들은 때때로 생명이 느껴지지 않는 존재 같을 때가 있다. 선유가 그랬다. 나처럼. 그래서 그를 보며 그날을 떠올릴 때면 뒤늦은 죄책감이 들었다.

"선유 씨를 말리려던 게 아니라 내가 대신 그러고 싶었나 봐요. 미안해요."

"둘 다 자살에 실패한 바보들이죠, 뭐."

건조하게 대꾸한 선유가 물었다.

"이시하라 준 와 있다면서요."

"네."

"다행이에요, 그런데도 괜찮아 보여서."

"……내가 괜찮아 보여요?"

"걱정했던 것보다는 꽤. 숨도 못 쉴 줄 알았거든요."

"실은, 그랬어요. 여러 번."

"그런데 지금은 괜찮잖아요. 같이 일도 할 수 있을 정도로."

몰랐던 사실을 깨달은 사람처럼 나는 그의 말에 잠시 멍했다.

"진짜 강한 건 내가 아니라 치린 씨예요."

커피를 마시지 않는 선유가 그렇게 말한 뒤 적당히 식은 허브차를 한 모금 마셨다. 향기 나는 잎 차는 모두 질색하면서도 그는 카페에 오면 매번 허브티를 주문했다.

"선유 씨는 아직 다른 사람 만날 생각 없는 거죠?"

"이런 마음으로 누구를 만나면 그게 민폐인데. 차유진이랑 홍이 자꾸 갖다 붙이네요."

유진과 더불어 그와 삼총사라 칭할 만큼 가까운 홍 원장을 들먹이며 선유가 귀찮다는 듯 말했다.

"나한테 가장 친한 벗은 고독인데, 왜 그걸 이해 못 하지."

"난 알겠는데. 다들 선유 씨를 아껴서 그러는 거."

"사양이에요."

딱 잘라 말하는 투에 웃음이 푸스스 나왔다. 이럴 때는 그가 꼭 막냇동생 같았다.

"유진 언니 곧 도착할 텐데. 얼굴 보고 갈 거죠?"

"아뇨."

단호한 말에 다시 웃음이 났다. 그만 일어나겠다며 찻잔을 쟁반 위에 올린 선유가 나를 보며 말했다.

"치린 씨는 이제 괜찮을 거예요."

그의 말이 마치 부적처럼 나를 포근하게 감쌌다.

* * *

"지금부터 캐스팅 오디션 시작하겠습니다!"

짧았던 점심시간이 끝나고 본격적인 모델 캐스팅 오디션이 시작되었다. EM 윅스의 넓은 스튜디오 홀과 복도가 번호표를 단 모델들로 가득 찼다. 나는 박 대표와 세이지 미야케 선생과 함께 심사석에 앉아 있었다. 준은 관계자들이 모여 앉은 자리에서 최 감독과 대화를 나누고 있었다. 김 대리가 마이크를 쥐고 외쳤다.

"바닥에 표시된 인아웃 동선대로 진행할게요!"

그때 스튜디오 문을 활짝 열고 누군가 캐리어를 끌고 등장했다.

"저, 지각 아니죠?"

유진이었다. 이미 은퇴했으나 한국 패션계에서 독보적인 위치를 자랑하는 우상의 등장에 오디션장이 술렁였다.

"정확히 맞춰 왔네."

미야케 선생이 유진을 보며 웃었다.

"그럼 저도 오디션 봐야죠."

유진이 김 대리에게 번호표를 달라고 하자 미야케 선생이 손을 내저었다.

"누가 감히 차유진을 오디션 봐서 뽑겠어? 자네는 무조건 합격이야!"

"그래 놓고 저 한물갔다고 나중에 구박하시려구요?"

유진이 유창한 일어를 구사하며 귀엽게 앙탈을 부렸다. 박 대표가 옆에서 혀를 찼다.

"좋아! 그럼 유진에게 1번을 주지."

흔쾌히 말한 미야케 선생이 스튜디오를 둘러보며 물었다.

"불만 있는 사람은 없겠지?"

누가 있어 그들을 말리랴. 전설적인 톱모델의 등장으로 스튜디오의 분위기는 한껏 고조됐다. 유진의 수신호에 김 대리가 음악을 틀었다. 인트로를 가볍게 흘려보내며 음악의 비트를 확인한 그녀가 자신 있게 웃더니 바닥에 표시된 라인에 맞춰 워킹을 시작했다.

한국이 낳은 세계적인 톱모델이자 동양인을 무대에 세우지 않는 샤넬의 원칙을 깨고 런웨이에 올라 전설이 된 그녀는 모두의 시선을 완벽하게 사로잡았다.

이미 숱하게 걸었던 길을 거칠 것 없는 파워 워킹으로 당당하게 걸어온 유진이 심사석 바로 앞에서 멈췄다. 그런 뒤 하이힐 앞코로 바닥을 콕 짚더니 턱을 도도하게 세우며 탑포즈를 취했다. 은퇴 후에도 완벽하게 관리해 온 단단한 몸은 당장 현역으로서도 손색없을 정도였다. 오디션장을 한순간에 런웨이로 만드는 유진의 모습에 나는 속으로 웃음을 흘렸다.

유진이 부드럽게 턴했다. 그대로 아웃라인을 따라 되돌아갈 줄 알았던 그녀가 싱긋 웃더니 갑자기 옆으로 향했다. 그녀가 멈춘 곳 앞에 준이 있었다. 저 바보가 무슨 짓을 하려고. 불길함이 치솟았다. 유진이 붉은 입술 끝을 쓱 끌어올리더니 준을 응시한 채 미야케 선생에게 물었다.

"어때요, 선생님? 저 아직 쓸 만한가요?"

"물론이지. 내 쇼에서 차유진은 언제든 오케이야!"

준을 노골적으로 노려보던 유진이 의미심장하게 웃었다.

"다행이네요, 사람 된 도리라면 선생님 은퇴 무대에 꼭 서야죠. 우린 의리를 아는 사. 람. 이니까요."

그러니까 결국, 준에게 저 한마디를 하려고 이 황당한 짓을 벌인 거다. 준도 그런 유진의 의도를 파악했는지 얼굴이 딱딱하게 굳어졌다.

"이번 패션쇼 너무 기대된다!"

유진의 시원시원한 목소리가 커다란 스튜디오 홀에 울려 퍼졌다.

* * *

-어디야?

불이 반쯤 꺼진 스튜디오 홀 매트 위에 누워 있는데, 휴대폰이 울렸다. 유진의 메시지에 나는 잠시 망설이다 답했다.

-B홀.

캐스팅이 거의 끝나 갈 무렵, 북적이는 오디션장을 빠져나왔다. 나를 두고 엉킨 시선들이 신경전을 벌여 참기가 힘들었다. 다시 눈을 감는데 유진이 문을 열고 들어섰다.

"이 땡! 언니 왔다!"

"아까 봤잖아."

"인사 제대로 못 했잖아!"

"얼굴 봤음 됐지, 뭐."

"요게, 하늘 같은 집주인이 돌아왔는데 동작 봐라? 확 쫓아낸다?"

하늘은 무슨. 콧방귀를 뀌며 누운 채로 옆자리를 톡톡 두드렸다. 유진이 하이힐을 벗어 던지며 내 옆에 벌러덩 누웠다.

"와, 이제야 좀 집에 온 거 같다."

"여기 회사다."

긴 팔다리를 대자로 뻗고서 헤엄이라도 치듯 휘휘 젓는 유진에게 주의를 주었으나, 그녀는 모든 경계를 풀어놓은 망아지처럼 신나서 깔깔댔다. 열린 문으로 유진을 보기 위해 후배 모델들이 몰려들었다. 유진의 캐리어를 끌고 들어온 김 대리가 그들을 우르르 몰고 나가며 스튜디오 문을 닫았다.

"어땠어, 할리우드?"

"어릴 때 티비로 보던 줄리아 언니를 눈앞에서 본 기분?"

"난 케이트 언니가 더 좋던데, 분위기 있잖아."

"야, 그 언니 완전 클럽광이야. 체력이 나보다 더 좋아."

유진은 고개를 절레절레 저었다. 그녀는 박 대표와 더불어 회사에서 유일하게 나를 속속들이 알고 있는 인물이다. 각자의 일이 바빠 떨어져 지내는 날이 많았으나 어릴 때부터 알고 지낸 기간이 길었기에 서로의 대부분을 어렵지 않게 공유했다. 은퇴를 앞둔 유진이 서른의 나이에 연기의 길을 선택했을 때에도, 단역이긴 하지만 수년간의 고생 끝에 할리우드 블록버스터에 캐스팅됐을 때에도 우리는 한 몸처럼 기뻐했다. 어린 내가 한국을 떠날 때에도, 그리고 다시 한국으로 돌아올 수 있게 해 준 것도, 최악의 순간 나를 건져 낸 것도 이들이었다.

"축하해, 월드스타."

내가 발을 툭 치며 장난을 걸자, 아직 개봉도 안 했다며 투덜댄 유진이 갑자기 생각난 듯 고개를 빼꼼히 들고 말했다.

"나 뉴욕에서 걔 봤다, 마츠이 사에."

"그래?"

에리카가 아이를 낳았는데 사촌 동생인 사에가 뉴욕에 있다니. 나보고 정말 오지 않을 셈이냐며 비난하던 장본인이?

"그 나쁜 년은 여전히 잘 나가더라. 하기야, 이름이 마츠이인데. 그런 지지배한테 좋다고 넘어가서 영혼까지 털리고 버림받은 박선유가 병신이지."

유진에게 선유는 그녀의 표현에 의하면 불알친구이자, 같은 날, 같은 무대에서 데뷔한 동료 이상의 소울메이트였다. 그래서 유진은 선유의 일이라면 나보다도 더 분개했다.

"내가 그 재수 없는 게 싫어서 일본에서도 마츠이 백화점을 안 가요."

유진이 열 받는다는 듯 입술을 씰룩거렸다.

"근데, 걔가 너 잘 있냐고 묻더라?"

"아무 용건 없이 날 찾을 애가 아닌데."

"내 말이. 핏줄이 어쩌고 하는데 진짜 소름 돋을 뻔. 객식구 취급할 땐 언제고, 이제 와 가족 타령이야?"

유진이 치를 떨었다.

"사에가…… 그렇게 말했어?"

"됐고, 너 암튼 걔 연락 절대 받지 마. 차단해 버려!"

유진의 말을 곱씹는데 낮에 본 선유의 가라앉은 눈빛이 떠올랐다. 사에를 생각하면 어쩔 수 없이 선유가 생각났다.

"아까 선유 씨 잠깐 왔었는데."

"기다렸다가 얼굴 좀 보고 가랬더니 그냥 휙 가 버린 거 있지? 걔 애가 뭘 먹고 자라서 어릴 때부터 그렇게 까칠한지 몰라."

유진이 투덜대며 나를 보았다.

"넌 대체 걔 뭘로 조련하니?"

내가 팔을 슥 들어 올리자 유진이 눈을 빛냈다.

"야, 그거 오늘 한 번 더 쓰자. 전화해서 이따 내 환영 파티 오라 그래!"

"사람 많은 데 싫어하는 거 뻔히 알면서, 가뜩이나 모델들 우글거리는 회사를. 친구 맞냐?"

내가 혀를 차자 유진이 혀를 날름거리며 받아쳤다.

"그럼 평생 틀어박혀서 혼자 사니? 안 그래도 요린지 뭔지 하겠다고 주방에 박혀서 안 나오는 거 보면 내 속이 다 터질 지경인데."

그날 이후로 선유는 한동안 주방에 들어가지 못했다. 출입금지 당했다는 말이 더 정확한 표현이지만. 물론 나 역시 마찬가지긴 했다. 그랬던 선유가 다시 정상인으로 취급받아 주방에 서게 된 지는 몇 달 되지 않았다.

"지금은 잘하고 있잖아. 그냥 응원해 줘."

"어쭈? 누가 누굴…… 그러고 보니 나, 뭘 까먹은 것 같은데."

유진의 중얼거림을 들으며 슬슬 일어설 준비를 하는데, 갑자기 그녀가 벌떡 일어나 앉았다.

"야, 나 생각났어! 너, 나한테 할 얘기 있지? 이게 나 없을 때 대박 스캔들을 터트려?"

"대박은 무슨."

"너, 은근슬쩍 넘어갈 생각 마라. 난 대표님처럼 뒷짐 지고 관망 안 해. 낱 낱이 파헤쳐 주겠어."

유진의 눈빛이 가십을 좇는 기자처럼 번득였다.

"자, 하나도 빼놓지 말고 자세히 고하렷다!"

"사극 찍냐?"

"진도 어디까지 나갔는데? 아직 썸이야, 아니면 연애야?"

눈을 빛내며 대답만 기다리는 유진을 보다가 떨어지지 않는 입을 열었다.

"그냥 끝났어."

"뭐? 왜에-!"

"도망쳤거든, 내가."

유진이 등짝을 찰싹 때렸다.

"얘가 아직도 정신을 못 차렸어! 덜 굶었어, 아직! 아주 그냥 외로움에 몸부림을 쳐 봐야 정신이 번쩍 들지!"

유진의 타박에 피식 웃고 말자 그녀는 더 기막힌 얼굴을 했다.

"그 남자, 너한테 좌표 딱 찍고 왔어! 이미 너 알고 왔다고! 근데 왜 도망쳐? 왜 기회도 안 주고 잘라 버리냐구."

"알고 오다니…… 무슨 말이야?"

유진이 눈을 가느스름하게 떴다.

"대표님이 아무 말도 안 했어?"

"자세히 말해. 날 어디에서, 어떻게 알고 왔다는 건데?"

나는 어느새 유진을 마주 보고 앉았다. 진지하게 바뀐 내 얼굴을 유진이 가만히 보다가 물었다.

"너 그 남자 원래부터 알던 사이야?"

"아니, 이번에 처음 만났어."

"확실해?"

유진이 고민하듯 고개를 갸웃거렸다.

"그 남자는 너 알고 있었어. 작년 파리 오트 쿠튀르 때 말이야, 그 자식 때문에 너만 못 온 날."

유진이 팔짱을 끼며 의미심장한 얼굴로 말했다.

"그 남자가 너 찾았다고. 정확하게 네 이름 부르면서. 이치린, 왜 안 왔냐고."

"……뭐?"

"그러니까 그 다니엘인지 뭔지 하는 남자는 처음부터 네가 오는 걸 알고 있었다고."

전혀 예상치 못한 이야기에 아무 반응도 할 수가 없었다. 유진이 나를 살피며 은근하게 덧붙였다.

"미국에서 만난 누가 전해 주라더라. 벤츠 타려면 똥차 보내야 한다구."

그녀가 나를 향해 손가락을 콕 찍었다.

"그 남자가 너한테 벤츠야. 그러니까 잡아. 그 벤츠, 너한테 푹 빠졌으니까."

* * *

"뭐, 벤츠? 푹 빠져?"

VIP 시사회가 예정된 한 멀티플렉스 상영관에 선 나는 팔짱을 끼며 포토월을 보았다. 그곳에 유진이 말한 나의 벤츠가 서 있었다. 수십 대의 카메라가 일제히 쏟아 내는 빛을 받으며 그는 헤르네의 아시아 모델인 유명 여배우와 나란히 서서 우월한 미모로 포토콜을 장악하고 있었다. 그의 파트너인 여배우가 킬힐까지 신었음에도 굴욕은커녕 바람직한 키 차이의 정석을 선보이며 완벽한 비주얼 케미를 자랑했다.

포토콜 행사에서는 카메라 셔터 소리로 참석자의 인기가 판가름 난다. 셀럽의 인지도에 따라 셔터가 마구 터졌다가 비인기 스타나 회사 임원이 등장하면 민망할 정도로 한순간에 싹 그치기 때문이다. 예의상 몇 번 찍어 주는 정도.

그런데 연예인도 셀럽도 아닌 강지헌을 향한 플래시는 쉴 새 없이 터져 나왔다. 여배우가 그의 팔에 팔짱을 끼자 소리가 더욱 거세졌다. 실수다. 여기서 이렇게 마주칠 줄 알았다면 오지 않는 건데. 후원사가 LV그룹일 줄이야.

영화는 한 시대를 풍미한 위대한 패션하우스의 전성기를 담은 이야기였다. 오래 알고 지낸 매거진 에디터로부터 실무자의 객관적인 시선에서 칼럼을 써 줄 것을 부탁받고 참석한 시사회였다.

그러나 이곳에서 강지헌을 발견하는 순간 나의 객관성은 오억 광년 밖으로 벗어났다. 근데, 너 왜 화내는데? 싫다고 도망간 건 너잖아? 찬물을 끼얹는 목소리가 머릿속을 때렸다.

"그래. 내가 화낼 건 없지."

똑똑히 봐, 이치린. 이게 바로 강지헌과 너와의 거리야. 저 남자에게 이런 일은 일상이라고. 나는 구석에 선 채로 플래시가 팡팡 터지는 포토콜 현장을 고요하게 응시했다.

* * *

포토월 앞에 선 지헌은 진행자의 안내에 따라 포즈를 취했다.

"자, 왼쪽 먼저 가겠습니다. 저쪽 봐 주세요!"

지헌이 왼쪽으로 돌아서며 카메라를 보았다. 그는 빛이 번쩍이는 수십 대의 카메라를 앞에 두고도 별로 긴장하는 얼굴이 아니었다. 오히려 조금 무료한 눈빛이었다. 그러다 어느 순간 까만 동공에 이채가 서리더니 지루함 따위는 단숨에 날아간 듯 그가 미소를 지었다. 눈동자가 부드럽게 휘어지며 드러난 그의 은은한 눈웃음에 셔터를 누르는 소리가 빨라졌다.

"자, 두 분, 이번에는 조금 더 친밀한 포즈를 취해 주시겠어요?"

진행자의 말에 아까부터 지헌을 힐긋거리며 호감을 나타내던 여배우가 바짝 붙어서며 팔짱을 꼈다. 훅 끼치는 진한 향수에 지헌이 미간을 구겼다. 그는 자신의 팔 위에 얹어진 손을 서늘한 시선으로 보았다. 피부가 직접 닿지 않았다고 해서 불쾌감이 줄어드는 것은 아니었다.

"내리죠, 팔."

"……네?"

"남이 만지는 거 질색입니다."

딱딱한 목소리에 여배우가 당황한 얼굴로 그를 보았다. 본사의 높은 임원이라더니 콧대가 헐리웃 스타 뺨 칠 정도였다. 그녀는 미소를 지우지 않은 채 속삭였다.

"아니, 제가 이러고 싶어서 그러는 게 아니라 진행자가 시키니까."

"치우라고 말했는데."

가차 없는 목소리에 여배우의 눈이 미세하게 경련을 일으켰다. 그녀의 표정은 이딴 식으로 굴 거면 왜 올라왔냐고 따지는 듯했다.

"내가 할까요?"

그런 굴욕을 감당할 수 있겠냐는 눈빛에 여배우의 얼굴이 일그러졌다.

"이……!"

그녀는 눈을 잔뜩 부라리더니 부자연스러운 미소를 지으며 팔을 슬며시 빼냈다. 언론에 모습을 드러내지 않는 남자라고 하더니 이제야 이해가 갔다. 이 남자는 특별 보호가 필요한 천연기념물이다. 세상으로부터 이 남자를 보호하는 게 아니라 이 남자로부터 세계의 평화를 보호해야 할 천연기념물.

"자, 됐습니다. 내려가셔도 됩니다!"

진행자의 말이 끝나기도 전에 지헌이 몸을 돌렸다. 그의 속도를 맞추기 위해 여배우가 높은 힐을 신은 채 잰걸음을 걸으며 손을 뻗었다. 포토라인에 동반으로 선 남성이 여성을 에스코트하는 예절은 기본이었기에 몸에 자연스럽게 밴 움직임이었다.

그러나 지헌은 여배우를 뒤에 둔 채 망설임 없이 무대 아래로 향했다. 얼굴이 빨개진 여배우가 욕설을 중얼거렸으나, 그는 개의치 않고 단숨에 가이드라인을 뛰어넘었다. 등 뒤로 당황한 진행요원의 목소리가 짧게 울렸다.

* * *

"잡았다."

영화관을 향해 걷고 있는 나를 누군가 붙잡았다. 붙들린 채로 등 뒤에 선 남자의 강렬한 존재감을 확인하는 게 두려워 망설였다. 결정을 내리기도 전에 몸이 돌아갔다. 예상대로 지헌이 있었다. 그가 나를 향해 환하게 웃었다. 그의 미소는 우리가 마지막에 어떻게 헤어졌는지조차 잊을 만큼 인상적으로 뇌리에 박혀 들었다. 나는 얼떨떨한 얼굴로 그를 보았다.

"지금…… 가이드라인을 넘은 거예요?"

무대에 오르는 모든 사람에겐 약속된 등장과 퇴장 동선이 있다. 이렇게 함부로 통제구역 밖을 넘어서면 진행하는 사람들이 곤란해진다. 지헌의 뒤로 사람들의 호기심 어린 시선이 따라왔다.

"돌아가요, 빨리."

"오른손 내밀어 봐요."

마음 급한 나와 달리 혼자만 태연한 지헌이 말했다. 그 모습에 말문이 막히자 그가 부드럽게 달랬다.

"얼른."

뭘 하려는지는 몰라도 빨리하라는 듯 팔을 내밀자 손목을 감고 있던 금속 뱅글이 쑥 빠져나갔다.

"잠깐만요."

맨살이 드러나 나도 모르게 손을 움츠렸다. 지헌은 손목을 부드럽게 감싸며 가까이 다가섰다. 그의 커다란 몸에 가려진 나는 좁은 시야마저 완벽하게 차단됐다. 헤르네 옴므의 런웨이 의상을 완벽하게 소화해 내는 그를 바로 앞

334

에서 보자 셔터가 끊이지 않았던 이유를 알 것 같았다. 쏟아지는 빛과 시선으로부터 나를 보호하듯 막고 서 있는 남자는 내가 처음 느꼈던 대로 신이 빚어낸 찬란한 피조물같이 반짝거렸다. 헐리웃 셀럽을 앞에 두고도 무덤덤하던 내가 흔들릴 만큼. 그가 티 한 점 없는 무결한 수트에 그림처럼 꽂혀 있는 행거칩을 가볍게 빼냈다.

"그건 왜……."

"아파 보여서."

지헌의 기다란 손가락이 빨갛게 새겨진 금속 자국을 어루만졌다. 감전이라도 된 것처럼 피부가 찌르르 울렸다.

"아파?"

지헌이 속삭이듯 물었다. 입이 얼어붙은 사람처럼 말이 나오지 않아 고개만 한번 저었다. 그는 자국난 피부 아래 깊게 자리 잡은 상흔을 가만히 바라보다가 손수건을 감았다. 손자국이라도 날까 봐 장갑을 끼고 예술품을 만지는 사람처럼 조심스러운 손길이었다. 천천히 힘주어 감은 그가 손을 떼자 평소 내가 하고 다니던 것과 같은 매듭이 반듯하게 자리 잡고 있었다. 가슴 밑바닥에서 뜨거운 무언가가 치밀었다.

'소중하게 대할 거라고.'

그게 이런 기분을 불러일으키는 것이었나. 나는 늘 두 번째로 취급받는 것에 익숙했다. 마츠이가에서는 에리카의 다음, 그리고 쥰에게는 그 자신과도 같은 소중한 음악의 다음. 나는 언제나 그다음 번째였다. 그래서 지헌의 이런 모든 것들이 고인 물처럼 잠겨 있던 나를 뒤흔들었다.

더는 견딜 수가 없어서 그대로 눈을 감은 채로 숨을 참았다. 한 모금에 폐부 깊이 스며든 그의 향기를 참아 내고, 다시 한 모금에 피부를 스치는 그의 손을 견뎌 냈다. 이런 나를 알기라도 하듯 지헌이 엄지로 손바닥을 부드럽게 쓸었다. 달래듯, 위로하듯, 애원하듯 천천히 쓸어내리는 손을 따라 작은 온기가 피어났다. 다시 눈을 떴을 때 지헌은 이미 가 버리고 없었다.

나는 그가 손목에 감아 두고 간 얇은 원사로 만든 하얀 손수건을 한참 동안보고 서 있었다.

* * *

'그 남자가 너 찾았다고. 정확하게 네 이름 부르면서. 이치린, 왜 안 왔냐고.'
'그렇게 팬이라며, 작년 파리에 왜 안 왔어요?'

대형 스크린 화면으로 시선을 잡아끄는 선명한 컬러와 화려함으로 무장한 패션 세계가 펼쳐졌으나 하나도 눈에 들어오지 않았다.

'간이고 쓸개고 전부 다 내주고 배신이나 당해서 혼자 꽁꽁 숨어 사는 삶으로 돌아가려고?'

사변으로 흩어져 있던 조각들이 한데로 모여들었다. 내가 고집스럽게 외면하며 알려 하지 않은 것들이었다.

'그래서, 이제 와 죽기라도 하려고?'

나는 손수건을 뚫어질 듯 보았다. 강지헌은 나에 대한 전부를 알고 있다. 어떤 모습을 보아도 놀라지 않고 침착하게 대처할 만큼. 말도 안 되는 가정이었으나 그게 사실이라면 나머지 모든 것이 설명된다. 그런데 대체 어떻게. 우리는 아무런 접점이 없는데. 그런데도 본능은 처음 마주쳤을 때부터 지헌을 피하고 싶어했다. 오늘 처음 본 남자가 나의 온 생애를 관통하듯 바라보는 눈빛이 두려워서. 당연했다. 이미 나를 알고 있으니까. 그래서 혼자만 여유롭고 혼자만 느긋했다. 내가 사정없이 휘둘리는 동안.

"뭐? 폐소공포증이라 영화를 못 봐?"

순 거짓말쟁이. 지헌이 있을 앞자리 어딘가를 향해 눈을 번뜩였다. 그러다 몸을 일으켰다. 이런 상태로는 영화도 눈에 들어오지 않을 게 뻔했다. 어둠을 헤치며 두꺼운 상영관 문을 밀고 나왔다. 그러나 완전히 빠져나오기 전 팔이 붙잡히고 어둠 속으로 다시 당겨졌다. 나는 빠르게 손목을 돌려 빼냈다. 그대로 상대의 팔을 역으로 잡고 단숨에 꺾었다. 공격을 받은 상대가 어둠 속에서 멈칫하는 게 느껴졌으나 힘을 풀지 않은 채 일부러 더 바짝 조였다. 이대로 조금만 더 밀면 팔목 뼈가 나갈지도 모른다. 그냥 확 부러뜨릴까.

그때, 팔이 꺾인 채로 저항도 제대로 못 하던 상대가 몸을 부드럽게 돌리며 빠져나가더니 뒤에서부터 나를 결박하듯 끌어안았다. 눈 깜짝할 사이에 당한 일이라 나는 반격도 제대로 하지 못하고 커다란 품 안에 갇혔다. 숨도 못 쉴 정도로 깊게 당겨 안는 힘에 낮게 터진 신음은 입술을 꾹 누르는 단단한 손안으로 흩어졌다. 이 남자가 진짜. 눈을 부릅뜨며 있는 힘을 다해 손을 물었다. 보란 듯이, 콱. 귓가로 낮은 신음이 들렸다.

"……내가 그렇게 미워, 나비야?"

밉다. 미워 죽겠다. 이대로 확 물어뜯고 싶을 만큼.

"거기 다친 손인데."

웃음기 섞인 말에 놀라서 입을 뗀 건 나였다. 피식거리는 숨소리가 목덜미로 내려앉았다.

"……아직도 아파요?"

퉁명스럽게 물어도 지헌의 웃음은 가라앉지 않았다.

"아파. 누가 안 봐줘서."

다 나았다는 말이다.

"봐줘요, 이제."

내 말에 지헌은 나를 더 세게 껴안으며 머리 위로 뺨을 문질렀다. 어깨와 허리를 감고 있는 손이 더 깊이 파고들었다. 익숙하고 기분 좋은 체향이 나를 감쌌다. 몸 안으로 진득하게 뻗어 나가는 감각에 눈을 꾹 감았다.

"지헌 씨."

나직한 목소리를 지헌은 외면하지 않았다. 그렇다고 곧바로 들어주지도 않았다.

"손, 치료해 주면."

"일단 놓고……."

"피 나는 것 같아."

"어디 봐요."

놀라서 고개를 돌렸다. 실수였다. 지헌의 얼굴이 닿을 정도로 가까이 있었다. 그가 고개를 살며시 비틀었다. 입술이 콧날을 스치고 느릿하게 비켜나 뺨에 닿았다. 나는 그대로 숨을 멈췄다. 아슬아슬한 틈을 사이에 두고 지헌의 입술이 앞에 있었다. 그가 나른하게 속삭였다.

"약속해요. 도망 안 간다고."

"……해요."

힘없이 떨리는 목소리가 낮은 한숨처럼 흘렀다. 지헌이 나를 놓고 물러났다. 숨이 막혀 있던 사람처럼 가슴이 크게 들썩였다. 빠르게 안정을 찾은 나는 지헌을 힘껏 노려보았다. 스크린의 얕은 조명을 받고 선 그가 예쁘게 눈웃음 지었다.

"아직 화났어요?"

밤의 편의점 야외 테이블에 앉은 채로 지헌이 물었다. 대답 대신 약국 봉투를 열어 소독약과 밴드를 꺼냈다. 내 목표는 하나였다. 강지헌과 어떤 대화도 나누지 않고 처치만 해 준 뒤 곧장 돌아서는 것. 딱딱하고 사무적이며, 시큰둥하고 대수롭지 않은 모습으로. 그게 내가 강지헌 앞에서 보이길 원하는 나의 태도였다. 다 나았을 거라고 생각한 상처는 다쳐 온 그날에서 크게 나아지지 않았다.

"호, 안 해 줘?"

무시하기로 한 다짐을 실천하며 재빨리 밴드를 꺼냈다. 이것만 붙여 주고 뒤도 돌아보지 말고 가야지. 무조건 앞만 보고 걸어야지. 지헌이 주먹을 쥐며 손을 물렸다. 뭐 하는 짓이냐고 쏘아보자 그가 삐딱한 표정으로 고개만 까닥였다.

"아파서 손이 안 펴지네."

이 남자가 지금 어디서 약을 팔아?

"운전도 어렵겠는데."

얼씨구.

"밥도 못 먹겠다."

이보세요, 지금 장난해?

"책임져야겠네. 아가씨가."

지헌이 빙그레 웃었다. 나는 그를 물끄러미 바라보았다.

"당신 누구예요?"

"강지헌."

그의 입가에는 여전히 웃음이 남아 있었다.

"서른. 그거 어떻게 알았어요?"

"직접 들었으니까."

"거짓말."

"자기한테 불리한 건 다 아니라지."

유들유들한 얼굴을 보니 인상이 절로 써졌다. 그럼 우리가 아는 사이였다는 건데, 애초에 말이 되지 않는 명제다. 만약 어딘가에서 강지헌을 한 번이라도 마주쳤다면 잊을 리가 없다.

"내가 눈썰미가 얼마나 좋은데."

"아, 그러시구나."

그가 열의 없는 목소리로 빈정거렸지만 무시했다.

"그럼, 간, 쓸개. 그게 뭔지도 알아요?"

시험하듯 물어놓고 초조하게 기다렸다. 지헌이 몸을 숙이며 싱긋 웃었다.

"말해 주면, 또 도망가려고?"

한 번을 쉽게 속아 주지 않는 남자가 야속했지만, 그는 어림없다는 태도였다.

"나 숨바꼭질의 달인 됐어요. 누구 덕분에."

몸을 뒤로 물린 지헌이 팔짱을 끼며 삐딱하게 말했다.

"그 예쁜 신발 신고 나한테 오라고 준 거지, 도망가라고 준 거 아닌데."

기다란 눈매가 초승달처럼 휘어지더니 지헌이 은밀한 제안을 하는 엉큼한 아이처럼 소곤거렸다.

"그러니까 나한테 프러포즈해요. 딱 한 번만 튕기고 받아 줄 테니까."

왜 한 번이냐고 묻고 싶은 입술을 꾹 눌러 참았다. 이런 얕은수에 걸려드는 대신 확인할 게 남았다.

"왜 아무것도 안 물어봐요? 이미 봤잖아요, 내 손. 처음 우리 집에 온 날."

바뀐 트윌리 매듭을 떠올리며 넘겨짚었으나, 그는 긍정도 부정도 하지 않았다. 대신 차분하게 내리뜬 시선으로 나를 보았다.

"그런 걸로 내 마음이 바뀌진 않아. 그러니까 애쓰지 말아요."

그의 까만 눈동자가 달빛 아래에서 빛났다. 나는 결국 그의 말 속에 숨겨진 함의를 찾아내지 못했다. 그래서 먼저 흔들린 건 이번에도 내 쪽이었다.

"어떻게 그렇게 쉬워요? 강지헌 씨는 어떻게 매번…… 그렇게 확신할 수 있어요? 그러다 내일 마음이 바뀌면."

"바뀌지 않아."

지헌이 말했다.

"딱 하나만 보면 되니까. 내가 원하는 거, 하나."

"……가진 다음엔요?"

"지켜야지, 잘. 옆에 두고. 무섭지 않게 안아 주고. 물도 주고."

부드럽게 웃는 그를 나는 멍하니 보았다.

"……꽃 피었어요? 고무나무."

"아직."

"계속 안 피면요?"

"기다려야지."

"영원히 안 필지도 모르죠."

눈을 내리며 담담하게 말하자 그가 테이블에 턱을 괴고 나를 빤히 보았다.

"원래 꽃은 자기가 가장 아름다울 때 피어나거든."

"……."

"그래서 기다리고 있어."

"……더 빨리 싹 틔울 수 있는 나무로 바꾸는 게 좋을지도 몰라요."

지헌의 입술이 부드럽게 휘어졌다.

"상관없어. 내가 기다리는 꽃은 딱 하나니까."

들고 있던 밴드가 손안에서 촉촉하게 젖어 들었다. 상냥하게 웃은 지헌이 내 머리를 한 번, 두 번, 부드럽게 쓸어내렸다.

"……뭐 하는 거예요?"

"물 주기. 어서어서 피어나라고."

"……."

"늦어도 괜찮으니까, 흔들려도 괜찮으니까. 피기만 하라고."

"……."

"나한테서."

하지 말라며 지헌의 손을 잡았다. 그가 그대로 손목을 당기며 물었다.

"이제 괜찮아?"

문제없다는 듯 고개를 끄덕였지만, 지헌은 믿지 않는 얼굴로 손목을 감싸 쥐었다.

"상처도 자꾸자꾸 봐야 낫는다면서."

그 말과 함께 지헌이 입술을 눌렀다. 붉은 입술이 하얀 천 위에서 느릿하게 움직이더니 마침내 맨살에 닿았다. 뜨겁고 말캉한 혀가 맥을 짚듯 혈관을 따라 미끄러지더니 가장 여리고 약한 부위를 빨아 당겼다. 그가 만들어 내는 뜨거움 아래에서 나는 몸을 떨었다. 지헌이 내 팔에 입술을 댄 채로 눈을 살며시 뜨며 물었다.

"조금 나아진 것 같아?"

"……이런 걸로 나을 리가 없잖아요. 순 돌팔이."

지헌이 웃음을 터트리자 그의 숨결이 피부를 간지럽혔다.

"당신 살에서 굉장히 기분 좋은 향기 나는 거 알아? 나 이런 데에 페티쉬 같은 거 없는데."

팔에 코를 부비며 하는 말이 커다란 강아지 같았다. 그가 일으키는 부드러운 마찰에 마음이 간질간질해지는 것 같아 이성을 차리기 위해 몸을 바로 세우며 말했다.

"그거 다 호르몬 때문에 일어나는 착각이에요. 동물은 본능적으로 이성의 냄새에 끌리게 되어 있거든요."

"아닌데, 난 한 번도 이런 적 없는데."

"맞는데, 나 은근 전문간데."

"자기도 돌팔이였네, 뭘."

"헐."

기가 막혀서 팔을 빼냈지만, 그에게서 풀려날 수는 없었다. 영화관에 이어 내 기술이 먹히지 않는 상대는 처음이라 나는 조금 당황했다. 그는 크게 힘을 들이지 않고도 나를 가볍게 제압했다. 지헌이 은은하게 웃으며 말했다.

"믿지 않아도 상관은 없어. 처음인 건, 처음인 거니까."

"난 강지헌 씨가 아방궁을 차리고 놀았대도 신경 안 써요."

그러니 상관없다는 의미였는데 지헌이 불쾌한 듯 눈을 가늘게 빛내더니 팔을 깨물었다.

"아파요."

찡그리며 말하자 지헌은 흡족한 듯 웃었다. 그리곤 방금 물었던 자리를 부드럽게 핥아 내렸다. 본능에 정직한 인간답게 그가 자극하는 대로 피부가 잘게 떨었다.

"……페티쉬는 아니어도 변태는 맞네, 뭐. 맨날 화나게 하고 아프게 하니까."

"이렇게 해야, 반응을 보이니까."

지헌이 살갗에 입술을 댄 채로 속삭였다.

"그냥 보고 있으면 가끔 없어질 것 같거든."

그건 내가 선유를 볼 때 느끼는 감정과 비슷했다. 그래서 나는 순간적으로 흠칫했다.

"그럴 리가 없잖아요."

동요를 숨기며 건조하게 대꾸했다. 지헌이 피식 웃으며 까슬한 돌기로 피부 위를 꾹 눌렀다.

"믿어요, 나비 양은 움직일 때도 소리를 안 내니까."

입술을 내린 채로 나를 향하는 시선과 정면으로 부딪쳤다. 겁이 덜컥 났다. 이미 다 들킨 줄 알았는데, 여전히 그에게 들키고 싶지 않은 게 남아 있다는 걸 깨달아서였다. 나 역시 선유처럼 텅 비고 공허한 빈 껍데기뿐이라는 사실을.

"그만 가야겠어요."

봉투를 내려놓고 일어서려 하자 잡힌 손에 힘이 더해졌다. 나를 파헤치는 지헌의 시선이 느껴졌다.

"아직도 내가 무서워?"

"무서워요."

내가 없어질까 봐. 당신한테 속절없이 빠져들까 봐. 그런 나한테 당신이 실망할까 봐. 버려지는 고통을 너무 잘 알아서. 당신마저 그러면 견디지 못할 것 같았다. 불행은 늘 행복한 순간에 찾아오니까. 그게 뭐든 딱 행복해지기 전까지만 하고 싶었다.

지헌이 눈을 가늘게 떴다.

"나를 못 믿어서? 그 남자처럼 물까 봐?"

아니, 그것과는 다르다. 당신은 그냥 맹수 같다, 한입에 날 집어삼킬. 그날, 미술관에서 내가 그렸던 재규어처럼.

"우파루파를 그린 거 아니었나?"

지헌이 피식 웃으며 말했다.

"맹수가 얼마나 불쌍한 존재인지 알아? 들판의 제왕으로 불리지만, 현실은 그냥 만성적인 기아에 허덕이는 가여운 짐승일 뿐이야."

"……그게 무슨 이상한 논리예요?"

"그날의 일용할 양식을 사냥하기 위해 매일 혼신의 힘을 기울이며 진짜 열심히 사는 애들이지. 그에 비하면 산양은 얼마나 행복해?"

"무슨…… 말이 하고 싶은 건데요?"

"날 너무 무서워 말고, 더러는 가여워도 하라고."

나를 가까이 당긴 지헌이 상냥하게 웃으며 말했다. 매끄럽게 윤이 나는 뺨 위로 보조개가 드러났다.

"일주일씩 얼굴 안 보여 주면 못 버티거든, 나도."

거짓말. 내가 따로 연락하지 않았듯 그 역시 나를 만나려는 어떤 시도도 하지 않았다. 오늘 같은 우연이 아니었다면 마주치기나 했을까. 우연. 그 단어를 가만히 곱씹으며 방금 한 가지 사실을 깨달았다. 지금까지 우리가 만난 날 중에 우연은 없었다.

"오늘…… 내가 여기 오는 거 알았어요?"

"그래서 싫어?"

나는 말없이 지헌을 보았다. 달빛을 머금은 까만 눈동자가 나를 향해 반짝이며 빛났다. 싫지 않았다. 손을 뻗어 만지고 싶다. 내가 있는 세계가 칠흑이라 눈부시게 빛나는 당신에 눈이 갔다. 당신이 품어 줄 가슴 안에 잠기면 아주 잠깐은 긴 공허가 채워질 것도 같았다. 그래서 손을 내밀 수가 없다. 태양은 멀리서 볼 때 떠오르는 것처럼 별은 어둠 속에서만 반짝인다. 창공을 날아올랐던 이카로스는 경고를 무시한 채 태양에 가까이 다가간 대가로 날개를 잃고 추락한다. 나는 싫다.

"내가 빚진 게 뭔지 알려 줘요."

"빚 갚고 계산 끝내겠다?"

대답하지 않자 피식 웃는 지헌의 눈동자가 위험스럽게 번득였다.

"고집쟁이."

짙은 홍채가 위태롭게 기우는 순간 팔꿈치 안쪽 살이 세게 빨렸다. 움츠리는 나를 당기며 혀끝이 집요하게 파고들었다. 살갗을 물고 진득하게 빨아들이며 현실과 이성을 마비시키고 관능으로 물들였다. 손가락 끝이 저릿했다. 더는 버틸 수 없을 것 같은 순간, 팔목을 따라 입술을 꾹 누른 지헌이 얼굴을 들었다. 붉어진 입술을 손등으로 닦아 내며 그가 말했다.

"기억해 내. 내가 누군지."

"불가능해요, 애초에 우리는 만난 적도 없는데 어떻게……!"

지헌이 붉게 새긴 키스 마크를 꾹 눌렀다.

"빚 갚고 싶다며. 그럼 직접 알아내야지."

사납게 말하며 살갗을 문지르는 손끝조차 야릇해서 신음을 깨물었다.

"만약…… 기억 못 하면요?"

"약속도 안 지키고, 기억도 못 하고. 그럼 할 수 없지."

나긋하게 휘어지는 눈동자에 한순간 광포함이 떠올랐다 사라졌다.

"당신의 전부를 내주는 수밖에."

"그런 억지를……."

"그러니까 나한테 와, 먼저. 이게 지워지기 전에."

해사하게 빛나는 얼굴이 우아한 협박을 가하며 나직하게 속삭였다.

"당신이 오기 전까지, 나는 절대 손 내밀지 않을 거니까."

네온이 명멸하는 밤의 거리에서 나를 향해 미소 짓는 지헌을 보며 나는 그저 떨리는 팔을 감싸 안았다.

08

미안해, 나비야

그날 이후 나는 의식적으로 일에 매달렸다. 미팅은 계속됐고 야근은 날마다 이어졌다. 새벽에 들어와 눈만 겨우 붙이고 나가는 생활이 이어지자 지헌을 생각하지 않고도 잠을 잘 수 있었다. 그러나 그를 떠올리지 않기 위한 모든 노력은 짧은 시간 동안 그가 내 곁에 남겨 둔 것들로 인해 자주 물거품이 됐다. 사무실의 하바리움과 침실에 걸어 둔 고양이 그림이, 손목에 감긴 그의 손수건이 불쑥불쑥 그를 소환했다. 우습게도 그런 것쯤 전부 다 치워 버리면 그만인데도 나는 아무것도 하지 않았다. 그저 습관처럼 팔을 더듬어 지헌이 남긴 흔적을 확인했다. 옅어지는 키스 마크를 볼 때마다 모래알이 빠르게 떨어지는 모래시계를 보는 기분이었다.

'당신이 오기 전까지, 난 절대로 손 내밀지 않을 거니까.'

밤을 훌쩍 넘긴 사무실에 앉아 하바리움을 보고 있던 나는 몸을 일으켰다. 승강기 버튼을 눌러 놓고서 기다리는데 지헌이 나를 집으로 데려갔던 밤이 생각났다. 그가 문을 열고 나오는 순간 복도를 환하게 비추던 불빛과 망설임 없이 나를 안아 올리던 손, 서로를 향해 진하게 얽혀 들던 시선이 생생하게 살아났다.

승강기 도착을 알리는 전자음이 울렸다. 나는 몸을 돌려 비상계단으로 향했다. 음악 소리를 들은 건 일 층에 가까워졌을 때였다. 스튜디오에서 흘러나오는 연주곡이었다. <1974 Way Home>. 익숙한 피아노 멜로디가 나를 오래전 어느 날로 소환했다.

자기가 떠나온 고향을 생각하며 만든 곡이래.

조용히 건반을 치던 준의 말을 듣고 나서야 클라이맥스도 없는 단순한 멜로디가 왜 그렇게 마음을 붙잡았는지 이해했다. 그 뒤로 매일 집으로 돌아가는 해 질 녘의 언덕을 오르며 이 곡을 들었다. 그 시절 나에게 이 곡은 그리움 자체였다.

스튜디오 앞에 섰을 때 준이 녹음실 문을 열고 나왔다. 나를 발견한 그가 걸음을 멈췄다. 우리는 곡이 끝날 때까지 서로를 말없이 바라보았다.

"기억나? 성인식 때 말이야, 너는 후리소데가 아닌 한복을 입었잖아. 빨간색 하카마에 하얀 치마."

"하카마가 아니라 저고리."

"맞다, 저고리."

내가 정정하자 준이 쑥스러운 듯 웃었다. 우리는 스튜디오에 있는 기다란 스툴에 나란히 앉아 있었다. 한 사람이 앉을 만큼의 공간을 남겨 둔 채로. 가깝지도 멀지도 않은 이 애매한 간격이 이제 우리 사이에는 자연스러운 일이 되었다. 준이 말했다.

"아직도 가끔 그날 네가 한복을 입고 서 있는 모습을 떠올려. 인상에 꽤 깊게 남았나 봐."

"이상해서 그랬겠지."

일본의 성년식은 화려하고 성대한 행사. 머리에 꽃장식을 달고 기모노 가운데 가장 화려한 예복을 입는다. 행사 같은 건 처음부터 참석할 생각이 없던 내가 마음을 바꾼 건 에리카 때문이었다. 한복을 입은 건 후리소데가 너무 비싸서였고. 그날 하루 입자고 수백만 원을 쓰는 게 싫었다. 나는 객식구였으니까. 사람들은 그런 나를 별종인 양 보았다.

"예뻤어. 반짝반짝 빛이 났거든."

그럴 리가. 준의 말에 메마른 웃음이 났다. 정말로 빛이 나 보였던 건 에리카였다. 그녀가 손을 움직일 때마다 발목까지 길게 내려온 소매가 바스락거리며 금실로 화려하게 수를 놓은 꽃이 반짝거렸다. 에리카의 성년을 축하하기 위해 마츠이 회장이 특별히 주문한 옷이었다. 그 옆에서 아무 무늬도 없는 단색의 한복을 입고 있던 내가 눈에 띄었을 리 없다. 그러나 상관없었다. 어색하게 가발을 쓰고 서 있는 에리카를 위해서라면 모두가 두르고 있던 부유한 영애의 상징처럼 보이는 새하얀 털목도리도, 화려한 보석 장식도 필요치 않았다. 그때의 우리는 어떤 시련이 와도 끄떡없는 천하무적이 되길 바랐다. 그렇게 믿었다. 그래서 어렸다.

"그때 전학을 가는 게 아니었어. 어떻게든 네 옆에 있어야 했는데, 그랬다면……."

후회가 담긴 준의 말을 나는 잘랐다.

"우린 다 어렸잖아."

"그치만……."

"어차피 미성년자가 할 수 있는 일은 아무것도 없으니까."

내가 일본으로 가야 했던 것처럼 그가 그곳을 떠나야 했던 것 역시, 우리의 의지로는 무엇 하나 바꿀 수 없는 일이었다.

"그래도, 나는 계속해서 그때를 생각해."

준이 나를 보며 말했다.

"내가 계속 네 옆에 있었다면, 너와 떨어지지 않았다면. 그날…… 너를 구한

게 나라면. 그랬다면 우리가 지금과는 많이 달랐겠지?"

준이 내게 물었다.

"헤어지지 않을 수 있었을까?"

그의 목소리에 담긴 간절함이 흘러 내게로 건너왔다.

"이렇게 눈앞에서 보고 있는데, 바로 내 옆에 있는데, 널 안을 수 없다는 게 믿기지가 않아."

나는 아무 말도 하지 않은 채 고집스럽게 앞만 보았다. 우리가 함께했던 과거의 시간이 거대한 갈퀴처럼 발목을 휘감는 것 같았다.

"이렇게 그리운데. 숨이 터질 것처럼 참아야 한다는 게 말도 안 되는 일 같아."

"다 옛날 일이야. 너한테는 이제 가족이 있으니까."

"……가족이라."

준이 쓸쓸하게 웃었다.

"난 여전히 혼자야, 린. 그날 이후로 마츠이를 본 적도 없으니까."

준이 에리카를 타인처럼 불렀다. 그가 에리카를 그렇게 부를 때마다 조금 더 상냥하게 대해 달라고 부탁한 건 나였다. 나 이외의 존재가 가여운 그 아이의 친구가 되어 주길 바랐다. 그래서 준은 내 앞에서만큼은 에리카를 이름으로 불렀다. 그게 계속 후회되었다. 파열한 관계의 시작이 모두 나 때문인 것 같아서.

"나는 여전히 혼자라고, 린. 마츠이와 나는 아무 사이도 아냐."

준은 내 얼굴을 똑바로 보며 말했다.

"지금은 내 전화도 받지 않아. 아이가 태어난 것도 사에에게 들었어."

"너희…… 무슨 일이 있었던 거야?"

묻고 싶지 않았던 그 말을 나는 기어이 물었다.

"처음부터 전부 다. 아무것도 아니었어. 그날은."

나는 이해할 수 없는 눈으로 준을 보았다. 나를, 그리고 우리들을 이렇게 만든 그날이 아무것도 아니라고 단정하는 그를 믿을 수가 없었다.

"그냥 하룻밤이었어. 실수였어. 너무 취해서…… 너인 줄 알았다고."

준이 괴로운 목소리로 중얼거렸다.

"기억나? 파리에 가지 말라고, 나한테 오면 안 되냐고, 화냈잖아. 왜 늘 너한 텐 일이 먼저냐고, 내가……."

수없이 떠올렸던 그 밤의 일을 준이 말했다.

"네가 너무 그리워서, 너무 보고 싶어서 난……."

"그만. 그만하는 게 좋겠어."

"모든 게 지독한 악몽 같은 기분인 거 알아?"

녹음실 유리창으로 비친 준의 얼굴이 괴롭게 일그러졌다.

"그중에서 가장 끔찍한 건 널 아프게 한 게 나라는 거야. 꿈에도 몰랐 어……."

그는 여전히 믿기지 않는 얼굴로 내 손을 보았다.

"너는 괜찮을 거라고 생각했어. 우리 중 네가 제일 강하니까."

내가 선유에게 했던 말을 준이 하고 있었다.

"정말로, 너한테는 이미 다 지나갔어?"

준이 고통스럽게 물었다.

"나를 정말로 잊었어? 우리는……."

그는 감정을 억누를 수 없는 듯 거칠게 속삭였다.

"다시는 함께할 수 없는 거야?"

그의 목소리에 짙은 물기가 어려서 나는 눈을 감았다. 그것 말고는 그 순간 내가 할 수 있는 일은 아무것도 없었다. 무거운 공기가, 고된 침묵이 10년처럼 흐른 순간, 떨리는 숨결이 뺨에 닿았다. 나는 벌떡 일어섰다.

"왜 하필."

에리카야. 왜 너희 둘인 거야. 햇빛조차 두려운 뜨거운 사막 한가운데 서 있 던 나에게. 유일하게 그늘이 되어 주었던 너희 둘이. 대체 왜. 함께 있는 둘을 상상할 때마다 불구덩이 같은 사막으로 다시 내처진 느낌이었다. 끓어오르는 마음을 어쩌지 못해 몸서리치며 지새운 숱한 밤이 지나고 이제는 수북한 잿더미 위에 빈껍데기만 남았다. 아무것에도 쓸데없는.

어느샌가 담담하게 가라앉은 내 표정에 준의 얼굴이 기이하게 일그러졌다.

"너는 나 없이 괜찮아?"

이제는 그가 나를 이해할 수 없는 얼굴로 보고 있었다.

"너, 정말로 그 남자를……!"

"이시하라."

조용히 그의 이름을 부르자 준의 갈색 눈동자가 사납게 일렁였다. 나를 바라보는 준의 눈빛은 사막의 모래 바람처럼 거칠어서 따가운 모래 알갱이가 온몸에 들러붙는 기분이었다. 습하고 끈끈해서 한시 빨리 벗어나고 싶은 불쾌함과 역함. 그 순간 나는 나의 첫사랑이 지나갔음을 깨달았다. 얼마 전까지만 해도 그의 전화 한 통에 심장이 내려앉던 나는 존재하지 않았던 것 같았다. 너는 이렇게 마침내 내게 아무것도 아닌 존재가 되었다. 몸에 난 생채기가 사라지면 아픔도 희미해지듯이 그렇게 사라지겠구나.

나는 지난 일 년간 내가 그토록 염원하던 순간을 담담하게 마주했다. 나를 간절하게 바라보는 준을 향해 말라 버린 혀끝을 천천히 움직였다.

"이시하라, 나는 망가졌어."

입을 열 때마다 메마른 상처에서 아물지 않은 딱지가 떨어져 나가는 것 같았다.

"그래서 더는 너와 있을 수가 없는 거야."

그 순간 나는 깨달았다. 준이 나를 두고 배신한 상대가 에리카가 아니었을지라도 우리는, 나는, 두 번 다시 예전으로 돌아갈 수 없다는 것을.

"나는 이미…… 그래, 산산조각 났어."

이걸 인정하는 데에 일 년의 시간이 걸렸다. 괜찮다고, 이 정도로는 끄떡없다고. 나는 멀쩡하다고. 계속해서 우겼다. 아무것도 아니라고.

'아무것도 아니지 않아.'

지헌의 목소리가 가슴을 울렸다. 그래, 당신이 맞아. 나는 고장 났어. 당신 말처럼 멀쩡하지 않아. 삶에, 인간의 지옥에 갇혀 버렸다. 마음을 주는 것도, 한번 준 마음을 다시 가져오는 것도 이제 나에겐 너무도 큰 고통이 되었다. 사람들이 나를 휴머노이드라고 부르는 건 내가 완벽해서가 아니다. 온기 없는 기계처럼 차가워서다.

"제발⋯⋯."

준이 내게 애원했으나 더는 그의 말이 와 닿지 않았다. 나는 그를 똑바로 보며 말했다.

"나는 너와 에리카가 한 짓을 되풀이하지 않을 거야."

"린⋯⋯!"

"그러니까, 돌아가. 네가 있을 곳으로. 가서, 에리카를 만나."

그렇게 등을 돌렸다. 준이 있는 세계로부터.

스튜디오를 나오자 서 실장에 복도에 서 있었다.

"어머, 이 팀장! 자기 여기 있었어?"

그녀가 아는 척하며 다가왔으나 짧게 고개만 숙인 뒤 그곳을 벗어났다.

* * *

전용 공항을 빠져나온 클로에가 대기하고 있던 차에 오르자마자 선글라스를 벗었다.

"사진은?"

조수석에 있던 비서가 고개를 저었다. 이마를 구긴 클로에가 케이스 안으로 선글라스를 거칠게 밀어 넣었다.

"대신 당시 병동에 있던 간호사로부터 확인했습니다. 이사님이 환자를 직접 안고 병원에 도착했다고 합니다."

뚜껑을 덮는 클로에의 손이 멈칫했다.

"……확실해?"

"네, 병실에 올라갈 때까지도 계속 안고 계셨다고 합니다. 그것 때문에 기억하고 있더군요. 꽤 각별해 보였다고……."

거짓말. 그런 게 가능할 리 없다. 여자는 누구든, 심지어 그를 낳은 로라조차도 아들인 지헌을 만지지 못한다. 그렇다면, 상대가 아무나가 아니라는 것. 클로에가 눈을 번쩍 떴다. 찾았구나, 다니엘.

"환자 개인 정보라 저희 쪽에서 접근하기는 어렵습니다만, 조금 더 알아보면."

그녀가 손가락을 스윽 올렸다.

"그냥 둬."

지금까지 강 이사의 주변을 계속해서 주시하고 경계하던 클로에의 뜻밖의 지시에 비서가 조심스럽게 물었다.

"안 찾아보셔도 괜찮으시겠습니까?"

"그럴 필요 없어요. 곧 볼 테니까."

그 여자가 정말로 지헌이 찾던 사람이 맞다면 굳이 이쪽에서 찾지 않아도 곧 만나게 될 터였다. 지헌이 바로 옆에 있을 테니까. 명은처럼 어설프게 겁먹고 도망가면 곤란하다. 그 애는 반드시 해야 할 일이 있다. 거기까지 생각을 정리한 클로에가 시트에 등을 기댔다. 그 여자 때문이구나, 다니엘. 네가 그렇게 끔찍하게 싫어하는 이 나라에서 한 발자국도 움직이지 않고 있는 이유가. 클로에는 갑자기 이 나라가 미워졌다. 그녀가 불쾌감을 억누르며 물었다.

"이동 장소가 어디라고?"

"파라다이스 호텔입니다."

한국의 부동산 그룹 승비원과 함께 투자해서 최근 오픈한 호텔이었다. 하필이면. 그곳에 있을 누군가를 떠올린 클로에가 눈을 한껏 구겼다.

* * *

'이명이 맞습니다. 다행히 청각세포 손상도 없고, 증상이 뚜렷하기 때문에 치료만 꾸준히 받는다면 예후가 나쁘진 않습니다. 시끄럽거나 음악이 나올 만한 장소는 되도록 가지 않는 게 좋은데, 직업상 불가능하다고 하니 매일 먹는 약과 함께 증상이 심할 때만 먹는 진통제를 따로 처방해 드리겠습니다.'

의사의 말을 떠올리며 탕비실에 선 채로 알약을 꿀꺽 삼켰다.

'스트레스 상황을 피하는 게 가장 중요해요.'

멀쩡하지 않다는 걸 인정한 뒤로 가장 먼저 한 일은 병원에 가는 거였다. 확실히 약을 먹고 나니 잦은 두통과 같은 증상이 눈에 띄게 좋아졌다.

"이렇게 간단한걸."

나는 빈 약봉지를 구겨 쓰레기통에 넣은 뒤 몸을 돌렸다. 사무실로 들어가려는데, 복도 한쪽에서 통화 소리가 들렸다.

"……많이 심한가요, 선생님?"

차분한 태도로 서서 묻는 사람은 주얼리쇼를 맡아 하는 2팀의 선 팀장이었다.

"네, 그러니까 제 말은…… 제가 가야겠죠, 당연히?"

눈을 질끈 감는 얼굴이 제법 심각했다. 알았다고 통화를 마친 선 팀장은 어딘가로 전화를 걸더니 고함을 빽 질렀다.

"야! 넌 부모 아냐? 나만 부모야? 딸이 아프다는데 과장 눈치 보인다고 반차를 못 써? 넌 고작해야 무서운 게 너네 과장이 전부지만, 난……! 내가 지난달부터 말했지, 오늘 진짜 중요한 행사 있다고."

그녀가 이마를 꾹 누르며 격해진 감정을 억눌렀다.

"전 세계 VVIP 다 모아 놓고 하는 주얼리쇼야. 여기에 몇십 명이 매달린 줄 알아? 고작 다섯 시간을 못 빼서, 나보고 가라고? 네가 한 번이나 애 하원시켜 준 적 있어? 그래 놓고 왜 나보고만 나쁜 엄마래! 나는 뭐, 이 일이 좋아서 하는 줄 아니!"

소리를 빽 지른 그녀가 씩씩거리며 전화를 끊었다. 그러다 나와 눈이 마주쳤다. 불길하고 불길했다. 도망가야 하는데, 왜 이렇게 발이 안 떨어지나. 결국 긴 침묵을 끝으로 마침내 내가 먼저 입을 열었다.

"가요, 기획안이랑 프로그램 표 주고."

"……이 팀장아."

나를 보는 선 팀장의 얼굴이 울음으로 일그러졌다.

"다섯 시간이라고? 어딘데?"

"영종도…….'

"멀리도 잡았다."

내 말에 그녀가 웅얼거렸다.

"응, LV패션그룹이 그 호텔과 뭐가 있는지 처음부터 아예 못 박더라고. 개장한 지 얼마 안 된 호텔이라 이참에 VIP랑 바이어 모아 놓고 보석도 팔고, 회원권도 팔겠다는 거지."

갑자기 눈이 번쩍 뜨였다.

"……어디라고?"

"영종도."

"그거 말고 주얼리쇼. 브랜드가 어디냐고."

"쇼에, LV그룹 꺼."

선 팀장의 대답이 끝나기도 전에 나는 등을 돌렸다.

"미안, 선배. 바쁜 일을 깜박했다."

사무실 문을 열고 들어가려 하자 선 팀장이 다다다 달려와 팔에 매달렸다.

"한 번만 살려 주라, 응? 담엔 내가 땜빵할게! 응? 응?"

나는 입을 벌린 채로 말을 잇지 못했다. 선 팀장이 울먹였다.

"고마워, 이 팀장님. 사랑한다!"

아아, 긴 한숨이 복도로 흩어졌다.

"주얼리쇼는 별거 없어요. 보석이 가장 빛날 수 있게, 천천히 반복해서 포즈를 취해 주기만 하면 돼요. 손을 허리 아래로 내리지 않게 주의하구요. 그럼 관객의 시야에서 사라지니까."

하이엔드 보석의 런칭쇼라 평소보다 조금 더 클래식한 정장을 갖춰 입은 내가 런웨이에 서서 모델들을 향해 말했다. 전반적인 무대 동선을 확인한 뒤 간단한 지시 사항을 전달했다. 착장과 음악이 복잡한 패션쇼에 비해 주얼리쇼는 월등히 적은 모델과 스탭들로 운용되기에 큰 어려움은 없었다. 게다가 오늘 우리가 맡은 건 전체 행사의 일부분인 주얼리쇼까지만이다.

"경호팀이 일대일로 붙을 거지만, 우리 쪽에서도 가장 조심해야 하는 게 바로 분실, 파손인 거 알죠?"

나는 쇼케이스에 전시된 보석 중에서도 가장 크고 화려한 보석을 손짓했다. 경호원이 두 명이나 배치된 오늘 쇼의 주인공은 가슴 위쪽을 전부 덮을 만큼 보석이 화려하게 늘어진 네클리스였다.

"이거 얼마라고?"

"70억이요!"

모델과 스탭이 한목소리로 외쳤다.

"나 팔아도 70억 안 나와요. 그러니까 잃어버리지 말아요."

눈을 찡긋하며 덧붙이자 고가의 보석 앞에서 긴장하고 있던 모델들이 웃음을 터뜨렸다. 나는 오늘 행사장으로 꾸며진 넓은 그랜드볼룸을 천천히 둘러보았다. LV라는 말에 지레 겁먹었던 게 우스울 만큼 평화로운 행사였다. 당연히 VIP 명단에 지헌의 이름은 없었다. 이미 프랑스로 돌아갔을지도 모른다. 다행이라고 생각하면서도 갑자기 모든 게 시들하게 느껴졌다. 빨리 끝내고 가서 쉬었으면.

괜한 오지랖을 부린 것에 후회하며 마지막 점검을 위해 갤러리로 꾸며진 안

쪽으로 향했다. 이미 하루 전에 세팅을 완료했다는 행사장에서 내가 특별히 할 일은 없어 보였다. 예산을 아낌없이 쏟아부은 명품 행사답게 마감 퀄리티가 좋았기 때문이다. 선 팀장님, 이거 하면서 신났겠네. 피식 웃으며 VMD가 혼을 갈아 넣은 디스플레이를 감흥 없이 보고 있을 때였다. 익숙한 향수 냄새가 코를 스쳤다. 설마.

긴장으로 굳은 얼굴을 돌렸다. 상대는 내가 전혀 예상하지 않았던 외국인이었다. 머리를 길게 늘어트린 우아한 금발 미인. 향수 하나에 이런 반응이라니, 아무도 모르는 걸 혼자만 들킨 기분에 나는 잠시 당황했다.

"아름답죠? 왕가의 주얼리."

지헌과 같은 향수를 쓰는 여자는 로맨틱 코미디의 여주인공처럼 예쁜 데다 친화력마저 남달랐다. 그녀가 내 옆에 나란히 서며 쇼케이스를 가리켰다.

"나폴레옹이 조세핀에게 청혼할 때 준 반지를 재현한 거죠. '연인'이라니, 전쟁의 신이라고 불린 남자한테는 꽤 로맨틱한 네이밍이죠?"

브랜드가 왕가의 다이아몬드라는 칭호를 얻게 된 것 역시 모두 이 황후 컬렉션 덕분이다. 평균 금액대가 십억 원 단위인 헤리티지 라인답게 주요 고객층도 세계 부호나 셀럽이다. 그 말은 즉, 내가 개인적으로 이 보석을 마주할 일은 없다는 뜻이다. 내가 아무 말도 하지 않자 그녀가 고개를 기울였다.

"보석 싫어해요? 아, 혹시 영어를 못 하나?"

"싫진 않아요. 그냥, 개인적으로 인연이 없을 뿐이죠."

조용한 대답에 그녀가 흥미롭다는 듯 웃었다.

"독특하네. 다이아몬드를 앞에 두고 그렇게 무덤덤한 태도라니. 이 중에서 아가씨가 가장 지루한 얼굴인 거 알아요?"

그녀가 갑자기 나를 잡아끌었다.

"내가 진짜 예쁜 거 보여 줄게요."

라인별로 레이아웃을 나눠 각기 다른 컨셉과 컬러로 전시된 쇼룸은 안으로 들어갈수록 제품의 가격도 올라간다. 바로 우리가 서 있는 이곳이었다.

"이게 바로 디아뎀이에요. 황후의 티아라죠. 유럽 황실에선 결혼식이나 공식 행사에 반드시 이 디아뎀을 써야 했어요. 신분의 상징이었으니까."

블루 사파이어와 다이아몬드를 엮어 왕관처럼 만든 티아라는 아름다웠다. 그러나 내가 눈을 떼지 못한 이유는 그것 때문이 아니었다. Hortensia, 수국. 사파이어 꽃은 수국이었다.

"정말 예쁘죠?"

그녀의 물음에 고개를 끄덕이며 생각했다. 어느 깊었던 봄밤에 유리병을 내밀던 남자의 웃음도 이렇게 예뻤음을.

"마음에 드나 봐요, 그 티아라."

흥미 없던 내가 관심을 보이는 게 재밌는지 그녀가 눈을 빛냈다.

"사실 여자들이 가장 좋아하는 건 이쪽이에요. 바로, 웨딩링."

그녀가 길게 이어진 디스플레이를 한 면을 가리키며 예비 신부에게 가장 많이 팔린다는 시그니처 반지를 알려 주었다.

"이게 바로 모든 여성이 받고 싶어한다는 반지죠."

"멋지네요."

"와우, 그 말을 어떻게 이렇게 건조하게 하지? 내가 셀러였다면 진짜 오기 생겼을 거 같은데. 정말 이 중에 마음에 드는 반지가 없어요?"

그녀가 골라 보라는 듯 쇼케이스 위로 팔을 쭉 펼쳤다. 페어 컷으로 세팅된 다이아몬드와 사파이어부터 왕관, 꽃, 물방울. 각기 다른 디자인에 맞춰 완벽한 광채를 연출하기 위해 정밀한 비례로 커팅된 반지가 그 안에 있었다. 하나같이 다 아름답고 영롱해서 뭘 골라야 할지 알 수 없었다. 차라리 이쪽보다는 오히려. 나는 고개를 들고 사파이어보다 더 깊은 푸른색 눈동자를 보았다.

"이 중에선 당신 눈이 가장 예쁘네요."

"음, 나 지금 엄청난 고백을 받은 거 같은데?"

푸른색 눈동자가 장난스럽게 반짝이자 색이 훨씬 더 진해졌다.

"보석은 잘 모르지만 예쁜 사람에는 좀 약해서."

내 말에 그녀가 웃음을 터뜨렸다. 톤이 높은 웃음소리가 경쾌하게 울려 퍼졌다.

"고마워요. 오늘 꽤 기분 나쁜 일이 있었는데, 아가씨 덕분에 즐거워졌어요."

그녀의 솔직한 고백이 나의 충동을 부추겼다.

"나도요. 덕분에 기운 났어요. 당신 향수 때문에."

"오호라, 눈빛을 보니 당연히 남자일 테고. 누군지는 모르지만, 만약 이 향수를 쓰는 남자라면 잡아요, 꼭."

그녀가 짓궂게 웃었다.

"그 정도 감각은 돼야 아가씨를 상대할 수 있을 테니까."

나는 피식 웃었다.

"행운을 빌어요."

그녀는 내게 윙크를 남기고 몸을 돌렸다. 일행인 듯 보이는 프랑스인 남자가 그녀에게 다가가는 게 보였다. 전 세계 VIP는 다 모인다더니, 그녀 역시 해외에서 날아온 셀럽이었다. 그러나 어딘지 익숙한 얼굴에도 이름은 곧바로 떠오르지 않았다. 멀어져 가는 그녀의 뒷모습을 물끄러미 보다가 다시 콘솔로 돌아갔다. 이제 일을 해야 할 시간이었다.

* * *

주얼리쇼가 무사히 끝나고, 오프닝의 마지막 순서인 축하 공연을 위해 아이돌 그룹이 무대 위에 올라가는 것을 보며 백스테이지로 돌아왔을 때였다. 머리를 깔끔하게 손질해 넘긴 중년 신사가 누군가를 찾는 얼굴로 입구에 서 있었다. 견고하고 보수적인 로만 스타일의 브리오니 턱시도를 입고 선 그는 누가 봐도 오늘 초청된 VVIP가 분명했다. 그러나 숨 가쁜 백스테이지에서 그를 주목하는 스탭은 없었다.

조용히 서 있어도 존재감을 드러내는 엄격하고 위엄 있는 인상 때문이었다. 바쁘게 뛰어다니는 스탭들마저 그가 서 있는 곳 주위를 빙 둘러서 갔다. 나는 별수 없이 그에게 다가갔다, 라기보다는 불려 갔다. 그가 나를 너무도 빤히 쳐다보고 있었기 때문이다.

"도와드릴까요?"

내가 다가서는 모습을 차분하게 지켜보고 있던 신사가 빙그레 웃었다. 마치 나를 기다리고 있었다는 듯. 묘한 기시감에 고개를 갸웃하는데 그가 웃으며 말했다.

"우리 집 말괄량이를 찾고 있습니다만."

"아, 네."

나는 그가 찾는 사람의 인상착의 정보를 기다렸다. 그러나 그는 정신없는 백스테이지를 휘둘러보며 점잖게 혀를 찰 뿐이었다.

"여긴 정말이지 언제 와도 적응이 안 되는 곳이야. 뭐가 뭔지 하나도 모르겠군."

나는 그의 의견에 동의하듯 고개를 끄덕인 뒤 물었다.

"찾으시는 분이……?"

그가 다시 내게로 시선을 돌렸다.

"내 손녀랍니다. 말도 없이 사라졌는데, 아무래도 여기 있을 것 같군요."

손녀가 있다기엔 너무 젊은 인상에 속으로 잠깐 놀란 내가 차분하게 물었다.

"손녀분 나이가 어떻게 되나요? 혹시, 전화는 해보셨어요?"

"계속 씹히고 있지요."

그가 빙그레 웃으며 말했다.

"실은 그 애가 방금 노래를 부른 가수의 극성팬인데, 이름이 뭐라더라…… 무슨 색 이름이었는데."

"블랙이요."

"맞아, 그거야. 시커먼 옷을 입은 남자애들이 잔뜩 모여 있는."

오프닝 행사의 첫 무대를 장식한 신인 보이그룹을 떠올리며 웃어 보였다.

"그렇다면 정말 여기 있을 가능성이 크네요."

전쟁이 나도 모를 정도로 바쁜 곳이니 아이돌의 열혈팬인 꼬마 숙녀가 숨어 들어도 들키지 않았을 거다. 그때 새로운 댄스 음악이 시작되자 가까이 있는 스피커가 바닥을 쿵쿵 울려대기 시작했다. 시끄러운 사운드에 얼굴을 찡그리는 신사의 팔을 살짝 잡은 뒤 스피커에서 최대한 먼 자리로 이끌었다.

"손녀분 이름과 인상착의를 알려 주시겠어요?"

그가 이름과 나이를 말해 준 뒤 내 손목을 보며 의미심장하게 덧붙였다.

"누구라도 처음 보는 순간, 그 애를 알아볼 겁니다."

눈에 확 띄는 반항아 타입이라는 건가.

"알겠습니다. 금방 찾아서 자리로 안내할게요. 먼저 돌아가 계시겠어요?"

가장 가까이 있는 진행요원을 부르며 신사에게 말했다. 그러자 그가 내 손 등을 두어 번 토닥이며 다시 빙그레 웃어 보였다.

"그럼 얌전히 기다려야지요. 난 인내심이 아주 많은 사람이거든."

그의 웃는 얼굴에 다시 묘한 기운이 들어서 고개를 갸웃하는 사이 그가 진행요원을 향해 앞장서라는 듯 눈짓했다. 그 당당한 태도에 왠지 모르게 웃음이 나왔다.

─마지막 팀 공연이에요. 에피타이저 서빙 시작합니다.

인터컴을 들으며 곧장 한곳을 향해 걸었다. 내 예상과 한 치의 어긋남도 없는 풍경이 한 천막 앞에서 펼쳐지고 있었다. 보는 순간 알아볼 거라는 신사의 말은 진짜였다. 아이돌 그룹이 대기실로 쓰는 천막 사이에 얼굴을 바짝 대고 있어 뒷모습만 보였으나, 저 아이가 문제의 그 말괄량이 손녀라는 데에 2년 치 연봉이라도 걸 수 있었다. 모른 척 꼬마의 옆으로 슥 다가서자 아이가 감탄 섞인 목소리로 중얼거리는 게 들렸다.

"대박, 존나 잘생겼어."

"누가 젤 잘생겼는데?"

"당근 MJ지! MJ가 최고야!"

"리더?"

"무슨 소리야? 리더는 지욱이고, MJ는 메인 보컬……!"

화들짝 놀라서 뒷걸음치는 소녀의 얼굴은 핑크 볼터치를 진하게 한 펭귄 같았다.

"너, 연우지?"

"누구예요? 내 이름은 어떻게 알았어요?"

혼이라도 날까 봐 움츠렸던 얼굴이 금세 경계태세로 돌아서더니 나를 위아래로 여러 번 훑었다. 내 목에 걸린 스탭증을 빤히 보는 아이는 세상을 좀 아는 꼬마임이 틀림없었다. 연우가 물었다.

"직원이에요, 헬퍼예요?"

이런, 일일 알바인 헬퍼와 직원을 구분할 줄 알다니. 조금이 아니라 아주 빠삭하게 아는 꼬마였다.

"할아버지 기다리신다. 자리로 돌아가."

칼같이 자르며 인터컴을 빼 드는 순간 내 서열에 대한 확신이 선 그녀가 순식간에 태도를 바꾸며 매달렸다.

"5분만요! 아직 말도 못 걸어 봤단 말이야!"

"대화를 나눌 거였으면 얼굴을 봐야지. 몰래 훔쳐봐 놓고 무슨 억지야."

"마음의 준비를 하고 있던 거란 말이에요!"

"그런 건 집에 가서 하고. 여긴 관계자 외 출입금지거든."

씨알도 안 먹힌다는 듯 냉정한 목소리로 쳐내자 핑크빛 볼터치가 일그러졌다.

"악! 진짜 짜증 나. 뭐 이런 여자가 다 있어? 할아버지한테 이를 거야!"

"너네 할아버지 내 편이야. 그니까 그만 떨어질래?"

"그럼 삼촌한테 이를 거야!"

기도 안 찬다는 듯 보자 작은 어깨가 주춤거렸다.

"그, 그럼 할머니! 우리 할머니가 누군지 알아? 아줌마 바로 잘릴걸?"

"아, 우리 대표가 너네 할머니였어? 십 년을 넘게 봤는데 박 대표한테 손녀가 있는 줄은 몰랐네."

유치한 대화에 종지부를 찍으며 꼬마의 손을 냉정하게 떼어 내자 완강하게 버티던 것과 달리 아이는 쉽게 떨어져 나갔다.

"재수 없어……! 다 제멋대로만 하는 어른들."

주먹을 불끈 쥐고 하는 말이 가관이었으나 사춘기 소녀를 상대로 화를 내 봤자. 그렇다고 달랠 마음도 없어서 이대로 아이를 보내려는데, 푹 숙인 얼굴 사이로 눈물이 툭 떨어져 내렸다.

"나도 안다고 뭐. 어차피 나 같은 건 아무도 안 봐주는 거……."

그 말에 인터컴을 누르려던 손을 멈췄다. 브리오니를 입고 이런 행사의 초청장을 받는 할아버지를 둔 손녀가 할 말은 아니었다. 선 팀장의 말대로 여기 모인 사람들은 소위 말하는 상위 1퍼센트의 부호다. 앞의 꼬맹이는 그런 집안의 응석받이 손녀인 것이다.

나는 꼬마의 차림새를 쭉 훑어 내렸다. 밖이 30도를 넘나드는 초여름의 무더위에 라이더 재킷과 종아리까지 내려오는 언발런스 퍼플 쉬폰 치마라. 거기에 금속이 요란하게 박힌 캠밸부츠는 아이의 정체성을 적나라하게 드러냈다. 제발 나 좀 봐 달라고 외치는 반항아. 나는 입맛을 다시며 인터컴을 넣었다.

"5분만이야."

아이가 놀란 얼굴을 번쩍 치켜들었다.

"눈물은 닦고."

손수건을 내밀자 단번에 받으며 순해진 얼굴을 끄덕끄덕했다. 의외로 다루기 쉬운 타입이었다. 나는 어깨를 으쓱하며 어쩔 수 없다는 듯 말했다.

"정말이지, 나는 마음이 너무 여리다니까."

황당하게 일그러지는 꼬맹이의 얼굴이 재밌어서 피식 웃으며 천막을 젖혔다.

"잠깐 실례 좀 할게요."

"아, 이 팀장님."

나를 알아본 매니저가 벌떡 일어서자 선풍기 앞에서 땀을 식히고 있던 미청년들이 고개를 꾸벅 숙였다.

"오늘 무대 최고. 더운데 수고했어요."

"감사합니다!"

데뷔한 지 얼마 되지 않아 아직 신인의 뻣뻣함이 남아 있는 청년들이 힘차게 외쳤다.

"언제 봐도 은혜로운 얼굴들이네. 그래서 말인데, 마음도 좀 은혜로울 수 있을까요? 내가 팬 한 명을 데려왔는데."

뒤에서 쭈뼛거리며 서 있는 꼬맹이를 앞으로 밀자 발그레한 얼굴이 더 빨갛게 변했다. 한마디도 안 지고 대들던 모습과는 영 딴판이었다.

"뭐해? 자기 소개해야지. 이름."

"가, 강연우요……."

수줍게 달아오른 얼굴이 땅에 박힐 듯 점점 내려갔다. 푹 숙인 꼬맹이의 머리통 위로 나와 시선을 교환한 멤버들이 슬그머니 아이의 앞으로 다가섰다.

"이름 예쁘다. 우리 팬이에요?"

"우리 데뷔한 지 얼마 안 됐는데."

"그럼 쇼케이스 때도 왔었어요?"

멤버들에게 둘러싸인 연우가 간신히 고개만 끄덕끄덕했다.

"MJ가 제일 잘생겼다던데? 최고라고."

내가 넌지시 끼어들자 다른 멤버들이 연기라도 하듯 상처받은 표정을 지었다. 연우가 깜짝 놀라서 손을 저었다.

"아, 아니에요. 다 멋있어요, 다 좋아해요!"

"그래, 우린 그냥 좋아하고, 최고는 MJ라는 거지. 아, 슬프다. 한 살만 더 어렸어도……."

"넌 어려도 안 돼, 얼굴이 안 돼."

연우의 긴장을 풀어 주기 위해 멤버들이 장난을 치자 분위기는 금세 떠들썩하고 가볍게 변했다. 곧 말문이 트인 연우는 데뷔 날짜와 멤버들 개인 프로필을 읊으며 갓 데뷔한 신인들에게 감동을 선사했다. 나는 한쪽으로 물러나 매니저와 나란히 서서 아이들을 흐뭇하게 보았다. 그때 안으로 들어서던 스타일리스트가 연우를 힐금 보더니 픽 웃었다.

"뭐야, 쟤는. 보기만 해도 쪄 죽겠네."

연우의 핑크빛 뺨이 빨갛게 달아올랐다. 그녀가 고개를 숙이며 입을 꾹 다물자 신인이라 아직은 이렇다 할 발언권이 없는 멤버들이 안절부절못하는 표정으로 연우를 보았다. 나는 혀를 쯧 찼다. 그래, 아기들은 원래 손이 많이 가는 존재다. 팔짱을 낀 채 상체를 앞으로 쭉 내밀며 정확히 스타일리스트를 쳐다보았다.

"안녕하세요! 많이 덥죠?"

그제야 나를 발견한 그녀가 고개를 꾸벅 숙였다.

"팀장님 오셨어요?"

"네. 동생이 블랙 팬이에요."

스타일리스트의 얼굴이 살짝 굳어졌다.

"아…… 팀장님 동생이셨구나……."

고개를 끄덕이며 눈까지 접어 활짝 웃었다. 스타일리스트가 재빨리 연우에게 다가가며 친근한 척 어깨에 팔을 둘렀다.

"너도 남다른 패션 감각의 소유자구나? 안 더워? 내가 머리 올려 줄까?"

순식간에 돌변한 스타일리스트의 태도에 연우가 눈만 굴려 나를 보았다. 나는 뻐기듯 어깨만 한번 으쓱해 보였다.

* * *

"밖이 너무 시끄럽군."

"파티니까요."

"보석만 사고 갈 것이지."

"그럼 회원권은 언제 팝니까?"

카지노부터 테마파크까지, 복합 리조트 호텔 파라다이스의 성공을 이끈 부동산 그룹 승비원의 전략지원실장의 말에 호텔 대표인 무원이 인상을 썼다. 그러나 그의 오른팔이자 이곳 파라다이스 호텔의 이인자인 최 실장은 꿈쩍도 하지 않았다.

"오늘 참석한 VVIP 중에는 세계 부호 20위권 안에 드는 아랍 왕자도 있습니다. 그가 오늘 가장 많은 보석을 사 갈 거라고 브랜드 측에서 기대하고 있습니다."

"설마 내가 싫어하는 그놈은 아니겠지?"

최 실장은 대답하지 않았다. 무원이 실소했다.

"하, 그딴 놈한테 내가 운영하는 호텔의 객실을 내줘야 한다니."

"이미 내줬습니다. 전용 풀을 갖춘 로열 펜트하우스 세 채."

최 실장이 무표정한 얼굴로 손가락 세 개를 들어 보였다.

"아예 쓸어갔군."

무원이 불만스럽게 쳐다보았으나 최 실장은 모른 척했다. 하룻밤 숙박료만 천만 원을 훌쩍 넘기는 펜트하우스 세 개를 전부 부킹했다.

"아무 말 마십시오. 그가 카지노에서 올려 줄 매출 또한 오늘 주얼리쇼 못지 않을 겁니다."

"너무 더럽게 놀잖아."

"그만큼 돈을 쓰죠."

무원이 다시 인상을 썼으나 최 실장이 제법 단호하게 고개를 저었다.

"호텔 개장 이제 겨우 2분기 됐습니다. 괄목할 만한 실적을 올려봐야 그룹 내에서 대표님의 입지가 선다는 말입니다."

"……그래서 참고 있잖아. 상대가 LV인데도."

"너 그렇게 생각하세요. 어머님께서 아들 도와주고 싶어서 그러시는걸요."

"최 실장은 대체 누구 편입니까?"

무원의 삐딱한 태도를 그는 유연하게 받아넘겼다.

"그야 말을 더럽게 안 들어먹는 대표님 편이죠."

무원이 절레절레 고개를 저었다.

"이따 갈라 디너에 참석하시는 거 잊지 마십시오."

최 실장의 말에 무원이 다시 서류로 고개를 내리며 말했다.

"바빠요."

"안 바쁩니다."

"지헌이 있을 거잖아요."

"불참한답니다."

"그럼, 나도 불참."

최 실장의 이마에 핏대가 불끈 섰다.

"이렇게 큰 행사에 강 이사가 안 온다는데, 당연히 대표님이 나가서 자리를 지켜야죠! 가서 이번 기회에 눈도장을 확실히 찍어 놔야……!"

"지헌이도 없다면서, 내가 왜."

최 실장이 고함을 빽 질렀다.

"지헌이는 지헌이고 대표님은 대표님이지, 왜 맨날 네가 할 일을 그쪽에 떠넘기는 겁니까! 그러다 승비원마저 뺏기려고요?"

"그냥 말을 놔."

무원이 서류에서 눈을 떼지 않은 채로 대꾸하자 최 실장이 말 잘했다는 듯 쏘아붙였다.

"네가 지헌이보다 못한 게 대체 뭐냐! 왜 한참 어린 동생한테 시가 총액만 70조 원이 넘는 그룹을 갖다 고스란히 바치냐고!"

"지헌이가 LV를 갖겠대?"

무원이 건성으로 물었다.

"강지헌이 등신이냐? 제 손에 쥔 걸 놓치게!"

최 실장의 말에 무원이 피식 웃었다.

"넌 아직도 그렇게 걔를 모른다. 십 년을 넘게 봤으면서도."

"모르는 건 너야, 인마! 그놈이 얼마나 영악한 자식인데……!"

"그만."

무원의 얼굴이 삽시간에 싸늘해졌다.

"내 친구로서 충고는 고맙지만, 선은 알아서 그어야지."

"……미안. 실언했다. 내가 너무 흥분해서 그만."

"너와 내 동생을 저울대 위에 올려놓게 하지 마. 결과는 말 안 해도 알 테니까."

최 실장이 긴장한 얼굴로 침을 삼켰다. 본격적인 후계 구도에 들어선 재계 3세 중에서 무원은 단연 주목받는 존재다. 지금껏 스캔들 한번 없는 데다 경영에서의 성과도 착실하게 쌓고 있어서 혼처가 끊이지 않는다. 특히 매너 좋은 태도는 업계에서도 칭찬이 자자할 정도다. 그런 완벽에 가까운 무원에게 유일한 약점은 가족이다. 가족 문제만 얽히면 무원은 쉽게 이성을 잃고 180도 다른 사람으로 변한다. 그걸 깜박하다니. 최 실장이 자신의 실책을 속으로 곱씹었다. 서류에서 눈을 뗀 무원이 최 실장을 서늘하게 보며 내뱉었다.

"그 어떤 상황에서도 가족이 먼저야. 설령 너보다 더 오래 떨어져 지낸 동생이라 할지라도."

그 녀석도 널 그렇게 생각할 것 같아? 그럴 것 같으냐고, 이 답답한 놈아. 그러나 최 실장은 말없이 고개만 끄덕였다. 잠시 후 무원이 다시 서류로 고개를 돌리며 짧게 덧붙였다.

"그 왕자, 잘 지켜봐. 사고 치지 않게."

"안 그래도 이미……."

조처를 취해 뒀다고 답하려는데, 그의 휴대폰이 울렸다. 메시지를 확인한 최 실장이 잠깐 머뭇거렸다. 이어지는 침묵에 무원이 손을 멈추고 고개를 들었다.

"왜?"

"그 아랍 왕자가 호텔과 카지노에 있는 독한 양주와 샴페인을 모두 쓸어 갔다는군요."

"방에서 파티라도 할 모양이지."

무원이 시들해진 태도로 대꾸했다.

"방에 묵는 건 왕자 한 명인데요?"

"펜트하우스를 세 채나 가져갔다며."

"그게…… 짐이 상당히 많았다고 합니다. 그런데도 호텔에 맡기지 않고 왕자의 수행원들이 직접 옮겼다는군요."

가학적 플레이를 즐기는 놈이니 그 많은 캐리어에 뭐가 들었을지는 생각하고 싶지 않았다.

"체크아웃하기 전에 룸 컨디션 미리 확인해서 클리닝 비용 왕창 때려넣어. 돈이 땅에서 펑펑 솟아나는 놈이니."

신랄하게 내뱉은 무원이 관심을 끄고 다시 펜을 잡았다. 최 실장이 뭔가가 더 남아 있는 얼굴로 말했다.

"그런데 방금 전 그 방으로 모렐 부사장이 들어갔답니다."

"누구?"

"클로에 모렐, 헤르네 부사장 말입니다."

"아, 그 꼬맹이. 보석 팔러 갔나 보지."

무원이 시큰둥하게 대꾸했다. 최 실장은 얌전히 기다렸다. 오래 지나지 않아 펜이 멈추고 무원이 짜증스러운 얼굴로 고개를 들고 물었다.

"애들은 참 손이 많이 가는 존재야. 안 그래?"

"……."

"그래서 난 애가 싫어."

그가 펜을 툭 내던졌다.

* * *

"이 돼지 같은 놈이 디아뎀의 가치를 알기나 할까?"

"목소리를 낮추세요, 부사장님. 그가 아무리 한국어를 몰라도 욕은 만국 공통입니다."

"그래서 이렇게 웃고 있잖아요, 아주 환하게. 이런 짐승 앞에서."

클로에가 활짝 웃으며 말하자 쇼에의 한국지사장이 식은땀을 흘리며 앞을 살폈다. 그곳에는 흰색 스카프를 머리에 두르고 마찬가지로 새하얀 전통 드레스인 칸두라를 입은 아랍 왕자가 앉아 있었다. 왕자라기엔 희끗한 머리가 민망할 정도로 나이가 많았으나 배다른 형제가 스물이나 넘는다니, 아마 평생 왕자 지위에서 벗어나지는 못할 것 같았다. 넉넉한 턱살만큼이나 몇 겹으로 접히는 두툼한 뱃살을 자랑하는 그는 클로에를 향한 탐욕스러운 눈빛을 숨기려 들지 않았다.

행사장에는 들어가 보지도 못하고 이런 불쾌한 늙은이 앞에서 멍청한 인형처럼 웃어야 한다니. 통탄스러운 일이다. 하필이면 객실 앞에서 마주치는 바람에 꼼짝 못 하고 붙잡혔다. 얼굴만 비추고 바로 가려고 했는데 지헌의 불참을 알았을 때부터 흥미가 팍 식어 버린 행사는 갈수록 최악이었다.

"당신의 미모는 볼 때마다 더 아름다워지는군. 그 눈은 정말이지, 감탄이 절로 나올 지경이야."

왕자가 욕망 가득한 눈으로 클로에의 얼굴을 보며 말했다.

"오늘만 벌써 두 번째 듣는 이야기네요. 그런데 어쩜 이렇게 느낌이 다른지."

클로에가 우아하게 웃으며 대답했다. 그리곤 웃음을 지우지 않은 채 지사장에게 고개를 돌려 한국어로 말했다.

"이 돼지한테 전해요. 한 번 더 그딴 식으로 쳐다보면 입을 찢고 티아라를 그 안에 처넣어 주겠다고."

지사장은 큼큼 헛기침만 하며 시간을 확인했다. 앞에 앉은 특별 고객은 오늘 참석한 회원 중에서도 막강한 부를 자랑하는 왕족이었다. 그런 소중한 고객의 프라이빗쇼를 거절할 브랜드는 없다. 그의 손짓 한 번에 앉은 자리에서 100억 원 이상의 매출이 이루어지기 때문이다.

"지목하신 보석과 함께 올라올 모델이 준비 중입니다."

전화를 끊은 지사장이 굽신거리며 전했다.

"내가 특별히 요청했던 것도 잊지 않았겠지?"

왕자가 기대에 찬 눈을 반짝이며 씩 웃었다.

* * *

"자, 이리 앉아요, 천사 양."

연우를 데리고 홀로 나가자 테이블에 앉아 우리를 기다리고 있던 중년 신사가 의자를 빼며 말했다.

"아뇨. 아닙니다. 저는."

이상한 호칭에 뜨악한 내가 거절하기도 전에 이미 그는 일어서서 의자 등받이를 잡고 있었다.

"내 손녀를 손수 찾아 여기까지 데려다줬는데 차는 대접하게 해 줘야지."

"아직 남은 행사가 있어서요."

"음? 다 끝나지 않았나? 다들 철수할 준비를 하고 있던데."

아까는 분명, 뭐가 뭔지 하나도 모르겠다고 하시지 않았나요? 말 대신 눈빛으로 물었으나 되돌아온 건 아무것도 모른다는 점잖은 웃음뿐이었다.

"부담 가질 거 없어요. 그냥 차 한잔인걸."

부담스러울 정도로 눈빛을 보낸 그가 미소로 압박했다. 겉은 젠틀한 신사였으나 상대를 부드럽게 회유하는 노련함은 그가 보통 사람이 아니라는 걸 알게 했다.

"잠깐만 있다가 가면 안 돼요? 나 혼자 심심하단 말이에요."

스타일리스트의 손길로 귀여운 똥머리가 된 연우가 졸랐다. 아까의 일로 경계가 허물어진 아이는 너무도 쉽게 내게 매달렸다. 나는 별수 없이 고개를 끄덕였다.

"그럼, 차만 한잔하고 가겠습니다."

잠깐만 머물다 가겠다는 뜻을 넌지시 전하자 그가 빙그레 웃었다.

"천사 양은 이름이 뭔가?"

"이치린입니다."

"이치린, 아주 독특한 이름이군."

"외할머니께서 반은 일본인이시라 꽃처럼 살라고 지어 주셨어요."

제 앞으로 나온 케이크의 젤리 장식만 쏙 파먹던 연우가 갑자기 끼어들었다.

"우웩, 만약 내 이름에 꽃 자가 들어갔으면 난 세상 안 살았을 거야."

"……연우야."

신사가 손녀의 이름을 가만히 불렀다. 나는 웃으며 연우를 보았다.

"일어로 꽃은 하나야. 내 이름은 린이고. 다행히 엄마가 떼쓴 덕분에 하나가 안 되고 린이 됐어."

"……멋있다, 언니네 엄마."

"응. 우리 엄마 짱 멋있어."

연우가 내 눈을 빤히 보더니 갑자기 뽀로통한 표정을 지었다.

"난 엄마 없는데."

"그래?"

내가 태연하게 묻자 기대했던 반응이 아니었는지 연우는 조금 당황했다. 아마 이전에 이 말괄량이한테 걸려든 희생자들은 아무 말도 하지 못하고 절절

맸을 거다. 그러나 김 대리의 표현에 의하면 악질 전문인 내게 사춘기 소녀의 시비는 그저 귀여운 수준에 지나지 않는다. 연우가 내 눈을 똑바로 보며 강조하듯 말했다.

"네. 죽었거든요. 내가 일곱 살 때."

"나도 그래."

"네……?"

"돌아가셨다고, 우리 부모님도."

있는 대로 시니컬한 표정만 짓던 반항아가 깜짝 놀란 눈으로 나를 보았다.

"아깐 분명 짱 멋있다고……."

"돌아가셨다고 부모님이 없는 건 아니니까."

조금 멍해진 연우의 눈빛을 받으며 서버가 가져온 찻잔을 들었다. 신사가 연우를 부드럽게 타일렀다.

"그래서 이 할애비가 항상 말하지 않니, 연우야. 벽에도 귀가, 돌에도 입이 있다고. 사람은 항상 말을 조심해야 한단다."

지헌이 했던 말이다. 이게 그렇게 유명한 말이었나. 잠깐 생각에 잠긴 내게 그가 사과했다.

"우리 아이가 실례를 했군. 미안합니다."

"괜찮습니다."

그렇게 말한 뒤 내 눈치를 살피는 연우에게 눈을 찡긋해 보이자 아이는 금세 풀어져 헤실헤실 웃었다. 나를 바라보는 신사의 눈동자가 호기심으로 반짝거렸다.

"오늘 여기 모인 사람들의 최대 관심은 저 황후의 티아라와 웨딩링을 누가 가져갈까 하는 거라네. 어떤가? 천사 양은 어떤 보석을 가장 좋아하지?"

"음, 저는"

선뜻 떠오르지 않아 고민에 잠긴 나를 보며 그가 온화하게 웃었다.

"역시 다이아인가? 여성에게 다이아몬드는 변하지 않는 사랑이지."

"실은 잘 모릅니다. 그냥 단순하게 가장 큰 게 좋은 거 아닌가 싶구요. 전문가가 들으면 비웃겠지만요."

그는 비웃지 않았다. 오히려 즐거운 얼굴로 손끝을 세웠다.

"그렇다면 내가 알려줘야겠군. 좋은 보석을 고르는 방법 말일세. 실은 아주 간단하네. 덜 사는 대신에 제대로 고르는 것."

그가 의미심장한 눈빛으로 나를 보며 말했다.

"보석도 남자도 말이야."

빙그레 웃는 얼굴이 누군가를 떠올리게 해서 나는 그의 얼굴을 가만히 보았다.

"그래서 말이야, 천사 양."

그가 나를 보며 조금 더 깊은 미소를 지었다.

"길가의 돌도 연분이 있어야 찬다는데, 천사 양이 우리랑 보통 인연이 아닐 것 같은 예감이 드는군."

나는 어색하게 웃었다. 강력한 인상에서 풍기는 분위기부터가 딱 회장님 포스다. 그런 높으신 분이 말하는 인연이란 단어는 낭만적인 대신에 어딘가 현실감이 결여된 옛이야기 속 고어처럼 느껴졌다. 동네 처녀만 보면 어떻게든 중신을 서려는 어른을 만난 기분. 그게 아니라면 내가 이런 회장님과 인연이 있을 일이 있나. 내 표정을 읽은 그가 조용히 웃었다.

"늙은이의 말을 믿게. 우린 분명 다시 만날 테니까. 왜냐하면, 천사 양 손에."

갑자기 울리는 인터컴에 대화가 끊겼다.

"죄송합니다. 잠시만요."

인이어를 통해 들리는 목소리가 꽤 다급해 나는 그에게 급히 인사를 전했다.

"먼저 일어나 봐야 할 것 같습니다, 어르신."

서둘러 일어서는 나를 향해 그가 너그럽게 웃었다.

"그래요. 곧 기회가 있겠지."

백스테이지에 도착하자 브랜드 담당자인 여자 매니저가 모델들을 일자로 죽 세워 놓고 있었다. 경험 많은 톱모델은 일정이 빡빡해 쇼가 끝나자마자 이동한다. 무대 뒤에 끝까지 남아 있는 모델들은 데뷔한 지 얼마 안 된 어리고 앳된 신인이 대부분이다. 그래서인지 다들 매니저 앞에서 눈치만 보고 있었다.

"넌 몇 살?"

"……스물이요."

모델의 대답에 매니저가 그녀를 위아래로 쭉 훑더니 옆에 있던 다른 모델에게 고개를 돌렸다.

"너, 아까 몇 살이랬지?"

"스물넷인데요."

"오케이, 넌 빠지고."

스물네 살짜리 모델을 옆으로 밀며 그 자리에 스무 살짜리 모델을 세운 매니저가 들고 있던 옷걸이를 내밀었다.

"가서 이 옷으로 갈아입고 와. 지금 바로 스위트룸으로 올라갈 거니까."

옷이라기엔 얇은 천 조각에 가까운 그것은 가느다란 가슴 끈 하나가 전부인 이브닝드레스였다. 당연히 맨가슴에 입어야 하는. 모델이 주저하며 손을 뻗는 모습에 곧장 앞으로 나섰다.

"지금 뭐 하시는 겁니까?"

"아, 팀장님."

매니저가 나를 보더니 고개만 까딱이며 아는 척을 했다.

"우리 VVIP 고객님이신데, 개인 주얼리쇼 보겠다고 하셔서요. 지금 모델 고르고 있어요."

사람을 코앞에 두고 물건이라도 고르는 사람처럼 무신경한 말투였다.

"그런데 나이는 왜 물으시죠?"

"젊은 모델을 선호하시는 분이라서요. 이왕이면 다홍치마라고, 이쁘고 가슴도 좀 크면 좋다고."

"매니저님."

딱딱하게 굳어진 내 얼굴을 본 매니저가 가볍게 픽 웃었다.

"뭘 그렇게 정색하세요, 농담인데. 남자들 다 똑같지."

"……주얼리쇼를 요청한 고객이 남자인가요? 몇 명이죠?"

"아, 그분 혼자세요. 워낙 특별 고객이라."

남자 고객이 단독 주얼리쇼를 청했다. 그것도 어리고 가슴 큰 모델로. 분위기가 삭막해진 걸 눈치챈 매니저가 아주 중요한 일이라는 듯 과장된 얼굴로 강조했다.

"우리 브랜드 VVIP세요. 그것도 가장 큰손, 아랍의 왕족이시라구요. 왕자."

그녀가 마지막 단어를 은밀하게 덧붙였다. 그러니까, 그건 니들 사정이고.

"안 합니다. EM은 여기서 철수하죠."

더 들을 필요도 없다는 듯 매니저의 말을 자르며 그녀에게 지목받은 모델을 내 뒤로 당겼다. 이런 일이 처음이라 얼어 있던 신인 모델들이 조용히 안도하는 게 보였다. 나의 눈짓에 베테랑 스탭들은 대충 예상했다는 듯 짐을 챙기기 시작했다.

"지금 뭐 하는 거예요, 이 팀장?"

매니저가 짜증스러운 얼굴로 쏘아붙였다.

"필요하면 얼마든지 개인 쇼도 하는 거지. 내가 일일이 계약사항을 짚어 줘야 되나?"

말끝을 툭 잘라먹으며 따지는 매니저는 겉으로나마 차리던 예의까지 팽개치고 대놓고 고자세를 취했다.

"계약사항에 개인 주얼리쇼 모델로 나이와 신체조건 기준이 있나요?"

"새삼스럽게 왜 이래요? 모델 일이라는 게 다 그런 거지. 거참, 유별나게 구네."

"네, 제가 조금 유별나요. 그래서 내 모델들 그딴 데 안 세웁니다."

"······그딴 데?"

"객실에 혼자 있는 남자 고객 앞에서 가슴 다 드러난 옷 입고 서는 거요. 이게 정말 주얼리쇼 같아요? 이렇게 노골적이고 뻔뻔한 요청은 브랜드 측에서 잘랐어야 하는 거 아닙니까?"

매니저가 가볍게 코웃음 쳤다.

"뭘 그렇게까지 오버해요? 그냥 한번 해 주면 되는걸. 우리랑 이번 일만 하고 안 할 거예요? 요즘 EM웍스 배가 부른 모양이네. 모델이 어디 거기만 있나."

그저 갑질로 치부하기엔 협박이나 다름없는 말이었다.

"아무리 배가 고파도 아티스트 막 굴려서 돈 벌진 않습니다. 우리 모델들이 무슨 업소 여성입니까? 나이랑 가슴 사이즈 보고 고르게."

내가 물러설 것 같지 않자 매니저가 귀찮다는 듯 눈을 찌푸리더니 낮게 속삭였다.

"프로답지 못하게 왜 이래? 이게 뭐 대단한 거라고······ 이 팀장이 하는 것도 아니잖아?"

"그럼 매니저님이 하면 되겠네요. 별로 대단한 거 아니니까, 그 옷 직접 입으시고."

내 눈짓에 자신이 손에 들고 있던 드레스를 내려다본 매니저가 얼굴을 확 찌푸렸다.

"지금 그걸 말이라고······! 이런 식으로 나오면 곤란할 텐데? 분명히 말하는데 EM웍스 이대로 철수하면 이번 일 절대로 그냥 안 넘어가요."

그녀가 허리에 손을 짚으며 사납게 경고했다.

"앞으로 LV그룹하고는 두 번 다시 같이 일 못 하게 될 거예요. 그래도 상관없어요?"

숱하게 겪어 온 바닥이었으나 이렇게 순식간에 태도를 번복하는 사람들을 볼 때마다 익숙한 환멸이 일었다. 매니저를 향하는 눈빛이 싸늘하게 식어 내렸다.

"지금 협박하신 거죠? 매니저님 똑똑한 줄 알았는데, 일을 잘 못 하시네."

"뭐라구……?"

"왕가의 보석이라는 브랜드가 기획사에 어리고 가슴 큰 모델 요구해서 변태 VIP한테 보석 장사 하는 거, 대중이 알까요? 알면 어떻게 될까요?"

"이치린 팀장!"

그녀가 험악한 얼굴로 고함을 지르자 백스테이지에 있던 사람들의 시선이 한꺼번에 몰려들었다.

"협박은 이렇게 하는 겁니다, 매니저님."

나는 매니저의 굳은 얼굴을 보며 고개를 살며시 기울인 채 속삭였다.

"자기는 듣기만 해도 발끈해서 달려들면서 그걸 왜 우리 모델더러 하래? 다들 철수합시다."

일그러지는 얼굴을 무시한 채 몸을 돌렸다. 그녀가 내 팔을 덥석 잡았다.

"알았어요. 알았어! 내가 사과할게!"

"그냥 서로 미안할 일을 만들지 말죠."

"아이참, 이 팀장님……!"

또다시 순식간에 태도를 바꾼 매니저가 팔을 잡고 늘어지며 사정했다.

"나 한 번만 살려 주는 셈 치고, 쫌! 네? EM이 이렇게 가 버리면 지금 당장 어디서 모델을 구해요?"

"모델이 어디 여기만 있나요? 잘 찾아보시면 되죠."

매몰차게 등을 돌렸으나 그녀가 다시 내 팔에 매달리며 발을 동동 굴렀다.

"내가 무슨 죄예요! 위에서 까라면 까는 대로 하는 직원인데! 나도 목구멍이 포도청이라구요. 제발요, 이 팀장니이임!"

그녀가 울상을 지으며 매달렸다. 방금 전까지도 우위에 있는 사람처럼 막무가내로 굴더니 상황이 바뀌니까 금세 사정하며 절박하게 달려들었다. 일부러 이러는 걸 알면서도 지금 돌아서면 EM이 펑크 냈다는 결과밖에 남지 않는다. 클라이언트가 아무리 무리한 요구를 했다 해도 끝은 그렇게 될 게 뻔했다. 스탭과 모델들이 눈치를 살피며 나를 보았다.

"솔직히 내가 무슨 힘이 있겠어요…… 지사장님까지 다 와 계신데. 우리도 비상이라구요."

이제는 완전히 기세가 수그러든 매니저가 처량하게 중얼거렸다. 우리가 사는 사회는 이렇게나 부조리한데, 책임은 너무나도 분명하다. 싸하게 가라앉은 백스테이지로 내 결정만을 기다리는 직원들의 불안한 시선이 한데로 모여들었다.

* * *

"지금 올라온다는군요."

지사장의 말에 클로에가 기다렸다는 듯 벌떡 일어섰다.

"그럼 나는 이만 가도 되는 거죠?"

이 정도면 제 역할은 충분히 한 셈이다.

"오랜만에 만났는데, 조금 더 있다가 가는 게 어때요, 클로에? 아직 샴페인이 다 식지도 않았는데."

클로에의 굴곡 있는 몸매를 야릇하게 훑어 내린 왕자가 몸을 앞으로 숙이며 은밀하게 속삭였다.

"아름다운 보석과 미인은 한 세트니, 같이 감상하면 좋잖아요. 내가 아주 특별한 선물도 가져왔는데 궁금하지 않아요?"

이런 더러운 늙은이가 무슨 헛소리를 지껄이는 거야? 클로에가 이글이글 타오르는 눈동자로 웃으며 말했다.

"보석이라면 내 드레스 룸에도 차고 넘쳐서요. 그리고 오늘 나한테 고백한 누가 그랬는데, 보석보다 내가 더 아름답다네요. 오늘은 그걸로 만족하죠."

그녀가 입술을 꾹 누르며 억지웃음을 짓자 왕자가 아쉽다는 듯 입맛을 다셨다. 성질 나쁜 상속녀를 자극하는 건 꽤 즐거웠으나 어차피 제 맘대로 건드릴 수 있는 상대가 아니라면 시간 낭비였다. 그가 음험한 시선을 보내며 말했다.

　"그럼 레이디, 다음에 또 만나요."

　이다음에 우리가 만날 곳은 네 장례식장이다, 이 음흉한 늙은이야. 클로에가 속으로 욕을 삼키며 한층 더 환하게 웃었다.

　"모쪼록 즐겁게 계시다, 안전하게 본국으로 돌아가시길 바랍니다."

　몸을 획 돌려 응접실을 나서는 클로에의 표정이 불쾌감으로 일그러졌다. 그녀는 문 앞으로 죽 늘어선 왕자의 경호원들을 같잖게 바라보며 객실 문을 벌컥 열었다. 그와 동시에 문 앞에 서 있던 누군가가 그녀의 팔을 쑥 끌어당겼다.

　"……뭐, 뭐야!"

　"너야말로 이런 데서 뭘 하고 다니는 거냐."

　클로에는 제 팔을 잡은 사람이 무원이라는 것을 알고는 눈을 확 구겼다.

　"남이사, 내가 어디서 뭘 하든 무슨 참견이야?"

　무원을 보자 그녀의 입에서 자연스러운 한국어가 무의식하게 흘러나왔다.

　"꼬맹이가 겁도 없이, 이놈이 어떤 놈인 줄 알고 방에 들락거려?"

　꼬맹이라는 말에 클로에의 눈에 불이 번쩍하더니 그녀가 무원의 팔을 세게 뿌리쳤다. 그러나 체격부터 엄청난 차이를 자랑하는 무원은 클로에의 반항을 가볍게 눌렀다.

　"이거 놔! 안 놔?"

　여기서 더 소란을 피웠다가 왕자의 수행원들이 나오기라도 하면 곤란해진다. 무원이 클로에를 잡은 채로 성큼 걸음을 옮겼다.

　"잔말 말고 따라와."

　"야, 이 강무원, Fuck off! 네가 뭔데 나를 짐승처럼 질질…… 헉!"

　클로에가 발악하며 버둥거리는데 마침 딱 맞춰 열리는 엘리베이터 안으로 그녀를 툭 밀어 넣은 무원이 그대로 양팔을 뻗어 벽을 짚었다. 졸지에 무원의 팔에 꼼짝없이 갇히게 된 클로에가 이글이글 타오르는 눈으로 그를 노려보았다.

"Damn! 당장 이거 안 풀어? 강무……!"

무원이 쓱 눈썹을 기울이며 그녀를 내려다보았다.

"오빠한테 강무원이 뭐야."

"오빠는 무슨!"

"내가 그라라고 한국어 가르쳐 준 게 아닐 텐데?"

"가르치긴 누가 가르쳐 줬다고 그래? 언제 적 얘길 하는 거야, 대체? 기억도 안 나!"

클로에가 콧방귀를 흥 뀌자 무원이 얼굴을 조금 더 기울였다. 그러자 코가 맞닿을 만큼 가까워졌다.

"뭐, 뭐야? 저리 안 가?"

눈앞에 무원의 얼굴이 떡하니 놓이자 클로에가 당황한 얼굴로 더듬거렸다.

"기억이 안 나? 아, 그러고 보니 나 걸어 다닐 때 기저귀 차고 기어 다녔지, 참."

감히 그런 굴욕적인 말을 하다니, 겨우 네 살 차이 주제에! 클로에가 눈을 부릅뜨며 무원을 죽일 듯이 노려보았다. 그러나 무원의 눈에 클로에는 어릴 때나 지금이나 성미 고약한 여동생에 지나지 않았다. 무원이 태연한 얼굴로 말했다.

"따라 해봐. 오. 빠."

"……웃기지 마!"

클로에가 당황해서 버벅거리자 무원이 피식 웃었다.

"어쭈, 이렇게 나오시겠다?"

"빨리 안 비켜? 소리 지를 거야!"

"해봐. 내가 네 기저귀를 몇 번이나 갈아 줬는지 여기서 한번 차근차근 세어 보지, 뭐."

"이…… 이……! 썩은 변태 같은……!"

분노로 씩씩거리는 클로에의 얼굴이 새빨갛게 달아올랐다. 그러나 무원은 동요 없는 차분한 얼굴로 두 음절을 딱딱 끊어 발음했다.

"오. 빠."

그런 무원의 태도에 클로에는 화병으로 죽는다는 게 어떠한 심정인지 통감했다.

"악! 악! You're so mean! Fuckin numpty! 죽어 버려!"

악에 받쳐 바락바락 소리치는 클로에의 목소리가 엘리베이터를 가득 울렸다.

* * *

"내가 주문한 건 이게 아닐 텐데."

보석함이 담긴 트레이와 함께 스위트룸에 들어서자 매니저가 왕자라고 귀띔했던 특별 고객이 능청스럽게 말했다. 그의 옆에 앉아 있던 지사장이 굳은 얼굴로 매니저를 보았으나 나는 그들의 대화를 듣지 못한 척 트레이 옆에 선 채로 객실을 천천히 훑었다. 사치와 호화라는 단어를 모두 갖다 붙여도 모자랄 것 같은 화려한 펜트하우스 소파에 그 특별 고객이 앉아 있었다. 그의 주위를 경호원인지 뭔지 모를 양복 차림의 남자들이 빙 두르듯 서 있는 모습이 우스꽝스러웠다.

승강기부터 객실까지 전용 통로가 별도로 있는 데다 카드키가 없으면 올라올 수도 없는 층에 방을 잡아 놓고 근접경호라니. 가장 인상적인 건 왕자라는 남자의 모습이었다. 나이가 어리고 가슴이 큰 모델을 요구했던 고객은 머리부터 발끝까지 기름 냄새가 풀풀 풍기는 중년의 아랍인이었다. 저런 놈이 왕자라니, 어린 시절에 보았던 꿈과 환상의 동화에 누군가 오물을 끼얹은 기분이다.

"이게 대체 어떻게 된 거죠, 지사장?"

왕자가 지사장을 향해 짜증 섞인 목소리를 냈다.

"잠시만요, 잠시만 기다려 주시면……."

지사장이 매니저에게 눈짓했으나 그녀는 일그러진 얼굴로 고개만 저었다. 지사장이 내게로 고개를 돌렸다.

"모델은 어딜 가고 팀장이 직접 올라와?"

"여기 있습니다, 모델."

내가 쇼케이스를 가리켰으나 지사장은 브랜드 매니저와 동행한 보안요원, 그리고 나까지 총 셋뿐인 공간을 둘러보며 얼굴을 일그러트렸다.

"지금 나랑 장난하자는 거야?"

나는 그의 말에 대답하지 않고 쇼케이스를 가려 둔 천을 휙 내렸다. 투명한 유리 케이스 안으로 주얼리용 흉상 마네킹과 팔목에서 잘린 채 위로 손가락을 쫙 펼치고 있는 손목 마네킹이 드러났다. 실물과 거의 흡사한 매끈한 살색 손목에 지사장은 물론 그들의 특별 고객인 남자가 미간을 찡그렸다. 구석에 처박혀 있던 걸 찾느라 박스를 뒤진 수고가 전혀 아쉽지 않은 통쾌감이 짧게 스쳤다.

"……이게 지금 뭐 하는 짓이지, 이 팀장?"

"저희 회사에선 상식적인 무대가 아니면 모델을 세우지 않아서요."

"그게 무슨 말이야? 그럼 우리가 무슨 비상식적인 요구라도 했다는 거야?"

뻔뻔할 정도로 태연한 지사장의 얼굴을 보며 나 역시 차분하게 받아넘겼다.

"그러게 말입니다. 만약 다음번에도 모델의 신체 사이즈와 나이를 지목해서 쇼를 보고 싶으시다면 사전에 서면으로 요청해 주시겠어요? 오해가 없도록 말이죠."

내 말에 잠깐 굳었던 지사장이 웃음을 터트렸다.

"이치린 팀장이라고 했지? 어린 친구가 아주 맹랑하네. 박 대표가 사람을 참 잘 키워. 그치? 그런데 말이야, 이 팀장."

말을 멈춘 그가 나를 보며 가소롭다는 듯 웃었다.

"오늘 이 자리에 섰을 EM웍스 모델의 기회를 자기가 뺏었다는 생각은 안 들어?"

"……지금 기회라고 하셨습니까?"

"그래, 기회."

그가 주위를 보라며 팔을 한번 넓게 펼쳐 보였다.

"짧은 모델 생활에서 이런 엄청난 분 앞에 설 기회가 얼마나 되겠어? 그러니 만용은 그만 부리고 얼른 모델 불러. 귀엽다고 봐줄 때."

나는 차갑고 딱딱한 눈으로 그를 보았다.

"저희 모델은 전부 퇴근했습니다, 지사장님."

지사장이 얼굴을 왈칵 구겼다.

"쇼도 안 끝낸 모델이 가긴 어딜 가? 이거 안 되겠네. 내가 박 대표랑 직접 통화해야겠어."

"하시죠, 지금 바로. 제가 걸까요?"

휴대폰을 꺼내며 문자 본인의 협박이 실패했다는 걸 깨달은 지사장이 눈을 찡그렸다.

"적당히 타이르면 물러설 때도 알아야지. 이 팀장 지금 실수하는 거야. 여기 계신 분은 아무나 만날 수 있는 분이 아니라고. 이분한테 잘만 보이면 모델 인생도 한 번에 바뀔 수 있다는 말이야."

말귀를 못 알아듣는 바보에게 으르듯 내게 말한 지사장은 아랍 왕자를 향해 비굴할 정도로 충성스러운 미소를 지었다. 왕자가 시커먼 얼굴로 흡족하게 웃었다. 그들의 태도에 소름이 끼쳐 손끝이 부르르 떨렸다.

"지금, 스폰을 제안하신 겁니까? 저희 모델을 상대로?"

"어허, 이 팀장."

지사장이 훈계하는 목소리로 나를 불렀다.

"찾으신 게 모델이 아니라 접대부였군요? 그렇다면 지금 하신 말씀, 분명히 책임지셔야 할 겁니다."

"정말 이렇게 나올 거야?"

그때 느긋한 태도로 우리를 지켜보던 아랍인이 손을 들어 올렸다.

"가만, 생각해 보니까 이쪽이 더 낫겠어. 요즘 모델들은 깡말라서 밋밋하단 말이야."

남자가 나를 위에서 아래로 천천히 훑어 내리더니 다시 위를 향해 기어오르듯 느릿하게 시선을 들었다. 그의 시선이 내 가슴에서 정확히 멈췄다. 축축하고 냄새나는 뱀의 혓바닥이 몸을 타고 흐르는 기분에 나는 잠시 올림머리를 한 것을 후회했다.

"그렇지만……."

당황한 지사장이 끼어들자 그가 손을 올리며 막았다.

"모델은 됐어. 대신 아가씨가 착용해 보면 되겠네. 직접 올라왔으니 말이야."

"저는 모델이 아닙니다. 보석이 보고 싶으시다면, 이걸로도 충분할 것 같네요."

내가 마네킹을 가리켰으나 그는 내게서 시선을 떼지 않은 채 음흉한 눈을 빛냈다.

"설마, 저런 걸로 빠져나갈 수 있을 거라고 생각한 건 아니지? 어차피 그쪽도 뭔가를 책임지기 위해 그 자리에 서 있는 거 아니야? 그렇다면 보여 봐. 나는 이미 충분히 기다렸으니까."

지사장과 나 사이에 오가는 분위기를 정확히 파악한 고객이 느물거리지만, 꽤 날카롭게 지적했다.

"자신이 없다면, 이제라도 모델을 데려오고 물러나든가."

그가 야살스럽게 웃으며 덧붙였다.

"물론, 여기까지 온 이상 쉽게 내려갈 수는 없겠지만 말이야."

끈적하고 불쾌한 목소리 뒤로 왕족의 수행원으로 보이는 양복 차림의 사내들의 존재감이 갑자기 크게 느껴졌다. 그건 나를 향한 협위나 다름없었다.

"죄송하지만 곤란하겠는데요."

"그래?"

가볍게 웃은 그가 결코 가볍지 않은 눈으로 나를 보았다.

"그렇다면 내가 책임을 보여 줄 차례네. 난 말이야, 내 시간을 낭비하게 만든 사람에게는 반드시 대가를 받아 내거든. 이를테면, 내가 지금 이 자리에서 전화 한 통을 하면 어떻게 되는지 볼까?"

그가 잘 보란 듯이 휴대폰을 들어 올리며 지사장에게 물었다.

"이 아가씨 회사 이름이 뭐라고 했지? 제작까지 하는 제법 규모가 있는 기획사라고 했던가요?"

"……네."

"그렇다면 내가 지분을 가지고 있는 C방송국과 J엔터와도 연관이 있겠네?"

"그야, 그렇기는 하지만……."

C방송국이면 우리 회사와 함께 프로그램을 진행하는 채널이 있는 곳이다. 돈 많은 바보이길 바랐으나 상대는 자신이 가진 부를 어떻게 써야 하는지 정확하게 알고 있는 약삭빠른 늙은이였다. 일이 심각하게 돌아가자 옆에 선 매니저의 얼굴이 창백하게 질렸다. 적당히 겁을 주면 내가 모델들을 불러올 거라고 생각했을 지사장 역시 당황한 얼굴로 그를 보았다.

거만하게 앉아 손을 한번 휘저으며 이 모든 것을 조장한 왕족이라는 남자는 비열한 얼굴로 앉아 네가 어떻게 나오는지 보겠다는 시선을 던졌다. 침묵이 공기 중에 은은한 압박을 가했다. 나는 조용히 한 발 앞으로 나섰다.

"어떤 제품을 먼저 보시겠습니까?"

매니저가 놀란 듯 눈을 크게 떴다. 남자는 그러면 그렇지 하는 얼굴로 천천히 소파에 몸을 기댔다. 그는 나를 흥미롭다는 듯 관찰하며 쇼케이스 중 하나를 지목했다.

"이 네클리스부터 보고 싶은데."

그가 가리킨 것은 길이가 가장 길고 화려한 다이아로 장식된 목걸이였다. 내가 모델들에게 가리켜 보인 그 70억짜리 보석. 속내가 뻔히 들여다보이는 행동에 머릿속마저 차갑게 식어 내렸다. 남자는 내가 어떻게 나올지 아주 궁금하다는 듯 저열한 미소를 지었다. 그는 먹잇감을 궁지에 몰아넣고, 발버둥 치는 것을 보며 쾌락을 느끼는 부류였다. 어디 네 뜻대로 될까. 나는 절대 혼자는 안 당하는데.

말없이 매니저에게 시선을 돌렸다. 내 사무적인 눈짓에 그녀가 침을 꿀꺽 삼키며 장갑을 끼고 케이스 안에 든 목걸이를 꺼냈다. 보석이 주렁주렁 박힌 목걸이가 목과 쇄골을 뒤덮었다. 수백 개 보석치고는 가벼운 중량이었으나 70억의 무게는 목에 커다란 자물쇠를 채운 것처럼 나를 묵직하게 내리눌렀다.

"저런, 옷이 목걸이를 가려 버렸잖아? 이래서는 제대로 감상도 못 하겠어."

기다란 금속 줄이 아래로 길게 늘어지자 남자가 능글맞게 웃으며 지적했다. 나는 남자의 눈을 똑바로 보며 셔츠 단추를 풀었다. 하나, 둘. 기계적으로 움직이는 손가락이 일정한 속도로 흔들림 없이 움직였다. 똑똑히 봐. 너희들이 무슨 짓을 하고 있는지. 내게서 먼저 눈을 돌린 건 매니저였다. 그리고 끝까지 굳은 얼굴로 버티던 지사장이 살며시 시선을 내렸다. 그러나 얼굴을 붉히며 고개를 돌리는 그들과 달리 왕족이라는 남자와 그 수행원들은 관음증 환자 같은 눈을 빛내며 오히려 이 상황을 즐기고 있었다. 속옷이 아슬아슬하게 드러나고 깊게 파인 굴곡 사이로 목걸이가 떨어지는 지점에서 손이 멈췄다. 그러자 남자가 안달을 내며 혀를 날름거렸다.

"저게 얼마라고 했지, 지사장?"

지사장이 시선을 내리뜬 채로 머뭇거렸다.

"……593만 달러입니다."

"그래, 600만 달러짜리 목걸이를 대충 한번 보고 구입할 수는 없잖아?"

그가 나를 향해 손가락을 까딱거렸다.

"자세히 보여 줘야지."

그가 자신의 옆자리를 툭 쳤다. 옆에 앉아 보라는 뜻이다. 그런 그를 무표정하게 보다 맞은편 소파로 가서 앉았다.

"보석은 정면에서 봐야죠."

남자가 이를 드러내며 웃었다.

"배짱이 꽤 두둑한 아가씨네. 마음에 들어."

소파에 느긋하게 앉아 있던 그가 몸을 기울이며 술잔을 들었다.

"이름이 뭐지? 술 좀 할 줄 아나? 샴페인 어때? 이 돔페리뇽을 즐기는 방법은 아주 여러 가지가 있는데 말이야."

늙은 남자의 누런 이빨 사이로 그가 품은 천착한 음심이 드러났다. 왕족이라더니 하는 짓은 저급한 깡패와 다를 게 없다.

"다 보신 겁니까?"

동요 없는 딱딱한 말투에 그가 엉큼하게 웃었다. 그러더니 술잔을 내려놓으며 내 앞으로 몸을 숙였다. 불쾌한 향이 마치 폭력을 가하는 것처럼 코를 때렸다. 나는 숨을 참았다. 그럴수록 무감해졌다. 남자가 천천히 손을 들었다.

"이게 다이아인가? 몇 캐럿이라고 했지?"

"……509캐럿입니다."

"길게 늘어지는 부분이 가장 마음에 들어."

그는 가슴 아래를 향해 여러 갈래로 죽 늘어지는 형태의 네클리스를 좌우로 살피며 내 가슴을 노골적으로 쳐다봤다.

"어디, 반짝이는 것만큼 날카로운지 볼까?"

목걸이를 만지는 척하며 은근슬쩍 내 가슴에 손을 대려는 거였다. 처음부터 이럴 목적이었다는 것을 알았기에 당황하지는 않았다. 패션업계에서 이런 일이 처음은 아니다. 모델들이 이보다 더한 일을 당하는 것도 숱하게 봐 왔다. 권력을 무기 삼아 젊음과 성을 착취해도 그들을 단죄하는 세상은 없다. 오히려 반항하는 약자에게 주어지는 건 보복일 뿐이다. 그리고 나는 그저 겁쟁이에 지나지 않는다. 이 모든 걸 알면서 이 자리에 내 모델들을 올려 보낼 용기가 없는 한낱 겁쟁이. 그래서 나는 도망갈 수가 없다. 내가 무너지면 내 스탭들 모두가 무너지니까.

"볼수록 감칠맛이 나."

고개를 돌려 나를 요리조리 바라보던 남자가 히죽 웃으며 손을 뻗었다. 수북하게 뒤덮인 털로 새카만 손등이었다. 나는 동요하지 않은 채 기계 같은 태도를 고수했다. 조금만 더. 가까이. 완전히 닿기 전까지 참아야 한다. 침착하게 되뇌면서도 곧 다가올 소름 끼치는 감각으로부터 숨을 참고 견뎠다. 잠깐이라고. 아무것도, 아니라고. 그러자 주위의 소음이 사라지고 이 순간의 모든 게 정말로 아무것도 아닌 일처럼 느껴졌다.

나를 먹잇감처럼 노리는 남자의 흉악한 시선도, 아닌 척하며 내가 당하는 이 수모를 즐기는 방관자의 눈도 모두 사라졌다. 남자의 손끝이 내 가슴에 막 닿는 순간이었다.

"거기서 멈추는 게 좋을 거야. 평생 손이 없는 채로 살고 싶지 않다면."

새로운 목소리를 알아차린 건 한참 뒤의 일이었다.

"뭐야, 대체?"

방해를 받은 남자가 인상을 확 찌푸리며 몸을 돌렸다. 문가에서 쿵 하는 거친 소리가 들리고 응접실에 몰려 있던 수행원들이 재빨리 달려 나갔다. 지사장이 벌떡 일어섰다.

"이, 이사……!"

"……아니, 이게 누구야? 오랜만이라 반갑긴 하지만, 인사가 좀 과한 거 아니야? 아무리 그래도 내가 한참이나 연장자인데 말이야."

"그러니까, 늙어서 뒈진 줄 알았더니, 아직도 살아 있네요."

떨어지는 목소리가 부드러워 그 아래에 깔린 사나운 분노를 알아차린 건 조금 뒤였다.

"지금 제정신이야? 내가 누군지 잊었어? 나라구……!"

"알아. 오늘 내 손에 죽는 쓰레기라는 거."

아슬아슬하게 이어 가던 긴장감이 깨졌다. 고성이 오가고 유리가 와장창 부서져 내렸다. 매니저가 비명을 지르며 주저앉는 소리가 들렸다. 다급하게 외치는 지사장의 목소리도 들렸다. 그 모든 일이 벌어지는 동안 나는 부동의 자세로 꼿꼿하게 앉아 있었다. 정말 마네킹이 된 것처럼 눈앞의 테이블만 뚫어질 듯 보았다.

왕족이라고 고고하게 앉아 있던 늙은 남자의 엉덩이가 볼썽사납게 들썩였다. 누군가 내 시야를 막아섰다. 재킷을 벗어 드러난 상체를 덮었다. 조심스러울 만큼 친절한 손길을 받으면서도 몸은 움직이지 않았다. 그가 가리고 선 뒤로 털이 구불구불한 두툼한 손등 위에 거꾸로 박힌 유리잔이 보였다. 그제야 고통스럽게 울부짖는 왕자의 비명 소리가 들려왔다. 그 많던 수행원 중 누구도 달려오지 않았다.

"너, 이 자식! 나한테 이런 짓을 하고도 멀쩡할 것 같아!"

"아니."

냉랭한 목소리가 정수리 바로 위에서 울렸다.

"그래서 그냥 죽이려고."

"크윽, 너, 너 이 새끼, 다니…… 윽."

상쾌한 시트러스 향이 허공을 갈랐다. 악을 써 대던 왕자의 욕설은 비명으로 변했다. 두툼한 이스파한산 카펫 위로 검붉은 피가 주르륵 떨어졌다.

"그쯤 해라. 오픈하자마자 시체를 치울 순 없잖니."

어딘가에서 점잖게 타이르는 목소리가 끼어들었다.

"회장님! 이것 좀 보세요, 당신 아들이 나한테!"

"쯧, 내가 특별히 아끼는 카펫이었는데."

"……회, 회장님?"

"치우게."

사람들이 움직였다. 여러 차례의 소음 끝에 왕족이라는 남자의 울부짖음도 완전히 사라졌다.

"……이사님."

한쪽에서 벌벌 떨고 있던 지사장이 주춤거리며 가까이 다가섰다.

"나중에."

"먼저 제 말을 들어주시면, 저는 어디까지나 매출을 위해서……!"

"꺼지라는 말. 못 들었나?"

음산한 목소리에 연신 굽신대던 지사장이 황급히 자리를 피했다. 소란스러움이 잦아든 건 순식간이었다. 그때까지도 기계처럼 앉아 있는 내 손에 따스한 무언가가 와 닿았다. 부드럽고 온기가 느껴지는 것은 커다란 손이었다. 상대의 손이 너무 뜨거워서 이상하다고 생각했는데, 알고 보니 내 손이 차가운 거였다. 동상이라도 걸린 것처럼 피가 통하지 않던 손끝에 온기가 닿자 찌르르 울렸다.

"천사 양부터 챙겨라. 많이 놀란 것 같구나. 아니면, 네가 더 놀랐거나."

어딘지 낯익은 목소리는 연우의 할아버지였다. 그분이 왜 여기에. 의문이 들었지만 머지 않아 그의 기척도 사라졌다. 그 뒤로 꽤 오랫동안 나는 따뜻한 품에 안겨 있었다. 정확히는 아까의 자세에서 거의 흐트러짐 없이 앉아 있는 나를 지헌이 온몸으로 끌어안고 있었다.

"괜찮아. 괜찮아."

그건 내게 하는 말이 아닌 그 자신에게 되뇌는 말이었다. 미동 없는 나와 달리 그의 몸은 이따금씩 떨림이 계속되고 있었다.

"나 좀 안아 줄래?"

그가 속삭이듯 내뱉었다.

"도무지 진정이 될 것 같지가 않아."

지헌의 고백 같은 청에 주검처럼 딱딱하게 굳어 있던 입술이 움직였다.

"……목걸이."

내 말의 의미를 곧바로 알아차린 그는 목걸이를 풀어 소파 위로 던졌다.

70억짜리 보석은 지헌의 손에서 한순간에 내동댕이쳐져 바닥으로 굴러떨어졌다. 그게 마치 내 몸에 걸린 주술을 풀기라도 한 것처럼 나는 팔을 들어 그를 안았다. 그가 나를 소중하게 감싸 안았다.

"미안해, 늦어서."

지헌이 내게 얼굴을 묻으며 속삭였다. 그의 뜨거운 숨이 나에게 닿았다.

"미안해, 나비야."

나는 대답 대신 가만히 눈을 감았다.

09

향수 바꿨네

"대체 뭐 하는 짓이야?"

클로에가 무원을 짜증스러운 눈으로 노려보았다. 그러나 눈앞의 무원은 태연한 얼굴로 스테이크를 썰기만 했다. 그런 무원을 보며 씩씩거리던 클로에가 입술을 짓씹으며 주먹을 불끈 쥐었다.

"뭐 하는 거냐구, 오빠……!"

나이프를 들고 기계 같은 움직임을 반복하던 무원이 피식 웃더니 접시를 그녀의 앞에 밀었다.

"먹어."

"내가 이걸 왜……."

"너 화나면 배고프잖아."

그런 걸, 여태 기억하고 있단 말이야? 그게 언제 적인데. 씩씩대는 그녀를 데리고 제멋대로 스카이라운지 레스토랑에 앉힐 때까지도 화가 끓었던 마음이 한순간에 식어 내리는 기분이었다. 무원이 그녀의 앞에 놓인 빈 잔에 자몽주스를 따라 준 뒤 포크와 스푼을 차례로 놓아 주었다. 그 모습을 조용히 바라보던 클로에가 입술을 실룩거렸다.

누가 이런 걸로 감동할 줄 알고. 그러나 막 구워 나온 안심 스테이크에서 흘러나온 육즙을 보니 금세 입에 침이 고였다. 그녀는 새침한 표정을 풀지 않은 채로 포크를 들었다. 그리고 막 두 개째의 고기를 씹어 넘기는 순간, 클로에는 눈앞의 무원 따위 잊고 식사에 완벽하게 집중하기 시작했다.

"그린 빈도 먹어야지."

그녀가 은연중에 밀어 둔 채소를 무원이 지적하자 클로에가 보란 듯이 입술을 비죽대더니 구운 양파와 가지를 퍽퍽 찍어 입에 와구와구 넣었다. 그 모습에 오래전 어느 날의 말괄량이가 떠올라 무원이 낮게 웃음을 터트렸다. 개장하고 지금까지 한 번도 웃는 얼굴을 드러낸 적이 없는 호텔 대표의 미소에 서빙을 하던 직원들이 발을 멈추고 시선을 들었다.

클로에가 마지막 남은 한 조각을 입에 넣을 때까지도 무원은 맞은편에 앉아 차분하게 커피를 마셨다.

잔잔하게 흐르는 클래식이 60층 스카이라운지에서 내려다보이는 구름 사이를 유영하듯 아주 잠깐 평화롭고 한가로운 분위기가 흘렀다. 불쑥 끼어든 꼬맹이 하나 때문에 매일 단조롭고 권태로운 그의 일상에 소요가 일었으나 나쁘지 않았다. 분명 클로에를 데리러 갈 때까지도 귀찮다고 생각했는데. 달칵 소리를 내며 클로에가 포크를 내렸다. 그리고 냅킨을 들어 입가를 콕 찍으며 우아한 숙녀처럼 식사 예절을 차렸다.

포크가 대체 몇 개야? 난 무조건 하나만 들고 먹을 거야!

입가에 소스 범벅을 한 채 양손에 포크를 하나씩 쥐고 마구잡이로 떼를 쓰던 꼬마의 모습이 오버랩됐다. 지금 저 모습을 보며 그런 과거가 있을 줄 과연 누가 상상이나 할 수 있을까 싶었다.

사기꾼이 따로 없네. 그렇게 생각하자 다시 웃음이 났다. 그의 웃음이 신기해서 자꾸만 이쪽을 기웃대는 매니저와 서버의 시선도 알아채지 못한 채 무원은 피식피식 웃었다.

"왜 자꾸 웃어? 기분 나쁘게."

"많이 컸다."

"자꾸 그렇게 애 취급할 거야?"

"애 맞잖아."

"이씨……!"

숙녀 행세를 관두기로 마음먹은 클로에가 냅킨을 테이블 위로 냅다 내던졌다.

"혼자 다니지 마."

"……뭐?"

"어딜 가든 옆에 수행원 딱 붙이고 다니라고. 이런 외국에선."

"흥, 한국이 무슨 외국이라구?"

"위험한 나라야, 여기. 특히 여자한테는 더."

무원이 콧방귀를 뀌는 클로에를 보며 진지한 얼굴로 덧붙였다.

"그러니까 함부로 남자 있는 객실에 들어가지 마."

클로에가 도전적인 시선으로 무원을 노려보았다.

"무슨 뜻이야, 그 말? 설마, 날 걱정하는 거야, 아니면 충고하는 거야?"

그녀는 무원의 심각한 표정이 우습다는 듯 헛웃음을 쳤다.

"그런데 우리가 서로 걱정이나 충고 같은 걸 할 사이는 아니잖아?"

가시 돋친 말투를 잠자코 들으며 무원이 커피잔을 받침대 위로 내렸다.

"걱정이나 충고를 못 할 사이라는 게 뭔데?"

"위선 떨지 마. 앞에선 오빠인 척, 걱정하는 척해 놓고 뒤에선 어떻게든 나와 다니엘에게서 LV를 뺏어 갈 궁리만 한다는 거 다 아니까."

"그래?"

"그래. 아까 그 늙은이나 오빠나 속이 시커먼 건 똑같다구. 그러니까 차라리 그 늙은이처럼 대놓고 음흉하게 굴어. 그게 훨씬 덜 짜증나니까."

"그렇군."

무원이 피식 웃었다. 그 태연한 웃음이 클로에를 더욱 열 받게 했다. 아니면 아니라고, 사람들이 오해하는 거라고 차라리 해명을 하든가. 아무렇지 않은 얼굴로 저렇게 웃기만 하면 대체 무슨 속셈인지 어떻게 아느냐구. 차라리 대놓고 못되게 굴기라도 하지. 왜 그렇게 공허하게 웃는 건데, 꼭 속이 텅 빈 인간처럼.

"그만 일어나야겠다."

시간을 확인한 무원이 서버를 불렀다.

"디저트마저 먹고 가."

금방 일어날 것처럼 구는 무원을 향해 클로에가 불만스럽게 눈을 구겼다. 사람 속은 있는 대로 헤집어 놓고 꼭 저렇게 먼저 꽁무니를 빼지. 누가 그렇게 도망가게 둘 줄 알고?

"왜 아무것도 안 물어봐?"

"뭘?"

"대니에 대해서 말이야. 알 거 아냐, 한국 와 있는 거."

"아."

"아아? 그게 다야?"

클로에가 황당하다는 듯 되물었으나 무원은 그저 어깨만 한번 으쓱했다.

"바쁜 거 아는데, 뭐. 잘 있으면 그걸로 된 거지."

그는 가볍게 대꾸하는 목소리 안으로 동생에 대한 궁금함도, 서울에 있으면서도 한번을 찾아오지 않는 무심함에 대한 서운함도 모두 밀어 넣었다. 클로에가 그런 무원을 빤히 보더니 일부러 자극적인 단어를 골랐다.

"역시, 사람들 말대로 오빠도 다니엘을 동생이 아닌 적으로 보는 거지? 경영권을 빼앗아야 하는 경쟁 상대."

대답 없는 무원을 향해 클로에가 조금 더 짓궂게 웃으며 이죽거렸다.

"가지고 싶은 게 뭐야? 이미 승비원을 손에 넣어 놓고, LV그룹마저 가지고 싶은 거야? 양쪽 다 모두?"

무원은 더 이상 웃지 않았다.

"하고 싶은 말이 뭐야?"

"오빠의 욕망에 솔직해지라구. 그래야 태도를 확실히 할 거 아냐."

클로에가 테이블 위로 몸을 숙였다.

"이렇게 어쭙잖은 오지랖도 안 부릴 거고."

그녀가 신랄하게 내뱉으며 무원을 노려보았다. 그녀의 날카로운 눈빛이 무원을 마구 할퀴었으나 그는 아무 내색도 하지 않았다. 그럴수록 클로에의 눈빛이 더욱 표독스럽게 변했다.

"동생을 질투해서 첫사랑까지 빼앗아 놓고, 이제는 그 약혼녀까지. 그건 너무 콩가루잖아? 아무리 사람들이 자극적인 걸 좋아한다고 해도 말이야."

무원은 건조한 얼굴로 클로에가 쏟아 내는 독설을 들었다.

"아니면, 그렇게 다니엘이 싫어? 걔가 가진 건 다 빼앗고 싶을 만큼?"

그러면 안 되지 않겠냐고 살며시 찡그리는 눈동자에 분명한 경고가 담겨 있었다. 그런 클로에의 얼굴을 잠시간 바라보던 무원이 부드럽게 웃었다.

"네가 내 동생하고 약혼했는 줄은 몰랐는데."

정곡이 찔린 클로에가 분한 표정으로 이마를 구겼다.

"곧 그렇게 될 거야! 다니엘하고 난!"

그녀를 더 놀릴 것 같던 무원이 갑자기 고개를 끄덕였다.

"네 말이 맞아."

"……뭐?"

클로에가 당황한 얼굴로 눈을 동그랗게 떴다.

"내가 만용을 부렸네. 앞으론 주의하지."

훌쩍 일어선 무원이 그대로 몸을 돌렸다. 입을 떡 벌리고 굳은 클로에를 그대로 둔 채. 도망치듯 빠져나가는 무원의 뒷모습을 물끄러미 노려보던 클로에가 두 주먹으로 테이블을 쿵 하고 내려쳤다. 진짜 이렇게 나온다 이거지, 강무원. 커다란 보석처럼 반짝이는 파란 눈동자가 무원을 향한 원망으로 짙게 물들었다.

* * *

"치린이는……."

침실로 들어서던 박 대표가 입을 다물었다. 잠들었는지 눈을 꼭 감고 있는 치린의 옆에 앉아 있는 남자 때문이었다. 그가 자신이 덮어 둔 재킷을 젖히자 치린의 가슴 부근이 훤히 드러났다. 그 모습에 박 대표가 주먹을 불끈 쥐었다. 끔찍한 일까지는 벌어지지 않았다는 것을 알면서도 과연 그 끔찍함의 기준이 어디까지인지 혼란스러웠다.

그러나 속에서 열불이 치미는 그녀와 달리 그는 감정의 내색 없이 치린의 셔츠 단추를 하나씩 잠갔다. 박 대표는 그 자연스럽고 군더더기 없는 손놀림을 숨을 멈춘 채 지켜보았다.

부드럽다거나 섬세해서가 아니었다. 커다란 체격만큼이나 큰 손이었으니 섬세해 보일 리도 없다. 그런데 눈빛이 달랐다. 잠든 치린을 바라보는 그의 눈빛이 단순히 여자를 바라보는 남자의 그것을 넘어 있었다. 더 깊고 진한, 저 밑바닥에 누구도 알지 못하는 둘만의 무언가가 있는 것처럼. 그들이 자아내는 모습이 그랬다. 이 공간과 분리된 유리벽 안에 둘만의 세계가 존재하는 것 같았다. 분명 일 년 전 파리에서 그를 처음 만났을 때와 같은 얼굴인데도 아니었다.

박 대표는 그가 자신을 똑바로 보며 치린을 찾던 그날을 떠올렸다. 조각상보다 더 아름답게 생긴 남자는 시종일관 미소 띤 얼굴이었음에도 불구하고 차가운 돌덩이를 보는 것처럼 어딘지 모르게 소름이 끼쳤다. 남자의 가면 같은 미소는 연예계에서 숱하게 보아 온 스타들의 그것과 비슷한 것 같으면서도 달랐다.

카메라가 사라지면 본래의 얼굴을 드러내는 그들과 달리 저 남자는 조명이 사라진 뒤에도 예의 그 가면 같은 얼굴이 사라지지 않았다. 마치 일생을 무대 위에 서 있는 배우처럼. 무엇이 가면이고 어디까지가 진짜 얼굴인지 알 수가 없는.

누구도 닿을 수 없는 높은 곳에 있는 남자가 가면을 벗고 순간적으로 표정을 드러냈다. 치린을 찾으면서.

'이치린 대리를 어떻게 아시죠?'

'인생의 변곡점을 함께 보낸 사이라고 해 두죠.'

경계하는 물음에 선뜻 나온 대답이 꽤 솔직해서 아직까지도 기억에 선연했다. 그때는 이 남자가 이제 겨우 평탄해진 치린의 삶에 끼어들어 불행하게 만들 거라고 판단했다. 그가 가진 배경이 무엇이든 이시하라보다 더 화려하면 화려했지 결코 나을 거라고 생각하지 않았기 때문이다. 그러나 지금은.

"뭡니까."

섬뜩할 정도로 낮은 목소리는 방해를 받아 불쾌하다는 기분이 고스란히 드러나 있었다.

"오늘…… 도와주셔서 고맙습니다."

"설마요, 내가 대표님을 돕고 싶을 리가."

일 년 전의 일로 앙금이 깊게 남은 남자의 목소리는 예상보다 훨씬 더 쌀쌀맞았다.

"저희 직원을 구해 주셨잖아요. 그 감사의 인사입니다."

그녀의 말에 잠시 말이 없던 그가 치린의 얼굴을 바라보며 물었다.

"꽤 아끼는 직원이라고 했던가요? 그때, 그날."

파리에서의 일을 콕 짚어 묻는 말에 박 대표가 그렇다는 듯 고개를 끄덕였다.

"대표님은 아끼는 사람을 이렇게 다루는 모양이죠?"

"그건……."

"책임지지 못할 거면 함부로 끼어들지도 말았어야죠. 일 년 전 당신의 오만한 만용이 어떤 결과를 가져왔는지 이제 똑똑히 알았을 테니까."

"……."

'이치린 대리는 이미 결혼했습니다. 상대가 유명인이라 밝히지 않았을 뿐, 둘이 10년을 넘게 만나 왔고 겨우 맺어졌어요.'

그날 자신이 한 말에, 방금 전 그가 말한 오만이라는 감정이 덧입혀져 또렷하게 재생됐다.

'무슨 일로 치린이를 찾는지는 모르겠지만, 행복하게 잘 사는 사람 흔들지 말았으면 좋겠네요. 그 친구는 이런 화려한 세계보다 평범한 삶을 살기를 바라는 사람이에요.'

당신 같은 남자는 이 아이에게 어울리지 않는다는 말을 정확하게 알아들은 그가 자신을 말없이 보던, 고요하고 정제된 눈빛도 생생하게 떠올랐다. 그녀는 창백하게 질린 치린의 뺨을 보며 오만이라는 그의 말을 뼈아프게 되새겼다.

* * *

"치린 씨가 가서 다 됐나 좀 보고 올래요? 배고파 죽겠네."

홍 원장의 말에 조향 클래스와 나란히 붙어 있는 쿠킹실 문을 열었다.

"선유 씨? 원장님이 아직 멀었냐고……."

조리대 앞에 선 선유가 손에 들고 있는 커다란 칼을 물끄러미 내려다보고 있었다. 식칼의 서슬이 형광등 아래 파랗게 빛났다. 생기가 푹 꺼진 선유의 눈동자에서 나는 그가 무엇을 하려는지 직감했다. 그 순간 본능적으로 칼날 아래 그를 대신해 나의 손목을 밀어 넣었다. 그를 저지하려던 게 아니라 그 벼린 날 아래 놓여 있는 게 내가 되길 바랐다는 걸 나중에서야 깨달았다. 슥. 소리도 느낌도 없이 그저 짧은 감각과 함께 새빨간 핏줄이 팔목을 타고 흘렀다. 손끝에서 떨어진 핏방울이 바닥 위로 투두둑 떨어지는 장면이 흑백 파노라마처럼 뇌리에 깊이 각인됐다.

처음 요리를 시작했을 때 칼날에 손가락을 자주 베이던 시절. 준이 달려와 피맺힌 손가락을 대신 잡고 발을 동동 구르던 장면이 과거의 유물처럼 머릿속을 떠돌았다. 이렇게 해도 그는 오지 않아.

아가미처럼 쩍 벌어진 붉은 살점으로 끊어진 핏줄이 피를 왈칵왈칵 쏟아 내는 걸 무신경하게 보며 그렇게 생각했다. 나도 알아, 아무도 오지 않는다는 걸. 놀라서 얼음처럼 굳은 선유의 손에서 떨어진 식칼이 바닥을 구르고 홍 원장이 고함을 지르며 달려오는 소리가 아비규환으로 뒤엉켰다.

그 뒤로 꽤 오랜 시간 동안 잠에 빠져들었다. 마취약의 냄새를 맡고 수술실과 회복실을 오가는 사이 잠들었다 깨길 반복했다. 박 대표와 유진의 통곡 소리가 사경을 헤매는 나를 붙잡았다. 나는 계속해서 꿈을 꾸었다. 꿈속에서 누군가 화난 목소리로 내게 말을 걸었다. 나는 그게 박 대표나 유진이라고 생각했다. 내게 화를 낼 사람은 그들밖에 없으니까.

한참이 지난 뒤에야 그게 서늘한 남자의 목소리라는 걸 깨달았다.

'딱 서른까지만 살아 보고, 이 삶에 영 싹수가 안 보이면 콱 죽어 버릴까 하고.'

'넌 지금도 충분히 싹수 없어 보여.'

'군인이 그런 말, 막 해도 돼요?'

'그럼 두 번 다시는 그런 말 밖으로 꺼내지 마. 벽에도 귀가, 돌에도 입이 있으니까.'

물속에서 건져 올려지는 감각에 몸을 벌떡 일으켰다. 몸을 감싸고 있던 재킷이 아래로 주르륵 미끄러졌다. 셔츠는 목까지 전부 단추가 채워져 있었다. 오늘 내게 일어난 일이 모두 꿈이었나 싶은 순간 움켜쥔 재킷을 보며 깨달았다. 그가 왔다. 아주 오랜만에. 봄밤에 헤어졌던 그가, 여름이 다 되어 내 앞에 다시 나타났다.

그러나 어둑한 객실에는 아무 인기척도 들리지 않았다.

402

"깼니? 괜찮아?"

가장 먼저 들린 건 유진의 목소리였다. 곧이어 슬리퍼 끄는 소리와 함께 객실 입구 쪽에서 옅은 불빛이 새어 들어왔다.

"애 깼어?"

성급한 목소리로 뛰어 들어온 건 박 대표였다.

"다들……."

밝은 빛에 눈을 찡그리며 머리를 쓸어 올렸다. 어느새 코앞까지 다가온 유진과 박 대표의 얼굴은 심각하게 굳은 채였다.

"어떻게 왔어요? 바쁜 사람이 둘 다."

멀쩡한 얼굴과 평소와 다름없는 무덤덤한 목소리에 잠시간 나를 바라보던 둘의 어깨가 크게 들썩이는 게 보였다.

"죽여 버릴 거야."

먼저 입을 연 건 유진이었다. 그녀의 커다랗고 동그란 눈동자에 눈물이 가득 차올랐다.

"누구, 나?"

"그 개자식, 죽일 거라고, 내가."

"아서라, 나 돈 없다."

"더러운 새끼가 감히 어디다가……!"

"아무 일도 없었다니까."

"그게 중요해!"

"중요하지, 그럼."

가볍게 대꾸했으나 그녀의 심각한 표정은 좀처럼 풀리지 않았다.

"왜 보고만 있어요? 저러다 사고 칠라."

유진은 말려 보라는 듯 박 대표를 쳐다보았으나 그녀는 굳은 얼굴로 허공을 노려보고 있었다.

"내가 해. 내가 죽이고 감옥 간다."

얼씨구.

"감옥 가기 전에 그 새끼들 전부 다 콩밥 먹일 거야, 내가."

"회사는 어쩌구요? 나보고 옥바라지까지 하라구?"

박 대표가 고개를 홱 치켜들었다.

"너는 지금 농담이 나와!"

"그럼 뭐, 울어요?"

내 말에 박 대표는 기가 막힌다는 표정을 했다.

"처음 있는 일도 아니잖아. 이 바닥 원래 이런걸."

내 말에 박 대표의 눈에서 불이 일었다.

"그렇다고 참아? 더러운 성질머리 다 어따 두고 참고 있어! 나한테 전화를 하든 깽판을 치든 했어야 할 거 아냐!"

"이게 얼마짜리 행사인데, 망치라구?"

"지금 그 소리가 나와? 너, 네가 무슨 일 당할 뻔했는지 몰라서 이래?"

"아무 일도 없었다니까요."

"어디서 허세야? 강 이사가 안 왔으면!"

그 말에 짧은 순간 멈칫했다. 박 대표로부터 확인받자 다시 지헌의 존재가 사실로 다가왔다. 정말 왔구나. 그런데 지금은 갔구나. 손에 쥔 재킷을 꾹 움켜쥐었다.

"안 왔어도, 아무 일 없었을 거예요."

"너, 진짜!"

"현장에선 내가 책임자예요. 내 모델, 스탭들 지키는 것도 다 내 일이고. 그걸 누구한테 떠넘겨. 서로 곤란하기만 하지."

자존심 같은 걸 세워 봤자 계란으로 바위 치기다. 더 크게 부서질 뿐이다. 그럴 바엔 그냥 대응하지 않는 게 낫다. 그게 나를 지키고 내가 덜 소모되는 방법이다.

"네가 나를 얼마나 무능한 인간으로 만드는 줄 아냐? 내가 이 정도도 감당

못 할까 봐?"

분을 삼킨 박 대표가 허공에 대고 숨을 탁 내뱉었다.

"그래서 싫어요, 감당할 거 뻔히 알아서."

"야, 이 기지배야!"

그녀가 고함을 빽 질렀다.

"아무것도 모르는 스무 살짜리 애들 이딴 데 올려 보내는 것도 싫고, 대표님이 고생하는 것도 싫고. 그럼 답은 하나잖아. 나 혼자만 눈 감으면 되는걸."

"그게 왜 너야! 왜 하필 너냐구!"

누군가는 책임을 져야 하니까. 어차피라면, 내가 하는 게 낫다. 나는 박 대표를 향해 픽 웃어 보였다.

"내가 좀 멋있잖아."

"이, 이…… 망할 기지배!"

박 대표가 내 등짝을 찰싹 내리쳤다.

"잘났다, 잘나서 아주 내가 너 때문에 돌겠다!"

"아우, 애를 왜 때리고 그래요!"

눈이 새빨개진 유진이 나를 사정없이 내리치는 박 대표의 손을 밀어내며 소리를 질렀다. 때리는 시어머니와 말리는 시누이도 아니고, 나를 양쪽에서 잡고 흔드는 둘을 보며 피식 웃음이 났다.

"웃어? 네가 아주 덜 맞았지? 덜 맞았어!"

"그만해요! 이러다 진짜 애 잡겠네!"

나는 흔들리면서도 손에 쥔 재킷을 놓치지 않기 위해 세게 붙들었다.

* * *

로비로 내려온 클로에가 자신을 향해 급히 다가오는 수석비서에게 물었다.

"대체 무슨 일이 있었기에 이렇게 소란스러워요? 지사장은 어딜 가고?"

"직위 해제되었습니다."

"뭐?"

"왕자가 기획사 여직원을 건드린 모양입니다."

"그 돼지 같은 늙은이가 사고 칠 줄 알았다니까. 그런데 거기에 왜 우리 브랜드가."

"그게……."

고개를 숙인 비서가 귓가로 속삭이는 말을 들으며 클로에는 몇 시간 전 객실에서의 일을 떠올렸다. 늙은이가 지사장에게 은밀한 시선을 던지며 부탁이라는 말을 꺼내던 모습이 뒤늦게 생각났다.

"이런 개망신. 당장 수습부터 해야겠어요."

"이미 강지헌 이사님이 나섰습니다."

"대니가 왔어요? 언제! 어떻게!"

그런 줄도 모르고 스카이라운지에서 무원과 시간을 보내고 있었다니. 강무원, 이 인간. 일부러 다 알고 방해한 거 아냐? 새삼 치미는 분노에 클로에가 씩씩거리는데 수석비서가 차분하게 보고를 이어 갔다.

"정확한 경위는 모르겠으나 이사님이 직접 왕자의 객실로…… 방문해서 직원을 도왔다는군요."

그녀는 냉정과 이성으로 무장한 자신의 비서가 아주 잠깐 머뭇거리는 걸 놓치지 않았다.

"왕자는?"

"병원으로 후송됐습니다."

비서의 말을 곱씹던 클로에가 가장 궁금한 질문을 던졌다.

"지금 어딨어요? 그 여자."

* * *

"그래서 지금 응급 수술 중이라고 합니다. 왕자의 수행원들도 모두 병원에 진을 치고 있답니다."

무원이 창가에 선 채로 최 실장의 보고를 듣고 있었다.

"사실상 쫓겨난 거죠. 회장님께서 직접 이렇게 말씀하셨답니다. 치우라고."

최 실장의 얼굴이 심각했다.

"UAE에서 가만있지 않을 겁니다. 어쨌거나 그는 왕족이고, 강지헌 이사가 그를 폭행한 건 맞으니까요. 그것도 하필이면, 우리 호텔에서 말입니다."

지헌을 거론하는 그의 목소리에 감정이 가득 실렸다.

"왕자가 깨어나기 전에 수습해야 합니다. 우리는 이 일과 무관하다는 걸, 저쪽에 먼저 인지시켜야 한다구요. 당장 병원으로 가시죠. 아니면 제가 직접……."

"어디를 다쳤다고?"

"손이요. 강 이사가 왕자의 손에 컵인지 술병인지를 박아넣었답니다!"

"팔 하나를 못 쓰게 된 것도 아니고, 겨우 손 정도로 엄살은."

무원이 성의 없이 대꾸하자 최 실장이 발끈해서 외쳤다.

"왕족 몸에 손을 댔습니다. 그냥 넘어갈 일이 아니라구요!"

"걔가 거기서나 왕자지, 이 나라 사람들은 이름도 모를걸. 무슨 이름이 열 글자가 넘어?"

이런 상황에서 저런 시답잖은 농담이나 하다니, 최 실장은 무원을 이해할 수가 없었다.

"그래서, 그냥 이대로 가만히 계시겠다는 겁니까? 우리 호텔 스위트 객실에 쳐들어가서 VIP 고객을 폭행했습니다. 수행원들도 여럿 다쳐서 함께 입원했고요. 이 일이 호텔에 어떤 영향을 미치게 될지……!"

무원이 뒤돌아섰다.

"여자를 구했다며. 그럼 된 거 아냐?"

"그러니까 고작 그런 일로!"

"최 실장. 동재야."

무원이 지금까지와 다른 목소리로 그를 부르자 최 실장이 황급히 고개를 숙였다.

"⋯⋯네."

"사람을 구하는 일이 어떻게 고작이야? 만약 잘못됐으면? 그것도 우리 호텔에서."

"⋯⋯아무 일도 없었다잖습니까?"

최 실장이 억울한 목소리로 대꾸했다.

"그럼 기다렸다 무슨 일이 벌어진 다음에 나서야 해? 너 바보야? 내가 무슨 말 하는지 몰라?"

"압니다. 아는데⋯⋯!"

머리로 아는 것과 가슴으로 받아들이는 게 달라서 그렇다. 사람을 구한 게 왜 하필 강지헌인지, 왜 또 하필이면 그 자리에 회장님까지 계셨던 건지, 왜 이 호텔의 대표이자 승비원의 장남인 무원이 이렇게 뒤에만 있어야 하는지, 모든 게 못마땅했다.

"언론에 새어 나가지 않게 조심하고, 경찰하고 외교부 쪽에도 미리 입단속시켜 둬. 그리고 병원으로 사람을 보내."

"직접 안 가시고요? 그게 조금 더 진정성 있어 보이는."

"가서 이렇게 전해. 왕자가 수술을 마치는 즉시 이 나라에서 꺼지라고. 안 그러면 나도 생명을 보장 못 한다고."

"⋯⋯대표님!"

최 실장이 아연실색한 얼굴로 그를 불렀으나 무원은 태연하게 손가락을 세웠다.

"아, 그리고 하나 더. 만약 이번 일에 대해서 보복이니 뭐니 입이라도 뻥긋했다간 내 호텔에 고이 모셔 둔 그 소중한 짐 가방을 검찰이나 언론에 던져 주겠다고도 전하고."

"그런 말도 안 되는!"

"좀 약한가? 유튜브에라도 올리겠다고 할까?"

"대표니임!"

최 실장의 빽 하는 고함이 집무실을 울렸다. 무원이 피식 웃으며 다시 몸을 돌렸다.

"그 아가씨 깨어났는지 확인해 봐."

"병원도 안 가시면서 그건 왜요."

최 실장이 삐딱하게 받아쳤다.

"누군지 봐야 할 거 아냐, 제수씨가 될 사람인데."

무원이 다시 피식 웃으며 창밖으로 고개를 돌렸다.

* * *

로비로 내려왔을 때 행사는 모두 끝나 있었다. 뒷일을 마무리하러 간 박 대표와 따라나서는 유진을 물린 채 홀로 중정으로 내려왔다. 동근 요새처럼 가운데 정원을 빙 두르고 있는 호텔 본관을 지나자 커다란 분수대와 매트리스처럼 폭신해 보이는 잔디가 보였다. 아직은 해가 남은 저녁 하늘을 보며 서늘한 밤공기를 향해 나아갔다.

'나 좀 안아 줄래. 도무지 진정이 될 것 같지가 않아.'

부서지기라도 할 것처럼 조심스럽게 닿던 손과 귓가를 쿵쿵 때리던 심장박동 소리. 언제나 느긋하게 관조자 같은 얼굴로 웃곤 하는 지헌이 여유를 잃은 모습을 본 건 처음이다. 화가 났겠지. 그것도 아주 많이. 그가 대신 남겨 두고 간 옷에 가만히 뺨을 묻었다.

"……향수 바꿨네."

이래서 그가 온 걸 바로 알아차리지 못한 거다. 이렇게 쉽게 바뀔걸, 겨우 이런 거 하나에 흔들릴걸, 내가 모르는 곳에서 일어난, 의미를 짐작할 수 없는 지헌의 변화에 나는 신경을 곤두세우고 있었다. 그게 싫었다.

"방해해서 미안합니다만."

낯선 목소리가 불쑥 끼어들었다. 오늘 겪은 일의 여파로 소스라치게 놀라 나는 잠깐 굳었다. 눈을 들자 수트를 입은 건장한 체격의 남자가 한 손을 주머니에 찔러 넣은 채 길 저편에서 나를 보고 있었다.

"뭐죠?"

불쾌감을 드러내며 묻자 그가 손으로 내가 있는 쪽 어딘가를 콕 짚었다.

"잔디 밟지 말라고 써 있는데."

"지금 겨우 그거 때문에……."

"호텔의 귀한 자산이라."

잔디밭 한가운데에 서 있는 것도 아니고, 겨우 딱 한 발을 들였을 뿐인데 이런 지적을 받다니. 유니폼도 이름표도 없이 호텔 자산을 들먹이는 남자는 꽤 높은 자리에 있는 열정 충만한 임직원이 분명했다.

"본의 아니게 귀한 자산을 밟아서 참 유감이네요."

잔디에서 한 걸음 떨어진 경계석 위로 올라서며 다소 삐딱한 사과를 건넸다.

그런데도 남자는 갈 생각이 없는 듯 나를 가만히 보기만 했다.

"몸은 괜찮습니까?"

"누군데 그런 걸 물으시죠?"

"표정이 한순간에 바뀌네요. 엄청 무섭게."

그가 신기하다는 듯 눈을 빛냈다. 그리곤 한층 더 경계 어린 얼굴의 나를 보며 급히 손을 들어 보였다.

"아, 놀리려던 게 아니라 그냥, 내 딸의 가정교사와 비슷한 느낌이라. 날 맨날 혼내거든요."

"……."

완전히 핀트가 어긋났다는 걸 마침내 깨달은 그가 머리를 긁적이며 웃어 보였다. 무뚝뚝했던 인상이 단번에 바뀌는 그 미소에 설마 하는 의혹이 치솟았다.

"강무원입니다. 들고 있는 그 옷은 제 동생 것 같군요."

나는 당황했다. 아주 많이.

"……형이 있는 줄은 몰랐어요."

"내 얘길 안 한 모양이네요."

그는 가볍게 웃었지만, 어딘가 서운한 표정이었다. 그게 나의 충동을 부추겼다.

"형님뿐만 아니라 아무도 얘기 안 했어요. 아직 가족 얘기를 할 만큼 친하지 않거든요."

아마도, 라고 속으로 덧붙이는데 자신을 지헌의 형이라고 밝힌 남자가 묘한 표정으로 나를 보았다.

"안 친한데 그 옷을 들고 있어요?"

"이건…… 어쩌다 보니."

손에 든 재킷을 잠시 보다가 그에게 내밀었다.

"전해 주실래요?"

"아뇨. 그런 건 직접 줘야죠."

"아……."

"내가 대신 받으면 화낼 겁니다, 그 녀석."

"이런 걸로 설마요. 착한 사람인데."

무원은 다시 침묵한 채로 나를 보았다.

"내 동생 이름이 강지헌인 건 알죠?"

"네."

"잠시 같은 인물이 맞나, 혹시 사람을 착각했나 싶어서 물어봤습니다."

농담 같지 않은 말에 웃음이 픽 나왔다. 성향은 정반대지만 남자는 동생을 꽤 염려하는 좋은 형이었다. 겉으로 유하고 상냥해 보이는 것과 달리 실제로는 냉소적이고 싸늘한 게 지헌이라면 그의 형은 투박하고 붙임성 없는 인상과 달리 속정이 있는 타입이었다.

"오늘 일은 유감입니다. 이 일로 더 이상 피해가 가지 않도록 호텔에서도 최선을 다할 겁니다. 혹시라도 나중에 무슨 일이 생긴다면 꼭 연락 주세요. 어떤 식으로든 도울 테니까."

역시 내 예상대로 그는 이 호텔의 높으신 분이 맞았다. 나는 재킷을 팔에 걸친 채로 고개만 살짝 숙여 보였다.

"말씀만으로도 감사합니다."

"말만 하는 사람은 아니라서요, 제가."

그가 한 말을 이해하지 못해서 보는데, 내가 서 있는 경계석 앞으로 기다란 차가 미끄러지듯 다가와 멈춰 섰다. 호텔에서 제공하는 리무진이었다.

"기사가 댁까지 안전하게 모셔다드릴 겁니다."

"혹시, 그 사람이."

이어질 말을 차분하게 기다리는 무원과 리무진을 번갈아 보다 고개를 저었다.

"아닙니다, 아무것도."

* * *

"조용하군. 꽤 소요가 있었다고 들었네만."

파라다이스 호텔 로비에 위치한 카페의 한 야외 테라스석. 세이지 미야케가 자리에 앉으며 상대를 향해 인사 대신 말을 건넸다. 반쯤 빈 커피잔을 앞에 두고 있던 지헌이 고개를 돌려 미야케를 쳐다봤다.

"사람을 늘 기다리게 하시네요. 그것도 바쁜 사람을."

"설마 나만큼 바쁘려고? 누가 갑자기 쇼를 3주나 앞당기는 바람에 수명이 줄어들 정도거든."

미야케가 불만스럽게 말하며 손을 들어 서버를 불렀다.

"그래서 이렇게 경치 좋은 곳으로 모셨잖아요. 힐링 좀 하시라고."

지헌이 무성의하게 대꾸하며 다시 난간 밖으로 고개를 돌렸다.

"다 저녁에 무슨 경치? 하나도 안 보이는구만. 그럴 시간이 있으면 가서 잠이나 자겠네! 대체 날짜는 왜 이렇게 촉박하게 잡은 건가? 늙은이더러 과로사하라고?"

"떠날 사람은 빨리빨리 떠나야죠. 자꾸 질척거리면 되겠어요?"

지헌의 무신경한 말에 미야케가 눈썹을 확 구겼다.

"그 말 혹시, 나한테 하는 말인가?"

"그렇게 들렸다면 유감입니다."

전혀 유감스럽지 않은 목소리로 툭 내뱉는 말에 미야케가 심술궂게 중얼거렸다.

"아니면, 빨리 떠나길 바라는 상대가 있는가 보군?"

"주문부터 하시죠."

지헌이 가볍게 질문을 피해 가자 미야케가 그를 얄밉다는 듯 흘기며 메뉴판을 펼쳤다.

"저녁 먹은 지 오래돼서 달콤한 게 당기는군. 가만있자 파리 브레스트를 먹어 볼까?"

그는 지헌이 답을 기다리고 있다는 걸 뻔히 알면서 디저트를 왕창 시켜 놓고 일부러 애를 태울 셈이었다.

"아냐, 아냐. 지금 일본엔 한창 딸기 디저트가 나올 때인데. 누구 때문에 여기 붙잡혀서 일이나 하고 있으니 딸기를 먹어 줘야겠군."

중얼거리는 미야케의 말을 귓등으로 흘려들으며 지헌은 다시 테라스 난간 밖으로 시선을 돌렸다. 그가 일부러 굼뜨게 군다는 걸 알고 있기에 부러 장단을 맞춰 노인네의 심술궂음을 충족시켜 주고 싶지 않았다.

"좋아. 커피는 아인슈페너가 좋겠네!"

엄청나게 대단한 결정이라도 내린 것처럼 그가 비장한 목소리로 말했다. 지헌은 이제 난간에 턱을 괸 채로 몸도 아예 밖을 향해 돌렸다. 주문한 커피와 함께 나온 디저트를 열심히 먹던 미야케가 지헌의 시선을 따라 고개를 들었다. 그는 푸릇한 잔디밭으로 이어지는 중정을 거니는 누군가를 보며 입을 열었다.

"안 좋은 일을 당했다더니, 생각보다 괜찮아 보이는군."

"그런 일을 당하고도 괜찮은 사람은 없습니다."

지헌의 목소리가 서늘했다.

"그런가?"

미야케가 그렇게 묻고는 자문자답하듯 고개를 끄덕였다.

"하긴, 우리 때와는 많이 다르지. 그땐 무조건 쉬쉬하는 게 관례였어. 브랜드와 회사에 먹칠한다고 생각했거든."

"권력으로 오류를 감추던 시절은 지났습니다. 절대 권력은 절대 부패하기 마련이니까."

"맞아. 이제 그런 시대는 과거의 유물 같은 건지도 몰라."

포크를 내려놓은 그가 가져온 서류 가방에서 봉투를 꺼내 테이블 위로 밀었다.

"이제야말로 자네들의 시대지."

미야케의 말에 지헌이 그를 향해 몸을 돌렸다. 지금까지 뜨뜻미지근하게 굴던 것과는 사뭇 다른 태도에 지헌의 얼굴에서 지루함이 사라졌다.

"결정하신 겁니까?"

"나는 이미 뒷방 늙은이 아닌가."

"그렇다면."

지헌이 봉투를 쓱 들어 올리자 기다리고 있던 사람처럼 두호가 테라스로 들어섰다. 그는 봉투를 건네며 미야케에게서 시선을 떼지 않은 채로 말했다.

"후회하지 않으실 겁니다."

서류를 건네받은 두호가 고개를 숙인 뒤 다시 테라스를 빠져나갔다. 미야케가 훗 하고 웃었다.

"후회라. 상관없네."

있는 대로 깐깐하게 굴더니 이제 와서 쿨한 척인가. 지헌의 말없는 시선에 미야케가 히죽 웃었다.

"자네들은 이미 나한테 충분히 재밌는 걸 보여 주고 있거든."

그가 지헌과 테라스 너머를 힐긋 본 뒤에 다시 웃었다. 노인네의 웃음에 석연찮은 기분이 된 지헌은 다시 심드렁한 눈빛이 되었다.

"봄도 끝나고, 이제 본격적인 녹음의 계절이로구만. 푸릇푸릇해!"

"밤이라 아무것도 안 보인다면서요?"

지헌의 시큰둥한 목소리에 미야케가 너그럽게 웃었다.

"자넨 아직 연륜이 부족하다니까."

그가 푸릇하게 돋아난 연둣빛 잔디를 보며 말했다.

"영국의 한 화가가 말했지. 겨울을 지켜보고 난 뒤에야 비로소 여름의 풍요로움을 이해할 수 있다고 말이야. 겨울을 견뎌야만 여름이 오는 거라네, 강 이사."

미야케의 잘난 체하는 말을 들으며 지헌은 난간 위에 턱을 괸 채 다시 고개를 돌렸다. 치린이 박 대표와 유진의 손에 끌려 기다란 리무진에 올라타는 모습이었다.

* * *

"뭐야?"

치린 일행을 배웅한 뒤 호텔 로비로 들어서던 무원의 앞에 클로에가 나타나 가로막았다.

"왜 그러는데?"

선 채로 자신을 빤히 노려보기만 하는 클로에를 향해 무원이 재차 물었다.

"어쨌어, 그 여자?"

"물건도 아니고, 사람한테 그게 무슨 말이야."

그가 작게 핀잔을 놓은 뒤 다시 앞서 걷기 시작했다. 클로에가 그 뒤를 바짝 따라붙었다.

"그 돼지 같은 왕자의 손에서 대니가 구해 냈다는 여자 말이야! 어디다 빼돌렸냐구!"

무원은 클로에의 거침없는 단어 선택에 고개를 설레설레 저으며 엘리베이터 버튼을 눌렀다.

"집에 갔어."

"집 주소 대!"

"오늘 처음 만난 사람이 어디 사는지 어떻게 알아?"

"거짓말! 오빠가 그 여자를 그냥 보냈을 리가 없잖아! 차를 내줬을 게 뻔해."

굳은 얼굴로 다다다 쏘아붙이는 클로에의 얼굴을 보며 무원은 아주 잠깐 감탄할 뻔했다.

많이 컸네, 꼬맹이.

그가 흐뭇해하는 눈빛을 정확하게 읽은 클로에가 눈을 부라렸다.

"사람 무시하지 말랬지? 오빠가 안 알려 줘도 그런 것쯤 내가 얼마든지 알아낼 수 있거든?"

"해, 그럼."

"……뭐?"

"혼자서도 얼마든지 알아낼 수 있다며."

"그건 그렇지만……!"

생판 얼굴도 모르는 사람의 개인 정보를 알아내는 게 그렇게 쉬운 줄 알아? 주소까지 알아내려면 최소 며칠은 걸린다고! 그런 수고스러움 없이 그냥 기사를 불러서 물어보면 끝인데! 차마 그렇게 말할 수 없는 클로에가 분을 삭이며 씩씩댔다.

"오빠 대체 누구 편이야? 그 여자가 이상한 여자면 어쩌려고 보고만 있느냐고!"

"녀석이 알아서 하겠지. 다 큰 성인인데."

알아서 할 거였으면 눈이 뒤집혀서 찾지도 않았겠지. 클로에는 여자에 대한 지헌의 집착을 이해하면서도 때때로 불안해졌다.

"어쨌든 내가 먼저 봐야겠어."

지금까지 태연하게 굴었던 건 여자를 찾아 놓고도 움직이지 않는 지헌의 태도 때문이었다. 그가 아무 행동도 취하지 않는다면 제 쪽에서 굳이 먼저 나설 이유가 없다는 뜻이었으니까. 오늘, 이 일이 있기 전까지만 해도 그렇게 느긋한 척 가장할 수 있었다.

그러나 이제 병 따위 아무래도 좋았다. 전 세계의 실력 있는 의사를 모조리 찾아서라도 나을 수 있는 방법을 다시 연구하면 된다. 지헌이 이상한 여자에게 매달려 생전 안 하던 돌발행동을 하는 걸 보니 차라리 그게 낫다고 생각했다.

"그 여자가 정말 작정이라도 하고 대니를 홀린 거면."

"그랬으면 먼저 나타났겠지. 녀석이 찾아 헤매기 전에."

눈을 확 치켜뜨는 클로에를 향해 무원이 차분하게 반박했다.

"앞뒤가 안 맞잖아."

"그러니까 작정을 했다는 거지! 남자 애태우는 방법을 훤히 아는 여자일 수도 있다구!"

"잘 알지도 못하는 사람 모함하지 말고."

"그래서, 너는 그렇게 잘 알아서 홀라당 넘어갔니?"

"……."

클로에가 명은을 언급하며 일침을 가하자 무원의 얼굴이 굳었다. 그녀는 그런 무원을 둔 채 몸을 휙 돌려 걸어갔다.

* * *

무함마드 압둘라 빈 아지즈 무바라크 알 카르샤 왕자는 고통에 찬 얼굴로 잠에서 깨어났다. 흐릿했던 의식이 돌아오기 시작하자 엄청난 고통에 숨을 헐떡였다. 몸 안에 가득 찬 마취약 냄새가 입안까지 올라와 구역질이 나올 것 같았다. 무엇보다 손목 신경이 끊어지기라도 한 듯 살을 도려내는 것처럼 고통스러워서 눈물이 절로 나올 지경이었다. 자신을 이렇게 만든 인물이 떠오르자 그가 눈을 부릅떴다.

"죽여 버리고 말……."

"누구, 나 말인가요?"

왕자가 놀란 얼굴로 눈을 굴렸다. 이곳에서 감히 자신에게 반말을 할 수 있는 존재가 있을 리 없기에 처음 그는 환청이라고 생각했다. 그때 침대 옆 창가로 기다란 음영이 생겨났다. 왕자가 흠칫 놀라 고개를 돌리자 지헌이 기다란 다리를 꼬고 앉아 있었다. 조금 지루한 듯 권태로운 얼굴로 턱을 괴고 있는 지헌을 발견한 왕자의 눈알이 튀어나올 것처럼 커졌다.

"너, 너……!"

그가 부들부들 떨자 손가락에 끼워져 있던 산소포화도 측정기가 떨어져 나갈 것처럼 덜렁거렸다. 모니터 수치가 불안정하게 치솟았으나 간호사는커녕 병실을 지키고 있던 경호원조차 달려오지 않았다. 이 공간에 오직 자신만 있음을 알게 된 왕자의 안색이 창백해졌다. 핏기를 잃어 가는 남자의 얼굴을 물끄러미 보던 지헌이 기대 있던 몸을 바로 세웠다.

"살아 있네요, 아직."

신기한 듯 해사하게 미소 짓는 지헌은 살고자 버둥거리는 미물을 내려다보는 악마의 현신 같았다. 왕자는 등 뒤로 오싹한 소름이 돋아나는 기분에 몸을 떨었다.

"나, 나는 왕족이다! 우리 알 카르샤는 아랍에미리트 7개 가문 중에서도 가장 힘이 센……."

지헌이 싱긋 웃으며 말했다.

"왕족이라구요?"

"그래, 왕족! UAE의 알 카르샤 왕족이자……!"

그가 통증이 멈추지 않는 오른팔을 잡으며 있는 힘을 다해 외치자 지헌이 나른한 얼굴로 물었다.

"그래서요?"

"……그래서라니? 나는 그 카르샤 가문의 왕자라고! 아랍의……!"

"널리고 널린 게 아랍의 왕자인데. 그거 말고 다른 건 없나요?"

그가 식상하다는 표정을 짓자 곱고 하얀 이마에 실금이 갔다. 왕족의 신분과 지위를 단번에 부정하는 말에 왕자의 몸이 뻣뻣하게 굳었다. 태어나 한 번도 이런 취급을 받아 본 적이 없는 그였다.

"……감히 왕족의 몸에 손을 대다니, 내 가문과 본국에서 널 절대로 가만두지 않을 거다!"

"알까요? 그 집에 왕자가 스물은 더 있다던데."

가차 없는 말에 왕자가 사납게 눈을 치떴으나 경직된 표정은 숨기지 못했다.

"아, 왕세자는 알더군요. 나이 많은 배다른 형이 손버릇이 조금 안 좋다는 거."

"……너, 내 동생과 만났나?"

그렇다면 지금까지와는 얘기가 달라진다. 다른 배를 타고 태어난 왕세자는 그를 눈엣가시처럼 견제했다. 뒤늦게 그의 동생과 눈앞의 악마가 같은 그랑제

콜 출신이라는 사실을 떠올린 그가 침을 꿀꺽 삼키며 물었다.

"설마 나를 두고 무슨 거래라도 한 건……."

사색이 된 그와 달리 지헌은 성가신 날파리라도 쫓듯 귀찮은 얼굴이었다.

"글쎄요. 다만, 후세를 위해서라도 늙은 왕자는 사라져 주는 게 낫다."

지헌의 눈빛이 한순간 번득였다.

"는 의견에 동의할까 싶어서요. 오늘부로."

말의 의미를 단숨에 파악한 왕자가 턱을 덜덜 떨었다.

"걔가 뭐랬든 내가 그 이상 줄 테니, 아니, 내가 가진 금융 쪽 자산이……!"

지헌이 시끄럽다는 듯 한쪽 눈썹을 찌푸렸다.

"늦었어요. 넌 이미 내 아가씨한테 손을 댔거든."

"그게 무슨 소리야? 난 네 건 아무것도 건드리지 않았다! 하다못해 클로에도 그냥 곱게……."

왕자가 흠칫 떨며 말을 멈추더니 지헌의 얼굴을 빤히 보았다.

"……설마."

갑자기 당한 공격에 잊고 있던 기억이 선명하게 떠올랐다. 그의 손등에 유리잔을 처박기 전, 재킷을 벗어 소중하게 감싸던 여자의 존재를. 눈 하나 깜짝않고 손수 옷을 벗기에 보통 담은 아니라고 생각했는데, 설마하니 그런 하찮은 기획사 직원이 LV제국의 후계자로 거론되는 그의 여자일 줄이야. 왕자의 얼굴이 낭패감으로 일그러졌다. 떠오르는 차세대 경영인, 인수합병의 귀재. 그러나 그 아래는 자비 같은 건 찾아볼 수 없는 잔인하고 혹독한 기업가가 존재했다.

대학을 졸업하기도 전에 작은 계열사에 입사해 지금의 자리에 오르기까지, 그의 손에 넘어가거나 합병된 기업이 스무 개도 넘었다. 그 망설임 없고 공격적인 M&A로 LV를 10년도 채 되지 않아 제국으로 만든 게 바로 눈앞의 남자다. 그의 피는 파란색일 거라고 사람들이 말하는 악마. 왕자가 부르르 떨며 고개를 저었다.

"몰랐다. 난 전혀 몰랐다고! 이건 내 책임이 아니라 애초부터 아무 말도 안한 너희 잘못이라고!"

"아, 몰랐으면 상관없는 거군요."

지헌이 훌쩍 몸을 일으켰다. 왕자가 소스라치게 놀라 몸을 물렸다. 그러나 등 뒤로 침대 난간이 덜컹하고 닿아 더는 도망갈 곳도 없었다. 유유히 침대를 향해 다가오는 지헌의 그림자가 마치 죽음의 그물처럼 그를 덮쳐 왔다.

"뭐, 뭐 하려는 거냐! 또다시 내 몸에 손을 대면 그땐 정말 전쟁······!"

"그럼, 나도 몰랐던 걸로 하죠."

싱긋 웃은 지헌이 왕자의 손등을 가차 없이 눌렀다. 수술 부위와 적확하게 일치하는 곳이었다. 엄청난 신음과 고통에 찬 외침이 병실 밖까지 새어 나갈 정도로 울려 퍼졌으나 지헌은 멈추지 않았다. 오히려 서서히 악력을 가하며 무자비하고 잔인한 손길로 상처를 찢어발길 듯 움켜쥐었다. 그럼에도 태연한 표정은 마치 바닥에서 꿈틀대는 벌레를 발로 짓이기는 듯 무덤덤하고 단조로웠다.

"으아아악! 그, 그만! 끄아악!"

"저런, 왕족이라고 해서 기대했는데, 우는 소리는 개돼지와 다를 게 없군요."

실망스럽다는 듯 혀를 차는 지헌을 보며 왕자가 숨이 넘어갈 것처럼 헐떡거렸다.

"제발, 머, 멈춰! 너무 고통스러······! 흐억!"

막대한 힘에 진득하게 파헤쳐진 살점 아래로 금방이라도 뼈가 부러질 것 같았다.

"그럼 다른 걸 가져갈까요? 쓰레기는 태우는 거라고 배웠는데, 흔적도 없이."

"시, 실수, 내가······ 크허억, 잘못했다고! 그러니까 목숨만······!"

"왕족도 목숨은 하나였지, 참."

지헌이 소름 끼치도록 차가운 목소리로 중얼거렸다.

"그럼 잘 지켜야죠. 그래 봤자, 한낱 인간인데."

"진짜로 잘못되겠어! 제발 그만! 흐윽……."

고통으로 혼이 반쯤 나간 왕자의 입에서 침이 줄줄 새어 나왔다. 그는 알 수 있었다. 너덜너덜해진 오른손이 두 번 다시는 정상으로 돌아가지 못하리라는 걸.

"이 정도로 손버릇이 고쳐질까요?"

지헌의 말에 눈을 번쩍 뜬 왕자가 마지막 남은 숨으로 절박하게 애원했다.

"앞으로 두 번 다시는, 절대로 너와 그 여자 눈앞에 띄지 않을 테니…… 제발 자비를…… 알라의 이름으로……!"

"그럼 집에서 나오지 않아야겠군요. 난 전 세계를 돌아다니니까."

"무, 물론이다! 그러니 제발, 다니엘……!"

지헌이 지그시 힘을 주며 섬뜩한 미소를 지었다.

"이다음에 그대가 나에게 전할 소식은, 그대의 부음이어야 할 겁니다."

앞뒤로 사정없이 고개를 끄덕이던 왕자는 결국 눈이 뒤집힌 채로 혼절하고 말았다. 쯧 하고 혀를 찬 지헌이 손을 떼어 냈다. 손바닥이 온통 붉었다.

* * *

집으로 돌아온 나는 침대에 앉아 그 옆에 곱게 개어 둔 양복 재킷을 물끄러미 보았다. 한참 그러고 있는데 노크와 함께 유진이 고개를 내밀었다.

"한잔 안 할래?"

와인 잔 두 개를 한 손에 걸고 흔들어 보이는 유진의 눈은 아직 빨갰다. 나는 고개를 끄덕였다.

창가에 등을 기대고 나란히 앉은 우리는 와인을 땄다. 차가운 와인 한 잔을 단숨에 비워 내고 나자 정신이 조금 드는 것 같았다.

"괜찮니?"

"응."

"아니다, 괜찮을 리가 없는데."

"뭐야, 싱겁게."

피식 웃으며 병을 들자 유진이 대신 낚아채며 빈 잔을 채웠다. 그런 유진을 향해 덤덤하게 말했다.

"일희일비하지 말자. 아무 일도 없었으면 그걸로 된 거야."

"누가 뭐래? 그 분야에선 내가 베테랑이야. 센 척하지 마."

"그래, 알아 모신다."

너스레를 떠는 나를 향해 유진이 가라앉은 얼굴로 말했다.

"내가 당하는 건 얼마든지 참아. 나니까. 그런데 내 사람이 당하는 건 싫어."

기다란 눈동자에 쓸쓸함이 가득했다.

"이럴 때마다 이 동네가 환멸 나게 싫다."

나는 유진이 채운 잔을 들고 일부러 조금 크게 짠하고 부딪쳤다.

"그러니까 빨리 커, 무럭무럭. 빨리 톱스타 돼서 아무도 못 건드리게. 그래야 나도 덕 보고 살 거 아냐."

"늙은 언니 봉양은 못 할망정."

유진이 짐짓 툴툴대는 척하며 건배했다. 한 병을 다 비워 갈 무렵, 그녀가 바닥에 등을 대고 눕더니 옆자리를 톡톡 두드렸다. 나는 잔과 병을 한쪽으로 밀어 둔 채 유진의 옆에 같은 자세로 누워 거실 창에 두 발을 올렸다. 밤의 도로를 가로지르는 헤드라이트 불빛 때문에 창문에 붙은 두 쌍의 다리로 음영이 졌다. 유진이 천장을 보며 아련하게 중얼거렸다.

"네가 전에 그랬잖아. 뒤통수가 없으면 좋겠다고. 무슨 인생이 허구한 날 퍽치기만 당하냐고."

나는 대답 대신 깍지 낀 손으로 베개를 벤 채 새까매서 보이지 않는 창밖의 하늘을 올려다보았다.

"그때 대표님이 한 말 기억나?"

유진의 물음에 가만히 기억을 더듬었다.

"뭐, 그럼 앞통수 치는 인생도 있냐고 한 거?"

유진이 실실대며 웃었다.

"그래, 원래 초치기는 네 전문인데. 그날 네가 완전 맛이 가서 대표님이 했잖아."

스물넷에서 다섯으로 흘러가던 그 어디쯤의 밤이었다. 한국으로 완전히 돌아오려던 계획이 무산되고 입원을 하루 앞둔 날, 나를 두고 설왕설래하는 박대표와 유진의 말을 멍하게 듣고만 있었다. 그 순간은 미래가 올까 싶었는데 벌써 까마득한 과거처럼 느껴지는 게, 이런 게 삶인가 싶었다.

"난 그날 아무 도움도 못 되고 우두커니 있기만 했던 내가 생각나. 그래서 무슨 말이든 해 주고 싶어서 인터넷하고 책 엄청 뒤졌다? 몰랐지?"

"빨리도 말한다. 그래서, 찾았어?"

"아니. 아무리 찾아도 딱 떨어지는 답이 없더라구."

"뭐야, 그게."

내가 웃으며 다시 천장으로 고개를 돌렸다.

"그런데, 찾았던 것 중에서 가장 기억에 남는 말은 있어."

"뭔데."

"스티브 잡스가 대학 연설에서 한 말."

나는 다시 유진에게 고개를 돌렸다.

"자기가 만든 애플에서 쫓겨났을 때 벽돌로 뒤통수를 맞은 기분이었대. 그런데도 버텼던 건 일을 사랑했기 때문이라고. 그러니 당신들도 사랑하는 걸 찾으라고."

유진이 나를 보며 말했다.

"그 사람은 결국 다 지난 뒤에 이렇게 말할 수 있었던 거잖아. 뒤통수를 맞았던 그 일이, 삶에서 가장 축복받은 일이었다고."

가만히 고개를 끄덕이자 유진이 나를 보며 웃었다.

"이 청춘이 지나면 우리한테도 언젠가는 그런 말을 할 수 있는 날이 오지 않을까?"

"그래. 언젠가는."

유진의 말을 곱씹으며 불 꺼진 밤의 빌딩 숲을 내려다보았다. 나는 청춘이라는 말이 싫다. 청춘이라서 혈기왕성하다는 말도 싫다. 십 대 끝자락부터 지금까지. 삶의 대부분을 길가에 구르는 돌멩이처럼 살아왔다. 이 길 끝이 어디인지도 모른 채 자갈밭을 구르듯 휩쓸리던 그 시절은 내게 한없이 불안하고 앞이 보이지 않던 시절이었다. 그래서 돌아가고 싶지 않았다.

이제 겨우 살 만해졌는데. 다시 불완전하고 미숙한 대책 없이 혈기만 왕성하던 그 시절로 가서 호르몬이 변하면 감정도 식어 버리는 사랑에 나를 던지고 싶지 않았다. 그런데 지헌이 나를 자꾸만 그 시절로 되돌렸다. 내게 강지헌과의 연애는 끝 모르고 달리는 불의 전차에 올라타는 것과 마찬가지일 거다. 그러나 이때까지도 나는 모르고 있었다. 내가 이미 그 전차에 올라타 있었다는 걸. 유진을 따라 숨을 크게 한번 내쉰 뒤 말했다.

"그래서 있잖아. 나, 돌아가려고."

"돌아……간다고? 집으로?"

유진이 깜짝 놀라 몸을 일으켰다. 이유를 알면서도 나는 태연한 척 굴었다.

"응. 이제 슬슬 갈 때도 됐지."

담담한 말에 유진의 얼굴이 걱정으로 물들었다. 그 일 이후 박 대표와 유진은 나를 혼자 두려고 하지 않았다. 퇴원과 동시에 처음엔 박 대표의 집에서 그 뒤엔 유진의 집으로, 나는 같은 오피스텔 건물에 사는 둘의 집을 한동안 옮겨 다니며 지내 왔다. 그러다 유진의 미국행이 잦아진 이후에는 이곳에 거의 눌러앉다시피 한 상태였다.

"……정말 괜찮겠어? 너 거기 한 번도 안 갔잖아. 사진도, 물건도 전부 그대로 있을 텐데."

"정리해야지. 언제까지 비워 둬, 아깝게. 아님, 아예 이사를 가든가."

내가 대수롭지 않게 말하자 유진의 얼굴의 일렁였다.

"왜 그래, 또."

"안 믿겨서 그래. 작년 생각하면 지금 이게……."

"나 괜찮다니까. 아무렇지도 않아."

"그래, 너한테 그 말을 수만 번은 들었는데."

유진이 격해진 감정을 참듯 잠시 말을 멈췄다.

"이제야 진짜 같아서."

감격에 찬 목소리에 나는 솔직하게 시인하고 말았다.

"실은 괜찮지 않았는데, 이제 괜찮아졌어."

"……너, 우리 치린이 아니지? 아니다, 너 혹시 취했니?"

유진이 내 어깨를 쿡쿡 찌르며 물었다.

"맨날 얼굴에 독기 잔뜩 품고 살던 이치린 어디 갔어?"

"그냥, 들키고 나니까 편하네. 엄한 데 힘주지 않아도 되고 숨기지 않아도 돼서."

"그 남자 때문이지?"

나는 대답하지 않은 채 고개를 돌려 다시 새카만 창밖을 보았다.

"그 사람 좋아하는구나, 너."

내가 아무 대답도 하지 않자 유진이 말을 이었다.

"난 그 남자 괜찮은 거 같아. 처음엔 무슨 꿍꿍이가 있는 거 같고, 조건도 너무 잘난 거 같아서 반대였는데. 오늘 그 남자 하는 거 보고 완전히 맘 바꿔 먹었어."

"너무 잘나서?"

"잘났는데 겁이 없어서."

유진이 나를 보며 말했다.

"가진 게 많은 사람은 겁쟁이거든. 삐끗, 한 발만 잘못 디뎌도 전부 다 잃어버리니까."

유진의 말을 곱씹는데 소파 벽면에 걸어 둔 캔버스 판넬이 눈에 들어왔다. 지헌이 갤러리에서 내게 그려 준 고양이 그림이었다.

'아가씨도 예뻐요. 그 *Mimi*처럼.'
'그렇지, 나비야?'
'미미. 나비.'

"그 남자는 다르더라. 너 말고 다른 건 아예 안중에 없는 사람처럼. 고민할 필요도 없다는 듯이."

유진의 말을 들으며 가느다란 실마리를 좇아 과거의 어느 때를 집요하게 헤집었다.

"딱 요점만 짚어서 너한테 일이 생겼으니 지금 바로 오라고 말하는 목소리가 너무 침착했어. 처음엔 스미싱인 줄 알았다니까. 그런데 대체 어떻게 알고 나한테 바로 전화를 했을까? 네가 우리 얘기 한 거야?"

머리가 복잡하게 엉켜 유진의 말을 전부 소화할 수가 없었다. 내가 유진의 팔을 잡고 물었다.

"……그 사람이, 오라고 했다고? 언니한테?"

"네가 시킨 거 아니야?"

내가 입을 다물자 유진도 뭔가 이상한지 고개를 갸웃했다.

"그 사람이 뭐라고 말했어?"

"네 옆에 있으라고."

유진의 말을 들으며 다시 벽에 걸린 그림으로 눈을 돌렸다.

'서른. 그거 어떻게 알았어요?'

'직접 들었으니까.'

그런 건 누구를 시켜 뒷조사한다고 알아낼 수 있는 게 아니다. 그의 말대로, 그 시절의 나를 직접 만나지 않았다면 알 수 없는 것들이다.

'기억해 내. 내가 누군지. 이게 지워지기 전에.'

흔적은 거의 사라졌으나 감각은 그대로 남아 피부 위 같은 자리로 뒤늦은 신열이 오르는 기분이었다.

* * *

도로에 차를 세운 채 오피스텔 건물을 올려다보는 지헌의 얼굴은 표정 없이 서늘하기만 했다. 밀랍 인형처럼 앉아 있는 치린을 보는 순간 온몸의 피가 거꾸로 솟는 것처럼 끓어오르던 분노는 가라앉았으나 여전히 해소되지 않은 미진함이 간헐적으로 치솟았다. 그는 불 밝힌 창문 하나를 뚫어질 듯 노려보았다.

그런 얼굴을 하고도 이치린은 끝까지 그에게 전화 한 통 하지 않았다. 강지헌, 이름 세 글자만 댔어도 될 일을, 너는.

이 들끓는 감정이 치린이 당한 일 때문인지, 아니면 그런 상황에서도 끝내 자신을 찾지 않은 치린 때문인지 알 수 없었다. 그가 제시간에 도착하지 못했다면, 습관처럼 건너뛰던 아버지의 전화를 오늘따라 이상하게 받고 싶은 마음이 들지 않았다면, 아버지가 그의 손수건을 알아보지 못했다면, 치린이 그걸 손목에 감고 있지 않았다면, 생각이 생각으로 꼬리를 물고 이어질수록 악순환의 고리처럼 끔찍하고 처참한 가정이 이어졌다. 그러자 모든 걸 이해할 것처럼 어른인 양 느긋하게 굴던 가면이 떨어져 나갔다.

그는 아무리 노력해도 닿지 않는 존재를 감히 누군가 건드렸다는 사실에 그 안의 잔혹한 성정이 튀어나왔다. 그냥 가질 걸 그랬지. 안 하던 짓 따위, 하는 게 아닌데.

그의 뒤로 빨간 페라리가 와서 멈춰 서고 두호가 내리며 차 키를 건넸다.

"지시하신 대로 전부 처리했습니다. 왕자의 전세기도 한국을 떠났구요."

지헌이 말없이 키를 건네받았다. 이례적인 일 처리에 예상되는 잡음이 상당했으나, 두호는 영리한 수하답게 지금 이 순간 침묵으로 상관의 분노를 잠재웠다.

왕자는 추방되다시피 한국을 떠났다. 쇼에 지사장은 물론 관계된 모든 인물이 처벌 대상에 올랐다. 지헌은 조용히 수습할 의사가 전혀 없는 것처럼 굴고 있었다.

말없이 건물을 한 번 더 눈에 담은 지헌이 페라리에 올랐다. 대기를 울리는 엔진음과 함께 빨간 스포츠카가 순식간에 도로 저편으로 사라졌다. 남겨진 지헌의 차에서 그가 두고 간 휴대폰이 쉼 없이 진동을 떨어 댔다.

* * *

-고객이 전화를 받을 수 없어…….

이어지는 기계음에 무원이 전화를 끊었다. 그가 다시 휴대폰을 들고 통화버튼을 누르려는데 등 뒤에서 기척이 들렸다.

"아빠? 아빠 왔어요?"

무원은 휴대폰을 귀에 댄 채 시계를 힐금 보았다.

"아직 안 잤니?"

"있잖아요, 아빠, 나. 오늘…….”

"늦었다, 올라가서 자라."

무원이 뒤도 돌아보지 않은 채로 짤막하게 대답했다. 잠시 뒤. 뒤에서 아무

대답도 돌아오지 않았다는 걸 알아차린 그가 고개를 돌렸다. 딸이 층계에 선 채로 고개를 푹 숙이고 있었다. 아이의 손에 들린 낡은 토끼 인형을 무표정하게 바라보던 무원이 휴대폰을 내렸다.

"오늘 무슨 일이 있었는데?"

아빠의 목소리에 내려가려던 아이의 얼굴이 번쩍 들렸다. 아이는 언제 시무룩했냐는 듯 금세 환한 얼굴이 되어서 웃었다. 무원이 그런 아이의 천진함에 희미하게 웃으며 소파를 두드렸다.

"앉아서 말해 봐."

말이 끝나기도 전에 조르르 달려온 아이가 소파 위로 폴짝 뛰어올랐다. 엄마의 애교를 그대로 물려받은 아이는 금세 아빠의 팔에 매달려 종알종알 오늘 있었던 일을 전부 고해 바쳤다.

"그래서요, 있잖아요, 그 언니가……."

'동생을 질투해서 첫사랑까지 빼앗아 놓고, 이제는 그 약혼녀까지. 그건 너무 콩가루잖아?'

'다니엘이 그렇게 싫어? 걔가 가진 건 다 빼앗고 싶은 만큼?'

딸의 목소리 위로 날카롭고 뾰족한 클로에의 목소리가 겹쳤다.

"듣고 있어요, 아빠?"

아빠의 관심이 금세 제게서 멀어졌다는 걸 알아차린 아이가 다시 팔에 매달리며 졸랐다.

"그래, 듣고 있어."

"그런데 그 언니가 나를 동생이라고 하니까, 그 스타일리스트 얼굴이 갑자기……."

무원은 딸의 머리를 쓰다듬으며 천천히 고개를 끄덕였다.

"우리 연우가 오늘 정말 좋은 사람을 만났구나."

"성격이 짱 멋있어요! 할아버지가 처음부터 칭찬하는 사람 처음 봤다니까요?"

신이 나서 떠드는 아이를 보며 무원은 다시 생각에 잠겼다.

* * *

"정식…… 사과요?"

갑작스러운 호출에 대표실 문을 열자 박 대표 앞으로 나란히 앉아 있는 중
년 남자와 여자가 눈에 들어왔다. 이미 한차례 폭풍이 휩쓸고 갔는지 사무실
분위기가 냉랭하기 짝이 없었다.

"오랜만에 뵙는군요, 이 팀장님."

일어서서 인사를 건네는 두 방문객을 보며 멈칫했다. 둘 다 모두 안면이 있
는 사람이었으나 조합이 남달랐기 때문이다. 주얼리 브랜드의 임원인 여자는
그렇다 치고, 남자는…… 그가 나를 보며 반갑다는 표정을 짓자 직급상 아래
로 보이는 여성 임원이 놀란 얼굴을 했다. 나는 떨떠름한 표정을 지우며 그에
게 고개를 숙였다.

"안녕하셨어요, 정 지사장님. 정말 오랜만이네요."

"그러게 말입니다. 현장에 있을 땐 종종 마주쳤는데 말이죠."

"……네."

그가 승진하기 전, 실무자로 있을 때는 가끔 마주치기도 했으나 지금은 큰
행사가 아니면 보기 힘들 정도로 거물이 된 그가 나를 기억하고 있는 게 의외
였다. 그러나 그는 마치 나를 아주 잘 아는 사람처럼 정중하게 인사를 건넸다.
대체 헤르네 인터내셔널의 한국 총책임자가 왜 여기에 있는 걸까? 그렇다면
어제의 일로 브랜드 매니저와 지사장의 일신에 문제가 생겼다는 말인데.

"정식으로 사과드리겠습니다, 이치린 팀장님."

한참 위 연배인 남자가 내 앞에서 정중하게 몸을 숙였다. 위에서 시켜서 어
쩔 수 없이 하는 요식행위가 아닌 진심이 묻어나는 얼굴로.

"아, 이러시면 제가 좀 곤란한……."

"사과는 받죠. 그러나 이번 일은 절대로 그냥 넘어가지 않을 겁니다. 우리 회사 디렉터와 모델의 명예를 위해서라도요."

박 대표가 가차 없는 목소리로 내 말을 잘랐다. 뭘 또 굳이 그렇게까지. 난처한 얼굴로 눈짓하는데 정 지사장이 그녀에게 동의하고 나섰다.

"물론입니다. 재발 방지를 위해 그룹 차원에서도 개선책을 마련하고 있습니다."

"……네?"

전혀 생각지 못한 대답에 얼떨떨한 표정을 짓자 그가 나를 보며 덧붙였다.

"다시는 이런 일이 없어야 할 거라며, 이사님께서 염려를 많이 하셨습니다. 사실 오늘 팀장님을 뵙지 못할 줄 알았습니다만."

그가 얇은 은테 안경을 위로 쓱 들어 올렸다.

"다행히 출근을 하셨군요."

왠지 뼈가 느껴지는 말에 혹시, 하는 생각이 들었으나 대수롭지 않게 받아넘겼다.

"바빠서요. 큰일도 아니구요."

"얘가, 아직도……!"

박 대표가 얼굴을 구기며 끼어들었으나 정 지사장이 먼저 나섰다.

"큰일 날 뻔했습니다, 이 팀장님."

몹시 엄중하고 심각한 목소리가 점잖게 타이르는 교장 선생님 같아 지사장의 얼굴을 빤히 보았다. 그가 내 눈을 정면으로 보며 의미심장하게 말했다.

"이사님께서도 매우 유감스러워하십니다."

그가 지칭하는 이사님은 분명 지헌일 거다. 굳이 두 번이나 강조하니 모른 척하려야 할 수가 없었다.

"강지헌 이사, 말씀하시는 거죠? 많이 바쁜가 보죠?"

그만 넘어가 줬으면 싶은 바람과 달리 박 대표가 기어이 콕 짚어 묻자 정 지사장이 나를 보며 말했다.

"네, 지금 공항으로 가고 계십니다."

"파리로 다시 가는 모양이네요. 뭐, 워낙 바쁜 분이니 여기에 오래 있을 순 없겠죠."

그렇게 말한 박 대표가 나를 보며 히죽 웃었다.

"이 팀장이 조금 아쉽겠네."

나는 반응하지 않은 채 이대로 대화가 끝나길 잠자코 기다렸다. 빨리 지나가길 바랐던 대화는 정 지사장이 한 번 더 꼬리를 무는 것으로 이어졌다.

"이 팀장님은 별로 아쉬운 얼굴이 아닌데요."

"겉보기만 저래요. 꽁꽁 숨기는 데는 도가 튼 애라."

둘은 도무지 이 화제를 마무리 지을 마음이 없어 보였다.

"그러고 보니 이사님과 팀장님, 두 분 인연이 꽤 깊다고 들었는데요."

"그래요? 쟤가 통 말을 안 해서. 지사장님은 혹시 아시나요, 대체 어떤 인연인지?"

"유감스럽게도 저도 별반 다르지 않은 입장이라……."

그렇게 말한 정 지사장이 나를 보았다.

"마침 여기 본인이 계시니 잘됐네요. 어떤가요, 이 팀장님? 두 분이 깊은 인연이 맞습니까?"

떠보는 듯한 질문에 그와 그의 옆에서 눈을 빛내는 박 대표, 그리고 호기심을 드러내며 이쪽을 살피고 있는 여성 임원을 천천히 본 뒤 고개를 저었다.

"이사님과는 패션위크 때 처음 만나서 그 뒤로 일 때문에 몇 번 더 마주친 게 전부입니다."

그러니 인연이라는 말은 어림도 없음을 감정이 드러나지 않는 목소리로 잘랐다. 조용하지만 분명한 태도에도 정 지사장은 쉽게 물러서지 않았다.

"시야를 조금 더 넓혀 보시죠. 때론 자기가 보는 게 전부가 아닐 수도 있습니다."

"……무슨 과학 이론 같은 건가요?"

이해할 수 없는 눈으로 그를 보자 약간의 침묵 후 그가 불편한 듯 헛기침했다.

"이 팀장님이 별로 눈썰미가 없군요. 아주 의욉니다."

"쟤가 저렇다니까요? 사람한테 통 관심이 없어."

옆에 선 박 대표가 혀를 차며 맞장구쳤다. 조금 전까지만 해도 신경전을 벌이던 둘은 어느새 마음을 고쳐먹고 의기투합해 내게 면박을 날렸다. 둘의 등쌀에 못 이겨 등을 돌렸다.

"저는 이만 나가 보겠습니다."

"잠시만요, 팀장님."

나를 붙잡아 세운 정 지사장이 뜻밖에도 커다란 꽃바구니를 건넸다.

"팀장님이 꽃을 좋아한다고 하더군요."

"……네? 대체 누가 그런."

"최근 저희 이사님에게 새로운 취미가 생겼는데, 바로 가드닝입니다."

농담이라도 하는 건가. 표정이 너무 진지하니 도무지 종잡을 수가 없었다.

"……강지헌 이사가 화초를 키워요?"

박 대표가 눈을 찡그렸다. 체면상 덧붙이진 않았으나 이미 말투에 불신이 가득 차 있었다.

"꽃이 피길 바라는 나무가 있는데 좀처럼 싹이 트질 않아서 날마다 들여다보고 계십니다. 누가 좋다고 해서 추천한 건데. 대체 꽃은 언제 나오는지. 필 생각은 않고 줄기만 굵어지는 게 자기가 관상용인 줄 아는 모양입니다."

정 지사장이 말을 할 때마다 가시에 찔린 것처럼 속이 따끔따끔했다. 그러나 사뭇 진지한 표정의 그를 보자 뭔가를 의도하고 하는 말은 아닌 것 같았다. 결국 그가 내미는 꽃바구니를 받고 말았다.

"이사님이 저한테 남긴 말이 있나요?"

"아뇨. 아무 말도 없으셨습니다."

할 말을 잃고 멍해 있는 나를 둔 채 그가 돌아섰다.

* * *

"팀장님, 어제 무슨 사고 치셨어요?"

무거운 꽃바구니를 들고 끙끙대며 사무실로 들어서자 김 대리가 냉큼 달려
와 대신 들며 물었다.

"아니."

"쳤네. 쳤어."

그가 혀를 차며 모여든 직원들을 향해 으스대며 말했다.

"아침부터 분위기가 싸했다니까, 내가. 댓바람부터 브랜드에서 겁나 높은
임원이 올 때부터 알아봤다니까, 내가."

녀석의 뒤통수를 한 대 때려 주려고 손을 드는데, 사무실로 어제 주얼리쇼
에 섰던 모델들이 우르르 들이닥쳤다.

"팀장님!"

가장 먼저 울먹이며 들어온 건 매니저에게 지목당했던 스무 살짜리 신인 모
델이었다.

"어제 저희 때문에 팀장님 곤란해지신 거 맞죠? 브랜드 임원이 회사 쳐들어
왔다고 그래서……."

"소문이 반만 난 모양이네."

걱정을 한가득 안고 달려온 어린 친구들이 기특해서 웃음이 났다.

"아무 일도 없었고, 잘 해결됐어요. 미안하다고 사과받았고. 그러니까 걱정
안 해도 됩니다."

"……정말요? 진짜 사과하러 온 거예요? 따지러 온 게 아니라요?"

믿을 수 없다는 반응에 옆에 서 있던 김 대리가 품에 든 꽃바구니를 위로
슥 들어 올려 보였다.

"아, 완전 다행이다."

"저희 어제 한숨도 못 잤어요, 진짜 회사 어떻게 될까 봐."

"난 내가 어떻게 될까 봐, LV에서 다신 우리 안 쓴다고 하면 손가락 빨아야 하잖아."

"넌 지금 그게 할 소리니?"

한마디씩 보태는 게 쫑알거리는 아기 새들 같았다. 신인 모델이 나를 덥석 끌어안았다.

"……정말 감사해요, 팀장님!"

"나 남자가 좋아요. 이러지 맙시다."

"저흰 진짜 팀장님 없으면 못 살아요."

"네, 지금까지 20년 잘 살아오셨고요."

"힝, 팀장님은 맨날 말로만 냉정해!"

나보다 머리 하나씩은 더 큰 모델들이 빙 두르며 떼로 애교를 부리자 숨이 막힐 것 같았다.

"지금 되게 오글거리는데, 나만 이래요?"

"전 눈물 나요. 눈물!"

"맞아요! 팀장님이 내 모델들이라고 하는데 진심, 진짜 눈물 나왔다니까요! 지금껏 누구도 우리한테 그래 준 적 없었단 말이에요."

"전 팀장님이 휴머노이드라고 해서 진짜 차갑고 냉정한 분인 줄 알았는데, 이렇게 인간적인 줄은 몰랐어요."

"그거 지금 칭찬이라고 하는 거예요?"

미간에 힘을 주며 물었으나 평소라면 움찔했을 모델들은 눈도 깜짝하지 않았다.

"이젠 안 속아요, 팀장님 일부러 그러는 거."

"맞아요. 우리 팀장님이 최고야."

가만히 서 있던 김 대리가 불쑥 끼어들었다.

"모델은 매니지먼트 소속이거든요. 법인이 달라요. 여긴 우리 팀장님이고."

"뭐예요. 저리 가요, 대리님! 휘이휘이!"

"지금 남의 사무실에 와 있는 거 그쪽이거든요."

토닥거리는 소리를 들으며 한숨을 쉬는데 사무실 문을 벌컥 열어젖힌 선 팀장이 놀란 얼굴로 들어왔다.

"이 팀장아!"

아, 불안한데.

"고생했어. 세상에 어떻게 그런 씹……!"

나는 엄한 얼굴로 고개를 저었다.

"여기 다 아기 새들이에요. 바른말."

"히잉, 이 팀장, 히잉잉잉."

겹겹이 에워싸듯 둘러싸고서 웃음인지 울음인지 모를 신음 같은 통곡을 해대는 통에 정신이 하나도 없었다. 그때, 활짝 열린 사무실 문밖으로 서 실장의 얼굴이 보였다. 아카데미에서 손수 가르친 후배들이 연출팀에 몰려와 있는 게 못마땅한 눈치였다.

"자, 이제 그만 해산하고 일들 합시다. 내일부터 본격적인 컬렉션 설치인 거 알죠? 10분 뒤에 회의 시작할게요."

아쉬운 표정을 짓던 사람들이 하나둘 제자리로 돌아가고 나자 테이블 위에 덩그러니 남은 꽃바구니가 눈에 들어왔다.

'아무 말 없으셨습니다.'

* * *

-Rrrrrr.

몇 번의 신호음 끝에 달칵 소리가 났으나 응답한 건 사람이 아닌 기계였다. 준은 한숨과 함께 메시지 버튼을 눌렀다.

"할 말이 있어, 마츠이. 전화 부탁해."

이미 수없이 남긴 메시지를 기계적으로 반복한 준은 전화를 끊었다.

마츠이와의 메시지창 역시 상황은 같았다. 그가 남긴 마지막 메시지는 아직 확인도 되어 있지 않은 상태다.

"대체 언제까지 이럴 셈이야. 피한다고 될 일이 아니잖아."

답답함에 털어놓은 속내 역시 몇 달째 무시당하고 있었다. 전화기를 가만히 바라보던 그가 저장된 연락처를 주르륵 훑었다. 그의 손이 또 다른 마츠이의 이름에서 멈췄다. 사에였다.

10

딱 한 걸음만 와

이틀을 꼬박 채워서 진행된 설치는 컬렉션 하루 전날이 되어서야 어느 정도 윤곽을 드러냈다. 갑자기 커진 규모와 늘어난 구조물로 인해 패션쇼장은 공사 현장을 방불케 했다. 오늘도 어김없이 밤샘 당첨이라고 생각하며 설치팀을 보고 있는데 콘솔을 세팅 중이던 준과 눈이 마주쳤다. 우리는 잠시 서로 말없이 보았다.

녹음실 이후로 그를 보는 건 처음이었다. 박 대표가 우리 둘이 붙는 상황에 워낙 민감하게 반응하며 스케줄을 조정하기도 했지만, 준 역시 어떤 식으로 나와 대화를 하겠다며 의지를 보이던 처음과 달리 순순히 물러서는 일이 많던 것이다. 게다가 내한 일정을 소화하느라 바쁜지 믹싱 작업 이후엔 회사에 거의 방문하지 않았다. 준이 내게로 천천히 걸어왔다.

"새벽은 돼야 끝날 것 같은데? 이러다 철야하는 거 아냐?"

그가 위로 높이 올라가는 트러스 구조물을 보며 말했다.

"안 그래도 각오하는 중이야."

우리는 나란히 선 채로 바쁘게 오가는 사람들을 보았다. 준과 이런 대화를 주고받는 날이 오다니. 이럴 때마다 삶의 유연성에 경탄하면서도 그 얄궂음에 소스라쳐 놀라기도 했다.

"이따 저녁에 잠깐 볼 수 있을까?"

준이 물었다. 분주한 현장에서 우리를 주목하는 사람은 없었으나 그는 일어를 썼다.

"힘들 것 같아."

"그래도 저녁은 먹을 거 아냐."

선뜻 확답을 하지 못하는 나를 보며 준이 서둘러 덧붙였다.

"다른 뜻 없어. 그냥 미리 인사해 두고 싶어서. 내일은 애프터파티 때문에 시간이 안 될 테니까."

인사라는 말에 가만히 준을 보았다.

"그동안 고민했어. 그런데 네 말대로 에리카를 먼저 만나는 게 순서일 것 같아서."

그의 얼굴은 뭔가를 덜어 낸 사람처럼 전보다 훨씬 더 정리되어 보였다.

"내일 쇼가 끝나면 바로 떠날 거야. 일본으로."

나는 고개를 끄덕였다.

"그러니까, 미리 인사 정도는 하게 해 줘. 그것 때문에 한국에 온 거니까."

준이 옅게 미소 지었다. 판넬을 쿵쿵 내리치는 망치 소리가 이어지고 나는 잠시 대답하려던 걸 멈추고 소리가 멎길 기다렸다. 그때 단체로 견학이라도 온 건지 신인 모델들이 우르르 몰려와 90도로 인사했다. 몇몇은 주얼리쇼에서 본 얼굴이었다. 지난번 사건 이후 나를 우상처럼 따르는 모델들이 늘어났다. 앞날은 불투명하고 성공은 요원하기만 한 세계에서 젊음을 저당 잡힌 청춘들은 자신을 편들어 주는 사람에게 쉽게 마음을 내준다. 이유를 알면서도 나를 멘토처럼 대하는 신인들이 부담스럽지 않을 리 없다.

평소 나를 눈엣가시처럼 여기는 서 실장을 알기에 일부러 스튜디오 쪽으로 가지 않으려 애썼으나, 이런 곳에서는 피할 길이 없었다. 내 주위를 에워싼 모델들로 인해 준은 자연스레 나와 멀어졌다. 그가 이따 이야기하자며 자리로 돌아갔다. 그때 이쪽을 예의주시하던 서 실장이 야릇하게 웃으며 다가왔다.

"자기, 이사하라 준 프로듀서랑 꽤 친한가 봐. 아는 사이라며?"

"일본에서 일할 때 몇 번 마주친 게 다예요."

건조한 목소리로 선을 그었으나 서 실장은 알 듯 말 듯한 미소로 씩 웃기만 했다.

"딱 보면 모르니? 저 PD 말이야. 자기 보는 눈동자에서 애절함이 뚝뚝 떨어지던데?"

"연애소설 쓰세요?"

"나만 그렇게 느낀 줄 알아? 여기 사람이 몇 명인데. 자기가 몰라서 그렇지, 사람들 모이면 다 그 소리만 해. 이시하라 PD가 이 팀장만 본다구."

"그 사람들이 서 실장님 혼자는 아니구요? 함부로 소문 조장하지 마세요. 그러다 큰일 납니다."

시큰둥한 얼굴로 응수하자 서 실장이 코웃음을 치더니 아주 중요한 말이라도 하는 것처럼 목소리를 낮췄다.

"나 그날 스튜디오에서 둘이 있는 거 다 봤어. 거의 키스할 분위기던데? 이렇게 오리발 내밀 줄 알았음 사진이라도 찍어 둘걸. 아쉬워라."

말은 아쉽다고 하지만 표정은 이미 사진이라도 찍어 놓은 양 기세등등했다. 한동안 조용하다 싶더니 이런 건수를 잡았을 줄이야.

"진짜 콩밥 먹고 싶으세요?"

서 실장이 픽 웃었다.

"자기 진짜 연기 잘한다? 내가 둘 사이 몰랐으면 깜박 속아 넘어갈 뻔했지 뭐니? 일본에서 활동하는 모델한테 이미 다 들었어. 둘이 그렇게 오래 만났다며?"

나도 모르게 눈에 힘이 들어갔다.

"그래 놓고, 결혼은 재벌이랑 한 거야? 와, 이시하라 준 그렇게 안 봤는데.

역시 돈 앞에서는 사랑도 별거 아니다, 그치?"

완전히 확신에 찬 서 실장이 나를 불쌍하다는 듯 보았다.

"자기도 참 딱하다. 그런 남자를 회사에서까지 봐야 하다니. 천하의 이치린이 이렇게 될 줄 누가 알았니?"

"실장님."

"그래, 알아. 유부남이랑 처녀 엮어서 뭐하겠어? 불륜밖에 더 돼? 어우, 아무것도 모르고 집에서 애 키우는 여자만 불쌍하지."

그녀는 엄청난 무기라도 쥔 양 의기양양하게 굴었다.

"걱정 마. 아무 말도 안 할게. 그래도 우린 한 식군데. 그쪽보단 이쪽이지."

"하세요, 하고 싶은 말. 엄연히 자유국가인데 눈치 볼 필요 있나요?"

서 실장이 실실 웃었다. 그래 봤자 이미 다 눈치챘다며 가소로워하는 눈빛이었다.

"사람 무안하게 또 그렇게 정색한다. 지퍼 꾹 채울 테니까 화내지 마. 응?"

"지퍼 채우지 말고 편하게 소신 발언하세요. 그 전에 돈부터 두둑하게 준비하고요. 고소당하실 거니까."

"⋯⋯뭐?"

"허위사실 유포에 명예훼손. 민사 아니고 형사인 거 아시죠? 심하면 징역도 살아요, 그거."

"무슨 말을 그렇게 심하게 해? 내가 없는 말 지어낸 것도 아니고."

서 실장의 얼굴이 딱딱하게 굳었다.

"없는 말인지 아닌지는 재판에서 보면 되겠죠."

"아우, 살벌해라. 이거 어디 무서워서 무슨 말이나 하겠어?"

엄살을 떤 서 실장이 불현듯 얄궂게 웃더니 귓가에 속삭였다.

"그런데 자기 과거, 강지헌 이사도 알아?"

"⋯⋯."

"모르지? 회사에서도 아무도 모르더라. 세상이 이렇게 좁은데 말이야."

간사한 목소리가 귓가를 울렸다. 왜 삶은 늘 이런 식일까. 더러운 것쯤 이제 그만 봐도 좋을 텐데. 나는 그대로 서 실장에게 고개를 기울였다.

"실장님도 참 딱하다."

"……뭐?"

"아무리 내가 미워도, 그래도 내가 낙하산인데. 나라면 어떻게든 잘 지내보 겠네."

경직된 얼굴로 눈을 부릅뜨는 그녀를 둔 채 등을 돌렸다. 그러나 돌아서는 순간 내 얼굴도 마찬가지로 굳고 말았다. 서 실장이 준과 나에 대한 소문을 어디까지 퍼트렸는지 감이 안 와서 답답했다. 나는 곧장 준에게 메시지를 보냈다. 메시지를 받은 준이 나를 보는 게 느껴졌지만, 모른 척 현장으로 되돌아갔다. 매의 눈초리로 우리를 주시하는 서 실장의 시선이 따갑게 등을 찔러 오는 것 같았다.

몰아치듯 일을 해치우고 한숨을 돌리자 새벽 3시였다. 허리가 끊어질 듯 아파 왔다. 착장 시트에 맞춰 마지막 피스까지 행거에 건 김 대리가 먼저 바닥에 나동그라졌다.

"와, 진짜 진심 이대로 1초 안에 잠들 거 같아요."

"난 0.1초."

옆에 있던 다른 직원이 그 옆에 주저앉으며 말했다.

"내가 있을 테니까 잠깐이라도 가서 눈 붙이고 와. 네 시간 뒤면 콜 타임이 니까."

"팀장님은요?"

도안에 맞춰 바닥을 테이핑하는 무대팀을 보다 고개를 돌렸다.

"잠깐 좀 테니까 출발할 때 깨워. 사우나나 다녀오게."

나만 두고 가기가 영 그랬는지 뭉그적대는 직원들을 보내고 난 뒤 의자 하나를 앞으로 당겨와 발을 길게 뻗었다. 구조물을 설치하느라 간간이 뚝딱거리는 시끄러운 소리가 이어졌으나 피곤에 절어 있던 나는 곧장 잠에 빠져들었다.

'이치린.'

수마처럼 덮쳐오는 잠 속에서도 다정한 목소리가 귀를 사로잡았다.

'아무 데서나 자지 않기로 약속했잖아.'

점잖게 타이른다.

'맨날 거짓말이지.'

핀잔하는 목소리마저 나를 감싸 안는 깃털처럼 부드러워서 정말로 손을 뻗어 안아 주었으면 했다. 언제나 먼저 손을 내미니까, 이번에도 어김없이 그럴 거라고 확신하며 꿈속에서 팔을 뻗었다. 안아 줬으면 좋겠다. 따듯하게 품어 줬으면 좋겠다. 바라는 대로 이루어지는 게 꿈인지 등 뒤로 포근함이 밀려왔다. 너른 품에서 나는 주인의 품에 털을 비비는 동물처럼 깊이 파고들었다. 믿을 수 없는 안온함이 내 주위를 감쌌다.

'이런다고 화 안 풀리는데.'

'당신도 안 왔잖아. 나 여기에 두고.'

헛웃음을 짓는 목소리가 귓가를 울렸다.

'잊었어? 처음부터 기다린 건 나였잖아.'

품을 더 깊이 파고들며 못 들은 척했다.

'버릇 나쁜 나비야.'

속삭이는 목소리에 그리움이 덜컥 밀려들었다. 외로웠구나, 내가. 이런 꿈을 꾸고 이런 목소리를 상상하며 깨고 싶지 않은 열망에 손을 힘주어 잡을 정도로. 매달리는 손목으로 부드러운 감촉이 닿았다.

'오지도 않으면서 이건 왜 감고 있어.'

'이게 더 좋으니까.'

'그러니까 왜?'

'그야, 시원하고.'

444

'또.'

'차갑고.'

'또?'

'강지헌…… 같으니까.'

'내가 보고 싶어?'

꿈인데 새삼 부정할 것도 없어 순순히 고개를 끄덕였다.

'나만큼?'

'그런데 안 돼.'

'왜?'

'안 돼. 아직은.'

다시 깊은 잠이 밀려와 꿈속의 목소리가 흐려졌다. 차츰차츰 나는 다시 깊은 잠에 빠져들었다. 이 달콤한 꿈을 더 꾸고 싶어서 잠들지 않으려 발버둥을 쳐 보았으나 따듯한 몸을 꽉 끌어안고 있는 손아귀에서 점점 힘이 빠져 갔다.

* * *

입대 후 첫 휴가였다. 한국의 군 생활은 듣던 대로 부조리하고 불합리한 일이 일상처럼 벌어졌으나 딱 하나, 쉴 틈을 주지 않는 것만은 마음에 들었다. 그렇게 석 달을 아무 생각 없이 아침 구보로 시작해 야간 점호를 마칠 때까지 몸을 움직이고 나니 그럭저럭 숨은 쉬어졌다. 갑자기 휴가라는 이유로 부대 밖으로 내보내지기 전까지는. 부대에서 나와 인적 드문 숲길을 걷고 또 걸을 때였다. 숲이 바스락거리는 소리와 함께 쉼 없이 울어 대는 고양이 소리를 들은 건.

'우는 고양이 모른 체하면 평생 따라다니면서 저주한대.'

얼굴도 가물거리는 앳된 목소리가 기억 속에서 불쑥 튀어나왔다. 그냥 지나치지 못한 건 그 때문이다. 짧은 다리로 와다닥 달려 나오던 그렁그렁한 눈망울이 떠올라서.

"뭐야…… 고딩?"

듬성듬성 쳐진 울타리 너머로 웬 여자애가 풀숲 한가운데에 드러누워 있었다. 누가 봐도 평범한 여고생으로 보였을, 그 애는 이쪽으로는 시선도 주지 않은 채 말했다.

"돈 없으니까 그냥 가요."

십 대 특유의 반항적인 목소리로 그 애가 덧붙였다.

"남은 돈 다 털어서 막걸리 사고 학생 카드 달랑 하나뿐인데 그건 가져가도 못 써요."

그러니 그만 꺼지라는, 몹시도 되바라진 태도에 헛웃음이 절로 나왔다. 내가 누군지 알고 이런 강도 취급을. 역시 국경을 불문하고 십 대는 상대하는 게 아니다. 미련 없이 등을 돌리다 드물게 넓은 시야 끝에 피 흘리는 발목이 잡혔다. 짜증이 솟구친 건 이 귀찮은 일에서 등을 돌릴 수 없게 되었다는 걸 깨달은 것에 대한 순간적인 반발이었다. 가늘고 하얀 것만 빼면 무엇 하나 같지 않을 저 얄팍한 발목이 결국 그의 발을 붙든 것이다. 성가신 일은 딱 질색이나 술에 취해 저런 꼴로 누워 있다간 험한 일을 당하거나 객사하기 딱 좋았다. 게다가 그는 군복차림. 못마땅한 한숨이 가슴으로부터 치솟았다.

"너 말야. 반항은 집에 가서."

그가 한 발 더 가까이 다가갔을 때 숲 사이를 동그랗게 파고드는 햇빛 아래 무언가 반짝거렸다. 마치 본능에 이끌리듯 단숨에 울을 뛰어넘은 건 그 후였다.

"너. 왜 우는데."

"뭐야, 진짜 카드라도 줘요?"

몸을 거칠게 일으키며 분노로 이글이글 타오르는 눈동자가 그를 맹렬하게 쏘아보았다. 빨갛게 부은 눈으로 그래 봤자 가소롭기만 할 뿐이라는 걸 알려주지 않은 이유는 물어뜯길까 봐 귀찮아서가 아니다. 쓸데없이 커다란 눈에

서서히 차오르는 그것 때문이었다. 소리도 내지 않고 숨조차 흩트리지 않는다. 빛에 반사되지 않았더라면 알아차리지 못했을 거다. 숨죽인 채 참고 또 참아 온 눈빛은 이미 아이의 그것이 아니었다. 제멋대로 던져 놓은 천 가방 사이로 제상에 올릴 법한 대구포 꽁다리가 비죽 튀어나와 있었다. 시선을 멀리 두고 산 윗자락을 바라보던 그가 물었다.

"너, 고아야?"

그가 방아쇠라도 당긴 것처럼 움찔한 눈동자가 매섭게 번득였다.

"맞아요, 고아! 티비에 나오는 그거요. 엄마 아빠도 죽고 하나뿐인 삼촌도 자살했거든. 왜, 아저씨도 나 어떻게 해보고 싶어요?"

맹랑한 말에 머리가 띵 울릴 정도로 어이없었다. 그러나 그것도 잠시.

"누가, 어떻게 하려고 했는데?"

제법 진지한 물음에 돌아온 건 픽 하는 조소였다.

"경고하는데 그냥 갈 길 가요. 원한이 사무친 핏줄이라, 사람 여럿 잡아먹을 팔자랬거든요, 내가."

"누가."

"숙모가요."

이 집이나 저 집이나 막장이 난무한다.

"그래서 뭐. 동정이라도 해 달라고?"

"아뇨? 그딴 거 받아서 뭐 하게요? 인간의 동정을 믿는 것만큼 미친 짓이 어디 있다고?"

바보는 아닌데. 메마른 웃음이 나올 것 같았다.

"그런데 왜 이러고 있어?"

"남이사 뭘 하든 아저씨가 무슨 상관……!"

"그냥 울어."

부릅뜬 눈에 힘이 들어갔다.

"그게 덜 불쌍해."

사납게 달려들 기세로 눈빛을 매섭게 치뜨며 독설을 내뱉던 입술을 앙다물고 세게 짓이겼다. 그 위악적인 태도에 이 작은 머리통을 열어 보지 않아도 알 수 있었다. 이렇게 숱한 순간을 버텨 왔다는 걸. 지금도. 소리 없이 일렁거리는 눈물이 투명한 공막 위를 맑게 채웠다. 끝끝내 버티는 모습은 혀를 내두를 정도로 독했다. 그리드 위에서 밀려나지 않기 위해 스티어링 휠을 움켜쥐고 버티던 그의 모습이 이러했을까.

소맷단을 당겼다. 딸려 오는 팔을 틀어쥐고 살점도 느껴지지 않는 어딘가를 꾹 눌렀다. 통증으로 욱 치미는 얼굴이 일그러졌다. 넘칠 듯 흔들리던 눈물이 마침내 툭 떨어졌다. 뺨을 타고 흘러 그의 손등을 적셨다.

믿을 수 없게도 뜨거웠다. 펄펄 끓는 용암에 닿은 것처럼 피부가 화끈하게 달아올랐다. 그는 태어나 지금껏 이렇게 뜨거운 눈물을 흘리는 사람을 본 적이 없었다. 아들 하나를 살리기 위해 다른 아들을 버려야 했던 어머니도, 형의 아내가 된 뒤 다시 그에게 돌아오고 싶다며 빌었던 명은도, 소름 끼칠 만큼 차가운 눈물을 흘렸다. 그런데 생면부지 타인이 소리 없이 흘리는 눈물이 왜 이렇게 절절하게 닿을까. 너는 대체 뭐길래, 이렇게 불덩이같이 따끔거리는 눈물을 쏟아 내는 걸까. 그가 손등 위로 입술을 꾹 눌렀다.

"뜨겁네."

"……아저씨 미친 사람이에요?"

울음 섞인 목소리가 드문드문 거친 숨을 토해 냈다.

"삼촌 보낸 것도 모자라 미친놈까지. 와, 진짜 완벽한 생일이다. 진짜로, 완벽한."

뚝뚝 끊어지는 울먹임 사이로 살아 있는 것처럼 뜨겁고 강렬한 눈물이 주르륵 흘렀다. 몇 번이나 그를 뿌리치는 손을 단단히 움켜잡았다. 그러지 않으면 제가 쏟아 내는 뜨거움과 함께 녹아내릴 것 같았다. 분노가 한참 만에 빠져나간 눈동자가 깊은 샘처럼 반짝였다.

"아저씨, 진짜, 미친놈이에요?"

힐끗거리는 얼굴로 잘도 그렇게 물어 왔다. 그가 곧바로 대답하지 않은 건 기가 차서만은 아니었다. 그러나 이미 혼자서 결론을 내린 듯 독기가 다 빠져 나간 얼굴이 아이처럼 엉엉 울기 시작했다.

"진짠가 봐. 엄마, 나 어떡해…… 엄마."

짐승의 울부짖음 같은 소리를 들으며 그 절절함에 이상한 기분이 밀려들었다. 죽은 고목처럼 오래전에 말라 비틀어진 심장이 묘하게 쓰렸다. 그는 그 이해할 수 없음에 다습한 온기가 남은 손등을 가만히 보기만 했다.

* * *

"여전히 바보같이 버티고 있네."

치린을 품에 안은 지헌이 몸 위로 허리를 굽혔다.

"이치린."

날개가 꺾인 듯 가냘픈 어깨가 그의 품에서 움츠러들었다. 그때나 지금이나 터무니없이 얄팍하고 가는 몸이다. 손에 쥐고 틀면 툭 꺾일 것 같다. 이런 몸으로 자꾸 버티니까 독기만 늘지.

"치린아."

그가 다시 귓가에 작게 속삭였다. 그러자 자신을 부르는 걸 아는지 기특하게도 고개를 끄덕인다.

"내가, 보고 싶어?"

그가 누구인지도 모르고 꿈속을 헤매는 치린을 향해 지헌이 물었다. 으응, 끄덕이는 작은 입술 사이로 귀 기울이지 않으면 한숨처럼 흘러갈 목소리가 새어 나왔다.

"그렇군."

무심히 중얼거리는 목소리는 고저 없이 평이했으나 입술 끝은 길게 늘어졌다. 흡족함으로 물든 눈동자에 한없이 사랑스러운 존재가 충만하게 들어찼다.

지헌이 품에 안은 치린의 몸 위로 얼굴을 숙였다.

"그래서, 언제 올 건데?"

새근새근, 잠든 얼굴이 예쁘게 미소 짓더니 그의 품으로 파고들었다. 하여간에 엄청나게 버릇 나쁜 나비다. 깊이 스며드는 뺨을 가만히 톡 어루만지는데 어둑한 객석에서 인기척이 느껴졌다. 가만히 눈을 들자 적의에 찬 눈동자가 치린을 안고 있는 그를 향했다. 지헌이 그를 똑바로 보며 보란 듯이 치린의 몸을 당겼다. 가는 몸이 그의 품 안으로 푹 파묻혔다.

그들 앞에 꿋꿋하게 선 상대가 주먹을 세게 움켜쥐었다. 둘의 시선이 허공에서 극렬하게 부딪쳤다.

* * *

"뭡니까, 그쪽. 치린과 무슨 사이예요?"

아직 어둑한 새벽. 적요한 골목에 준의 목소리가 크게 울렸다. 지헌이 밖으로 나오길 기다리고 있던 그는 다짜고짜 따져 물었다. 지헌이 준의 얼굴을 가만히 보다가 서늘하게 웃었다.

"그 입, 다무는 게 좋을 것 같은데."

"뭐? 그게 무슨……!"

준의 몸이 순식간에 바닥으로 처박혔다. 그는 자신이 당한 게 믿기지 않는 듯 지헌을 노려보았다.

"……이게 무슨 짓이야!"

"말했잖아, 닫으라고."

마치 자신은 친절하게 경고했다는 듯 오만하게 선 채로 미소 짓는 지헌을 보며 준이 이를 악물었다. 그가 입가로 배어 난 피를 닦으며 몸을 일으켰다.

"가만있는 사람을 공격하다니, 형편없는 인간이었군! 이런 놈이 린을……."

지헌이 차게 웃었다.

"그래서, 너는 예고라도 했나?"

"……뭐?"

"너를 배신하고 네가 끔찍하게 사랑하는 자매와 한 침대에서 뒹굴 거라고. 말해 줬느냐고."

적나라한 표현에 준이 눈을 부릅떴다.

"……치린이 말했어? 너한테?"

"역시, 배신하는 인간들은 하나같이 똑같아. 남을 의심부터 하거든."

싸늘한 조소에 준이 주먹을 가득 쥐었다.

"아무것도 모르면서…… 함부로 말하지 마!"

"기분 나빴다면 유감이고. 그런데."

지헌이 비죽 웃었다.

"틀린 말은 아니잖아?"

"너 따위가 뭘 안다고 지껄이는 거야!"

준이 고함을 지르며 달려들었다. 그가 휘두르는 주먹을 가볍게 피한 지헌이 준을 걷어찼다. 준이 바닥을 굴렀다.

"이 새끼가!"

또다시 나가떨어진 준이 씩씩대며 주먹을 마구 휘둘렀다.

"네가 뭘 알아! 린하고 나는 너와 비교도 안 될 만큼 오래된 사이라고! 네가 함부로 끼어들 만큼 가벼운 사이가 아니라고, 우린……!"

막무가내로 달려드는 그의 주먹을 지헌이 손으로 탁 붙잡았다. 준은 팔을 빼내기 위해 있는 대로 힘을 주었으나 강철에 붙잡힌 것처럼 끄떡도 하지 않았다. 준의 눈동자가 요동치듯 흔들렸다. 지헌이 피식 웃었다.

"사촌도 안 되는 먼 친척의 남편 주제에 말이 많네."

준이 부들부들 떨었다.

"그러는 넌 뭔데! 네가 린의 새 남자라도 된 거 같아? 착각하지 마! 이치린은 그렇게 쉽게 마음을 주는 여자가 아냐!"

"그걸 알면서도 상처를 냈나?"

"……뭐?"

"너야말로 착각하지 마. 네가 망가트리기 전부터 꼬맹이는 내 거였어."

섬뜩할 만큼 살벌한 눈빛에 준이 본능적으로 주춤거렸다.

"……뭐야, 당신? 대체 누구야!"

"네가 산산조각 낸 여자의 남자."

준이 멈칫했다. 그 모습을 보며 지헌이 싸늘하게 말했다.

"그러니까 꺼져. 너야말로 망가지고 싶지 않다면."

지헌이 단단하게 틀어쥐고 있던 준의 손을 가차 없이 툭 떨쳐 냈다. 비틀거리며 물러난 준이 울분에 찬 눈으로 지헌을 노려보았다.

"……십 년이야! 그렇게 사랑했다고! 그렇게 오랜 세월을!"

"십 년의 사랑?"

지헌이 입술을 비틀었다.

"잃는 건 한순간이야."

"그건……! 그날은!"

살의가 번득이는 매서운 눈이 준에게 내리꽂혔다.

"내 아가씨한테 손대지 마."

번득이는 기세에 물러나지 않기 위해 준이 어금니를 악물었다. 그의 모든 걸 내려다보는 눈으로 지헌이 말했다.

"나는 널 진심으로 산산조각 낼 수 있으니까."

차갑게 경고한 그가 몸을 돌렸다. 자신의 하찮은 공격 따위는 걱정도 되지 않는다는 듯 느긋하고 무방비한 태도였다. 그의 등을 보며 준이 주먹을 움켜쥐었다.

'LV그룹 알지? 세계에서 가장 큰 패션 기업. 거기 창업자 집안의 손자야. 왕족보다 더한 부를 가지고 태어난 진짜 로열패밀리. 우리와는 완전히 다른 세계라고, 이시하라.'

흥분해서 떠들던 알렉스의 말을 떠올린 준이 입에 고인 핏물을 거칠게 뱉어 냈다. 저런 놈이 대체 어떻게 치린을. 이제는 완전히 어둠으로 물든 곳을 바라보는 준의 눈동자가 시커멓게 가라앉았다.

* * *

꿈속에서 나는 그 숲에 있었다.

"너, 내가 누군 줄 알고."

서늘하게 가라앉은 눈동자가 나를 겁주려는 의도가 아니라 그저 이 남자 자체라는 걸 알면서도 본능이 움찔거렸다. 어쩌면 산짐승보다 더 악랄한 인간인지도 모른다. 그러나 이미 죽기를 마음먹은 십 대보다 더 무서운 존재는 지구상에 없다. 실컷 울어 퉁퉁 부은 얼굴로 고개를 빳빳하게 치켜들었다.

"왜, 뭐, 어디 유럽의 왕족이라도 돼요?"

비웃을 줄 알았던 남자가 흠칫 굳었다.

"완전 어이없어. 무슨 사극인 줄. 내가 누군 줄 아나니."

곧게 뻗은 눈썹이 미세하게 구겨졌다.

"사, ……뭐?"

"사극 몰라요, 드라마?"

찡그리는 눈을 보는 순간 코웃음이 절로 나왔다.

"진짜 몰라요? 한 번도 안 봤어요?"

"어, 외국 살아서."

그가 뻔뻔한 목소리로 제법 당당하게 말했다.

"이건 상식이죠. 그리고 군대에 티비 없어요? 군인들은 맨날 티비만 보던데."

"대한민국 육군이 얼마나 바쁜데."

진지하게 받아치는 얼굴에 대고 헛웃음을 크게 내뱉자 그가 하늘을 한번,

다시 나를 한번 보며 숨을 내쉬었다. 십 대 어쩌고 하는 중얼거림이 언뜻 들렸다.

"외국 살면서 군대는 왜 한국으로 왔대?"

들으라는 듯 구시렁대자 잠시 침묵이 흘렀다. 울었다고 받아 주는 건 여기까지였나 보다 생각할 때쯤 나지막한 목소리가 대답했다.

"갈 데가 없어서."

"도망 온 거구나, 아저씨도."

그는 대답하는 대신 고개를 기울여 나를 빤히 보았다. 창이 긴 모자 아래로 나보다 더 새하얀 피부와 길게 뻗은 속눈썹이 보였다. 까만 머리색이 아니었다면 서양인이라고 해도 속을 것 같다.

"예쁘네요, 아저씨."

나도 모르게 터져 나온 감탄에 그의 눈동자가 묘하게 굳었다.

"너…… 조금 위험한 성격이라는 말 듣지 않아?"

"골때린다는 말은 가끔 들어요."

무안할 정도로 긴 침묵이 이어진 뒤 그가 말했다.

"벗어."

"……."

갑작스러운 말에 마른침이 꿀꺽 넘어갔다. 가만히 눈을 들자 나를 덮칠 듯 내려오는 그림자가 몸 위로 드리워졌다.

"뭐예요, 이게?"

"트윌리."

심상하게 대꾸하며 묵묵히 하던 일을 이어 가는 남자의 손은 가늘고 길고 하얬다. 언뜻 보고 곱다고 생각했던 건 유난스레 하얀 피부색 때문이었는지 유심히 들여다보니 성한 데라곤 없는 상처 범벅이다. 그런 주제에 나를 전염병 환자 취급하며 멀리 떨어져서 다친 발목에 천만 둘둘 감고 있는 모습을 보니

배은망덕하게도 비위가 거슬렸다. 뭐, 흙투성이에 피 묻은 발이니 이쪽도 할 말은 없지만.

"떨어진다."

그가 특유의 무심한 표정으로 넌지시 경고했다. 투덜거림을 삼키며 공중으로 들어 올리고 있던 다리에 힘을 주었다. 양말까지 모두 벗고 발을 내밀라고 할 때만 해도 훈훈했던 인상은 가까이 오지 말고 그냥 다리만 들라는 말과 함께 차게 식어 내렸다.

종잡을 수 없는 군복 차림의 남자는 여전히 고고하고 뻣뻣한 고개를 든 채 흙과 피를 닦아 낸 뒤, 품에서 꺼낸 기다란 실크 천을 발목에 붕대처럼 타이트하게 감고 있었다. 그러한 와중에도 내 발에 손이 닿을까 봐 끔찍이 경계하는 태도였다. 배알이 뒤틀렸다.

"비싼 거예요?"

트윌리라는 천을 턱짓하며 묻자 그가 눈만 가만히 들었다. 그게 왜 궁금하냐는 듯.

"나중에 물어내라고 할까 봐서요. 인상이 딱 그렇거든요."

그가 다시 한숨을 삼켰다. 보나마나 십 대라는 단어를 안으로 깊이 새겨 넣고 있을 터였다. 그가 마지막으로 한 번 더 천을 감으며 말했다.

"버리지 말고 가지고 있어. 하나밖에 없는 거니까."

겉으로 보기엔 그저 검은색이 전부인 흔한 천이었다. 내 시선을 알아차린 그가 반듯하게 접은 천을 살짝 펼쳤다. 그 안에 작고 동그란 모양의 패턴이 새겨져 있었다. 가운뎃점으로부터 팔각의 선이 뻗어 나가는 것 같은 독특한 문양이었다.

"이게 무슨 무늬예요?"

"루드락샤. 시바신의 눈물."

불가에서 신성시한다는 나무 열매는 안나푸르나에서 내려오던 길에 농가에서 직접 얻은 것이라고 했다. 무슨 말인지 거의 알아듣지 못한 상태에서도 새삼 그의 정체가 의문스러워 물끄러미 보았다. 그가 내게 물었다.

"잃어버린 게 뭐라고?"

"……펜던트요. 나비 모양이 새겨진 거."

"찾아 줘?"

"아저씨가 왜요?"

"불쌍한 고아한테 적선하는 셈 치고."

무의식중에 겉옷을 감싸고 몸을 뒤로 물렸다.

"나 돈 없는데. 남은 건 몸 하나뿐이고."

"좋은 자세다. 계속 잘 가지고 있어."

열의 없이 빈정대는 목소리에 기분이 언짢았다.

"세상에 이유 없는 선의 없댔어요."

"누가."

"옛날에, 한동네 살던 오빠가요."

하, 요즘 꼬맹이들 참. 그렇게 말한 그가 혀를 차더니 매듭 끝을 꽉 조였다. 윽, 아프잖아! 얼굴을 왈칵 구기며 단숨에 그의 손을 붙들었다. 그가 공격이라도 당한 사람처럼 내 손목을 거칠게 잡아챘다. 우리는 서로 다른 이유로 동시에 굳었다. 먼저 정신을 차린 건 그였다. 그는 내게서 떼어 낸 손을 빤히 들여다보다 주먹을 한번 쥐었다 펴길 반복했다. 귀신에 홀린 듯 멍한 얼굴로 나를 빤히 바라보던 그가 한참 만에 물었다.

"너…… 뭐야."

"이치린이요."

나를 파헤치기라도 할 듯 집요하게 따라붙는 그의 뒤로 초여름의 싱그러운 녹음이 반짝이는 햇살 아래 산들거렸다.

나는 그의 등에 업힌 채로 산을 내려갔다. 아까의 일 이후 서로 입에 올리진 않았지만, 우리의 휴전은 제법 자연스럽게 이어졌다.

"갖다 버릴 거야."

"그럼 죽어요."

"그럼 네가 데려가."

"나도 군식구인데 새끼 고양이를 어떻게 일본까지 데려가요?"

"내 알 바는 아니지."

새삼 안전하게 업힌 등을 한 대 치고 싶었다. 하여튼 어른들이란.

"우는 고양이 모른 척하면 죽어서 원혼으로 나타나요."

그가 코웃음 쳤다.

"그런 걸 누가 믿어."

"책에 나와요. 한민족미신문화대백과에."

"……그런 책이 있다고?"

있을 리가. 외국 산다기에 적당히 둘러댄 것뿐이다.

"찾아 준다면서요, 내 펜던트. 그때까지만 데리고 있어요. 데리러 갈 테니까."

"널 뭘 믿고."

"그러는 아저씨는 뭘 믿고 세상에 하나뿐인 천을 줬는데요."

"네 유품."

"뻥이면 어쩌려고요."

"나한테 뻥 치고 살아남은 인간은 없어."

"……못 찾으면요?"

"못 찾길 바라는 거야, 지금?"

짜증이 묻어난 목소리를 들으며 넓은 등에 얼굴을 기댔다. 그가 움찔거리는 게 느껴졌으나, 진이 다 빠져나간 몸에 힘이 들어가지 않으니 별수 없었다.

"오늘 내 생일인데."

"생일이 별거야?"

무슨 인간이 이렇게 비인간적인 말만 할까.

"디즈니랜드에 가기로 했어요. 퍼레이드랑 폭죽 팡팡 터지는 불꽃 쇼도 보기로 했는데."

다 커서 무슨 놀이공원이냐고 시큰둥하게 받아쳤던 나는 여기에, 음모라도 꾸미는 사람들처럼 몰래 웃던 엄마 아빠는 땅 아래에 묻혀 있다. 평생 갈까 보냐, 그런 곳 따위.

한참의 침묵 후, 그가 말했다.

"애네."

그로써 새끼 고양이는 그의 책임이 되었다는 걸 우리는 깨달았다. 다시 만나기로 한 건 스무 살. 그때가 되어도 서른까지는 십 년이나 남았다. 그는 화를 냈다.

"죽는 게 폼 나 보이지? 그런데 아냐. 가장 비겁하고 어리석은 거야."

아까와 별반 다르지 않은 무뚝뚝한 목소리였으나, 나는 그가 화를 내고 있음을 알았다.

"다시는 그런 말 입에 올리지 마. 벽에도 귀가, 돌에도 입이 있으니까."

이 남자는 어른이다. 죽은 부모의 유산을 앞에 두고 아귀다툼을 벌이던 어른들보다 훨씬 더 커다란 진짜 어른 남자. 어쩌면 나는 그걸 눈치채고 이렇게 온몸으로 엉겨 붙은 건지도 모른다. 착한 아저씨인 걸 알았던 거지.

"누구한테 자꾸 아저씨래."

서슬이 돋을 만큼 차가운 목소리가 귓가를 파고들었다. 칼주름 잡힌 군복을 입고서 여자 손이라면 질색하는 결벽증의 몸으로 그런 말을 해봤자. 나는 그의 목을 꽉 끌어안았다.

"아저씨, 사람 급소가 어딘 줄 알아요?"

"……너, 지금."

그의 목을 천천히 감싼 채 엄지로 악력을 주며 견고한 마디 간 틈새를 지나 중추신경절 한가운데를 꾹 눌렀다. 그가 한순간에 굳어 걸음을 멈췄다.

"여기예요, 급소. 잘못 맞으면 한 방에 죽을 수도 있어요."

"야…… 꼬마."

그가 이를 갈며 경고처럼 내뱉었다.

"그러니까 걱정 말라구요. 싸움은 힘이나 체격으로 하는 거지만, 이기는 방법은 여러 가지니까."

손을 툭 떼자 그의 입에서 짜증을 꾹 눌러 삼키는 묵직한 숨이 흘렀다. 이대로 나를 버리고 갈지 말지 고민하는 것 같았다. 나는 그의 목을 더 바짝 당겼다.

"아까, 왜 거기 있었어요?"

"……."

"아저씨도, 집에 가기 싫어서 거기 있던 거 아니에요?"

"……오늘."

대답을 바란 건 아니었는데 의외로 그는 고분고분하게 답했다.

"나 때문에 인생을 망친 사람이 부모가 되는 날이야."

"누군데요, 그게?"

"우리 형."

"그럼 조카가 태어나는 거잖아요."

"아냐, 조카."

차갑고 단호한 목소리였다. 어른들이 더 이상 말하고 싶지 않을 때 쓰는 말투.

"나는…… 그래도 삼촌이 살았으면 좋겠어요. 빚 같은 건 아무래도 좋으니까. 그냥 살아만 있으면."

얼굴을 깊이 묻으며 입에서 흘러나오는 대로 제멋대로 말을 쏟아 냈다.

"마음이 저 돌멩이처럼 단단해졌으면 좋겠어. 아무것도 못 느끼게."

그렇게 굳어졌으면 좋겠다. 그럼 숨이 조금 트일 것도 같았다. 나를 업은 채 앞을 향해 나아가는 발걸음이 규칙적으로 느려졌다. 풀숲을 저벅저벅 걷는 소리와 벌레 소리, 배낭에 들어앉은 채 고개만 빼꼼히 내밀고 쉼 없이 울어 대는 고양이 소리가 자장가처럼 한데 뒤엉켰다.

"괜찮아. 기어가는 것도 나아가는 거야. 그러니까 살아."

* * *

……장님. 팀장님. 연이어 나를 부르는 소리에 가만히 눈을 뜨자 김 대리가 보였다. 깜짝 놀라 몸을 일으켰다. 밖은 아직 새벽이었다.

"……뭐야, 너. 전화하랬잖아."

"전화기 꺼져 있던데요? 무슨 일 생긴 줄 알고 깜짝 놀라서 달려왔잖아요."

숨이 답답해 일어서려는데 몸을 꽁꽁 감싸고 있는 담요가 눈에 들어왔다. 이런 걸 누가.

"아직 시간 충분하니까 걱정 말고 사우나 다녀오세요. 제가 또 이럴 줄 알고 일찍 나왔다는 거 아닙니까?"

호들갑을 떠는 그를 두고 아직 멍한 관자놀이를 꾹 눌렀다.

"어디 아프세요? 안색이 창백한데."

"아냐, 아무것도."

걱정하는 그를 둔 채 몸을 돌렸다. 목 뒤에 천근 같은 추를 매단 것처럼 몸이 무거웠다.

* * *

"이치린이라고?"

"네."

클로에가 피식 웃었다.

"나한테 처음으로 이쁘다고 고백해 준 여자였는데."

사진을 보는 그녀의 푸른 눈동자가 차갑게 가라앉았다. 그러자 눈동자의 색이 조금 더 짙어졌다.

"오늘 미야케 컬렉션 프런트로우에 내 자리도 있던가?"

"네, 강 이사님 옆자리입니다."

"이걸 좋아해야 해, 말아야 해?"

클로에가 헛웃음을 쳤다.

"하필이면."

눈을 찡그린 그녀가 다시 사진을 뚫어질 듯 보았다.

* * *

날이 밝았다. 대망의 디데이 당일. 브랜드와 기획사와 대행사, 그리고 오늘 쇼에 설 모델. 그 외에도 수많은 사람이 오늘을 위해 달려왔다. 오늘 이곳에서 누군가는 화려하게 퇴장하고, 어떤 이는 새롭게 시작하며, 잠시 머물렀던 사람은 되돌아가고, 계속 남아 있는 사람은 묵묵히 내일을 향해 걷는다. 나 역시 그저 그들 중 하나일 뿐이다.

창문을 활짝 열고 조명을 켜자 깊은 잠에 가라앉아 있던 행사장으로 스태프들이 속속 도착했다. 밤을 새워 설치를 완료한 무대팀과 조명팀에서 오케이 사인을 보내자 새벽부터 와 있던 박 대표가 도면을 들고 레이아웃을 점검했다.

런웨이를 든든하게 받치고 있는 새하얀 백월 중앙에 브랜드 로고와 오늘 컬렉션을 상징하는 'LoVE'라는 타이틀이 아트워크와 같은 형태로 장식됐다.

"카메라도 세팅 끝나서 지금 브이 라이브 먼저 테스트합니다!"

컬렉션을 생중계할 중계 모니터가 무대 윙백에 연결됐다.

"콜 타임 30분 남았어요!"

스탭의 말에 헤어 메이크업팀이 엄청나게 커다란 캐리어를 들고 백스테이지로 들어섰다. 넓고 휑했던 빈 공간이 순식간에 메이크업 룸으로 변하자, 그 옆으로 연출팀 직원들이 오늘 쇼에 선보일 옷이 빼곡하게 걸려 있는 행거를 줄 세우기 시작했다.

"너 왜 그래?"

굽 낮은 에스파듀를 신고 동네 슈퍼라도 가는 차림으로 들어서던 유진이 내 얼굴을 보자마자 달려왔다.

"무슨 일이냐니까?"

곧장 대답하지 못하는 내 얼굴을 유진이 빤히 보다가 이마를 짚었다.

"열 있어? 감긴가?"

유진의 팔을 내리며 별거 아니라고 고개를 저었다.

"……그냥 어젯밤 꿈자리가 좀 사나워서 그래."

"한데서 그만 자. 이러다 진짜 골병들겠다. 뭐니, 이게? 생일 앞두고."

"생일이 뭐 별건가."

시큰둥한 반응에 유진이 빽 소리를 질렀다.

"별거지, 서른인데! 진짜 제대로 해 주고 싶었는데 네가 하도 싫어서 참는 거야. 요란뻑쩍지근하게 해 주고 싶은데, 네가 하도 쉬쉬해서 이 정도로 참는 거야."

유진이 인상을 쓰더니 아무 말 말라며 엄포를 놓았다. 실제 생일과 호적상 생일이 달라 아주 가까운 사람이 아니고는 내 진짜 생일을 몰랐다. 그냥 조용히 지나가길 바라는 나와 뭐라도 해야 한다며 우기는 유진의 성화에 가까운 사람만 불러 저녁을 먹는 것으로 타협을 보았다.

"오늘 몸 사려 일해, 너! 내일 몸살 나서 드러누울 생각 말고."

"알았어. 내가 말 한 건, 가져왔어?"

"응, 참."

유진이 손가방에서 갈색 병을 꺼내 내밀었다. 로즈마리와 민트, 세이지를 배합해 밤샘 때만 쓰는 에센셜 오일이었다.

"근데 그걸로 효과가 있겠냐?"

오일을 덜어 목 뒤를 꾹꾹 누르는 내 손을 밀어내고 유진이 어깨를 주무르며 물었다.

"없어도 어쩌겠어, 저녁까지만 버텨 주길 바라야지."

미야케 선생과 선임 디자이너 뒤로 디자인팀 어시스턴트들이 속속 들어서며 백스테이지를 가득 채웠다. 에디터와 포토그래퍼까지 몰려들자 그야말로 인산인해가 됐다. 100여 명이 훌쩍 넘는 모델과 패션 관계자들은 서로가 서로를 알아보며 인사하느라 정신이 없었다.

"자자, 여기 주목해 주세요! 잠시만요, 조용히! 저기요……!"

김 대리가 몇 번 외쳤으나 북새통이 된 백스테이지에서 그의 목소리는 금세 묻히고 말았다. 녀석을 옆으로 밀어낸 나는 헤드셋을 아래로 내린 뒤, 마치 산 정상에 와 있는 것처럼 배에 힘을 주고 외쳤다.

"Be quite!"

백스테이지가 한순간에 고요해지며 모두의 시선이 나를 향했다. 나는 그들을 향해 싱긋 웃어 보였다.

"Thank you."

신인들은 깜짝 놀란 얼굴이었으나 베테랑들은 태연하기만 했다. 나는 그들을 둘러보며 큰 소리로 말했다.

"지금부터 착장 시트와 보드 확인하시고 순서대로 메이크업 진행할게요. 정확히 한 시간 뒤에 리허설 라인업 시작합니다."

귀를 쫑긋 세우는 사람들을 향해 최대한 간략하게 설명을 덧붙였다.

"그다음은 다 아시죠? 드레스 업하고, 룩 촬영, 최종 리허설, 본 쇼. 오늘 갈 길이 멀어요. 그래서 도시락도 왕창 준비했어요. 힘냅시다. 오케이?"

이 중에 반 이상은 외국인 아티스트와 모델들이었기에 같은 말을 영어로 한 번 더 반복한 뒤 GO, 라고 외치자 백스테이지가 다시 분주해졌다. 수십 명의 스탭들이 각자 자기가 맡은 일을 해치우기 위해 전투적으로 움직였다.

"옷 갈아입을 시간이 안 나오는데? 착장 순서를 바꿀게요."

"잠깐, 그럼 라인이 흐트러지니까……."

긴박하게 이뤄지는 리허설 라인업에서 박 대표와 미야케 선생이 치열하게 의견을 주고받았다. 그들의 결정을 신속하게 반영해야 하는 나는 모든 신경을 그쪽으로 향했다. 그러다 문득 한 번씩 휘젓고 지나가는 오래된 기억이 자꾸만 나를 멈칫하게 했다. 분명 이름을 외우고 있었는데.

"팀장님, 송해연 씨 30분 늦는다는데요?"

김 대리가 급하게 뛰어오며 말했다. 한눈팔 새도 없이 연이어 터지는 사건에 나는 다시 현장으로 돌아갔다.

"메이크업팀하고 얘기할게, 시트 줘 봐."

폭풍 같은 오전을 보내고 난 뒤 식사 시간이 되어 스탭과 모델들에게 도시락을 챙겨 주고 나오다 준과 마주쳤다. 깜짝 놀라 그대로 걸음을 멈췄다.

"……얼굴이."

그가 피딱지가 진 입가를 슬쩍 가렸다. 무대 뒤에만 있어서 그의 얼굴을 마주 보는 건 오늘 처음이었다. 나는 당황함을 거두고 모른 척 말을 이었다.

"본 쇼 전에 메이크업 해야겠다."

"……네가 해 줄래?"

내가 아무 대답도 하지 않자 준이 옅게 웃었다.

"됐어, 해본 말이야. 대신 커피는 마실 수 있지?"

나는 고개를 끄덕였다.

커피를 들고 나란히 옥상 계단을 밟자 애프터파티 준비가 한창인 야외 테이블이 눈에 들어왔다. 어두운 실내에 있다가 빛이 환한 곳에 나오니 시야가 조금 뿌옇게 흐려서 눈만 깜박거리며 아래를 내려다보았다.

"생각해 보면 늘 여유가 없었어. 마음 편하게 데이트 한번 한 적 없더라고, 우리."

준이 회상에 잠긴 목소리로 말했다. 더없이 쓸쓸하고 안타깝다는 듯.

"매번 약속만 했지, 여행도 간 적이 없더라. 어떻게 이렇게 아무것도 한 게 없나. 믿기지 않아."

"바빴잖아, 모두."

간단명료하게 정리하자 준이 쓸쓸한 표정을 했다.

"언제나 옆에 있을 거라고 생각했나 봐. 이렇게 변할 줄도 모르고."

"인간은 누구나 변하니까."

그리고 상황도.

"이미 다 늦었지만, 나는 너를 행복하게 해 주고 싶었어, 최대한 빨리."

"알아."

"네가 마츠이에서 신세 지는 걸 싫어하는 것도 알았고, 나와 에리카를 오가며 점점 힘들어한다는 걸 알아서. 어떻게든 성공하고 싶었어."

"그래."

준이 슬프게 웃었다.

"이젠 모든 걸 갖게 됐는데, 너를 잃었어."

"그 대신 너에겐 이제 새로운 가족이 있지."

준은 과거에 대해서만 이야기하고 있었고 나는 그런 그를 담담하게 보았다. 준이 MP3를 내밀었다.

"이거 생일 선물."

그가 내민 작은 기계를 빤히 보았다.

"내가 만든 음악 아냐. 그러니 받아 줘."

준이 고개를 저으며 덧붙였다.

"이명 치료에 음악 요법을 쓴다고 해서 조금 알아봤어. 힘들 때마다 들으면 도움이 될 거야. 이런 거밖에 할 수 없지만, 그래도 어떻게든 돕고 싶어서."

"……받을게."

MP3를 건네받아 주머니에 넣는데 준이 조금 머뭇거렸다.

"혹시 말이야, 그때, 그 남자…… 클럽에서 널 데리고 갔던."

그가 지헌에 대해 묻는다는 걸 알자 심장이 조금 들썩거렸다.

"전부터 알던 사이야?"

"……왜?"

"그냥, 너에 대해서 아주 잘 아는 것 같아서."

나는 그의 입술을 빤히 보았다.

"그 상처, 그 사람하고 관련 있는 거야?"

쥰은 대답하지 않은 채 나를 보았다.

"둘이 싸우기라도 한 거야?"

"아니, 당한 거야, 내가. 과거에 내가 한 일한테."

무슨 말인지 이해할 수는 없었으나 나는 더 묻지 않았다. 그저 내가 할 수 있는 말을 했다.

"좋은 사람이야, 나한테. 만날 때마다 매번 도움만 받았거든."

"……도움을 받았다고? 네가?"

쥰이 조금 믿기지 않는 얼굴로 보았다.

"너 남한테 신세 지는 거 끔찍하게 싫어하잖아."

그래, 나는 그런 사람이다. 그랬던 선이 그에게만 통하지 않았다.

"혹시 그 남자랑 이상하게 얽혀서 곤란한 거면."

"아니, 이시하라."

쥰의 얼굴을 똑바로 보며 그의 말을 잘랐다.

"그 사람 나한테 이상한 사람 아냐."

그 순간 하루 종일 멍했던 정신이 번쩍 들었다.

"뭐……? 린!"

나는 멍한 얼굴로 나를 보는 쥰에게 등을 돌려 계단을 내려갔다. 그러다 런웨이를 향해 달리기 시작했다. 어쩌면. 줄곧 외면했던 곳으로 달려가 자리에 붙은 이름표를 주르륵 훑었다. 이름이 있다. 굵고 선명하게 찍힌 글자를 한동안 바라보다 가만히 돌아섰다. 가슴이 쿵쿵거렸다.

"어, 마침 저기 오는구만!"

나를 발견한 미야케 선생이 손짓했다.

"왜 그러세요, 선생님?"

"아니, 오늘 무대 컨셉 말이야. 아이디어를 아주 잘 냈다고 다들 한마디씩 하던 참이야. 이 팀장 생각이었잖나."

그가 대형 전광판을 가리켰다.

[日日是好日, LoVE]

"원래 일일시호일만 하려고 했어요. 선생님이 굳이 '러브'를 넣어야 한다고 우기시지만 않았어도."

"아, 당연하지! 주제가 러브인데, 러브!"

"왜 그렇게 러브에 집착하시는지."

어차피 마지막 날이다. 될 대로 되라는 심정으로 중얼대자 그가 쯧 하고 혀를 찼다.

"이렇게 메마른 감성으로 저런 건 또 잘한단 말이지?"

그가 천장 높이 솟은 지우산을 가리켰다. 선명한 마젠타, 라임그린 그리고 코발트블루까지 색색의 지우산이 직선으로 설치된 라인 조명에 맞춰 천장에 수를 놓듯 매달려 있었다. 축제 분위기를 의도해서 꾸민 연출에 사람들은 많은 의미를 부여했다. 뭐, 그러라고 설치한 거지만.

"정말 너무 로맨틱해요! 우리 컬러 팔레트랑도 딱 맞구요. 꼭 동화나라에 와 있는 것 같지 않아요?"

"글쎄요, 그냥 패션쇼장에 와 있는 거 같은데요."

흥분한 선임 디자이너의 말에 고개를 기우뚱하며 대답하자 미야케 선생이 다시 혀를 찼다.

"저렇게 무덤덤해서야 원. 아니, 그래 놓고 지우산은 어떻게 생각해 냈나?"

"종로 한옥마을에 갔다가 본 거예요. 가운데 댓살만 빼면 단가가 나쁘지 않아서 변형을 좀 했죠."

최대한 심드렁하게 대답했으나 미야케 선생의 눈은 빌미라도 잡은 사람처럼 반짝거렸다.

"거기라면 나도 알지! 지금 서울에서 가장 핫하다는 데이트 코스 아닌가?"

"시장 조사 차원에서도 많이들 나갑니다."

"그래서 자네는 누구랑 갔는데?"

"그야 당연히."

그곳에 같이 갔던 사람이 떠올라 입을 꾹 다물었다. 그러자 나를 돌아보는 시선이 두 배쯤 많아졌다. 그중에는 막 옥상에서 내려오던 준도 있었다.

"남자로구만! 누구, 연애 상대인가?"

"선생님은 왜 그렇게 그쪽에 관심이 많으세요? 연애하실 연세도 아니시면서."

"저저, 늙은이를 두 번 죽이는 말을 아무렇지도 않게 하는구만."

그가 혀를 차며 나를 본격적으로 비난할 기세를 취했다. 나는 재빨리 돌아서 테이블 위를 정리하기 시작했다.

"제가 할게요, 팀장님!"

의욕 넘치는 헬퍼가 뛰어와 내 손에 들린 컵을 낚아챘다. 그 바람에 컵에 있던 남은 커피가 손으로 확 튀어 올랐다.

"어, 어쩌죠? 죄송해요."

"아니에요. 괜찮아요."

차라리 잘됐다 싶은 마음으로 화장실로 냉큼 도망치며 다 젖어 버린 트월리를 풀어냈다. 그대로 걸음을 멈췄다. 맨 살갗 위로 붉은 자국이 나 있었다. 이건.

뜨겁고 부드러운 뭔가가 여러 번 닿으면 생기는 자국이었다. 대체 언제. 도무지 기억나지 않아 눈가를 꾹꾹 누르는데 혼몽한 정신 속에서도 또렷하게 기억나는 목소리가 있었다.

'보고 싶어.'

아, 내가 너무도 싫었다.

무슨 정신으로 버텼는지 모를 시간이 지나고 본 쇼 10분 전.
"10분 전입니다! 안내 방송 주세요!"
백월 하나를 사이에 두고 런웨이와 백스테이지가 나뉜다. 나는 그 경계에 선 채로 스탠바이 중인 모델의 순서를 체크했다. 이쪽에서 객석은 전혀 보이지 않는다. 은혜를 내리듯 드문드문 모니터 카메라로 잡히는 프런트로우는 어두워서 얼굴을 알아보기도 힘들 정도다. 왔나. 아닌가. 프런트로우가 비는 일은 있을 수 없다. 그러나 만약 그가 왔다면 포토그래퍼의 반응만으로도 알 수 있었을 거다.
"본 쇼 5분 전."
기합이 잔뜩 들어간 목소리를 들으며 모니터에서 시선을 떼어 냈다.

* * *

-지시하신 E 허스트에 투자금 지급이 완료되었습니다. 지분도 확보했고요. 그런데, 미국 신생 브랜드에 투자 규모가 너무 큰 게 아니냐고 이사회에서 걱정하고 있습니다.
"그냥 둬요, 걱정하는 게 그들 일이니까."
지헌의 말에 화면 속으로 보이는 풍채 좋은 백인 여성 세실리아가 깔깔거렸다. 지헌은 파리에 있는 그녀에게 화상 통화로 업무 보고를 받으며 손에 종이를 들고서 신중하게 뭔가를 적고 있었다. 그의 앞에는 책상 대부분을 차지하는 커다란 바구니가 놓여 있었는데, 그 안에서 뭔가가 자꾸만 꾸물거렸다.
-그래도 이번 세이지 미야케 건으로 이사님을 옹호하는 목소리가 늘었습니

다.

"그런가요."

심드렁한 목소리로 답한 그가 바구니로 손을 뻗어 가장 첫 번째로 잡히는 것을 들고 카메라에 비춰 보였다. 세실리아가 화면에 얼굴을 바짝 댄 뒤 엄마 미소를 지었다.

-3번이요. 대체 그 꼬장꼬장한 미야케를 어떻게 설득했는지 다들 궁금해하더군요. 보도 자료가 공식 배포되면 일본도 충격이 클걸요?

그녀의 대답에 지헌이 조금 전 적어 둔 종이에서 3번 스티커를 떼어 갸르릉거리는 녀석의 목줄에 붙인 뒤 다시 얌전히 바구니 안에 넣고는 다른 녀석을 들어 올렸다.

"세이지 미야케 말이, 혹독한 겨울을 겪어야 풍요로운 여름을 맞이한다는군요."

-오, 좋은 말인데요? 보도 자료에 추가할게요! 걘, 1번이에요. 첫째라 눈을 제일 먼저 떴어요.

"성격이 별로다 했더니, 세상을 빨리 알아서 그런 거였어."

그가 스티커를 붙이는 와중에도 녀석은 몇 번이나 지헌의 손을 할퀴고 물어 댔다. 새끼 치고는 제법 날카로웠으나 지헌은 꿈쩍도 하지 않고 녀석의 목걸이 장식에 1번을 턱 하니 붙인 뒤 놔주었다.

-크리스가 이사님 귀국 일을 네 시간마다 묻고 있는데 뭐라고 답할까요?

"나한테 그만 전화하고 꾸튀르에 집중하라고 하세요."

-스트레스가 많이 심한 모양이에요.

"바다 건너에 골수팬까지 있는 크리에이티브 디렉터의 삶이란 원래 그런 거라고 전해요."

세실리아가 다시 깔깔거렸다.

-그 골수팬이 누군지 궁금한걸요? 그런데, 크리스뿐만 아니라 다른 팀에서도 이사님 귀국에 대한 확인 요청이 들어왔습니다. 파리를 두 달이나 비우는

건 처음이시잖아요.

"모두 신나 있는 거 알아요. 언제 또 이런 날이 올지 모르니 지금을 즐기라고 하세요."

지헌이 마지막 넘버링을 마친 녀석을 바구니 안에 넣어 주자 세실리아가 말했다.

-출국 날짜를 조정하길 잘했어요. 덕분에 엄마와 아기들 모두 건강하니까요. 이제 이사님 일정만 조정하면 됩니다. 언제 돌아오실 건가요?

세실리아의 말에 지헌이 생각에 잠긴 얼굴로 바구니를 가만히 내려다보았다.

-그나저나 세이지 미야케의 마지막 컬렉션이 오늘 아닌가요?

* * *

런웨이 프런트로우 중에서도 정중앙 VIP석. 카메라가 집중적으로 몰리는 이 자리에 누가 앉는지에 따라 그날 런웨이 쇼의 성패를 논하기도 한다. 때문에 브랜드는 자신의 인맥과 명성을 과시하기 위해 매 시즌마다 이 VIP석에 앉힐 파워 셀럽을 섭외하느라 전쟁을 치른다. 그렇게 선택된 특별한 인물만이 앉을 수 있는 VIP 좌석에 앉은 클로에가 의자 위에 놓인 팜플렛을 넘기며 냉담하게 중얼거렸다.

"날마다 좋은 날이라."

그녀의 옆자리는 예상대로 비어 있었다. 지헌이 뭘 하려는지는 모르겠으나 저 무덤덤한 아가씨와 관련된 것만은 분명했다.

"아무리 그래도, 고작 여자 하나 때문에 지사장을 잘라? 그 돼지가 매출을 얼마나 올려 주는데."

그녀의 앞으로 음영이 졌다.

"이왕이면 사람이랑 놀아. 돼지 말고."

클로에는 제 앞을 막아선 사람을 못마땅한 눈초리로 쏘아보았다. 그러나 상대는 눈 하나 깜작 않고 태연하게 그녀의 옆자리에 앉았다.

"뭐 하자는 거야?"

"프런트로우를 비워 둘 순 없잖아."

"거긴 대니 자리라고⋯⋯!"

그녀가 주위 시선을 의식하며 고개 숙여 외쳤다.

"녀석이 여길 어떻게 앉아? 좌우 양옆이 모두 지뢰밭인데."

"지금 나더러 지뢰라는⋯⋯."

울컥해서 외치던 클로에가 말을 멈추고 주위를 힐금 둘러보았다. 긴 스툴 형태의 좌석이라 양옆 사람과 몸이 닿는 걸 피할 수 없는 객석이었다. 하필이면. 그녀가 짜증스러운 표정을 지었다.

"그런데 왜 하필 오빠야? 대니 자리를!"

기분 나쁘다는 듯 툴툴대는 클로에를 향해 무원이 가만히 고개를 기울였다.

"지헌이야."

무뚝뚝하게 고쳐 주는 얼굴을 향해 클로에가 흥 하며 콧방귀를 끼었다.

"대니는 프랑스인이야. 한국과 프랑스 중에서 프랑스를 선택했다고. 오빠랑 다르게."

"그래도 강지헌이야. 그건 변하지 않아."

"우기기는."

듣기 싫다는 듯 그녀가 옷깃을 여미며 팽 돌아서자 무원 역시 더는 말을 걸지 않았다. 슬쩍 눈알만 굴려 그를 보는 클로에의 얼굴이 묘하게 변했다. 연예계고 패션계고 카메라 플래시가 비추는 곳이라면 어디든 질색하는 무원이 카메라가 가장 많이 쏟아지는 프런트로우에 앉아 있다는 사실이 믿기지 않았다. 동생을 위해서일까, 아니면 그의 자리를 탐내서일까. 두 개를 놓고 클로에가 고민을 거듭하는 사이 객석의 조명이 꺼졌다.

＊ ＊ ＊

-모델 스탠바이.

인이어를 통해 박 대표의 목소리가 울려 퍼졌다. 런웨이 백월 바로 뒤에 선 채로 내 앞에 일렬로 줄을 맞춰 서 있는 모델들을 향해 팔을 뻗으며 말했다.

"모델 스탠바이."

모두가 숨을 죽인 가운데 체육관 크기의 대형 쇼장에 설치된 스피커를 통해 중성적인 보이스의 나레이션이 흘러나왔다.

"Every day with the SEIGY MIYAKE was a Belssed."

-음향, 큐.

박 대표의 사인에 준이 건반을 연주하기 시작했다. Penelope Trappes의 몽환적인 사운드에 일렉트로닉 믹싱을 덧입힌 준의 음악이 마치 드라이아이스처럼 런웨이를 뻗어 나갔다.

-모델, 큐.

인이어를 통해 들리는 사인에 나는 가로막고 있던 팔을 위로 번쩍 올렸다.

"Go."

가장 첫 번째 라인업을 맡은 두 명의 모델이 약속된 워킹 포즈에 맞춰 주머니에 손을 찔러 넣은 채 턱을 치켜들고 조명 안으로 걸어나갔다. 바로 뒤에 선 다음 주자가 긴장된 얼굴로 신호를 기다렸고, 여러 명의 스태프가 달려들어 큐사인이 떨어지기 직전까지 모델의 착장과 메이크업을 손보고 있었다.

무대 뒤는 아수라장에 아비규환이 따로 없었으나 벽 하나를 사이에 둔 무대 앞은 신성한 의식이라도 치르는 것처럼 엄숙하고 장엄한 곳, 그게 바로 패션쇼 장이다.

"Go!"

초시계의 숫자가 0이 되는 순간 사인을 보내자 다음 모델이 무대로 향했다.

그러다 뭔가 싸한 기분에 뒤돌아보던 나는 눈을 부릅뜨고 외쳤다.

"포켓!"

무대로 나가기 직전 내 목소리를 들은 모델이 간발의 차로 주머니에 손을 넣었다. 그 모습에 스탭들의 입에서 긴 한숨이 터져 나왔다. 선발주자의 실수를 목격한 백월 뒤는 다시 묵직한 긴장이 흘렀다.

"다음, 스탠바이."

나는 초시계를 확인하며 무대 모니터를 점검했다. 메타포가 바뀔 때마다 직선과 곡선으로 모였다가 다시 동그랗게 퍼져 나가는 대열이 마치 한 송이의 거대한 꽃처럼 보였다. 지난 몇 달간 달려왔던 이 컬렉션이 눈앞에서 20분도 채 되지 않는 시간 속으로 사라져 갔다.

드디어 내 앞에 유진이 다가와 섰다. 체인 헤어밴드를 머리에 감고 스파크가 빼곡하게 달린 블랙 케이프를 망토처럼 걸친 유진은 미래의 여전사처럼 보였다. 초침이 0으로 바뀌는 순간 그녀가 나를 향해 씩 웃었다. 나는 유진을 향해 팔을 들었다.

"Go."

쇼는 완벽한 성공이었다.

* * *

"수고했네."

피날레가 끝나고 모든 모델과 선임 디자이너가 런웨이에 오르자 백월 뒤에 남은 미야케 선생이 내게 말했다. 무대 앞은 쏟아지는 플래시 셔터로 정신이 없었다. 미야케의 은퇴도 충격이었으나 그 후임자가 한국 출신 디자이너라는 사실에 환호성이 계속 이어졌다. 오늘 이 순간이 한국은 물론 세계 패션계에도 역사적인 날로 기록될 거다. 무대에서 이어지는 선임 디자이너의 헌정사를 들으며 미야케 선생이 내 앞에 섰다. 백월 뒤에는 우리 둘뿐이었다.

"저야말로, 영광이었습니다."

나는 담담히 고개를 숙였다.

"솔직히 자네가 이렇게까지 잘할 거라곤 생각 못 했거든."

"그렇게 생각하셨다니 유감이네요."

전혀 유감스럽지 않은 표정으로 차분히 대꾸하는 나를 미야케 선생이 빤히 보았다.

"참 재미있는 친구야. 자네를 보고 있으면 그 끝이 궁금하달까."

대답 대신 웃으며 모니터를 체크하는 나를 향해 미야케 선생이 짓궂게 물었다.

"그래서 이시하라와 강지헌 이사, 둘 중 누구인가?"

불쑥 치고 들어오는 물음에 하마터면 장소도 잊고 놀랄 뻔했다. 준은 그렇다 치고, 설마하니 미야케 선생이 지헌과의 일까지 알고 있을 거라고는 생각하지 못했다.

"몇 년 전인가, LV가 아시아 시장에 사업을 확대하기로 결정했을 때, 강 이사가 모두의 반대를 무릅쓰고 그 테스트 베드로 일본을 선택했지. 왜였을까?"

"예상 수익률이 가장 높아서겠죠."

"땡!"

내 초연한 대답에 보란 듯이 불합격을 준 미야케 선생이 익살맞게 웃었다.

"그날 강 이사가 이런 말을 했지. 꽃 한 송이를 잃어버렸는데 일본에 있다고. 그땐 그게 자네일 거라고는 생각도 못 했단 말이지. 자넨 마츠이가 아니었나."

마츠이 린. 일본에서의 재류 자격을 얻기 위해 써야 했던 이름이다. 그런 건 아무래도 좋았다. 미야케 선생의 입에서 그의 이름이 나오는 순간 나는 비밀을 들킨 아이처럼 속으로 허둥대고 있었다.

"이름이 다른 줄도 모르고 그렇게 찾았으니, 당연히 안 나오지. 그래도 결국 자네를 찾아 준 건 나야. 다 내 덕이라고."

잘했지? 하고 웃으며 너스레를 떠는 미야케 선생의 말이 하나도 들리지 않았다. 지헌이 나를 찾으러 일본에 왔다는 그 말만이 귀에 박혀서 떨어지지 않았다.

"그가 이번에 서울에 왔을 때, 자네가 완벽한 싱글이 됐다는 걸 정 지사장에게 알려 준 것도 날세. 그것 때문에 강 이사가 회항까지 한 걸로 알고 있는데."

"……."

"자, 어떤가. 강 이사 같은 남자가 자네를 몇 년이나 찾아 헤맸다는 사실을 알게 됐는데 기쁘지 않은가?"

"……나갈 준비 하시죠."

인이어를 귀 안쪽으로 꾹 누르며 못 들은 척하자 미야케 선생이 재밌다는 듯 웃었다.

"강 이사가 싫은가? 그래, 뭐 인기 있는 타입은 아니지. 일단 너무 잘난 체를 한단 말이야."

"……친한 사이라고 들었는데요."

입을 여는 순간 나도 모르게 그에게 걸려들었음을 깨달았으나 물은 이미 엎질러진 뒤였다. 미야케 선생이 씩 웃었다.

"친하긴. 자네, 사자와 가젤이 친해질 수 있다고 생각하나?"

말도 안 된다며 얼굴을 찌푸리는 그를 보며 둘 중 누가 가젤이고 누가 사자인지 이해되지 않았다. 강지헌과 미야케, 둘 중에 가젤이 있긴 한가. 둘 다 사자라면 모를까. 우아하고 여린 목선 위로 순진한 눈망울을 빛내는 초원의 동물을 욕보이는 짓이다. 내 의심스러운 눈빛에 미야케 선생이 딴청을 부렸다.

"사자든 가젤이든 이거 하난 같다네. 매일 아침 눈을 뜨면 상대보다 더 빨리 달려야 살아남는다는 것."

그가 궤변과 같은 말을 늘어놓았다.

"가젤은 사자보다 더 빨리 달리지 않으면 잡아 먹혀 죽고, 사자 역시 가젤을 잡지 못하면 굶어 죽으니까 말일세. 아프리카에서는 해가 떠오르면 누구든, 무조건 달려야 하지. 경영자로 산다는 것 역시 그와 같다네. 자네는 둘 중 어떤 삶이 더 나은 것 같나?"

지헌도 비슷한 말을 한 적이 있다. 맹수와 산양을 두고서. 미야케 선생이 빙그레 웃었다.

"아프리카의 격언을 인용한 맥켄지의 보고서 덕분에 널리 알려지게 된 이야기지. 가만, 그러고 보니 강 이사가 꼬마 시절 거기서 인턴을 했던가."

처음 듣는 이야기에 나도 모르게 신경이 곤두섰다. 듣고 싶다, 아니, 듣고 싶지 않다. 알고 싶지 않다. 그럼에도 온 귀를 기울이기 위해 미간이 좁아 들었다.

"모르는 사람들은 그를 그저 다이아몬드 수저를 물고 태어난 귀족인 줄 알지. 귀족이라는 혈통 자체가 그렇긴 하네만."

그가 혼잣말처럼 중얼거렸다.

"강 이사는 그의 형과 달리 완벽한 유럽식 교육을 받았어. 열여섯 살 때부터 경영에 참여했다던가? 그들은 어린 나이부터 가문을 이어받기 위한 후계 수업을 시작한다네. 지금의 KN을 이끌고 있는 꼬맹이처럼 말일세."

LV를 바짝 뒤쫓는 또 다른 럭셔리 제국을 언급한 미야케가 나를 보며 의미심장하게 웃었다. 그러나 나는 다른 의미로 굳었다. 귀족, 가문 그리고 후계자. 내 세계에서는 해리포터에나 나올 법한 단어다.

"조금 험난하긴 하겠지만 그런 남자라면 연애 상대로도 스릴 있을 것 같은데, 내가 잘못 짚었나?"

엄청난 사실을 폭로하며 있는 대로 겁을 주더니 이제는 또 부추긴다.

"왜 이런 말을 저한테 하시죠?"

눈을 가늘게 뜨고 그를 보자 미야케 선생이 실실 웃었다.

"노인네의 즐거움이 뭐겠나? 열심히 삽질하는 청춘들을 보면서 돌아갈 수 없는 옛 시절을 떠올리는 거지. 노스탤지어.”

“악취미로군요.”

“그래서, 강 이사와의 연애는 어쩔 셈인가?”

즐거움을 숨기지 않는 고약한 노인네에게 어떤 빌미도 주고 싶지 않았다. 나는 그를 똑바로 보았다.

“당분간 제 삶의 목표에 연애는 없습니다.”

“그런가?”

그가 히죽 웃자 불길함이 치솟았다.

“그런데 말이야, 이 팀장. 삶은 목표를 이뤄 내는 것보다 의미를 찾아가는 게 더 중요하다네.”

나를 향해 웃는 미야케 선생의 눈동자가 혜안처럼 깊었다. 인터컴이 울렸다. 객석의 기백 명이 넘는 관객이 일제히 일어나 박수를 치며 세이지 미야케를 외치고 있었다.

“……지금 나가시면 됩니다, 선생님.”

미야케 선생은 나에게 웃어 보인 뒤 눈이 부실 정도로 환한 무대 밖을 향해 천천히 걸어나갔다.

쇼는 끝났다. 그리고 프런트로우 지헌의 자리에는 그의 형 무원이 있었다. 무대 뒤에 선 채로 모니터를 뚫어질 듯 응시하는데 김 대리가 크게 외쳤다.

“여긴 정리 인원만 남고 모두 애프터파티로 이동할게요! 스탭들 빠르게 올라가 주세요!”

쇼가 끝났다고 해서 우리 일이 끝난 건 아니다. 디자이너, 모델 그리고 셀럽과 패션 에디터까지. 그들이 런웨이에서 수많은 카메라와 취재진에 둘러싸여 축하의 순간을 나누는 동안, 우리는 이다음 일정을 위해 분주하게 움직여야 했다. 누군가는 애프터파티로 누군가는 백스테이지에 남아 가져왔던 제품을 다시 완벽하게 패킹해서 내보내야 한다. 그런데 아무 생각도 들지 않는다. 강지헌의 불참과 미야케 선생의 말들이 뒤엉켜 머릿속이 뒤죽박죽이었다.

새벽에는 와 놓고 정작 본 컬렉션에는 불참하는 마음이란 뭘까 짐작도 되지 않는다. 그마저도 모두 나를 골탕 먹이려는 건가 싶다. 답답한 한숨을 몰아쉬며 전화기를 꺼낼 때였다. 백스테이지 안쪽 천막에서 소란스러움이 번졌다. 이번엔 또 무슨 일인가 싶어 그쪽으로 몸을 돌렸다. 막 천막을 헤치고 들어가자 오늘 피날레에 섰던 모델 출신 탤런트 송해연이 어린 헬퍼와 연출팀 막내를 몰아붙이고 있었다.

"아까 한 말 다시 해보라니까? 왜, 사람 많아지니까 못 하겠어?"

"왜 그러세요, 해연 씨?"

막내의 하얗게 질린 얼굴을 보며 그 앞을 막아서자 송해연이 내 팔을 탁하고 쳐냈다.

"팀장 언니는 가만 계시고. 난 쟤랑 얘기 아직 안 끝났거든?"

말없이 막내를 보자 녀석이 나를 보며 웅얼거렸다.

"전 그냥…… 가려고 하시길래 옷 챙겨야 되니까 벗어서 달라는 말밖에 안 했어요."

"얘가 사람을 바보 만드네? 너 탤런트야? 어디서 연기를 해? 너, 나 도둑년 취급했잖아!"

대충 돌아가는 상황을 알겠기에 뒤따라온 김 대리에게 눈짓하자 그가 곧장 사람들을 내보낸 뒤 천막을 꼭 여몄다.

"아무래도 오해가 있었던 것 같아요. 제가 사과할게요, 기분 푸세요, 해연 씨."

고개를 깊게 숙이며 거듭 사과를 건넸으나 송해연은 여전히 분이 안 풀린다는 듯 씩씩댔다. 매니저인 남자는 그녀의 뒤편에 앉아 수수방관하는 태도로 휴대폰 게임에 열을 올리고 있었다.

"이깟 원피스랑 목걸이 얼마나 한다고 사람을 의심해? 화장실이 급해서 다녀오려고 한 걸 가지고 도둑 취급을 해?"

화장실 핑계 대고 그대로 튀려고 했겠지. 그리고 일주일쯤 잠수 탄 뒤에 몰랐던 척 이물이 잔뜩 묻은 옷을 돌려보냈으리라. 이 바닥에서 송해연은 질이 나쁜 셀럽 중 하나였다. 한두 번 겪는 수법도 아니었으나 알면서도 서로 모른 척할 뿐이다.

세이지 미야케의 고별 무대나 다름없는 런웨이 착장 제품이니 송해연이 탐낼 만도 했다. 그러니 이대로 두세 번 더 화풀이를 받아 준 뒤에 모른 척 옷을 받기만 하면 끝이었다. 나는 태평한 얼굴로 앉아 핸드폰 게임을 하고 있는 송해연의 매니저를 차갑게 보며 다시 한번 허리를 굽혔다.

"네, 기분 나쁘셨겠어요. 정말 죄송합니다."

그때 뒤에 있던 막내가 작게 중얼거렸다.

"……안 갔잖아요, 화장실."

뒤에 서 있던 직원의 목소리에 열심히 총질을 해 대던 송해연 매니저의 손가락이 멎었다. 김 대리의 얼굴이 싸하게 가라앉은 것도 그쯤이었다. 내 얼굴도 비슷하리라. 송해연이 어쭈 이것 봐라, 하는 눈으로 막내를 노려보았다.

"……너 지금 뭐라고 했어?"

뒤로 손을 뻗어 그의 팔을 꾹 쥐었으나 녀석의 입은 고삐 풀린 망아지처럼 제멋대로 움직였다.

"화장실이 아니라 엘리베이터 앞에 서 있었잖아요. 제가 다 봤어요. 화장실 지나쳐서 비상용 엘리베이터로 가는 거. 제가 안 불렀으면 그대로 주차장으로 갈 거였……!"

"그만. 거기까지만 해."

나직하게 말하며 다시 한번 붙잡은 팔에 힘을 주자 그제야 막내가 말을 멈췄다. 그러나 뺨을 실룩거리는 송해연을 보니 정말로 곱게 지나가기엔 글러 먹었다는 예감이 들었다.

"하! 나, 진짜 씨…… 내가 웬만하면 참아 보려고 했더니!"

부들부들 떨리는 손을 목 뒤로 올린 송해연이 목걸이가 뜻대로 풀리지 않는지 악을 쓰며 발을 동동 구르자, 매니저가 재빨리 다가와 목걸이를 풀었다.

"EM웍스 니들! 두고 봐, 내가 어떻게 하는지! 이딴 거 줘도 안 가지니까 가지고 꺼져!"

그녀는 매니저가 곱게 풀어 건넨 목걸이를 낚아채더니 번쩍 들어 올렸다. 저런 뻔한 짓을 해봤자 제 이름만 축날걸. 왜 모르는 걸까. 나는 바닥에 두텁게 깔린 카펫을 지그시 밟은 뒤 막내를 뒤로 밀어냈다. 매섭게 후려치는 소리와 함께 뺨을 할퀴고 간 보석이 카펫 위로 후두둑 떨어졌다.

"팀장님!"

"헉…… 해, 해연아, 너……!"

"이게 대체 무슨 짓입니까……!"

욱해서 달려드는 김 대리를 막으며 후하고 깊은숨을 쉬었다. 바닥에 떨어진 목걸이를 줍기 위해 몸을 숙이자 카펫 위로 핏방울이 투둑 떨어졌다. 깨진 곳 하나 없이 멀쩡한 목걸이를 확인한 뒤 헝클어진 머리를 쓸어 올렸다. 작정하고 손톱을 세웠는지 얼얼하고 따가운 화기가 온통 왼뺨으로 몰려들었다. 고개를 틀며 무표정한 시선을 들자 당황한 송해연과 매니저의 얼굴이 보였다.

"벗어요, 옷도."

"……뭐?"

"맞아 드렸으니까 옷 벗으시라고. 곱게."

"너 지금 나랑 해보자는 거야!"

"아, 반말은 하지 말고. 기분 되게 더러우니까."

느릿한 말로 강조하며 김 대리를 불렀다.

"오늘 포토그래퍼랑 기자들 몇이나 왔지?"

"서른은 넘죠. 이 앞에 있을 텐데, 문 열까요?"

애초에 대답을 바란 건 아니었으나, 귀여운 부사수답게 녀석이 서른을 강조하며 이죽거렸다. 김 대리의 말에 송해연은 부들부들 떨고 매니저의 얼굴은 아예 사색이 되었다.

"그냥 얼른 벗어 주고 가자, 해연아. 빨리! 응?"

"열 받아 죽겠는데 이대로 가자고?"

"여기서 더하면 네 손해야……!"

"어우, 재수 없어, 진짜! 누가 이딴 옷 입고 싶댔나! 제발 무대에 서 달라고 사정해서 급하게 귀국했더니, 사람을 이따위로 취급해? 두고 봐, 니들!"

매니저의 손에 마지못해 움직이면서도 그녀는 끝까지 어깃장을 놓았다.

"그러게. 가만두면 안 되겠네."

천막을 슥 밀고 들어오는 목소리에 너무 놀라 하마터면 혀를 깨물 뻔했다. 설마, 환청인가. 고개만 돌리면 될 텐데, 뭐가 두려운 사람처럼 허공에 시선을 고정한 채로 미동도 할 수 없었다.

"뭐야? 누군데 여길 들어와!"

송해연이 날카롭게 외쳤으나 상대는 아랑곳하지 않고 천막 안으로 성큼 들어섰다. 보지 않아도 그 존재감만으로도 넓은 천막 안이 가득 차는 기분이었다. 그가, 강지헌이, 여기에 있다. 나는 가슴이 뛰는 동시에 어딘가로 숨고 싶어졌다. 하필이면 이럴 때, 이런 순간.

"이봐요, 사람 말이 말 같지가 않아? 여기 내가 옷 갈아입는 곳인 거 안 보여?"

송해연의 신경질 가득한 목소리가 붕 떠올랐던 나를 현실 세계로 잡아 내렸다.

"자발적으로 갈아입을 시간은 지난 거 같은데."

"……뭐?"

바로 옆에서 들리는 서늘한 목소리에 비스듬히 내리깔았던 시선을 겨우 들자 내게서 비스듬히 선 지헌이 송해연을 마주 보았다. 짙은 네이비 슈트에 연한 푸른색 셔츠를 가볍게 받쳐 입은 그는 삼각대 위에 세워 둔 테이블 조명을 후광처럼 등진 채 홀로 빛나고 있었다. 비산하는 먼지와 숨 막히는 무더위에서 혼자만 청량한 바다 한가운데에 있는 사람처럼 싱그러워 보였다. 정말로,

그였다.

"그쪽이 뭔데 그딴 소리를 하는 거야?"

얼굴을 한껏 구기던 송해연이 지헌을 정면으로 훑더니 한순간 강한 호기심을 드러냈다. 그와 마주친 첫날, 내 시선을 여러 번 강탈해 갔던 창조주의 위대한 피조물을 보는 송해연의 눈이 번들거렸다. 그녀는 지헌의 명품 시계와 구두를 보며 그의 정체가 궁금한 듯 노골적인 시선을 던졌다. 그러나 지헌은 냉담한 얼굴로 송해연이 입고 있는 옷을 훑어 내렸다.

"캐스팅 디렉터가 누구야, 이상한 모델한테 세이지 미야케를 입혀 놨네."

뜻밖의 모욕을 당한 송해연의 눈이 터질 듯 부풀었다. 나는 재빨리 한 발 앞으로 나섰다.

"이사님, 오늘 런웨이에 서 주신 탤런트 송해연 씨예요. 그리고 해연 씨, 이쪽은."

지헌이 시선도 주지 않은 채 손을 들어 내 말을 가로막았다. 생판 남을 대하는 듯한 딱딱한 태도에 나는 당황해서 멈칫했다.

"난 또 누구라고, EM웍스 이사였어? 허! 기획사 주제에 어디서……!"

내 말을 제멋대로 오해한 송해연이 부르르 떨었다.

"직원 교육이나 똑바로 시키라고, 애먼 사람 도둑으로 몰지 말고!"

"도둑이 아니면, 거지인가?"

"뭐? 이거 순 미친놈 아냐? 이 또라이가 지금 뭐라고 지껄이는 거야? 이 바닥에서 아예 매장당하고 싶니?"

"정당한 대가도 치르지 않고 남의 걸 얻어 입고, 걸치고 다니면 그게 거지지. 빌어먹는 거."

"뭐, 뭘 빌어?"

"아, 이 바닥에서는 그걸 협찬거지라고 표현하던가?"

송해연의 이성이 툭 끊어지는 소리가 여기까지 들리는 것 같았다. 악에 받친 송해연이 죽여 버리겠다며 괴성을 지르자 매니저가 그녀를 말리면서도 지헌을 향해 험악한 눈을 세웠다.

"지금 끝까지 해보자는 거야, 뭐야? 겨우 뺨 한 대 아냐? 일개 직원이랑 송해연이랑 급이 맞냐고! 당신들, 크게 실수하는 거야! 우리 해연이가 친한 디자이너가 몇인데?"

"겨우……?"

살벌한 목소리에 매니저가 주춤거리자 송해연이 일부러 큰 소리를 내지르며 그를 잡아끌었다.

"됐어! 더는 못 참겠다! 니들 두고 봐. 나 절대로 그냥 안 넘어가! 세이지 미야케한테 이 일 전부 다 알릴 거라고!"

미야케 선생과 꽤 가까운 사이임을 암시하듯 송해연이 으름장을 놓았다.

"그건 알아서 하고, 옷은 벗어 놓고 가야지."

지헌이 싸늘하게 일갈하자 고개를 홱 돌린 송해연이 표독스러운 눈으로 쏘아보았다. 그러다 별안간 입꼬리를 올렸다.

"내가 뭘 믿고 기획사한테? 본사에 직접 가져다주지, 뭐. 간 김에 오늘 쇼에 대한 진지한 이야기도 좀 나누고."

어디 한번 두고 보자는 의기양양한 표정이었다. 지헌이 무심한 태도로 천막 밖을 향해 고개를 돌렸다.

"들었죠? 받으세요. 직접 준다니까."

"너 대체 어딜 보고 말하는……!"

송해연이 인상을 쓰며 지헌을 노려보는 순간 마치 기다리고 있던 사람처럼 키 큰 남자가 부스 안으로 들어섰다. 머리를 깔끔하게 빗어 올린 이마 아래로 얇은 은테 안경이 빛에 반짝였다. 송해연이 눈을 휘둥그레 떴다.

"……어머! 정 지사장님 아니세요?"

순식간에 태도가 뒤바뀐 송해연이 반가운 듯 정 지사장에게 다가섰다. 그러나 그는 송해연을 그대로 지나쳐 곧장 지헌에게 고개를 숙였다.

"여기 계셨군요. 백스테이지가 복잡해서 조금 늦었습니다."

지헌은 그를 슬쩍 보는 것으로 대답을 대신했다. 그 단순한 동작만으로도 둘의 서열이 확연하게 드러났다.

"왜, 왜? 누군데 그래?"

매니저의 물음에 송해연은 수치심으로 달아오른 얼굴로 입만 벙긋대며 지헌과 정 지사장을 번갈아 봤다. 정 지사장이 아무것도 모른다는 듯 태연한 얼굴로 내게 고개를 돌렸다.

"또 뵙는군요, 팀장님."

"아…… 네."

나를 향해 정중하게 고개를 숙이는 그의 앞으로 얼떨떨하게 서 있는 김 대리와 막내의 등을 밀었다.

"저희 직원들이에요. 인사드려, 헤르네 코리아 지사장님이셔."

송해연 매니저의 당황한 신음 소리를 무시한 채 직원들과 인사를 나눈 정 지사장이 내게 고개를 돌렸다.

"그런데, 이 팀장님 얼굴이 왜 그러십니까?"

들어오는 순간부터 봤을 텐데도 이제야 알았다는 듯 그가 돌연 심각한 얼굴로 물었다. 누가 강지헌 사람 아니랄까 봐 능청스러움이 혀를 내두를 정도다.

"누구한테 맞은 겁니까? 상처가 꽤 깊어 보이는데요."

사색이 된 송해연과 매니저가 눈알을 바쁘게 굴리며 눈치를 보기 시작했다. 그들을 위해서는 아니었으나 자랑일 것도 없었기에 상처 난 쪽 얼굴이 보이지 않도록 기울이며 부인했다.

"아뇨, 목걸이를 떨어트리는 바람에. 운이 조금 나빴어요."

간결한 대답으로 상황을 정리하려는데 지헌이 피식 웃었다. 솜털까지 쭈뼛 일어서는 기분이었다.

"이상하네. 내가 들은 거랑은 다르네."

그는 내게 눈도 주지 않은 채 목걸이를 휙 걸어 갔다.

"이딴 건 줘도 안 가진다고 했는데."

핏자국을 바라보는 지헌의 눈동자가 한순간 번득였다.

송해연이 움찔거리며 반박했다.

"내가 언제 그런 말을 했다고……!"

입술을 비틀어 올린 지헌이 송해연을 빤히 보며 눈앞으로 들어 올린 목걸이를 조르듯 세게 쥐었다. 굵은 알이 그의 손안에서 바드득 소리를 내더니 으깨지듯 신경을 긁는 날카로운 소리로 변했다. 송해연이 침을 꿀꺽 삼켰다. 헤르네 코리아 지사장이 일개 기획사 이사에게 고개를 숙일 때부터 뭔가 잘못됐다는 것을 깨달은 듯 얼굴이 창백해졌다.

"저…… 아무래도 뭔가 오해를 한 것 같은데."

"오해라."

지헌이 사납게 웃었다. 의도가 분명한 미소를 던지는 그의 얼굴이 사냥감을 코너로 모는 것처럼 잔혹하게 빛났다. 나가지도, 제대로 서지도 못한 채 부스 끝에서 안절부절못하고 있던 송해연과 매니저의 얼굴이 회반죽이라도 칠한 것처럼 딱딱하게 굳었다. 지헌이 위태로운 시선 끝으로 정 지사장을 보았다. 그걸 신호로 내내 송해연을 무시하고 있던 정 지사장이 한 발 앞으로 나섰다.

"유감이군요. 우리는 꽤 혁신적이고 철학적인 컬렉션이라고 생각했는데 말입니다."

"우리요……?"

"세이지 미야케는 이제 LV패션그룹 소속입니다."

정 지사장의 차분한 설명에 누군가 신음을 터트렸다. 놀란 건 송해연뿐만이 아니었다. PT 때부터 의문스러운 힌트를 던지던 지헌의 말을 이제야 모두 이해할 수 있게 된 나는 입술을 깨물었다. 이미 내가 이 컬렉션을 맡기 전부터 양사 간에 인수 협상이 진행되고 있던 거다. 미야케의 뒤를 이을 디렉터가 한국인이라는 것만으로도 이미 특종인데, LV가 인수했다니. 내일이면, 온 세상이 들썩일 거다. 말없이 지헌을 보자 그의 서늘한 시선과 마주쳤다. 언제부터 이런 큰 그림을 그리고 있었던 걸까. 삭막한 정적을 깨고 송해연이 다급하게 손을 내저었다.

"지사장님, 전 그런 뜻으로 한 말이 아니라요, EM에서 일부러⋯⋯!"

"우리 옷이 마음에 안 든다니, 어쩔 수 없지."

지헌이 내게서 시선을 떼지 않은 채로 냉랭하게 지시했다.

"벗겨요."

사색이 된 송해연의 얼굴이 파랗게 질렸다.

* * *

순식간에 상황이 정리된 천막에서 나는 조금 멍하게 서 있었다. 송해연이 빛의 속도로 벗어 두고 도망치듯 가 버리자 김 대리와 막내 직원이 그녀의 착장 제품을 챙겨 나갔다.

"그럼, 먼저 출발하겠습니다."

정 지사장이 인사를 건넨 뒤 나가자 그 뒤를 따라 지헌이 몸을 돌렸다. 내게서 미련 없이 등을 돌리는 그의 모습에 나는 순수하게 당황했다. 그의 서늘한 태도는 내가 그의 세계로부터 완전히 밀려났음을 알게 했다. 소리 없는 욱신거림이 가슴을 울렸다. 어쩌면 어젯밤도, 그 전 기억도 모두 내 상상 속에서만 일어난 일인지 모른다.

덩그러니 선 채로 멀어지는 그의 등을 바라보았다. 막 밖으로 나서기 전 그가 고개를 돌렸다.

"무슨 할 말이라도?"

건너오는 무심한 목소리에 코드를 잊어버린 연주자처럼 몸이 굳었다. 귀족, 가문, 후계자. 과거의 군인과 눈앞의 강지헌이 마구 뒤섞였다. 지헌이 그럴 줄 알았다는 듯 다시 몸을 돌렸다. 그가 간다. 순간 눈에 힘이 들어갔다.

"기억났어요, 나."

"그래?"

"……네."

"그게 다야?"

짧고 차가운 반응은 내가 예상했던 것 중 어느 것에도 속하지 않았다. 나는 당혹스러움을 감추지 못한 채 그를 보았다. 나와 달리 지헌은 언제나처럼 느긋했으며 태연했다.

"더 할 말은?"

내가 묻고 싶은 말을 지헌이 물었다. 문득 억울하다는 생각에 속입술을 지그시 깨무는데 그가 천막을 향해 손을 뻗었다.

"그럼."

짧게 내뱉은 그가 밖을 향해 걸었다. 나는 다시 혼자 남았다, 이곳에. 믿기지 않아서 천의 흔들거림이 완전히 멎을 때까지 천막을 뚫어질 듯 보았다.

내가 무얼 해도 다 받아 줄 것 같았던 강지헌은 이제 없다. 기억 속에 존재하는 상냥한 목소리 위로 무슨 용건이냐는 듯 타인처럼 보는 얼굴이, 정제되고 무정한 눈빛이 뇌리에 박혀 들었다. 언제든 내가 붙잡으면 붙잡혀 줄 줄 알았는데, 내가 잡는 거라는 걸 알면서도, 머뭇거리는 내게 눈도 한번 주지 않고 가 버렸다. 그제야 내가 무언가 기대했다는 걸 깨달았다. 천막을 꾹 움켜쥐며 헛웃음을 삼켰다. 갈 곳을 잃은 허망함이 허공으로 흩어졌다.

밖으로 나오자 내 얼굴을 보고 놀란 직원들이 모여들었다. 아무것도 아니라며 손을 내저은 뒤 되는 대로 아무 밴드나 붙였다. 그리고 직원들을 다 위로 올려보냈다.

빠르게 정리하고 아무도 모르게 갈 생각이었다. 짐이 모두 빠져나간 무대 뒤는 손님이 떠난 잔칫집처럼 썰렁했다. 대신 파티가 한창 진행 중인 옥상은 쿵쾅대는 음악 소리로 바닥이 울릴 정도였다. 마지막 패킹 의상을 차에 실어 보내고 나자 밖은 완전히 어두워진 뒤였다. 바닥을 밟을 때마다 땅이 푹푹 꺼지는 기분에 손을 털고 가방을 집어 들었다. 한시라도 빨리 이곳에서 사라지고 싶었다. 백스테이지를 나서는데 위층에서 내려오는 지헌이 보였다. 그의 시선이 무겁게 따라붙는 걸 알았으나 못 본 척 출입문으로 향했다.

"데려다줄까? 피곤해 보이는데."

계단 끝에 멈춰선 그가 주머니에 손을 넣은 채로 물었다.

"괜찮습니다."

나는 걸음을 멈추지 않은 채 기계적으로 답했다.

"피 나는데."

그가 나른한 얼굴로 지적했다.

"멎겠죠."

그렇게 말하며 문을 열었다. 소리 없이 다가온 손이 문 윗부분을 꾹 누르며 나를 막아섰다. 나는 그를 비켜서며 사무적으로 고개를 숙였다.

"그럼."

이만 들어가겠다는 인사를 태연히 받아 놓고서 그는 비킬 생각이 전혀 없는 듯 굴었다. 지헌이 턱을 잡고 천천히 위로 들어 올렸다. 번득이는 시선이 상처를 어설프게 가려 둔 밴드에 닿았다.

나는 그에게 턱을 잡힌 채로 싸늘하게 눈을 치켜세웠다. 이게 뭐 하는 짓이냐는 비난의 시선을 담아. 지헌이 입술을 비틀더니 볼살을 꾹 눌렀다. 무자비한 손놀림에 상처가 짓눌렸다. 불에 덴 것처럼 화끈한 열감이 얼굴을 뒤덮었으나 어설픈 신음은 모조리 입안으로 삼켰다. 지헌의 눈동자가 사납게 휘었다.

"아직도, 아무것도 하지 마?"

볼일 없다는 듯 쌀쌀맞게 돌아서 놓고 이제 와 이러는 태도가 우스워 도도하게 턱을 치켜들었다.

"네."

"계속 모른 척해?"

"네."

대답할 때마다 더 큰 악력이 상처를 짓눌렀으나 이를 갈 듯이 참았다. 이마가 점점 구겨졌다.

"보고 싶다며. 안아 달라며."

"그런 말 한 적 없어요."

"그래?"

그가 지그시 웃으며 되물었다. 웃고 있지만 선득한 느낌에 메마른 혀를 꾹 눌렀다.

"……그래요."

"너한테는 내가, 아무것도 아니야?"

"……."

"대답해."

냉랭한 목소리만큼이나 서슬 진 눈빛이 뺨을 뚫을 것 같았다. 위압적인 태도에 주눅이 들었으나 그럴수록 반항심도 더 커졌다. 하라면 못 할 줄 알고?

"아무것도 아니에요."

"사기."

칼날을 품은 것 같은 목소리가 가차 없이 잘랐다. 그 말에 승복하는 게 싫어 입술에 힘을 주고 버텼다.

"아무것도, 아무 사이도 아니야."

고집스러운 말을 가만히 듣고 있던 그가 눈꼬리를 사납게 휘었다.

"그런데 왜 울어."

시야가 뿌옇게 번졌다.

"아무 사이도 아니라며."

나긋나긋한 말투였으나 조금도 웃지 않는 서늘한 눈으로 지헌이 물었다.

"왜 우냐고."

그의 말이 신호가 된 것처럼 넘칠 듯 차오른 눈물이 내 의지를 배반하고 툭 떨어졌다. 재빨리 닦아 내며 고개를 돌렸으나 지헌이 놔주지 않았다.

"이래도 아무것도 아냐?"

"……아무것도 아니에요! 우리가 뭐라고…… 뭘 했다고 우리가!"

"정말 몰라서 물어?"

낮게 으르는 기세가 무서울 정도로 매서웠으나 물러서지 않았다.

"기억도 안 나는 과거에 한 번 마주친 거? 술김에 원나잇할 뻔한 거? 그거 말고 더 있어요?"

"더 있잖아."

"아니. 없어요, 아무것도!"

"이치린."

나를 노려보는 지헌의 눈동자가 싸늘하게 가라앉았다. 그렇게 보면 누가 겁낼 줄 알고. 엇나간 마음이 불쑥 치솟았다.

"그쪽은 여전히 잘난 헤르네 이사님이고, 나는 그냥 패션 기획사 팀장이에요. 달라질 거 아무것도 없다구요."

"난 아냐."

사납게 굳은 얼굴이 흔들림 없는 시선으로 나를 보았다.

"너 보면 으스러질 때까지 안고 싶고, 하고 싶고, 밤새 내 방에서 안 내보내고 싶어. 나 말고는 아무도 못 보게."

"……!"

"나만 이래?"

"난……."

주춤거리는 나를 압박하듯 지헌이 바짝 다가섰다. 바로 앞에 놓인 그의 까만 눈동자가 내 뺨을 뚫을 듯이 날카롭게 빛났다.

"대답해. 나 혼자만 이러냐고."

"나는."

"이치린."

여유도 주지 않고 몰아치는 목소리에 파편처럼 흩어졌던 서러움이 사납게
튀어나왔다.

"······당신이 먼저 갔잖아! 나한테서 등 돌렸잖아!"

그래 놓고 왜 건드려, 왜 아는 척해! 그런 말 왜 하는데!

"기다리겠다고 해놓고, 나보고 오라고, 포기 안 한다 그래 놓고······!"

서러움을 참으며 입술을 꾹 깨무는 나를 말없이 보던 지헌이 미간을 한껏
찡그렸다. 숨을 부풀렸다 탁 놓았다.

"그래서 기다리고 있잖아, 이렇게."

그가 나를 세게 당겨 안았다. 거칠고 탁한 숨이 머리 위에서 울렸다. 뺨을
통해 전해지는 그의 심장이 세차게 뛰고 있었다.

"딱 한 걸음만 와. 나머진 내가 다 알아서 할 테니까."

간절하게 이어지는 뜨거운 속삭임에 떨리는 마음을 어쩌지 못하고 그를 꼭
끌어안아 버렸다.

//

기다릴까, 치린아?

"치린아."

다정하게 부르지 마. 못되게 굴어 놓고, 돌아서 놓고.

"나비야."

한없이 부드럽고 온기로 가득 찬 목소리에 나는 결국 속절없이 무너졌다. 눈물이 나올 것 같아서 아무 말도 할 수 없었다. 지금껏 누군가의 앞에서 나를 놓을 정도로 울어 본 적이 없었다. 지헌을 제외하고는. 부모님이 돌아가셨을 때조차 화장실에서 끅끅대다가도 덤덤한 얼굴로 빈소를 지켰던 나. 그런 내게 타인 앞에서 무너지는 모습을 보이는 건 비바람 아래에 맨몸으로 서 있는 것만큼이나 두려운 일이었다. 그런데.

"울어. 나 왔잖아, 이제."

나긋하게 달래는 말에 허물어질 것 같아 목을 꾹 누르고 고집스럽게 숨을 참았다. 몇 번이나 터져 나올 것 같은 뜨거운 숨을 누르고, 다시 누르길 수차례. 빨갛게 터진 입술 위로 지헌의 입술이 닿았다. 한 번, 두 번. 부드럽게 애원하듯 두드리듯 이를 꾹 깨물고 있는 나를 지헌이 살며시 어루만졌다. 그의 입술이 닿을 때마다 얼굴 위로 꽃잎이 한 장씩 떨어져 내리는 것 같았다. 그러지 마. 건드리지 마. 그러면 정말로 못 참을 것 같단 말이야. 말없는 절규를 모른 척하며 가엾이 다정하고 따뜻한 입술이 촉촉한 눈가를 머금고 떨리는 입술을 머금었다. 수컷이 제 짝을 보호하듯이, 어미가 새끼를 핥듯이.

산처럼 커다란 남자가 나를 품에 안고서 순한 봄바람처럼 조심스럽게 움직였다. 그래서 참을 수가 없었다. 그냥 거칠게 아무렇게나 마구 휘저어 주었으면 싶었다. 가슴속은 불덩이가 들어앉은 것처럼 이글이글 타올라 끓어 넘치기 직전인데, 봄꽃이 나부끼듯 뺨을 스쳤다 사라지는 얕은 숨결이 자꾸만 나를 흔들었다. 제발 지헌이 날 좀 어떻게 해 줬으면 싶은 절망 가득한 탄식이 터져 나왔다.

"그냥."

흐느낌을 삼키며 지헌의 목에 팔을 감고 발끝을 세웠다. 내가 그에게 닿기 전, 그가 나를 집어삼켰다. 서로의 입술이 닿는 순간, 터질 것처럼 팽팽하게 부풀어 올랐던 긴장감이 한순간에 폭발했다. 뜨거운 혀가 입안을 가르고 들어오자 심장이 펌프질하듯 세차게 뛰었다. 말랑말랑하고 보드라운 감촉에 온몸이 녹아내릴 것 같아 다리에 힘이 풀리자 지헌이 허리를 세게 끌어안았다. 그는 나를 향해 아래로, 나는 그를 보며 위로, 우리는 서로의 숨을 파고들며 얼굴을 기울였다. 서로를 먹어 치울 듯 맹렬한 기세로 파고드는 거친 키스가 이어졌다. 물어뜯을 듯이 아랫입술을 깨물고 한참 동안 놔주지 않던 그가 빨아당기더니 입안 곳곳을 진득하게 핥았다. 서로의 몸 안에서 피어난 열기가 신음으로 뒤엉켰다. 숨이 모자라 헐떡이다, 이대로 키스를 하다가 죽어 버릴지도 모른다는 생각이 들었다.

"하! 너……!"

먹을 먹인 듯 까만 눈동자가 붉은 입술을 떼어 내며 성난 숨을 토해 냈다.

"입안이 엉망이잖아."

볼 안쪽 살이 상처투성이라는 걸 알아차린 그가 험악한 눈을 세웠다.

"씹는 게 습관이라…… 그냥 두면 나아요."

"이런 몸으로 잘도."

짙은 눈썹 아래 안광이 날카롭게 번득이며 부어오른 뺨을 훑어 내렸다. 검은 동공에 엉망인 내 모습이 비치는 것 같았다.

"괜찮다고 우기면서 언제까지 버틸 건데? 내 속이 다 썩을 때까지?"

"그게 아니라, 이건."

"버텨 봐, 그럼."

"무슨……!"

지헌이 거침없이 입안을 파고들며 뾰족하게 세운 혀끝으로 상처를 무자비하게 찔렀다.

"그만, 아프잖……!"

앓는 소리가 터져 나왔으나 그마저도 그의 입안으로 사라졌다. 고통에 찬 신음을 모조리 삼킨 그가 너덜너덜해진 상처를 집요하게 헤집었다. 다친다고 화를 내더니 그 상처를 잔인하게 파헤치는 건 무슨 심보인지 몰라 입안을 내어 준 채 끙끙댔다. 나는 그가 몰아붙이는 대로 내몰리면서도 그를 밀어내지 않았다. 그저 그의 소맷단만 손에 꼭 쥔 채로 신음했다. 상처를 마구 짓이기다가 진득하게 핥아 내리는 힘에 혀끝으로 피 맛이 감돌았다. 타는 듯한 통증에 본능적인 눈물이 찔끔 비집고 나왔으나 숨을 꾹 눌렀다. 그러자 지헌의 눈동자가 한층 사납게 일렁였다.

"상대가 누구여도 상관없댔지, 그래 봤자 하룻밤이라고."

"그 얘긴 이미 지난, 아!"

음험한 눈을 빛내는 지헌이 옴짝달싹할 수 없을 만큼 턱을 단단하게 쥐었다.

"너, 나 안 찾았어, 그날. 그런 꼴을 당하면서도 끝까지. 처음부터 아예 나를 고려하지도 않았어."

서늘하게 가라앉은 눈동자가 비수처럼 나를 마구 찔러 왔다. 그런데 아픈 건 내가 아니라 눈앞의 이 남자 같아서, 눈만 크게 뜬 채로 고통스럽게 이지러지는 그의 얼굴을 봐야 했다.

"화난 거 아는데, 그 일은 당신하고 전혀 상관없는."

"나한텐 한결같이 기회도 안 주면서, 다른 남자를 위해서 뺨도, 입술도 다 내주는 건 반칙이지."

"그런 억지가 어딨어요?"

"그러니까 버텨."

틈 없이 맞닿은 입술이 부풀어 오른 살갗 위에서 소곤거리며 음산한 미소를 피워 냈다.

"내가 억지 부리는 거니까."

그를 향해 들어 올려진 입안으로 화가 난 지헌이 가득 찼다. 터진 점막에서 피와 타액이 한데로 뒤엉키고 살이 얼얼할 만큼 빨려 들어갔다. 그는 마치 내가 어디까지 참는지 보겠다는 듯 작정한 사람 같았다. 지금껏 누구도 나를 이렇게까지 몰아붙이는 사람은 없었다. 보통 사람들은 나를 건드리지 않는다. 호기심에 다가왔다가도 까다롭고 예민하게 구는 나의 견고한 성을 발견하곤 물러서니까. 그러나 강지헌은 예외였다.

그날, 내 표정을 한눈에 알아보고 태연하게 지적한 것처럼 아무렇지도 않게 불쑥, 시도 때도 없이 나타나 기어이 항복을 받아 낼 태세로 나를 몰아세웠다. 처음부터, 나를 아니까. 알고 있었으니까. 나를 기다렸으니까. 소리 없이 견디던 침묵이 깨지고 목 안쪽 어딘가에서 통제를 벗어난 신음이 터졌다. 갑옷처럼 두르고 있던 결계가 와장창 깨지는 것처럼 내 안의 뭔가가 허물어졌다.

"흐윽."

속으로부터 무너진 감정이 왈칵 치솟아 참을 틈도 없이 쏟아져 나왔다. 통제를 벗어난 몸은 아무리 입술을 물어도 떨림이 멈추지 않아 울음 사이로 흐느끼는 소리가 새어 나왔다. 간신히 막아 두었던 댐이 툭 터진 것처럼 복받쳐 오르는 감정의 파고를 다스리지 못해 끅끅거렸다. 무너지는 몸을 지헌이 움켜잡았다. 우는 게 싫다. 아무것도 하지 못하고 아이처럼 엉엉 우는 게 무기력한 나를 증명하는 것 같아서 남 앞에서 이런 소리를 내는 게 싫었다. 내 울음을 끌어안아야 할 타인에게 짐을 지울 바엔 혼자 끙끙대는 게 낫다고 생각했다. 한없이 미숙하고 대책 없이 처량 맞은 고아. 이미 고아였으므로 그것만은 하고 싶지 않았다.

"그런데 왜, 왜 자꾸만, 왜……."

평평 우는 나를 지헌이 가슴으로 끌어안았다.

"말했잖아, 난 너 포기 안 한다고."

밉다. 미워 죽겠다. 내가 얼마나. 그대로 가 버린 줄 알고. 마구잡이로 뒤엉킨 두서없는 원망이 울음 사이로 쏟아져 나왔다. 누군가 볼지 모른다는 생각을 염두에 둘 만큼 여유롭지 못했다. 놀라서 겁을 집어먹은 아이처럼 눈물이 멈추지 않아 끅끅거림을 삼키는 게 전부였다. 서럽고 서러웠다.

"저번처럼……."

그날이 떠오르자 더 서러워서 목이 멨다. 촉촉한 눈가로, 더운 뺨 위로, 떨리는 입술 사이로 그의 숨이 전해졌다 곧장 사라졌다. 그의 입술이 지나간 자리가 서늘해서 나도 모르게 온기를 좇아 움직였다. 햇살 아래에서만 만개하는 꽃봉오리처럼 그가 주는 따스함이 사라질까 두려워 그의 팔에 매달렸다. 더운 숨을 짧게 나누고 멀어지는 순간도 아쉬워 소맷단을 잡고 꾹 움켜쥐었다. 그가 나를 달래듯 입술을 마주 댄 채로 속삭였다.

"괜찮아. 아무 데도 안 가."

머릿속이 완전히 진공 상태가 된 것처럼 생각이라는 건 모조리 사라졌다. 그저 떨리고 아련한 감각만이 또렷하게 남아 울음을 멈출 수가 없었다. 서러움 때문인지, 아니면 안도감 때문인지 나는 계속해서 울었고, 그는 내 흐느낌을 받아 삼켰다. 태어나 이렇게 간질거리고 심장이 떨어질 것 같은 입맞춤은 처음이었다. 파티가 한창인 옥상에서 새로운 환성이 새어 나오고 천장이 쿵쿵 울리고 있었다.

"……내가 할게요."

"가만있어."

뺨 위로 소독솜을 누르는 손끝은 부드럽고 섬세했으나 목소리는 날이 서 있었다. 겨우 울음을 떨쳐 낸 나를 부스 안으로 데려온 지헌은 가장 먼저 구급 상자를 찾았다. 그가 피와 눈물로 너덜너덜해진 밴드를 떼어 내고 상처를 살 피는 내내 나는 그의 눈치를 봐야 했다.

"맞고 다닐 캐릭터도 아닌데 볼 때마다 다친단 말이지."

가볍게 내뱉은 말에 서슬이 파랗게 돋아 있었다. 이 정도는 다친 축에도 끼 지 않았으나 호텔에서의 일이 떠올라 변명 대신 입술을 가만히 열었다.

"화 다 풀린 거 아니에요?"

"응, 아니에요."

지헌이 웃으며 말했다. 새삼 그의 뒤끝을 실감하다가 너무 딱 달라붙어 있 는 이 상황이 뒤늦게 자각됐다.

"이제 그만 나가 봐야 해요. 곧 직원들 올 거라……."

"직원 누구? 대신 뺨 맞아 준 남자, 아니면 손 꼭 쥐고 있던 남자?"

"……말도 안 되는 소리 하지 말구요."

빈정거리는 목소리를 외면하며 천막 밖을 힐금거렸다. 시간이 너무 지나서 밖이 어떤 상황인지 알 수가 없었다.

"진짜 말 안 되는 일을 아무렇지 않게 하는 게 누군데?"

지헌이 입술을 비틀며 사납게 웃었다.

"아무것도 하지 말래서 손도 못 대고 있는데."

감히 어디에 손을 대냐며 섬뜩한 눈을 빛내는 모습에 목 뒤를 매만지고 싶 은 마음이 들었다. 차게 웃은 지헌이 다시 솜을 꾹 누르자 수십 개의 바늘이 일시에 꽂히는 것처럼 따끔거렸다. 그가 솜을 떼어 내자 핏물이 잔뜩 배어났 다. 그러자 표정이 한층 사납게 변했다.

"나, 진짜 괜찮은데……."

"그 말 한 번만 더 하면 정말로 화날 거 같은데."

사근사근한 목소리였으나 눈은 조금도 웃지 않았다. 그가 성마르게 굴면, 나는 성질 죽인 학생이 될 수밖에 없다. 상처를 말끔하게 처치한 지헌이 내 허리를 번쩍 들고 테이블 위에 앉혔다. 도망갈 틈도 주지 않고 허벅지 사이를 파고들며 등을 바짝 당겼다.

"말해 봐. 또 도망갈 거야?"

"아니."

"그럼, 이대로 집에 데려가도 되지?"

지헌의 얼굴을 가만히 보았다. 곧은 눈썹 아래 나만을 담고 있는 깊은 눈동자와 흔들림 없는 시선이 내게로 곧장 쏟아졌다.

"싫어?"

손을 잡고 끌어 올린 지헌이 내게서 눈을 떼지 않은 채 손등 위로 입술을 누르며 물었다. 싫을 리가 없다. 그의 말이 단순히 나를 집에 데려가겠다는 뜻이 아니라는 것도 안다. 나는 쉬어 버린 목에 힘을 주었다.

"아니, 갈래요, 가요."

지헌의 눈동자 색이 더 짙어졌다. 서로를 보는 시선이 얽혀 들고 외줄을 타는 것처럼 아슬아슬한 긴장감이 감돌았다. 말없이 나를 바라보던 지헌의 시선에 몸이 달아오를 때쯤 그가 시간을 확인하며 내 손을 당겼다.

"그 전에, 잠깐."

손이 잡힌 채 무작정 옥상으로 향하는 계단에 올랐다. 누가 볼지도 모른다는 생각에 몸을 사린 것도 잠깐. 마치 기다리고 있었던 것처럼 불꽃이 펑 터져 하늘 높이 치솟았다. 뜨겁게 터지는 불꽃 소리에 루프탑에 모여 있는 모든 사람들이 열광의 환호성을 질렀다. 거리를 지나가던 행인들마저 고개를 한껏 젖히고 여름밤을 수놓는 휘황찬란한 불꽃에 시선을 빼앗겼다. 불꽃놀이가 파티 순서에 있었던가.

까만 하늘에 분홍색 불꽃이 펑하고 날아오르며 겹겹이 하트를 만들어 냈다. 그 뒤를 색색의 풍선이 높이 날아올랐다. 예쁘다고 생각하며 넋을 잃고 보는데 지헌이 귓가에 속삭였다.

"생일 축하해, 나비야."

"……이거."

"마음에 들어?"

설마 싶은 의혹이 눈꼬리를 예쁘게 접어 웃는 남자를 보며 확신으로 변해 갔다.

"대체 언제."

애초에 모든 준비는 기획사인 이쪽 영역이 아닌가.

"디즈니랜드는 다음에 가자."

나를 뒤에서부터 가득 품에 안은 지헌이 머리 위에 턱을 내려놓으며 말했다.

"그거 그냥 해본 말이었는데……."

무엇에도 끔쩍하지 않는 남자의 동정심을 자극하기 위해 조금 불쌍한 과장을 더했을 뿐이다. 지헌의 웃음소리가 머리 위에서 흩어졌다.

"그럼, 이건?"

그가 눈앞에서 손을 펼쳐 보였다. 얇은 금속 위로 빨간 보석이 수놓듯 박혀 있는 펜던트였다. 나비 모양의 정교한 은빛 날개가 지헌의 손바닥 위에서 섬세하게 펄럭였다.

"……찾았어요? 이걸?"

"찾아 준다고 했잖아."

그래, 당신은 분명 그렇게 말했다. 그랬는데도 나는 믿지 않았나 보다. 이렇게 말이 나오지 않는 걸 보면. 지헌의 손에서 부드럽게 흘러내린 목걸이가 손바닥에 감기듯 떨어졌다. 아주 오래전에 잃어버렸던 엄마의 흔적을 마주한 나는 아무 말도 하지 못한 채 숨을 멈췄다. 이 모든 게 기적 같았다. 치솟는 격정을 어쩌지 못해 몸을 떠는 나를 지헌이 가만히 안았다.

"이렇게 울보였네, 우리 아가씨가."

완벽한 생일이었다.

* * *

같이 나가자는 지헌을 먼저 내보낸 뒤 행사장을 나설 때였다. 구석진 곳에 홀로 의기소침하게 앉은 막내가 보였다.

"왜 여깄어?"

"아…… 뭐 좀 가지러 내려왔다가……."

깜짝 놀라 일어나는 모습이 매라도 맞는 아이 같았다. 나는 잠시 녀석을 보다가 김 대리를 불렀다. 둘을 나란히 세워 놓고 카드를 꺼내 내밀었다.

"오늘 철거는 둘이 맡아."

"……저도요?"

눈을 크게 뜨며 되묻는 막내와 달리 김 대리가 신이 나서 냉큼 카드를 받아 들었다.

"한도 얼마까지 써요?"

"양심껏."

"옛썰!"

오버스럽게 거수경례를 하는 그를 향해 막내를 가리키며 눈짓하자 그가 자기만 믿으라는 듯 고갯짓을 했다. 하나도 믿음이 안 가는 얼굴이다. 나는 막내를 향해 돌아서며 그의 어깨를 두어 번 두드렸다.

"오늘 수고했어."

"죄송해요, 팀장님. 저 때문에……."

"네가 뭘."

그가 아무 말도 못 한 채 죄인처럼 고개를 숙였다.

"됐으니까 허리 펴. 아무 데서나 고개 숙이는 거 아냐."

"……팀장님은 맨날 숙이잖아요."

"난 니들 있잖아."

막내가 눈을 동그랗게 뜨고 나를 보았다.

"너도 나중에 네 팀원 생기면, 그때 해. 그때 해도 안 늦어."

그의 얼굴이 혼란스럽게 흔들렸다.

우리가 하는 일이란 빛나는 단 몇 분을 위해 무대 뒤에서 허드렛일을 해야 하고 때때로 억울한 상황이 와도 그냥 감내해야 하는 경우가 부지기수다. 그렇게 해서 쏟아지는 스포라이트는 모두 디자이너와 브랜드, 무대 위의 모델에게 돌아가며 가끔은 옷보다도 못한 취급을 받을 때도 있다. 그럴 때마다 속으로 써 내려간 사직서를 바닥부터 쌓는다면 이미 내 키를 훌쩍 넘기고도 남았을 거다. 과감하게 던진 사직서가 수리되기도 전에 날아온 다음 달 청구서 앞에서 현실의 혹독함을 깨달아 봤자다. 어차피 이 세상은 명쾌한 흑과 백으로 정의 내릴 수 있는 곳이 아니다. 연간 13억 톤의 음식물 쓰레기가 버려지지만, 지구 반대편에선 누군가 기아로 죽어 가는 것처럼 불합리하고 모순투성이다.

그런 부조리한 세계에서 나는 아무것도 할 수 없는 존재라는 걸 깨달을 때마다 절망하던 숱한 날. 그런 밤을 견뎌 낸 뒤엔 더 이상 그런 것들로 울지 않는 나를 발견하게 된다. 그게 좋은 건지 나쁜 건지는 나 역시 아직 모른다. 이 터널을 빠져나가야만 알 수 있을 테니까. 다만 내가 할 수 있는 건 조직이라는 정글 속에서 나보다 더 가여운 청춘들 앞에 서는 것뿐이다.

"아무 생각 말고 철거 끝나면 가서 자."

"네."

"그리고 다음엔 조금 더 기다렸다가 엘리베이터 타면 잡아."

"……네?"

"그래야 빼박을 못 할 거 아냐."

멍한 얼굴로 눈만 끔뻑거리는 녀석을 뒤로하고 김 대리를 보았다.

"나 들어가니까 아까 일 밖으로 안 퍼지게 단속 잘하고."

내가 말을 다 마치기도 전에 박 대표가 화난 코뿔소처럼 성큼성큼 다가왔다.

"뺨 맞았다며? 어디 봐!"

내 소리 없는 비난에 김 대리가 자긴 모르는 일이라며 어깨를 으쓱거렸다. 한숨을 삼키며 박 대표를 보았다.

"별거 아니에요."

"아니긴, 피 났다던데!"

소리를 빽 지른 박 대표가 내 얼굴을 쥐고 이리저리 돌렸다.

"……울었어, 너?"

"아니, 그래서 그런 게 아니라."

"이런 망할 것들을."

목에 걸고 있던 헤드셋을 벗어 던진 박 대표가 굳은 얼굴로 휴대폰을 꺼냈다.

"에이, 하지 마요."

몇 번이나 피하는 손을 겨우 잡고 휴대폰을 낚아챘다. 박 대표가 분통을 터뜨렸다.

"어디서 연예인 갑질이야? 저보다 더 잘난 톱스타도 안 하는 짓을."

"잘난 애들은 더 잘난 방법으로 하니까."

살살 웃으며 달랬으나 그녀는 웃지 않았다.

"그쪽도 체면 구길 만큼 구겼어요. 그러니까 이런 걸로 일희일비 맙시다. 똥 한번 밟았네, 이러고 말자고요. 네?"

내 말을 잠자코 들으며 고개를 끄덕인 박 대표가 휴대폰을 달라는 듯 손을 내밀었다. 금세 차분해진 얼굴을 잠깐 보다가 전화기를 돌려줬다. 다음 순간 박 대표가 몸을 획 돌리더니 빠르게 손을 놀렸다.

"야이, 도둑놈의 새끼들아! 컬렉션 입고 튀려다 걸렸으면 쪽팔린 줄 알아야지. 누구를 패? 이런 조카 쓰레빠 수박 씨발라먹을 것들!"

쩌렁쩌렁한 욕설이 드넓은 공간에 울려 퍼지자 남아 있던 스탭 몇이 깜짝 놀라 고개를 돌렸다. 나는 아무것도 아니라는 듯 손을 휘휘 저으며 재빨리 박 대표에게 다가갔다. 그사이에도 박 대표는 입에 담지 못할 험한 욕을 다다 쏘아붙인 뒤 이를 갈았다.

"이 바닥에서 얼굴 들고 다니고 싶으면 앞으로 우리 회사 근처에 얼씬도 하지 마라, 엉? 나 또라인 거 알지? 한 번만 더 우리 식구 건드려 봐, 오늘 일 전부 다 보도 자료로 만들어서 뿌려 버릴 테니까! 탤런트 S양, 런웨이 의상 입고 도망가려다 들켜서 개망신⋯⋯!"

"그만, 거기까지만 합시다."

혼신의 힘으로 낚아챈 핸드폰을 빠르게 종료시킨 후, 씩씩대는 박 대표의 등을 밀었다.

"사고 좀 그만 쳐요, 쫌. 수습 어떻게 하라고."

"하지 마, 수습. 아무것도 할 거 없어. 이것들이 어디서 사람을 쳐!"

"주관사에서 세운 모델이잖아요. 나중에 정산 안 받을 거예요?"

"걱정 마. 돈 안 주면 가서 드러누워서라도 받아 올 테니까!"

"그런 걸 계획이라고⋯⋯."

한숨이 절로 나왔으나 박 대표는 오히려 내 얼굴을 빤히 보며 콧방귀를 뀌었다.

"네가 그럴 여유가 있나 모르겠다, 지금."

"내가? 왜요."

"그 얼굴 차유진이한테 들켜 봐라. 걔가 송해연 가만두겠냐?"

"말하지 마요. 아무 말도 하지 마."

곧장 김 대리에게 고개를 돌리자 녀석이 자기만 믿으라는 듯 고개를 끄덕끄덕했다. 산더미 같은 걱정이 밀려왔다. 다시 한숨을 내쉬는데 박 대표가 내 팔을 구석으로 잡아끌었다.

"강지헌 이사 왔던데, 만났어?"

"……네."

"둘이 무슨 일 있었어?"

그녀가 내 얼굴을 빤히 보며 물었다.

"좋은 일이야, 나쁜 일이야? 곤란하면 그것만 말해."

"나쁜 일 아냐. 걱정 말아요."

안심하라는 듯 웃어 보이는 나를 보던 그녀가 뜸을 들이며 전혀 몰랐던 얘기를 꺼냈다.

"작년에 파리에 갔을 때, 그때 처음 봤어, 강 이사."

"그랬어요?"

"너에 대해서 묻는데 촉이 좀 그렇더라고. 잘살고 있는 애 괜히 분란 만들까 싶어서 결혼했다고 했지."

"유진 언닌 그런 얘기 안 하던데."

"걘 거기까진 모르니까."

"그랬구나."

고개를 한번 끄덕인 뒤 박 대표를 보았다.

"잘했어요."

"……오지랖 떤 거 아니고? 나 아니었으면 강 이사랑 너."

조심스러운 얼굴에서 그녀가 뭘 고민했는지 알 것 같아 단호하게 고개를 저었다.

"태어나 그때가 제일, 사람 만나기 싫을 때였어요. 어떻게든 만났어도 피하거나 형편없이 굴었을 거야. 지금이 나아."

"정말……?"

"정말요."

박 대표는 아무 말도 하지 않았으나 그동안 그녀가 가져왔던 죄책감의 무게가 느껴져서 마음이 무거웠다. 나를 지켜 낸 이들에게 감사는커녕 책임감을 지우고 싶지 않았다.

"내 인생의 삼 분의 일은 박선해랑 차유진 지분이야. 그러니까, 날 두고 무슨 결정을 해도 잘못한 거 없어요. 쫄지 마."

내 말에 박 대표가 조금 얼떨떨한 표정을 짓더니 붉어진 눈으로 고개를 돌렸다. 그때 계단에서 누군가 소리를 질렀다.

"야, 이땡! 너 맞았다며!"

유진이었다.

"강 이사 기다리는 거 맞지?"

박 대표의 물음에 고개를 끄덕이자 그녀가 얼른 가라며 내 등을 떠밀었다.

"먼저 갈게요. 죄송해요."

"걱정 말고 가!"

뒤도 안 돌아보고 출입문을 향해 빠르게 걸었다. 뒤에서 발을 동동 구르는 유진과 그런 유진을 말리는 박 대표의 투덕거림이 입구까지 전해졌다.

겨우 빠져나와 커다란 출입문을 열었을 때 앞을 지키고 있던 누군가가 나를 가로막았다. 코에 닿는 향수가 제법 익숙했다. 고개를 들자 주얼리쇼에서 보았던 우아한 금발 미인이 나를 노려보고 있었다. 그녀는 기가 막힌 듯 헛웃음을 터트렸다.

"뭐가 어떻게 된 건가 했더니, 그 신파가 그럼, 그쪽이었어?"

어깨에 두른 파워 숄더의 트위드 재킷에 부드러운 가슴 곡선을 우아하게 드러낸 실크빛 상의, 잘록한 허리부터 긴 다리를 멋지게 드러낸 와이드팬츠. 손에 든 클러치백까지 완벽하게 마무리한 스타일이 가장 먼저 눈에 들어왔다. 이 상태로 어딜 가도 그곳에서 가장 힙하다는 말을 들을 것 같았다. 그러나 다시 만난 반가움보다 더 놀랐던 건 그녀의 입에서 자연스럽게 튀어나온 한국어였다.

"한국말을 할 줄 알았어요?"

내 반응과 반대로 그녀가 적대감 가득한 눈으로 노려보더니 냉소를 지었다.

"그런 주제에, 대니를."

이전과는 확연하게 다른 태도에 나는 한 걸음 물러선 채로 그녀를 보았다. 대니라면. 어리둥절해하는 나를 두고 그녀가 다시 한번 코웃음을 쳤다.

"나, 아직도 몰라요?"

"누구신데요?"

차분하게 묻자 그녀가 도도한 얼굴로 턱을 치켜들었다.

"클로에 모렐."

그 단순한 자기소개에 나는 순간 멈칫했다. 클로에 모렐. LV패션 그룹의 첫 여성 이사회 임원이자 헤르네의 부사장. 전 세계 여성 억만장자를 논할 때 톱 순위에서 빠지지 않는 세기의 상속녀. 어디선가 봤다 했더니 하필. 클로에 모렐 역시 자신의 이름 석 자가 곧 명함이자 상징이라는 걸 정확하게 아는 듯 나를 위에서부터 내려다보는 눈으로 쳐다보았다. 나는 가볍게 고개를 숙였다.

"안녕하세요, 이치린입니다."

내 인사에 눈이 보석보다 더 푸른 미인의 표정은 더없이 싸늘했다. 재회한 금발의 미녀가 나에게 시비를 거는 이유는 예상대로 지헌 때문이었다.

"대니랑 어떻게 알게 된 사이죠? 언제부터 알았어요?"

대뜸 묻는 말에 빤히 보기만 하자 그녀가 또박또박 천천히 발음했다.

"다니엘 루이즈 드 블루아 강. 아, 강은 법적으로 아무 효력이 없는 성이고. 프랑스인이라."

"몰라요, 그런 사람."

"……몰라?"

클로에가 눈살을 구기며 되물었다. 어디서 거짓말을 하냐는 눈빛이었다.

"그렇게 긴 이름을 가진 사람은 잘 모르고, 그냥 강지헌이라는 사람은 조금 알아요."

"어디서 그런 말장난을……! 내가 우스워요?"

여유가 없이 몰아붙이는 고압적인 목소리가 나 홀로 반가웠던 마음에 찬물을 뿌린 것처럼 기분이 팍 식어 내렸다. 그녀가 훈계하듯 권위적인 태도로 말했다.

"당신하고 한가하게 농담이나 할 사이는 아니죠, 내가. 그 정도는 알지 않나?"

서로의 이름도 모르던 때에 스쳤던 호감이 사라지자 그녀와 나 사이에 새롭게 생겨난 계급이 그 공백을 채워 나갔다. 타인에게 이유 없이 미움받는 체질이라도 있나 보다. 나를 향해 불쾌한 표정을 짓는 미인을 보며 담담하게 대꾸했다.

"바쁜 걸로 치면 여기서 1등은 나라서. 농담할 사이 아니니까 그만 가 봐야겠네요."

"뭐라구? 이봐요! Hey!"

곧장 돌아서자 그녀가 성큼 쫓아와 나를 막아섰다.

"사람이 말을 하고 있는데 어딜 가!"

"그럼 사람답게 대화를 요청해요. 무례하게 굴지 말고. 이런 건 동물이나 하는 짓이잖아요."

"……지금 나한테 동물이라고 했어? 감히……?"

푸른 눈동자가 분노로 번들거리자 정말로 보석처럼 빛났다.

"동물이나 하는 짓이라고 했지, 동물이라고는 안 했어요. 그 둘은 좀 다르니까."

"이 아가씨가 아주 맹랑하네? 그러니까 대니가 홀라당 넘어갔겠지만!"

"어떻게 알았어요? 그 사람이 나한테 넘어온 거."

파르르 떠는 눈을 보며 감정 없이 덧붙였다.

"나만 알고 있는 줄 알았는데."

갑자기 클로에가 눈을 부릅뜨며 나를 있는 대로 쏘아봤다.

"이럴 줄 알았어……! 당신, 일부러 대니한테 접근한 거지? 꿍꿍이가 뭐야, 돈이야?"

"돈 주시게요?"

"……뭐?"

클로에가 입을 쩍 벌렸다.

"보통 그런 건 엄마들이 주던데. 혹시 강지헌 씨 엄마예요?"

"뭐……어? Are you mocking me?"

"놀리는 게 아니라 지금 모습이 딱 그래서요. 꼭 아들 챙기는 엄마 같아서."

엄마라는 단어를 강조하자 흥분한 그녀가 고아한 상속녀의 가면을 벗던지더니 씩씩거렸다. 나는 그녀의 예쁜 입술이 'fukin'과 'shit'을 연이어 내뱉는 것을 모른 척하며 말을 이었다.

"그렇더라도 그건 좀 참아 주세요. 공돈 같은 거 별로 안 좋아하는 성격이라."

내 말을 천천히 곱씹듯 눈을 깜박거리던 클로에가 입술을 비틀었다.

"그럼 원하는 게 돈이 아니라 그 이상이라는 거네?"

"부탁이니 돈 자랑은 다른 데 가서 좀 해 주겠어요?"

"은근슬쩍 피해 갈 생각 말고 확실하게 말해! 대니랑 결혼이라도 하겠다는 거야?"

이글이글 타오르는 열정적인 눈동자를 보니 퍽 귀엽다는 생각마저 들어 불쑥 장난기가 치밀었다.

"그럴까요? 강지헌 씨는 내 프러포즈 기다린댔는데."

"절대 안 돼! I won't never allow it!"

상식을 벗어난 적의로 똘똘 뭉친 맹렬한 외침에 나는 속으로 놀랐다. 그리고 태연하게 물었다.

"왜죠?"

"왜냐니, 그거야 당연히 안 되니까……!"

"그러니까, 당사자도 아닌데 왜 모렐 양이 그런 말을 하냐구요."

"그건…… 그러니까, 그건."

'Cause'를 연달아 중얼거리던 그녀가 눈을 번쩍 치켜세웠다.

"대니와 결혼할 사람은 처음부터 나로 정해졌으니까!"

뒤늦게 답을 찾은 사람처럼 외치는 그녀를 가만히 보다 고개를 끄덕였다.

"그러세요."

"……뭐?"

"그렇게 하시라구요."

얼떨떨한 얼굴로 눈을 깜빡거리는 클로에를 보며 나는 가볍게 덧붙였다.

"난 비혼도 상관없으니까."

얼어붙은 클로에를 지나쳐 밖으로 나가자 지헌이 팔짱을 낀 채 벽에 기대서 있었다.

"다 끝난 거야?"

아주 잠깐 흠칫 굳어 있던 나는 지헌을 물끄러미 보았다. 그리고 약간의 시간이 흘렀다. 내가 먼저 고개를 끄덕였다. 지헌이 손을 내밀었다.

"가자."

한여름 밤의 열기가 마주 잡은 손안에서 피어나는 것 같았다.

* * *

"……지금."

치린이 사라진 곳을 뚫어질 듯 노려보는 클로에의 얼굴이 창백하게 굳었다가 다시 빨갛게 타올랐다.

"가만 안 둘 거야, 저 여자……!"

"그만둬. 네가 졌어."

당장 뒤쫓아 갈 기세인 클로에를 막아선 건 무원이었다. 지금껏 둘을 지켜보고 있던 것처럼 그가 모습을 드러내자 클로에가 주먹을 움켜쥔 채 부들부들 떨었다. 무원이 무심하게 혀를 찼다.

"다음에 만나면 사과해. 네가 무례했어."

"……그만해."

"그러게 왜 앞뒤 없이 달려들어? 매사에 흥분 좀 줄이라고 몇 번을 말해?"

"그만하라구."

"LV 임원으로도, 지헌이 친구로도 모두 다 실격이야."

뼈아픈 일침에 클로에가 입술을 꾹 깨물었다. 안다고, 그딴 것쯤. 그 어린 여자애한테 완벽하게 졌다는 걸.

"너, 대체 무슨 생각으로."

이어지는 훈계에 클로에가 고개를 번쩍 쳐들었다.

"알아. 아니까 그만 좀 해! 지금 꼭 그런 말을 해야겠어!"

울분에 찬 목소리에 무원이 말을 멈췄다.

"다른 사람도 아닌, 오빠가! 오빠까지 꼭 그렇게……."

설움을 꾹 눌러 참는 푸른 눈동자에 투명한 눈물이 가득 차올랐다.

"그렇게……."

울먹거리는 클로에를 보던 무원이 눈을 찌푸리더니 별수 없다는 듯 팔을 벌렸다. 클로에가 무원의 가슴에 덥석 안겨 얼굴을 묻고 엉엉 울었다.

"다니엘은 지금 속고 있는 거란 말이야, 저 여자한테!"

"근거는 있고?"

무원이 타박하듯 묻자 클로에가 발끈했다.

"내가 다 들었단 말이야! 애인한테 배신당해서 다니엘을 이용하고 있는 거라니까!"

소리를 빽 지른 클로에가 코를 훌쩍거렸다.

"불쌍한 대니, 바보같이 맨날 여자한테 속기나 하고. 순진해 빠져서는……."

"대체 누구 얘기를 하는 거냐."

무원이 한숨을 쉬었다.

"오빤 몰라. 걔는 어릴 때부터 그랬어. 여자 앞에만 가면 입을 꾹 다물어 버렸다고. 그러니 여자를 알 턱이 없지."

"여자가 아니라 모든 사람을 대상으로겠지. 그때 지헌인 말을 하지 않았으니까."

무원이 어두운 표정으로 중얼거렸다.

"그래서 내가 지켜 줘야 한다고."

"클로에."

"오빠가 없었잖아! 가 버렸잖아!"

클로에가 무원을 노려보며 외쳤다.

"우리 둘뿐이었다고!"

원망에 찬 눈동자를 무원은 담담하게 받아들였다.

* * *

탁하고 문을 닫는 순간, 지헌과 나의 시선이 얽혀 들었다. 팽팽하게 당겨진 실이 곧 끊어질 것처럼 숨이 막혔다. 여기까지 어떻게 왔는지 기억나지 않았다. 지헌이 운전하는 차 안에 얌전히 앉아 창밖을 보며 태연한 척을 했던 거 같다. 유진에게 자기 전 잊지 말고 자동수급장치에 물을 채워 달라는 문자도 보냈다. 그럼에도 쿵쿵거리는 심장은 좀처럼 잠잠해질 생각을 하지 않고 계속해서 고동쳤다. 그와 나 사이를 빽빽하게 채운 성적 긴장감에 숨결 하나조차도 서로에게 닿을 것 같았다. 끓어오르는 욕망을 두 눈에 고스란히 드러내면서도 고결한 성직자처럼 단정하게 서 있는 그가 나를 더욱 안달 나게 했다. 가만히 지헌의 얼굴을 보자 그가 나긋하게 휘어진 눈동자로 내게 손을 뻗었다.

'이 손 잡고 말해요, 뭐든 들어줄 테니까.'

밤의 편의점에서, 지헌이 한 말을 떠올리며 그의 손을 보았다. 사근사근한 목소리 안에 칼날을 품고 있는 남자. 화가 나면 눈빛이 선득하게 빛나며 잔혹함을 드러내는 사람. 그런데도 내게만은 한없이 섬세하고 자상한. 아는 거라곤 이름이 전부였던 남자를 처음으로 눈에 담은 뒤, 이제 과거의 조각들이 모두 떠오른 지금. 이 손을 잡고 우리는 어디까지 갈 수 있을까.

끝이 오기는 할까. 그런다 한들 잡지 않을 것도 아닌데. 그럴 바엔 더 열렬하게 쥐고 부서질 정도로 끌어안는 게 낫다. 떨리는 손끝에 힘을 주고 나른하게 기다리는 지헌에게 손을 포갰다. 그 순간 서로를 강하게 끌어당기는 자석처럼 우리의 몸이 열렬하게 맞물렸다. 이성의 손을 처음 잡고 떠는 십 대 소녀처럼 나는 지헌의 손을 잡은 채로 몸을 떨었다. 그의 목에 팔을 감고 입술을 맞대는 순간 심장이 쿵 떨어져 내리고 첫날밤을 치르는 신부처럼 눈앞의 모든 것들이 아득하게 흩어졌다. 당장 그와 하나가 되지 않으면 숨이 넘어갈 것만 같았다. 그렇게 나는 지헌을 안았다. 불꽃이 타오르는 것처럼.

등이 벽에 쿵 하고 부딪혔고 동시에 셔츠가 떨어져 나갔다. 우리는 입술을 떼지 않은 채로 서로의 몸에서 거추장스러운 모든 것들을 하나씩 떼어 냈다. 지헌이 드러난 맨 어깨를 가볍게 쓸어내리며 팔을 감싸자 나는 그의 셔츠를 쥐고 내게로 바짝 당겼다. 내가 아니면 안 될 것처럼 맹목적으로 바라보는 강렬한 시선에 몸이 허물어지는 기분이었다. 미끄러지듯 천천히 내려간 입술이 예민한 피부를 빨아 당기자 나는 몸을 떨며 내게 얼굴을 묻은 지헌의 머리카락을 쓸었다. 이제까지와는 다른 낯선 향기가 코끝을 스쳤다.

"향수…… 왜 바꿨어요?"

"보고 싶은 거 참으려고."

그가 내 목덜미를 입술을 문지르며 말했다. 뜨거운 혀가 피부를 핥아 올린 뒤 다시 가볍게 빨아들이자 나른한 쾌감이 온몸을 타고 퍼져 나갔다.

"……효과 있었어요?"

"전혀."

가슴을 서늘하게 했던 마음이 순식간에 채워졌다.

"하아, 그냥……."

"그냥?"

신음으로 흩어진 말을 지헌이 붙잡으며 되물었다. 흥분에 찬 맥박이 가쁘게 뛰는 와중에도 키스는 계속 이어져 숨이 닳아 없어질 것처럼 차올랐다.

"……바로."

떨리는 입술을 떼고 간신히 속삭이자 내게 와서 박히는 시선이 갈망으로 들끓었다. 지헌은 선 채로 나를 안았다. 무릎 아래로 들어온 손이 벽을 강하게 짚으며 힘을 주자 핏줄이 불툭 솟아올랐다.

"아."

온몸으로 덥고 뜨거운 숨이 가득 들어차서 나는 그대로 숨을 멈춰야 했다. 눈을 지그시 감으며 벙긋하게 벌어진 입술을 부르르 떨자 지헌이 이마를 마주 대며 물었다.

"괴로워?"

가느다란 날숨을 겨우 토해 내며 앓는 소리를 내자 그가 나직하게 신음했다.

"기다릴까, 치린아?"

응, 응. 말이 나오지 않아 고개만 마구 끄덕이자 지헌이 움직임을 멈춘 채 이마와 뺨에 차례대로 입술을 눌렀다. 놀라서 굳어진 몸 안으로 숨을 불어넣듯 그가 내게 온기를 불어넣었다. 천천히 풀리는 긴장에 겨우 눈을 뜨자 욕망으로 탁해진 눈동자가 나를 집어삼킬 듯이 보았다. 땀 맺힌 이마와 구겨진 미간, 짙은 색으로 물든 흑안. 정제된 느긋함이 흐르는 평소와 달리 감정을 한껏 드러낸 눈동자에 거대한 열망이 넘칠 듯 차올랐다. 그런데도 입술을 내밀어 핥는 것 외엔 하지 않는 그가 나를 더욱 떨게 만들었다.

격정으로 떨리는 팔을 들어 지헌의 목을 감고 뺨을 문지르자, 허락의 사인을 알아들은 지헌이 나를 안고 있는 팔에 힘을 주었다. 강하게 밀어내는 물리적인 힘에 쉬어 버린 목으로 탄성과 신음이 뒤엉켰다. 태풍이 부는 바다 한가운데에 맨몸으로 떠 있는 것처럼 몸이 요동쳤다. 밀려오는 파도를 고스란히 받아 내며 끙끙거리는 입을 손등으로 막자 나를 몰아붙이는 지헌의 움직임도 거세졌다. 패션쇼장에서 내가 울음을 터뜨릴 때까지 몰아붙였던 것처럼, 등 뒤로 벽과 앞에 선 지헌에게 갇힌 채 기어이 나는 눈물을 흘리고 말았다. 심장이 붕 떠올랐다 낙화하는 꽃잎처럼 떨어져 내리길 반복했다. 나를 태산처럼 안고 있는 지헌의 넓은 어깨 뒤로 파도처럼 너울대는 전등 빛을 흐릿하게 보며 조금이라도 더 숨을 들이쉬기 위해 고개를 젖혔다. 팔이 미끄러지며 뜨거운 숨이 그의 가슴에 닿았을 때 지헌이 귀를 깨물며 속삭였다.

"나 안아, 놓치지 말고 꼭."

스위치가 팟 터져 버린 것 같은 쾌락에 흐느끼며 지헌의 이름을 불렀다. 혼이 다 빠져나간 것 같다는 생각을 할 때쯤 비산하는 먼지와 함께 우리도 편편히 부서져 내렸다. 여유라고는 하나도 없는, 서로를 향해 치열하게 파고드는 동물 같은 거친 숨소리만이 가득한 우리의 첫 번째 밤이었다.

* * *

하네다 공항에 도착해서 기다리고 있던 차에 올라탄 준은 차가 곧장 수도고속도로로 진입할 때까지 굳은 표정을 이어 갔다. 한국을 떠나기 전 마지막으로 본 치린의 얼굴이 뇌리에서 떠나지 않았다. 아이처럼 눈물을 펑펑 쏟아내며 남자의 품에 안겨 있는 모습이.

십 년을 넘게 보며 린이 우는 모습을 본 건 손에 꼽을 정도였다. 그녀는 우는 모습을 보이지 않았다. 자존심이 센 치린이 타인의 동정을 받는 걸 죽기보다 싫어하기 때문이다. 남에게 불쌍하게 보이는 걸 가장 끔찍하게 여겼다. 그래서 몰래 숨죽여 울지언정 가까운 사이인 자신이나 에리카에게조차 무너지는 모습을 보이지 않았다.

그런데, 그랬던 치린이 울었다. 그 남자 앞에서 엉엉 울며 안기듯 매달렸다. 그 모습이 준에게는 큰 충격이었다. 그렇게 오랜 시간을 옆에 있던 자신에게조차 허락하지 않은 모습이었는데. 만나지 얼마 되지도 않은, 그런 바람둥이 같은 남자에게 무너지다니. 그가 아는 이치린이 아닌 것 같았다. 겉껍데기만 린 같은.

부질없는 상념을 이어 가는 동안 목적지에 다다른 차가 멈춰 섰다. 준은 곧장 병원 안으로 들어섰다. 사에가 알려 주었다. 이곳에 에리카와 그의 아이가 있다고. 착잡함과 답답한 한숨 끝에 그는 현실과 부딪쳐 보자는 지난밤 다짐을 상기했다. 원치는 않았으나 그에게도 가족이 생긴 거였다. 치린의 말대로. 어떻게든 헤쳐 나가야 그다음 길이 보이겠지.

긴장된 숨을 몇 번이나 흘려 낸 그가 사에가 전한 병실로 향했다. 미로 같은 병동을 돌며 더 깊숙한 곳으로 걸어 들어갈 때마다 익숙한 불안감이 스멀스멀 그의 전신을 감쌌다. 좁은 통로와 여러 번 걸쳐야 하는 절차, 그리고 곧 이어 나오는 밀실 같은 병동 1인실. 아직 완치되지 않아서 그런 건가 싶으면서도 이상하게 기분이 묘했다.

원래 출산 후에 이렇게 오래 입원을 하던가. 내내 외면당했던 존재로서 가슴 한편에 남아 있던 서늘한 분노는 사라지고, 막상 병원에 들어서자 무지함이, 아무것도 알려고 하지 않았던 자신에 대한 질책으로 번졌다. 그래도 그의 아이를 낳은 사람인데, 너무 무신경했다는 자책과 후회가 뒤섞였다.

커다란 병실 문을 열고 선 준이 주위를 둘러보았다. 모리 부인도, 늘 보던 경호원도 없었다. 병실을 잘못 찾아왔나 싶어서 문 앞에 달린 이름표를 확인하자 마츠이라고 적힌 글자가 보였다.

"……마츠이?"

준이 조심스럽게 병실 안으로 발을 옮겼다. 병실을 부유하는 음산하고 불길한 기운에 등골이 섬뜩했다. 코를 찌르는 알코올 냄새에 얼굴을 찡그린 준이 한 발 더 앞으로 나아갔다.

"마츠……."

준은 그대로 굳었다. 에리카가 바닥에 쓰러진 채 창백한 얼굴로 눈을 꼭 감고 있었다.

"마츠이!"

놀란 준이 에리카에게 달려갔다. 어딘가에서 얇게 흐른 시커먼 피가 바닥을 적셨다.

* * *

첫 번째가 사납고 맹렬한 본능에 가까웠다면, 두 번째는 뜨거운 초콜릿을 삼킨 것처럼 달고 부드러웠다. 피부를 스칠 때마다 아릿하게 이어지는 키스에 침실의 공기마저 농밀하게 달아올랐다. 바라보는 것만으로도 숨이 졸아들 것처럼 열기가 들끓던 지헌의 눈동자는 충만한 만족감으로 빛났다. 나도 그와 비슷하리라. 나른한 시선으로 그를 올려다보다 문득 궁금해졌다.

"나, 언제 찾았어요?"

"확신한 건 일 년쯤 전."

그가 나긋하게 답하더니 고개를 꺾고 입술을 겹쳐 왔다. 끌어당기는 뜨거움이 짙어질수록 숨이 가빠 왔다. 머릿속이 하얗게 바래지고 아무 생각도 못하게 만드는 키스였다. 서로의 호흡이 뒤섞이고 새벽녘 피어나는 물안개 같은 소리가 한동안 이어졌다. 촉촉하게 젖은 입술 사이로 달뜬 숨을 몰아쉬다 겨우 입술을 떼고 물었다. 지금 기회를 놓치면 지헌이 또다시 달려들 것 같았다.

"진짜로, 나 결혼한 줄 알고 안 왔어요?"

"아니."

"그럼……?"

"잘살고 있으면 됐다 싶었지. 애초에 찾은 이유가 그거였으니까."

뺨과 턱에 입을 맞추던 지헌이 고개를 들고 나를 보았다.

"꼬맹이 잘못됐을까 봐."

"……."

"아무 연고도 없는 땅에 가서 험한 일 당했을까 봐. 성격이 모나서 그러기 딱 좋게 생겼거든."

가슴이 술렁거려서 심술궂은 말 같은 건 들리지 않았다. 내가 모르는 곳에서, 누군가 나를 생각하고 있었다는 사실에 마음이 들썩였다. 꼭꼭 채워 놓은 빗장이 헐거워지는 것처럼.

"조금…… 감동받은 거 같아요."

조금? 하고 어이없다는 듯 되물은 그가 다시 심술을 부렸다.

"배신감 왕창 들었거든요, 아가씨. 허무, 염세, 비관으로 똘똘 뭉쳐 있던 분이 결혼해서 잘만 사신대서."

신랄하게 이죽거리는 것과 달리 쇄골을 깊게 무는 얼굴은 관능적이기 짝이 없었다. 자극에 금세 반응하듯 숨이 들썩였다.

"……바로 알아봤어요? 한 번에?"

"누구랑 다르게 눈썰미가 좋아서."

나른한 대답과 함께 토해지는 숨이 목덜미를 간지럽혔다. 내가 웃기만 하자 그의 입술이 예민하게 일어선 살덩이를 깨물었다. 아아. 그의 머리카락을 가만히 쥐고 있던 손에 힘이 들어갔다.

"내 예상이 맞았네. 실컷 얻어맞고 와서 웅크리고 있는 거."

피부 위로 번지는 나긋나긋한 음성을 들으며 신음을 참은 채 고개만 젖혔다. 집요하게 파고드는 입술에 아래로부터 열기가 번져 허리를 비틀었다. 지헌은 세게 움켜쥐고 놓아주지 않은 채 눈만 가만히 들었다. 그의 시선이 상처 난 뺨에 닿았다.

"이러니 내가 화가 나겠어, 안 나겠어. 응? 치린아."

숨이 떨리고, 맞닿은 살이 떨리고, 손끝이 떨렸다. 곧 들이닥칠 진득한 쾌락을 이미 알기 때문인지, 아니면 숨이 넘어갈 정도로 몰아붙일 사나움 때문인지, 어디에서 기인하는 두려움인지 알지 못하면서도 떨렸다. 달아나고 싶을 만큼 두려우면서도 매달리고 싶은 마음에 번민하다가 결국 그가 내민 손에 손가락을 얽고야 만다. 낱낱이 파헤칠 것처럼 쏟아지는 시선에 가만히 눈을 맞추며 올려다보자 지헌이 입술을 휘었다.

"이런 눈으로 나만 보는데. 내가 어떻게 참아, 나비야?"

맹수처럼 돌변해 순식간에 덮쳐도 전혀 위화감 따위는 없을 남자가 신사처럼 점잖고 상냥한 얼굴로 나를 내려다보며 웃었다.

"……새벽엔 그냥 갔잖아요, 호텔에서도."

내 손목을 끌어다 지난밤 자신이 남긴 흔적을 더듬은 지헌이 까칠한 목소리로 말끝에 힘을 실어 답했다.

"화나서."

뜨겁고 까슬한 혀가 피부 위를 오갔다.

"나 기다렸는데……."

"기다리라고 한 적 없는데, 나한테 오랬지."

"무서워서, 화났을 거 같아서요."

"많이 나긴 했지. 누가 계속 버텨서."

지헌이 피부 위로 이를 꾹 누르더니 세차게 빨아들였다. 그의 입술이 손목에 난 상처를 스칠 때 가만히 그의 뺨을 쓸었다. 천천히 어루만지듯 쓸어내리는 내 마음을 알기라도 하듯 지헌이 아무 말도 하지 않은 채 눈을 감았다.

"왔으니까, 됐어."

캐묻지 않는 사람이야말로 인간의 마음을 가장 잘 위로하는 사람이라고 했던가. 당신은 단 한 번도, 나를 위로하는 데에 실패하는 법이 없다. 그의 앞에서 나는 과거를 말하지 않아도 되는 것에 안도했다. 뜨겁게 핥아 내린 혀끝이 상처를 부드럽게 어루만지자 눈물이 나올 것 같아서 손등으로 입을 지그시 눌렀다. 지헌이 떼어 낸 손을 부드럽게 쥐고 입술 위로 속삭였다.

"아직도 몸에 힘이 잔뜩 들어가 있는데?"

그건 어쩔 수 없었다. 다치고 울고 퉁퉁 부어서 엉망인 얼굴로 이런 순간을 맞이하게 된 여자로서 당연한 긴장감이었다.

"그럴 여유가 있단 말이지."

사납게 웃은 지헌이 입술을 겹쳐 왔다. 뜨겁게 빨아들였다 자근자근 깨무는 입술에 항의할 틈을 놓치고 말았다. 손목을 타고 올라와 팔 위로 얼굴을 묻고 있는 그는 아끼는 먹이를 천천히 음미하며 씹어 삼키는 야수 같았다. 나는 팔 한쪽만 내주고도 전부가 삼켜지는 것처럼 몸을 떨었다.

"이거…… 벌이에요?"

"그래서 싫어?"

지헌이 내게서 눈을 떼지 않은 채 입술을 핥으며 물었다. 팔목을 타고 올라온 뜨거운 혀가 이제는 흔적이 사라진 곳을 정확히 짚으며 깊게 깨무는 힘에 간신히 입을 열었다.

"아니, 좋아."

호기로운 대답에 지헌이 흡족하게 웃더니 한쪽 어깨가 드러난 맨살 위로 입술을 문질렀다. 감각적이고 자극적인 숨결에 한껏 예민해진 살성이 솜털 하나까지 모두 일어서는 것처럼 곤두섰다. 겨우 긴장이 풀려갈 때쯤 의도가 분명한 눈빛으로 나를 강렬하게 바라보는 지헌을 보았다. 표정에서 드러나는 당황스러움을 읽은 그가 예쁘게 미소 지었다.

"자제가 안 되네. 처음이라."

거짓말. 본능으로 튀어나오는 물음은 피부 위로 내려앉는 붉은 입술 안으로 사라졌다. 촉촉한 혀끝이 피부를 누를 때마다 심장이 눌리는 것처럼 떨려서 정신이 아득해지고 이성이 가라앉았다.

"보이는 모든 곳에다 입 맞추고 싶다고, 내가 말했던가?"

숨이 턱 끝까지 차올라 말이 나오지 않았다.

"해도 돼?"

가슴 끝을 가만히 문 채로 그가 물었다. 붉은 혀가 느릿하게 움직일 때마다 피부 위로 오싹한 감각이 스쳤다. 간신히 고개만 끄덕이자 지헌이 나른한 얼굴로 입술 아래 움푹 들어간 곳을 문질렀다.

"말로 해 줘. 응?"

지헌이 이런 눈으로 나를 보고 애원하면 나는 꼼짝없이 울에 갇힌 사냥감처럼 아무것도 할 수가 없다. 갈망으로 가득 찬 눈으로 그가 재촉했다.

"나도……."

온몸에서 빠져나간 힘이 모두 그를 향해 쏟아지는 것만 같아 나는 간신히 팔을 들고 그의 목을 당겼다.

"나도 하게 해 줘요, 당신 몸에 입 맞추는 거."

나를 보는 그의 까만 눈동자에 힘이 들어갔다. 동시에 나를 안고 있던 단단한 몸도 자신의 존재를 알리듯 은근하게 무게를 실어 왔다.

"잠깐 잊었네. 우리 아가씨가 얼마나 위험한 성격인지."

"그래서…… 싫어요?"

그의 귓불을 만지작거리며 묻자 그가 맞닿은 살갗 위에 뺨을 문질렀다.

"좋아."

붉은 입술이 은밀하고 자극적인 말을 토해 내며 나를 향해 다가왔다.

"눈이 돌아 버릴 만큼."

관능적 자극에 취한 건지 아무 말도 하지 못한 채 그의 붉은 입술만 뚫어지게 보았다.

"야한……군인 아저씨네."

내가 몽롱하게 중얼거리자 그의 하얀 이마에 실금이 갔다. 지헌이 나른한 숨을 토해 낸 뒤 시선을 내리뜨고 말했다.

"아가씨가 더 야해요."

그의 뒤로 북미 인디언들이 악을 쫓기 위해 집에 걸어 두었다는 둥근 버드나무 가지가 깃털과 함께 차랑 소리를 내며 흔들거렸다.

* * *

건령 50년이 넘는 승비원 한옥 가장 안쪽 방. 창과 문을 활짝 열어 둔 채 대나무 발을 바닥까지 드리운 운치 있는 목조 주택에 풍경이 바람결에 청아한 소리를 냈다. 승비원. 부동산 투자 전문 회사로 출발해 호텔, 관광, 면세 사업에 이르기까지 세계 요지에 글로벌 체인을 운영하고 있는 대한민국 호텔관광기업.

그 승비원의 전신이라 할 수 있는 한옥 주택이 한남동 부촌 한가운데에 자리하고 있었다. 대지 규모가 천 평에 달하는 한옥 본관과 양옥 부속 건물로 이루어진 승비원에서 가장 안쪽 깊숙이 자리한 커다란 방에 연로한 노인이 누워 있었다.

기상이변으로 30도를 웃도는 초여름 날씨에도 두툼한 솜이불을 깔고 누워 있는 앙상한 얼굴은 노인의 생이 사경에 가까웠음을 암시했다. 창호 문을 활짝 열고 곳곳에 향을 피워 두어 맑은 향나무 냄새가 방 안을 가득 채웠다. 동양화에나 나올 법한 풍경이었다.

잠들어 있던 노인이 눈을 번쩍 떴다. 그러자 초로한 안색과 달리 형형하고 표독스러운 안광이 드러났다. 그녀가 나뭇가지처럼 바짝 마른 손을 뻗어 종을 잡아당기자 1분도 채 되지 않아 시종인이 달려왔다.

"부르셨어요, 어르신?"

개량 한복 차림의 여인이 공손을 읍하자 노인이 고개도 돌리지 않은 채 버석하게 마른 입술을 뗐다.

"내 장손, 무원이 데려와."

"……이렇게 늦은 밤중에요? 자고 있을 것 같은데, 제가 큰 도련님께 연락을 넣어 보고."

길게 이어지는 여인의 목소리에 노인이 손에 잡히는 물그릇을 냅다 던졌다. 둔탁한 소리와 함께 그릇이 나뒹굴고 새어 나온 물이 이불깃을 적셨다.

"어디서 말대답을."

객담으로 탁한 목소리를 내는 노인이 잠시 침을 삼키며 호흡을 가다듬었다.

"어서, 무원이를."

그러나 시종인은 매일 보는 일인 듯 차분한 표정으로 다시 읍했다.

"알겠습니다, 어르신."

그녀가 뒷걸음으로 조용히 물러나자 승비원 최고의 어른이라 불리는 노인, 한 여사가 색색거리며 끓어오르는 숨을 천천히 내쉬었다. 젖은 이불이 새로 꺼낸 비단 이불로 모두 갈아질 무렵, 댓돌 위로 무원의 구두가 올라섰다.

"할머님."

은은한 풍경 소리와 함께 대나무 발을 밀어내고 들어선 무원이 조용히 제 존재를 알렸다. 보료 위에 비스듬히 기댄 채 눈을 감고 있던 한 여사가 천천히 시선을 들었다. 장손의 얼굴을 눈에 담는 순간, 푹 꺼져 있던 그녀의 뺨에 생기가 돋아났다.

"오냐, 우리 장손이 왔구나."

일 년 전 분가 문제로 한바탕 파란이 일었을 때 쓰러진 뒤부터 날로 기력이 쇠해 가는 한 여사였다. 삶의 가장 큰 자부심이었던 삼대독자 아들의 결혼 실패와 세상에 다신 없을 귀한 보물처럼 길러 온 장손의 파경을 겪으며 연이은 충격으로 기세가 완전히 꺾인 이후였다. 그럴수록 괴팍한 성격은 날로 더해져 집안사람들마저도 그녀의 심술에 혀를 내둘렀다.

"찾으셨다고 들었습니다."

무원이 그녀 앞에 무릎을 꿇고 앉았다.

"적적해. 네가 없으니 온 집이 절간 같구나."

일 년째 하루를 빠짐없이 같은 말을 하는 조모 앞에 앉아 무원은 대답 대신 차분히 미소만 건넸다. 간신히 얻어낸 분가였다. 승비원의 후계자라는 입지를 굳히려면 반드시 새 호텔이 성과를 내야 한다는 온갖 명분을 전부 동원해서. 그렇게 멀어진 한남동과 새로 개장한 호텔이 있는 영종도와의 거리. 시도 때도 없이 손자를 불러들이는 조모의 호출은 집착 수준이었으나 무원은 담담하게 감내했다. 이로 인해 딸아이를 향한 화살이 조금이나마 빗겨 날 수 있다면 더한 것도 감당할 그였다.

"그 앙큼한 게 야살만 떨지 않았어도……."

무원이 분가를 결정한 이유가 무엇 때문인지 정확하게 알고 있는 조모가 오늘도 어김없이 증손녀를 걸고넘어졌다.

"어디 그런 근본도 모를 천한 핏줄을 내 집안 자손으로 둔갑시켜."

"할머님."

아이를 두고 험악한 말을 아무렇지 않게 입에 담는 조모를 무원이 점잖게 불렀다. 그녀가 입술을 몇 번 더 들썩이더니 탁한 숨을 토해 냈다.

"나와의 약속은 잊지 않았겠지? 벌써 7월이니 올해가 가려면 채 반년도 남지 않았구나."

"네."

무원이 차분하게 고개를 숙였다.

"잊지 말거라. 너는 이 강씨 집안에 남은 유일한 적손이야. 네가 하루빨리 가정을 이루고 대를 이어야 내 맘 편히 눈도 감거늘."

앙상하게 마른 살가죽 위로 핏줄이 툭 튀어나온 손등에 세월의 깊은 연륜이 묻어났다. 저 손으로 제 어머니를, 동생을, 그리고 제 딸아이를 매섭게 내리치던 과거의 날들이 차례대로 떠올랐다. 무원은 그런 조모의 손을 건조한 눈으로 바라보며 잠자코 기다렸다. 불만스럽게 씰룩거리는 뺨이 한밤에 갑자기 그를 이리로 부른 이유가 따로 있는 게 분명했다.

"그 아이."

한 여사가 이마를 구긴 채 짧게 내뱉었다. 이름을 입에 올리는 것마저 마뜩 잖다는 듯. 그럼에도 눈동자엔 그를 바라볼 때와 같은 광기 어린 집착이 서려 있었다.

"그 애, 말이다."

무원의 표정이 짧은 순간 굳어졌다. 한 여사가 입에 올리는 그 애라 불리는 존재는 승비원에서 단 하나였다. 손자의 미세한 변화를 예리하게 간파한 한 여사가 입술을 비틀자 심술궂은 인상이 더해졌다.

"제가 감히 여기가 어디라고 들어와."

"……들으셨습니까?"

"할미를 바보로 아는 게냐."

이 승비원 가장 안채에 들어앉아 어디가 끝인지도 모를 수족을 제멋대로 부리는 조모가 무원은 가끔 두려웠다. 아무리 잘라 내고 쳐내도 끝없이 자라나는 저주받은 고목의 줄기 같았다.

"가문과 제 아비를, 형을 버리고 떠난 종자가 감히."

그 아이를 몹쓸 지경까지 몰아붙여 쫓아낸 게 바로 당신 아닙니까. 제멋대로 과거를 왜곡하며 분노를 쏟아 내는 조모를 무원이 덤덤하게 보았다.

"제 형 인생까지 망쳐 놓고, 대체 이제 와 무슨 꿍꿍이로 한국에 발을 들인단 게냐. 혹시라도 이 집안을 노리고."

차분하게 듣고 있던 무원이 고개를 들고 조모를 똑바로 보며 지금까지와 다른 목소리로 또렷하게 제 뜻을 전했다.

"그냥 두세요, 할머니."

한 여사가 그런 손자를 날카롭게 쏘아봤다. 그러나 무원은 천천히 제가 한 말을 되풀이했다.

"지헌이, 그냥 두세요."

부동 없이 낮게 가라앉은 눈동자를 한 여사가 가만히 보았다.

"제가 있잖습니까, 할머님."

말없는 시선에 굳은 의지가 담겼다. 제 아들을 판박이처럼 빼다박은 손자의 얼굴을 한 여사가 가만히 보았다. 꿈에서도 마주치기 싫은 며느리를 닮은 구석이라곤 하나도 없었다. 며느리를 쏙 빼다박은 건 둘째, 지헌이었다. 계집애처럼 하얀 피부와 붉은 입술, 독특한 눈 색깔로 보는 사람마다 죄다 예쁘다며 한마디씩 거들게 만든 요망한 아이. 처음부터 이 집안에 그런 씨를 허락하는 게 아니었다. 내 집안 씨앗을 훔쳐 간 요망한 계집. 그 핏줄이 제 발로 여길 걸어 들어오다니. 보료를 잡은 노인의 손끝에 독기 가득한 힘이 실렸다.

* * *

북북. 툭툭. 작지만 끈질기게 이어지는 소리에 잠이 깼다. 침대 위는 나 혼자였다. 쓰러지듯 잠든 지 얼마나 됐을까. 드문드문 밀려오는 기억의 마지막은 욕실이었다. 뒤이어 새벽까지 이어진 매우 자극적이고 선정적인 장면이 줄줄이 떠올라 정신이 혼미해졌다. 이성을 잃고 동물처럼 날뛰다 다시 인간으로 돌아와 수치심을 느끼는 과정을 반복하며 나는 홀로 빨개졌다. 혼자뿐인 침실에서도 얼굴이 빨개졌다.

멍하게 앉아 열의 없는 자성의 시간을 갖는데 문밖의 뭔가가 낑낑거리며 울었다. 휘청거리는 다리로 재빨리 침대를 내려서자 몸을 제대로 가누지 못하는 나를 씻기고 손수 입혀 두기까지 한 지헌의 셔츠가 맨다리에 닿았다. 허벅지를 타고 흐르듯 지헌이 남겨 둔 손자국과 붉은 흔적들을 외면하며 방문을 열었다. 울음조차도 가냘프게 느껴지는 새끼 고양이가 머리를 빼꼼히 내밀었다.

"……나비?"

기억 속 나비와 똑같은 턱시도 고양이였다. 신비로운 녹색 눈동자로 온몸에 새까만 털 코트를 두르고 흰 양말을 신은 것처럼 하얀 발만 내밀고 있는 생김새까지 모두 같았다. 멍하게 서 있는 나를 향해 녀석은 12년 전 그때처럼 경계도 없이 다가와 곧장 머리를 비볐다. 세상에, 어쩜 이렇게 예쁠 수가. 막 녀석을 안아 올리려던 순간이었다.

"들어가지 말랬지?"

미약하게 새어 들어오는 불빛에 음영이 지더니 사늘한 음성이 내려앉았다. 그러자 녀석이 내 다리 사이로 숨으며 항의라도 하듯 길게 울음을 울었다. 지헌의 존재도 잊은 채 나는 다시 고양이에게 온 시선을 빼앗겼다. 그러나 나보다 앞서 뻗어 온 길쭉한 팔이 녀석의 뒷덜미를 잡아채더니 문밖으로 밀어냈다. 그리곤 고양이를 따라나서는 내 허리를 가볍게 낚아채며 막아섰다.

"누구예요? 미미 아니죠? 근데 어떻게 저렇게 똑같이 생겼지?"

지헌의 등 뒤에서 고개만 이리저리 빼며 물었으나 그는 재차 방안을 기웃대는 근성 있는 생명체를 향해 차가운 목소리로 입을 열었다.

　"내 거야."

　눈앞에서 문이 탁 닫혔다. 문밖에서 가여운 울음이 이어졌으나 뺨을 감싸는 손길에 고개가 돌아갔다. 찌푸린 미간 사이로 불만을 드러낸 눈동자가 나를 보았다.

　"이제야 봐 주네."

　그가 지그시 웃으면서도 사납게 말했다.

　"나하곤 눈도 안 마주쳤잖아, 아직."

　"아……."

　그거야 일단 민망하고 어색하고, 괜히 붉어지니까. 그런데 비딱하게 기울인 눈으로도 느긋한 척 굴며 내게 시선을 맞추는 남자의 질투가 귀여워 웃음을 흘리고 말았다.

　"잘 잤어요? 쟤 누구예요?"

　"배고프지 않아?"

　"아직은요, 전에 왔을 땐 없었잖아요."

　"어제부터 통 먹는 걸 못 봤는데."

　지헌이 내 손을 잡고 침대로 이끌었다. 그러다 걸음이 영 성에 안 찬다는 듯 덥석 안아 들고 침대에 눕혔다. 폭신한 쿠션이 등에 닿고 허벅지 위까지 올라간 옷을 점잖게 내려 주는 손길을 가만히 견디며 뺨 위가 조금 달아올랐다.

　"미미가 낳은 새끼예요?"

　"아직 새벽이야. 좀 더 자."

　도무지 대답할 마음이 없어 보이는 그를 물끄러미 보다가 뺨을 감싸고 내게로 당겼다. 한 번, 두 번, 입술을 꾹 누르자 길게 눌렀다 뗄 때마다 지헌의 눈동자가 부드럽게 휘어졌다. 나는 잠깐 심호흡했다.

　"나, 강지헌 거예요."

"응, 잘 아네."

그가 기특하다는 듯 뒤통수를 느릿하게 쓰다듬었다.

"그럼, 이제 쟤 보여 줘요."

지헌은 대답하지 않은 채 싱긋 웃기만 했다. 나를 바라보는 눈매가 길게 휘어졌다. 나른하고 매혹적으로. 매우 불길하게.

"……어, 나 그냥 더 잘까요?"

슬금슬금 몸을 물리며 불안한 눈으로 그를 보는데 붉은 입술이 기울어지더니 순식간에 허리째 아래로 쑥 끌려 내려갔다. 등을 대고 누운 내 위로 지헌이 몸을 숙이더니 천천히 양손을 짚고 올라왔다. 느긋하고 여유로운 움직임으로 나를 완벽하게 가둔 그를 눈만 덩그러니 뜬 채 올려다보자 잠시 나를 감상하듯 내려다보던 그가 조용히 웃음을 흘렸다.

"잠이 모두 달아난 눈인데."

"그렇긴 한데, 노력하면 또 금방 잘 거 같기도 하고……."

"도와줄까?"

"……뭘요?"

미소를 짓는 붉은 입술을 보며 멍하게 되묻는데 나른한 숨결이 내려앉았다.

"노력."

지헌은 뺨과 귓가를 오가며 얼굴 곳곳에 느릿하게 입을 맞췄다. 반려에게 코를 비비는 온순한 동물처럼 애정이 묻어나는 입술이 눈꺼풀을 지나 코를 깨물고 입술을 머금었다. 잠이 오기는커녕 생생하게 깨어나는 감각에 숨이 흐트러졌다. 입술을 물고 약하게 빨아들이길 반복하던 그가 나른하게 늘어진 손바닥에 자신의 손가락을 끼워 넣으며 속삭였다.

"내가 재워 줄게, 나비야."

자꾸만 혼미해지는 정신을 느끼며 이건 재우는 게 아니라 기절시키는 거라는 말이 목 안까지 차오르다 사라졌다. 머리카락을 쓸어 넘긴 그가 귓가를 천천히 핥았기 때문이다. 정신을 차릴 새도 없이 어느샌가 나는 그의 아래에서 수면 위로 뛰어오르는 물고기처럼 바르작거리다 꺾인 날개를 퍼덕이는 새처럼 몸을 떨었다. 깨고 나면 또다시 부끄러워질 야한 순간이 계속됐지만 흐느낌을 참지 못해 입술을 물다 그의 이름을 부르는 게 고작이었다.

희미한 여명이 밝아 올 즈음 겨우 침실을 벗어난 내 앞에 새끼 고양이 다섯 마리가 모여들었다.

"그…… 미미가 낳은 거예요?"

"그 미미의 딸이 낳은 거지."

"그럼 3대?"

경탄하는 나를 향해 아까 방문을 긁었던 녀석이 곧장 다가와 애교를 부렸다. 녀석의 목에 걸린 번호표를 물끄러미 보자 지헌은 간략하게 이름 대신이라고 답했다. 계획이 변경되는 바람에 시간이 없었다고 말하는 그를 보며 정지사장이 사무실에 찾아왔던 날이 생각났다.

"그럼 그날 공항에 간다던 게, 얘네들 데리러 간 거였구나."

뭔가 휘둘린 느낌인데. 내가 미심쩍은 표정을 짓자 피식 웃은 지헌이 나를 창가 앞 쿠션 위에 누운 고양이 앞으로 데려갔다.

"얘가……?"

내 짐작이 맞다는 듯 지헌이 가볍게 눈짓했다.

"나 알아볼까요?"

"주인만큼 둔하지만 않다면."

짓궂은 목소리를 모른 척하며 미미의 앞에 앉자 숲을 연상시키는 초록빛 눈동자가 나를 무관심한 눈으로 쳐다봤다. 윤기가 자르르 흐르는 털과 우아하게 꼬리를 말고 앉은 자태에서 귀티가 줄줄 흘렀다. 산에 버려진 채 비쩍 마른 몸으로 빽빽 울어 대던 그 고양이와 같은 동물이라는 게 믿기지 않았다.

"예쁘게 잘 자랐다. 금방 죽을 것처럼 약해 보였는데."

신기해서 쪼그리고 앉은 채로 한참을 보고만 있자 지헌이 뒤에서 나를 감싸 안았다. 순식간에 커다란 남자의 품에 쏙 들어가 버린 자세가 되었다.

"내가 하고 싶은 말인데, 아가씨."

목을 파고들며 가슴을 꽉 조여 오는 팔이 어느샌가 얼굴을 가렸다.

"뭘 보여 줘도 예쁘단 말 않더니. 나한테만 빼고."

서늘함이 묻어나는 목소리에 앞을 가린 팔을 피해 눈을 돌리자 우아하게 솟은 콧날 위로 감정을 쉽게 드러내지 않는 까만 눈동자가 나를 보고 있었다. 차분하고 온화하게. 가까이에서 보자 테두리에서 까만 동공까지 이어지는 홍채의 무늬가 더 선명하게 보였다. 어딜 가든 사람들의 시선을 독차지하는 아름다운 남자의 눈은 주로 절제된 품위를 담은 채 때때로 오만하게 빛나곤 했다. 그런 강지헌의 눈이 나를 향해서만 스스럼없이 웃고 이런 귀여운 투정을 부린다는 걸 안다. 귀엽다고 말을 못 하는 게 문제지만.

"고마워요, 이렇게 정성스럽게 대가족을 거느려 줘서. 쉽지 않았을 텐데."

"소중한 인질이라."

내 몸을 돌린 지헌이 얼굴을 마주 댄 채 거만하게 중얼거렸다.

"보통은, 내가 하는 일에 쉽지 않은 건 없어."

그러다 문득 나를 보며 덧붙였다.

"널 찾는 것만 빼고."

"미안해요, 약속 못 지켜서."

"그럼 이제라도 매일 와, 고양이 핑계 대고. 넘어가 줄 테니까."

다 봐주겠다는 듯 느긋하게 웃는 그에게 얼굴을 묻으며 파고들자 지헌이 머리칼을 귀 뒤로 넘겨 주었다.

"이렇게 귀여울 거면서, 그렇게 안 오고 버텼어, 나비야?"

"버티면 당신이 올 줄 알고."

"그래, 어디서든 버티고 있어. 가는 건 내가 할 테니까."

지헌이 웃자 싱그러운 뺨으로 예쁜 보조개가 피어났다.

　　　　　　　　　　＊＊＊

　"괜찮아?"

　집으로 돌아가는 차 안에서 나른하게 이어지는 침묵을 깨고 지헌이 물었다. 갑작스러운 연락을 받고 막 그의 집을 나오는 길이었다. 계속해서 들어오는 전화가 꽤 급한 용건 같아 서둘러 준비하는 나를 보며 지헌은 계속 불만스러워했다.

　"나 신경 안 써도 돼요. 어차피 집에 가야 했는걸."

　"그거 말고."

　지헌이 나지막한 음성과 함께 고요한 시선으로 나를 바라보았다. 그의 눈빛을 이해한 건 조금 뒤였다.

　"아."

　할 말을 잊은 사람처럼 아무 대답도 못 하자 지헌이 마주 잡고 있는 손을 뭉근하게 문질렀다.

　"아파했던 거 같아서. 걷는 것도 힘들어 보이고."

　"⋯⋯아."

　"너무했나, 내가."

　이런 친밀한 대화를 자연스럽게 입에 올리는 그와 달리 어색한 얼굴로 아무 말도 못 하자 지헌이 시선을 앞으로 돌리며 물었다.

　"설마, 아직도 부끄러워?"

　괜찮으냐고 묻는 곳이 어디인지 알아차린 마당이니 아무래도 대놓고 이렇다저렇다 하기엔 어색했다. 시선을 앞에 둔 채 눈만 크게 뜨고 있자 지헌은 그런 내가 귀엽다는 듯 웃었다.

　"그 몸 어디에도 내 입술이 닿지 않은 곳이 없는데?"

　"그런 얘기는 침대에서만 해요."

　"언제? 오늘 밤?"

나는 결국 내 손을 꼭 쥐고 있는 그의 손등을 끌어다 그대로 눈을 가렸다. 심장이 남아나지 않을 것 같았다.

　한참 만에 지헌의 차가 오피스텔 앞에 멈췄을 때 가벼운 인사와 함께 내리려는 나를 지헌이 그대로 당겨 허리를 안았다.
　"떼 놓기 싫어서 큰일인데. 원래 다 이런 건가."
　그 말이 마음을 설레게 해 그의 목덜미에 뺨을 묻은 채로 나른하게 중얼거렸다.
　"아마도…… 처음은."
　"선수 같은 말을 잘도 하네."
　나긋한 목소리를 들으며 그의 목을 조금 더 꼭 끌어안았다. 밤새 피워 낸 열기가 아직 가라앉지 않고 몸 안에 남아 있어 아릿하고 몽롱했다. 미약에 취한 사람처럼 몸도 의식도 모두 나른해 두 발이 공중에 떠 있는 것 같았다. 연애라는 호르몬에 취한 것이리라. 그의 입술이 이마 위로 가볍게 내려왔다. 시작은 가벼웠으나 지헌이 허리를 당기고 내가 그의 목을 향해 팔을 뻗는 순간 점점 더 깊은 입맞춤이 되었다. 솜사탕보다 부드럽고 초콜릿처럼 달콤한 게 입 안을 굴렀다. 그가 침대에서 나를 몰아세우는 것도 좋았지만 이렇게 다정한 키스를 나누는 것도 좋았다.
　몇 번의 숨을 몰아쉴 때까지 나를 놔주지 않던 지헌이 겨우 입술을 떼며 탁한 숨으로 머리를 감싸 안았다. 거칠어진 숨결을 느끼며 뺨을 기댄 채 그의 심장 고동을 가만히 듣고 있었다. 하루 사이에 새롭게 익숙해진 지헌의 향취가 폐 속 깊은 곳까지 스며들었다. 향수를 만들어야겠다, 오일도. 그런 생각을 하며 숨을 고르는데 지헌의 목소리가 나직하게 울렸다.
　"이따가."
　"……응?"
　"밤에."

서로를 마주 본 시선은 아무것도 하지 않아도 뜨거웠다. 내가 차에서 내린 건 그로부터 한참 뒤였다.

* * *

"고작."

사무실에 들어설 때부터 온갖 냉한 기운을 모조리 뿜어내던 지헌이 수화기를 탁 소리가 나도록 내려놓았다.

"이따위 일로, 내 주말을 망친 각오는 돼 있겠지? 클로에 모렐."

그 살벌하고 선뜩한 눈빛에 두호가 뒤로 한 걸음 물러서며 칼날 같은 시선을 피했다. 지헌의 매서운 시선이 클로에를 향했다. 소름이 돋을 만큼 선득한 기세는 오랜 시간 그에게 단련되어 온 클로에도 견디기 쉽지 않았다. 몸을 짓누르는 위압감에 마른침을 삼킨 그녀가 허리를 꼿꼿하게 세운 채 소파에 앉았다.

"고작이라니? 일본 여론이 좋지 않은 상태에서 우리가 세이지 미야케를 공격적 인수합병을 통해 집어삼켰다는 악의적인 보도까지 나왔어. 이게 안 중요해? 누가 봐도 KN에서 손쓴 게 분명한데."

클로에가 열성적인 목소리로 항변했다. 그러나 지헌의 눈빛은 여전히 냉랭하기만 했다. 그가 손을 까딱거리자 차분하게 대기하고 있던 두호가 한 발 앞으로 나섰다.

"준비했던 자사주 매입 과정과 향후 세이지 미야케 브랜드 비전을 담은 새 디렉터의 인터뷰 기사가 프랑스 날짜로 오늘 일간지를 통해 공개될 겁니다. 온라인판은 10분 뒤에 보도될 예정입니다."

"……준비? 그럼, 설마."

"KN이 이렇게 나올 경우를 예측해서 사전에 언론 인터뷰를 진행해 두었습니다."

두호의 침착한 설명에 클로에가 뭐라고 말하려 입을 열었다 다시 닫고 말았다.

"그, 그래도 혹시 명품 사냥꾼이라는 오명이 또 따라붙으면."

"LV는 자사 브랜드가 가진 고유성을 존중하며 모기업으로서 성공을 위한 전문경영인과 창의와 혁신을 위한 어떤 지원도 아끼지 않을 거라는 회장님의 특별 전언도 함께 실었습니다."

말문이 막힌 클로에는 이번에야말로 입도 벙긋 못 하고 두호와 지헌을 번갈아 보았다. 새벽부터 파리와 일본에 전화를 걸어 호들갑을 떨었던 자신이 떠올라 뺨이 뜨거워졌다.

"어쨌거나, 난 회사를 위해서……."

"애초에 이쪽은 네 일이 아니지 않나."

묵직한 저음에 불쾌함이 고스란히 드러났다. 결국 클로에가 먼저 시선을 피하고 말았다. 지헌이 짧게 손짓해서 두호를 내보내자 클로에는 속으로 흠칫했다. 이대로 도망갈까? 아니야, 내가 왜! 짧은 순간에도 번뇌가 잇따랐다.

"클로에 모렐."

지헌이 그녀를 똑바로 보며 이름을 불렀다. 평소엔 제대로 상대도 해 주지 않는 그였으나 이렇게 본격적인 분위기를 내비칠 때면 그녀도 긴장하지 않을 수가 없었다. 그걸 아는 지헌이 천천히 입을 열었다.

"골라. 파리와 남미."

"……뭔데, 그게."

"앞으로 한 시간 뒤에 네가 탈 비행기."

"싫어, 안 가."

클로에가 주먹 쥔 손으로 치맛단을 꾹 누르며 버텼다.

"내가 준 선택지에 없는 답인데."

정제된 목소리 안에 감정이 조금도 느껴지지 않아서 그게 더 무섭게 들리는 말이었다. 어릴 때부터 단련된 체력으로 남들보다 월등한 신체 조건을 가

졌음에도 지헌은 무력을 행사하지 않는다. 그런 힘에 기대지 않아도 그는 기세만으로도 상대를 원하는 대로 조정하는 방법에 통달한 남자였다.

"북미를 다녀왔으니, 남미와 중동을 돌면 되겠네."

잠깐 사이에 결론을 내린 지헌이 가볍게 말했다. 그 말인즉, 지금 당장 그의 전화 한 통이면 그녀를 실어 갈 전세기가 1시간 안에 준비될 거라는 말이었다. 이렇게 쫓겨날 수는 없다! 클로에가 깊게 심호흡한 뒤 눈을 질끈 감고 외쳤다.

"로라가 올 거야……! 쿠튀르만 마치면 출발하신댔어!"

짧은 정적이 흘렀다. 너무 화가 나서 말문이 막혔나? 눈을 슬쩍 뜬 클로에가 고개를 돌리자 지헌이 비웃듯 피식 웃는 게 보였다. 가소로운 존재의 반격이 그의 권태로움을 깨우기라도 한 듯 아주 잠깐 흥미가 떠올랐다 사라졌다. 찰나의 눈빛에도 등 뒤로 소름이 오소소 돋아났다. 모골이 송연하다는 한국말을 배우며 이런 말을 쓸 일이나 있겠나 싶었는데, 그게 바로 오늘이었다.

"제법, 거슬리는 짓을 하네. 어제부터."

지헌이 감탄한 듯 말했으나 서늘한 눈빛은 뒷감당이나 할 수 있겠냐는 듯 차갑게 빛났다. 그가 책상을 돌아 나왔다. 천천히 테이블로 걸음을 옮기며 클로에가 앉은 소파 앞에서 멈춰 섰다. 그녀는 앉은 채로 뒷걸음치고 싶은 두려움에 두 손을 꾹 마주 잡았다. 창백한 피부 위로 드러난 뼈마디가 하얗게 붉어졌다.

"왜, 뭐, 뭐……! 그럼 내가 바보같이 두 눈 뜨고 볼 줄 알았어? 네가 그 여자한테 홀라당 넘어가서 명은처럼 또 간이고 쓸개고 다 빼 주면……!"

클로에가 입을 두 손으로 막으며 꾹 닫았다. 그러다 문득 자신이 왜 이렇게까지 쫄아야 하는지 오기가 생겨 손을 내리고 다시 빽 고함을 질렀다.

"넌 지금 속고 있는 거야! 애인한테 버림받은 그 여자 복수극에 이용당하는 거라고!"

"그래서."

"그래서라니? 알면서도 놀아날 거야? 바보같이 그 신파의 물주라도 되겠다는 거야, 뭐야! 그 여자가 끝까지 네 옆에 있을 거 같아? 네 병을 알고 나서도?"

헉, 너무 나갔다. 대놓고 병에 대해 언급하다니. 제가 더 놀라 눈을 번쩍 뜬 클로에가 입술을 꾹 깨물었다. 그런 클로에의 반응이 우스운지 시선을 내리뜬 채로 보던 지헌이 오히려 순순히 인정하듯 고개를 끄덕이며 웃었다.

"맞아, 난 환자야. 어떤 의사도 이 병의 완치를 장담하지 못하지."

"내 말뜻은 그런 게 아니라…… 다니엘, 나는."

"그러니 이런 불치의 환자를 받아 주겠다면 이용이라도 당해 줘야 공평하지 않겠어?"

그가 냉소 가득히 비아냥거리자 클로에의 눈이 한껏 일그러졌다.

"네가 어때서! 누가 감히 너를……!"

"여자 하나도 제대로 못 만지는 병신."

"강지헌!"

클로에가 외쳤으나 그녀를 바라보는 지헌의 표정은 속을 짐작할 수 없을 정도로 태연하기만 했다. 그때를 생각해 낸 클로에가 입술을 꾹 다물었다. 세계의 저명한 의사는 모두 수소문해서 찾아다닐 때, 뉴욕의 한 닥터가 술자리에서 그를 안줏거리 삼아 그렇게 부른 적이 있었다. 모든 걸 손에 쥐고 태어난 LV의 후계자가 여자를 만질 수도, 안을 수도 없다니 얼마나 불쌍하냐고 조롱했던가. 그때 그 의사가 어떻게 됐더라.

그 뒤로 지헌은 로라를 위해 형식적으로나마 따르던 치료를 모두 관뒀다. 로라의 의지를 접게 만들었다는 게 맞았다. 애초부터 그는 자신의 병을 치료할 마음이 없었으니까.

그런데 LV와 블루아 가문의 인맥을 가진 로라가 선택한 닥터가 그렇게 형편없고 저열할 수가 있었을까. 과거와 함께 당시의 의문도 같이 떠올린 클로에가 눈앞의 지헌을 보며 흠칫 떨었다. 지헌이 클로에를 보며 싱긋 웃었다.

"말해 봐. 넌 그렇게 생각한 적 없어?"

두려울 정도로 부드러운 목소리와 달리 잔인하게 빛나는 눈빛에 클로에가 턱을 덜덜 떨었다. 그가 일부러 이렇게 질 나쁘게 군다는 걸 알면서도 이 살벌한 압박감을 아무렇지 않게 받아 내는 건 불가능했다.

"······한 번도 그렇게 생각한 적 없어! 알잖아!"

"이렇게 무서워하면서 내 약혼녀 행세를 잘도 하고 다녔네."

지헌의 얼굴에서 순식간에 웃음이 사라지고 냉엄하고 싸늘한 눈동자만 서슬처럼 빛났다.

"누가, 누구랑 결혼을 해?"

서릿발처럼 꽂히는 목소리를 들으며 클로에는 어제 이치린에게 자신이 한 말을 지헌이 모두 들었음을 깨달았다. 평소였다면 이 정도로 이렇게 험악하게 나올 리가 없는데. 지금껏 자신이 알던 다니엘이 아니었다. 그녀가 아는 다니는 한 번도 저런 얼굴을 한 적이 없다. 세상에 존재하는 건 무엇이든, 그 자신조차도 그의 마음을 움직이게 할 수 있는 건 없었다. 하다못해 명은과 사귈 때도 처음엔 애인 사이가 맞나 의심했을 만큼 평소처럼 차갑고 시큰둥했다. 그런 그였기에 앞으로도 절대 변하지 않을 진리처럼 여겨졌다.

그런데, 지금 눈앞에 서 있는 남자는 처음 보는 낯선 사람처럼 느껴졌다. 이게 다 그 여자 때문이다. 그 신파. 억울하고 분해서 눈물이 찔끔 나올 것 같았다. 내가 지 옆을 지킨 세월이 얼만데, 겨우 그런 여자 때문에 나를 박대해?

"······네가 어떻게 나한테 이럴 수가 있어! 내가 얼마나 네 옆에 오래 있었는데! 네가 힘들 때마다 네 옆에 있던 것도 전부 나라구! 명은이 널 배신했을 때 너보다 더 분노했던 게 나라구!"

"네가 왜."

"그걸 몰라서 물어? 당연히 그 여자가 널 가지고 놀았으니까······."

지헌이 픽, 하고 웃자 클로에가 눈을 부릅떴다.

"너, 언제까지 착각으로 사람 귀찮게 할 거야?"

"무슨 말이야?"

"내가 화내지 않은 일에, 네가 뭔데 분노를 해?"

"몰라서 물어? 그 여자가 널 버리고 무원 오빠한테 갔잖아!"

"그래, 그게 바로 네가 화난 이유지. 내가 아니라."

"……뭐?"

제대로 이해하지 못한 듯 클로에가 멍하니 되물었다.

"집에 가서 잘 떠올려 봐. 네 첫사랑이 누군지."

잠깐의 정적이 흐르고 클로에의 눈알이 튀어나올 것처럼 커졌다.

"너, 너, 너 지금, 설마……! 그러니까 내가 지금 강무원 때문에 이런다는 거야? 내가? 미쳤니? 내가 왜! 내가 뭐가 아쉬워서……!"

"내가 누구라고 말을 했던가."

가볍게 던진 폭탄을 직격으로 끌어안은 사람처럼 클로에가 딱딱하게 굳었다. 그런 클로에를 보며 지헌은 전에 없는 자비를 베푼다는 듯 귀찮은 표정으로 덧붙였다.

"분노는 참으면 가라앉고, 고요하면 물러나지. 그런데 아직도 그렇게 화가 난다면, 그건 미련이야."

"말도 안 돼. 내가……?"

곧장 반박하려는 클로에를 보며 지헌이 부드럽게 미소 짓자 그녀가 어깨를 움찔 떨었다.

"어리광은 받아 주는 데 가서 피워야지. 자꾸 그렇게 귀찮게 굴면 일 년 내내 호텔만 돌게 하고 싶어지잖아, 모렐 부사장."

지헌이 충격받은 클로에를 향해 충고라도 하듯 가볍게 내뱉었다.

"입 함부로 놀리지 말고. 특히 내 아가씨 앞에서는."

아무것도 담기지 않은 눈동자로 그녀를 내려다보는 지헌의 목소리는 건조하기까지 했다. 그러나 클로에는 알 수 있었다. 차분하게 던지는 시선 안에 담긴 냉정한 경고를. 이치린을 건드리는 건 누구든 가만두지 않겠다는 확고한 의지였다.

클로에가 나간 뒤 홀로 남은 지헌은 곧장 전화를 걸었다. 신호가 이어질 때마다 그가 손가락으로 톡톡 책상 위를 짚었다. 치린은 받지 않았다. 잠들었나. 지난밤을 떠올리면 그럴 만도 했다. 재다이얼을 누르려던 그는 마음을 바꿔 휴대폰을 엎어 두고 책상 위에 걸터앉아 창밖을 보았다.

'그 여자가 끝까지 네 옆에 있을 거 같아? 네 병을 알고 나서도?'

평소엔 어설프기만 한 클로에가 이번에야말로 제대로 짚었다. 눌러 둔 속내를 정확하게 찔러 들어오는 말에 지헌이 냉담한 얼굴로 실소했다. 어차피 아무도 믿지 않잖아? 그게 이치린이라 해서 달라질 것도 없다. 그래, 맹목적으로 찾을 때부터 그런 걸 염두에 두지 않았다. 찾아서, 가지면 어떤 방법을 동원하든 옆에 둘 거였으니까. 그게 사람들이 포악하다고 말하는 강지헌의 방식이었다.

수단과 방법을 가리지 않고 원하는 것을 반드시 손에 넣는 것. 분명 치린에게도 그렇게 말했다. 그녀는 전혀 믿지 않았지만. 예쁘고 다정한 사람이라고 했던가. 그와 함께 협상 테이블에 앉아 본 사람이 들었다면 기겁할 말을 치린은 아무렇지 않게 했다. 처음 만났을 때부터.

어미를 잃은 동물처럼 눈물을 잔뜩 머금고 커다래서 더 연하게 보이는 눈동자로 그를 거리낌 없이 대했다. 죽음과 가까이 있었기에 자포자기한 마음으로 그랬으리라. 그걸 깨달은 순간부터 찾았다. 약속의 날이 되기 전부터.

스스럼없이 손을 뻗고 당돌하게 툭 내뱉는 말에 휩쓸려 그답지 않게 대책 없이 놔준 뒤로 내내 등 뒤에 뭔가를 남겨 두고 온 것 같은 미진함이 그를 괴롭혔다. 살아 있는지 궁금했고, 살아 있다면 다시 한번 제대로 확인해 봐야 했다. 그가 지구상에서 유일하게 접촉해도 증상이 발현되지 않는 상대가, 맞는지.

지헌이 결재판을 두드리던 손으로 턱을 괸 채 반문했다. 아니었다면 달랐을까? 다른 사람들과 같았다면, 건드리지 않고 모른 척했을까. 그가 아니었어도 이치린이라면 자기만의 세계에서 그녀를 아끼는 사람들과 함께 언젠가는 과거를 떨쳐 내고 새로운 사랑을 찾았겠지. 그러자 불쾌감이 치밀었다. 상당히 거슬릴 정도로.

톡. 톡. 여전히 반응 없는 휴대폰을 규칙적으로 두드리며 수를 세던 그가 마침내 몸을 일으켰다. 앉았을 거다. 어떻게든. 무슨 수를 쓰든. 기도가 붓고 숨이 차오르는 한이 있더라도 결과는 같았으리라. 지헌이 명쾌한 답을 찾아낸 사람처럼 차 키를 움켜쥔 채 사무실 문을 열었다. 그의 앞에 두호가 전화기를 든 채로 서 있었다. 지헌의 이마에 실금이 갔다.

* * *

"안에 손님이 계셔서요, 여사님. 미리 연락을 주셨으면 좋았을 텐데."

송 화백의 딸이 연신 미안한 표정을 지으며 고개를 숙이자 한 여사가 너그러운 얼굴로 고개를 끄덕였다.

"무슨, 늙은이가 연락도 없이 멋대로 찾아온 게 죄지."

그녀는 뒤숭숭한 꿈자리에 심란한 마음이 더해 무거운 몸을 단장하고 송 화백의 갤러리까지 나온 참이었다. 서울 도심 안에 숲 하나를 옮겨다 놓은 것처럼 아름답기로 유명한 송 화백의 정원에서 차 한 잔 마시면 이 불쾌한 기분이 나아질까 싶어 한 걸음이었다.

사실 더 큰 속셈은 따로 있었다. 평소 눈여겨보았던 송 화백의 손녀가 무원의 짝으로 불현듯 떠오른 탓이었다. 지난밤, 뜨뜻미지근한 태도의 무원을 보니 직접 나서야겠다 싶어 약속을 정할 새도 없이 서둘러 나서고 말았다. 이참에 슬쩍 떠볼까 싶었으나 손님이 신경 쓰이는지 그녀의 시선이 자꾸만 다른 곳으로 향해 한 여사가 속마음을 꾹 내리눌렀다.

"뒤뜰 정원이나 한 바퀴 돌고 있을 테니 난 신경 쓰지 말고 자네 일 봐."

한 여사의 말에 송 화백의 딸이 다시 난처한 표정을 지었다.

"지금 손님을 그쪽에서 모시고 계셔서요. 죄송하지만, 갤러리에 계시면 자리가 끝나는 대로 바로 말씀 올릴게요."

얼마나 중요한 손님이기에 꼬장꼬장한 송 화백이 가장 아끼는 정원까지 내줘? 순위가 밀려난 것 같아 떨떠름했으나 연락 없이 온 그녀의 잘못이 먼저이기에 한 여사는 별수 없이 물러섰다.

"알았네. 여기서 기다리지, 뭐."

곧 차를 가져다드리겠다며 딸이 사라지자 짜증스러운 한숨을 연거푸 내쉰 한 여사가 너른 갤러리 안을 심드렁하게 둘러보았다. 그때 뒤쪽에서 나오던 여직원 둘이 호들갑을 떨었다.

"봤어, 봤어? 진짜 잘생겼지?"

"무슨 헐리웃 배운 줄 알았다니까? 찻잔 내려놓는데 손 떨려서 죽는 줄 알았다. 목소리는 왜 그렇게 좋아?"

"아, 내가 들어갔어야 했는데! 완전 무결점 피지컬 아니니? 쫓아다니는 여자 엄청 많겠지?"

"말이라고! 저런 남자랑 결혼하는 여자는 진짜 전생 영웅이다!"

고요한 전시실까지 들리는 속닥거림에 한 여사가 쯧 하고 혀를 찼다. 우리 무원이도 어디 가서 빠지지 않는 인물이거늘. 이 나라에서 가장 높은 집안의 딸을 데려다 짝을 지워 주려던 계획은 난데없이 나타난 볼 것 없는 행상집 딸에 의해 산산조각 나고 말았다. 자식 농사는 공자가 와도 소용없다더니. 아들에 이어 손자까지, 완벽하게 파탄 난 결혼이 떠오르자 묵은 체증이 명치끝을 무겁게 짓눌렀다.

이게 다 제 형 인생을 망친 그 종자 때문이지. 그런 주제에 감히 여기가 어디라고 제 발로 기어들어 와? 당장에라도 쫓아가 호되게 꾸짖고 싶은 마음이 굴뚝같았다.

'그냥 두세요, 할머니.'

무거운 바위처럼 앉아 저를 똑바로 보던 무원의 얼굴이 떠오르자 한 여사가 눈을 찡그렸다. 그때 뒤뜰 정원으로 통하는 문이 열리며 풍경의 맑은 소리가 났다. 한 여사의 시선이 자연스레 그리로 흘렀다. 뒷모습만 얼핏 보이는 남자가 여직원들이 호들갑을 떨던 청년이리라. 건장하고 다부진 체격이 제 손자만큼이나 듬직해 보이긴 했다. 한 여사가 시선을 이리저리 두르며 힐금거리는데, 평소보다 배는 들뜬 송 화백의 얼굴이 보였다.

"갑자기 연락했는데, 이렇게 와 줘서 고마워요. 모쪼록 기대에 부응할 수 있도록 좋은 작품을 만들어 볼게요. 헤르네와의 콜라보라니, 벌써부터 마음이 들뜨네."

"평소처럼 하시면 됩니다."

담담한 남자의 목소리와 달리 송 화백의 얼굴은 박꽃처럼 활짝 폈다. 뉘길래, 저렇게까지 굽신댈까. 그때 고개를 숙이고 돌아선 남자의 얼굴을 정면으로 확인한 한 여사가 눈을 크게 뜨며 들고 있던 클러치 백을 꽉 움켜잡았다.

놀라서 굳은 한 여사와 달리 그는 그대로 그녀를 지나쳐 갤러리를 빠져나갔다. 통유리 문밖에 대기하고 있던 고급 세단 문이 열리고 차에 오를 때까지도 시선 한 번 돌리지 않았다.

"저…… 저……!"

앙다문 입술이 부들부들 떨리고 충격으로 굳은 몸이 뻣뻣한 나뭇가지라도 돼서 자리에 못이 박힌 것처럼 한 발짝도 움직일 수가 없었다.

* * *

'집안을 망가트리는 돌을 패가석이라 한다지? 쟤가 바로 승비원의 패가석이다! 우리 집안을 욕보이고, 무원이를 망치고, 모두를 불행하게 할 게야!'

주홍글씨처럼 그를 옭아매 왔던 늙은이의 악랄한 저주가 선연하게 떠오르자 냉소가 절로 나왔다. 이래서 한국이 싫다. 불유쾌한 기억을 제멋대로 소환시키는 장소와 사람이 있어서. 변치도 않고 그대로 남아 지독한 악몽 속으로 그를 끌고 들어가서.

넥타이 매듭을 느슨하게 끌어 내린 지헌이 그를 보고 귀신이라도 만난 사람처럼 충격으로 굳던 한 여사의 모습을 떠올렸다. 어머니가 봤더라면 흡족해했을 만큼 인상적인 장면이긴 했다.

말 한마디가 곧 법이라 할 만큼 위세를 떨치던 승비원의 고고한 주인. 결코 넘어설 수 없는 높은 담장을 올려다볼 때마다 켜켜이 쌓여 간 좌절 혹은 원망. 스무 살의 어머니는 그랬다고 했던가.

어린 손자를 앞에 두고 며느리의 부정을 의심하며 온갖 저주를 퍼붓던 잔악한 조모도 세월을 비껴가진 못한 듯했다. 종래에는 이렇게 죽은 고목처럼 왜소하고 볼품없이 몸을 떠는 노인일 뿐이다. 아무것도 하지 않아도 그의 편인 자연이 저 늙은이를 거둬 가리라.

알면서도 목이 조여 오는 갑갑함에 그가 관자놀이를 꾹 누르며 전화를 걸었다. 지헌은 한 여사의 얼굴을 마주 보는 순간부터 손등이 따끔거리고 피부가 간지럽게 돋아나는 기분을 꾹 내리눌렀다.

"괜찮으십니까, 이사님?"

기사의 물음에 지헌이 음성사서함으로 넘어간 휴대폰 액정을 물끄러미 보았다. 아직 자고 있나.

"……이사님?"

그래도 별수 없다. 나는 너를 당장 봐야겠으니.

"신사로 가죠."

치린의 오피스텔에 도착해 벨을 누른 지헌이 차분하게 선 채로 이마를 짚었다. 여기까지 오는 내내 기분이 더 침잠하게 가라앉았다. 거침없이 속을 비집고 들어온 클로에를 시작으로 한 여사까지. 모든 것이 그의 신경을 거슬리게 했다.

그런데도 겉으로 드러내는 법 없이 평소와 똑같이 움직였다. 지헌은 조급하지 않고 초조해하지도 않았다. 이 문 뒤에 그가 원하는 얼굴이 나타날 거였으니까. 그거면 된다. 그러나 문이 열리는 순간 여유 있게 미소 짓던 지헌의 얼굴에서 순식간에 웃음이 사라졌다.

"……누구?"

맨몸에 청바지 하나만 걸친 남자가 손잡이를 잡은 채로 그에게 물었다. 눈을 가늘게 뜬 채 남자를 서늘하게 응시하던 지헌이 고요하게 물었다.

"어딨습니까, 집주인."

〈2권에 계속〉